新世纪高等学校教材 │ 中国语言文学系列教材

U0652208

中国现代文学史 第3版

ZhongGuo
XianDai WenXueShi

刘勇 邹红 主编

北京师范大学出版集团
BEIJING NORMAL UNIVERSITY PUBLISHING GROUP
北京师范大学出版社

图书在版编目（CIP）数据

中国现代文学史 / 刘勇，邹红主编 . — 3 版 . — 北京 ：北京师范大学出版社，2016.5（2025.3重印）

ISBN 978-7-303-19146-8

Ⅰ.①中… Ⅱ.①刘… ②邹… Ⅲ.①中国文学－现代文学史－高等学校－教材 Ⅳ.I209.6

中国版本图书馆 CIP 数据核字（2015）第 136275 号

出版发行：北京师范大学出版社 https://www.bnupg.com
　　　　　北京市西城区新街口外大街 12-3 号
　　　　　邮政编码：100088
印　　刷：北京天泽润科贸有限公司
经　　销：全国新华书店
开　　本：730 mm×980 mm　1/16
印　　张：30
字　　数：506 千字
版　　次：2016 年 5 月第 3 版
印　　次：2025 年 3 月第 21 次印刷
定　　价：48.00 元

策划编辑：周劲含　　　　　　　责任编辑：齐　琳　王一夫
美术编辑：李向昕　　　　　　　装帧设计：李向昕
责任校对：陈　民　　　　　　　责任印制：马　洁

《中国现代文学史》（第3版）各章节撰写分工：

绪　论：刘　勇
第一章：杨联芬
第二章：黄开发
第三章：王富仁
第四章：刘　勇
第五章：宋　媛
第六章：王翠艳（第一、二、三、四节）；
　　　　刘　勇、万安伦（第五、六、七节）
第七章：刘　勇、李春雨
第八章：李　蕾（第一节）；刘　勇、韩冬梅（第二、三节）；
　　　　刘　勇、张　弛（第四节）；凤　媛（第五节）
第九章：沈庆利
第十章：沈庆利
第十一章：杨联芬
第十二章：黄开发（第一、二节）；刘　勇（第三、四节）
第十三章：邹　红、潘超青
第十四章：李春雨、刘　勇
第十五章：杨　志（第一、二节）；张　岩（第三节）
第十六章：王卫东、钱振纲
第十七章：杨联芬
第十八章：王卫东、钱振纲
结　语：刘　勇
大事年表：刘　勇

　　本书的撰写大纲由刘勇、邹红拟出，并经上述各位作者讨论确定。全书成稿后，由刘勇、邹红统稿。全书各章所附的思考题由刘勇、邹红、杨志、李春雨等设计完成。本书的图片资料主要由陈婕负责查找提供。

前　言

　　本书是一部吸收最新研究成果，采用崭新教学理念编写而成的中国现代文学史教材。它清晰而详细地叙述了中国现代文学从 1917 年前后到 1949 年 30 多年的发展历程，介绍了其间各种文学运动、文学思潮、文学创作的基本情况及其主要成就，深入阐发了现代文学的思想文化含蕴。本书致力于培养和提高广大学生阅读、鉴赏、分析和评价现代文学作家作品及文艺现象的能力，使他们能够继承"五四"新文学的优秀传统，服务于当代的文化事业。

　　本书的撰写者都长期从事现代文学的研究与教学，既有在现代文学研究领域的专长，又具有丰富的教学实践经验。因此，本书显示了以下的突出特点。

　　第一，全面系统地覆盖了现代文学所有的重要领域。无论是对作家作品、社团流派，还是文学论争，本书都进行了应有的评价。尤其是以往一般现代文学教材忽略的通俗文学创作部分，本书亦给予了客观详细的描述和评价，强调了通俗文学与新文学的并存及其实际影响，这也与最新的学术研究成果保持了应有的沟通和衔接。

　　第二，结构清晰，层次分明，既突出重点内容，又具有广泛的知识覆盖面，点、线、面结合，追求叙述历史的深度和力度，立体化地展现了现代文学的真实形态。这体现了我们体例编排上的一些新的想法和追求，我们力图在相对简约的篇幅中，尽可能展示中国现代文学丰富而完整的面貌，其中包括对现代文学发生过程的描述以及上述提及的对通俗文学存在价值的关注等，同时又尽可能地对相关内容按照历史时段或文体的分类加以相对集中的介绍和论析。作为教材，这样可能更有利于教学层面的实际操作。

　　第三，资料翔实，内容丰富，把宏大的历史与细微的材料融合在一起，叙述细微而不显烦琐。书末附有《中国现代文学大事年表》，既明晰了中国现代文学发生发展的历史背景，又方便学生的记忆和学习，起到有据可查、提纲挈领的作用。

　　本书充分兼顾了学术的前沿性与教学的实用性，在充分吸收新观点、新材料以及以往文学史著作与教材的长处、保持高学术水平的同时，又注重教学上的可操作性，结合广大学生的实际水平，深入浅出，方便学生接受和掌握。既严谨准确，又有较强的可读性和生动性，使学生在掌握文学史知识的同时获得阅读的愉悦。在每一章后都附有思考练习题，以拓展思路，启发思考。

　　此外，在学习和研究中国现代文学发展史时，应尊重和遵循文学发展规律，时刻把握文学评判的正确方向。优秀文艺作品反映着一个国家、一个民族的文化创造能力和水平，衡量一个时代的文艺成就最终要看作品。习近平总书记强调，要运用历史的、人民的、艺术的、美学的观点评判和鉴赏作品。这就要求我们实事求是地审视作品的艺术质量和水平，也要客观辩证地思考文学现象和文学思潮，以正确的立场为出发点，坚守创作以人民为中心的原则，更深入地理解中国现代文学发展的历史进程，以及中国文学的未来方向。

目 录

绪 论 中国现代文学的历史进程及主要特征 ……………………… 1

    第一节 中国现代文学发展的三个 10 年 ……………………… 1

    第二节 中国现代文学研究的历史与现状 …………………… 6

    第三节 关于中国现代文学学术史建构的几点思考 ………… 10

    第四节 中国现代文学的主要特征 …………………………… 15

第一章 从晚清到五四：中国现代文学的发生 ……………… 19

    第一节 晚清启蒙运动与文学的变革 ………………………… 19

    第二节 报刊与新小说的繁荣 ………………………………… 23

    第三节 晚清白话文运动的兴起 ……………………………… 25

    第四节 《新青年》与五四文学革命 ………………………… 30

    第五节 外国文艺思潮的引进 ………………………………… 33

第二章 五四初期的理论探讨与创作实践 …………………… 36

    第一节 现代文学观念的确立 ………………………………… 36

    第二节 白话新诗的最初尝试 ………………………………… 44

    第三节 现代小说的全面创新 ………………………………… 49

    第四节 新式散文的应运而生 ………………………………… 54

    第五节 话剧品种的逐步引入 ………………………………… 58

    第六节 新文学社团的蜂起 …………………………………… 62

第三章　鲁　迅 ……………………………………………… 67
　第一节　生平与思想发展 …………………………………… 67
　第二节　《呐喊》与《彷徨》 ……………………………… 75
　　一、权势者的形象 ………………………………………… 76
　　二、卫道士的形象 ………………………………………… 77
　　三、社会群体的形象 ……………………………………… 77
　　四、被侮辱与被损害者的形象 …………………………… 78
　　五、觉醒者的形象 ………………………………………… 80
　第三节　《阿 Q 正传》 …………………………………… 83
　第四节　《野草》与《朝花夕拾》 ………………………… 90
　　一、自我主观感情情绪的象征性表现 …………………… 91
　　二、对自我存在价值的象征性肯定 ……………………… 92
　　三、对各种庸俗倾向的愤懑揭露和无情鞭挞 …………… 93
　　四、对反动统治者的揭露和控诉 ………………………… 94
　　五、对青年中某些思想倾向的批评和讽刺 ……………… 94
　第五节　《故事新编》 ……………………………………… 97
　第六节　杂文创作 ………………………………………… 100
　　一、形成期 ………………………………………………… 100
　　二、发展期 ………………………………………………… 101
　　三、成熟期 ………………………………………………… 102

第四章　郭沫若 …………………………………………… 107
　第一节　生平及创作道路 ………………………………… 107
　第二节　《女神》：新诗是可以这样写的 ……………… 113
　第三节　《屈原》：对历史的再创造 …………………… 119

第五章　茅　盾 …………………………………………… 124
　第一节　生平及创作道路 ………………………………… 124
　第二节　《子夜》：现代长篇小说成熟的标志 ………… 127
　第三节　《腐蚀》：茅盾小说风格的深化 ……………… 130
　第四节　茅盾短篇小说及散文等创作 …………………… 133

第六章 文学研究会及创造社 …………………………………… 138

第一节 文学研究会的现实主义文学主张 ………………………… 138

第二节 叶圣陶与王统照的创作 …………………………………… 141

第三节 冰心与许地山的创作 ……………………………………… 146

第四节 朱自清与文学研究会其他作家的创作 …………………… 150

第五节 创造社的浪漫主义文学主张 ……………………………… 154

第六节 《沉沦》：郁达夫自叙传的抒情小说 …………………… 155

第七节 创造社其他作家的创作 …………………………………… 159

第七章 "新月"与"语丝"等社团流派的创作 …………… 162

第一节 新诗格律化及闻一多、徐志摩等人的诗作 …………… 162

第二节 "语丝文体"及周作人等的散文 ……………………… 169

第三节 冯至与浅草-沉钟社 …………………………………… 174

第四节 李金发与初期象征诗派 ………………………………… 177

第五节 早期乡土田园小说的兴起 ……………………………… 181

第八章 革命文学的倡导与左翼文学的创作 ………………… 185

第一节 革命文学的倡导与"左联"的成立 …………………… 185

第二节 蒋光慈等人的早期革命文学创作 ……………………… 188

第三节 萧军、萧红及"东北作家群" ………………………… 198

第四节 各具特色的左翼小说家 ………………………………… 202

第五节 左翼诗歌的蓬勃兴起 …………………………………… 206

第九章 巴 金 …………………………………………………… 211

第一节 生平及创作道路 ………………………………………… 211

第二节 无政府主义文化思潮与巴金的创作 …………………… 215

第三节 《家》：悲愤的控诉与青春的赞歌 …………………… 218

第四节 《寒夜》：多重内蕴的人生悲剧 ……………………… 223

第十章 老 舍 …………………………………………………… 228

第一节 生平及创作道路 ………………………………………… 228

第二节 老舍作品的文化意蕴及"京味"特征 ………………… 233

第三节 《骆驼祥子》：庶民文学的典范 ……………………… 238

第四节 《四世同堂》：国民性格的深刻剖析 ······························ 242

第十一章 沈从文与"京派" ······································· 247

第一节 "乡下"与"湘西"：沈从文的文化选择 ················· 247

第二节 牧歌：沈从文小说的美学至境 254

第三节 散文创作：情绕湘西 258

第四节 其他"京派"作家 262

第十二章 新感觉派及其他小说作家的创作 ······· 268

第一节 刘呐鸥与新感觉派小说的出现 268

第二节 施蛰存、穆时英对"新感觉"的深化 271

第三节 李劼人及其"大河小说" 277

第四节 张天翼、沙汀和艾芜的小说 284

第十三章 曹禺与现代话剧地位的确立 ··············· 290

第一节 曹禺的生平及创作道路 ····························· 290

第二节 惊天动地的《雷雨》 ······························· 291

第三节 不同凡响的《日出》《原野》 ····················· 296

第四节 意蕴深藏的《北京人》 ····························· 301

第五节 曹禺剧作的艺术特色及意义 ······················· 303

第六节 欧阳予倩与洪深的创作 ····························· 306

第七节 田汉与夏衍的创作 ································· 310

第八节 丁西林与李健吾的创作 ····························· 314

第十四章 诗歌与散文的新发展 ····················· 319

第一节 戴望舒与现代诗派 ································· 319

第二节 杂文的再度兴盛 ··································· 324

第三节 小品散文的新发展 ································· 330

第四节 报告文学的兴起与成熟 ····························· 340

第十五章 全面抗战以后的文艺运动 ················· 349

第一节 抗战文艺运动的特点及意义 ······················· 349

第二节 延安文艺座谈会及解放区文艺运动 ················· 355

　　第三节　孤岛文学、沦陷区文学及国统区文艺运动 …………… 358

第十六章　艾青及现代新诗的又一次高潮 ………………………… 366
　　第一节　艾青：眼中常含泪水的诗人 ……………………… 366
　　第二节　田间、臧克家等人的探索 ………………………… 376
　　第三节　胡风及"七月诗派"的追求 ……………………… 383
　　第四节　穆旦及"中国新诗派"的崛起 …………………… 389

第十七章　解放区的创作 …………………………………………… 395
　　第一节　赵树理：真诚的农民作家 ………………………… 395
　　第二节　孙犁：开掘生活的诗意 …………………………… 401
　　第三节　《太阳照在桑干河上》和《暴风骤雨》 ………… 406
　　第四节　长篇叙事诗和民族新歌剧 ………………………… 411

第十八章　沦陷区与国统区的创作 ………………………………… 415
　　第一节　张爱玲、钱锺书的小说创作 ……………………… 415
　　第二节　徐讦、路翎等人的小说创作 ……………………… 429
　　第三节　张恨水等人的通俗小说创作 ……………………… 431
　　第四节　讽刺喜剧与政治讽刺诗 …………………………… 441

结　语　从现代到当代：30 年文学的承载与余响 ……………… 449

附　录 ………………………………………………………………… 452

第 3 版修订后记 …………………………………………………… 467

绪　论　中国现代文学的历史进程及主要特征

　　中国现代文学是指 1919 年五四运动前后至 1949 年中华人民共和国成立这一时期的文学，主要包括在此期间发生的文学运动、文学论争、文艺思潮和在此期间出现的文学社团、文学流派以及所有不同类型作家的创作。

　　中国现代文学大致经历了三个明显的发展阶段，即三个 10 年：第一个 10 年是从 1917 年到 1927 年，由于五四运动对后世影响重大深远，因此通常称这 10 年为五四时期的文学；第二个 10 年是从 1928 年到 1937 年，这一时期左翼文学运动风起云涌，成为新文学的重要流派，因而往往被称为左翼时期的文学；第三个 10 年是从 1938 年到 1949 年，一般称为抗日战争与解放战争时期的文学。现代文学虽然只有 30 年左右的历史，在中国几千年文学史长河中只是极为短暂的一瞬，但它的意义却不是能用时间来衡量的。它是整个中国文学历史发展进程中的一个巨大转折点，显示出新文化与传统旧文化的深深“断裂”，体现出中外文化的猛烈“碰撞”。它以全新的内涵和全新的表现形式掀开了中国文学史崭新的一页，开创了新文学的新天地。几千年古典文学的根本变化就从这里开始，当代文学的种种利弊就在这里显露。现代文学所具有的这种纵横交叉、承前启后的历史特质，是中国以往任何一段文学史难以相比的。这 30 年的首尾两端，恰恰连接着中华民族历史进程中两个重要的年份——“1919”和“1949”。这个事实本身说明，在中国具体的历史条件下，文学的发展离不开时代社会的变革，文学的命运和民族的命运息息相关、休戚与共。

第一节　中国现代文学发展的三个 10 年

　　中国现代文学在有限的时空范围内最大限度地展示了中国现代社会的各个侧面，体现了中国现代作家对民族命运的沉重思索与探寻。

　　（一）第一个 10 年（1917—1927）的文学发展

　　中国现代文学的第一个 10 年，是现代文学开拓与奠基的阶段。鲁迅、郭沫若等一批现代文学的奠基人及其现代文学的奠基作，文学研究会和创造社等最初一批重要的社团流派，都出现在这一阶段。这一时期文学的基本特征是从文学革命向革命文学发展，即由文学形式的外在改革逐渐转向思想内涵的深刻变化。

1917年年初，胡适、陈独秀分别在《新青年》上发表了《文学改良刍议》和《文学革命论》，标志着文学革命运动的正式兴起。胡、陈二人的文章作为理论先导，对文学革命的兴起起到了鸣锣开道的作用。随后，钱玄同、刘半农、周作人、鲁迅、李大钊等人积极响应文学革命的主张，推进文学革命的发展。"十月革命"的炮声、马克思主义的传播、五四运动的爆发，把文学革命运动迅猛推向高潮。与此同时，以鲁迅、郭沫若为代表的作家创作的新文学作品，显示了文学革命的实绩，表明了新文学的实质性进展。小说方面，鲁迅创作了划时代的《狂人日记》和后来结集在《呐喊》《彷徨》中的诸篇小说，叶绍钧、冰心、郁达夫等一大批新文学作家也创作了内容和形式全新的小说。诗歌方面，出现了胡适、刘半农、沈尹默、刘大白等众多的白话新诗人。他们以白话新诗动摇了千百年来旧体格律诗的正宗地位，尤其是郭沫若的诗集《女神》，以其内容和艺术的特有气势，开创了自由体白话新诗的一代诗风。散文方面的成就甚至超过了小说和诗歌，体现在鲁迅、李大钊等人创作的大量文艺短论（即随感录和杂文）和周作人、俞平伯、朱自清、许地山等人创作的抒情叙事散文（即"美文"）中。此外，瞿秋白创作的《饿乡纪程》和《赤都心史》等通讯报道，是中国现代报告文学的最初萌芽。话剧方面，胡适、洪深、田汉、欧阳予倩等人创作的白话剧本，在中国首先尝试了话剧这一新文学样式。所有这些创作都以新的题材、新的主题、新的人物形象和新的语言形式，呈现出开创一代文风的崭新气象，充满了破旧立新的五四时代精神。这一时期文学创作最突出的主题是反封建。农民及其命运成为许多作品的主人公和素材。而且与历来文学不同的是，作家在描写农民的过程中，彻底否定了整个封建旧制度，具有更为强大的批判力量。知识分子的生活、探索和思考也得到了广泛的表现。很多作品反映了进步知识分子对民族压迫和封建压迫的高度敏感，描写了他们摆脱封建道德束缚、争取婚恋自主、追求个性解放的奋斗与抗争，同样体现了反封建的思想主题。对妇女地位的思考以及对国民劣根性的批判，也是这一阶段许多新作家集中探讨的问题。

1921年以后，随着新文学理论和创作的深入发展，文学界出现了大量的文学刊物，涌现出众多的新文学社团，其中重要的有文学研究会、创造社、语丝社、新月社以及风格接近文学研究会的未名社、莽原社，接近创造社的南国社、浅草社和沉钟社等。文学研究会标榜为人生的写实主义，创造社鼓吹重艺术的浪漫主义，形成了各具特色的两大风格流派，对后来的文学发展产生了重要而深远的影响。此外，还出现了"问题小说""身边小说""乡土文学""语丝文体""象征派"诗歌等丰富多彩的风格和流派。这些社团流派的出现表明了新文学的成熟和壮大。这一时期新文学作家们还通过各种渠道广泛译介大量的外国文学作品和文学理论，从而扩展了新文学的艺术视野，开通了中国文学与世界文学相联系的格局。

这一时期文学的局限在于：一些作家生活视野还较狭窄，不太熟悉自己以外的天地，小知识分子自我表现的情绪成为一时的风尚。有些作品还不同程度地带有感伤颓废情调，甚至有宿命论倾向。在译介外国文学的过程中，有些译者未能很好地区分精华和糟粕，缺乏应有的分析批判能力。而在对待民族文学遗产的问题上存在着某些形而上学、虚无主义倾向，而这又影响了文学创作更好地实现民族化、大众化的艺术追求。

（二）第二个 10 年（1928—1937）的文学发展

第二个 10 年的文学，也就是"第二次国内革命战争"时期的文学。在这一时期，左翼文学迅速发展、高涨，并成为文学发展的主潮。值得注意的是，这一阶段除了出现一批左翼作家作品，还出现了巴金、老舍、沈从文、曹禺等一大批风格独特的作家及其代表作，并出现了众多的社团流派，形成了现代文学的繁荣局面。因此，它是现代文学发展、成熟的阶段。

1928 年前后，为适应蓬勃发展的无产阶级革命运动，创造社和太阳社作家，开始积极倡导无产阶级革命文学运动，并得到了广大进步作家的积极响应。30 年代初成立的"左联"等左翼文学团体，把这一运动推向高潮，使无产阶级革命文学运动成为这一时期的文学主潮。这一时期文学创作的思想性和战斗性显著增强。很多作家注重正面反映轰轰烈烈的无产阶级革命斗争，揭露帝国主义对中国军事、经济、文化侵略的罪恶，批判半殖民地半封建社会光怪陆离、纸醉金迷的腐朽生活。作品反帝反封建的主题也进一步深化了。革命者的形象和底层劳动者，特别是农民形象的塑造，受到了普遍的重视。很多作品不仅表现农民的苦难遭遇，而且着力描写农民的思想觉醒和英勇斗争，不仅揭露封建压迫的残酷和阶级矛盾的对立，还注重展示帝国主义势力对农村的入侵和民族矛盾的加剧。这些都表明文学创作达到了新的思想深度。茅盾这一时期的代表作《林家铺子》《农村三部曲》《子夜》及蒋光慈、洪深、田汉、臧克家、丁玲、张天翼、叶紫、洪灵菲、"左联"五烈士、"东北作家群"、中国诗歌会等作家的创作，都显示了左翼无产阶级革命文学创作的辉煌成就。这一时期，一些重要的现实主义、民主主义作家也创作出了现代文学史上里程碑式的杰作和一些探索性、尝试性的作品，特别是巴金的《激流三部曲》、老舍的《骆驼祥子》、曹禺的《雷雨》《日出》，以及沈从文的《边城》、李劼人的《死水微澜》《暴风雨前》《大波》等"大河小说"，以戴望舒等人为代表的现代派诗歌和以穆时英、施蛰存等为代表的"新感觉派"小说等，以不同的艺术方法从不同角度揭示了现实社会的矛盾，达到了很深的思想境地，显示了很高的艺术成就。这一时期，文学创作在反映现实生活的深度和广度上普遍超过了上一时期，但也存在着明显的缺陷。由于一些作家对群众的革命斗争生活缺乏实际了解，因而有些作品生活实感较弱，革命者和劳动群众的形象塑造也不同程度地存在着概念化的弊病，有些人物形象血肉不够丰满，甚至单薄苍白。一些作品虽反映现实较为及时，但缺乏精细的艺术磨炼，以致影响了作品的审美价值。这一时期的文艺工作者们在理论和实践中虽也广泛注意到了文艺大众化的问题，并多次展开过专门讨论，但问题远未解决。

（三）第三个 10 年（1938—1949）的文学发展

第三个 10 年的文学，其主要特点是民族斗争与阶级斗争对文学的发展产生了巨大的影响。

这一时期又以 1942 年延安文艺座谈会的召开为界，分为两个阶段。前一阶段是抗战初期的文学。此时，广大作家纷纷走出书斋，投身抗日救亡运动，积极宣传一致抗日和爱国主义思想。围绕抗日救亡运动，文艺界出现了大量通俗明快、短小精悍的文艺作品，如街头诗、独幕剧等，也出现了一些大型的集体创作和一系列历史剧。作家们纷纷借历史故事和历史人物之口，反映严峻的现实，表达人民的正义呼声。其中，以郭沫若的《屈原》《虎符》等历史剧最为成功，影响最大。后一阶段文学分为解放区、国统区、沦陷区等区域。在解放区，毛泽东的《在延安文艺座谈会上的讲话》提出了一条较为完整的马克思主义文艺思想方针，明确了文艺为工农兵服务的方向，解决了文艺大众化等一系列五四以来重要的文艺理论和实践问题，开辟了无产阶级革命文学的新阶段。在文学创作中，新文学以来前所未有的新主题、新题材、新形式纷纷出现，赵树理、孙犁、丁玲、周立波以及《白毛女》《王贵与李香香》等一大批具有典型民族风格、民族气派的作家和作品不断涌现出来，显示了实践文艺为工农兵服务所取得的重要成就。在国统区和沦陷区，作家的创作主要围绕反侵略、反压迫的民主革命运动展开，出现了大量具有讽刺性、揭露性的作品，如茅盾的《腐蚀》、巴金的《寒夜》、袁水拍的《马凡陀的山歌》、陈白尘的《岁寒图》《升官图》、钱锺书的《围城》等。作家从不同角度，运用不同体裁，全面而深刻地暴露和批判了国统区的黑暗现实。此外，张爱玲、徐訏、无名氏等一批风格独特的作家作品，也显示了现代文学的多向度发展。国统区很多作家在艺术风格上也努力向民族形式和大众化的方向发展，并取得了可喜的成绩。

除了理论探讨和创作实践，中国现代文学的 30 年，也是在激烈和复杂的思想斗争中不断向前发展的。新文学每前进一步，都伴随着同守旧势力和各种思想派别的斗争。从 20 世纪 20 年代的"国粹派""学衡派""甲寅派""鸳鸯蝴蝶派""现代评论派"等，到 30 年代国民党政府的"文化围剿""法西斯民族主义文学"以及"新月派""论语派""自由人"和"第三种人"，直至 40 年代的"战国策派""戡乱文学"等，反帝反封建的新文学正是在同以上形形色色的文学思潮的不断斗争中发展、成熟、壮大起来的。中国现代文学的历史，也是一部文艺思想斗争的历史。

中国现代文学的发展以五四以来的现实生活为土壤，但也充分吸收了中国传统的和外来文学的丰富营养：它一方面与中国民族文学遗产保持着承继的关系；另一方面又汲取了世界文学潮流中有益的成分。现代文学批判地继承了中国古典文学的精华，而且直接以近代文学为其先导。广大现代作家身上厚实的古典文学根基，深刻地影响着他们的新文学创作。同时，现代作家又广泛译介了世界各国文学，打通了中国现代文学走向世界文学的道路。现代文学史上几乎所有重要的作家，如鲁迅、郭沫若、茅盾、巴金、周作人、郁达夫、瞿秋白等，都参与了对外国文学的传播介绍。这种介绍在思想倾向、艺术观念及创作技法上，对整个现代文学的发展产生了重要的作用和影响。中国现代文学的历史，从某种意义上讲，也是新旧文学相交融的历史，同时又是中外文学相交流的历史，是在这种交融与交流过程中建立民族新文学的历史。

纵观中国现代文学 30 年，无论是从它自身的演变，还是它和时代社会的关系，都可以看出，它是随着新民主主义革命历史的发展而发展的，是和新民主主义革命斗争相辅相成的，同时又具有相对独立的鲜明特性。在 30 年的文学发展中，虽然出现了多样的创作方法，如现实主义、浪漫主义、象征主义、现代主义等，但总的说来，是以革命现实主义的创作方法为主流，为人生、为革命的现实主义的基本精神渗透在整个现代文学的各个层面。

可以说，中国现代文学 30 年的发展历程，是中国社会巨大变革、中华民族艰苦奋斗的历史写真，是中国现代作家苦苦思索民族以及人类命运的心路印证，也是中国现代作家在艺术探索的漫长道路上留下的智慧和辛苦的足迹，更是在延续不断发展着的中国文学乃至世界文学的历史长卷中重重书写下的 30 年！

第二节　中国现代文学研究的历史与现状

中国现代文学早已结束了自身的发展历程，但由于其独特的艺术价值和历史价值，与之同步发展的中国现代文学研究却始终不断地发展着。回顾中国现代文学研究的历史与现状，梳理其中的重要问题，总结其间的经验教训，展望未来的发展走势与前景，不仅对一个学科有着极其重要的作用，而且对促进整个民族文化的繁荣也同样有着深远的意义。

20 世纪 80 年代，王瑶发表《中国现代文学研究的历史和现状》①　一文，首先回顾了中国现代文学研究的历史发展线索。

一九二二年，胡适在《五十年来中国之文学》的最末一节，曾经"略述文学革命的历史和新文学的大概"，这可能是对中国现代文学的产生和形成进行历史考察的最初尝试。从二十年代末到三十年代，少数高等院校陆续开设了新文学研究的课程或讲座。陈子展、朱自清、周作人、王哲甫、李何林等都讲过这样的内容，他们的讲义大多作为文学史著作出版，即陈子展《中国近代文学之变迁》（中华书局一九二八年出版，有关现代文学的"10 年以来的文学革命运动"仅为其中一节；后又修订更名为《最近三十年中国文学史》，由太平洋书店一九二九年出版），周作人《中国新文学之源流》（一九三二年作，同年北京人文书局出版），王哲甫《中国新文学运动史》（一九三三年作，同年杰成印书局出版），李何林《近二十年文艺思潮论》（生活书店一九四〇年出版）。其中朱自清一九二九年至一九三三年在清华大学、师范大学和燕京大学的讲义《中国新文学研究纲要》，当时未正式出版，遗稿后来发表在一九八一年的上海《文艺论丛》第 14 期；它是首先以作家成果作为主要研究对象的，着眼在从丰富的文学现象来探讨各类作品产生和发展的社会原因和历史经验，重视艺术成就及社会影响，并采用了先有总论然后按文体分类评述的文学史体例，这对以后的现代文学史研究是有启示意义的。

一九三五年，《中国新文学大系》编辑出版，蔡元培、胡适、郑振铎、茅盾、鲁迅、郑伯奇、周作人、郁达夫、朱自清、洪深等，分别为全书和各卷写了长篇导言，对五四和第一个 10 年间的新文学分门别类地作了系

---

① 　王瑶：《中国现代文学研究的历史和现状》，载《华中师范大学学报》，1980（4）。

统分析和历史评价。"导言"的执笔者不仅亲自参加了第一个 10 年的文学运动和创作实践，而且代表了不同的倾向与流派，在导言中显示出了他们不同的文学史观，如胡适用文学进化观解释新文学的诞生，周作人以为新文学运动是"历史的言志派文艺运动之复兴"，而鲁迅、茅盾的导言则运用历史唯物主义观点科学地辩证地评价现代作家、作品和流派，在方法上对以后的现代文学史的研究产生了深远的影响。

一九四九年中华人民共和国的成立，不仅标志着中国历史的转折，而且标志着文学的转折；从五四开端的新文学到中华人民共和国的成立，构成了完整的历史阶段，对其作历史的研究与总结，不仅有了必要，而且有了可能。在五十年代初，出现了一批以高等院校教材形式出版的现代文学史著作，其中有：王瑶《中国新文学史稿》（上册一九五一年开明书店出版、下册一九五三年上海新文艺出版社出版）、丁易《中国现代文学史略》（写于五十年代初，一九五七年由作家出版社编辑出版）、刘绶松《中国新文学史初稿》（一九五六年人民文学出版社初版）、蔡仪《中国现代文学史讲话》（上海新文艺出版社一九五二年出版）、张毕来《新文学史纲》（作家出版社一九五五年出版）等，同时随着高校现代文学课程的开设，逐步形成了现代文学研究与教学的专业队伍，这些都标志着现代文学开始成为独立的学科。

一九五七至一九五八年的"文艺战线的一场大辩论"、"再批判"，又把上述关于现代文学基本性质的理论错误推向新的极端；以所谓"文艺上的无产阶级路线和资产阶级路线斗争"作为现代文学发展的基本线索（参见邵荃麟：《扫清道路，奋勇前进——〈文艺战线上的一场大辩论〉读后》）。继之而来的一次又一次的政治运动，批判掉了一批又一批的现代文学作家和作品，到"文化大革命"的 10 年动乱中，在"否定一切，打倒一切"的思潮影响下，30 年的现代文学史只能研究鲁迅一人。政治斗争的需要代替了科学研究，滋长了与马克思主义根本不相容的实用主义学风，讲假话、隐瞒历史真相，以致造成了现代文学史这门历史学科的极大危机。

王瑶又对 20 世纪 80 年代初、中期的现代文学研究工作的发展与变化给予了及时的概括，认为"最重要、最具有决定意义的可以说有两个方面：第一，对'现代文学'性质的认识的逐渐深化，并由之带来研究格局的突破与研究方法的变革；第二，对'现代文学史'这门学科的性质的认识和变化，并由之带来研究视野与方法的变革"。王瑶还敏锐地感觉到"在关于现代文学研究创新问题的思考中，大家关心的另一个问题是现代文学研究的范围问题。人们强烈地感到，对现代文学的历史考察，目光只囿于30年的范围会有很大的局限性；需要把研究视野作时间上的延伸，这是关于中国现代文学史的时间起讫的问题，学术界对此是有不同意见的；但无论如何，研究者必须开阔自己的视野，不把目光只限于30年的范围"。

《中国现代文学研究丛刊》是由中国现代文学研究会与中国现代文学馆合编的现代文学学科的重要核心刊物，于1979年创刊。它所刊出的文章，是衡量现代文学研究发展水平的重要参照。樊骏在1990年发表的《〈中国现代文学研究丛刊〉十年（1979—1989）》（《中国现代文学研究丛刊》1990年第2期），统计了这10年在《丛刊》上发表的965篇文章；2000年，他又发表了《〈丛刊〉：又一个10年（1989—1999）——兼及现代文学学科在此期间的若干变化》（《中国现代文学研究丛刊》2000年第2期），统计了这10年在《丛刊》上发表的1040篇论文。这两篇分量厚重的文章，通过回顾《丛刊》的工作来叙述和记录现代文学研究的历史步伐。把这两篇文章并呈在一起，人们就可以清晰地看到现代文学研究近20年的发展轮廓。

第一，以作家作品为研究对象的文章，前一个10年有600多篇，占全部篇目的2/3，有专文或者专节论述的作家达到140人。其中最多的是关于鲁迅的，有129篇；其次是茅盾，62篇；以下的顺序为老舍43篇，郭沫若35篇，曹禺31篇，郁达夫27篇，巴金25篇，丁玲15篇，闻一多15篇，沈从文14篇，周作人14篇，叶圣陶12篇，赵树理10篇；5篇以上的，还有徐志摩、艾青、沙汀、朱自清、冰心、冯雪峰、夏衍、胡适、张天翼、胡风、萧红、戴望舒、张爱玲、许地山、王统照、萧军等人；只有1篇的有60多人。后一个10年有近500篇，接近总数的一半，有专文或者专节具体论述的作家160人。其中最多的仍是关于鲁迅的，达46篇；其次是老舍，有28篇；以下的顺序是：茅盾、张爱玲各17篇，郭沫若16篇，巴金、郁达夫各15篇，沈从文14篇，周作人、萧红各13篇，徐志摩12篇，林语堂、丁玲各9篇，胡适、徐訏、冯至各8篇，钱锺书、废名、胡风各7篇，曹禺、庐隐各6篇，穆旦、无名氏、王统照、叶圣陶各5篇；此外，艾青、冰心、梁实秋、路翎等10人各4篇，李劼人、陈独秀、李健吾、孙犁、汪曾祺等13人各3篇，瞿秋白、田汉、穆时英、梅娘、赵树理等18人各2篇，另有吴宓、夏衍、张天翼、周文、周扬、艾芜、陈铨等61人各1篇。

樊骏指出："与前一个10年相比，关于张爱玲、萧红、林语堂、徐訏、冯至、穆旦等人的文章明显增多，有关闻一多、赵树理、夏衍等人的文章显著减少；同时，又增加了不少新的研究对象（如沦陷区作家），也就是说，有更多的曾经受排斥被忘却的作家，作为现代文学的组成部分，进入研究者的视野，成为独立的研究课题。就整体而言，虽然主流文学研究仍然占有大的比重，尤其是鲁迅研究始终处于遥遥领先的地位，形成于五六十年代的那种主流文学研究与非主流文学研究数量上的悬殊差距，经过 20 世纪 80 年代的'重新评价'，进入 90 年代以后，又有所缩小。再从细处看，像张爱玲、萧红这样两位思想取向和艺术风格、文学历史地位各不相同的女作家，竟然同时成为研究的热点，成果增幅又都如此突出，足以表明研究者的价值判断与审美情趣、文学观念与学术选择的日趋多样，不再那么划一了。"

第二，以文学社团、流派为研究对象的论文，在前一个 10 年共有 80 篇。关于中国左翼作家联盟和左翼文学运动的，有 30 余篇；其次是"鸳鸯蝴蝶派"和创造社，各有 10 篇上下；象征派、新月派、现代派（包括新感觉派、心理分析小说派），都有 5 篇以上；湖畔社、浅草社、现代评论派、京派、论语派也分别有 1～2 篇专文。在后一个 10 年共有 95 篇，以探讨"鸳鸯蝴蝶派"及相关的旧派通俗小说的为多，超过 10 篇；"左联"和左翼文学运动、创造社、新月派、新感觉派、文学研究会等团体派别，依然是人们多次涉及的题目；而"《学衡》派""自由主义（文学）思潮""海派""《艺术志》派"（东北沦陷区）等，也作为独立的课题进入研究者的视野。

第三，从所研究的文学体裁来看，前一个 10 年的小说研究占了绝大多数，达到了 249 篇，诗歌研究 102 篇，戏剧研究 64 篇，散文研究 52 篇。后一个 10 年的小说研究 255 篇，诗歌研究 80 篇，戏剧研究 40 篇，散文研究 43 篇。此外，还有文论研究 54 篇，作家生平思想研究 71 篇。从上述的数字对比可以看出，小说研究的数量始终超过其他三种文体研究的总和，而散文研究始终是最少的。樊骏因而指出："对于这种长期存在的小说研究一枝独秀、其他文体研究相对冷落的格局，人们不禁发出原因何在的疑问：究竟多少源于客观因素（研究对象即现代文学不同文体作品本身的成就，所包含的需要研究、值得研究的问题等），又有多少因为主观因素（研究主体即我们这些研究者自身的知识修养、审美情趣、学术选择等）？"

第四，从论文涉及的历史时期来看，前一个 10 年，研究现代文学第二个 10 年的论文最多，研究现代文学第一个 10 年的次之，研究现代文学第三个 10 年的最少。在后一个 10 年里，这种情况发生了很大变化。研究现代文学第三个 10 年的论文大增，"其数量已经超过了同一时期里发表的有关第一个 10 年和第二个 10 年的文章"。

樊骏精心统计的这几组数据，是非常有说服力的，它们明确地告诉人们现代文学研究的某些重要信息和动态。依据这几组数据，可以看出现代文学的研究格局正在发生一些引人注目的变异。而产生这些变异的原因："或者说与这些变异联系在一起的较为内在的变化，是人们所注视与感到兴趣的课题，和作为研究对象的，已经不像过去那么集中、突出重点和单一，而在分散扩展开来，显得宽泛广阔和多样化了。"

第三节　关于中国现代文学学术史建构的几点思考

中国现代文学学术史的思考与建构，已经成为现代文学研究走向纵深的一个标志。从现代文学史的研究到现代文学学术史的研究，这一发展与跨越，是带有根本性和全局性的。从王瑶的《中国新文学史稿》等奠定了现代文学学科的研究基础开始，至今中国现代文学史已有难以计数的各种学术著作和教材面世。新时期以来现代文学史的建设与研究又出现了一批新的成果，其中较为突出的有郭志刚、孙中田主编的《中国现代文学史》（高等教育出版社，1999），钱理群、吴福辉、温儒敏合著的《中国现代文学三十年》（北京大学出版社，1998），朱栋霖、丁帆、朱晓进主编的《中国现代文学史（1917—1997）》（高等教育出版社，1999），黄修己著《中国现代文学发展史》（中国青年出版社，1988）和《中国新文学史编纂史》（北京大学出版社，1995），马以鑫著《中国现代文学接受史》（华东师范大学出版社，1998），杨义著《中国现代小说史》（人民文学出版社，1986—1991），汤哲声著《中国现代通俗小说流变史》（重庆出版社，1998），严家炎著《中国现代小说流派史》（人民文学出版社，1989），姚春树、袁勇麟著《20世纪中国杂文史》（福建教育出版社，1997），马良春、张大明主编的《中国现代文学思潮史》（北京十月文艺出版社，1995），周发祥、李岫主编的《中外文学交流史》（湖南教育出版社，1999），冯光廉主编的《中国近百年文学体式流变史》（人民文学出版社，1999），郭志刚、李岫主编的《中国三十年代文学发展史》（湖南教育出版社，1998），朱寿桐主编的《中国现代主义文学史》（江苏教育出版社，1998），张松如主编的《中国现代诗歌史》（吉林教育出版社，1995），汪文顶著《现代散文史论》（福建教育出版社，1994），丁罗男《20世纪中国戏剧整体观》（文汇出版社，1999），黄会林著《中国现代话剧史略》（安徽教育出版社，1990），温儒敏著《中国现代文学批评史》（北京大学出版社，1993），郭志刚著《中国现代文学史论》（高等教育出版社，1996）等。这些著作的出版，标志着中国现代文学史的建设和研究又上了一个新的台阶。

　　在这样的学术背景下，学术界出现了积极建构现代文学学术史的呼吁。这本身就体现了现代文学研究的成熟与活跃。有关中国现代文学学术史的研究，已经出现了一些很有水平的成果。从深度上讲，陈平原的《中国现代学术之建立——以章太炎、胡适为中心》，在突破以往文学史研究的格局和框架、提升文学史研究的学术精髓等方面显示了独到的见解；从广度上讲，由北京出版社出版的、以季羡林为学术顾问的"20世纪中国文学研究"丛书，总揽20世纪以来整个中国文学研究的全局，以一个世纪的学术眼光来梳理中国文学几千年历史长河的沉浮流变，显示了宏阔的学术视野。面对正在不断兴起的现代文学学术史的研究热潮，一些问题有必要在此加以探讨。

　　一是如何看待学术研究的姿态问题。学术研究的姿态从根本上说就是以什么态度和方式来对待学术研究。这里面有两点值得强调。其一，文学史写作到底是以"文学"为前提还是以"史"为前提？事实上，无论人们怎样重视文学的社会历史背景，文学史写作当然应该坚持以文学为前提，以文学本身的价值为前提，否则根据什么来区分"重要作家"和"次要作家"？而按照文学价值的不同，"重要作家"和"次要作家"总是客观存在的，没有一定的文学标准，文学史就变得没有意义，文学史的学术价值就无从确认，文学史就会变成一般意义上的文化史或文坛编年史。一些现当代文学史往往对作家的罗列过于细致，使许多显然并不重要或不够分量的作家都榜上有名，各有座次。不少文学史著作"史"的含量越来越厚重，学术眼光越来越淡薄，这是应该引起重视的。文学研究越来越繁荣当然很好，但是历史要求文学史的写作必须越来越薄。随着20世纪中国文学概念的提出及其研究的深入，整个中国文学几千年历史贯通一体的研究框架已经摆在人们的面前。这里尤其需要的是严谨厚重的学术眼光。学术史研究是对文学史研究的更高层次的理论观照。尽管许多作家作品都可能有其个性化的魅力，都有其在文学史上存在的某种价值和理由，但通过学术史的建构，应该确立一种比较高的同时也是比较一致的学术评判标准，只能把那些在某些时段真正有价值的作家作品留下来，以对历史做出应有的交代。其中包括应该以真正的学术眼光来遴选一部具有很高学术水准的作品选。其二，对文学史写作背景的质疑。关于文学史写作的理论预设，历来有两种倾向：一种是虚无主义的倾向；另一种是民族主义的倾向。前者追求"纯文学"的境界，但这种追求到达一定程度就明显表现出缺乏时代历史底蕴的局促。它在消解了某些"非文学"因素的同时，也往往把文学自身的意义消解掉了。后者则是把文学完全当成民族或国家的附庸，民族或国家借助文化包括文学来加强和巩固自身的存在，这是可以理解的。但应该清楚地看到，民族主义与文学的人学倾向之间是存在着冲突的。写作文学史的时候，过于强调民族主义，就有可能导致对文学自身的粗暴干涉和删改。在 1950—1976 年期间，意识形态文学史中的民族主义已经得到了较为深刻的反省，但是非意识形态文学史写作中的民族主义则很少得到注意。

二是如何评判文学本身的学术价值。李欧梵的《上海摩登》一书，以"一种新都市文化在中国 1930—1945"为副标题，显示了与以往经典文学史写作的明显区别，特别是该书研究的主要对象——上海的百货大楼、咖啡馆、歌舞厅、跑马场、亭子间等都市洋场特定的商业场所或文化空间和《东方杂志》《良友》画报等大众阅读刊物以及电影院、电影明星、电影观众等大众文化产物——与以往以经典文本为主要对象的文学史研究很不相同。李欧梵以具体细致的文化考察拓宽了文学研究的主要对象——文本的外延和内涵，对究竟什么才是文本，做出了自己独特的判断，大大拓宽了 20 世纪中国文学研究通向文化研究的途径，独具其现实意义。在《上海摩登》中，新感觉派作家和邵洵美等人的文学史价值得到了更为充分甚至是重新的认识，《东方杂志》《良友》画报等刊物的文学史意义也被给予了极有说服力的论证。总之，李欧梵的这种学术眼光，对人们反思以往研究中理解和认识文本时的某种片面化和机械性还是有一定的促进作用的。人们一般不会或很少注意到把影视剧作品中演员的角色体验与"学术性"联系起来，更不会把它们与"文本"联系起来。其实，在文学作品（包括文学历史和文化名人等）向影视剧作品的转换已经成为普遍现象的今天，重视演员对所扮演角色的真切体验和深切感悟，并由此来反观文学作品本身的价值和意义，不仅是必要的，而且是一个非常独特新颖的研究视角。虽然有数不清的人在研究吴荪甫、骆驼祥子、周朴园、祥林嫂，以及徐志摩、林徽因等，但能在荧屏和舞台上扮演这些角色的却是极少的几个甚至就是那一个人。认真听听他（们）对自己所扮演角色的体悟，不仅是重要的，而且是独特的，是有学术价值的。文本不一定就仅仅局限于作品和研究论著本身。随着信息化时代的到来，文本的开放程度已经远远超过了语言文字这种表现形式。在语言艺术被大量转换为视觉艺术的情形下，死守着文字文本显然是十分被动的。

三是如何真正回到文学自身。回到纯文学中来，回到纯文本中来，是学术界长期追求的方式和目标之一。这对于净化文学史研究的纯度，切实注重文学本身价值和意义的开掘，而不是过多地使文学史纠缠甚至陷入诸如思想史、哲学史、文化史、宗教史、社会史等里面去，的确也是非常重要的。但是近些年来，现代文学研究在不断深入和扩展，也明显出现了一些新的研究视点和研究热点，除了现代文学研究向近代文学甚至古代文学不断拓展和挺进之外，期刊、社团流派、新闻出版、民风世俗等都成为学术界热切关注的话题。近几年来，许多现代文学博士的学位论文，几乎将有关期刊和出版机构的研究一网打尽。"小城中的故事和故事中的小城"这类的论文题目，成为将文学、社会学、人类学、民俗学、历史学融为一体进行研究的典范，还有许多论文和论著把研究的重点放在文学史上的一些人事关系上等。事实上，正是对一些史实和人事关系的深入辨析和进一步厘清，正是对那些看起来似乎远离纯文学文本的边缘问题的深入研究，才使人们得以更准确甚至是重新地理解和认识纯文学文本的某些独特价值和意义。关于这一点，曹聚仁所写的《中国学术思想史随笔》也可以给人们另一方面的启发。曹聚仁本人是把学问甚至学术看得很杂的。经史子集、诸学各派、文史考据、文坛掌故，甚至连"仲尼是不是私生子的问题"都在他的"学术"视野之内。但人们并没有因为他的"杂"而觉得他的研究没有学术性，相反，正是在他那种广博驳杂的梳理中，人们更清楚地感受到学术的"纯"。曹聚仁对待学术的态度有一点特别值得人们思考：注重历史的延续、发展和演进，以一种变通的思路来看待学术的本质。在《三谈清末今文学》中，他先以上海和淮扬文化的变迁为例，指出"扬州衰落，上海继起，社会经济的大变动，影响所及，政治、文化、艺术都有了全面性的剧变。40 年前，日本汉学家到了扬州，辗转访求王念孙、引之这两位经学大师的后裔，结果，只找到了一位 70 多岁的老妇人，她是一个文盲，当然不知道她的曾祖、祖父是怎么一个通儒了"。又接着指出："洋务运动，有一句很响亮的口号，叫做'坚甲利兵'。即是说洋人的轮船大，钢板坚，大炮口径大，所以我们吃亏了；但那一批阿 Q 觉得，物质文明，洋人利害，不要紧，可是精神文明，我们中国行，吃点亏不要紧呀！于是又有了一句响亮的口号，如张之洞所说的：'中学为体，西学为用。'说明白来，清末的今文学派，他们也正是挂了孔圣人的羊头，卖维新变法的狗肉。"他在《启蒙期之思想进路》中又举了梁启超的例子："梁氏本不喜桐城派古文，幼年为文，学晚汉魏晋，颇尚矜练。到了办《新民丛报》，自行解放，务为平易畅达，时杂以俚语、韵语及外国语法，纵笔所至不检束。年轻知识分子，争相仿效，号新文体。老一辈表示痛恨，讥为野狐禅。可是，他的文章条理明晰，笔锋常带情感，对于读者，自有一种魔力！这也就埋伏着新文学革命的种子。"曹聚仁这种勾连历史内蕴，看重历史发展的学术眼光，在构建现代文学学术史的进程中是应该深以为鉴的。

四是对所谓"文学现代性"的提法应该保持某种程度的清醒。由于学术界对中国社会的现代性问题非常关注，影响所及，文学研究中也出现了特别注重研究文学"现代性"的倾向。自从西方文艺复兴以来，由于神学权威的衰落、工业社会的发展、民族国家的兴起、资本主义商业制度的蓬勃发展等历史因素，西方社会以及受其影响的其他社会，都发生了全新的、快速的、难以预测的变化。如何观察、预测这一社会高速演进中产生的问题，规划更适宜人类生活的现代性方案，已成为全人类都不得不面对的实际问题。在现代社会中，文学作为升华人类精神的重要力量，对于克服现代社会中的弊端，正发挥着越来越重要的作用。因此毫不奇怪，康德、黑格尔、海德格尔、马尔库塞等积极规划现代性方案的西方哲学家，都纷纷把目光投向美学和文学。美学在现代社会的兴起这一事件本身，也说明了文学艺术在建构现代性社会中的重要性。因此，研究文学的"现代性"是应该的，也是必要的。但问题在于，第一，文学的现代性与社会现代性是相等的吗，是同步发展的吗？尤其值得注意的是，在一些对现代性的有关提法中普遍包含着唯现代性为上的色彩和倾向，而在文学现代性的实际操作中，则是唯西方文学的既有形态为尊。所谓文学的"现代性"在实际操作中成了文学的"西方性"，对这种暗换概念的做法是应该警醒的。第二，文学的发展存在着一个终极的目标和境界吗？进入"现代性"阶段的社会当然会产生一种不同于以往社会的文学，但这种区别是否就是文学的优越之处呢？这也是大可怀疑的事情。这种唯现代性为高的看法，其实多少带有一些进化论的色彩。而文学恰恰和进化论没有什么太大的关系。所以，"文学史写作＝现代性文学"的提法并不一定是准确的和正确的，特别是对于将文学的"现代性"当作现代文学学术史建构的理论导向，则更应该保持冷静而理智的头脑。

五是如何真正有效地打通近、现、当代中国文学史。从20世纪80年代中期钱理群、黄子平、陈平原提出"20世纪中国文学"的概念以来，以现代文学为中心的文学史研究从理论到方法也取得了突破性进展。80年代中期出现了强调"中国近、现、当代文学史的合理分工和一体化研究"的观点，近年来这一观点进一步得到学术界的广泛认同和加强。在此观点指导下，学界出现了一批将中国近、现、当代三段文学史整合为一体的文学史著作，如孔范今主编的《20世纪中国文学史》（山东文艺出版社，1997），苏光文、胡国强主编的《20世纪中国文学发展史》（西南师范大学出版社，1996）等。应该指出的是，虽然将20世纪中国文学作为一个整体进行研究是一种新的开阔的视角，但如何真正将近、现、当代三段文学史有机勾连在一起，并真正开掘现代文学的历史蕴藏，将是一个艰巨的任务，而不是简单地将三段文学史焊接在一起就能够完成的。

此外，陈思和等人提出的关于中国当代文学史的"潜在写作"问题，秦弓等人提出的中国现代文学史学科建设需要"比较文学史眼光"的问题及业已出现的关于"中国现代文学史编纂史""中国现代文学接受史"的写作问题等，都已经为中国现代文学史研究空间的扩展，为中国现代文学学术史的建构，提供了独到的见解和新的尝试。

第四节　中国现代文学的主要特征

中国现代文学明显带有承前启后的性质，因而这一阶段文学具有自己鲜明的特点。

（一）新旧文学的冲突与承传

中国现代文学是在五四时期新的历史条件下产生的，它体现出全新的现代社会、现代人生的精神风貌和崭新的文学表述方式，体现了现代新文学、新文化与传统旧文学、旧文化的根本冲突和根本转折。但是，它也是几千年中国传统文学发展演进的必然结果，与它几千年的文学母体有着难以分割的联系，体现了两者之间的相互关联。最明显最有力的证明是，现代文学的开创者们，如胡适、鲁迅、周作人、郭沫若等，他们不但是新文学的举旗人，而且也是国学大师，极大地推进了国学在新时代的继续发展。现代小说的发展就是一个例子。中国小说源远流长，明清以来更是出现了众多白话小说，然而以"五四"新文学为起点，中国现代小说以全新的思想内涵和前所未有的表现形式，掀开了中国小说发展史上崭新的一页，展示了现代人的行为方式与思维方式。虽然它是全新的，但这并不意味着它是孤立的，恰恰相反，它得益于对中国传统小说的继承。中国传统小说的思想精华与多种艺术技法在现代小说中有一种无形而深刻的传承。现代诗歌的发展亦然。中国现代新诗尽管是在对传统旧诗的反叛中出现的，但它植根于民族传统文化的土壤之中。传统诗歌的美学意境、古典诗人的审美修养，尤其是中国古典诗歌感时忧民、愤世嫉俗的传统精神，更是在深层次上对现代诗人的创作产生了无形的巨大影响。对传统的反叛往往是创造与更新的重要手段，而对传统精神的批判继承则是继往开来的重要规律。最注重创新，又最懂得继承，这是以鲁迅为代表的五四那代人的一个宝贵的文化品质。

（二）中外文学的碰撞与交融

五四前后，外国文学在中国的译介、传播和影响，对中国现代新文学的诞生和发展，起到了重要作用。自晚清以来，翻译外国文学作品逐渐进入繁荣阶段，从 1896 年至 1916 年的 20 年间，共翻译外国小说 800 种左右，特别是林纾等人的翻译大大提高了外国小说在中国知识界的地位。外国诗歌、散文、戏剧作品的翻译成就也很大。晚清翻译文学的繁荣不仅影响了当时的文学创作，而且也对"五四"新文学作家产生了很大的影响。一些新文学的作家作品甚至是在外国文学的直接影响下出现的。新文化运动开始以后，更有大量外国文学被介绍进来。鲁迅、刘半农、沈雁冰、郑振铎、瞿秋白、耿济之、田汉、周作人等都是当时活跃的翻译者和介绍者。几乎所有进步报刊都登载翻译作品，其规模和影响远远超过了近代的任何时期。俄国以及其他欧洲各国、日本、印度的一些文学名著，从这时起较有系统地陆续被介绍给中国读者，帮助中国新文学进一步摆脱旧文学的种种束缚，促进了它的改变和发展。

"五四"新文学的这一特点是当时整个时代特征的一个具体体现，而这一点又使中国现代新文学表现出了与以往几千年传统旧文学的根本不同。当最初一些批判现实主义和浪漫主义的外国作家作品被介绍到中国之后，那种自由开放的思想追求与艺术形态，正契合了"五四"新文学的历史使命，催生了中国现代新诗。现代新诗不辱使命，以其与传统旧诗彻底决裂的鲜明特色一跃而崛起，以其荡涤传统而勇敢创新的精神，在具有几千年悠久历史的中国诗坛上决然地扔掉了旧的衣装，焕发出新的光彩。

当然，当时许多人都还分不清外国文学中的精华与糟粕、积极部分与消极部分，因此在译介大量优秀作品的同时也推荐了不少平庸的作品。而有些新文学拥护者也盲目鼓吹"全盘西化"，提倡所谓"欧化的白话文""欧化国语文学"①，给新文学的发展带来过消极影响。但是，总的来说，五四时期对外国文学的介绍仍然起了很大的推进作用。鲁迅、郭沫若等许多新文学作家的作品，都表明他们在努力独创的基础上曾经接受过外国文学的积极影响。鲁迅代表的五四那代人，最注重开放，又最讲究立本，他们既读过经，又留过洋，是得天独厚、难以超越的一代人。

（三）伴随始终的使命感和责任感

时代历史所赋予中国现代文学的特殊使命，使之出现了一大批世纪性的大家与名作，并在整体上形成了自己特有的风格。中国现代文学虽然仅有短短 30 年的创作历程，但大家纷涌、名作四起，还出现了一批个性鲜明、风格独特的

---

① 傅斯年：《怎样做白话文》，载《新潮》，1919（1/2）*。

* 注：(1/2)，表示：第 1 卷第 2 期（册）。全书此类注同。

创作流派。小说方面有现实主义与浪漫主义双峰并峙的鲁迅与郭沫若，在长篇小说领域卓有建树的茅盾、巴金、老舍等诸位大家，为人生写实派的小说代表叶圣陶、许地山；乡土小说的代表沈从文、王鲁彦等；幽默讽刺的小说代表有沙汀、张天翼、钱锺书等；风采多姿的女作家冰心、丁玲、萧红、张爱玲、苏青等；各具特点的诗人闻一多、徐志摩、戴望舒、穆旦等；戏剧大师曹禺、田汉、夏衍等。30 年的时间里出现了如此众多的在中国文学史上留下深深痕迹乃至蜚声世界文坛的作家作品，这是时代对中国现代文学的特别赐予。中国现代文学在整体上形成了自己的根本特质：责任感、使命感以及对艺术境界的不懈追寻。这种特质使中国现代文学在思想和艺术上都达到了很高的水准。应该说，中国现代文学在特定时空里出现的辉煌业绩，不是随便在任何历史时期里都能够出现的。人们时常听到一些"为何还不再出现一个鲁迅"的呼声，懂得中国现代文学及鲁迅是如何出现的人都会感到这种呼声是那样的苍白和脆弱。懂得历史赐予的弥足珍贵，也是一种深刻、成熟的文化心态，反之，就会显得浮躁与肤浅。

（四）对个性与人性的追求及对自身的剖析与批判

以鲁迅等为代表的中国现代作家，他们最犀利地批判社会的黑暗，又最无私地解剖自身的弱点，最无情地揭露人性的弊病，又最深情地关注着整个人类的命运。鲁迅、郭沫若、茅盾、巴金、老舍、曹禺、沈从文、艾青、孙犁、钱锺书等现代作家的作品往往都蕴含着一种对整个人类的大关怀。他们从自身的经历和感受出发，直逼人性的本质深处。正因如此，在中国现代文学短短 30年的历史发展中，出现了那么多的大作家、那么多的文化伟人，呈现出整个中国文学历史上难得的文学大气象。

对上述诸问题的关注与理解，有助于加强和加深人们理解中国现代文学是在怎样的时代历史条件下生成发展的，理解现代新文学与传统旧文学之间的关系、中国现代文学的民族性与世界性之间的关系，以及作家个人的个性与时代社会乃至整个人性之间的关系。

思考题

1. 中国现代文学发展的三个 10 年通常划分为：第一个 10 年（1917—1927）即五四时期的文学，第二个 10 年（1928—1937）即左翼时期的文学，第三个 10 年（1938—1949）即抗日战争与解放战争时期的文学。这种分期体现了怎样的时代历史背景和文学发展特征？

2. 中国现代文学是在新的历史条件下产生的，其全新的文学表述方式不同于传统的旧文学，但也无法断然割裂二者之间天然的联系。如何认识新旧文学之间的冲突与传承关系？

3. 中国现代文学明显带有承前启后的性质，结合中国现代文学的时代和文化特征深入思考中国现代文学是在怎样的时代历史条件下生成和发展的，中国现代文学的民族性与世界性之间存在着怎样的关系？

参考书目

1. 周作人. 中国新文学的源流. 北平：人文书店，1934.

2. 王瑶. 中国新文学史稿. 上海：上海文艺出版社，1982.

3. 唐弢，严家炎主编. 中国现代文学史（三）. 北京：人民文学出版社，1984.

4. 袁进. 中国文学观念的近代变革. 上海：上海社会科学院出版社，1996.

5. 陈平原. 中国现代学术之建立——以章太炎、胡适之为中心. 北京：北京大学出版社，1998.

6. 黄修己. 中国现代文学发展史. 3版. 北京：中国青年出版社，2008.

7. 郭志刚，孙中田主编. 中国现代文学史. 北京：高等教育出版社，1999.

8. 钱理群，温儒敏主编，吴福辉. 中国现代文学三十年. 修订本. 北京：北京大学出版社，2005.

9. 钱理群. 中国现代文学史论. 桂林：广西师范大学出版社，2011.

10. 旷新年. 现代文学观的发生与形成. 文学评论，2000（4）.

第一章　从晚清到五四：中国现代文学的发生

第一节　晚清启蒙运动与文学的变革

1840 年的鸦片战争，使中国结束了闭关锁国的状态，被迫向西方开放。19世纪六七十年代，在平息了太平天国等一系列大规模的民间起义之后，清朝政府在一批改革派官僚知识分子的积极推动下，继续推行洋务运动，并加大力度引进西方物质生产技术，实现军事现代化。洋务运动是中国的第一次"改革开放"，是清政府在军事、外交和内政危机重重的情况下被迫实行的自强运动。但洋务运动的目的是"师夷长技以制夷"，排斥西方的制度文明和精神文明，是不触动封建专制制度的仅限于"器物"层面的改革，因此注定不能成功。1894 年至 1895 年甲午战争的惨败，成为晚清洋务运动失败的象征。

甲午战争的失败，一方面使洋务运动遭到致命打击，清廷保守势力一时甚嚣尘上；另一方面，则促使现代化的新思维——制度改革——得以产生。

维新派知识分子认识到，西方文明作为一个由器物到精神的统一形态，实在是不可分割的整体。从物质文化到精神文化向西方看齐，是中国谋求独立富强所不可摆脱的命运。西方的政治、法律、思想学说被视为拯救国家的良药。在康有为等向朝廷激烈上书、鼓吹政治改革的同时，严复、梁启超等则意识到开民智、新民德、鼓民力是中国社会现代化的"本"，改造国民精神的"新民"运动，遂成为思想启蒙的重心①。自此，一系列以传播西学、讨论变革、倡导启蒙为宗旨的思想文化阵地纷纷涌现：1895 年，北京和上海强学会先后成立；1896 年，梁启超、黄遵宪、汪康年在上海创办《时务报》；1897 年，梁启超在上海创办大同书局，严复等在天津出版《国闻报》及《国闻汇编》；1898 年至1899 年，严复对中国思想界影响最大的两部译著《天演论》和《群己权界论》

---

① 1895 年严复在《原强》中首次提出器物文明只是文明之"标"而非"本"，开民智、新民德、鼓民力三者才是强国之本。此观点在稍后梁启超的系列"新民说"中得到系统阐述，成为晚清思想启蒙运动的主导思想。

出版；同时，林纾翻译的首部西方小说《巴黎茶花女遗事》问世。西方现代文化、思想及其价值观，作为"文明"即现代性的范本，被介绍到中国；输入新学、开启民智，成为维新思想界寻求的中国社会救亡图存的前提。

就是在这样一种充满深重忧患而又热烈期待的思想启蒙运动中，中国文学开始了它的现代转型。

晚清的文学革新运动，力图让文学成为承载政治革新理念、促进思想启蒙的利器。维新派的文学革新，从"诗界革命""新文体"到"小说界革命"，形成一种直面危机、抒写真情、表现现实、促进改革的风尚。

"诗界革命"的主要代表人物是黄遵宪、谭嗣同、夏曾佑。他们一方面呼吁打破传统诗歌规范；另一方面尝试以全新的思想，表现对政治革新、国家现代化的追求。维新派实验的新诗，又叫"新学诗"，将"新学"（西学）作为诗歌阐发的内容，有时难免有些流于新名词的堆砌。谭嗣同《听金陵说法》中有这样的诗句："纲伦惨以喀私德（Caste），法会盛于巴力门（Parliament）。"夏穗卿的绝句："冰期世界太清凉，洪水茫茫下土方。巴别塔前分教种，人天从此感参商。"这些新概念所蕴含的域外知识，对国人来说未免陌生，而且新名词的堆砌，亦非诗的正道。诗界革命中诗歌艺术性最强、成果最大的，当数黄遵宪。黄遵宪的诗一般采用五言古诗体，语言通俗、流畅，情感自然，故而流传颇广。

图 1-1　梁启超

黄遵宪曾经做过中国驻日本、美国、英国等地外交官，广泛游历世界，其诗具有宏阔的境界。他的新诗结集为《人境庐诗草》。他在《杂感》一诗中写道："我手写吾口，古岂能拘牵？即今流俗语，我若登简编，五千年后人，惊为古斓斑。"《人境庐诗草》中的很多诗，都有黄遵宪宦游海外的经历与体验，充满对民族文化的反思和对民族命运的忧虑，如"道咸通商来，虽有分明约，流转四方人，何曾一字着？堂堂天朝语，只以供戏谑。譬彼犹太人，无国足安托？""华民三百万，反为丛驱雀""比闻欧澳美，日将黄种虐，向来寄生民，注籍今各各……"（黄遵宪《番客篇》）。梁启超称黄遵宪为"能熔铸新理想以入于旧风格者"，称"公度之诗独辟境界，卓然自立于 20 世纪诗界中"

（梁启超《饮冰室诗话》），充分肯定了黄遵宪在诗界革命中的独特贡献。

散文的革新，以梁启超多产而激情澎湃的"新文体"为代表。梁启超"夙不喜桐城派古文，幼年为文，学晚汉魏晋"，而当提倡新文体后，则文笔"至是自解放"。他自陈其散文创作"务为平易畅达，时杂以俚语韵语及外国语法，纵笔所至不检束，笔锋常带感情"①。这使得梁启超的文章感情奔放、气势汪洋，极富审美感性之力。他一系列有关中国国民性的文章，语言犀利，感情真挚，具有极强的感染力：

> 天下不能独立之人，其别有二：一谓望人之助者，二曰仰人之庇者。望人之助者盖凡民也，犹可言也；仰人之庇者，真奴隶也，不可言也。呜呼！吾一语及此，而不禁太息痛恨于我中国奴隶根性之人何其多也。②

他痛心疾首地指出："我中国此种奴隶之根性……不破，虽有国不得谓之有人，虽有人不得谓之有国。"③

他在论述国家与国民问题时，指出：中国人不知国家与天下、国家与朝廷的差别，也不知国家与国民的关系，"不闻有国家，但闻有朝廷"，国家成为一姓之私产，遂使一国之民，不得不自居于奴隶，"性奴隶之性，行奴隶之行"。这样的国民，不但"不敢"爱国，也"不能"爱国，因为"奴隶干预家事，未有不获戾者也"。既不敢，又不能，国民便养成"漠然视之""袖手而观之"的习性④。这些语言所表达的思想，深刻敏锐，痛快淋漓。

五四那一代作家，如鲁迅、胡适等，没有不受梁启超影响的。梁启超本人，也被公认为"20世纪中国舆论界之骄子"。

清末文学革新运动中，声势最大、影响最广、成就最突出的，是新小说运动。在晚清启蒙运动中，小说由"小道"擢升为"上乘"。这个戏剧性的转变，源于启蒙论者看好小说这一世俗文体在民间思想与文化传播上的巨大作用。

1897年，严复与夏曾佑在天津创办《国闻报》，并在创刊号上发表《本馆附印说部缘起》，倡导新小说。晚清启蒙论者看到，在中国文化思想的传播过程中，小说具有绝对的优势："说部之兴，其入人之深，行事之远，几几出于经史上，而天下之人心风俗，遂不免为说部之所持。"⑤ 小说在中国民间的影

---

① 梁启超：《清代学术概论》，85页，上海，上海古籍出版社，1998。
② 梁启超：《国民十大元气论》，载《清议报》，1899-12-23。
③ 梁启超：《国民十大元气论》，载《清议报》，1899-12-23。
④ 梁启超：《积弱溯源论》，载《清议报》，1901-04-29～05-28。
⑤ 严复、夏曾佑：《本馆附印说部缘起》，见陈平原、夏晓虹主编：《二十世纪中国小说理论资料》，1卷，12页，北京，北京大学出版社，1989。

响力，与中国贵族垄断文化、而小说又不入流的历史与现实状况有关。正如康有为所说，"天下通人少而愚人多，深于文学之人少"，"仅识字之人，有不读'经'，无有不读小说者"，"故'六经'不能教，当以小说教之；正史不能入，当以小说入之；语录不能喻，当以小说喻之；律例不能治，当以小说治之……"① 所以，晚清启蒙思想家们正是看到小说在中国民间道德教化中的实际影响，而将它纳入思想启蒙的途径。

1902年，流亡日本的梁启超在主笔《清议报》《新民丛报》的同时，又创办了中国第一份小说杂志《新小说》。在《新小说》的创刊号上，首发的，便是梁启超未署名的《论小说与群治之关系》。文章第一句话就是："欲新一国之民，不可不先新一国之小说"，直截了当地将小说置于社会意识形态诸种形式的主导地位：

> 故欲新道德，必新小说；欲新宗教，必新小说；欲新政治，必新小说；欲新学艺，必新小说；乃至欲新人心、欲新人格，必新小说……

梁启超赋予小说以比它实际上大得多、也重要得多的功能。随后，他在《新民丛报》上补充了一个关于小说的定义："小说为文学之最上乘。"②

20世纪初期的报纸杂志，只要论及小说，无不充满"开启民智""裨国利民""唤醒国魂"一类的字眼，小说被视为政治启蒙、道德教化乃至学校教育的最佳工具。

19世纪欧洲小说的鼎盛及小说在社会的崇高地位，对晚清知识分子小说观念的转变影响甚大，西方先例不言而喻地成了中国新小说运动的有力"论据"。严复、夏曾佑在《国闻报》中对其附印小说的理由是这样陈述的："且闻欧、美、东瀛，其开化之时，往往得小说之助。"③ 1898年梁启超在《译印政治小说序》中说得更剀切："在昔欧洲各国变革之始，其魁儒硕学，仁人志士，往往以其身之所经历，及胸中所怀，政治之议论，一寄之于小说。于是彼中缀学之子，黉塾之暇，手之口之，下而兵丁、而市侩、而农氓、而工匠、而车夫马卒、而妇女、而童孺，靡不手之口之。往往每一书出，而全国之议论为之一

① 陈平原、夏晓虹主编：《二十世纪中国小说理论资料》，1卷，13页，北京，北京大学出版社，1989。

② 梁启超未署名文章《新小说第一号》，载《新民丛报》，第20号，日本横滨，1902。

③ 严复、夏曾佑：《本馆附印说部缘起》，见陈平原、夏晓虹主编：《二十世纪中国小说理论资料》，1卷，12页，北京，北京大学出版社，1989。

变。"① 后来，这样的说法成为当时一般倡导新小说者的通识："欧美之小说，多系公卿硕儒，察天下之大势，洞人类之赜理，潜推往古，豫揣将来，然后抒一己之见，著而为书，用以醒齐民之耳目，励众庶之心志……"②

这样，一场由上层知识分子倡导的新小说运动，在 20 世纪初的中国兴起。

第二节 报刊与新小说的繁荣

晚清新小说的繁荣与报纸杂志尤其是小说杂志的兴起关系重大。最初，有关小说开启民智的言论以及少量的翻译小说，是在维新派办的时事政论性报纸杂志（如《国闻报》《清议报》《新民丛报》等）上问世的。1902 年以后，专门的小说杂志开始出现。新小说的理论倡导与创作、翻译，便随着小说杂志的增多，在 1906 年之后，呈现出强盛的势头。

1902 年，中国第一份小说杂志《新小说》在日本横滨创刊，由梁启超任实际的主编。《新小说》聚集了当时几乎所有热衷于新小说的文人，其杂志绝大部分篇幅是小说创作。《新小说》为小说创作（包括译作）开设了若干栏目，如"历史小说""政治小说""科学小说""冒险小说""哲理小说""侦探小说"等。这些五花八门的概念，都是中国小说史上从未有过的新名词。不论其是否科学，单是它们所展现的崭新的世界知识、生活空间和文学概念，就对中国人产生了强烈的刺激。

比《新小说》创刊时间稍早的《新民丛报》③，与《新小说》形成紧密呼应之势。它经常为《新小说》打广告，它刊登的《中国唯一之文学报〈新小说〉》，首次提出了"历史小说"等新小说概念。其对新小说的分类，如政治小说、哲理小说、科学小说、军事小说、冒险小说、侦探小说、写情小说、札记体小说等，极大地刺激了晚清新小说家的想象力。这些概念也成为晚清新小说杂志常设的栏目。《新民丛报》在鼓吹小说地位、探讨小说原理、翻译介绍西方文学等方面，不遗余力。《新民丛报》上连载的梁启超翻译的西方小说《十

---

① 陈平原、夏晓虹主编：《二十世纪中国小说理论资料》，1 卷，21 页、22 页，北京，北京大学出版社，1989。

② 陈平原、夏晓虹主编：《二十世纪中国小说理论资料》，1 卷，32 页，北京，北京大学出版社，1989。

③ 《新民丛报》1902 年 2 月（光绪二十八年正月）在日本横滨创刊，1907 年 11 月终刊，共出 96 期。

图 1-2 《老残游记》封面

五小豪杰》，与林译小说一样，影响极大。鲁迅、周作人稍后尝试用文言翻译小说，也受其影响。作者在"译后语"中对文言白话问题的感受，是人们客观看待晚清至五四白话文学运动的一个参照："本书原拟依《水浒》、《红楼》等书体裁，纯用俗话，但翻译之时，甚为困难。参用文言，劳半功倍。……但因此亦可见语言、文字分离，为中国文学最不便之一端，而文界革命非易言也。"① 《新民丛报》从第4号开始，断断续续连载至第95号的梁启超的《饮冰室诗话》，对诗歌观念及白话文学，都产生了深远的影响。

《新小说》之后的第二份小说杂志是1903年5月创刊于上海的《绣像小说》。它对小说启蒙意义的认同，与《新小说》一致："以醒齐民之耳目，或对人群之积弊而下砭，或为国家之危险而立鉴，揆其立意，无一非裨国利民。"②

《绣像小说》以刊登小说创作为主。晚清许多著名长篇小说，均出自这份期刊，如社会写实小说《文明小史》和《活地狱》（李伯元）、《老残游记》（洪都百炼生），科学小说《月球殖民地小说》（荒江钓叟），教育小说《学究新谈》（吴蒙）及翻译小说英国司威夫脱的《汗漫录》（今译《格列佛游记》）等。《绣像小说》每一期上精美的插图，中西合璧，启人心智，间接表现着晚清求新思变的社会氛围，也为新小说增色不少。

继《绣像小说》之后的小说杂志是《月月小说》。《月月小说》1906年11月创刊于上海，由吴趼人任主撰。《月月小说》的文学立场，也是启蒙主义的："今日欲救中国，当以改良社会为起点；欲改良社会，当以新著小说为前驱。"③ 《月月小说》所看重的，是以小说"恢复我中华固有之道德"。将小说作为道德教化的手段，认为创作小说"务使导之以入于道德范围之内"④。值得注意的是，《月月小说》所指的"道德"，主要是正统儒家的道德。这与当时

---

① 梁启超：《〈十五小豪杰〉译后语》，载《新民丛报》，1906（6）。
② 商务印书馆主人：《本馆编印绣像小说缘起》，载《绣像小说》，1903（1）。
③ 天僇生：《论小说与改良社会之关系》，载《月月小说》，1906（1/9）。
④ 吴趼人：《月月小说·序》，载《月月小说》，1906（1/1）。

维新派中的绝大多数人的观念都不同。《月月小说》强调寓教于乐："……读小说者，其专注在寻绎趣味。而新知识实即暗寓于趣味之中，故随趣味而输入之而不自觉也。"① 其栏目，除"社会小说""历史小说"，还有许多富有传奇色彩的种类，如"冒险小说""侦探小说""滑稽小说"。《月月小说》还是较早大量刊登短篇小说的杂志之一，专门开设了"短篇小说"栏目。吴趼人为这个栏目写了 12 篇短篇小说。短篇小说《查功课》，截取爱国学生的生活片段予以表现，通篇以人物对话构成，叙事者隐去，显示了中国小说由传统向现代演进的一个迹象。

晚清新小说杂志中，真正在审美意识上接受西方思想、有意识地应用西方纯艺术论并在刊物宗旨和品格上具有更统一的现代性的，是由曾朴做总理，黄摩西、徐念慈任主编的《小说林》杂志。《小说林》创刊于 1907 年 2 月，1908 年 10 月停刊，共出 12 期，寿命不长，然而它在晚清文学史上地位却非常重要。

《小说林》的主要作者有曾朴、徐念慈、陈鸿璧、张瑛、包天笑等。他们大都掌握着一两门外语，能够直接阅读西方原著，这使他们产生了与当时大多数人不同的文学观。他们认为"小说者，文学之倾于美的方面之一种也"② ——将小说由思想教化利器的位置，回复到文艺的"美"的位置上。《小说林》杂志最特别的地方，是它对于文学的自觉。而这个自觉又是仰赖于杂志同人理性接受并基本融会贯通的西方现代美学知识。

《小说林》发表了大量有鲜明特色的作品，如曾朴的《孽海花》，陈鸿璧翻译的科学小说《电冠》、历史小说《苏格兰独立记》，张瑛译的侦探小说《黑蛇奇谈》，包天笑著的《碧血幕》。在借鉴西方文学方面，曾朴的长篇小说《孽海花》最为出色。

由于刊行时间不长，又主要以翻译外国小说为主，因而《小说林》虽然在当时与《月月小说》齐名，但后世人们记得更多的是《月月小说》，而不是《小说林》。但《小说林》的纯艺术姿态和它的艺术品位，实在值得文学史记上一笔。

第三节 晚清白话文运动的兴起

维新变革的势头，使晚清开明知识分子认识到古文对新思想传播的巨大妨

---

① 吴趼人：《月月小说·序》，载《月月小说》，1906（1/1）。
② 摩西：《〈小说林〉发刊词》，载《小说林》，1907（1）。

碍。因此，晚清思想启蒙运动中，白话文运动开始萌芽。

1897年11月，上海出现由章伯和、章仲和兄弟主办的《演义白话报》。其第1号《白话报小引》中，有这样的话："中国人要想发愤立志，不吃人亏，必须讲究外洋情形，天下大势。要想看报，必须从白话起头，方才明明白白。"①

1898年5月，《无锡白话报》创刊，由裘廷梁及其侄女裘毓芬发起并主编，五期以后改名为《中国官音白话报》。1898年8月27日，《无锡白话报》刊登裘廷梁的《论白话为维新之本》，首次明确提出"崇白话而废文言"，惊世骇俗。裘廷梁认为，一个国家是否灭亡，要看其有没有"智民"："入其国而智民多者，靡学不新，靡业不奋，靡利不兴……入其国而智民少者，靡学不腐，靡业不颓，靡利不湮；士无大志，商乏远图，农工狃旧习，盲新法；尽天下之民，去光就暗，蠢蠢如鹿豕；虽明诏频下，鼓舞而作新之，如击软棉，阒其无声，如震群聋，充耳不闻。"在这里他明确提出，"有文字为智国，无文字为愚国；识字为智民，不识字为愚民"，"中国有文字而不得为智国，民识字而不得为智民"的原因，在于"文言之为害矣"②。作者认为，文言之害在于言文分离，而言文分离，是造成愚民的根源：

> 文言之害，靡独商受之，农受之，工受之，童子受之，今之服方领习矩步者皆受之矣；不宁惟是，愈工于文言者，其受困愈甚。二千年来，海内重望，耗精敝神，穷岁月为之不知止，自今视之，仅仅足自娱，益天下盖寡。呜呼！使古之君天下者，崇白话而废文言，则吾黄人聪明才力无他途以夺之，必且务为有用之学，何至暗没如斯矣？③

作者从语言与社会人生的密切关系，论证文言生命力的丧失，并进而指出："愚天下之具，莫文言若；智天下之具，莫白话若。……吾今为一言以蔽之曰：文言兴而后实学废，白话行而后实学兴；实学不兴，是谓无民。"将"兴白话而废文言"提到民族、国家兴亡的地位上，这是五四白话文运动的先声。

裘氏不但从中国古今的对比中论证白话的意义，还从中西比较的角度，强调白话的重要性，认为泰西所以"人才之盛"，是"用白话之效"；日本所以强

---

① 章伯和、章仲和：《白话报小引》，载《演义白话报》，1897（1）。
② 裘廷梁：《论白话为维新之本》，见舒芜、陈迩冬、周绍良等编选：《中国近代文论选》（上），176页，北京，人民文学出版社，1999。
③ 舒芜、陈迩冬、周绍良等编选：《中国近代文论选》（上），177页，北京，人民文学出版社，1999。

盛，也是"用白话之效"。① 他还从语言美的角度提出"白话胜于文言"的观点，把言文一致、质朴天然的白话提高到语言美的高度来认识，在一定程度上切入了文学的层面。

裘廷梁之后，白话文运动的另一先驱陈荣衮，在《知新报》发表《论报章宜改用浅说》，提出报章文字应改用白话。这是白话文运动中另一篇重要文献，"对于当时的报纸改用'浅说'也起了很大的作用"②。在这篇长文中，陈荣衮说，报刊的兴盛，关系到现代国家民族的兴衰，"地球各国之衰旺强弱，恒以报纸之多少为准。其报纸愈多者国愈强，报纸愈少者国愈弱，理势之必然者也"。他比较中日两国识字人口与报纸发行之间的巨大悬殊，认为中国报纸不发达的原因："此无他，日本报纸多用浅说，而中国报纸多用文言，此报纸不广大之根由。"他把改用浅说和维新变法联系起来，认为改革文言是开启民智的必由之路："大抵今日变法，以开民智为先。开民智莫如改革文言。不改文言，则四万九千九百分之人日居于黑暗世界中，是谓陆沉。若改文言，则四万九千九百分之人日嬉游于琉璃世界中，是谓不夜。"③陈荣衮对白话报刊的倡导，与他对小学教育"宜用浅白新读本"④ 的倡导一致，成为白话文运动中的力作。

裘廷梁和陈荣衮的文章，极大地推动了晚清的白话文运动。白话报刊自此开始出现。1901 年 8 月 15 日，北京出现白话报《京话报》。《京话报》虽也声称"专为开民智"而办，但它的宗旨与《无锡白话报》不同，是"帮闲"性质的白话报。其所谓开启民智，只是为沟通上下，消除义和团那样的隐患，"本报既为中人以下者说法，则朝政得失，人物臧否，自可毋庸置议"⑤。以下例文，就将《京话报》的"帮闲"性质展露无遗：

> 试问咱们中国四万万人这里头，那（哪）一个不是咱们大清国的百姓？既作了咱们大清国的百姓，可就要知道这"忠君爱国"的四个字怎么讲。你们大家伙想想，咱们太后同皇上，现在到了陕西，吃也没有好的，穿也没有好的，为了这些百姓，惹下这么大的乱子，带累他们母子二位，吃了多少的苦，恒了多少的气，还要替人家赔钱，赔礼，你们到底知道不

---

① 舒芜、陈迩冬、周绍良等编选：《中国近代文论选》（上），180 页，北京，人民文学出版社，1999。

② 谭彼岸：《晚清的白话文运动》，13 页，武汉，湖北人民出版社，1956。

③ 陈荣衮：《论报章宜改用浅说》，载《知新报》，1900（111）。

④ 陈荣衮：《论训蒙宜用浅白新读本》，载《知新报》，1900（110）。

⑤ 该段引文均选自《创办京话报章程》，载《京话报》，1901-08-15。

知道，这是谁的不是咧？我告诉你说罢，咱们从前跟洋人打仗，打的不是一回，都可以说是洋人的不好，来欺负咱们，惟独这回子的错，却是在这边了。你们想，去年四五月的时候，人家外国人，并没有惹着咱们，铁路是皇上家造的，电线也是皇上家安的，做工的洋人是皇上家雇来的，怎么就借此为由，烧了铁路，毁了电线，杀起洋人来咧……①

从《京话报》与《无锡白话报》的绝大差异也可看到，在晚清，南北政治文化开放与保守形成鲜明对比。

《中国白话报》1903 年 12 月创刊于上海。它的发刊词指出，中国人安于享乐，不知道天下大变，不知道中国面临着亡国的危机，"这个原因，都是为着大家不识字罢了，不识字便不会看报，不会看报便不晓得外头的事情，就是大家都有爱国心也无从发泄出来了"。作者认为，"我们中国最不中用的是读书人"，并且"如今这种月报时报，全是做给读书人看的，任你说的怎样痛哭流涕，总是对牛弹琴……"所以把希望寄托在不读"子曰"的农、工、商身上："读书人既然没用，我们这几位种田的，做手艺的，做买卖的以及那当兵的兄弟们，又因为从小苦得很，没有本钱读书，一天到晚在外跑，干的各种实实在在正正当当的事业，所以见了那种之乎者也诗云子曰，也不大喜欢去看他……"在中国"言语文字分做两途，又要学说话，又要学文法"，所以开办这报馆，希望"种田的做手艺的做买卖的当兵的以及十几岁小孩子妇女们个个明白个个增进学问增进见识，那中国自强就着实有望了"②。

革命派发起的拒俄运动，在《中国白话报》上有鲜明的体现。它曾经以论说、新闻、时事问答等各种形式，以醒目的标题和悲愤的笔调，痛陈沙俄在东北的种种暴行，以及各帝国主义虎视眈眈、随时瓜分中国的形势。主编者大声疾呼："如今时候已经不早了，外国兵顷刻就要到了。你们做会党的、做生意的、做手艺的、种田地的，大祸都在眼前了，若不趁这时候赶紧想法，还待到什么时候呢？"③

晚清白话文运动发展到高潮的时期，大批的白话报得以刊行。以创刊时间为序，1901 年有《杭州白话报》《苏州白话报》等，1903 年有《宁波白话报》《中国白话报》《新白话报》等，1904 年有《吴郡白话报》《安徽俗话报》《湖州白话报》《福建白话报》《江苏白话报》等。这些白话报刊，或者鼓吹改良，或

---

① 《论创办这京话报的缘故》，载《京话报》，1901-08-15。
② 白话道人：《中国白话报发刊词》，载《中国白话报》，1903-12-19。
③ 白话道人：《大祸临门（其一）》，载《中国白话报》，1904-01-02。

者宣传革命，互相影响，南北呼应，蔚为壮观；当然，也有政治态度保守或不甚明显的，但总的说来，"开启民智"是一致的。

值得一提的是，1904 年 4 月 25 日创刊于安徽芜湖的《安徽俗话报》，是"五四"新文学先驱陈独秀主编的。《安徽俗话报》的对象是底层百姓，宗旨是呼吁爱国救亡，揭露和批判旧伦理道德的罪恶，抨击中国"恶俗"，主张普及教育，发展近代工矿业，练兵习武等。其锋芒和倾向，预示着 11 年之后《青年杂志》的面貌。《安徽俗话报》不仅发表白话文学作品，还开始提倡文学的改革。陈独秀发表的《论戏曲》一文，论述了改革中国戏曲的意见。他肯定了戏曲这一传统艺术是群众喜闻乐见的形式，进而提出改革戏曲的五条意见："要多多的新排有益风化的戏""可采用西法""不唱神仙鬼怪的戏""不可唱淫戏""除去富贵功名的俗套"①。这些都已经具备了初期的文学革命的色彩。

另外，胡适和《竞业旬报》②的关系，也反映了晚清白话文运动与五四知识分子的关系。胡适早年在上海读书期间（1904—1910），就为《竞业旬报》撰写白话文字。他后来说：

> 这几十期的《竞业旬报》，不但给了我一个发表思想和整理思想的机会，还给了我一年多作白话文的训练。……光绪宣统之间，范鸿仙等办《国民白话日报》，李苯伯办《安徽白话报》，都有我的文字……我不知道那几十篇文字在当时有什么影响，但我知道这一年多的训练给了我自己绝大的好处。白话文从此形成了我的一种工具。七八年之后，这件工具使我能够在中国文学革命的运动里做一个开路的工人。③

此外，晚清白话文运动中所产生的汉字拼音化倡导，在中国现代语言文学的变革进程中，也是十分重要的一环。最初提出汉字拼音字母的是维新派人物王照。王照在戊戌变法失败后流亡的日子里，潜心研究，提出一套 60 个字母的拼音方案《官话字母》，而这套拼音方案是"专拼白话"的。其后，劳乃宣以王照的拼音字母为基础，添置江宁（南京）、苏州和闽广音谱，合成了《简字全谱》。在张百熙、张之洞等人的努力下，至 1910 年前后，官话拼音字母已经得到相当程度的普及。1928 年的《国语罗马字拼音法式》，则

---

① 三爱（陈独秀）：《论戏曲》，载《安徽俗话报》，1904-09-10。

② 《竞业旬报》1906 年创刊于上海，先后由傅君剑、胡梓方和胡适等人主编，以"振兴教育""提倡民气""改良社会""主张自治"为宗旨，具有革命倾向。参见胡适：《四十自述·在上海（二）》，见《胡适文集》，1 卷，79 页，北京，北京大学出版社，1998。

③ 胡适：《胡适文集》，1 卷，85 页，北京，北京大学出版社，1998。

是采纳赵元任、钱玄同、刘半农等的《国语罗马字》方案而形成的现代汉语拼音方案。

第四节 《新青年》与五四文学革命

晚清兴起的思想启蒙运动，因辛亥革命的成功而一度中断。1915 年《新青年》（《青年杂志》）的创刊，使一度沉寂的思想领域，再次呈现生机。五四文学革命的发生，与北京大学和《新青年》杂志具有必不可少的密切关系。

图 1-3 《青年杂志》创刊号（《新青年》前身，1915）

《新青年》原名《青年杂志》，1915 年 9 月 15 日创刊于上海，由陈独秀主办，1916 年 9 月 1 日自第 2 卷起，《青年杂志》改名为《新青年》。1917 年 1 月，陈独秀应北京大学校长蔡元培的邀请，任北大文科主任。《新青年》编辑部也从上海迁到北京。蔡元培主持北大后，采取欧洲大学的办学方式，提倡"兼容并包，思想自由"，广泛延请海内外新老学术精英任教。于是，在北京大学任教的胡适、钱玄同、沈尹默、李大钊、周作人、鲁迅、高一涵等，参加了《新青年》的编辑与撰稿。文学革命首先在《新青年》上展开。随着《新潮》的创刊，文学革命蓬勃开展。

"五四"新文学，是以白话文学的提倡为开端的。

1917 年元旦发行的《新青年》第 2 卷第 5 号，刊出了文学革命第一篇论文——胡适的《文学改良刍议》。胡适继承了梁启超"小说为文学之最上乘"说，进一步阐明白话小说为中国"文学正宗"："吾每谓今日之文学，其足与世界'第一流'文学比较而无愧色者，独有白话小说（我佛山人，南亭亭长，洪都百炼生三人而已）一项。"[①] 胡适认为，言文合一，是新文学的方向，白话文学是拯救中国文学的"活文学"。不久，胡适又在《历史的文学观念论》中，运用历史进化观，进一步阐释白话文学的合理性："白话之文学自宋以来，虽见屏于古文家，而终一线相承，至今不绝。夫白话之文学……不列于文学之

---

① 胡适：《文学改良刍议》，载《新青年》，1917（2/5）。

'正宗'，而卒不能废绝者，岂无故耶。岂不以此为吾国文学趋势，自然如此，故不可禁遏而日以昌大耶？愚以深信此理，故又以为今日之文学，当以白话文学为正宗。"①胡适运用进化论，在《建设的文学革命论》中又一次明确提出废除文言、改用白话的主张。他指出白话正是文言的进化，中国"二千年的文人所做的文学都是死的，都是用已经死了的语言文字做的。死文字决不能产出活文学"，"中国若想有活文学，必须用白话，必须用国语，必须做国语的文学"②。此外，胡适还在与陈独秀、钱玄同等人的通信中以及在《文学进化观念与戏剧改良》《国语的进化》等文中，继续为反对文言、提倡白话而呐喊，得到了广泛的认同。钱玄同在与陈独秀通信时表示对《文学改良刍议》"极为佩服"，"其斥骈文不通之句，及主张白话体文学说最为精辟"③。陈独秀甚至不无武断地说："改良中国文学，当以白话为文学正宗之说，其是非甚明，必不容反对者有讨

图1-4　陈独秀

论之余地，必以吾辈所主张者为绝对之是，而不容他人之匡正也。"④ 在胡适等五四新文化人的积极倡导下，语言的现代化变革，与文学的现代性追求，被置于同一的地位——这就是"文学的国语"与"国语的文学"。

新文学提倡的白话，是一种与古典白话或传统口语不同的、更加注重"质素"⑤ 的现代白话。什么是现代白话、即理想的国语呢？《新潮》第1卷第2期上傅斯年一篇影响深远的文章《怎样做白话文》，大抵做出了明确的阐释。傅斯年将新文学倡导的白话，称为"欧化的白话"，又称为"理想的白话"，认为做白话文首先必须"乞灵于说话"，但又"不能仅仅乞灵于说话"⑥。傅斯年认为，现代的白话文，应当是"独到的白话文，超于说话的白话文，有创造精神的白话文，与西洋文同流的白话文"，创造这样的白话文，应当在乞灵于说话之外，"再找出一宗高等的凭藉物"：

---

① 胡适：《历史的文学观念论》，载《新青年》，1917（3/3）。
② 胡适：《建设的文学革命论》，载《新青年》，1918（4/4）。
③ 钱玄同：《通信·钱玄同致陈独秀》，载《新青年》，1917（2/6）。
④ 陈独秀：《通信·陈独秀答胡适》，载《新青年》，1917（3/3）。
⑤ 傅斯年语，见傅斯年：《怎样做白话文》，载《新潮》，1919（1/2）。
⑥ 傅斯年：《怎样做白话文》，载《新潮》，1919（1/2）。

这高等凭藉物是什么，照我回答，就是直用西洋文的款式，文法，词法，句法，章法，词枝（Figure of Speech）……一切修辞学上的方法，造成一种超于现在的国语，欧化的国语，因而成就一种欧化的国语的文学。①

傅斯年明确指出，现代文学所倡导的白话文，绝非古已有之的白话，或者全然日常口语的白话，而是从口语中提炼的、吸收西方语法、句法、章法的欧化的白话，他将这种欧化的白话称为"精粹的国语"。他认为，"中国文最大的毛病是面积惟求铺张，深度却非常浅薄"，这与中文多单句、少复句的特征有关，造成中国文"其直如矢，其平如底"的特点。"文言愈趋愈晦，白话愈变愈坏，到了现在，真正成了退化的语言"。要"减去原来的简单，力求层次的发展"，便只有"模仿西洋语法的运用"，创造"理想的白话"②。

那么，怎样的白话才算理想的白话呢？傅斯年将其归纳为三点：

1. 逻辑的白话文。就是具"逻辑"的条理，有"逻辑"的次序，能表现科学思想的白话文。

2. 哲学的白话文。就是层次极复，结构极密，能容纳最深最精思想的白话文。

3. 美术的白话文。就是用匠心，做成善于入人情感的白话文。③

傅斯年认为，"这三层在西洋文中都早做到了。我们拿西洋文去模仿他，正是极适当，极简便的办法。所以，这理想的白话文竟可说是——欧化的白话文"④。傅斯年的这个观点，代表了"五四"新文学最普遍的共识。五四白话文学，就是从欧化的白话文起步，从西方化的文学表达开始，进而追求西方的文学形式。

《新潮》是继《新青年》之后的又一份新文化杂志。1919年1月创刊，由北京大学一群受到《新青年》启蒙而推崇新文化的学生创办，主编者有傅斯年、罗家伦、毛子水等。《新潮》的出现，使新文学运动的势头更加猛烈。

---

① 傅斯年：《怎样做白话文》，载《新潮》，1919（1/2）。
② 傅斯年：《怎样做白话文》，载《新潮》，1919（1/2）。
③ 傅斯年：《怎样做白话文》，载《新潮》，1919（1/2）。
④ 傅斯年：《怎样做白话文》，载《新潮》，1919（1/2）。

第五节 外国文艺思潮的引进

五四文学革命，在倡导白话文学的同时，大力介绍西方文学思潮。与晚清相比，"五四"新文学对外国文学的介绍，具有更自觉的"思潮"意识以及更系统的介绍和翻译。

1915 年，陈独秀在《新青年》上发表《现代欧洲文艺史谭》，运用进化论原理，将欧洲文艺复兴以来的文学历程，看作一个进化的过程。陈独秀将西方文艺的变迁概括为由古典主义变而为理想主义，再变而为写实主义，更进而为自然主义的演变模式①。在这种演化中，新的形式被看作是对旧形式的一种否定和改进。以此种进化法反观中国文艺："欧文中古典主义乃模拟古代文体，语必典雅，援引希腊罗马神语，以眩赡富，堆砌成篇，了无真意。吾国之文举有此病，骈文尤尔。"② 因而，"吾国文艺，犹在古典主义理想主义时代，今后当趋向写实主义"③。后来，谢六逸的《文学上的表象主义是什么》（《小说月报》第 11 卷第 6 号）、茅盾的《新文学研究者的责任与努力》（《小说月报》第 12 卷第 2 号）等，在对西方文学史进行描述时，也与陈独秀的语言大致相似，认为欧洲文学的发展进程，是"古典主义—浪漫主义—写实主义—新浪漫（表象）主义"的过程，欧洲文学史的"进化"本质得到强调。五四以后的新文学，就在这幅西方文学的进化图中，确定自己的位置，选择自己的目标——例如茅盾诸人选择了写实主义，而创造社则选择了浪漫主义。

"五四"新文学对中国传统文学进行了整体的否定，西方文学便成为中国新文学借鉴和模仿的先例。"五四"新文学为与传统的"文以载道"分道扬镳，特别从西方文艺观中寻找理论资源，强调文学的独立性。1917 年《新青年》第 3 卷第 3 号上，刘半农在《我之文学改良观》中提出："欲定文学之界说，当取法于西文，分一切作物为文字 Language 与文学 Literature 二类。"前者只在"传达意思"；后者则为 "The class of writings distinguished for beauty of style, as poetry, essays, history, fictions, or belles letters"，"与普通仅为语言之代表之文字有别"。"文学为美术之一"，"必须作者能运用其精神，使自

---

① 陈独秀：《现代欧洲文艺史谭》，载《青年杂志》，1915（1/3）。
② 陈独秀：《通信·陈独秀答张永言》，载《青年杂志》，1916（1/6）。
③ 陈独秀：《通信·陈独秀答张永言》，载《青年杂志》，1915（1/4）。

己之意识情感怀抱，——藏纳于文中而后所为之文，始有真正之价值"①。这是五四新文学家以西方文学理论为范式，对文学进行的艺术阐释。

关于新文学的创作，胡适在《建设的文学革命论》中说："只有一条法子：就是赶紧多多的翻译西洋的文学名著做我们的模范。"因为"中国的文学实在不够给我们做模范"，而"西洋的文学方法，比我们的文学，实在完备得多，高明得多"②。周作人在比较日本小说与中国小说时说："中国讲新小说也有 20多年了，算起来却毫无成绩……就只在中国人不肯模仿不会模仿。""我们要想救这弊病，须得摆脱历史的因袭思想，真心的先去模仿别人。随后自能从模仿中，蜕化出独创的文学来，日本就是个榜样"，"所以目下切要办法，也便是提倡翻译及研究外国著作"③。

1918 年，《新青年》发表胡适一篇重要的小说理论文章《论短篇小说》，将一种全新的现代短篇小说的理念输入中国。胡适说，中国人向来不知道什么叫短篇小说，往往将不成长篇的东西，如笔记杂撰，或传统的"某生者"体，称为短篇小说。胡适指出，用"最经济的文学手段"，表现"事实中最精彩的一段或一方面"，才叫短篇小说。很显然，胡适是运用西方短篇小说的特征和概念，来为中国新文学的"短篇小说"做理论规范的。中国传统小说的叙事，基本是以时间为线索，依时间的先后顺序对故事进行从头到尾的叙述，讲究首尾完美衔接，呈历时性结构，而结局往往是"大团圆"的。不但长篇小说是这种结构，短篇小说也是这种结构。所以，中国传统小说的长篇和短篇之分，仅仅是长短的差别，短篇小说实际上是一种压缩了的长篇。胡适及五四作家提倡的短篇小说，则强调短篇小说"横切面"的写法，"经济的手段"和事实中"最精彩的片断"等。五四小说在创作上运用西方现代短篇小说技巧最成功的是鲁迅和郁达夫。鲁迅在运用"心理时间"展开叙述方面，更胜郁达夫一筹，充分显示出他对现代小说艺术的娴熟运用与天才表现。

在西方小说理论与小说范式的影响下，五四小说摒弃了传统小说的情节模式。传统小说以故事为中心、以情节为叙述结构，其审美魅力往往存在于一波三折、扣人心弦的情节中。但传统小说往往过分注重情节而比较忽略对人心灵的表现，这就造成了"戏"很热闹、故事很好看，却缺少更多足以令人感动和回味的东西。正如茅盾所指出的，"中国人看小说的目的，一向是在看点'情

---

① 刘半农：《我之文学改良观》，载《新青年》，1917（3/3）。

② 胡适：《建设的文学革命论》，载《新青年》，1918（4/4）。

③ 周作人：《日本近三十年小说之发达》，载《新青年》，1918（5/1）。

节'，到现在还是如此，'情调'和'风格'，一向被群众忽视"①。现代作家的小说创作，一开始就将传统小说赖以存在的支柱——情节——解构了，将"人心"，即对心灵的表现，放置在小说的中心位置，一时诗化叙事成为风尚。

思考题

1. 晚清文学革新运动倡导的将文学作为促进思想启蒙的利器，这种文学观念对五四文学革命产生了哪些重要的影响？

2.《新小说》是中国第一份小说杂志，它的创办对于晚清小说的发展起到了很大的作用，如何认识晚清小说的繁荣与小说杂志兴起之间的关系？

3. 五四前后，外国文学在中国的译介、传播和影响，对中国现代新文学的诞生和发展起到了重要作用，如何看待外国文学思潮的引进对中国文学的现代性转型所产生的重大影响和特殊意义？

参考书目

1. 郑振铎编选. 中国新文学大系：文学论争集. 上海：上海良友图书印刷公司，1935.

2. 曾朴. 孽海花. 上海：上海古籍出版社，1980.

3. 刘鹗. 老残游记. 北京：人民文学出版社，1982.

4. 丁守和主编. 辛亥革命时期期刊介绍：第二集. 长沙：人民出版社，1982.

5. 胡适. 白话文学史. 长沙：岳麓书社，1986.

6. 胡适. 胡适学术文集：新文学运动卷. 北京：中华书局，1993.

7. 陈万雄. 五四新文化的源流. 北京：生活·读书·新知三联书店，1997.

8. 陈平原，山口守编. 大众传媒与现代文学. 北京：新世界出版社，2003.

9. 张宝明. 多维视野下的《新青年》研究. 北京：商务印书馆，2007.

10. 陈思和. 中国文学中的世界性因素. 上海：复旦大学出版社，2011.

11. 胡全章. 晚清小说与文学转型. 北京：中国社会科学出版社，2012.

12. 钱理群主编. 中国现代文学编年史：以文学广告为中心（1915—1927）. 北京：北京大学出版社，2013.

---

① 沈雁冰：《评〈小说汇刊〉》，载《文学旬刊》，1922（43）。

第二章 五四初期的理论探讨 与创作实践

第一节 现代文学观念的确立

五四新文化运动是一场空前的思想启蒙运动。新文化的倡导者们看到晚清以来一系列救亡图存运动并没有带来一个独立的现代意义上的民族国家，看到更有必要通过思想启蒙来改造社会意识和民族心性，建设全新的意识形态，从而完成建立独立、统一、富强、文明的现代民族国家的历史使命。而文学被认为是进行思想启蒙的最好的工具，于是一场声势浩大、影响深远的文学革命就开展起来了。蔡元培在《中国新文学大系》的《总序》中说，初期新文化运动的路径是由思想革命而进于文学革命的，"为什么改革思想，一定要牵涉到文学上？这因为文学是传导思想的工具"，由文学而对国民进行思想启蒙，是对梁启超倡导文学改良的启蒙思路的继承和发扬，但五四知识分子对思想启蒙和文学的理解和主张与梁氏相比，都有了质的跨越。

1917年1月，胡适在《新青年》第2卷第5号上发表了《文学改良刍议》，2月，陈独秀在《新青年》第2卷第6号上发表了《文学革命论》，正式倡导文学革命，标志着五四文学革命运动的正式开始。然而，文学革命的酝酿已非一日，可以上溯到《新青年》在上海创刊的1915年9月。

胡适从"一时代有一时代之文学"的历史进化的文学观念出发，提倡白话文学。他指出："以近世历史进化的眼光观之，则白话文学之为中国文学之正宗，又为将来文学必用之利器，可断言也！"而要改良中国文学，提倡用白话作文，他认为当从"八事"入手。早在发表于1916年10月《新青年》第2卷第2号的《寄独

图 2-1 胡适

秀》中，他即提出"八事"。《文学改良刍议》则对"八事"的顺序进行了重新排列，并加以具体的阐释。到底是哪"八事"呢？

一曰，须言之有物。

二曰，不模仿古人。

三曰，须讲求文法。

四曰，不作无病之呻吟。

五曰，务去滥调套语。

六曰，不用典。

七曰，不讲对仗。

八曰，不避俗字俗语。

第一条要求有真挚的情感和高远的思想。第二条的意思是，一时代有一时代之文学，今天应该有今天的文学，不必"文必秦汉，诗必盛唐"。在对第三条的解说中，他批评当时作文作诗的人，往往不讲文法的结构。"无病之呻吟"指的是青年人容易悲观，其作诗文，则对落日而思暮年，对秋风而思零落，春来怕它速去，花开又恐早谢。"滥调套语"，如诗文中的"蹉跎""身世""寥落""寒窗""斜阳""芳草""春闺""鹃啼""孤影""雁字""翡翠衾""鸳鸯瓦"等。"不用典"就是不用典故。用典是旧文学的一个病根，过多地用典或用典的不恰当会妨碍文学的抒情达意。关于"不讲对仗"，他认为，讲究对仗平仄的"骈文律诗"是"言之无物"的"文胜质"的产物，其最大的流弊是束缚人的自由。"不避俗语俗字"实际上是提出了白话文学的主张。从上面的叙述，人们可以看到，第一、四条强调的是文学的内容方面，第二条是从文学形式方面着眼的，其余的都是关于语言方面的。因此可以说，胡适主要是从文学的语言方面提出了他的文学革命主张。胡适的意见是有具体针对性的。以上弊端正是当时仍然统治文坛的旧文学的弊端。胡适发表《建设的文学革命论》，将其文学革命主张概括为十个字——"国语的文学，文学的国语"，明确地把文学革命与建立一个现代民族国家的任务联系了起来。这样的提法也更有包容性和号召力。在该文中，他还将最初提出的"八事"中的第一、三、五条分别改为"不做'言之无物'的文字""不做不合文法的文字""不用套语滥调"，于是形成"八不主义"①。胡适把语言、形式问题作为文学革命的突破口是很有眼光的。确实，语言、形式的革命是文学革命成功的先决条件，旨在为文学表现现代生活扫清障碍。胡适倡导的白话文与晚清的白话文运动的意义迥乎有别。尽

---

① 　胡适：《建设的文学革命论》，载《新青年》，1918（5/4）。

管从晚清开始就进行了一系列的文学改良，并随着现代印刷技术的产生出现了大量的白话小说，但以桐城派为代表的古文仍旧占据着统治的地位。古文家力求用古文来翻译，用古文来说理论证。尽管从晚清开始有识之士为了开通民智，提倡白话文和以白话为基础的音标文字，但那些士大夫们只是旨在借此来教育老百姓，在他们眼里古文与白话文之间有着上下尊卑之别。文学革命正是要彻底颠覆白话与古文的地位，把白话文建设成为彻上彻下的、全民族的书写工具。

陈独秀在《文学革命论》中明确提出"三大主义"，作为反对旧文学的口号：

> 文学革命之气运，酝酿已非一日。其首举义旗之急先锋，则为吾友胡适。余甘冒全国学究之敌，高张"文学革命军"大旗，以为吾友之声援。旗上大书特书吾革命军三大主义。曰推倒雕琢的阿谀的贵族文学，建设平易的抒情的国民文学。曰推倒陈腐的铺张的古典文学，建设新鲜的立诚的写实文学。曰推倒迂晦的艰涩的山林文学，建设明了的通俗的社会文学。

陈独秀批判了当时统治文坛的三大旧文学流派——桐城派、江西派和"选学"，分别把它们视为"贵族文学""山林文学"和"古典文学"的代表加以否定。胡适主要从形式的方面发难，陈独秀则更多地强调了文学革命的内容。而且，陈独秀的态度坚决，把胡适发难的文学革命的锋芒磨利了。然而，他对文学革命的内容的要求还不够清楚明了。

胡适在《中国新文学大系·建设理论集·导言》中写道："文学革命的目的是要用活的语言来创造中国的新文学——来创造活的文学，人的文学。"又说："我们的中心理论只有两个：一个是我们要建立一种'活的文学'，一个是我们要建立一种'人的文学'。前一个理论是文字工具的革新。中国新文学运动的一切理论都可以包括在这两个中心思想的里面。""活的文学"体现着语言的自觉，"人的文学"体现着内容的自觉。"人的文学"是周作人提出的。1918年 12 月，周作人发表论文《人的文学》，树起"人的文学"的大旗。什么是"人的文学"呢？"用这人道主义为本，对于人生诸问题，加以记录研究的文字，便谓之人的文学"。因此，"人的文学"又被他称作"人道主义的文学"。周氏明确指出他所说的人道主义并非"世间'悲天悯人'或'博施济众'的慈善主义，乃是一种个人主义的人间本位主义"。他是从受进化论影响的自然主义人性论的角度理解人的，提出"从动物进化的人类"的命题。其中有两个要点："（一）'从动物'进化的，（二）从动物'进化'的。"换言之，人的灵肉一致，人性是动物性和神性的有机结合。他强调人的动物性，相信人的一切生活本能都是善的，应该得到完全的满足；同时又应该看到人有他的内面生活，有健全的理性，有改造生活的力量，能够促进人类日臻完善。这样，阻碍人性向前发展的"兽性的余留"和"古代的礼法"都应该受到排斥，得到纠正①。接着，他又提醒道："我想文学这事物本合文字与思想两者而成，表现思想的文字不良，固然足以阻碍文学的发达，若思想本质不良，徒有文字，又有什么用处呢？"所以他说："文学革命上，文字改革是第一步，思想改革是第二步，却比第一步更为重要。我们不可对于文字一方面过于乐观了，闲却了这一方面的重大问题。"② 他又站在启蒙的立场上，从内容方面着眼，提倡"普遍""真挚"的"平民文学"③。在这些文章中，周作人明确地把思想革命的要求与文学革命的要求结合了起来，对文学革命的思想基础进行了更高、更具理论涵括力的理论概括，把文学现代性与"人学"现代性紧密地结合起来，使新文学明确了与旧文学在基本的思想原则上的歧异。

文学革命初期的文学观念表现出了强烈的功利主义倾向，似乎只是以梁启超为代表的维新派文学观念的发展。实际上两者之间有质的区别。

首先，在思想基础上，维新派的文学观念以民为本，其新小说的目的是"新一国之民"，其提倡白话文的目的是"开通民智"；相对而言，五四文学革命的文学观念是以人为本，其思想基础是周作人所说的以个人主义为本位的人道主义。

其次，五四文学革命的倡导者们受到了建立在知、情、意三分的现代知识制度上的纯文学观念的影响，注意到了文学的独立性的问题。陈独秀在《文学革命论》中把古文、骈文、诗歌等"文学之文"与碑、铭、墓志、启事等"应用之文"对举。"文学之文"与"应用之文"的名称并不合理，但表现出把纯文学与杂文学区别开的企图。刘半农的《我之文学改良观》是文学革命中第一篇论述纯文学与杂文学不同的专门论文。他区别了"文字"与"文学"：

> 余……主张无论何种科学皆当归入文字范围，而不当羼入文学范围也。至于新闻纸之通信，（如普通纪事可用文字，描写风情民俗当用文学。）政教实业之评论，（如发表意见用文字，推测其安危祸福用文学。）官署之文牍告令，什九宜用文字而不宜用文学。……私人之日记信札，（此二种均宜用文字。然如游历时之日记，即不得不于有关系之处，涉及

---

① 周作人：《人的文学》，载《新青年》，1918（5/6）。

② 仲密（周作人）：《思想革命》，载《每周评论》，1919（11）。

③ 仲密（周作人）：《平民的文学》，载《每周评论》，1919（5）。

文学。……）虽不能明定其属于文字范围，或文学范围，要惟得已则已。不滥用文学，以侵害文字，斯为近理耳。其必须列入文学范围者，惟诗歌戏、小说杂文、历史传记，三种而已。（以历史传记列入文学，仅就吾国及各国之惯例而言，其实此二种均为具体的科学，仍以列入文字为是。）酬世之文，（如颂辞、寿序、祭文、挽联、墓志之属。）一时虽不能尽废，将来崇实主义发达后，此种文学废物，必在自然淘汰之列。故进一步言之，凡可视为文学上有永久存在之资格与价值者，只诗歌戏曲、小说杂文二种也。①

把纯文学与杂文学区别开来，同时也是把文学从杂文学担负的各种职能中解脱出来，这本身就是对文学独立性的强调。

由于"文以载道"妨碍了文学的独立性，贬低、压抑了作家的自我，是中国文学观念现代化的最大阻力，因此在文学革命中受到广泛的批判。陈独秀在《文学革命论》中批评韩愈"误于'文以载道'之谬见。文学本非为载道而设，而自昌黎以迄曾国藩所谓载道之文，不过钞袭孔孟以来极肤浅极空泛之门面语而已。余尝谓唐宋八家之文之所谓'文以载道'，直与八股家之所谓'代圣贤立言'，同一鼻孔出气"。刘半农在《我之文学改良观》中就指出，"文以载道"之说，"不知道是道，文是文。二者万难并作一谈。若必如八股家之奉《四书》、《五经》为文学宝库，而生吞活剥孔孟之言，尽举一切'先王后世禹汤文武'种种可厌之名词，而堆砌之于纸上，始可称之为文。则'文'之一字，何妨付诸消灭"。尽管如此，从思想革命的要求出发，不可避免地使新文学的观念带上了过强的工具论色彩，并给新文学创作带来了一些弊端。

"五四"新文学观念与旧文学观念的区别标志可以主要归结为三个方面：白话文、"人学"思想以及现代知识制度上的纯文学观念。

新文化运动和文学革命的反对者很多，但真正站出来对垒的却很少，主要是林纾、学衡派诸人、章士钊等文化保守主义者。他们都信仰并维护传统的价值，特别强调文化变动的历史延续性，始终坚持以传统文化为根底或主体的近代文化建设途径。

文学革命提倡之初，局面有些沉寂，分明有很多的反对者，但又看不到什么反对者站出来说话。于是，1918年3月的《新青年》便上演了一场"双簧戏"。钱玄同把社会上的各种反对意见归纳起来，化名"王敬轩"写给《新青年》编者一封信，再由刘半农写答信予以逐条批驳。刘半农在信中嬉笑怒骂，痛快淋漓。

---

① 刘半农：《我之文学改良观》，载《新青年》，1917（3/3）。

两封信总题为《文学革命之反响》，同时发表，以扩大文学革命的影响。

首先站出来的是林纾，他发表《论古文之不宜废》《致蔡鹤卿书》以及影射小说《荆生》《妖梦》。其攻击新文化者的意见主要有两点：一是"覆孔孟，铲伦常"；二是"尽废古书，行用土语为文字"。在《致蔡鹤卿书》中，他说："且天下唯有真学术，真道德，始足独树一帜，使人景从。若尽废古书，行用土语为文字，则都下引车卖浆之徒，所操之语，按之皆有文法，不类闽广人为无文法之啁啾，据此则凡京津之稗贩，均可用为教授矣。"《荆生》写田其美、狄莫、金心异（分别影射陈独秀、胡适和钱玄同）三人在北京陶然亭聚谈反对孔教和提倡白话文。小说把他们的言论称为狗吠之语、禽兽之言。说话间，出来一个叫"荆生"的"伟丈夫"，对他们大加训斥和大打出手，三人在这个"伟丈夫"面前丑态百出，抱头鼠窜。通过写小说来泄愤，说明作者内心的虚弱。

新文化阵营对林纾进行了有力的回击。李大钊在《晨报》上发表《新旧思潮之激战》①，痛斥林纾"想抱住那位伟丈夫的大腿，拿强暴的势力压倒你们所反对的人，替你们出出气，或者作篇鬼话妄想的小说快快口，造段谣言宽宽心，那真是极无聊的举动"，并且决然地表示，"真正觉醒的青年，断不怕那伟丈夫的摧残"。蔡元培写了《答林君琴南函》，重申北大的学术方针是"循'思想自由'的原则，取兼容并包主义"，对林纾的言论一一加以反驳，为新文化运动和新文学家作了辩护②。鲁迅发表《现在的屠杀者》一文，斥责林纾："明明是现代人，吸着现在的空

图 2-2 李大钊

气，却偏要勒派腐朽的名教，僵死的语言，侮蔑尽现在，这都是'现在的屠杀者'。杀了'现在'，也便杀了'将来'——将来是子孙的时代。"③

更大规模的与文化保守主义的斗争发生在新文化阵营与"学衡派"之间。"学衡派"是作为以陈独秀、胡适为代表的激进主义思潮的对立面而出现的。1922 年 1 月，《学衡》杂志在南京东南大学创刊，由上海中华书局发行。该刊由

---

① 《每周评论》第 12 号转载此文和林纾的《荆生》，1919。

② 蔡元培：《答林君琴南函》，载《北京大学日刊》，1919-03-21。

③ 鲁迅：《现在的屠杀者》，见《鲁迅全集》，1 卷，366 页，北京，人民文学出版社，2005。

吴宓主编，主要撰稿人有梅光迪、吴宓、胡先骕等，他们都曾留学美国。"学衡派"标明的宗旨是："论究学术，阐求真理，昌明国粹，融化新知。以中正之眼光，行批评之职事。无偏无党，不激不随。"1933年7月《学衡》杂志停刊。

他们反对新文化运动和文学革命的论文主要有梅光迪的《评提倡新文化者》、吴宓的《论新文化运动》、胡先骕的《评〈尝试集〉》等，形成了比较系统的批评意见。梅光迪在文章中，攻击新文化运动一提出，就"弊端丛生，恶果立现"，咒骂提倡新文化者"非思想家乃诡辩家""非学问家乃政客也"等。文章的核心思想是以反对文学进化论的思想来抵制新文化运动。文章说："文学进化至难言者：西国名家多斥文学进化论为流俗之错误，而吾国人乃迷信之。且谓西洋近世文学，由古典派而变为浪漫派，由浪漫派而变为写实派，今则又由写实派而变为印象、未来、新浪漫诸派。一若后派必优于前派，后派兴而前派即绝迹者。然此稍读西洋文学史，稍闻西洋名家诸论者，即不作此等妄言。何吾国人孩童无知，颠倒是非如是乎！"①《评〈尝试集〉》反对白话文学的主张，认为"文学之死活，以其自身价值而定，而不以其所用之文字之今古为死活"，作者判定《尝试集》的"价值与效用，为负性的"，"其形式精神，皆无可取"，"不能运用声调格律以泽其思想"，"多撷拾一般欧美所谓新诗人之余唾"，"《尝试集》，死文学也，以其必死必朽也"。对胡适提倡白话诗与白话文的主张，他也大都持否定态度，并说他"以图眩世欺人"②。从以上两篇文章中可以看到，他们反对五四历史进化的文学观念，反对白话文学的主张，维护文言的地位。此外，与新文学的提倡者针锋相对，他们还强调文学的继承和模仿，否定浪漫主义和现实主义的文学。

新文化阵营中的鲁迅、沈雁冰、郑振铎等人对"学衡派"发起了反击。鲁迅发表《估〈学衡〉》，着重以实际例子，揭露他们的所谓"学贯中西"。萧纯锦的《中国提倡社会主义之商榷》在"乌托邦"这个不能分拆的专有名词中加了一个"之"字，成了"乌托之邦"。对此，鲁迅嘲笑说："查'英吉之利'的摩耳，并未做 Pia of Uto……又何必当中加楦呢。于古未闻'睹史之陀'，在今不云'宁古之塔'，奇句如此，真可谓'有病之呻'了。"接着，鲁迅又就《学衡》上那些以中学自炫的文章，逐一批驳其内容的谬误和文字不通，说明他们"于旧学并无门径，并主张也还不配"：名曰"学衡"，"'衡'了一顿，仅仅

---

① 梅光迪：《评提倡新文化者》，载《学衡》，1921（1）。

② 胡先骕：《评〈尝试集〉》，载《学衡》，1922（1、2）。

'衡'出了自己的铢两来，于新文化无伤，于国粹也差得远"①。"学衡派"主要的攻击对象是胡适。胡适在1922年3月写的《五十年来中国之文学》中，针对《学衡》写道："今年南京出了一种《学衡》杂志，登出几个留学生的反对论，也只能谩骂一场，说不出什么理由来。"他还进一步指出："《学衡》的议论，大概是反对文学革命的尾声了。我可以大胆地说，文学革命已过了讨论的时期，反对党已破产了。"胡适不屑于回击"学衡派"对新文化运动和文学革命的攻击，只是轻描淡写地说了这几句话。

即使在学理的层面，"学衡派"在论争中也没有占到上风。他们对新文化运动和文学革命缺乏基本的同情，提出的主张也很空泛，并没有切实地指出中国文化和中国文学的现代出路。

新文化阵营与文化保守主义之间最后一次大的较量发生在它和"甲寅派"之间。"甲寅派"因《甲寅》周刊而得名。《甲寅》于1914年5月创刊于日本东京，月刊，有进步倾向，主编为章士钊，两年后停刊。章士钊于1924年出任段祺瑞政府的司法总长，第二年又兼任教育总长。1925年7月，他复办《甲寅》，改刊为周刊，一直到1927年2月停刊。《甲寅》周刊封面上印有黄斑老虎的图案，所刊内容又是用文言写的攻击新文化和群众运动的文章，因而，它实际上成了新文化运动的拦路虎。早在1923年8月21、22日，章士钊就曾在上海《新闻报》上发表《评新文化运动》一文。1925年，章士钊又重将此文登在《甲寅》周刊第1卷第9号上。他维护文言文，攻击白话文，并说："吾之国性群德，悉存文言，国苟不亡，理不可弃。"另外，一些人发表《读经救国》等文，为章士钊推波助澜。章士钊利用他的职权，强令小学生必须尊孔读经，不准使用白话文。早在1920年1月，当时的教育部颁令，要国民学校国文课从这一年秋季开始统一使用语体文（白话文）。胡适、鲁迅、沈雁冰、徐志摩、郁达夫等都纷纷出阵，从不同角度批驳了"甲寅派"阻挡新思潮的本质。反对运动到这时候已经是强弩之末了。胡适发表了《老章又反叛了!》一文，用一种调侃的语言说话，显示出一副胜利者的姿态。在与守旧派的反复较量中，新文学运动的理论更加完备和明晰，脚跟也站得更稳了。

---

① 鲁迅：《估〈学衡〉》，见《鲁迅全集》，1卷，398页，北京，人民文学出版社，2005。

第二节　白话新诗的最初尝试

　　新文学的创作实践最初是在诗歌领域里进行的。在晚清的文学改良运动中，梁启超、谭嗣同、夏曾佑等人就提出了诗歌变革的主张。从这个层面来看，可以把五四时期胡适等倡导的白话诗运动看作是梁启超等人未竟事业的继续。

　　梁启超在《夏威夷游记》和《饮冰室诗话》中，提出了"诗界革命"的主张。他对"诗界革命"的基本要求就是"镕铸新理想以入旧风格"，或者说以"旧风格含新意境"。从他的具体例证中，不难看出他的"新理想"指的就是新的思想境界。在形式上，他仍然强调"旧风格"，没有超越旧体诗。黄遵宪在其《杂感》一诗中提出"我手写吾口"，其诗作歌咏新学、新事物、新理想，努力反映新的时代，扩大了诗歌的审美范围，但也只是在旧体诗格局内进行的变革。

　　五四文学革命初期白话诗的创作有着明确的理论自觉。胡适在他发表于1919 年 10 月的著名文章《谈新诗》中指出："若想有一种新内容和新精神，不能不先打破那些束缚精神的枷锁镣铐。"形式的变革是晚清"诗界革命"的盲点，是五四文学革命的突破点。胡适提出了一个响亮的口号是"诗体的大解放"。他在《〈尝试集〉自序》中说："诗体的大解放，就是把从前一切束缚自由的枷锁镣铐，一切打破：有什么话，说什么话；该怎么说，就怎么说。这样方才可以表现白话文学的可能性。"他又在《谈新诗》中更具体地解释"诗体的大解放"："不但打破五言七言的诗体，并且推翻词调曲谱的种种束缚；不拘格律，不拘平仄，不拘长短；有什么题目，做什么诗；诗该怎么做，就怎样做。"他又把"诗体的大解放"表述为"做诗如做文"，1915 年他在一首诗中写道："诗国革命何自始？要须做诗如做文。"他所谓的"诗体的大解放"大致包括了下面几层意思：打破格律的束缚，提倡自然的音节；用白话写诗，并且用白话的语法代替文言的语法；实现格式和体裁的自由。

　　朱自清在《中国新文学大系·诗集·导言》中是这样叙述新诗的开始的："最初自誓要作白话诗的是胡适，在 1916 年，当时还不成什么体裁。第一首散文诗而具备新诗的美德的是沈尹默的《月夜》，在 1917 年。继而周作人随刘复散文诗之后而作《小河》，新诗乃正式成立。最初登载新诗的杂志是《新青年》，《新潮》《每周评论》继之。及至五四运动以后，新诗便风行于内外的报章杂志了。"胡适早在 1916 年就开始试作白话诗。1917 年，胡适的《白话诗八首》发表于《新青年》第2卷第6号。这些诗是中国新诗最初的尝试，虽然没有完全脱去文言的痕迹，还受到格律的束缚，但它们都不用典、不对仗、不拘平仄，语句大都通俗明白。1918年1月，《新青年》第4卷第1号上发表了第一批九首新诗，其中有胡适的《鸽子》与《人力车夫》、沈尹默的《月夜》、刘半农的《相隔一层纸》等。这些诗在形式上摆脱了旧体诗词格律的束缚，实现了诗体的大解放。

1920年3月，胡适的《尝试集》由上海亚东图书馆出版，这是新诗的第一本诗集。1922年作者于《〈尝试集〉四版自序》中说："我现在回头看我这5年来的诗，很像一个缠过脚后来放大了的妇女回头看她一年一年的放脚鞋样，虽然一年放大一年，年年的鞋样上总还带着缠脚时代的血腥气。"确实，从《尝试集》中，人们可以看到新诗从旧诗中蜕变出来的印迹。第一编、第二编译诗《关不住了》以前的诗作大都是从旧诗词曲中脱胎而来，以白话入诗，带有半文半白的色彩。胡适自称《关不住了》是他的"'新诗'成立的纪元"。他从美国的意象诗得到启发，认识到新诗创作必须充分地采用白话的字、白话的文法和白话的自然音节。第二编《关不住了》以后的诗作和第三编的诗作获得了较大的解放。《尝试集》的语言虽然个别诗篇有文言的色彩，但大都是经过艺术加工的白话语言，明白易晓，接近口语。《尝试集》中有《尝试篇》，他在《自序》中也曾引用，以表明自己的态度，其中有云："'尝试成功自古无！'放翁这话未必是。我今为下一转语：'自古成功在尝试！'"《尝试集》的历史功绩正在于它的首开风气的大胆"尝试"。

沈尹默（1883—1971）、刘半农（1891—1934）、俞平伯（1900—1990）、康白情（1896—1958）和傅斯年（1896—1950）等早期白话诗人同胡适一样，他们的"新诗"也是从旧诗词里脱胎出来的。沈尹默的《三弦》《月夜》是早期白话诗的名作。俞平伯的《冬夜》和康白情的《草儿》两本诗集也在白话诗的初期创作中产生了重要影响。鲁迅（作有《梦》《爱之神》《他们的花园》《人与时》等）、周作人在早期白话诗的实验中则敢于打破旧诗词格律的束缚，为新诗探索了一种更自由的表达方式。

初期的白话诗在艺术表现上主要有两种倾向。一是用白描手法描写具体的生活场景或自然景物，显示出写实的倾向，如刘半农的《相隔一层纸》："屋子里拢着炉火，/老爷吩咐开窗买水果，/说'天气不冷火太热，/别任他烤坏了我。'/屋子外躺着一个叫花子，咬紧了牙齿对着北风喊'要死'！/可怜屋外与屋里，/相隔只有一层薄纸！"胡适的《人力车夫》、周作人的《两个扫雪的人》、朱自清的《小舱里的现代》等都实写了民间疾苦、社会人生。

写景诗有俞平伯的《冬夜之公园》、康白情的《江南》等。第二种倾向是通过比喻、象征来表现诗人对社会人生的感悟与思考，如胡适的《鸽子》和《老鸦》、周作人的《小河》、沈尹默的《月夜》等。胡适的《鸽子》虽然还带有旧诗的一些痕迹，但状物写意，不失其真。那飞翔在天"翻空映日""夷犹如意"的鸽子的意象，分明表现着一种对自由的向往。他的《老鸦》在形式上就比较成熟了，不再有旧诗词的格调。诗行排列自由，不限字数，用语俗白，一韵到底，而又略有变化（每节的第三行中间用逗号隔开），并且用双声叠韵的"呢呢喃喃""翁翁央央"增强音节的谐婉。周作人的《小河》是一首表现忧患意识的寓言诗，在当时受到了高度的评价。在形式上，它彻底地抛弃了旧诗词的格律体，而追求自然的节奏。胡适在《谈新诗》中评价它是"新诗中的第一首杰作"，"那样细密的观察，那样曲折的理想，绝不是那旧式的诗体词调所能表达出来的"。沈尹默的《月夜》："霜风呼呼的吹着，/月光明明的照着。/我和一株顶高的树并排立着，/却没有靠着。"这首诗中的抒情主人公在寒风中傲然独立，表现了一种高傲和孤独的主体意识。

初期的白话诗存在着"非诗化"倾向，重"白话"而不重"诗"，并且以文为诗，有散文化的倾向。这种"非诗化"的倾向，有助于挣脱传统的束缚，使诗歌贴近现代人的生活和情感；毛病是模糊了诗与文、诗的语言与口语的区别，忽视了诗的特征，使诗趋向散文和大白话。

1921 年前后，白话的新诗就取代了旧诗在中国诗坛的地位。新诗的面貌开始发生根本的变化，初期白话诗的毛病得到了初步的克服，诗歌的艺术个性得到了更多的尊重，诗歌的流派开始朝着多样化的方向发展。首先是自由诗。自由诗的主要代表有郭沫若、冰心、宗白华、湖畔诗人、冯至。

1921 年 8 月，上海泰东书局出版了郭沫若的第一部新诗集《女神》。它以彻底反帝反封建的革命精神，崭新的浪漫主义的审美意识，恢宏的诗歌创作才能，创造了一个全新的艺术世界。《女神》的问世，标志着新诗草创阶段的结束和奠基阶段的到来，在新诗史上具有划时代的意义。

1921 年到 1923 年期间盛行起了一种小诗，其代表诗人为冰心、宗白华。五四退潮后，人们的情绪开始冷静下来，转入对生活的沉思。小诗正好适应了人们抒发生活中的感兴的需要。人生的体悟、哲理的感兴、情绪的波动、景致的描写，是小诗最擅长描写的内容。它在形式上，不讲押韵、无拘无束、短小精悍。从外来影响上来看，小诗受到了日本的短歌、俳句以及印度泰戈尔小诗的影响。冰心的小诗集除了《繁星》外，还有一集《春水》。她的诗往往用三言两语的格言警句的形式表达对生活的感悟，并且把这种感悟凝聚在具体的形象中。宗白华有诗集《流云小诗》。宗白华的诗更具有哲理的意味，但他是以哲学家的智慧和胸怀来拥抱自然宇宙和社会人生。小诗注意锤炼诗意和诗的形式，增强了新诗的意味，丰富了新诗的艺术表现力，其缺点是在内容上容易流于贫乏苍白，在形式上容易流于粗制滥造。

湖畔诗社于 1922 年 4 月成立于杭州，出版了潘漠华（1902—1934）、冯雪峰（1903—1976）、应修人（1900—1933）、汪静之（1902—1996）四人的诗歌合集《湖畔》。1922 年 9 月，汪静之的诗集《蕙的风》出版。1923 年 12 月，潘漠华、冯雪峰、应修人三人的诗歌合集《春的歌集》出版。

湖畔诗人在中国文学史上的主要贡献是他们的爱情诗。汪静之的《过伊家门外》有这样热烈的诗句："我冒犯了人们的指摘，/一步一回头地瞟我意中人；/我怎样欣慰而胆寒呵。"大胆、率真的告白招来了"不道德""轻薄""堕落"之类的指责。对此，周作人写了评论《情诗》为他进行辩护。他们的诗自然天成，无拘无束，一切服从感情的表达，使"自由诗"真正地自由了。

冯至是第一个 10 年里的一位重要诗人，在诗坛上出现稍晚于湖畔诗人，曾被鲁迅称为"中国最为杰出的抒情诗人"。他是在 20 世纪 20 年代和 40 年代都做出了突出贡献的诗人。20 年代的诗集有《昨日之歌》（1927）、《北游及其他》（1929）。他的诗表现出了艺术的节制。

新诗在从旧诗的束缚中解放出来，实现了自由化以后，就迫切地需要形式上的规范，需要内容与形式的高度统一。以闻一多、徐志摩为代表的前期新月派诗人倡导新格律诗，进行的正是这样的努力。

前期新月派诗人致力于建立诗美的特殊规范。陈梦家在 1931 年出版的《新月诗选》的序言中说："主张本质的醇正，技巧的周密和格律的谨严，差不多是我们一致的方向。"综合新月诗人的主张，可以说，"本质的醇正""情感的节制"和"格律的谨严"是他们诗歌创作的基本原则，也是他们关于诗歌艺术规范化的基本内容。他们在诗的内容与形式的和谐统一中追求诗美，要求诗回到诗的自身，诗必须是诗，表现出对诗歌本体的高度重视。这可以说是"本质的醇正"。

从诗歌本体观出发，新月诗派提出了"理性节制情感"与诗的形式格律化的主张。他们反对诗歌中感情的泛滥，主张理性节制感情。与"理性节制情感"的美学原则相一致，新月诗派还明确提出了新诗格律化主张，开展了新格律化运动。格律诗的代表诗人除了闻一多和徐志摩，还有朱湘（1904—1933）。格律诗以其对形式的高度重视和对诗美的执着追求，在很大程度上扭转了初期白话诗和自由诗存在的非诗化倾向，标志着新诗开始走向成熟。但有时过于严格的格律又会限制现实情感的表达。新月派诗人中的大多数在 20 世纪 30 年代初期加盟了现代派。

20 世纪 20 年代中后期，当新月派诗人在进行诗歌形式的探索时，早期象征诗派开始把法国象征主义诗艺引入诗歌创作。中国早期象征诗派创作或多或少纠正了新诗过于平实直白而缺少诗味的弱点。新月诗派和早期象征诗派对新诗流弊的纠正，既重形式，又重表现，两者在艺术上都富于创新意义，都是对新诗整体水平的推进。中国象征派的开创者是李金发，其诗集有《微雨》《为幸福而歌》《食客与凶年》。与他同时或稍后，一批象征派诗人涌现出来，其中有后期创造社的王独清、穆木天、冯乃超，还有石民、梁宗岱、姚蓬子等。象征派诗人着力于表现诗人漂移不定的内心情感、感觉、潜意识，运用象征、暗示等方法，并以不同于常规的方式对意象进行组接，创造出"朦胧美"。中国象征诗派也存在着严重的缺陷：一是诗歌内容贫弱，缺乏西方象征派诗人的现实批判精神和哲理意识；二是对法国象征派诗歌意象的大量照搬。像"坟墓""枯骨""乌鸦""枯叶""尸体""寒夜""死亡"等法国象征主义诗人经常使用的意象，也频繁地出现在中国象征派诗人的作品中。

正当新月派和象征派诗人在努力探索新诗的形式和表现手法的时候，另有一路诗人则在探索如何扩大和加强诗的现实内容和社会作用，使诗更好地服务于社会解放和革命斗争，无产阶级诗歌崭露头角。

1923 年，恽代英、邓中夏、萧楚女等早期共产党人就发表文章，要求新文学和新诗充当无产阶级领导下的民主革命的"工具"。时代的要求，催生了最早的中国无产阶级诗人——蒋光慈。他 1924 年从苏联留学回国，著有诗集《新梦》和《哀中国》，热情地讴歌十月革命和共产主义的理想。他的诗歌增加了议论的成分，感情表达外露，想象也很平实。蒋光慈的诗歌是革命文学的暴风雨到来之前从天边传来的几点雷声。

自由的精神呼唤着新的诗歌形式。五四新诗人经过草创时期的探索，大胆革新了中国诗歌的语言和形式，实现了诗体大解放，创造了多种多样的新体式，拓展了诗歌表现的范围，大大贴近了现代国人的思想和情感，使得新诗呈现出青春勃发的气象和开放的态势。中国文学中的诗歌生态发生了翻天覆地的变化。同时也应看到，诗歌这个文类对传统文化和诗歌的依赖很深，在缺少更直接而有效的借鉴的情况下，革新的难度也较小说、散文要大，本时期白话新诗的羽翼尚未丰满，对中国传统诗歌和外国诗歌的认识和借鉴还存在着不足或误区。

第三节　现代小说的全面创新

在梁启超等人的大力提倡下，晚清民初的小说得到了发展，也出现了不少现代性的因素，为"五四"新文学小说的革新提供了条件。但民初小说的主流以鸳鸯蝴蝶派为代表有两大突出的现象：一是以谴责时政、惩创人心为主的"社会小说"的末路与侦探小说汇流，堕入"黑幕小说"的邪道；二是言情小说盛行。一开始就被寄予厚望的"新小说"并没有真正挣扎出旧文学的泥潭迈向新文学。

现代小说最早出现在新文化的阵地《新青年》和《新潮》上。从一开始，小说就被赋予了改造社会的重任。作家们也明显有此自觉。20 世纪 30 年代初，鲁迅在谈到他为什么做起小说来的时候交代："说到'为什么'做小说罢，我仍抱着十多年前的'启蒙主义'，以为必须是'为人生'，而且要改良这人生。我深恶先前的称小说为'闲书'，而且将'为艺术的艺术'，看作不过是'消闲'的新式的别号。所以我的取材，多采自病态社会的不幸的人们中，意思是在揭出病苦，引起疗救的注意。"[1]

新文学小说家与晚清民初的小说家相比，更直接地受到了外国文学的熏陶。后者主要以中国传统小说为借鉴，读到的外国小说也多是意译；而前者有的留学日本或西方，有的虽在国内，但可以通过英文阅读外国小说，对外国文化也有了更多、更深入的认识。

新文学的接受者主要是受过新式教育的青年学生，他们对现代文学创作的推动也至关重要。这是一个朝气蓬勃、思想活跃、很少受传统束缚的接受群体。同时，印刷技术的提高降低了书刊的价格，使他们可以花不多的钱买到自己喜爱的平装读物。晚清民初小说的发展受制于当时读者的状况。当时的读者主要是士人和一部分较富裕的市民。他们的成分复杂，大都深受旧思想和旧审美趣味的熏染，看重的是小说的消遣、娱乐功能。

现代小说的勃兴得益于五四文学革命先驱者们的大力提倡和理论探索。他们在外国文学的参照下，明确了小说在文学家族中的重要地位，把小说创作当作一种有益于人生的事业，批判了旧小说的消遣、游戏的玩世倾向和"谤书"的倾向。胡适、钱玄同、周作人等人都明确把小说当作文学的正宗，批判了"黑幕"小说的不良倾向。他们根据时代的需要，引导着五四小说向社会的、人生的方向

---

[1]　鲁迅：《我怎么做起小说来》，见《鲁迅全集》，4 卷，526 页，北京，人民文学出版社，2005。

发展。周作人在 1920 年的讲演《文学上的俄国和中国》中提出向俄国近代的
"理想的写实派的文学"学习①。而文学研究会的茅盾更是不遗余力地倡导
"为人生"的现实主义小说。他们对小说的体裁的特性及艺术特征进行了探讨。
胡适在《论短篇小说》中对什么是短篇小说作了比较正确的解说："短篇小说
是用最经济的文学手段，描写事实中最精彩的一段，或一方面，而能使人充分
满意的文章。"② 从而把短篇小说从传统的有头有尾的"某生体"区别开来。

　　1918 年 5 月，中国现代的第一篇白话小说——《狂人日记》发表于《新青
年》第 4 卷第 5 号。接着，鲁迅发表了《孔乙己》《药》等小说。然而，在文
学革命的最初几年里，小说创作的局面还是比较沉寂的。茅盾在《中国新文学
大系·小说一集·导言》中介绍过当时的情形："民国六年（1917），《新青年》
杂志发表了《文学革命》的时候，还没有'新文学'的创作小说出现。民国七
年（1918），鲁迅的《狂人日记》在《新青年》上出现的时候，也还没有第二
个同样惹人注意的作家，更其找不出同样成功的第二篇创作小说。民国八年
（1919）一月，《新潮》杂志发刊以后，小说创作的'尝试者'渐渐多了，然而
也不过汪敬熙等三人，也没有说得上成功的作品；然而'创作'的空气是渐渐
浓厚了。1921 年一月，《小说月报》也革新了，特设'创作'一栏，'以俟佳
篇'；然而那时候作者不过十数人，《小说月报》（十二卷）每期所登的创作，
连散文在内，多亦不过六七篇，少则仅得三四篇。而且那时候常有作品发表的
作家亦不过冰心，叶绍钧，落华生，王统照等五六人。那时候，《小说月报》
每月收到的创作小说投稿——想在'新文学'的小说部门'尝试'的青年们的
作品，至多不过十来篇，而且大多数很幼稚，不能发表。然而青年的'尝试
者'在一天天加多，确是可以断言的！"这种不景气的状况很快就得到了改变。
1921 年以后，随着大量的纯文学社团和各种文艺刊物的涌现，小说创作也很快
繁荣起来。

　　从潮流或流派的角度来看，第一个 10 年的小说引人注目的有"问题小说"
"乡土小说""自我小说"和"女性小说"。鲁迅的小说与"问题小说"和"乡
土小说"的关系甚大，但由于其杰出的思想和艺术成就，超越了"问题小说"
和"乡土小说"的范畴，所以一般也不把他的小说放在其中讨论。

　　"问题小说"是现代小说发展过程中出现的第一股潮流，但还不能说是流
派。它最早出现在 1919 年创刊的《新潮》杂志上。罗家伦（1897—1969）的

---

　　① 周作人：《文学上的俄国与中国》，载《晨报副镌》，1920-11-15～16。
　　② 胡适：《论短篇小说》，载《新青年》，1918（4/5）。

《是爱情还是苦痛?》、俞平伯（1900—1990）的《花匠》、叶绍钧（叶圣陶）的《这也是一个人?》等是最早的"问题小说"。从1919年下半年开始，冰心发表了《两个家庭》《斯人独憔悴》《秋风秋雨愁煞人》等作品，使"问题小说"作为一种倾向更加引人注目。1923年以后，"问题小说"的创作风气才逐渐沉寂下去，其代表作家有冰心、王统照、叶圣陶、庐隐、许地山等。"问题小说"顾名思义是要揭露社会问题的。它的题材和主题十分广泛，触及了当时的许多重大社会问题。有的关注下层劳动人民不幸的生活境况，如汪敬熙的《雪夜》和叶圣陶的《这也是一个人?》等小说；有的提出恋爱婚姻问题，如罗家伦的《是爱情还是苦痛?》、冰心的《两个家庭》；有的探讨人生的意义，如冰心的《超人》和许地山的《命命鸟》《商人妇》《缀网劳蛛》等宗教人生小说。这股创作潮流的出现既是思想启蒙的结果，又是思想启蒙的一部分。五四新文化运动唤醒了一代青年知识分子。他们接受了西方的人道主义和民主主义思想，发现了中国落后的社会现实中的种种问题，于是产生了改革社会的理想和热情，从事于"问题小说"的创作。

理论上的倡导，是"问题小说"兴起的一个重要原因。胡适在1918年4月发表的《建设的文学革命论》中就要求文学作品描写"今日新旧文明相接触，一切家庭惨变，婚姻痛苦，女子之位置，教育之不适宜……种种问题"①。周作人于1919年2月发表《中国小说中的男女问题》更明确地说："问题小说，是近代平民文学的出产物。这种著作，照名目所表示，就是论及人生诸问题的小说。……中国从来对于人生问题不大关心，又素以小说为闲书，这种小说自然难以发生。"② 而当前则应当提倡。

"问题小说"还明显地受到了俄国文学和易卜生戏剧的启示。俄国文学被新文学作家普遍认为是关注社会人生问题的文学的楷模。1918年《新青年》推出过"易卜生专号"，介绍这位挪威戏剧大师的"问题剧"。

"问题小说"致力于用文学的方式来探讨和解决社会问题。在"问题小说"中，问题迫切而答案渺茫，观念突出而生活质感不足，有着现实主义的倾向而又流露出浪漫主义和象征主义的色彩。

1923年以后，"问题小说"逐渐沉寂，代之而起的是"乡土小说"或称"乡土文学"。这是现代小说史上第一个现实主义的小说流派，主要作家有：许杰（1901—1993）、许钦文（1897—1984）、王鲁彦（1902—1944）、蹇先艾

---

① 胡适：《建设的文学革命论》，载《新青年》，1918（5/4）。
② 仲密（周作人）：《中国小说中的男女问题》，载《每周评论》，1919（7）。

（1906—1994）、彭家煌（1898—1933）、台静农（1903—1990）、王任叔（1901—1972）、冯文炳（废名，1901—1967）等。许杰、王鲁彦、蹇先艾、彭家煌、王任叔等都是文学研究会的成员。什么是"乡土小说"呢？鲁迅在《中国新文学大系·小说二集·导言》中说："凡在北京用笔写出他的胸臆来的人们，无论他自称为用主观或客观，其实往往是乡土文学。"又说这些乡土文学作品"隐现着乡愁"。鲁迅第一个用"乡土文学"来指称这一小说流派，也是现代"乡土小说"的开风气者，他的《孔乙己》《风波》《故乡》《阿 Q 正传》《社戏》等小说为"乡土小说"确立了风范，也是 20 世纪"乡土小说"的源头。在上述"乡土小说"作家中，成绩较为突出的是王鲁彦、彭家煌、台静农和废名。他们分别著有小说集《柚子》《怂恿》《地之子》《竹林的故事》等。

"乡土小说"给文坛带来了一股清新的乡土气息和个性色彩。它在取材上突破了知识青年生活的狭窄的范围，把艺术描写的笔触伸向民间、伸向广大的农村，拓宽了新文学表现现实生活的范围，进一步发展了反封建的主题，大大深化了新文学的现实主义精神。在艺术表现上，注重生活质感，强化了场面和细节的描写，更加自觉地塑造典型的人物性格。因此，可以说"乡土小说"有力地促进了现实主义文学的成熟。它为 20 世纪 30 年代农村题材的丰收奠定了坚实的基础，也为以后的"乡土小说"提供了艺术的借鉴。"乡土小说"虽然有了一些思想和艺术上都比较出色的成功之作，但总体水平还不够高。

"自我小说"的出现稍晚于问题小说，略早于"乡土小说"。"乡土小说"的作者以文学研究会的成员为主力，而"自我小说"则以创造社的成员为代表。"自我小说"又被称为"身边小说""浪漫抒情小说"等。"自我小说"的创作正体现着创造社自我表现的文学主张。它受到了日本的"私小说"的影响。"私小说"的"私"字在日文中是"我"的意思，"私小说"就是"自我小说"。"私小说"是日本近代的小说样式。它以作家身边的琐事为题材，着力于作家"心境"的露骨描写，又受自然主义的影响，主张暴露作家的私生活，暴露私生活中肉欲的苦恼、官能的刺激以及变态的性心理，从而向虚伪的旧道德挑战。除了"私小说"，"自我小说"还受到了弗洛伊德主义、表现主义、意识流等现代主义的影响。

"自我小说"常取材于作家自己身边的琐事，常用第一人称来自我叙述，着力表现作家自我的心境，袒露真实的自我，有着强烈的抒情色彩。"自我小说"在现代小说史上的贡献主要是在小说文体上。旨在表现自我，不重情节和结构，带有散文化和诗化倾向。

"自我小说"的代表作家是郁达夫。其小说中的主人公多是作家自我的写照，所写的大多是自己的亲身经历和所思所感，并且能够赤裸裸地将自己暴露出来。郭沫若创作了带有自传色彩的系列短篇《漂流三部曲》和《行路难》。除了郁达夫、郭沫若，创造社的"自我小说"派作家还有倪贻德、陶晶孙、张资平、叶灵凤等人。

"自我小说"的浪漫抒情倾向弥漫在整个五四文坛。这类作家还有庐隐、淦女士，浅草社和沉钟社的作家陈翔鹤、陈炜谟等。

"女性小说"的出现是五四小说创作的一件大事。"女性小说"是指带有明显的女性话语特点的小说。由于"女子无才便是德""三纲五常""三从四德"等封建观念的束缚，中国古代文学史上的女作家寥若晨星。五四运动前后，妇女解放运动使得一部分女性从家庭中走出，接受新式教育，成为职业女性。鲁迅的《狂人日记》问世不到半年，《新青年》上便出现了新文学史上第一个女作家陈衡哲。继她之后，在第一个 10 年中出现的"女性小说"家有冰心、庐隐、冯沅君、凌叔华、苏雪林、石评梅等。其中最具影响力的是冰心和庐隐。冰心和凌叔华是燕京大学的毕业生，庐隐、冯沅君、苏雪林、石评梅是北京女子师范学校的毕业生。她们为我们提供了在中国文学史上被男性中心主义压抑已久的女性经验。中国现代的"女性小说"是要从她们开始算起的。

陈衡哲（1893—1976）于 1914 年留美，1917 年用白话写出反映美国女子大学一群新生一天的日常生活的小说习作《一日》，发表在《留美学生季报》上。小说有点像一篇流水账，艺术上很幼稚。这篇作品为国内读者所知已经是在 1928 年新月书店出版陈衡哲的小说集《小雨点》的时候了。

在五四时期，表现女性意识最为大胆的要数庐隐（1898—1934）。她的小说重点表现知识女性爱与生的坎坷与苦闷。名作有短篇小说《成人的悲哀》《丽石的日记》和中篇小说《海滨故人》。《海滨故人》作为庐隐的代表作，是一部自传性的小说。女主人公露沙就是庐隐的化身，她的身世、性格、情感都与庐隐相同。暑假里，露沙与同窗好友欢聚海滨，后来有的结婚、有的失恋、有的归隐，一个个风流云散。露沙正是在这样聚散无定的人生环境中，研究哲学，思考"人生究竟是什么"。她难以摆脱内心的矛盾与彷徨。她从自己

图 2-3　庐隐

的爱情生活中感到苦闷和惆怅，从女伴先后走到成人世界去的遭际感到"人间的束缚"。从露沙和她的好友身上，人们可以看到处于新旧交替时代的青年知识女性的不幸和困惑。冯沅君（1900—1974）笔名"淦女士"，有短篇小说集《卷葹》。《隔绝》《隔绝之后》《旅行》是其中的名作。这几篇小说写的都是青年男女争取婚姻自由的斗争，其中细腻真实的女性心理描写在男作家的笔下是看不到的。和20世纪20年代的其他女作家相比，凌叔华（1904—1990）是一个离时代较远的作家，不同于庐隐和冯沅君的叛逆，她在《酒后》《绣枕》等作品中更多地表现出了温婉的个性。

第一个10年的小说成就主要表现在以下几个方面。一是现代小说意识的建立。新文学的倡导者们在外国文学的参照下，明确了小说在文学家族中的重要地位，并批判了以鸳鸯蝴蝶派小说为代表的消遣、游戏的玩世倾向和"谤书"的倾向，把小说创作当作一种有益于人生的事业。二是丰富的小说体式的创造。这方面有以鲁迅小说为代表的写实体，有抒情体，有"自我小说"的浪漫抒情体，也有以废名小说为代表的田园抒情小说，有象征体，如俞平伯的《花匠》和王统照的《微笑》。三是短篇小说文体的成熟。历史小说方面，鲁迅的《补天》《铸剑》、郭沫若的《函谷关》、郁达夫的《采石矶》等风格各异。在第一个10年里，取得成就最大的是短篇小说。创作长篇小说需要更丰富的人生阅历、更成熟的人生思考和驾驭鸿篇巨制的艺术能力。显然，新文学作家们在这些方面存在着欠缺。因此，大多数小说家致力于创作短篇小说，并取得了丰硕的成果。这一时期短篇小说文体的成熟主要表现在以下几个方面：对中国传统短篇小说的艺术格局进行了革新，改变了其有头有尾的故事性框架，自觉地截取人生的"横断面"。小说描写的重心由以叙述故事为主，转向以塑造人物为主，高度重视心理描写。凌叔华的《酒后》《绣枕》就是当时以心理描写见长的短篇。鲁迅、郁达夫、郭沫若等的小说还借鉴了精神分析、意识流的手法，表现人物的潜意识。在叙述方式上，既有隐藏叙述者的第三人称的客观叙事，又有叙述者介入的第一人称的主观叙事。特别是限制性叙事技巧的引入，改变了传统全知全能的叙事。

第四节　新式散文的应运而生

晚清处于中国数千年未有之变局，散文这个向来与现实联系最为密切的文类自然也会因应革新。适应变法、革命的需要，晚清民初的政论文得到了大发展，开始突破当时统治文坛的桐城派和文选派的藩篱。特别是梁启超"平易畅达""条理明晰，笔锋常带感情"的"报章体"政论文，风靡一时，直接开启了《新青年》时期杂文的先河。然而这种"新文体"还是在古文内部进行的革新。文言文和传统的形式仍在束缚着中国散文的发展。

现代散文开始于 1918 年 4 月《新青年》第 4 卷第 4 号开始设立的"随感录"这个栏目。这一期的"随感录"刊登了陈独秀、陶孟和、刘半农的杂文，以后还发表了钱玄同、周作人等人的作品。《新青年》第 5 卷第 3 号（1918 年 9 月），开始刊登鲁迅的作品，标题是"二十五"。鲁迅在《新青年》上共发表了"随感录"27 篇，后来都收录在他的杂文集《热风》中。

《新青年》是五四新文化运动中影响最大的刊物。由于它的倡导，当时不少重要的报纸杂志，都增设了"随感录"的栏目，如《每周评论》《新生活》《新社会》《民国日报·觉悟》等，除此之外，还有不少报刊以"杂感""评论""乱谈"等栏目，发表了很多杂文。这些杂文注重批判，主题是反对旧文化、旧道德，表现上的突出特点是明白晓畅。鲁迅曾这样称赞过钱玄同文章的文体："畅达也自有畅达的好处，正不必故意减缩……例如玄同之文，即颇汪洋，而少含蓄，使读者览之了然，无所疑惑，故于表白意见，反为相宜，效力亦复很大。"① 这话是可以用来评价这一阶段杂感的整体的。刘半农的杂文艺术成就比较高，他的不少杂文都写得感情奔放，气势昂扬，却又谈言微中，亦庄亦谐。正像鲁迅所说的那样，他是"《新青年》里的一个战士。他活泼，勇敢，很打了几次大仗"②。在五四运动前后涌现出来的杂文中，鲁迅作品的思想性和艺术性，超过了他的同时代人。

1921 年到 1927 年，这是现代散文的成熟期。成熟最主要的标志是作家们对散文文体的自觉。这一时期的散文个性鲜明、内容广泛、注重表达、风格多样。

1919 年 2 月，周作人发表杂感《祖先崇拜》，从文化人类学和进化论的角度剖析和批判了中国祖先崇拜的习俗。30 年代，周作人在《中国新文学大系·散文一集·导言》中说明当时白话文还不发达，举了该文开头的两段，说："无论一个人怎样爱惜他自己所做的文章，我总不能说上边的两节写得好，它只是顽强地主张自己的意见，至多能说得理圆，却没有什么余情。"正是基于

---

① 鲁迅：《两地书·十二》，见《鲁迅全集》，11 卷，47 页，北京，人民文学出版社，2005。

② 鲁迅：《忆刘半农君》，见《鲁迅全集》，6 卷，73 页，北京，人民文学出版社，2005。

这样的认识，他当时才以新文学建设者的责任感于 1921 年 6 月发表了《美文》，这是现代散文史上的重要文献。周作人指出："外国文学里有一种所谓论文，其中大约可以分作两类。一批评的，是学术性的。二记述的，是艺术性的，又称作美文，这里边又可以分出叙事与抒情，但也很多两者夹杂的。……在现代国语文学里，还不曾见有这类文章，治新文学的人为什么不去试试呢？"① 这里所谓的"论文"指的是英法随笔（Essay），其中第二类"美文"主要指后来有人所说的絮语散文（Familiar Essay），或称小品文，人们往往以"闲话""絮语""谈天"来形容它的文体特点，强调的是充满个性的随意的议论，夹叙夹议是其最重要的语体特点。

周作人对"美文"的提倡与创作是同步的。1921 年他发表了《山中杂信》《西山小品》等名篇。

紧随其后，记叙抒情的散文也如雨后春笋般地涌现。许地山发表于《小说月报》上的《空山灵雨》，俞平伯、朱自清发表于《东方杂志》上的同名游记《桨声灯影里的秦淮河》，鲁迅发表于《语丝》的《野草》，郭沫若发表于《晨报副刊》的《小品六章》和冰心发表于该报的《寄小读者》等，进一步显示了纯文学散文的实绩，是五四运动过后散文史上涌起的第一个潮头。

杂文的文体也在这一阶段走向成熟。这里不能不提到《语丝》周刊及"女师大风潮""三一八"惨案等历史事件。《语丝》创刊于 1924 年 11 月，发表了大量的杂文。广泛的文明批评和社会批评是其内容上的特点。

以《语丝》为核心的进步知识界，在"女师大风潮"和"三一八"惨案中，以杂文为武器同黑暗势力进行抗争，刺激了杂文的发展。1925 年，"五卅惨案"引起了全国性的反帝爱国运动。1926 年，北洋军阀段祺瑞勾结日本帝国主义镇压青年学生，制造了"三一八"惨案。1925 年至 1926 年期间，在北京女师大，由于校长杨荫榆压制民主，推行封建家长制教育，遭到进步学生的抵制，发生了驱杨运动，导致了持续很久的学潮。在这两次斗争中，鲁迅、周作人、林语堂、钱玄同、刘半农等进步知识分子，向以《现代评论》为代表的势力发动攻击。双方使用的武器都是杂文，陈源连篇累牍的"西滢闲话"，站在杨荫榆、章士钊一边，为之张目。鲁迅、周作人等人的杂文在论战中显示了巨大的威力。

这一阶段的杂文量多质优。和《新青年》时期的杂文相比，这一阶段的杂文不仅注重说什么，更注重怎么说，即说的艺术性。文章不再一味地直露，而是把

---

① 子严（周作人）：《美文》，载《晨报副镌》，1921-06-08。

明朗与含蓄结合起来，大大提高了杂文的文学品位，如鲁迅的《一点比喻》、林语堂的《祝土匪》都为讽刺对象勾勒了漫画式的杂文形象。周作人的《死法》一文是揭露段祺瑞执政府枪杀学生的暴行的，但作者没有正说，而是采用了反讽的手法——一本正经地说反话。鲁迅五四时期以来的杂文收入《坟》《热风》《华盖集》《华盖集续编》；周作人的杂文收入《泽泻集》和《谈虎集》。

记叙抒情散文也成就斐然。这一类文字在中国传统散文中很发达，因此，能给五四散文提供丰厚的借鉴。记叙抒情的散文，如鲁迅的《朝花夕拾》，朱自清的《背影》，冰心的《寄小读者》、《往事》（散文小说合集）等，徐志摩的《自剖》《巴黎的鳞爪》《落叶》，俞平伯的《燕知草》《杂拌儿》，为后来的这类散文提供了样本。鲁迅的《野草》、许地山的《空山灵雨》、郭沫若的《小品六章》，都是散文诗式的作品，情文并茂、摇曳多姿。此外，郁达夫表现浪漫感伤情绪的散文、叶绍钧（叶圣陶）抒写日常感受之作、王统照别具一格的冥想小品，都做出了重要贡献。这些名家的名篇长期以来作为现代散文的典范，被选入中学、大学语文课本。

小品文取法英法随笔最多，又融入了明清散文的抒情成分，成长得很快，引人注目。它以夹叙夹议的叙述方式，把描写、抒情融合在一起，不拘一格地随意而谈，有闲话、絮语风，是知识与趣味的双重统制。这方面，周作人的成就最大。他被称为现代"小品文之王"，著有《雨天的书》《泽泻集》等小品文集。梁遇春（1906—1932）被郁达夫称为"中国的伊里亚"。"伊里亚"是英国随笔家兰姆的笔名。梁遇春在五四后期所做的小品文多收入《春醪集》。丰子恺（1898—1975）和钟敬文（1903—2002）也是写作小品文的能手，分别有文集《缘缘堂随笔》和《荔枝小品》。

此外，书信、日记这些特别个性化的体裁，也得到了大的发展。

由于外国散文和中国传统散文的双重借鉴，五四散文在短短十来年的时间里迅速走向成熟，走在了其他文类的前面。散文领域名家辈出、佳作连篇、形式多样、风格各异。作家们或抒写自我，从各自的生活感受出发，率真地表达自己的喜怒哀乐，深入剖析内心的感情纠葛，大胆袒露个人的志趣意向，或开展社会批评和文明批评，任意而谈、无所顾忌。

五四散文表现出了现代散文意识的觉醒。首先是个性意识。个性意识是五四散文最突出的特点之一。每一个散文家不管其生活经历如何、思想状况如何，都通过自己的眼睛来看人生并表现人生。其次是强烈的参与意识。五四散文家在独立个性的基础上，要求散文独立，摆脱古代散文作为"载道"工具的附庸地位，直面人生，干预现实。最后是纯文学意识。五四作家把散文看作文学四大门类之一，把纯文学散文的文体与杂文学的文体区别开来，努力提高散文的艺术品位。现代散文意识的觉醒，带来了散文家创作的自觉，形成了散文丰收的局面。

题材和体裁丰富多样。现代散文从传统散文的"载道"模式中脱离开来，更加贴近社会、自然、人生。由于现代人生活空间的拓展和外来艺术经验的借鉴，现代散文家取材的视野更为宏阔。体裁丰富多彩，突破了传统的范围，为以后散文的发展创造了条件。不少五四散文作家都形成了自己独特的风格，在他们作品的内容与形式、思想与艺术方面，都有一种鲜明的特征。一些名家之作不用看到作者的署名就可以分辨出来。

五四时期是我国现代散文的开创期。先驱者们在个性解放、思想解放的时代精神鼓舞下，披荆斩棘，为我国散文开拓出一条宽广的发展道路。他们在散文的思想内容、文体样式、语言形式诸方面自觉进行革故鼎新的艺术实践，使汉语散文这一古老的文类焕发出了青春，在中国散文史上具有划时代的历史意义。

第五节　话剧品种的逐步引入

话剧是舶来的文艺品种。它最早在中国的出现可以上溯到19世纪60年代。1866年上海西人业余剧团建立了上海兰心剧场。西方侨民每年都要在这里公演话剧。后来，上海的教会学校圣约翰书院在1899年演出过欧洲的戏剧，还演出过反映中国现实生活的《官场丑史》。在教会学校的影响下，1900年冬，上海南洋公学以戊戌六君子和义和团事件编成《六君子》《义和拳》上演。这些新戏虽未脱旧戏的窠臼，却是中国人对这种新的戏剧形式的最初尝试。

中国早期的话剧活动以春柳社的成立为标志。春柳社是1906年年底留日学生成立于东京的一个综合性文艺团体，因为首先成立演艺部，又以演戏活动为重点，所以成为我国早期话剧具有代表性的团体之一。其创始人为李叔同、曾孝谷，主要成员有陆镜若、欧阳予倩等人。1907年初春，该社演出了法国小仲马的《茶花女》第三幕，同年6月，又公演了《黑奴吁天录》。此剧是曾孝谷根据美国斯陀夫人的小说《汤姆叔叔的小屋》的林纾译本《黑奴吁天录》改编的五幕剧本。1907年秋天，以王钟声为首的春阳社在上海成立。春阳社受春柳社的启发，在上海演出了同样是根据林纾翻译小说改编的《黑奴吁天录》（许啸天改编）。演出借用兰心剧场，采用西方话剧的布景、灯光、服装，有了整齐的分幕演出的形式。这种新的戏剧形式当时被称为"文明新戏"。

随着辛亥革命高潮的到来，"文明新戏"也进入了兴盛时期。新剧活动以上海为中心，各地的新剧团体大量涌现。其中最有影响的要数任天知创办的进化团。这是中国现代第一个话剧职业剧团。该团在长江中下游多个城市间演出了《血蓑衣》《东亚风云》《新茶花》《黄金赤血》《共和万岁》等多个反映时事、配合现实革命斗争的剧目。其演出模式和演出风格对后期的文明戏影响颇大，各地纷纷仿效"天知派新戏"。

辛亥革命失败后，新剧运动出现了低潮。1914 年，上海的新民、民鸣、启民、民兴等剧社，淡化新剧的教化功能，以演出家庭戏和连台本戏招徕观众，出现了新剧所谓的"甲寅中兴"。

职业的文明戏终因迎合小市民的低级趣味，艺术上的粗糙和部分演员的堕落而沉寂下去。文明戏基本上采用的是幕表制。所谓幕表制是指没有完整的剧本，只有简单的提纲，演员根据提示即兴演出。由于没有一个完整的剧本，戏剧艺术各部门的合作缺少共同的基础，这极大地限制了一台戏剧的整体性和艺术品位。一些演员靠一些滑稽噱头去迎合观众。然而，文明新戏为现代话剧的发展积累了宝贵的经验，打下了一定的群众基础。

在"文明新戏"走向衰落的同时，北方以南开学校和清华学校为代表的新剧活动，却以新的精神面貌蓬勃地开展了起来。1918 年，南开新剧团演出由张彭春编导的五幕剧《新村正》，反映辛亥革命失败后北方农村贫困、破产的黑暗现实，引起强烈反响。其严肃的态度、写实主义的方法、对西洋话剧规则的严格遵循，预示着话剧一个全新的发展阶段的到来。

五四文学革命时期，新文学运动的先驱者们把话剧与中国传统戏曲置于二元对立之中。他们主要是从思想革命的角度，率先展开了对旧戏的批判。钱玄同的态度最为激烈，他说："今之京调戏，理想既无，文章又极恶劣不通。"①他要建立"西洋派的戏"，把京剧"全数扫除，尽情推翻"②。周作人在他的《人的文学》一文中，把旧戏看作是各种"非人的文学"的集中代表。傅斯年在《戏剧改良各面观》中也把新戏和旧戏的关系看作是不破不立的关系。刘半农的看法较为持平。他指出，京剧因为通俗易懂而为世人所喜爱，那么就不应该全盘否定，从事现代文学的人，应该致力于京剧的改革，以满足时势的需要。③上述观点虽多偏激之论，但为中国话剧在新的起点上进步扫清了障碍。

批评中国传统旧戏，新文学倡导者们是有理想的范本的，这就是西方现代戏剧。欧阳予倩已经表明了要向外国剧本学习。胡适在《建设的文学革命论》

---

① 钱玄同：《致陈独秀》，载《新青年》，1917（3/1）。

② 钱玄同：《随感录十八》，载《新青年》，1918（5/1）。

③ 刘半农：《我之文学改良观》，载《新青年》，1917（3/3）。

中更举出欧洲最近 60 年来的"问题戏""象征戏""心理戏""讽刺戏"等，要求"赶紧翻译西洋的文学名著做我们的模范"①。胡适最推崇的是易卜生的社会问题剧。1918 年 6 月《新青年》第 4 卷第 6 号推出"易卜生专号"，发表了这位欧洲现实主义戏剧大师的《娜拉》（即《玩偶之家》）和《人民公敌》《小爱友夫》三部剧作以及胡适的《易卜生主义》、袁振英的《易卜生传》两篇评述易卜生生平、创作和思想的文章。在《新青年》的引导下，对外国戏剧的翻译和介绍成为一时的风气。据不完全统计，从 1917 年到 1924 年，全国 26 种报刊、4 家出版社共发表、出版了翻译剧本 170 多部，涉及十六七个国家 70 多位剧作家②。其中既有像莎士比亚、易卜生、歌德、莫里哀、雨果、萧伯纳、契诃夫、高尔斯华绥、梅特林克、斯特林堡、霍普特曼、奥尼尔这样的名家，也有不见经传的剧作家。当时西方的现实主义、自然主义、唯美主义、象征主义、表现主义、未来主义等各种戏剧流派都被介绍到中国，其中影响最大的是易卜生式反映社会问题的现实主义戏剧。

1920 年 10 月，上海新舞台在著名文明戏演员汪仲贤的主持下演出萧伯纳的名剧《华伦夫人之职业》，然而上座率很低。这引起了关于戏剧职业化与非职业化的讨论。经过反省，1921 年 3 月，汪仲贤发起并主持成立了戏剧团体——民众戏剧社。其成员有沈雁冰、郑振铎、熊佛西、欧阳予倩、陈大悲等。该社创办了新文学第一个专门的戏剧杂志——《戏剧》。这一年的 12 月，上海戏剧协社成立，最早的成员有应云卫、谷剑尘等，后欧阳予倩、汪仲贤也加入其中。这两个戏剧团体针对新剧由于职业化和商业化带来的问题，受欧洲 19 世纪末 20 世纪初的"小剧场运动"的启发，倡导"爱美剧"（"爱美"是英文 Amateur 的音译，意思是业余的），开展业余的、小型的演出，不以营利为目的，致力于提高戏剧的艺术水平，发挥戏剧的社会作用。他们的倾向与文学研究会的"为人生"的现实主义倾向是一致的。民众戏剧社的贡献主要在理论方面，而上海戏剧协社则注重舞台实践，为现代话剧做出了重要的贡献。1923年，洪深经欧阳予倩介绍加入协社，建立了严格的排演制和导演制，废除了旧戏和文明新戏男扮女装的演出方式。他们演出的绝大多数是西洋剧，1924 年演出洪深根据王尔德《温德米尔夫人的扇子》改编的《少奶奶的扇子》，获得成功，使新剧在舞台上立住了脚跟。

①　胡适：《建设的文学革命论》，载《新青年》，1918 (5/4)。

②　参阅陈白尘、董健主编：《中国现代戏剧史稿》，97 页，北京，中国戏剧出版社，1989。

"爱美剧"的演出由于受物质条件和时间的限制，影响了戏剧艺术的提高。这一时期，北方还出现了两个专门化的剧校。1922 年 11 月，蒲伯英出资与陈大悲在北京创办人艺戏剧专门学校（简称"人艺剧专"），主张职业剧与"爱美剧"并存，在表演艺术正规化方面进行了探索。1925 年 5 月，在美国专攻戏剧的余上沅、赵太侔和学习绘画的闻一多回国，恢复已经停办的北京美术专门学校，改名为北京国立艺术专门学校（简称"北京艺专"），增设了戏剧系。于是，中国有了国立的戏剧教育机构，戏剧艺术开始进入高等教育。余上沅、赵太侔在徐志摩的支持下，在《晨报》副刊创办了《剧刊》周刊，倡导"国剧运动"。他们的观点与民众戏剧社相左，强调戏剧艺术的非功利性，视舞台艺术为戏剧的中心，重视传统戏曲的美学价值，主张广泛吸取传统戏曲和西方戏剧的理论与艺术。

幕表制的废除、剧本制的实行、外国戏剧的借鉴，都极大地促进了新文学话剧的创作。五四时期出现了田汉、郭沫若、丁西林、欧阳予倩、洪深、熊佛西、陈大悲等重要的剧作家。

由于新文学作家对"为人生"的现实主义戏剧的提倡，一批反映现实社会问题的剧作出现了，其中以婚姻家庭问题的题材为主。胡适领风气之先，在《新青年》第 6 卷第 3 号上发表模仿易卜生的《玩偶之家》创作了《终身大事》。这个独幕剧的剧情十分简单：大家小姐田亚梅反对迷信的母亲和专制的父亲，争取自己的恋爱自由，喊出了"这是孩儿终身大事。孩儿应该自己决断"的呼声，然后坐上男友陈先生的汽车出走。一时间出现了多部描写男女青年为反对家庭包办婚姻、离家出走的戏，如欧阳予倩的《泼妇》、郭沫若的《卓文君》、余上沅的《兵变》、张闻天的《青春的梦》等。陈大悲（1887—1944）于 1921 年发表五幕剧《幽兰女士》，揭露大家庭的虚伪和罪恶。丁幽兰追求个性解放，勇于戳穿这个家庭的黑幕，结果死于后母的枪口之下。剧作情节曲折、离奇，反映了挣脱封建家庭的束缚、争取个性自由的主题。1922 年，从美国留学归来的洪深创作了《赵阎王》。这出戏剧揭露了军阀统治的罪恶，具有更广泛的社会批判意义。在后面的两幕里，作者模仿美国表现主义戏剧家奥尼尔的《琼斯皇》，描写了主人公的变态心理，但显得生硬，也超出了当时观众的接受水平。

丁西林的戏剧创作虽然也取材于现实生活，然而却别具一格。他是一名物理学家，又是中国现代最杰出的喜剧作家之一。他早年留学英国，受到西方戏剧，尤其是喜剧的熏陶。1923 年，他创作了自己的第一个剧本《一只马蜂》，以后又创作了独幕喜剧《亲爱的丈夫》《酒后》《压迫》《瞎了一只眼》《北京的空气》（1930）。其中《一只马蜂》和《压迫》是他的代表作，被多次搬上舞台，影响甚大。丁西林总是以一个喜剧家微笑、开朗的态度来发现生活中的喜剧因素。他的喜剧没有什么"问题"和"主义"，但是有同情，有针砭，在轻松、幽默的笑声中，告诉人们如何分辨生活中的善恶美丑。丁西林的剧作情趣高雅，人物性格真实、生动，构思精巧，语言机智、幽默，达到了很高的艺术水准，是五四文学中的艺术奇葩。

创造社的田汉和郭沫若是五四浪漫主义戏剧的代表作家。郭沫若的成就在历史剧创作方面。这一时期的作品有 1926 年结集为《三个叛逆的女性》的《卓文君》《王昭君》和《聂嫈》。田汉是中国现代话剧的主要开拓者之一，在戏剧运动、戏剧理论和戏剧创作方面都成就卓著。20 世纪 20 年代，他共创作了 20 多部话剧，名作有《咖啡店之一夜》《获虎之夜》《苏州夜话》《湖上的悲剧》《名优之死》等。他的剧作呈现出鲜明的浪漫主义风格并带有浓厚的"世纪末"情调。爱与美（艺术）的追求是他 20 年代剧作的基本主题，而这个追求受到来自现实的压迫，因此与他爱与美的主题相连的是对黑暗现实的批判。

在中国，戏剧和小说一向是被看作不登大雅之堂的"小技"。进入现代以后，由于受到西方文学的影响和纯文学观念的确立，西洋戏剧（话剧）逐步引入，与小说双双成为文学家族的主要成员，被赋予了救亡图存和启蒙的重任。特别是到了五四时期，随着理论上的提倡和剧本制的推行，话剧文学获得了长足的发展，话剧的多种体裁、样式和艺术手法先后被尝试，田汉、郭沫若、丁西林、欧阳予倩、熊佛西等一批剧作家形成了自己独特的风格。当然其间的道路也不无曲折。新文学的戏剧家对传统戏剧的认识存在着偏差，在话剧的民族化方面努力不够。话剧创作的取材范围还不够宽广。剧本的体制偏小，艺术上比较粗糙，在成功的剧作中独幕剧多，多幕剧数量少，质量也有待于进一步提高。然而，话剧这个艺术品种毕竟已在中国生根发芽，且显示出勃勃生机。

第六节　新文学社团的蜂起

五四文学革命的初期并无专门的文学社团和文学刊物，像《新青年》《新潮》《少年中国》等都是综合性刊物。随着文学革命的深入和影响的扩大，从 1921 年开始，文学社团纷纷成立。据统计，从 1921 年到 1923 年，全国出现大小文学社团 40 多个，出版文艺刊物 50 多种。到了 1925 年，文学社团和相应刊物猛增到 100 多个。这标志着文学活动的独立和文学革命从破坏向建设方面的转移。在这些文学社团中，影响最大的要数文学研究会和创造社。

文学研究会 1921 年 1 月成立于北京，是文学革命后出现的第一个新文学社团。1 月 10 日《小说月报》第 12 卷第 1 号发表了由周作人起草的《文学研究会宣言》。作为发起人署名的有 12 人：周作人、朱希祖、耿济之、郑振铎、瞿世英、王统照、沈雁冰、蒋百里、叶绍钧、郭绍虞、孙伏园、许地山。后来，会员发展到 170 多人，包括朱自清、俞平伯、冰心、庐隐、鲁彦、老舍、丰子恺等著名作家。1920 年 11 月，沈雁冰接任原为鸳鸯蝴蝶派占据的《小说月报》的主编，从《小说月报》第 12 卷第 1 号起进行了全面的革新，使之成为文学研究会所控制的刊物。这个刊物由商务印书馆出版。除了《小说月报》，他们还编印了《文学旬刊》（后改为《文学周报》）及《诗》《戏剧月刊》等刊物，并出版"文学研究会丛书"。文学研究会的倾向大致可以说是"为人生"的现实主义的，可以说是《新青年》文学倾向的直接继承者。《文学研究会宣言》提出成立此会的目的有三个：一是联络感情；二是增进知识；三是建立著作工会的基础。第三点说："将文艺当作高兴时的游戏或失意时的消遣的时候，现在已经过去了。我们相信文学是一种工作，而且又是于人生很切要的一种工作。"沈雁冰、郑振铎是文学研究会的主要批评家，在文学研究会的刊物上发表了一系列文学论文，积极倡导"为人生"的现实主义文学。他们要求文学反映现实人生，提倡"血与泪的文学"，同情"第四阶级"，关心被侮辱与被损害的人。文学研究会多数成员的创作都明显地表现出了"为人生"的现实主义倾向。他们以人生和社会问题为题材，注重描写社会黑暗和灰色人生。他们还重视外国文学的翻译和介绍，主要是翻译俄、法以及北欧的现实主义作品，如托尔斯泰、屠格涅夫、高尔基、莫泊桑、易卜生等人的作品。《小说月报》出过"被损害民族的文学号""俄国文学研究专号""法国文学研究专号"等专号。1932 年 1 月，《小说月报》因为没有来得及发行的新年号毁于"一·二八"战火并停刊，文学研究会的活动也停止。

创造社异军突起，于 1921 年 6 月成立于日本东京郁达夫的寓所，主要成员是当时的留日学生：郭沫若、郁达夫、成仿吾、张资平、郑伯奇、田汉等，出版《创造》季刊、《创造周报》《创造日》《洪水》等刊物。郭沫若在《创造》季刊第二期的《编辑余谈》中说："我们是由几个朋友随意合拢来的。我们的主义，我们的思想，并不相同，也并不强求相同。我们所同的，只是本着我们内心的要求，从事于文艺的活动罢了。"这可以认为是代表了创造社作家的创作倾向。创造社作家信仰"主情主义"表现论的文学本体论，强调天才的创造和文艺女神的圣洁，反对功利主义的艺术动机。创造社也重视翻译，但由于文学观的不同，翻译的对象也与文学研究会不同。他们以翻译歌德、拜伦、雪莱、惠特曼、泰戈尔等浪漫主义诗人的作品为多，也译介过象征派、表现派、未来派等现代主义文艺思潮。他们的作品，尤其是郭沫若的诗和郁达夫的小说，在青年中反响很大。创造社的文学活动以 1925 年"五卅"事件为界，明显可分为两个时期，后期转向无产阶级革命文学，出版了《创作月刊》《文化批判》等刊物，1929 年被国民党政府查封。

1923 年成立于北京的新月社，主要成员有胡适、徐志摩、闻一多、陈西滢、梁实秋等，大都是欧美留学生，开始时是聚餐会的形式。1925 年 10 月，徐志摩主编《晨报》副刊，次年 4 月开辟了《诗镌》周刊。《诗镌》创刊号刊出徐志摩执笔的《诗刊弁言》，其中说："我们信我们自身灵性里以及周遭空气里多的是要求投胎的思想的灵魂，我们的责任是替他们构成适当的躯壳，这就是诗文与各种美术的新格式与新音节的发现；我们信完美的形体是完美的精神的唯一表现。"创造诗的新格式、新音节以表现完美的精神，这是《诗镌》的基本主张。闻一多发表《诗的格律》的理论文章，提出诗歌"三美"的主张，即音乐的美（指音节）、绘画的美（指辞藻）、建筑的美（节的匀称和句的整齐），可以看作是他们对新诗的新格式、新音节的理论主张。新月社以闻一多、徐志摩为首，还有朱湘、饶孟侃、刘梦苇、孙大雨等，以《诗镌》为阵地，进行新格律诗的创作，被称为"新月诗派"。《诗镌》共出 11 期，探索新诗的形式，提高了新诗的艺术性。1928 年创办的《新月》月刊，是新月社的后期，在文学上提出"健康"和"尊严"的原则。梁实秋宣传人性论，反对无产阶级革命文学。新月派诗人于 1931 年又创办《诗刊》。同年 8 月，陈梦家编《新月诗选》（新月书店 1931 年版），展示了新月诗派的阵容和创作成就。《新月》月刊于 1933 年停刊。

语丝社成立于 1924 年 11 月，因为创办《语丝》周刊而得名，主要成员有鲁迅、周作人、钱玄同、林语堂、孙伏园、川岛等。《语丝》发刊词表明了其主张和态度，"想冲破一点中国的生活和思想界的昏浊停滞的空气"，"提倡自由思想，独立判断，和美的生活"，以刊登"简短的感想和批评为主"。《语丝》多发表杂文、小品，形成生动、泼辣、幽默的"语丝体"，对中国现代散文发展做出了重要贡献。在《语丝》上发表作品的还有冯文炳（废名）、许钦文等小说作者。《语丝》于 1930 年停刊。

除了以上四个社团外，这一时期影响较大的文学社团还有莽原社、未名社、狂飙社、浅草社、沉钟社、弥洒社、湖畔诗社、南国社等。

莽原社和未名社成立于 1925 年，都是鲁迅发起和领导的。莽原社主要成员除了鲁迅，还有高长虹、向培良、荆有麟、韦素园等，因创办《莽原》周刊和《莽原》半月刊（后由未名社主持）而得名。《莽原》提倡社会批评和文明批评，与《语丝》站在同一条战线上。1926 年，高长虹、向培良从莽原社分裂出去，与别人另组狂飙社。狂飙社受尼采思想影响较深。未名社除鲁迅外，还有韦素园、李霁野、台静农、韦丛芜、曹靖华等。这是一个着重于翻译和介绍外国文学尤其是俄罗斯文学的团体，除出版《莽原》半月刊（后改名为《未名》半月刊），还有专收翻译作品的《未名丛刊》和专收创作的《未名新集》。台静农的"乡土小说"集《地之子》是未名社小说创作的重要收获。

与早期创造社一样，主张"为艺术"的文学社团有浅草社、沉钟社与弥洒社等。浅草社是 1922 年在上海成立的，主要成员有林如稷、陈炜谟、陈翔鹤、冯至，创办《浅草》季刊。1925 年《浅草》停刊，浅草社同人和杨晦等在北京成立沉钟社，创办《沉钟》周刊（后改为半月刊），到 1934 年停刊。浅草社、沉钟社成员决心像德国象征派剧作家霍普特曼的名作《沉钟》里那个叫亨利的钟师一样，献身于艺术，要求对艺术的"严肃与忠诚"，"听从纯洁的内心指使"①，认为作品"应该完全是内心的真实的表现"②。弥洒社成立于 1923 年，主要成员有胡山源等，创办《弥洒》月刊，出 6 期后停刊，该社成员试图更彻底地实践"为艺术"的主张。在"为艺术"这一点上，浅草社、沉钟社与弥洒社比早期创造社坚持的时间更长，走得也更远。

新文学社团一般都是由文艺思想、志趣相同或相近的作家组成，因而刊物一般都具有同人刊物性质，这就形成了各自的艺术特色，产生了文学流派。

思考题

1. 胡适在《谈新诗》中提出："若想有一种新内容和新精神，不能不先打破那些束缚精神的枷锁镣铐。"从而在诗歌形式的变革方面提出"诗体大解放"的口号，结合时代背景思考这一口号提出对白话新诗发展的重要意义。

2. 现代小品文既取法于英法随笔的表现技巧，又融入了明清散文的抒情成分，结合现代小品文的艺术特色思考其对这两种文化资源的借鉴和发展。

3. 鲁迅在《我怎么做起小说来》中说："说道'为什么'做小说罢，我仍抱着十多年前的'启蒙主义'，以为必须是'为人生'，而且要改良这人生。"结合这段话思考现代小说在创作之初即承载的改造社会的重负。

4. 五四文学革命时期，新文学运动的先驱者们曾把话剧与中国传统戏曲置于二元对立之中，对传统旧戏展开了激烈的批判。思考新文学家是从什么角度

---

① 石君（罗石君）：《前置语》，载《民国日报·文艺旬刊》，1923-07-05。

② 杨晦：《晞露集序》，载《沉钟》，1933（20）。

展开这种批判的？

参考书目

1. 杨义. 中国现代小说史：第一卷；第二卷；第三卷. 北京：人民文学出版社，1986；1988；1991.

2. 贾植芳主编. 中国现代文学社团流派. 南京：江苏教育出版社，1989.

3. 陈白尘，董健主编. 中国现代戏剧史稿. 北京：中国戏剧出版社，1989.

4. 严家炎. 中国现代小说流派史. 北京：人民文学出版社，1989.

5. 包忠文主编. 现代文学观念发展史. 南京：江苏教育出版社，1992.

6. 俞元桂编. 中国现代散文史. 修订本. 济南：山东文艺出版社，1997.

7. 丁罗男. 20世纪中国戏剧整体观. 上海：文汇出版社，1999.

8. 龙泉明. 中国新诗流变论. 北京：人民文学出版社，1999.

9. 陈平原. 中国小说叙事模式的转变. 2版. 北京：北京大学出版社，2010.

10. 陈思和. 漫谈文学史理论的探索和创新. 文艺争鸣，2007（9）.

第三章 鲁 迅

第一节 生平与思想发展

五四时期，以创作实绩显示了新文学的强大生命力，并为之奠定了基础的是鲁迅。鲁迅（1881—1936），原名周树人。"鲁迅"是他1918年发表《狂人日记》时开始使用的笔名。鲁迅生于浙江绍兴一个破落的地主家庭。1893年，他的祖父因科场舞弊案身陷囹圄。其后，鲁迅的父亲又长期患病并于1896年病逝，家庭从此败落。作为长子，仅有15岁的鲁迅不但在经济上，同时也在心灵上经受了这个败落过程的打击。前恭后倨的世人的冷眼永久性地毁灭了这颗幼小的心灵对人生的童话式的幻梦，使他感受了这个礼治之国里人情的冷暖。这对鲁迅后来思想的发展和独立创作风格的形成有不容忽视的影响。"有谁从小康人家坠入困顿的么，我

图 3-1 鲁迅

以为在这途路中，大概可以看见世人的真面目"，这是鲁迅在他的第一部短篇小说集《呐喊》出版时为之所写的序言里的话，从中人们可以感知到鲁迅少年时心灵的余痛与他的小说创作的内在联系。鲁迅的外祖父家在农村。由于家庭的变故，他常被送到农村暂避，因而得以了解农民的痛苦生活和思想状况。这些生活经验成了鲁迅后来小说创作的主要素材。

时代为鲁迅提供了走上与传统知识分子不同的人生道路的可能性。1898年至1902年为鲁迅的南京求学时期。在这个时期，他开始接触西方自然科学知识和各种社会科学学说，引起了他的极大兴趣并在他的面前展开了一个新的世界。通过严复翻译的《天演论》，鲁迅了解了达尔文的进化论学说，这对他后来的社会思想发展观念的形成具有极大的推动作用。

　　1902 年，鲁迅于南京矿路学堂毕业后被官费保送日本留学，从此开始了他的日本留学时期。在日本，他首先进了东京的弘文学院，完成了日本为中国留学生设立的日语和其他基础课程。1904 年 9 月，鲁迅进入仙台医学专门学校攻读医学。"我的梦很美满，预备卒业回来，救治像我父亲似的被误的病人的疾苦，战争时候便去当军医，一面又促进了国人对于维新的信仰"①。鲁迅在仙台医学专门学校读书期间，爆发了日俄战争。教师有时在讲课之余给学生放映记录日俄战争情况的影片。有一次影片上出现了日本人处死中国人的画面，而另一些中国人却在旁边呆呆地围观。这给青年鲁迅以极大的精神震动。他后来说："这一学年没有完毕，我已经到了东京了，因为从那一回以后，我便觉得医学并非一件紧要事，凡是愚弱的国民，即使体格如何健全，如何茁壮，也只能做毫无意义的示众的材料和看客，病死多少是不必以为不幸的。所以我们的第一要著，是在改变他们的精神，而善于改变精神的是，我那时以为当然要推文艺，于是想提倡文艺运动了。"② 1906 年，他又回到东京，专门从事文学活动，筹办《新生》杂志，翻译异域小说，撰写各类文章，直至 1909 年回国。

　　留学日本时期是鲁迅思想初步形成的时期。鲁迅思想的基础同当时广大的正直知识分子一样，是爱国主义的。他的《自题小像》一诗表达的正是一种强烈的爱国主义感情："灵台无计逃神矢，风雨如磐暗故园。寄意寒星荃不察，我以我血荐轩辕。"但是，鲁迅的爱国主义有其自身的特点。

　　鲁迅留学日本时期，正是中国两大派思想在日本空前活跃的时期。其一是革命派。当时辛亥革命尚未爆发，革命派在国内受到清朝统治者的镇压，很多革命人士潜逃国外积聚力量、募集资金并在华侨和留学生中间扩大自己的力量。鲁迅在日本首先接受的是革命派的思想，他参与各种革命派人士组织的集会。据很多光复会的成员回忆说，鲁迅还参加过革命组织光复会。章太炎、陶成章、徐锡麟、秋瑾等革命者或是鲁迅的师友，或是鲁迅所熟悉的人物，他们对鲁迅思想的形成和发展都产生过直接的深刻影响。鲁迅的革命立场具体表现为：他从来不把中国的希望仅仅寄托在统治者所进行的某些改良上，他同情并支持革命派人士为祖国的进步和富强而进行的革命斗争。在革命派与维新派之间展开的革命与保皇的大论战中，他是坚决站在革命派一边的，但他的思想并

---

　　① 鲁迅：《呐喊·自序》，见《鲁迅全集》，1 卷，438 页，北京，人民文学出版社，2005。

　　② 鲁迅：《呐喊·自序》，见《鲁迅全集》，1 卷，438 页、439 页，北京，人民文学出版社，2005。

不完全等同于革命派。当时的革命派仅仅把希望寄托在推翻清王朝的政治统治上，而忽略了这种统治恰恰是建立在整个社会的思想基础之上的，是以整个国民性的性质为前提的。在一个积贫积弱、不能独立、没有民主要求的民族中，民主制是不可能真正建立起来的。正是在这里，鲁迅与当时的革命派在思想上分了手，而他所受的影响则来自当时的维新派。1898 年维新运动失败后，以梁启超为首的很多维新派人士出逃日本，在日本创办刊物，宣传自己的改良主张。一方面，他们与革命派在革命与保皇的问题上展开了激烈的论战，顽固坚持保皇派的立场，反对革命；另一方面，梁启超也鉴于维新运动的失败，从另一个角度总结了历史教训，进而明确地提出了新民说，认为维新派失败的主要原因在于中国国民的愚昧落后、一盘散沙，主张国民性的改造。在这方面，鲁迅深受维新派思想的影响。他的挚友许寿裳回忆说，鲁迅在弘文学院的时候，常常和他讨论下列三个相关的大问题："一、怎样才是最理想的人性？""二、中国国民性中最缺乏的是什么？""三、它的病根何在？"[①] 但是，鲁迅改造国民性思想的实质内容与维新派的新民说是有所不同的。维新派是从维新运动的失败看待国民性改造的，他们要求群众理解并拥护自己的维新主张，因而他们理想中的国民应该是在思想和行动上听命于当权者的，是为推行新政而献身的。鲁迅则是从广大群众自身解放的要求看待国民性改造的。他重视的是国民精神的改造，是个性解放。他认为，只有各个民族成员具有了自己的个性，具有了自己的追求目标和追求精神，整个民族才会有其精神活力。由此可以看出，当青年鲁迅站在革命派的立场上重新思考维新派提出的国民性改造问题时，他的思想便开始走向了与革命派、维新派都不同的独立的道路。

鲁迅对异域文化的吸取也与自己独立的思想追求息息相关。1903 年，鲁迅发表了第一篇译述小说《斯巴达之魂》。这篇小说洋溢着充沛的爱国主义感情，热情歌颂了为民族勇于献身的斯巴达勇士们的大无畏精神，但其爱国主义与维新派、革命派所提倡的爱国主义还没有本质的差别，小说中的人物也不具有自己的独立思想个性，只是一种爱国主义精神。后来，鲁迅还翻译过法国凡尔纳的《地底旅行》《月界旅行》等科学幻想小说，写过介绍科学知识和地理知识的《说金日》和《中国地质略论》。这既反映了他的爱国主义思想和对科学的重视，又反映了他的科学救国的思想。1907 年之后，鲁迅陆续发表了《人之历史》《科学史教篇》《文化偏至论》《摩罗诗力说》《破恶声论》（未完）等论文，标志着其独立思想的逐步形成。《文化偏至论》反映了尼采、易卜生等西方思

---

① 许寿裳：《亡友鲁迅印象记》，19 页，北京，人民文学出版社，1977。

想家、文学家对鲁迅思想的影响，同时也是鲁迅早期思想的哲学基础。在该文中，鲁迅批判了洋务派竞言武事的文化思想和维新派托言众志、蔑视个性的文化思想，提出了"掊物质而张灵明，任个人而排众数"的独立见解。这两个口号的核心是重视国民精神的改造和提倡个性解放。鲁迅认为，"是故将生存两间，角逐列国是务，其首在立人，人立而后凡事举，若其道术，乃必尊个性而张精神"。这时，鲁迅的求民族强盛的爱国主义同求个性解放的改造国民性思想成了一个有机统一的整体。《摩罗诗力说》是鲁迅早期的重要文艺论文，其中介绍了拜伦、雪莱、普希金、莱蒙托夫、裴多菲、密茨凯维支等西方浪漫主义诗人，实际上是赞颂了他们的"立意在反抗，指归在动作，而为世所不甚愉悦"的个性主义和反抗精神。鲁迅的个性主义与尼采的个性主义有着根本的不同。鲁迅基本同情广大受压迫、受歧视的群众，所以鲁迅的个性主义是与其人道主义相互结合的。他希望弱者的自强，这与尼采的同情强者、欲强者更强不同。鲁迅说："尼佉欲自强，而并颂强者，此（指拜伦——引者）亦欲自强，而力抗强者。"显而易见，鲁迅是更倾向于拜伦的。

1908 年，鲁迅和周作人合译了欧美的一些短篇小说，翌年编成两卷《域外小说集》出版。它们是中国最早用直译的方式、忠实地保留西方小说固有结构形式的小说译品，在中国小说翻译史上具有划时代的意义。两册《域外小说集》的出版，反映了鲁迅接受外国文学影响的广泛性。如果说《摩罗诗力说》集中反映了西方浪漫主义文学对鲁迅的影响的话，那么，《域外小说集》则集中反映了西方现实主义文学、象征主义文学对他的影响。

1909 年，鲁迅回国，先是在杭州的浙江两级师范学堂任生理学和化学教员，后又到绍兴府中学堂任生物学教员并兼任监学。辛亥革命爆发时，鲁迅曾积极组织声援活动和宣传活动。同年，鲁迅创作了他的第一篇小说《怀旧》。该小说虽用文言写成，但其思想内容和结构形式已完全具备了现代短篇小说的性质。它第一次以塑造典型人物的方式力图反映中国社会思想的整体面貌。其中三种类型的人物各体现了中国社会三个主要阶层的思想特征。金耀宗是中国封建地主阶级的典型人物。这个阶级的典型特征是除实利追求外一无所知，愚昧可笑，且又毫无操守、毫无政治信仰和社会观念，唯一的才能是"箪食壶浆以迎王师之术"，亦即官来迎官，匪来迎匪，向任何夺得政权的统治者效忠称臣。秃先生是中国封建知识分子阶层的代表人物。这个阶层的人物除硬性向儿童灌输先贤古训之外，唯一的社会作用是向地主阶级贡献"箪食壶浆以迎王师"的方式与方法。小说还表现了广大无文化下层群众的思想状况。他们多是淳朴善良的，但没有自己独立的社会要求，在社会的变动中只能"火从北来便逃向南，刀从前来便退向后"①，在灾难中求苟活，在动乱中求侥幸。《怀旧》对中国文化传统的概括同后来的《狂人日记》《阿Q正传》有异曲同工之妙。在写作上，它运用第一人称，通过场景和人物的对话展示小说的意义，脱离了单纯的故事框架，与后来的白话小说并无本质的不同。

辛亥革命之后，中国的社会状况并没有发生根本的变化。鲁迅曾说："我觉得革命以前，我是做奴隶；革命以后不多久，就受了奴隶的骗，变成他们的奴隶了。"② 鲁迅所说的是由于中国社会缺乏大的变动、不平等的根源未除，那些在革命前是奴隶的人们一旦掌握了政权，便又把广大群众当作自己的奴隶来对待了。袁世凯称帝、张勋复辟等一系列复辟活动的发生，把中国社会思想的陈腐性、落后性更充分地暴露出来。1912年，鲁迅应教育总长蔡元培之邀到南京教育部任职，不久又随部迁往北京。直至1917年五四新文化运动爆发，鲁迅都处在极为苦闷的时期。除完成教育部任职内的一般事务外，他的主要工作是抄写古书、辑录金石碑帖、阅读佛经。从1909年回国到1917年五四新文化运动爆发的整个阶段，可说是鲁迅的思想沉淀期。辛亥革命的失败，从一个侧面证明了他对国民性问题的重要性的基本估计，使他对中国国民性问题的思考更加深入和细致了。辛亥革命的失败在鲁迅一生的思想中留下了深刻的印象。在后来的杂文中，他多次用辛亥革命的历史教训说明现实问题，他的很多小说也是以辛亥革命及其后的重大历史事件为背景的。

1917年爆发的五四新文化运动给鲁迅带来了新的希望。他从此进入了思想和创作的丰收期。他在新一代知识分子对封建传统的自觉反叛中受到鼓舞。1918年，他在《新青年》第4卷第5号发表了自己的第一篇白话小说《狂人日记》，这也是中国现代文学史上的第一篇现代白话小说，揭开了中国小说史新的一页。此后，鲁迅的创作"便一发而不可收"，陆续发表了《孔乙己》等多篇小说。1923年，鲁迅将1918年至1922年所作的15篇短篇小说辑为《呐喊》，由新潮社出版（后来再版时抽去《不周山》一篇，改入《故事新编》），为该社"文艺丛书"之一，1926年，又将1924年至1925年所作11篇短篇小说辑为《彷徨》，由北新书局出版，为鲁迅自编的"乌合丛书"之一。《呐喊》和《彷徨》收入了鲁迅一生所做的全部现实题材的白话短篇小说，不论就其思

① 鲁迅：《热风·随感录五十九"圣武"》，见《鲁迅全集》，1卷，372页，北京，人民文学出版社，2005。

② 鲁迅：《华盖集·忽然想到（三）》，见《鲁迅全集》，3卷，16页，北京，人民文学出版社，2005。

想意义，还是就其艺术价值来说，它们在中国现代小说史上都占有极其重要的地位，是中国现代小说的奠基和经典之作。

1926年"三一八"惨案发生后，鲁迅因支持进步学生的正义斗争受到北洋军阀政府的通缉。同年8月，他离开北京，到厦门大学任文科教授。1927年1月，他应邀前往"革命策源地"广州任中山大学文科主任兼教务主任。不久，蒋介石在上海发动了"四一二"政变，继之，在广州又发生了"七一五"大屠杀。鲁迅向中山大学当局要求营救被捕学生无效，愤而辞职。同年9月，鲁迅离开广州，10月定居上海，开始了"上海10年"的战斗生活，直至1936年病逝。

鲁迅后期的思想既是鲁迅前期思想在新的历史条件下的发展，与其前期思想保持着一贯性与连续性，又是在新的社会环境中的一种新的历史抉择。

如前所述，鲁迅早在留学日本时期，就基本形成了他的"立人"思想和改造国民性的愿望。辛亥革命的失败使他陷入深深的苦闷，同时也使他更加深刻地认识到改造国民性的必要。五四新文化运动的兴起使他看到了中国文化的新的生机，因而以勇猛的姿态为实现自己的启蒙理想而进行"呐喊"和战斗。当时，他把改造国民性的愿望寄托在觉醒的知识分子身上，特别是寄希望于青年一代。根据进化论的思想，他相信"青年胜于老年"，经过一代代人的不断进化发展，就可以彻底摆脱封建思想束缚。然而，五四新文化运动退潮之后，新文化阵营内部的分化日益加剧。鲁迅看到，新文化运动的风云人物"有的高升，有的退隐，有的前进"，他"又经验了一回同一战阵中的伙伴还是会这么变化"① 的事实，这使他的进化论思想开始动摇，并且更加深切地感到改造国民性的复杂性和曲折性，因而产生新的苦闷、孤独和彷徨。他的这种感受在《影的告别》《颓败线的颤动》《失掉的好地狱》等散文诗中得到了明确的表现。鲁迅1927年以后的思想转变就是在这种情况下发生的。

促使鲁迅思想进一步发展和转变的第一个巨大推动力是中国社会的现实变动。1927年，国民党政府在血腥屠杀中国共产党人、进步青年和大量无辜群众的白色恐怖中建立起了自己的专制统治。它没有推进中国社会的进步，反而比北洋军阀政府更加露骨地推行政治专制和文化专制政策。在这样一个历史大倒退面前，鲁迅靠进化论已经无法认识和说明中国现代社会的实际发展，他的思想发生着巨大的震动。鲁迅说："我是在二七年被血吓得目瞪口

---

① 鲁迅：《南腔北调集·〈自选集〉自序》，见《鲁迅全集》，4卷，469页，北京，人民文学出版社，2005。

呆，离开广东的……我一向是相信进化论的，总以为将来必胜于过去，青年必胜于老年，对于青年，我敬重之不暇，往往给我十刀，我只还他一箭。然而后来我明白我倒是错了。这并非唯物史观的理论或革命文艺的作品蛊惑我的，我在广东，就目睹了同是青年，而分成两大阵营，或则投书告密，或则助官捕人的事实！我的思路因此轰毁，后来便时常用了怀疑的眼光去看青年，不再无条件的敬畏了。"①

促使鲁迅思想进一步发展变化的第二个巨大推动力是 1928 年的革命文学论争。创造社、太阳社提倡革命文学、宣传马克思主义理论，反映了一部分不肯向国民党白色恐怖妥协的革命青年的思想情绪，但他们既没有认真分析中国社会和中国社会思想的现实状况，对马克思主义理论自身也未能深入研究，以致向一切与自己意见不一致的人发起了盲目攻击。鲁迅也成了他们的攻击对象，而鲁迅较之他们却有更明确的现实意识。他意识到，在对国民党专制统治的不满上，他与创造社、太阳社这些激进青年是相同的，而他也知道创造社、太阳社虽然提倡马克思主义，但并不真正懂得马克思主义的精神实质。为了正确认识中国社会现实中的各种矛盾和文学运动提出的种种问题，鲁迅开始较系统地阅读马克思主义的理论著作和文艺论著。据统计，1928 年这一年，鲁迅购买了恩格斯的《社会主义从空想到科学的发展》《唯物辩证法》，《列宁致高尔基书信》及斯大林和布哈林的《中国革命的现阶段》、列宁的《史的唯物论》等多种日文本和德文本的马克思主义书籍，并亲自翻译了苏联的《文艺政策》、普列汉诺夫的《艺术论》、卢那察尔斯基的《艺术论》和《文学和批评》等书。鲁迅说："我有一件事要感谢创造社的，是他们'挤'我看了几种科学底文艺论，明白了先前的文学史家们说了一大堆，还是纠缠不清的疑问，并且因此译了一本蒲力汗诺夫的《艺术论》，以救正我——还因我而及于别人——的只信进化论的偏颇。"② 他还表示，"惟新兴的无产者才有将来"③，并"确切地相信无产阶级社会一定要出现"④。

显然，这是一个重要的变化。对于这一变化，被鲁迅视为知己的瞿秋白曾

① 鲁迅：《三闲集·序言》，见《鲁迅全集》，4 卷，4 页、5 页，北京，人民文学出版社，2005。

② 鲁迅：《鲁迅全集》，4 卷，6 页，北京，人民文学出版社，2005。

③ 鲁迅：《二心集·序言》，见《鲁迅全集》，4 卷，195 页，北京，人民文学出版社，2005。

④ 鲁迅：《且介亭杂文·答国际文学社问》，见《鲁迅全集》，6 卷，19 页，北京，人民文学出版社，2005。

有这样的概括："鲁迅从进化论进到阶级论，从绅士阶级的逆子贰臣进到无产阶级和劳动群众的真正友人，以至于战士，他是经历了辛亥革命以前直到现在的四分之一世纪的战斗，从痛苦的经验和深刻的观察之中，带着宝贵的革命传统到新的阵营里来的。"① 这一权威性评价，是研究鲁迅思想和创作的重要参证意见。

这样，当人们重温毛泽东下述论断的时候，将更有助于领会其中的深刻内涵："鲁迅是中国文化革命的主将，他不但是伟大的文学家，而且是伟大的思想家和伟大的革命家。鲁迅的骨头是最硬的，他没有丝毫的奴颜和媚骨，这是殖民地半殖民地人民最可宝贵的性格。鲁迅是在文化战线上，代表全民族的大多数，向着敌人冲锋陷阵的最正确、最勇敢、最坚决、最忠实、最热忱的空前的民族英雄。鲁迅的方向，就是中华民族新文化的方向。"② 鲁迅思想的深刻性、斗争的坚韧性、艺术表现的多样性和独创性，在他后期的创作中得到了更进一步的集中体现。

鲁迅后期在思想领域内的斗争主要表现在以下几个方面：第一，对国民党政府政治专制和文化专制的揭露、批判和抗议。第二，对国民党御用文人的抨击和揭露（如对"民族主义文学"的批判）。第三，对自由主义知识分子及其思想倾向的批判（如对"新月派""自由人"和"第三种人""论语派"的批判）。第四，对"左联"内部一些思想倾向的批评（如对"两个口号"论争中的一些文章和书信）。这几种斗争在鲁迅思想中是有层次之分，甚至是有本质区别的。总体说来，鲁迅对国民党政治专制和文化专制采取的是不妥协地抵抗和无情揭露的态度，对御用文人和专制政治的奴才文人采取的是极端蔑视的态度，对自由主义文人的思想本质有极深刻的解剖和揭露，但这并不意味着对某些自由主义知识分子个人的敌视。对左翼内部的思想倾向的批评虽然也颇为尖锐，但鲁迅始终把他们视为同一战壕里的战友，只在迫不得已的情况下才对之进行公开的批评，并且为了总体的联合需要而往往不得不以自己有限的让步终止争论。

鲁迅后期思想是在极端复杂的政治斗争和文化斗争中坚定地贯彻他改造国民性、追求中国文化的新生和人民大众的解放这一宏伟目标的产物，既表现了

---

① 瞿秋白：《〈鲁迅杂感选集〉序言》，见《瞿秋白文集》，115 页，北京，人民文学出版社，1989。

② 毛泽东：《新民主主义论》，见《毛泽东选集》，2 卷，698 页，北京，人民出版社，1991。

鲁迅思想追求的坚定性，又表现了鲁迅现实选择的勇气，既表现了他一生追求的一贯性和连续性，又表现了在新的历史条件下形成的新的特点。

第二节 《呐喊》与《彷徨》

鲁迅后来说，《狂人日记》"意在暴露家族制度和礼教的弊害"①，还曾说："后以偶阅《通鉴》，乃悟中国人尚是食人民族，因成此篇。"② 也就是说，《狂人日记》表现的是家族制度和封建旧礼教吃人的主题。小说以一个"迫害狂"患者为主人公，象征性地揭示了封建传统吃人的主题。这里的"吃人"，绝不仅仅是肉体上的吃人，而是精神上的"吃人"，是传统的封建道德扼杀了中国人民的生命活力。"狂人"患病之后，感到周围的人都要吃他，其中有赵贵翁这样一些封建传统的自觉维护者，也有在封建传统蒙蔽下的一般群众。他们自己是被吃者，但同时也参与吃人。"他们——也有给知县打枷过的，也有给绅士掌过嘴的，也有衙役占了他妻子的，也有老子娘被债主逼死的；他们那时候的脸色，全没有昨天这么怕，也没有这么凶。"封建礼教影响的普遍性决定了吃人的人的普遍性。封建礼教是以家族制度为核心的，它的贯彻首先是在家庭中实行的。"大哥"的意向就是家族制度的象征，他并非有意戕害"狂人"，但他所尊奉的礼教制度的观念决定了他要按照社会传统的意志消灭"狂人"的叛逆意识。"医生"这个意象则集中地体现了在传统的封建社会里以"治病救人"面目出现的道德说客一类人的实质，他们以劝导、训诫的方式"挽救"封建道德的叛逆者，实际上起着帮助统治者吃人的作用。赵贵翁吃人，社会上受蒙蔽的下层群众吃人，"大哥"吃人，"医生"也吃人。就这样，鲁迅实际上揭示了整个封建社会吃人的本质。而这个社会在中国已经维持了几千年，构成了中国从先秦到五四时期的全部历史，所以，鲁迅继之控诉中国几千年的历史是一部吃人的历史：

> 我翻开历史一查，这历史没有年代，歪歪斜斜的每叶上都写着"仁义道德"几个字。我横竖睡不着，仔细看了半夜，才从字缝里看出字来，满本都写着两个字是"吃人"！

---

① 鲁迅：《且介亭杂文二集·〈中国新文学大系〉小说二集序》，见《鲁迅全集》，6卷，247页，北京，人民文学出版社，2005。

② 鲁迅：《书信·致许寿裳（180820）》，见《鲁迅全集》，11卷，365页，北京，人民文学出版社，2005。

可以说，《狂人日记》实际上是五四新文化运动向整个封建传统宣战的一篇战斗檄文。在中国历史上，还从来没有人如此深刻、如此尖锐地揭示过传统封建思想的本质。封建传统吃人不仅是《狂人日记》的主题，同时也是《呐喊》《彷徨》的总主题。鲁迅在《灯下漫笔》中曾说："所谓中国的文明者，其实不过是安排给阔人享用的人肉的筵宴。所谓中国者，其实不过是安排这人肉的筵宴的厨房。"《狂人日记》是这场"人肉的筵宴"的象征性的总体描绘，其余各篇则是它的各个细部的真实、具体的描绘。

《呐喊》《彷徨》中的人物形象分为下列几大类。

一、权势者的形象

《阿 Q 正传》中的赵太爷、《祝福》中的鲁四老爷、《离婚》中的七大人等封建地主阶级的代表人物都属于这一类。在中国封建社会里，他们是一些有钱有权有势的"阔人"，是中国这场大的"人肉的筵宴"的享用者。封建的传统和伦理道德在本质上是维护他们的利益的。他们也自觉地维护着这种传统及其伦理道德规范。可以说，他们与传统伦理道德在本质的层次上是一而二、二而一的，他们的精神特征也体现了封建传统的本质。首先，传统的封建伦理道德是漠视人、压抑个性，只把人当作封建统治者的工具看待的，体现在这些人物形象身上，就是他们内心深处对人的冷酷无情。如在《祝福》中，祥林嫂曾是鲁四老爷家的一个不计报酬、不惜气力的好女佣，但当她在祝福时节冻馁而死的时候，鲁四老爷却没有表现出任何一点真诚的同情，反而因祝福时节死人是不吉利的而骂她是一个"谬种"。在《孔乙己》中，孔乙己因穷困潦倒而偷了丁举人家的笔墨纸砚一类的小物件，便被丁举人吊起来打，打了大半夜，打折了腿……在《呐喊》《彷徨》中，这类权势者的行为都被周围的人视如理所当然、不足为奇。这恰恰说明了他们的这些行为是得到封建伦理道德的支持的，并且也体现了这种道德的本质。其次，他们的冷酷无情一旦被封建伦理道德的面纱罩起来，其虚伪性也便表现出来了。他们一个个都是道貌岸然的，实际上却是一些最自私、最狭隘、最冷酷的人。在《阿 Q 正传》中，赵太爷对阿 Q 的剥夺到了连阿 Q 身上的一件破布衫也不放过的地步；在《祝福》中，祥林嫂被婆家人像牲口般抢走、卖掉，对此，鲁四老爷无动于衷，而对失去的一件淘箩却极为关心。他们一向以社会主人的面目出现在人们面前，但他们的理想却

"是纯粹兽性方面的欲望的满足——威福，子女，玉帛"①。他们是一些没有任何真诚的精神信仰、社会观念和政治信念的人物。《风波》中的赵七爷，在辛亥革命来时便把辫子盘在了头顶上，在张勋复辟时又急忙放下来，待到张勋复辟失败之后，便又盘上了辫子。《阿Q正传》中的赵太爷在辛亥革命胜利后，立刻回转头巴结革命党人，其目的无非是要保住自己的威福、子女和玉帛。最后，鲁迅站在时代的高度揭露和讽刺了这类人物的腐朽性。他们蛮横而又愚昧。冷酷、虚伪、陈腐是他们的三大特征，也是传统封建伦理道德的三个本质特征。

二、卫道士的形象

《肥皂》中的四铭、《高老夫子》中的高老夫子等封建知识分子的代表人物都属于这一类。这类人物的主要特征便是对人、对己的虚伪性。《肥皂》中的四铭因为自己对一个求乞的"孝女"起了淫心便反过头来大骂新学、大骂女学生。《高老夫子》中的高老夫子到贤良女校教课只是为了去看女学生，课未教好，受到嘲笑，便又回来大骂新式教育。他们的虚伪和权势者的虚伪是同样的，都植根于封建伦理道德自身的虚伪性。"存天理，灭人欲"是封建道德的基本信条，而人欲是不可能被根除的。这种道德的维护者便只有把自己的欲望巧妙地掩盖起来，这就使他们不可能不是虚伪的。

三、社会群体的形象

《示众》中的群体形象，《孔乙己》中嘲笑孔乙己的人，《祝福》中的柳妈、短工等，《长明灯》中的阔亭、灰四婶等，《药》中的茶客们等以群体形式出现的人物都属于这一类。这些人的主要特点是愚昧。就其表现来看，传统道德的冷酷、虚伪、陈腐也都体现了出来，但这也主要是由于他们的愚昧。《示众》中的那些看客们，纷纷扬扬地来看热闹，但他们看的是什么，为什么看，连自己都不知道。在《药》中，夏瑜为社会牺牲，而那些看客们却根本不能理解，认为他是"疯子"。《长明灯》中的村民，极力反对吹熄长明灯，但为什么不能吹，他们连想都不想……这类人完全是传统的奴隶，他们的思想观念不是从自己现实生活的经验中总结出来的，不是自己人生追求的结果，而是盲目地追随

---

① 鲁迅：《热风·随感录五十九"圣武"》，见《鲁迅全集》，1卷，372页，北京，人民文学出版社，2005。

着一代一代传承下来的旧观念。他们在盲目中害人又害己，不自觉地维护着封建传统和封建统治者的统治。

四、被侮辱与被损害者的形象

鲁迅后来说："我的取材，多采自病态社会的不幸的人们中，意思是在揭出病苦，引起疗救的注意。"[1] 所以，这一类形象在《呐喊》和《彷徨》中占着中心的位置，是多数小说的主人公。他们在中国封建传统的"人肉的筵宴"上是被吃者。他们无钱、无权、无势，政治、经济地位低下，在封建等级制的大厦中位居底层。对这些人，传统的伦理道德连他们最起码的人格尊严和最起码的人身权利都剥夺殆尽。他们是无辜的，多数还具有淳朴、善良的品德，但他们同时又是愚昧、麻木的，认识不到自己悲剧命运的真正根源。因而，这类人物最基本的特点是在愚昧麻木中被吃掉。这类人物在《呐喊》和《彷徨》中很多，其中又可分为三种类型。

图 3-2 《彷徨》（北新书局 1926 年版）封面

首先是贫苦农民和小市民的典型形象。《药》中的华老栓、《风波》中的七斤、《故乡》中的闰土、《阿Q正传》中的阿Q等，都属于这种类型。他们没有文化，思想愚昧麻木，但是鲁迅以深刻的同情描写了他们的悲剧命运。除阿Q之外，闰土是这类人物中很具有典型性的。他勤劳、善良，但是在"多子，饥荒，苛税，兵，匪，官，绅"的重重压迫下，过着极为困苦的生活。更加可悲的是，他不了解自己悲剧命运的根源，看不到任何摆脱自己悲剧命运的实际出路，只好在封建迷信和偶像崇拜中寻求精神上的安慰。他思想麻木，有苦说不出。由于传统伦理道德观念的束缚，他根本没有与人平等的意识与要求，甚至在自己少年时的朋友"我"面前，也终于叫了一声"老爷"。他们的悲剧处境和精神麻木同样使鲁迅感到极端的痛苦，他对他们的同情是深广的。华老栓、七斤与闰土稍有不同，但在无辜受摧残、被损害而又不觉悟这一点上，与闰土

---

[1] 鲁迅：《南腔北调集·我怎么做起小说来》，见《鲁迅全集》，4卷，526页，北京，人民文学出版社，2005。

则是完全相同的。

其次是中国传统妇女的悲剧典型。《明天》《祝福》《离婚》可以视为描写中国传统妇女悲剧命运的三部曲。在中国封建社会里，妇女除受一般劳苦群众所受的压迫外，同时还受着整个男权社会的压迫。夫权是套在她们身上的一副沉重的枷锁。在封建伦理道德的观念中，女性从来不被当作独立的人来看待。她们不应该有独立的政治、经济和社会权利，也不应具有独立的人格。她们的存在是从属于丈夫的，嫁鸡随鸡，嫁狗随狗，夫在从夫，夫死从子，一生都不具有自己的独立性。此外，贞节观念更是束缚她们的一种道德桎梏。"节烈苦么？答道，很苦。男子都知道很苦，所以要表彰他。凡人都想活；烈是必死，不必说了。节妇还要活着。精神上的惨苦，也姑且弗论。单是生活一层，已是大宗的痛楚。假使女子生计已能独立，社会也知道互助，一人还可勉强生存。不幸中国情形，却正相反。所以有钱尚可，贫人便只能饿死。……"① 《明天》中的单四嫂子便是这样一个悲苦的守节妇女。她死了丈夫之后，唯一的希望就只能寄托在自己的儿子小宝身上，但社会的冷漠使她连小宝的性命也没有保住。小宝死后，她的精神世界一片空虚。在她面前，那无尽无休的明天将意味着什么呢？鲁迅悲哀地向人们提出了对于这样一个守节妇女来说不能回避的重要问题。《明天》中的单四嫂子为守节而苦，《祝福》中的祥林嫂则为没有守成节而受到了残酷的肉体的和精神的惩罚，祥林嫂并非不想为自己的丈夫守节，但她自己是没有独立选择的权力的。婆家人像卖牲口一样卖掉了她，使她守节不成，而封建道德又因她未为前夫守节而对她实行了惩罚。祥林嫂在精神上是坚韧的，她具有很强的耐苦力，勤劳，淳朴。但即使这样，她也没有逃脱自己的悲剧命运。《离婚》中的爱姑看来是很有反抗性的，但她反抗的并不是旧的婚姻制度本身。她全凭娘家的一点势力而敢于对公婆、丈夫口出"狂言"，一遇到七大人的正颜厉色，她的反抗性便化为泡影了。最终，她还是被丈夫一家逐出了家门。鲁迅对中国传统妇女悲剧命运的表现的深刻性在于，他始终是从封建的婚姻制度和昏乱的妇女观来探讨并表现妇女的命运。这比那些从单纯的人与人之间的关系上来诉述妇女的不公平待遇的作品具有更丰富、更深刻的文化内涵。

最后是下层旧知识分子的典型。《孔乙己》中的孔乙己和《白光》中的陈士成就属于这一类悲剧的典型。他们是科举制度和封建等级观念的牺牲品。由

---

① 鲁迅：《坟·我之节烈观》，见《鲁迅全集》，1卷，128页，北京，人民文学出版社，2005。

于中国传统教育轻视社会生产、管理和生活的实际知识与技能，灌输的只是儒家"修身，齐家，治国，平天下"的一套"治人"之术，因此，当无法爬到统治者的地位上去时，他们便成了社会上的废人。由于人情的浇薄，人们非但不会同情这类人的悲剧处境，反而会予以无情的嘲弄和奚落。孔乙己就是这样一个封建科举制度的牺牲品；陈士成一生想通过科举制度的阶梯爬上去，失望之后便发疯致死。

五、觉醒者的形象

《狂人日记》中的"狂人"、《长明灯》中的"疯子"、《药》中的夏瑜、《头发的故事》中的 N 先生、《故乡》《祝福》中的"我"、《在酒楼上》的吕纬甫、《伤逝》中的子君及涓生、《孤独者》中的魏连殳等都可归于这一类。在近现代社会，由于受到西方文化的影响和撞击，这批知识分子开始觉醒，有了自己独立的社会追求和人生追求，但他们仍然必须生活在一个世代相传、吃人与被吃的社会系统之中。他们暂时还无力改变这个系统，而这个系统却能够摧毁他们刚刚萌生的一点点社会追求和人生追求，能够毁灭他们那点青春的生命力。"人醒了无路可走"是他们共同的命运。

《狂人日记》《长明灯》象征性地表现了这类知识分子的悲剧命运。《狂人日记》的整个情节发展都建立在这样一个思想基础上——知识者的觉醒程度是与他在中国当时社会上的孤立程度成正比例发展的。"狂人"越是深刻地感到封建礼教的吃人本质，越是极力反抗这种礼教，周围的人越是把他视为一个不值得理解和同情的"疯子"。"狂人"曾想说服他的"大哥"，但即使他的"大哥"也不能正确地理解他。正因为如此，他根本无法达到自己的目的。而当他完全失望于自己改造环境的行动，感到只能顺应现实的要求时，他的"病"也便痊愈了，他也像一般知识分子一样到某地做候补官吏去了。"狂人"的命运深刻地体现了当时觉醒知识者的悲哀——"人醒了无路可走"。《长明灯》中的"疯子"也同"狂人"一样，是极端孤立的。他的行为不被任何人所理解，因而他的行动也不可能获得成功。

《在酒楼上》《孤独者》《伤逝》则是现实地表现觉醒者悲剧的力作，是觉醒者悲剧的三部曲。《在酒楼上》中的吕纬甫原先是拔掉神像胡子、整日议论改革中国方案的有为青年，但一步入社会，他的改革热情便慢慢被销蚀了。为了生活，为了亲人之间的那点温情，他不得不步步退让，最终变成了一个敷敷衍衍、模模糊糊的人，失却了同封建传统战斗的勇气。如果说《在酒楼上》中的吕纬甫是主动妥协、自觉退让的话，那么，《孤独者》中的魏连殳则是被社会的经济压力和精神压力摧毁的。魏连殳被当时的社会视为"异类"，最终连工作也找不到，穷困潦倒后则像孔乙己一样被周围的社会所冷落、歧视。他不甘于这种被冷落和被歧视的地位，他要向整个社会进行报复。但这种报复也正是他的失败，他不得不屈服于周围社会的价值观念，以"上等人"的姿态驱使、玩弄那些"下等人"。《伤逝》中的子君、涓生追求的目标要比魏连殳小得多，他们只是希望获得婚姻的自主和爱情上的自由。他们的"理想"实现了，共同组织了一个小家庭。但整个社会的沉滞、腐朽却不可能不毁灭掉这个爱情的绿洲。在这里，他们没有使爱情不断更新的自由的空间。子君首先陷入了平庸的家务劳动和小市民荣辱争斗的旋涡中去，涓生也终因人生的艰难失去了轻松自由的心境。涓生和子君的紧张关系最终导致了二人关系的破裂，幸福的爱情得而复失。吕纬甫、魏连殳、涓生、子君都有自己个人的弱点。封建传统在他们的性格上也打下了深深的烙印，但他们到底是当时极少数觉醒了的知识分子中的成员。他们开始追求新的社会理想和人生理想，但他们却失败了。他们失败的主要原因不在于他们自身，而在于整个社会思想环境的保守和落后。鲁迅通过他们的悲剧所要表现的重心在于，整个社会思想环境不改变，个别人的理想追求是不可能得以实现的，个人的改造与社会的改造总是彼此联系在一起的。

除上述五大类人物形象外，《呐喊》《彷徨》中还有像《一件小事》中的车夫，《故乡》中的少年闰土、少年时的"我"，《社戏》中的六一公公与农村少年们这类心地纯洁、朴素单纯的人物。在他们身上，人们可以看到鲁迅对美好人性的理解和追求。在鲁迅看来，理想的人性应该是充满人与人之间的真挚的同情与关心的。《一件小事》中的车夫之所以使鲁迅感到灵魂的震动，就在于车夫在老妇人倒地之后没有产生任何有关个人的考虑。他不是从自我的道德名誉出发，更不是从个人的利害关系出发，而是非常自然地首先照料、安置倒地的老妇人。鲁迅认为，这种人与人之间的真挚的感情，是建立在彼此完全平等的意识之上的。少年闰土与少年"我"的关系，便没有上下等级之分。在这时，二人自由地交流，轻松地相处，没有任何情感上的隔膜。相互理解，淳朴自然，没有害人之心，也无对人的恶意猜忌，是这种美好人性的一种主要表现形式。这在《社戏》的描写中表现得格外突出。但是，鲁迅也清楚地感到，只有这种淳朴自然的感情，是不能战胜传统封建礼教对人的精神戕害的。少年闰土曾是何等天真烂漫、纯洁可爱的少年！但一经成年，封建的习俗便束缚了他的灵魂，使他在少年时的朋友面前也不能自由地表现自己的感情了。因此，鲁迅虽然赞美这种淳朴的自然人性，但他把改造国民性的希望，仍主要寄托在

"狂人"这类反封建战士身上。

鲁迅的小说在艺术上的贡献与其在思想上的贡献同样伟大。鲁迅完成了从中国古典小说艺术到现代小说艺术的根本转变。他的小说创作，成了中国现代白话小说艺术的第一个伟大的里程碑，开创了中国小说艺术的一个崭新的时代。

中国古典小说在总体上还没有突破讲故事的框架。几乎所有的古典小说都是以时间先后安排故事情节的（没有倒叙等打破时间先后顺序的叙事方式），都是在人与人的利害冲突中展开矛盾、构成故事的（主要矛盾关系不是个人与社会的冲突），都是以第三人称全知全能的叙事角度进行叙述的（没有第一人称的叙事方式）。到了清朝末年，在西方小说的影响下，中国小说中才出现了倒叙和第一人称的写法，但仍然没有从根本上改变中国小说的基本结构形态。搜奇猎胜、编撰故事、注重故事的叙述仍是晚清小说的主要特征。到了鲁迅，真正意义上的现代小说才正式诞生。鲁迅小说在摸索中国人的灵魂、表现中国人的精神面貌特征的大前提下首先打破了古典小说的故事性框架，开始根据小说题材的独立需要更自由地选择叙事角度和叙事方式，对中国古典小说的结构形式进行了大胆的革新与创造。从小说矛盾的性质而言，鲁迅极少将一个人与另一个人的单纯的利害冲突作为小说矛盾的主线，更多的是描写一个人与整个社会环境的特定关系，将个人与社会的矛盾上升为小说的主要矛盾，使故事性的框架被社会状态和人的命运的展现所代替。从叙述角度而言，鲁迅小说中有第三人称的小说，如《药》《明天》《肥皂》《离婚》等；有第一人称的小说，如《狂人日记》《孔乙己》《故乡》《孤独者》《伤逝》等；有把第一人称同第三人称有机地结合在一起的小说，如《祝福》（开头结尾用第一人称，主体部分用的则是第三人称）。在第一人称的小说中，有的只有一个确定的视点，如《孔乙己》《故乡》《伤逝》等；有的则交错使用两个不同的视点，如《狂人日记》《头发的故事》《在酒楼上》《孤独者》等。从时序安排上来看，鲁迅小说中有以时间先后组织情节的顺叙，如《药》《阿 Q 正传》《离婚》等，但也常用倒叙的方式改变固有的时序关系，如《头发的故事》《祝福》《伤逝》等。从时空关系而言，鲁迅小说较之中国古典小说更重视在空间上的横向拓展。横断面切割的方式在鲁迅小说中已成为经常运用的主要方式。《示众》只是一个场景的描绘，展示的是现实生活的一个横断面。《风波》也主要是一个生活场景，后面仅将后事略作补叙。《药》则是先后几个场景的组合，像戏剧中的几幕。即使像《阿 Q 正传》这类在时间的纵向推进上较迅速的小说，鲁迅也随时加进一些横断面上的场景描写……鲁迅小说虽然数量不多，但其文体形式却万象纷呈，各自不同，从而使中国小说从固有的故事框架中彻底解放出来，奠定了中国现代小说多样化发展的基础。茅盾在 1923 年就曾指出：鲁迅小说"几乎一篇有一篇的新形式，而这些新形式又莫不给青年作者以极大的影响，必然有多数人跟上去试验"①。

鲁迅小说在表现手法上的新的开拓也是极为引人注目的。在鲁迅小说中，古典小说已经具有的心理描写、肖像描写、语言行动描写、景物描写、环境描写等表现手法获得了新的发展，所有这些表现手法都在挖掘人的灵魂的总目的下具有了新的特色，而心理描写则受到了前所未有的重视。《伤逝》几乎全篇都是涓生心理变迁过程的描写，抒情、叙事与人物心理描写融会成了一个统一的整体。除了上述表现手法，鲁迅还广泛运用了象征、意识流、精神分析等纯属现代形式的表现手法。《药》《长明灯》等广泛地运用了象征主义的表现手法，使大量现实的描绘同时具有了象征性的意义。《狂人日记》则带有现代意识流小说的特征，"狂人"非理性的心理变化过程实际上也就是他的意识流动过程。《肥皂》《高老夫子》《弟兄》的表现重心则是揭示主人公的潜意识心理动机。

鲁迅小说在艺术上的革新是通过鲁迅的个性创造实现的，因而鲁迅小说不但具有现代小说的普遍特征，也具有极其鲜明的个性化特色。热烈与冷峻的结合可说是鲁迅小说的总体风格，也是其最鲜明的个性特征。怀着对人类、对民族、对被侮辱与被损害的下层民众的深厚感情而对现实、对中国广大社会民众的精神面貌作高度严格的现实主义描写，是鲁迅小说总体风格形成的主要原因；把深厚的感情有机地融于冷静的客观描写，则是这种风格的主要表现形式。

第三节 《阿 Q 正传》

《阿 Q 正传》最初发表于 1921 年 12 月至 1922 年 2 月的《晨报副刊》，后收入《呐喊》。《阿 Q 正传》发表之后，立即引起了新文学界的注意，被公认为鲁迅小说的代表作品。自发表以来，它不仅在中国有了越来越大的影响，成为文学研究者反复研究和讨论的杰出小说，而且已经被译为世界各主要语种的文字，享有很高的世界声誉；阿 Q 则成了世界著名的文学典型

---

① 茅盾：《读〈呐喊〉》，见《茅盾全集》，18 卷，398 页，北京，人民文学出版社，1989。

之一。

鲁迅在 20 世纪 20 年代就曾明确指出，他创作《阿 Q 正传》的目的是"要画出这样沉默的国民的魂灵来"①。直至 30 年代，鲁迅的观点并未改变，仍说它意在"暴露国民的弱点"②。因此，完全可以说，《阿 Q 正传》不朽的思想价值主要在于它高度概括地表现了在数千年封建文化窒息下形成的中国国民性的弱点，阿 Q 则是这种国民性弱点的集中体现者。

像一切杰出的文学典型一样，阿 Q 首先是一个鲜明的个性形象。从阶级属性而言，他是一个"上无片瓦，下无插针之地"的流浪雇农，是受压迫、受剥削的广大劳动群众的一员。为什么他又同时可以作为整个国民性弱点的集中体现者呢？要理解这一点，必须理解中国当时整个社会思想的状况。直到产生阿 Q 的时代，中国社会的文化思想（主要是一套伦理道德观念）仍然主要是春秋末期由孔子建立的儒家思想学说。这套学说的基本特征是在封建等级关系的基础上维系整个社会的封建秩序。它是建立在抑制人的欲望要求的基本前提之上的，也就是说，它压抑个性意志、个人欲望和个性自由。后来，统治者为了自身统治的需要，把它推崇为圣经贤传，并且以此窒息了整个社会思想的发展。中国国民的思想，在漫长的封建时代，不是在自身的生活追求和精神追求的基础上形成的，而是简单因袭儒家伦理道德观念的结果。思想和个人生活与精神追求的分离成了中国广大社会群众思想意识的一种根本特征。阿 Q 的基本特征就是自我意识的严重缺乏。所谓缺乏自我意识，就是说他的整个思想观念不是在他自身的生活追求和精神追求的基础之上产生的，而是为传统的、因袭的思想观念所束缚。在这种情况下，他的一切思想观念都与他的本能欲望没有任何的联系，并且常常处于严重对立的状态。当他被本能的欲望所驱使的时候，他从内外两方面都无法找到思想观念的支持，因而他不能从中生长出自己的理性认识，也无法坚持自己的追求；而当他在传统思想观念的支配下行动的时候，又与他的实际生活状态背道而驰，无法实际地满足他的生活要求，实现自己处境的根本转变。阿 Q 的思想在整体上是被异化了的，是被传统封建观念所窒息了的，并且他自身已经没有能力走出这种思想意识的怪圈。

缺乏起码的自我意识是阿 Q 的基本思想特征，而"精神胜利法"则是他的

---

① 鲁迅：《集外集·俄文译本〈阿 Q 正传〉序及著者自序传略》，见《鲁迅全集》，7 卷，84 页，北京，人民文学出版社，2005。

② 鲁迅：《伪自由书·再谈保留》，见《鲁迅全集》，5 卷，154 页，北京，人民文学出版社，2005。

主要特征。"精神胜利法"之所以成为阿 Q 的主要特征，是因为它是一个缺乏起码的自我意识的人的整个人生观的产物。《阿 Q 正传》一开始，鲁迅便以幽默的笔调和夸张的形式描写了阿 Q 极端卑下的社会地位。阿 Q 没有任何"资产"，上无片瓦，下无立锥之地，只能借住在土谷祠中，靠给人打零工为生。他没有家庭，没有"籍贯"，甚至连个真正的姓名也没有，但是，阿 Q 却对自己的这种社会地位没有任何明确的意识。如果有点起码的意识，他就会认识到，封建的等级观念是不能体现他的自身利益的，而他却因袭着这种观念。于是，他的本能欲望便与他的思想观念发生了严重的对立。为了摆脱困境，他不得不常常在想象中把自己抬到高于别人的地位上。这时，他的想象便脱离了他的实际处境而表现为骄傲自大。当赵太爷的儿子中了秀才的时候，他感到了自己的卑屈，于是便自称是赵太爷的本家，辈分比赵秀才还高，以此使自己在精神上感到一点空洞的愉悦。然而，他实际的卑下地位根本无法保证这种空洞的想象较长远地存在，别人的嘲笑和威压很快便破坏了它。在这种情况下，他便不能不陷入自轻自贱之中，并且又将自轻自贱当作资本而把自己想象为高人一头。就这样，他永远地在骄傲自大和自轻自贱这两极之间穿梭往来，竟使人难以分清哪些是他的骄傲自大，哪些是他的自轻自贱。

封建的等级关系是一种上治下的关系，其中上对下有绝对的统治权，而下对上则必须绝对服从。由于阿 Q 不愿承认自己最卑下的社会地位，因此他也不能承认别人对他的歧视和嘲弄。开始，当别人拿他的疮疤开玩笑、嘲笑戏弄他的时候，他是口讷的便骂，力气小的便打，但是，由于自身的弱小，他总是吃亏。这时，他便不能不承认自己处于卑下的地位。而由于承认这种卑下地位又是他本能所不允许的，于是，他又把自己实际上的受欺凌想象为高人一等的表现，或者在欺侮更弱小者中获得精神上的满足。由于没有平等意识，阿 Q 不是被人欺侮便是去欺侮别人。被人欺侮是他在实际处境中不可避免的，欺侮别人则是他证实自己高于别人的手段。他既卑怯，又残忍，对弱者的残忍与对强者的卑怯都是缺乏平等观念的表现。

实际上，阿 Q 总是受人欺侮而本能上又不愿承认这种受欺侮的社会地位，于是，"精神胜利法"便成了他唯一的思想武器。"精神胜利法"绝对不是阿 Q 精神世界中的独有现象，也绝不是十分奇特的思维方式和思想表现。凡是不能在平等的关系上看待人与人的本质关系而承认社会的不平等是正常的合理关系的人，都不能不以精神胜利的方式来承担在强权者面前所受到的实际的歧视和凌辱。封建等级观念在封建中国影响的普遍性，也正说明"精神胜利法"对当时国民性弱点的概括的普遍性。在《阿 Q 正传》中，鲁迅清晰地向人们表现了阿Q"精神胜利法"不断升级的过程，从而说明了一个在下意识里承认人的不平等地位的合理性、没有任何切实的平等要求的人是怎样不能不沿着"精神胜利法"的螺旋式阶梯一步步向上爬的，是怎样在精神胜利的虚幻意识中不断加深自己的奴隶性并使自己变得愈加屡弱无力的。阿Q的"精神胜利法"是从维护自己空洞的"面子"出发的。一个没有自我意识的人，其自我价值永远是以别人对自己的态度来衡量的。他无法对自己做出明确的价值判断，无法从自我的发展中证实自己存在的价值，因而便特别注重维护自己的"面子"。这种对"面子"的重视本身便带有精神胜利的性质，因为它不是从自己的实际自强出发获得自我价值的真正充实，而只是用别人对自己态度的好坏获得精神上的要求。

阿Q在开始维护自己的面子的时候，还不纯粹是精神性的，他是"估量了对手，口讷的他便骂，气力小的他便打"。这是他的精神胜利法的第一个阶段，其内涵在于：凡是不能正确判断自我价值而单纯地从别人对自己的歌功颂德而获取自我荣誉的"死要面子"的行为，都是"精神胜利法"的一种表现形式。这时，阿Q用的是上等人对待下等人的"实力政策"和蛮横态度。然而，在"实力政策"失败之后，他不是从自强的途径去追求自己与别人的平等地位，而他的本能又不允许他承认自己低人一等，承认自己的无能与屡弱，因而他便改为"怒目主义"了。"怒目主义"已经不是以实力的竞争去获取在实力斗争中的胜利，而是用情感的表现去替代实力斗争中的失败，以此来抚慰这种失败给自己造成的心理创伤。这是阿Q"精神胜利法"的第二个阶段，其内涵是：凡是在实力的斗争中遭到失败而仅仅满足于对对手的情感反抗、不再追求实力斗争中的实际胜利者，在本质上都是"精神胜利法"的表现。"怒目主义"不可能改变阿Q实际上的劣败地位，不可能使他变得更加强毅，因而他也无法不因"怒目主义"而受到进一步的摧残。此时，他只好以自欺欺人的自骄来求得心理上的平衡。于是，他连受欺侮时的愤懑感情也没有了，但又在空洞的言辞上取得了"胜利"，抚慰了自己心灵中的创伤。这是他精神胜利法的第三个阶段，其内涵是：凡是以空洞的言辞代替实力斗争中的失败，不再追求实力较量中的胜利的人，在本质上都是"精神胜利法"的表现。这种空洞言词上的胜利到底还是一种外在的表现。当这种外在表现也招来实际的压制和摧残的时候，阿Q自我安慰的方式便进一步内化为自己的内部语言——"儿子打老子"——这是他在心理上战胜别人的手段。在这时，他的"精神胜利法"才具有了纯粹"精神"的性质。这是他的"精神胜利法"的第四个阶段，其内涵是：凡是在实力斗争中失败而仅仅在私下里把敌人骂为"坏人""贱种"并以此为满足的人，在本质上都是用"精神胜利法"抚慰自己的人。但是，这种"腹诽"的方式仍然会被人们觉察，并因此受到强权者的欺凌。这时，阿 Q 又不能不公开承认强权者行为的合理性，承认别人打自己是"人打畜牲"，已经不可能在公开的言辞上为自己争到高于别人的借口，于是，他便为这种能够比别人更加"自轻自贱"而骄傲。这是阿 Q 的"精神胜利法"的第五个阶段，其内涵是：凡是受人欺侮而又不得不公开承认别人欺侮自己行为的合理性，并且把"服从""忍让""委曲求全"当作骄傲的资本的人，本质上都属于"精神胜利法"的拥有者。在阿 Q"精神胜利法"的各个阶段，人们都会感到阿 Q 在精神人格上已经分裂为二：一个是受欺侮的实际的阿 Q；一个是在精神上为这种受欺侮而辩白的阿 Q；前者是最低贱的人；后者是虚妄地自居于任何人之上的人。所以，阿 Q 的"精神胜利法"的最高表现形式便是这种人格分裂的极端表现——自己打自己的嘴巴。这是阿 Q 的"精神胜利法"的第六个阶段，其内涵是：凡是在实力斗争失败之后不再谋求实际的胜利而满足于自谴自责、自怨自艾的人，都是在用"精神胜利法"抚摸自己的精神创伤。

从阿 Q 的"精神胜利法"的形成过程人们可以看到，阿 Q 的"精神胜利法"实际上是在一个不平等的强权统治的社会里，一个没有平等意识的人在处于劣败地位时消极承担人生苦难的一种思维方式。鲁迅通过对阿 Q"精神胜利法"的描写，既揭露了强权统治的暴虐专横，也严厉针砭了阿 Q 精神上的弱点。

阿 Q 的"精神胜利法"是整个封建文化的产物，对在封建等级观念支配下的人的精神面貌具有普遍的概括意义，而其表现为一种国民性的弱点则有着特定的历史背景。鸦片战争之后，中国在帝国主义的强权侵略面前成了失败者。这时，谋取自强、正视自己的屡弱地位、力争把自己提高到与世界各国平等竞争的强国地位是唯一正确的历史选择。但是，以清政府为代表的整个封建势力不但不敢正视自己的实际处境，反而用"中国精神文明冠于全球""中国地大物博、人口众多"等虚幻的道德吹嘘掩盖自己的虚弱本质，自欺欺人，表现出了"精神胜利法"的劣根性。这些封建统治者在人民面前一直是以主子自居的，但在更强盛的外国帝国主义面前则暴露出了奴才相。这种历史状况使鲁迅更加清楚地意识到，只要承认人的权利在本质上是不平等的，不论他在弱者面前何等蛮横无理，在更强者面前也一定会暴露出自己的奴才本质。如果说，封建等级观念是中国封建文化的一种本质的话，那么，"精神胜利法"就不只是像阿 Q 这类最弱小的人的本质表现，同时也是包括统治者在内的整个国民性的弱点。

缺乏起码的平等意识和个性意识不但构成了阿Q的"精神胜利法"这种精神特征，同时也决定了阿Q的革命观。在革命党没有危及封建政权，受到封建政权的压制、杀戮之时，阿Q把他们视为不如自己的下等人来看待，无法把革命同自己的欲望和要求联系起来，对于杀革命党抱着盲目欣赏的态度。这种欣赏态度的心理根源是建立在"他们还不如我"的幸灾乐祸的情绪上的。当革命党即将获得胜利，连赵太爷也在革命的威胁下惶惶然之后，阿Q才对革命党刮目相看，并且自己也要投奔革命党了。他的革命根本不是谋求一个自由平等的社会，而是把自己提高到统治别人、压制别人的上等人的地位上去。

　　这时未庄的一伙鸟男女才好笑哩，跪下叫道，"阿Q，饶命！"谁听它！第一个该死的是小D和赵太爷，还有秀才，还有假洋鬼子……留几条么？王胡本来还可留，但也不要了。……

　　东西……直走进去打开箱子来：元宝，洋钱，洋纱衫……秀才娘子的一张宁式床先搬到土谷祠，此外便摆了钱家的桌椅——或者也就用赵家的罢。自己是不动手的了，叫小D来搬，要搬得快，搬得不快打嘴巴。……

　　赵司晨的妹子真丑。邹七嫂的女儿过几年再说。假洋鬼子的老婆会和没有辫子的人睡觉，吓，不是好东西！秀才的老婆是眼胞上有疤的。……吴妈长久不见了，不知道在那里——可惜脚太大。

阿Q的这种革命观念，无法带来中国社会的根本变化，只能是中国历史上的那种改朝换代的方式。也就是说，不在物质上和精神上铲除造成不平等的种种现象和原因，在"革命"的名义下重复的不过是历史上的"造反"，与中国的前途、人民的幸福、国家的强盛是无关的。

阿Q的两性观也是《阿Q正传》重点描写的对象之一。如上所述，阿Q缺乏起码的自我意识。他的观念并不是从他的实际处境以及改变这种处境的理性思考中引出的，而是从社会习惯势力中简单承袭过来的。他年近30尚未婚娶，穷困潦倒到没有一文银两的程度。他无父无母，无亲无故，原本是不应产生"严男女之大防""父母之命，媒妁之言"这样一些传统封建观念的。没有两性之间的直接接触和自由恋爱，他是注定无法找到异性之爱的，但他却盲目地维护着封建的两性观念，而处在另一端的则是他的本能欲望。这时，两者的冲突和矛盾使他显现出极为荒谬可笑的特征。当阿Q本能的欲望发展起来时，连他自己也觉得这是不道德的，因而他便偷偷地做，被人发现后自觉理屈，不得不屈从于别人的惩罚。而在平时，他又以正人君子的面目出现，见一男一女在一起说话，他便投块石头警告一下。这时，这两个极端又在无形中相互加强；他越是压抑自己的本能欲望，便越是增加了对别人的敏感，越是变本加厉地束缚别人，把自己变成一个传统伦理道德的维护者。而这又使他更难以承认自己本能欲望要求的合理性，自己也愈益不敢公开接近女性。他与吴妈的"恋爱悲剧"便是在这种思想基础上发生的。在这里，一个"正经"的阿Q和一个极不"正经"的阿Q统一在了一起。

《阿Q正传》的深刻性还在于它把对阿Q这一典型形象的塑造同辛亥革命这个中国的历史大变动有机地结合了起来。在《阿Q正传》中，对阿Q精神特点的描写构成了辛亥革命的整个思想背景，而辛亥革命这个历史的大变动又构成了展示阿Q精神弱点的社会背景。只有在辛亥革命这样一个争取政治民主的深刻历史变动面前，阿Q的精神弱点才变得更加明显，也只有在对阿Q精神弱点的挖掘中，辛亥革命失败的原因才得到了更深刻的说明。以阿Q为代表的广大社会民众是如此缺乏起码的自我意识、缺乏起码的民主观念，辛亥革命恰如沙土建塔，怎能取得实质性的胜利呢？辛亥革命没有带给阿Q民主和自由，反而用阿Q的血证明了革命的失败。这场革命没有从根本上动摇未庄社会的思想基础，因而也没有从根本上动摇它的社会基础。赵太爷是未庄社会的传统权威，是封建地主阶级的代表人物，在辛亥革命给他带来了一阵惊恐和畏惧之后，他的权威性地位还是基本得到了维持。假洋鬼子是一个有了一点新学知识，但骨子里充满封建意识的人物。这类人物在辛亥革命之后窃取了实际的权力，成了未庄社会最受尊崇的人。所以，辛亥革命给中国带来的只是皮毛的变化，并无实质性的内容。在未庄是这样，在整个社会上也是这样。

> 据传来的消息，知道革命党虽然进了城，倒还没有什么大异样。知县大老爷还是原官，不过改称了什么，而且举人老爷也做了什么——这些名目，未庄人都说不明白——官，带兵的也还是先前的老把总。

《阿Q正传》关于辛亥革命的描写深刻地揭示了这样一个真理：没有一个深刻的思想变动，便不会有一个深刻的社会变动。

《阿Q正传》在艺术上的成功首先在于注重现实主义文学典型的塑造。《阿Q正传》把文学典型塑造的方法提高到了一个崭新的高度。中国古代的优秀小说也注重塑造典型。但包括《红楼梦》中的典型人物在内，都是中国文化某一个方面的典型。他们以其各自的关系构成矛盾冲突，组成事件，从而构成对整个现实世界的象征。《阿Q正传》则不同。在《阿Q正传》中，鲁迅开掘了阿Q这个人物的内心世界，同时也就开掘了中国整个社会及其思想的状况。阿Q的世界包括了整个传统封建文化的特征，同时也便包括了整个封建社会中各色人等的精神因素。阿Q是一个人，同时又是封建时代的所有的人。他有上等人的蛮横，也有下等人的卑怯；他有道学家的正经相，也有流氓无赖的流氓相；

他是一个极端的保守派，反对革命，同时又是一个激进分子，拥护造反；他主张中庸和平，讲"君子动口不动手"，同时又是一个惹是生非，抢先向王胡、小 D 使用武力的武力主义者……封建文化所可能产生的各种精神特征，在阿 Q 的精神世界中都表现了出来，因而其中也就有各种不同的人的影子。鲁迅成功地塑造了一个人物，同时也就展示了整个现实世界，表现了一种文化的弊害和在这种文化窒息中形成的国民性的弱点。《阿 Q 正传》之所以取得巨大的成功，与鲁迅的这种典型化的方法是息息相关的。

《阿 Q 正传》在艺术上的另一个显著特点在于把喜剧与悲剧有机地结合了起来。在《阿 Q 正传》中，一切可笑的，同时也是可悲的；一切可悲的，同时又是可笑的。传统的悲剧和喜剧的差别消失了。这种艺术方法，极好地体现了鲁迅对阿 Q、对软弱而又不知进取的国民和对在帝国主义强权侵略威胁下不求自强的整个民族"哀其不幸，怒其不争"的情感态度。

第四节 《野草》与《朝花夕拾》

1924 年至 1926 年期间，鲁迅在《语丝》上连续发表了 23 首散文诗。1927 年，鲁迅将其结集出版，增写《题辞》一篇，总题名为《野草》。

《野草》的写作时间与《彷徨》大致相同。这期间是鲁迅心情极为苦闷的时期。《新青年》的团体解散了，五四新文化运动转入低潮期。"寂寞新文苑，平安旧战场，两间余一卒，荷戟独彷徨"①。鲁迅感到"成了游勇，布不成阵了"②，一个文化战士的孤独和寂寞的感觉笼罩在鲁迅的心灵中。同时，鲁迅的私生活中也发生了意想不到的变故。他与二弟周作人从幼年起便是朝夕相处的亲人，但由于家庭内部的矛盾，兄弟二人的关系终至彻底破裂，这对鲁迅是一个沉重的打击，并且成了《野草》中一些篇章的写作动因。《野草》是时代苦闷与人生苦闷这两重苦闷的结晶，但它们都具有超越时代和个人生活范围的普遍意义。在《野草》中，人们感到的是一个文化战士巨大的苦闷和他对生之苦闷的倔强的抗争。

《野草》中的 24 篇散文诗就其题材而言各自成篇，彼此不相连属；就情感

---

① 鲁迅：《集外集·题〈彷徨〉》，见《鲁迅全集》，7 卷，156 页，北京，人民文学出版社，2005。

② 鲁迅：《南腔北调集·〈自选集〉自序》，见《鲁迅全集》，4 卷，469 页，北京，人民文学出版社，2005。

情绪而言又浑然一体，相互沟通，极难分类。为了便于论述和掌握，这里姑且将它们分为下列几类。

一、自我主观感情情绪的象征性表现

《影的告别》《风筝》《好的故事》《死火》《墓碣文》《颓败线的颤动》《腊叶》等都可以归入这一类。其中虽有各种不同的情绪表现，但以作者的苦闷、痛苦以及自剖、自省的意识为主。《影的告别》表现了鲁迅对自我存在价值的痛苦感受，表现了一个先觉的文化战士的历史悲剧意识。他清楚地感到像自己这样一个文化战士，在整个历史进程中不过是一个"影子"。鲁迅在《影的告别》中所表现的苦闷绝非纯属虚幻，而是人生的一种根本性矛盾。历史的转变期造就了一大批特殊类型的人物，历史注定了在这一时期只有这类人物才能担当推动历史前进的任务。但是，一旦这个转变期结束，人们的人生观念便会发生根本的变化，对这类人物便难以理解甚至会歧视、否定了。鲁迅明确地意识到，他本人就是这样一个历史悲剧性的人物，但他又不可能从根本上摆脱自己的这种悲剧性的历史处境。《颓败线的颤动》是一篇以恢宏壮丽之笔写成的一个伟大母亲的悲剧。这个母亲在最艰难的处境中为自己的生存、为儿女的发展牺牲了一切，包括自己的社会荣誉。然而，儿子长大成人后却感到有这样一个不名誉的母亲是自己的耻辱，他遗弃了自己的母亲。《颓败线的颤动》抒发了这样一位母亲的无可言说的巨大痛苦，这同时也是鲁迅内心的痛苦。他是一个在最艰苦的条件下起而反叛旧的文化传统的。因为这种反叛为社会所不容，他首先要承担旧传统的攻击和羞辱。他为后代人顶住了黑暗的闸门，使后来人能够呼吸到更多的自由和平等的空气，但是，后代人会不会因为有这样一位前辈而感到耻辱呢？这是鲁迅向自己和社会提出的一个尖锐的问题。鲁迅的这种苦闷也不是没有缘由的，其中不但有他与周作人关系破裂后真实的内心苦闷，同时也包含着他对人生矛盾的更普遍、更深刻的思考。世界存在着两种人：爱人者与爱己者。爱人者因对人的感情而甘愿牺牲自己，使别人幸福，并且把自己的幸福寄托在别人的幸福之中；爱己者则永远以自己的需要而接受爱人者为自己做出的牺牲。当爱人者已经牺牲掉自己而再也无可牺牲时，便成为爱己者所不齿的人。这时，爱人者不但成为孤独者，而且因为已无所爱而陷入巨大的苦闷。《颓败线的颤动》所表现的便是爱人者的悲剧。《死火》是鲁迅自我感情的象征性表现。鲁迅对人类、对本民族、对别人向来怀着深厚的人道主义感情，但在被礼法关系笼罩着的感情冰冷的中国社会里，他的火热的感情遇到的却是社会的冷冽。这时，鲁迅感到自己的热情已被冻结成冰，成了"死火"。《好的故事》写的实际上是作者自己的理想以及这种美好理想的虚幻性。人在疲惫痛苦中才沉于幻想，在幻想中出现自己所向往、所羡慕的人生图景，但这时所构想的"好的故事"终属虚幻，人生的艰难挣扎才是铁的、无可逃避的真实。《墓碣文》写的是自我内心矛盾之苦以及对这种痛苦的抗争。其中的"墓碣"实际上是鲁迅自己的"墓碣"。"墓碣文"写的是他致死的原因，他内心的矛盾和痛苦。《腊叶》"是为爱我者的想要保存我而作的"①，表现了鲁迅对自己弱小生命的怜惜。

二、对自我存在价值的象征性肯定

《秋夜》《雪》《过客》《这样的战士》可以归入这一类。《秋夜》中的枣树、《雪》中的"朔方的雪"、《过客》中的"过客"、《这样的战士》中的"这样的战士"，都是鲁迅的自我写照。如果说，前一类重点表现的是鲁迅内心的迷惘、痛苦、自省和彷徨的话，那么，这一类则更多地表现了鲁迅顽强的战斗精神和对自我存在价值的肯定，虽然其中也流露出一些孤独情绪。《秋夜》中的枣树虽然受到别人的损害，只剩下了枝干，但它"却仍然默默地铁似的直刺着奇怪而高的天空，一意要致他的死命，不管他各式各样地映着许多蛊惑的眼睛"。在这样的秋夜，"小粉红花"只会做美好未来的梦，"瘦的诗人"只会为安慰弱小者编织未来的梦，小飞虫追求光明却被自己的追求而烧灼；只有枣树，才是这夜空的真正的敌人，它孤独而倔强，具有坚毅的生命力。它充分体现了鲁迅对自己存在的骄傲，这是一个坚韧的文化战士对自我存在价值的肯定。《雪》中描写了"暖国的雨""南方的雪"和"朔方的雪"。"南方的雪"虽然美艳之至，但"朔方的雪"却显现着更加壮美的生命。它的寓意十分明显：鲁迅羡慕"暖国的雨"，它在温暖中从未被冻结成雪，他也羡慕"南方的雪"，它在比较温润的南方变得滋润美艳，但鲁迅也不卑弃自我的存在，他在恶劣的社会条件下生存和战斗。他孤独，没有美艳的外形，却有着更强健、更刚毅的生命活力，有着更壮美的战斗的生活。《过客》中的"过客"，不知道前方是什么，不知道自己从何而来，但他依然不停地跋涉、坚定地向前走去。他不愿接受温情的抚慰，不愿停留在一个温适的地方，他永远不停地向前走。《这样的战士》中的"这样的战士"同样是鲁迅的自况，它体现了与一般所说的"战士"不同的意义。首先，一般的战士面对的是公认的穷凶极恶的敌人，但旧的传统和旧

---

① 鲁迅：《二心集·〈野草〉英文译本序》，见《鲁迅全集》，4 卷，365 页，北京，人民文学出版社，2005。

的势力并不总是以穷凶极恶的面目出现，它们有"各种旗帜""各样好名称"。"这样的战士"则是在各种美名中洞察到其腐朽的本质而毅然与之战斗的战士。其次，一般的战士往往以敌人的自我标榜为目标，但守旧势力的致命伤却未必在他们的"护心镜"的后面。他们宣扬儒家道德却未必是儒家道德的信奉者，他们标榜保存国粹却未必是国粹的真正爱护者。幼稚的战士以为对准这些"护心镜"就能致他们以死命，实际上却正中了他们的脱身之计。"这样的战士"不为旧势力的这种狡计所迷惑，始终将矛头对准他们的真正要害处。最后，一般的战士是以成败为标准的。"这样的战士"则知道自己永远不会成为胜利者，旧的传统那"无物之物"永远会是胜利者，但"这样的战士"依然要与之战斗，不使旧的传统、旧的世界感到"天下太平"，以其无所不在的绝对统治独占世界。"这样的战士"才是真正的战士。鲁迅就是"这样的战士"，是与那些在世人中享有"盛誉"而又可以此欺世盗名者不同的战士。

三、对各种庸俗倾向的愤懑揭露和无情鞭挞

《求乞者》《复仇》《复仇（其二）》《狗的驳诘》《立论》《死后》《聪明人和傻子和奴才》等可以归入这一类。《聪明人和傻子和奴才》勾勒了三种人的精神特征。"奴才"的特征是永远不满于自己的处境而又不想依靠自己的努力改善这种处境，向主子争取合理的待遇和平等的权利。"怨诉"是这类人宣泄卑屈心情的唯一途径。他们希望在"怨诉"中获取别人的同情，以致在"怨诉"中包含着自我欣赏的成分。"聪明人"的特征是永远以空洞的安慰表示对奴才的同情，但他们根本不关心不幸者的生活命运，因而也不会实际地帮助他们改善自己的处境。"傻子"是鲁迅所肯定的人。他们的特征是真诚地同情不幸者，不是用空洞的言辞来安慰他们，而是实际地为他们争取生活的改善。但鲁迅也感叹道，在中国多的是"聪明人"和"奴才"。"傻子"的行为不但得不到奴才们的支持，反而为奴才们提供了向主子们献媚求宠、表示忠心的机会，"傻子"成了他们的牺牲品。《复仇》表现的是对"看客"们的厌恶和蔑视。"看客"的特点是自己不敢斗争，但希望别人相互斗争，通过幸灾乐祸地看别人相互斗争而慰藉自己空虚的心灵。《复仇》中的两个战士"也不拥抱，也不杀戮"，使这些"看客"们看不成热闹，使他们感到无聊，并且将他们由"看客"变为被观赏者，从而实现了对这些"看客"们的"复仇"。《复仇（其二）》表现了对愚昧群众的怨愤，耶稣是人类的救赎者，但愚昧的群众却钉杀了他。而钉杀了耶稣就是钉杀了他们自己得救的希望，因而耶稣在自己被钉杀的事实中实现了对愚妄群众的"复仇"。它同《呐喊》中的《药》一样，是英雄为群众牺牲而群

众并不觉悟的悲剧。"悲悯他们的前途""仇恨他们的现在"是鲁迅借耶稣受难的故事所表达的对不觉悟群众的基本态度。《求乞者》表现了鲁迅对以卑屈的态度实现个人私利追求的人的厌恶。这类人不仅在自己的卑屈地位中不感到真诚的痛苦，反而以假装的痛苦向人求乞。他们把哀呼当作一种手段，一种取得人们同情的方式，而不是自己真诚感情的表现。鲁迅对此是极端厌恶的，所以他说："我不布施，我无布施心，我但愿居布施者之上，给与烦腻，疑心，憎恶。"但鲁迅在这无爱的人间又无法找到能引起别人同情的方法，因而他最后又说："我将用无所为和沉默求乞。"这样，他将得不到布施，但至少也能使自己感到这个世界的虚无，比低三下四地向人求乞而得到一点布施更能看清世人的缺乏同情心。《死后》表现的是庸俗势力的无孔不入和鲁迅对庸俗人生的厌倦情绪；《立论》反映了人与人的虚伪关系；《狗的驳诘》辛辣地嘲讽了奴才们的势利态度。在这类散文诗里，虽然其重心在于鞭挞社会的虚伪和庸俗，但也像上两类散文诗一样，有着鲁迅自我写照式的象征性形象。《聪明人和傻子和奴才》中的"傻子"、《复仇》中的裸立对峙而并不相互搏斗者、《复仇（其二）》中的耶稣、《求乞者》中的"我"、《立论》中的"我"等，都有鲁迅自己的影子。

四、对反动统治者的揭露和控诉

《失掉的好地狱》《淡淡的血痕中》《一觉》可归入这一类。《失掉的好地狱》揭露了政客们的争权夺利，表明了反动的统治制度不变，人民便没有自由平等的民主权利。这样的社会与失去了固有秩序的社会的区别仅仅是好地狱与坏地狱的区别。《淡淡的血痕中》纪念的是"三一八"死难的青年。同《记念刘和珍君》等文一样，它愤激于怯弱者的淡忘与苟活，呼唤敢于正视淋漓的鲜血的真的猛士，同时也是对屠杀青年的反动政府的愤怒控诉。《一觉》作于"奉天派和直隶派军阀战争的时候"[1]，是对军阀混战的揭露和抗议。

五、对青年中某些思想倾向的批评和讽刺

《希望》和《我的失恋》可以归入这一类。五四新文化运动之后，大量青年涌入新文化界，但他们对旧文化的强大并没有充分的思想准备，所以一遇到

---

① 鲁迅：《二心集·〈野草〉英文译本序言》，见《鲁迅全集》，4 卷，365 页，北京，人民文学出版社，2005。

人生中的实际困难便很容易消沉，并且极易由消沉走向妥协。其中一部分青年则缩小了反封建的目标，将自己的目光仅仅专注于青年恋爱婚姻问题上，使失恋诗遂成为文坛的一种时髦。鲁迅从整个社会文化的改造出发，对这两种倾向自然是不满意的。《希望》便是"因为惊异于青年之消沉"而作的。在《希望》中，鲁迅借用裴多菲的话说："绝望之为虚妄，正与希望相同。"鲁迅认为，断言未来是光明的，是一种虚妄，但断言未来一定是没有希望的，也是一种虚妄。未来是一个未知数，它是由现实斗争的结果造成的。放弃现实的追求和斗争，便意味着放弃未来和希望。鲁迅抒发了因青年的消沉而感到的孤独和寂寞，但他又决心与绝望抗争，由自己来"肉搏这空虚中的暗夜"。《我的失恋》是对当时盛行的失恋诗的嘲讽。鲁迅曾说，这篇散文诗"是看见当时'阿呀阿唷，我要死了'之类的失恋诗盛行，故意做一首用'由她去罢'收场的东西，开开玩笑的"①。

《野草》中的散文诗是鲁迅的小说、杂文之外的另一座艺术高峰。它们把深刻的人生哲理、独特的人生体验和丰富奇幻的主观想象结合起来，具有极高的思想价值和艺术价值。在艺术上，值得注意的有下列几点。一是象征主义艺术方法的广泛应用。《野草》中的多数篇章并不是现实生活的直接描绘，而是把作者深刻的人生感受通过主观想象的作用化为具有象征性的艺术形象，从而对现实世界构成了多义性的象征。在《野草》中，鲁迅创造了大量象征性的形象，这些形象是中国文学史上全新的意象创造。《秋夜》中的"枣树""小粉红花""瘦的诗人""小飞虫"，《影的告别》中的"影子"，《求乞者》中的"求乞者"，《复仇》中的裸立者，《复仇（其二）》中的耶稣，《雪》中的"朔方的雪""南国的雪""暖国的雨"，《过客》中的"过客"，《死火》中的"死火"，《失掉的好地狱》中的"地狱"，《颓败线的颤动》中的"母亲"，《这样的战士》中的"这样的战士"，《聪明人和傻子和奴才》中的"傻子""聪明人""奴才"等，都是中国文学史上的一些全新的意象创造，具有更深厚的社会内涵。二是奇幻壮美的意境创造。《野草》中用象征主义的艺术方法创造的大量意境也都是全新的，奇幻壮美是它们的总体特征。《野草》中的很多篇章写的都是梦境，它们都像梦那样朦胧、缥缈、奇幻而美丽。

《朝花夕拾》写于1926年2月至11月，在《莽原》半月刊上发表时总题为《旧事重提》，1927年5月编订成书时改题为《朝花夕拾》。这是一个回忆散文

---

① 鲁迅：《鲁迅全集》，4卷，170页，北京，人民文学出版社，2005。

图 3-3 《朝花夕拾》初版本封面
（北京未名社 1928 年版）

集，鲁迅说其中的 10 篇作品都是"从记忆中抄出来"① 的。

《朝花夕拾》忆述了鲁迅从少年到青年时期的一些重要的生活片段，其中关于少年时期在故乡绍兴时的生活忆述有 7 篇，离开故乡到南京求学、留学日本、归国在绍兴任教的各 1 篇。这些优美的散文真实而生动地记叙了鲁迅生活经历中的各个侧面，其范围包括从少年到青年、从家庭到学校、从学校到社会、从国内到国外的各个方面的生活。这 10 篇作品按时间先后排列，反映了鲁迅早期的生活经历和思想演变过程。它们不仅以优美的文笔给人以美的享受，同时也是研究鲁迅生平和思想发展的重要资料。

《朝花夕拾》的重点不在山川景物的描绘，而在于社会人情世态的刻画，给人们留下了一幅幅色彩鲜明、浓淡相宜的风俗画和世态画，其中浸透着作者深切的人生感受和对中国社会生活、中国国民精神的解剖。例如，在对"百草园"的描绘中浸透着童年生活的乐趣，在对"三味书屋"生活的描绘中透露出旧教育制度对少年心灵的禁锢和少年活泼心灵的表现，在对南京水师学堂生活的描绘中反映出新旧文化的交替，在对日本仙台生活的描绘中表现出弱国子民在国外感受到的耻辱。鲁迅的《朝花夕拾》给中国的散文创作注入了更丰富的社会内涵和文化内涵。

《朝花夕拾》不仅给人们留下了一幅幅生动鲜明的生活画面，还为我们塑造了许多栩栩如生的人物形象，如《阿长与〈山海经〉》中的长妈妈、《从百草园到三味书屋》中的"先生"、《藤野先生》中的藤野先生、《范爱农》中的范爱农等。长妈妈的淳朴、"先生"的方正、藤野先生的亲切、范爱农的孤傲，都写得栩栩如生，给人留下了深刻的印象。

《朝花夕拾》的另一特点是将大量的议论融于记叙之中，这些议论有的用于讽刺，有的用于针砭时事，有的用于评述生活和人物，但总的目的都在于赋

————————————

① 鲁迅：《朝花夕拾·小引》，见《鲁迅全集》，2 卷，236 页，北京，人民文学出版社，2005。

予所记叙的生活现象和人物以新的视点，从而起到了化腐朽为神奇、由平凡见哲理、从特殊到一般的升华作用。例如，《二十四孝图》记叙了儿时看二十四孝图的情景，正是由于大量议论的插入，才将二十四孝图所宣扬的陈腐思想的荒谬性揭露了出来，为人们提供了一个与二十四孝图完全不同的新视角。

第五节 《故事新编》

《故事新编》共收入鲁迅以神话、传说、历史为题材的小说 8 篇，作于 1922 年至 1935 年，1936 年 1 月由上海文化生活出版社出版，为巴金所编"文学丛刊"之一。

《故事新编》中的 8 篇小说可分为两类三组。第一组独立成为一类，包括《补天》《奔月》《铸剑》3 篇。它们取材于神话与传说，写的不是真实的历史人物和历史事实，其情节带有明显的虚构性质，对文献资料的记载也有较大幅度的改造。它们与其说是对中国古代生活的实际表现，不如说是鲁迅自己的主观想象和主观感情的表现。《补天》中的女娲、《奔月》中的羿、《铸剑》中的宴之敖，都有明显的作者自况的性质。其余诸篇为第二类，它们都是对真实历史人物或真实历史事件的艺术表现。虽然鲁迅将古与今、虚与实、庄与谐结合起来，但其目的都是为了感受到这些历史人物和事件的精神上的本来面目。在这一类中又可分为两组：《采薇》《出关》《起死》为一组，主要表现中国古代各种消极避世的思想倾向和它们的代表人物的精神特征；《非攻》《理水》为一组，表现中国古代拯世救民的政治家和科学家的奋斗精神。

《补天》是中华民族创世者的悲剧。鲁迅说，《补天》（原名《不周山》）是"取了茀罗特（即弗洛伊德——引者）说，来解释创造——人和文学的——的缘起"[①]。女娲是中华民族的创世者。作品通过对女娲抟土造人、炼石补天的壮举的描写，歌颂了创造精神，同时也尖锐地讽刺了种种没有创造精神的庸俗小人。

《奔月》写的是中国古代英雄人物的悲剧。羿射九日，拯救了陷于水火荒旱中的人类，但小说写的是他在完成了自己的伟大业绩后的日常生活，写的是他在日常生活中所经历的悲剧性命运。原来拜他为师的徒弟们，只是想学会他的箭术而出人头地、称雄于世，所以，他们在自以为学到了他的技艺后便用暗

---

① 鲁迅：《故事新编·序言》，见《鲁迅全集》，2 卷，353 页，北京，人民文学出版社，2005。

箭暗害他。他的妻子嫦娥也只是希求他的声望和名誉，在他射完豺狼虎豹而只能用"乌鸦炸酱面"糊口的时候，便偷吃了他的长生不老药，独自飞升，跑到月亮上去了。《奔月》表现了一个英雄在没有个性追求精神、没有创造力的社会环境中所感到的精神孤独，同时也表现了对那些没有英雄气概但又想出人头地、追名逐利的狎邪小人的愤慨和蔑视。小说将壮丽阔大之笔与漫画式的描写结合起来，在含泪的笑中表现了羿的悲剧。

《铸剑》写的是一个悲壮宏丽而又诡奇神秘的复仇故事。眉间尺要报的是杀父之仇，但他不是在险恶的人间环境中成长起来的，缺乏复仇者的那种决绝的意志和气概，性格优柔，感觉不到整个社会的庸俗势力对专制统治者的保护作用，唯恐用自己的剑伤害了仇人之外的人，因而他根本无法接近国王，实现自己的复仇愿望。宴之敖（黑面人）则是另一类复仇者的象征性形象。他绝望于专制统治下的黑暗世界，他要向整个黑暗世界复仇。他不但有复仇的愿望，同时还有"时日曷丧，吾与汝偕亡"的牺牲精神和复仇的意志气概。眉间尺把自己的头颅交给宴之敖，宴之敖最后也刎颈自杀，同国王的头颅在鼎中搏斗，实现了复仇的愿望。这个故事的结尾神奇而富有深刻的寓意：两位复仇者的头与国王的头烂在一起，已经难分彼此，这实际上暗示了，在后人的眼中，复仇者与专制压迫者的界限并不是那么分明的。这更增加了这个复仇故事的悲剧色彩。《铸剑》写法独特，想象丰富，诡奇壮丽，具有现代主义文学的特征。

《采薇》重新表现了伯夷、叔齐不食周粟，饿死首阳山的历史故事。在历史上，伯夷、叔齐是知识分子赞扬的有气节的忠臣义士，但鲁迅认为伯夷、叔齐的这种消极反抗和遁世态度是不值得赞扬的。他们不但无法用消极避世的方法改变现实社会的状况，而且他们的消极避世中也含有不自觉的虚伪成分，但鲁迅却不是把他们当作奸邪小人和欺世盗名的伪君子来加以表现，而只是表现了他们行为的虚幻性和可笑性，揭露了中国封建士大夫文人把伯夷、叔齐作为一种完美人格来加以肯定的荒谬性。

老子是中国古代一位著名的思想家，他对世界和人生的矛盾有深刻的认识，但他主静，主张"为而不争"，实际上是放弃自己的主体能动作用而消极地服从客观世界自身的变化和发展。鲁迅的《出关》描写了老子的孤独和寂寞，也写出了他脱离现实追求目标的抽象哲学的某种可笑特征。鲁迅理解像老子这样的思想家的内心孤独和苦闷，但并不同意他消极的人生态度。小说中的孔子则是另一类思想家的代表，他理解了老子的思想后去为朝廷服务，走入仕之途。函谷关的那些人物根本不理解老子的哲学，只是以"名人"的身份应酬他。作品虽然多用漫画手法，但作者的感情格调是复杂的，其中既有作者的深沉的苦闷，也有对老子及其他各类人物的嘲笑。庄子也是中国古代一位著名的思想家。"无是非观"是他学说的一个重要内容。《起死》通过一个幻想性的情节，揭示了庄子无是非观的荒谬性和虚幻性。作品用对话的形式写成，在谐谑的形式中寓有深刻的人生哲理。

鲁迅说："我们从古以来，就有埋头苦干的人，有拼命硬干的人，有为民请命的人，有舍身求法的人……虽是等于为帝王将相作家谱的所谓'正史'，也往往掩不住他们的光辉，这就是中国的脊梁。"① 《非攻》《理水》中塑造的墨翟、禹这两个艺术形象，就是这样的历史人物的典型。他们的共同特征是：不尚空谈，不务虚名，不被名教所束缚，始终着眼于对社会人生有益的目标并坚韧地进行追求。

《故事新编》在写法上也是具有独创性的，其主要特征是古今贯通。它建立在鲁迅的这样一种思想认识的基础上：古和今在面貌上各异，表现形式上不同，具体语言的表达方式不同，但在精神特征上有很多一致的地方。例如，《理水》中写的文化山上的知识分子，是脱离开现实人生的追求目标而空谈所谓"学问"的人物。再如《奔月》中的逢蒙与羿的关系，暗示了鲁迅与高长虹的关系。因为鲁迅认为，在古代，同样也会有高长虹这类纯粹从自己出人头地的角度学习技艺的青年。这类青年一旦自以为把技艺学到手，便反转来嫉妒老师的名望，并且不惜用暗箭伤害自己的老师。一为事业，一为自己的出人头地，这是鲁迅与高长虹的区别，也是羿与逢蒙的区别。古今人虽有不同，但精神特征上却是相通的。鲁迅这种融今于古、古今贯通的写法，打破了客观的时空关系，大大增强了历史题材小说的现实感，也加强了小说的荒诞色彩和喜剧色彩。

鲁迅是中国现代史上伟大的文学家、思想家和革命家。作为将毕生主要精力贡献给文学事业的一位巨人，他的伟大之处在于，不论在思想上还是在艺术上，他都是最富有独创性的。他收在《呐喊》《彷徨》中的现实题材的小说在中国开创了现代小说的新传统，其独创性自不必说；他的散文诗集《野草》在中外文学史上也是独树一帜的；他的杂文不论在数量上还是在质量上都无人能与之媲美；他的历史题材的小说集《故事新编》也自有独创性的风格。他的独创性还表现在他的各类作品的独立性上。鲁迅不是一生只用一种体式、一个腔调写作的作家。他的《呐喊》《彷徨》《故事新编》《野草》《朝花夕拾》和他的

---

① 鲁迅：《且介亭杂文·中国人失掉自信力了吗》，见《鲁迅全集》，6 卷，122 页，北京，人民文学出版社，2005。

杂文，各不相同，各呈异彩，有着不同的体式和格调，而又具有一贯的作风和气派。这充分表现了鲁迅的巨大创造才能和创造力量。

第六节　杂文创作

鲁迅一生写了大量杂文。他自编和他人为之编订的杂文集共有 16 部（如果加上由后来发现的鲁迅佚文编成的《集外集拾遗补编》，共有 17 部）。杂文在鲁迅的全部创作中占有最大的比重，是鲁迅一生的主要文化和文学业绩。

杂文这种散文文体能够在中国现代社会发展起来主要有两个相互联系的原因。首先是文化变革和思想革命的需要，为杂文的发生和发展准备了思想和精神条件。思想意识发生了变化的觉醒知识分子对中国社会发生的大大小小的事件或一般生活现象有了不同情感的或理性的反应。他们有表现这种新的观感的需要，并欲以之影响更广大的社会群众的思想意识的变化，这样，杂文便成了中国新文化建设过程中的重要文体形式。其次是现代报纸杂志的发展，为杂文的发生和发展提供了客观的物质条件。现代报纸杂志的发行，要求有大量短小精悍的小品文和杂文，一是便于刊载，二是以其现实性和具体性而能够唤起读者的阅读兴味。这两个条件相结合，使杂文这种文体很快被创造了出来，并且得到了迅速的发展。鲁迅是对现代杂文的发生和发展具有最敏锐的感受和最清醒认识的一位现代作家。他自觉以"杂文家"的身份积极从事杂文创作，并且在理论上加以说明，在实践上予以护卫、扶持，为中国现代杂文文体的形成和发展做出了巨大的贡献。可以说，现代杂文这种文体形式是鲁迅创造的，是他对中国现代散文文体的一个重大贡献。

鲁迅的杂文创作可分为以下三个时期。

一、形成期

从 1918 年鲁迅在《新青年》上发表"随感录"到 1925 年"女师大风潮"发生期间所写的杂文可以归入这一时期。它们大都收入《热风》《坟》两个杂文集中。这个时期正是五四新文化和新文学的倡导期。这时期的杂文多是针对带有普遍性的社会现象和思想观念而发的，其特点是就一些分散的题材解剖或针砭带有高度普遍性的思想观念。如《坟》中的《我之节烈观》论述了中国贞节观念的荒谬；《我们现在怎样做父亲》论述了新的父子关系的建立；《娜拉走后怎样》论述了妇女解放问题；《春末闲谈》《灯下漫笔》论述了封建社会的吃人本质。《热风》中的文章也多有对社会思想直接剖析的性质，如《现在的屠杀者》《"圣武"》《暴君的臣民》《生命的路》《对于批评家的希望》等。鲁迅这时期的杂文还带有形成期的明显特征：《坟》中的杂文更接近"论"，以细密的逻辑层层推进，说理充分；《热风》中的杂文更接近"感"，热情充沛，直抒胸臆，情感性的特征更为明显。以后鲁迅杂文的发展使这两种倾向结合得更为紧密了。实际上，鲁迅杂文的典型特征也正是这两种倾向的融合。

二、发展期

从 1925 年"女师大风潮"发生后到 1927 年国民党在一系列的血腥大屠杀中建立起自己的政权之前所创作的杂文可以归入这一时期，它们多数收在《华盖集》和《华盖集续编》两个杂文集中。这个时期鲁迅杂文的显著特征是，除继续写作形成期那种一般的社会批评和文化批评杂文外，更多的是围绕当时重大的历史事件如"女师大风潮"和"三一八"惨案写成的，并且有了像章士钊、陈源（陈西滢）等比较集中的目标。这个时期的杂文更加深入，也更加丰富多彩了。鲁迅的思想个性和艺术个性得到了更明确的表现。如果说，前一时期像《我之节烈观》《我们现在怎样做父亲》《生命的路》这类杂文是所有新文化阵营中的人们都能接受的话，那么，这个时期的杂文则引起了新文化阵营内部不少人的反对。这说明，鲁迅杂文对中国国民性的解剖已经深入到了一个新的层次，鲁迅思想的尖锐性和深刻性更充分地体现了出来。这一时期的杂文超出了一般概念和口号的层次，对中国社会各种社会现象和言论的深层本质有了更直接的针砭和解剖。章士钊在新文化运动中是一个复古主义者；而陈西滢等现代评论派的文人则多是新文化阵营中的人。他们对"自由""民主""反对封建专制""个性解放"等口号虽然也表示赞同，但在"女师大风潮"和"三一八"惨案这样尖锐的斗争面前，却自觉不自觉地站在了专制主义的立场上，成了封建专制主义者的说客。他们不承认广大社会群众有自由表达自己意愿、争取自己合法权利的自由，而对杨荫榆镇压学生、段祺瑞执政府屠杀学生的暴行却百般为之辩护。

鲁迅这一时期的杂文在思想的尖锐性和情感的丰富性上都较之形成期的杂文有了进一步的发展。在艺术上，鲁迅这时期的杂文开始出现具有高度典型意义和象征意义的"叭儿狗"一类的意象。它们像鲁迅小说中的阿 Q、孔乙己、闰土这类典型的人物形象一样成了为社会公众所熟悉的文学意象，并且对中国知识分子的意识发展产生了内在的巨大影响。形式的多样化是这时期鲁迅杂文的另一个特点。在形成期，鲁迅杂文还主要有两种形式——《坟》中较完整的论说性杂文和《热风》中热情充沛、短小精悍的随感录。在这一时期，像《青年必读书》《无花的蔷薇》《忽然想到》《通讯》《马上日记》《记念刘和珍君》《论"费厄泼赖"应该缓行》等都各有特色，更自由地运用各种形式而又有杂文文体统一的特征。

三、成熟期

1927 年以后的鲁迅杂文都可归入这一时期。这一时期的主要杂文集有《而已集》《南腔北调集》《二心集》《三闲集》《花边文学》《准风月谈》《伪自由书》《且介亭杂文》《且介亭杂文二集》《且介亭杂文末编》。之所以把 1927 年以后的杂文视为一个时期，有下列两个原因。一是 1927 年以前，由于辛亥革命之后共和政治体制在形式上的建立，鲁迅一直把思想启蒙的重点放在整个国民性的改造上。1927 年国民党专制政权的建立，把自由民主的一点遮羞布也撕得粉碎。如果说，辛亥革命建立的政权没有真正实现中国的民主，但它到底是在反抗封建专制制度、争取自由民主的目的下建立起来的话，那么，国民党政权则是在对共产党人和社会群众实行大屠杀的白色恐怖中建立起来的。鲁迅从中国社会各阶层、各种人物对国民党政治专制和文化专制的态度中感到中国各种思想和言论的性质，从而使其杂文有了更广阔丰富的内容，也有了更凝聚的视点。他几乎参与了同当时社会各种人物的思想交锋，从而也把社会思想的百态反映在了他的杂文创作中。他的思想解剖范围不是更小了，而是更大了。二是 1927 年以后，鲁迅才把杂文写作作为自己的主要创作形式。在五四新文化的倡导期，鲁迅主要以小说家名世，事实上他也更加重视自己的小说创作。后来，他对杂文写作越来越重视，但同时也创作《野草》中的散文诗、《朝花夕拾》中的回忆散文，在学术上也曾一度有写作《汉文学史纲要》等著作的庞大计划，杂文写作与其他创作呈现并重的状态。只有到了 1927 年以后，鲁迅才自觉地以杂文写作为主，有意以"杂文家"而存在于文坛。《故事新编》中的几篇小说则是在杂文写作之余为完成原来的计划而作的。

鲁迅在这个时期的杂文取材极其广泛，但下列几个重大历史事件和思想斗争是这一时期杂文的主要骨架。

（一）对国民党政治专制和文化专制的直接揭露和抨击

从国民党建立自己的专制政权过程中所制造的一系列血腥事件到秘密杀害"左联"五作家，从他们平时迫害作家、查禁文学作品、封闭报纸杂志、捣毁书店等流氓手段到推行"新生活运动"等虚伪的复古主义叫嚣，从他们对内的白色恐怖政策到对外国帝国主义的屈辱投降政策，鲁迅都在自己的杂文中进行了愤怒的抗议和大胆的揭露。《答有恒先生》《中国无产阶级革命文学和前驱的血》《黑暗中国的文艺界的现状》《"友邦惊诧"论》《为了忘却的记念》《华德焚书异同论》和《写于深夜里》等都是直接揭露国民党专制统治的杂文名篇。

（二）革命文学论争中对创造社、太阳社部分激进青年知识分子的批评

创造社、太阳社是由不满现状、具有激进革命思想倾向的一些青年知识分子组成的，但他们对现状的反抗存在着一定的盲目性。他们对现实社会制度和社会思想的本质关系缺乏深切的认识，因而在文化思想战线上时而脱离开对整体社会目标的追求而把不同意自己意见的另一部分人视为主要敌人。他们对鲁迅的攻击就充分暴露了这一弱点。鲁迅在《"醉眼"中的朦胧》《文艺与革命》《我的态度气量和年纪》《现今的新文学的概观》等著名杂文中批评了他们的这种倾向，批评了他们生硬搬用马克思主义理论的教条主义作风和不分青红皂白一律砍去的李逵式的盲目主义和唯我独"革"的态度。在中国现代史上，这种盲目主义的反抗常常是模糊社会主要矛盾，引起同阵营内耗的重要因素。鲁迅这类杂文的意义绝不仅仅局限于对创造社、太阳社某几个人的批评。

（三）对"新月社"的批判

"新月社"自由主义知识分子的特点是避开整个社会的政治专制和文化专制而讲个人的尊严。在国民党的专制制度剥夺了整个人民群众——包括知识分子阶层的尊严，特别是在国民党反动政府实行血腥的白色恐怖统治的时候，"新月社"的知识分子却企图与现实的政治专制和文化专制达成有限的妥协，表面上在革命与反革命的尖锐斗争中保持一种超然的态度，实际上却把攻击锋芒指向了受压制、受迫害的革命文艺工作者。这充分暴露了他们的社会本质。胡适讲好政府主义，梁实秋讲普遍的人性而反对阶级论，讲文学的"纪律"和新人文主义，在中国白色恐怖的现实条件下都是"新月社"整体社会倾向的表现。鲁迅在《文学与出汗》《卢梭与胃口》《新月社批评家的任务》《"硬译"与"文学的阶级性"》《"好政府主义"》《"丧家的""资本家的乏走狗"》《言论自由的界限》等著名杂文中，尖锐地揭露和批判了"新月社"的理论主张和政治倾向的虚伪性和反动性，显示了高超的战斗艺术和马克思主义的思想理论水平。

（四）对"民族主义文学"的揭露和批判

"民族主义文学"的倡导者是国民党反动派所豢养的一批鹰犬式的文人。他们的文学创作和文学主张不是在对社会人生的真实感受中总结出来的，而是秉承其主子的意旨炮制出来的。他们不仅是国民党反动卖国主张的鼓吹者，而且充当了反革命"文化围剿"的打手。对于这些公开卖身投靠的文人，鲁迅在

《"民族主义文学"的任务和运命》《沉滓的泛起》等著名杂文中彻底剥露了他们的丑恶嘴脸。

（五）对"自由人"和"第三种人"的批判

"自由人"和"第三种人"以"无党无派"相标榜，在严酷的现实中取"超然"的态度，鼓吹"艺术至上"和"文艺自由"，攻击左翼作家"左"而不作。鲁迅在《论"第三种人"》《又论"第三种人"》等杂文中分析了他们的心态，批驳了他们的政治态度和文学倾向，指出："生在有阶级的社会里而要做超阶级的作家，生在战斗的时代而要离开战斗而独立，生在现在而要做给与将来的作品，这样的人，实在也是一个心造的幻影，在现实世界上是没有的。要做这样的人，恰如用自己的手拔着头发，要离开地球一样，他离不开，焦躁着，然而并非因为有人摇了摇头，使他不敢拔了的缘故。"①

（六）对"论语派"的批评

"论语派"以提倡"幽默""闲适"著称。他们在国民党专制主义的淫威下提倡"幽默"，实际上是对专制主义统治的一种退让，是把这种压制合法化、合理化，把不能忍受的东西化为一笑，默默忍受下来。鲁迅在《谈金圣叹》《"论语一年"》《小品文的危机》《小品文的生机》《从讽刺到幽默》《从幽默到正经》等杂文中都曾对"论语派"所倡导的"闲话的幽默"作了深刻的剖析和批判。尽管鲁迅在杂文中并没有把"论语派"作为敌人来对待，但其思想意义却是不容忽视的。

（七）"两个口号"论争中对某些左翼领导人的批评

由于当时的政治环境和党内"左"倾路线的影响，"左联"某些领导人在强调对敌斗争时，往往对"左联"外的知识分子实行过"左"的排斥态度，实行关门主义政策。后来在建立文化界的抗日统一战线的时候，他们又急忙提出"国防文学"的口号。对此，鲁迅是有不同意见的。鲁迅在"两个口号"论争中所持的立场实际上是同意建立抗日民族统一战线，但不同意放弃左翼作家的独立思想追求和文学主张。鲁迅与"左联"部分领导人的矛盾不是政治上的敌我矛盾，而是两种思想原则的矛盾。

（八）对各种文坛小丑的讽刺和揭露

20 世纪 30 年代的中国文坛上充斥着大批的文坛小丑。他们没有任何真诚的社会追求、人生追求和艺术追求，是一群在专制主义淫威下投机钻营的人。他们编

---

① 鲁迅：《南腔北调集·论"第三种人"》，见《鲁迅全集》，4 卷，452 页，北京，人民文学出版社，2005。

造谣言、搬弄是非、探听名人逸事秘闻、诋毁进步作家。鲁迅有大量杂文是对他们的讽刺和揭露。他们中有的人还投机于革命阵营，形势恶化则退出革命阵营，进而诋毁革命，对左翼文人诽谤中伤。鲁迅对这类文人也表示了极大的蔑视。

除以上几类之外，鲁迅在后期同样写了大量综合解剖中国社会思想的杂文。这些杂文仍像前期杂文那样对中国传统文化的弊端和各种腐朽丑恶的社会现象进行了综合性的解剖。总之，鲁迅后期杂文不论是在现实解剖的广阔性和丰富性上，还是在社会思想综合分析的尖锐性和深刻性上，都是对前期杂文的发展。

在中国现代文学史上，只有鲁迅的杂文堪称中国现代史诗性的作品，它反映了中国现代社会的历史发展，也解剖了这个时代的各种社会思想现象，是中国社会思想百科全书式的作品。

鲁迅杂文的特色是把深刻的人生哲理与对生动的社会现象及生活现象的描述结合起来，用强烈的主体意识记录客观事实。在艺术上，它更与现代的摄影艺术相近，所摄取的对象，是纯粹客观的事实，通过角度、图像的选择和不同对象的组合等艺术手段，使所论事物的本质显露得更加充分，更具典型意义，更启人深思。如《且介亭杂文》中的《说"面子"》一文这样写道：

> 而"丢脸"之道，则因人而不同，例如车夫坐在路边赤膊捉虱子，并不算什么，富家姑爷坐在路边赤膊捉虱子，才成为"丢脸"。但车夫也并非没有"脸"，不过这时不算"丢"，要给老婆踢了一脚，就躺倒哭起来，这才成为他的"丢脸"。这一条"丢脸"律，是也适用于上等人的。这样看来，"丢脸"的机会，似乎上等人比较的多，但也不一定，例如车夫偷一个钱袋，被人发见，是失了面子的，而上等人大捞一批金珠珍玩，却仿佛也不见得怎样"丢脸"，况且还有"出洋考察"，是改头换面的良方。

这里所涉及的一些生活现象是平凡普遍的，但经鲁迅联系起来，中国人爱"面子"的虚幻性、荒谬性和利于"上等人"而不利于"下等人"的阶级性都被揭示出来了。

杂文也像现代摄影艺术一样便捷、迅速，虽然它所摄取的对象是具体的、个别的，但合在一起便成了全社会、全人生的表现。不过，鲁迅杂文比现代摄影艺术更尖锐、更泼辣，战斗性更强，其中加入了作者的议论和抒情，把理性的启迪、情感的感染和形象的刻画熔于一炉，自由奔放，不拘一格。

鲁迅杂文不论在思想性还是在艺术性上都取得了很高的成就。鲁迅杂文不是中外文学史上固有的文体形式，而是在中国现代文学史上繁荣、发展起来的具有独特民族特点和现代特点的新的文体形式，是鲁迅不拘一格的大胆创造，既体现了鲁迅炉火纯青的艺术功底，同时也具有巨大的精神震撼力。

思考题

1. 鲁迅的《狂人日记》奠定了中国现代白话小说的基石，体现出极高的艺术水准和丰富的思想内涵，结合这篇小说谈谈如何理解鲁迅在现代文坛上一出现就是高峰的文学现象？

2. 茅盾在《读〈呐喊〉》中说："刻画出隐伏在中华民族骨髓里的不长进的性质——阿Q相，我以为这是《阿Q正传》之所以可贵，恐怕也就是《阿Q正传》流行极广的主要原因。"结合这句话理解鲁迅创作《阿Q正传》的"要画出这样沉默的国民的魂灵来"的写作目的及其思想价值。

3.《故事新编》以古喻今的叙述特点主要体现在哪些方面？

4.《野草》主要抒发了鲁迅当时的哪些心绪与情感？这在具体作品中有何体现？

参考书目

1. 鲁迅. 呐喊//鲁迅. 鲁迅全集：第一卷. 北京：人民文学出版社，1981.

2. 鲁迅. 彷徨//鲁迅. 鲁迅全集：第二卷. 北京：人民文学出版社，1981.

3. 鲁迅. 野草//鲁迅. 鲁迅全集：第二卷. 北京：人民文学出版社，1981.

4. 鲁迅. 故事新编//鲁迅. 鲁迅全集：第二卷. 北京：人民文学出版社，1981.

5. 鲁迅. 热风//鲁迅. 鲁迅全集：第一卷. 北京：人民文学出版社，1981.

6. 王富仁. 中国反封建思想革命的一面镜子：《呐喊》《彷徨》综论. 北京：北京师范大学出版社，1986.

7. 伊藤虎丸. 鲁迅、创造社与日本文学：中日近现代比较文学初探. 孙猛，等，译. 北京：北京大学出版社，1995.

8. 钱理群. 心灵的探寻. 北京：北京大学出版社，1999.

9. 林贤治. 人间鲁迅. 合肥：安徽教育出版社，2004.

10. 汪晖. 反抗绝望：鲁迅及其文学世界. 北京：生活·读书·新知三联书店，2008.

11. 李长之. 鲁迅批判. 长沙：岳麓书社，2010.

12. 张福贵. "活着的"鲁迅：鲁迅文化选择的当代意义. 北京：社会科学文献出版社，2010.

13. 孙郁. 鲁迅与周作人. 北京：现代出版社，2013.

第四章　郭沫若

第一节　生平及创作道路

郭沫若（1892—1978），四川乐山沙湾镇人，原名郭开贞，号尚武，因家乡位于峨眉山麓沫、若二水交汇之处，故以沫若为笔名。他幼年就深受中国古典诗词的熏陶，打下了坚实的国学基础。康有为、梁启超、章太炎等人的政论，林琴南翻译的外国文学名著，都对他产生过一定的影响。此间，他目睹了清政府统治的腐败和黑暗，其民主意识和反叛精神不断增强，多次参加反抗军阀统治和教育当局的学潮。1914 年年初，郭沫若怀着"报国济民"的抱负东渡日本学医。留日期间，国内爆发的五四运动激发了他的爱国热情，而中西文化的思想交汇又引起他志趣的变化，他广泛涉猎了大量世

图 4-1　郭沫若

界名著。泰戈尔、歌德、海涅、雪莱、惠特曼等诗人的作品对他产生了极大的鼓舞和深刻的影响。在接受西方文艺理论和哲学思潮的过程中，他特别受到了荷兰哲学家斯宾诺莎"泛神论"哲学思想的影响。学医的兴趣逐步以至完全被文学所取代，开始创作白话新诗和小说。1919 年上半年到 1920 年上半年是郭沫若第一个"诗的创作爆发期"。这些作品于 1921 年结集为第一部新诗集《女神》，开辟一代诗风，成为中国现代新诗运动真正的奠基之作。1921 年 7月，郭沫若与郁达夫、成仿吾、田汉、张资平等留日学生共同发起组织了创造社。

1923 年回国后，郭沫若在继续从事创造社工作的同时，又创作了许多新诗和历史剧。这些作品先后结成诗集《星空》《前茅》《瓶》和历史剧集《三个叛逆的女性》出版。与社会实际的接触，使郭沫若的思想发生了变化。1924 年，

他翻译了日本经济学家河上肇的著作《社会组织和社会革命》，开始系统地接受马克思主义的学说。1926 年夏，他参加北伐，任北伐军政治部副主任，在实际革命斗争中更清醒地认识了中国社会的本质问题。1927 年 3 月底，在蒋介石发动反革命政变前夕，郭沫若以敏锐犀利的目光和准确深刻的政治见解写下了震惊中外的讨蒋檄文《请看今日之蒋介石》。大革命失败后，他又参加了南昌起义，在白色恐怖的情况下创作了诗集《恢复》，以大无畏的英雄气概回应了反革命的血腥镇压。在此前后，郭沫若还积极参与和倡导无产阶级革命文学运动，为推动革命文学的发展和壮大奔走呼吁。这一阶段，由于积极参加革命实践和不断接受马克思主义的基本理论，郭沫若在思想上以马克思主义学说代替了泛神论，实现了世界观的根本飞跃，逐步成为坚强的马克思主义者。1928 年，为躲避国民党政府的通缉，郭沫若再次东渡日本，开始了 10 年流亡生活。此间，他运用马克思主义理论从事中国古代史和甲骨文、金文的研究，取得了卓越的成就。同时，他还创作了《我的童年》《反正前后》《创造十年》《北伐途次》等自传性作品，总结了革命运动和人生道路中的经验教训。

1937 年抗战爆发，郭沫若毅然回国，投身抗日救亡运动，在周恩来直接领导下，先后主持了军委会第三厅和文化工作委员会的工作，组织团结了国统区广大进步力量，积极展开抗日救亡运动。直到解放战争期间，郭沫若始终是国统区民主爱国文化运动的旗手与先锋。抗战以后及整个 40 年代，郭沫若配合现实斗争创作了大量文学作品和学术论著，包括《战声集》《蜩螗集》等诗集，《屈原》《虎符》等历史剧，《沸羹集》《今昔蒲剑》《天地玄黄》等文艺论集，《地下的笑声》等小说集以及《十批判书》《甲申三百年祭》等史论。

新中国成立后，他在担负科学、文化和外交等方面领导工作的同时，也不断有一些新的作品问世，1978 年病逝于北京。

郭沫若一生以其独有的创造精神，在多种不同领域都取得了累累硕果。在长达 60 年的创作生涯中，他留下了包括文学、艺术、哲学、历史学、社会学、考古学和古文字学在内的一系列著作，其成就为他赢得了世界性的荣誉。他曾经说过，天才的发展有两种类型，"一种是直线形的发展，一种是球形的发展"，他分别举孔子和歌德为这两类天才的代表。[①] 其实，郭沫若自己就是一个球形发展的天才。他同时在多种文学领域驰骋才华，发挥着自己的创造力。他敢于接受自己时代的各种新思潮、新方法，并大胆实践于自己的创作之中。

---

① 郭沫若：《论诗三札》，见《郭沫若全集》，15 卷，19 页，北京，人民文学出版社，1990。

西方现代派的一些创作方法如象征主义、表现主义等，都在他的创作里有不同程度的吸收。面对郭沫若，人们实际上所面对的绝不仅仅是他那辉煌的历程和成就，更是面对一种活生生的创造精神，一股生机勃发、不可抑制的力的冲动。"一个永远伟大的未成品"，这是郭沫若对他所崇敬的诗人雪莱的评价。其实，这也正是郭沫若自身艺术品格和艺术价值的生动体现。

诗歌和历史剧是郭沫若取得重大文学成就的两个领域。诗集《女神》以全新的精神内涵和艺术形式为五四时期的白话新诗取得了强有力的突破，它以积极的浪漫主义特质展示了新诗革命的新面貌，张扬了五四时代精神和人的觉醒意识，并创立了崭新的自由体诗歌形式，成为中国白话新诗的奠基之作。郭沫若的历史剧，取材上自战国时期，下至明末清初，主要人物包括古代著名的政治家、诗人、侠客。女性形象自后妃公主至宫娥美女，描写的社会生活由宫廷相府到民间酒肆，从中原地区到西南边陲，向人们展示了一幅幅绚丽多姿的历史生活图画，贯穿于其中的形态各异的斗争，充满了磅礴正气和历史的悲剧精神。这种浓郁的悲剧情绪，呈现出肃穆的崇高美，标志着中国现代悲剧艺术的新进展。

相对新诗和历史剧而言，他的小说和散文创作成就及影响虽然稍小一些，但却同样具有自己的个性和特色。

郭沫若早期的小说主要创作于五四到"北伐"前后。这些小说总的基调与郭沫若同时期的诗歌创作一样，都充满着炽热的反帝反封建激情。从取材上看，这些作品大致可分两类：一类是借用异域他乡或古代历史题材，表达现实的反帝反封建的时代情绪，揭露和鞭挞丑恶污浊的社会，并寄托美的理想；另一类带有浓厚的自叙传色彩，以作者自身的人生经历来揭示世态炎凉、人情浇薄。前者更富有现实意义的社会批判的锋芒；后者则更具有浪漫主义的抒情气氛。完成于 1919 年 2 月至 3 月的《牧羊哀话》是郭沫若较早创作的短篇小说。它通过一对相恋的朝鲜青年的悲惨遭遇，歌颂了忧国忧民的民族志士的崇高气节和献身精神，谴责批判了投敌叛国的邪恶势力，全篇充溢着浓郁的爱国主义激情和反对帝国主义的战斗精神。收在早期小说戏剧集《塔》里的《鹓鶵》《函谷关》等篇则分别通过庄子和老子的人生片段及哲学思想，针砭了世风的虚伪和人心的险诈，同时辛辣地讽刺了逃避现实、消极无为的颓废哲学。

郭沫若的小说锐意尝试，善于在小说的形式方面大胆突破。1922 年 4 月创作的短篇小说《残春》，是他实验弗洛伊德精神分析理论的代表作。当时，弗氏的精神分析理论已经引起文坛的注意。一些作家也做过不同程度的尝试。鲁迅在《肥皂》《明天》等作品中就显示了深刻老辣的精神分析笔法，但是，这种笔法更多地还是掩映在客观现实描写的主调之下。而郭沫若的《残春》则完全是以梦幻、以精神分析作为"全篇的中心点"和"全篇的结穴处"，整个作品的着力点并不是注重在事实的进行，而是"注重在心理的描写"，"是潜在意识的一种流动"①。人物内心与现实的矛盾、情感与理智道德的冲突、原始的人性、纯真的情致都在无形无影的梦境中得到展现、消融和升华。这篇小说本身的情节内容也许像当时有人指责的那样"没有什么深意"，但小说中的那场梦却做得相当完满、成功。可以说，中国现代文学史上这样充分地、成功地运用精神分析手法的小说，《残春》或许是第一部。尽管《残春》不能算是一篇完美的精神分析小说，但它首先通篇运用的精神分析手法，从一个独特的角度打破了中国传统小说的基本格局和中国读者传统的阅读心理，为后来现代文学创作中不断出现的精神分析小说提供了一个有益的范例。成仿吾当时就针对有人觉得《残春》"平淡无味"、缺乏"连络"，指出了《残春》在这一方面的特殊意义，认为《残春》实际上冲破了"在中国一般人心理"对"内容的最高点"的企盼，冲破了小说形式程序上完备的讲究②。

　　1926 年 4 月出版的中篇小说《落叶》，是郭沫若在现代文学史上产生较大影响的又一部作品。《落叶》是现代文学史上最早出现的书信体形式的中篇小说之一。作品以日本姑娘菊子写给一位中国留学生的 41 封情书为结构线索和基本内容，着力反映了他们之间纯真感人的爱情生活。小说以书信的方式精心刻画了菊子姑娘的动人形象。她不仅心地善良纯洁，而且没有民族偏见，性格倔强正直，对日本帝国主义侵略中国的行径极为不满，在菊子身上体现了作者对爱情生活的理想化追求，也体现了作者对爱国主义情操的热切赞美和深刻理解。作品还通过主人公的爱情悲剧，表达了鲜明的五四反封建精神。小说通篇纯熟地运用书信体的方式，给人以极为亲切自然的感受，既有浓厚的抒情色彩，又充分挖掘了人物内心深处的情感活动。郭沫若类似这样成功运用书信体形式的小说还有《喀尔美萝姑娘》等篇。

　　以自叙传的方式抒怀感世是郭沫若小说创作的又一种尝试。1929 年 12 月出版的长篇自传体小说《漂流三部曲》是这方面影响较大、代表性较强的一部。全书由《歧路》《炼狱》《十字架》三个连续性的篇章构成，它们最初连载于 1924 年 2 月至 3 月的《创造周报》。作品真诚率直地袒露了主人公爱牟生活

---

① 郭沫若：《批评与梦》，见《郭沫若全集》，15 卷，241 页，北京，人民文学出版社，1990。

② 成仿吾：《〈残春〉的批评》，载《创造季刊》，1923（1/4）。

的辛劳坎坷、爱情的曲折痛苦以及对人生理想的艰难追求。爱牟从日本携妻带子回到祖国，本想求得妻儿温饱、安身立命。但现实生活的艰辛迫使他只能孤独地挣扎。此后，他在苦闷、孤寂、强作欢颜和无限悔恨之中过着炼狱般的生活。最后他坚定了立志于文学的信心，绝不屈从旧的婚姻制度和旧的传统思想，他感到自己作为一个被钉在十字架上的人终于复活了。小说通过展现爱牟人生道路和思想历程的发展变化以及对爱牟内心世界大胆深刻的自我暴露和自我剖析，生动准确地反映了当时一部分留学国外的年轻知识分子的共同心态和命运。主人公爱牟在很大程度上可以说就是作者本人的化身。主人公的命运突出展示了一代知识青年对祖国的一腔热忱，也揭示了知识青年个人命运与祖国命运的休戚相关。这部作品不仅主观情感饱满浓烈，艺术感染力很强，而且描写真实细腻，具有很高的史料价值，为人们认识当时知识青年的思想和生活提供了一个独特的视角。随后，作者还创作了《漂流三部曲》的续篇《行路难》，继续叙述了主人公爱牟颠沛流离、动荡不息的生活。1927 年前后，随着文学运动的高涨，作为革命文学积极倡导者之一的郭沫若，写下了不少具有鲜明革命倾向的小说，为初期"普罗小说"的发展做出了积极的贡献。

郭沫若的散文创作不仅历时久远，在诸多文体方面均有创意，而且形成了自己独特的风格。他的散文创作除收录在《水平线下》（1928）、《橄榄》（1928）、《抱箭集》（1948）等小说散文合集中，单独成册的还有《文艺论集》（1925）、《文艺论集续集》（1931）、《羽书集》（1941）、《蒲剑集》（1942）、《今昔集》（1943）、《盲肠炎》（1947）、《沸羹集》（1947）、《天地玄黄》（1947）等。此外，郭沫若还创作出版了大量内容丰富的自传性散文作品，其中影响较大的有《我的幼年》（1929）、《反正前后》（1929）、《黑猫》（1931）、《创造十年》（1932）、《北伐途次》（1937）、《抗日战争回忆录》（1948，后改为《洪波曲》）等。郭沫若的散文创作，除传记性的作品外，主要可分为两大类：一是以政论为主的杂文；二是以抒情为主的小品散文。前者涉及的社会生活面非常广泛，包括时评、政论、文艺杂谈、理论阐述等多种形式，代表性的篇章有《王阳明礼赞》《论中德文化书》《批评与梦》《痈》《革命与文学》《请看今日之蒋介石》等。这类散文笔锋犀利、议论贴切，见解深刻新颖，显示了作者独有的那份率直和坦诚，并贯通着一种强烈的情感的冲动。后者则主要抒发作者内心情感，往往写得委婉含蓄、舒缓幽深，更具有诗的品味和情怀，其中著名的有《梦与现实》《芭蕉花》《路畔的蔷薇》《丁东草（三章）》《卖书》《银杏》等篇。

郭沫若的散文创作虽然在取材和写法上各有具体不同的特色，但其总的风格依然是作者那种一以贯之的浪漫主义诗人豪迈奔放的情怀。无拘无束、自由活泼同样是他散文创作的根本特点。在叙事过程中倾注浓烈的主观情感是郭沫若散文的普遍手法。《卖书》一文，在客观讲述自己生活片段的同时，浸透着大量浓烈的抒情写法。叙写的虽是作者对书的眷恋，实际上抒发的是一种对人生志趣不懈追求的情绪，而在更深层次上又表达了作者身处异邦他乡得不到理解和同情的愤激之思。不断重叠的句式，浓墨重彩的语气，妙趣横生的文辞，大大增加了文章情感的力度，给人以强烈的感染和震动。《芭蕉花》等文也都是情节重、情感浓，叙写抒情高度融合的名篇佳作。衬托对比，虚实相间是郭沫若散文的又一个常用手法，在《梦与现实》这篇短文中，虚写残缺不全的梦境，实写现实生活里的完整图画，似梦的缥缈适意和现实的真切悲凉构成鲜明强烈的对照，给读者留下难以忘怀的印象。

郭沫若也是现代文学史上高扬浪漫主义文学主张的第一人。他极为注重艺术的自身规律，曾反复强调诗的本质在抒情、在自我表现、在感情的自然流露、在主观直觉的自由驰骋，诗应该是纯粹的"内在律"，诗的形式应该是绝对自由的。但他的浪漫主义文学主张不是狭隘的、固定的，而是开放性的、变动着的，其中充分融合着他对现实主义理论的认识和理解。他认为"作家和现实的关系，绝不是单纯的投影过来，反射过去，而是把很多现实的东西，吸收到作家的意识中，经过他的酝酿重新创造出来"，"可能他创造出来的东西并不是现实中有的，但却可以成为比现实还要真实的东西"①。因此，在郭沫若看来，现实主义和浪漫主义在精神实质上是互通的，问题的关键不在于创作方法的区别，而在于创作的核心都是"综合创造"——根据客观现实的材料经过作家的主观酝酿来加以创造。郭沫若是极力崇尚自然的，是力主艺术表现自然并自然表现的，但是在自然与艺术关系的根本问题上，他却一贯反对对自然的模仿和重现，反对"受动"的文艺，而是主张突破自然、创造自然、超越自然。在郭沫若的笔下，无论自然世界，人类社会甚或科学研究的论断都有一种"动"的力量和"动"的精神，都显示出一种超越自然、超越人生的"活"的启发性和再生性。

① 郭沫若：《就目前创作中的几个问题答〈人民文学〉编者问》，载《人民文学》，1959（1）。

第二节 《女神》：新诗是可以这样写的

1921 年 8 月由上海泰东书局作为"创造社丛书"第一种出版的《女神》，是郭沫若的第一部新诗集，也是中国现代文学史上一部真正在思想内容和艺术形式上全面显示出现代意识和时代精神的白话自由体新诗集。尽管在《女神》出版以前已经有过诸如胡适的《尝试集》等若干白话新诗集出现，但真正以崭新的内容和形式为中国现代诗歌开拓了全新天地的作品却是郭沫若的《女神》。《女神》的问世，使人们在中国诗歌、中国诗人身上第一次真正看到了一种崭新的时代意识，"一种伟大的反抗的力"，一种"20 世纪的力的表现"。《女神》那遒劲壮丽的诗风，宏大浓深的意境，不受技巧约束的一腔纯情，强烈地感染了当时的读者。许多人通过《女神》强烈地感受到：原来，新诗是可以这样写的！可以说，《女神》的出版开辟了一个新的诗歌的时代。

《女神》除"序诗"外共收新诗 56 首。最早的写于 1918 年初夏，大部分写于诗人留学日本期间，只有一小部分为 1921 年诗人归国后所做。在郭沫若的文学活动特别是诗歌创作中，泰戈尔、海涅、歌德、雪莱、波德莱尔等多位世界著名诗人都对他产生了重要的影响，其中影响最大的无疑是美国诗人瓦尔特·惠特曼，他的代表诗篇《凤凰涅槃》《立在地球边上放号》《笔立山头展望》《地球，我的母亲》《天狗》《晨安》《匪徒颂》等诸多诗篇都可以明显地看出惠特曼的影响。惠特曼（1819—1892）是美国 19 世纪最杰出的浪漫主义诗人。在思想方面，他的诗歌唱民主、自由、平等，赞美人类的创造和大自然，情感积极昂扬、雄浑康健；在艺术表现上，惠特曼打破了诗歌的传统限制，创造了崭新的自由诗体。1919 年，为纪念惠特曼 100 周年诞辰，日本文坛掀起了一股"惠特曼热"，这使当时正在日本留学的郭沫若得以阅读《草叶集》，深受其感染。五四时期的郭沫若感受着新世纪的曙光和伟大时代潮流的激荡，而惠特曼的那种男性"粗暴"的声音，那种"军歌、军号、军鼓"一样雄浑的旋律，深深地契合着郭沫若思绪的飞扬和思想的发展，契合着五四时代狂飙突进的精神。正如郭沫若自己所说："当我接近惠特曼的《草叶集》的时候，正是'五四'运动发动的那一年，个人的郁积，民族的郁积，在这时候找出了喷火口，也找出了喷火的方式，我在那时差不多是狂了。"① 可以说，惠特曼点燃

---

① 郭沫若：《序我的诗》，见《郭沫若论创作》，213 页，上海，上海文艺出版社，1983。

了郭沫若诗歌创作最有影响和最有力度的爆发期。

《女神》以其饱满激昂的情绪充分传达出了五四时代高扬科学民主、反对封建专制、主张个性解放的时代特质，集中强烈地体现出狂飙突进、焚旧铸新、无所畏惧的时代精神，整部诗集充满了对社会黑暗的深恶痛绝，势不两立，无情揭露了世间的不平、污浊与腐朽，表达了诗人向旧制度旧世界勇敢挑战的气概。在《凤凰涅槃》之中，诗人借凤凰的哀歌面对"冷酷如铁""黑暗如漆""腥秽如血"的"茫茫的宇宙"，发出了对淫秽世界的强烈诅咒和质问："你浓血污秽着的屠场呀！/你悲哀充塞着的囚牢呀！/你群鬼叫号着的坟墓呀！/你群魔跳梁着的地狱呀！你到底为什么存在?"于是，诗人化作"一条天狗"，"把月来吞了"，"把一切的星球来吞了"，"把全宇宙来吞了"（《天狗》）。在这里，诗人表现出了誓与旧世界彻底决裂的反叛意识。需要指出的是，诗人对旧事物的批判并不只是针对某些个别的社会现象，而是一切阻碍人类社会进步的旧事物，是整个旧的宇宙，包括旧中国，这其中还特别包括诗人的"旧我"。因此，诗人竭力赞美凤凰在血与火中的彻底更生，讴歌天狗的自我否定，自我超越："我飞奔，我狂叫，我燃烧……我剥我的皮，/我食我的肉，/我吸我的血，/我吃我的心肝，/我在我神经上飞跑，/我在我脊髓上飞跑……我便是我呀！我的我要爆了！"这种彻底否定旧事物、与旧世界抗争到底的精神和气概，是五四时代精神的最强音。虽然当时也有许多进步诗人写过向往光明的诗歌，但像《女神之再生》和《凤凰涅槃》那样敢于同旧世界决裂、敢于向旧世界宣战、充满着创造的信心和乐观的精神、充满着英雄气概和革命理想主义的诗篇，却很少见到。

在批判旧世界的同时，《女神》还充溢着一种热情的创造精神和更新意识。在《凤凰涅槃》《女神之再生》《晨安》和《匪徒颂》等一系列诗篇中，诗人以无比开阔的胸怀表达了对新的理想社会和新生活的热切向往和追求。《凤凰涅槃》是《女神》中最具代表性的篇章，它以凤凰"集香木自焚，复从死灰中更生"的传说作素材，借火中凤凰的故事象征着旧中国以及诗人旧我的毁灭和新中国以及诗人新我的诞生。除夕将近的时候，在梧桐已枯、醴泉已竭的丹穴山上，寒风凛冽，一对凤凰飞来飞去地为自己安排火葬。临死之前，它们盘旋低回地起舞，凤鸟"即即"而鸣，凰鸟"足足"相应。它们诅咒现实，诅咒冷酷、黑暗、腥秽的旧宇宙，把它比作"屠场"，比作"囚牢"，比作"坟墓"，比作"地狱"，怀疑并且质问它"为什么存在"。它们从滔滔的泪水中倾诉悲愤，诅咒了五百年来沉睡、衰朽、死尸似的生活，在这段悠长的时间里，有的只是"流不尽的眼泪，洗不尽的污浊，浇不息的情炎，荡不去的羞辱"；在这段悠长的时间里，看不到"新鲜"和"甘美"，看不到"光华"和"欢爱"，年轻时的生命力已经消逝。于是它们痛不欲生，集木自焚。在对现实的谴责里，交融着深深地郁积在诗人心头的民族的悲愤和人民的苦难。凤凰的自我牺牲、自我再造形成了一种浓烈的悲壮气氛，当他们同声唱出"时期已到了，死期已到了"的时候，一场漫天大火终于使旧我连同旧世界的一切黑暗和不义同归于尽。燃烧而获得新生的不只是凤凰，也象征性地包括了诗人自己。他在写这首诗的前两天，就曾在一封信里表露了自己愿如凤凰一样，采集香木，"把现有的形骸烧毁了去……再生出个'我'来"的愿望。这种把一切投入烈火、与旧世界决裂的英雄气概，这种毁弃旧我、再造新我的痛苦和欢乐，正是五四运动中那种彻底革命、自觉革命精神的形象写照。至于对凡鸟浅薄和猥琐的描写，在鞭挞现实中的丑恶和庸俗的同时，进一步衬托了凤凰自焚的沉痛和壮美。"火中凤凰"的传说给予诗人以现实的启迪，使诗歌的革命精神与历史乐观主义态度紧密结合。诗人以汪洋恣肆的笔调和重叠反复的诗句，着意地渲染了大和谐、大欢乐的景象。这是经过斗争冶炼后的真正的创造和新生，它表达了诗人对五四新时代的歌颂，也是祖国和诗人自己开始觉醒的象征，洋溢着炽烈的向往光明、追求理想的热情。

《女神》在思想个性方面最具特色的内涵，是它竭力歌颂了富有叛逆精神的自我形象，表现了与宇宙万物相结合的自我力量，这一点既是诗人所受泛神论思想影响的突出体现，又集中道出了五四时代个性解放的鲜明要求。在《女神》中郭沫若特别张扬神就是自然、就是宇宙万物、就是人类自己这个泛神论的核心主题，彻底打破古往今来、天上地下包括上帝和神在内的一切偶像，而把个性解放了的自我当作神和上帝来赞美。无论是火中自焚的凤凰、创造新的太阳的女神，还是熊熊燃烧的炉中煤、囊吞宇宙一切的天狗，这些生动的艺术形象都鲜明地融入了诗人个性解放的基本性格。而且，在这些形象中的自我身上，始终交织着诗人个人的情绪和整个民族的情感。这个自我不仅是诗人个人感怀忧伤，苦闷孤独的"小我"，也是体现着时代要求和民族解放要求的"大我"。这个自我是诗人自己，同时又是千千万万要求冲出陈旧腐朽牢笼，摆脱民族屈辱，要求不断毁坏、不断创造、不断努力的时代青年的代表和象征。因此诗人在《凤凰涅槃》中反复高吟"一切的一""一的一切""一切的一切！""我们便是'他'，他们便是我。我中也有你，你中也有我！"这种和谐高昂的音调，是诗人的个性与时代精神和民族意志相融合的生动显现，这种眼界和见解在当时的新诗人中是非凡的。

与《女神》的这种破旧立新、追求光明自由、创造理想的高昂精神相适应，在艺术风格上，它表现出了浓烈醇厚的浪漫主义抒情特色。

首先，《女神》显示出一种火山爆发式的激情和狂飙突进般的气概。整个诗集贯通着蔑视一切、荡涤一切、创造一切的磅礴气势和力度。应该说，若论诗歌的艺术技法，或是诗风的精巧细腻，《女神》在当时并不是最出色的，但它那锐不可当的气势却是当时任何一位新诗人及其诗作都无法相比、望尘莫及的。例如，《晨安》这首诗，没有缜密精细的构思，甚至没有什么技巧可言，只是面向广袤的宇宙豪迈奔放地一气贯通写下了 27 个"晨安！"的那振奋人心、摇撼山岳的声声"晨安"，喊出了诗人肺腑的情感，喊出了读者的强烈共鸣，喊出了时代的回音——更重要的是喊出了一个具有创造性思维的诗人独有的果敢和气派！至于那条敢于吞下宇宙、吞下一切的"天狗"，人们通常最称道的是诗人奇特的想象和夸张，其实，在这里更重要的并不只是想象和夸张本身，而是诗人敢于这样想象和夸张的胆魄。这种胆魄使诗人总是能够站在时代和历史的高处，从大处着眼，直接与时代历史对话，与人类社会对话，与大自然对话，与整个宇宙对话。因此，郭沫若的诗作特别是《女神》，具有一种统摄一切的开阔视野和排山倒海的气度。

其次，丰富奇特的想象和绚丽浓厚的色彩也是《女神》的重要特征。在郭沫若看来，诗人的想象力应该是不受任何限制的，不仅客观世界需要诗人的想象来开发，就连神话也是诗人想象力的产物，"一切神话世界中的诸神是从诗人产生，便是宗教家所信仰的至上神'上帝'，归根也只是诗人的儿子"①。所以，他乐于承认自己的想象力比自己的观察力强。《女神》中的诗篇很少按部就班地运用那种恰如其分的比喻，而是任凭想象力的无限发挥。郭沫若的想象力往往是大幅度跳跃式的。《女神》纵横万里，上下千年，宇宙万物皆在诗人自由驰骋的想象天地里，而且这些想象又与象征主义的表现手法融合在一起，使"凤凰""天狗""炉中煤"等形象不仅具有想象带来的新颖感和奇特感，更具有高度浓缩的象征主义的内涵和韵味。想象力的超常发挥使《女神》给读者留下了极为广阔的思考空间。《女神》中很多色泽绚丽的词语和浓墨重彩的描写，交织成一幅幅华美的锦绣，更增添了诗歌的浪漫主义抒情气氛。特别是《女神》还充满了浓郁的英雄主义基调和传奇色彩，多用神话传说和历史故事作题材，如《凤凰涅槃》《湘累》《女神之再生》《棠棣之花》等，借其中的古代英雄抒发现实理想，慷慨悲歌，情深意长。这又使整部诗集情感深沉浑厚，

---

① 郭沫若：《文艺论集·神话的世界》，见《郭沫若全集》，15 卷，284 页，北京，人民文学出版社，1990。

带有悲壮、雄浑的历史感。显然，《女神》的艺术风格既吸取了西方浪漫主义豪放激越的特点，又继承了中国古典诗歌悠然飘逸的格调。

最后，《女神》在诗歌的外在形式上真正实现了"诗体大解放"，实践了诗人要求"绝对的自由"的艺术主张。郭沫若强调要"打破一切诗的形式来写我自己能够体味的东西"。他认为"假如诗没有真诚的力感来突破一切的藩篱"，那么"旧诗是镣铐，新诗也是镣铐"①。因此他表明自己是"最厌恶形式的人，素来也不十分讲究它"②。《女神》中的诗篇完全不受诗歌外在形式的约束，有的诗长达数百行，如《凤凰涅槃》，也有的诗短短三两句，如《鸣蝉》；有的诗铿锵咆哮，气势粗犷，有的诗则缠绵低语，情感细腻；有的采用了诗剧的形式，具有较为完整的情节，有的则任凭情绪的发泄，没有任何章法。即使在打破传统旧诗格律的同时，《女神》中有些诗篇仍然保留了较为严谨的格律形式，对传统诗歌的韵律进行了创造性的运用。即使是创新，也不被某一种新的形式固定，这是《女神》的可贵之处，诚如郭沫若自己所说，"新诗没有建立出一种形式来，倒正是新诗的一个很大的成就"，"不定型正是诗歌的一种新型"③。《女神》在尝试了多种诗歌形式的基础上，创造了这种不拘一格、灵活多变的自由体新诗形式，对现代新诗影响重大。

当然，《女神》在思想上的局限与艺术上的不足也是明显存在的。《女神》中有些诗篇如《死的诱惑》《鸣蝉》《晚步》等，尽管不乏审美价值，但其自我抒情的主体形象所表现出的精神、时代特色并不鲜明，个性特征也不突出，与社会现实有相当的距离。即使是《匪徒颂》这样现实性政治性很强的诗篇，也带有较为浓厚的泛神论思想色彩，对社会现实的认识仍有一定的偏差。在艺术上，由于郭沫若的情感表达方式主要是外向型和冲动式的，因此《女神》中的有些诗篇过于直露、单调，缺少诗歌应有的暗示、含蓄和曲折，缺乏耐人咀嚼的魅力。还有些诗篇在形式上过于自由，失去了诗歌特有的韵味，显出一种空泛和苍白，但所有这些并不影响《女神》的历史功绩和地位。总之，《女神》的出版结束了一种旧的诗歌的时代，开辟了一种新的诗歌的时代。《女神》无愧为中国现代新诗发展的奠基石。

---

① 郭沫若：《序我的诗》，见《郭沫若论创作》，214页，上海，上海文艺出版社，1983。

② 郭沫若：《文艺论集·论诗三札》，见《郭沫若全集》，15卷，46页，北京，人民文学出版社，1990。

③ 郭沫若：《开拓新诗歌的路》，见《郭沫若论创作》，280页，上海，上海文艺出版社，1983。

《女神》之后，郭沫若又陆续出版了《星空》《瓶》《前茅》和《恢复》等有影响、有特色的诗集。

诗文合集《星空》是 1923 年 10 月作为"创造社丛书"第六种由上海泰东书局出版的。1921 年至 1922 年期间，郭沫若几度往返于东京与上海，目睹了祖国灾难重重的现实，在个人的生活旅途上也倾饮了人生的"苦味之杯"，浪漫的理想受到无情的重创，思想情感陷于沉闷与痛苦之中。诗人既期望在大自然或超现实的空幻境界里寻求暂时的安慰，同时又不断增长着对污浊社会的憎恶和对祖国更深沉的挚爱之情，更增强了反抗社会、变革现实的决心。《星空》里的诗篇生动准确地展示了诗人当时思想感情上的这种矛盾状态。尽管《星空》已不像《女神》那样热情浪漫，但其中《天上的街市》等诗篇仍然充满纯真的幻想和积极进取的精神。

《瓶》是郭沫若作于 1925 年初春的一组咏唱爱情的短诗，共由 42 首诗和《献诗》组成，1927 年 4 月由创造社出版部出版。诗人透过爱情这个人生的侧面，细致地揭示了五四时代精神在人们心灵深处的渗透和反响，但在这组诗里比较多地流露出诗人对人生和爱情的某种困惑和迷惘，也表现出某种感伤缠绵的情调。

《前茅》出版于 1928 年 2 月，主要收入了诗人 1923 年创作的新诗 23 首。这个诗集标志着诗人思想上的变化和转折，诗人追求和向往无产阶级的社会革命的激情明显增加。这时诗人所讴歌的革命，已经不像《女神》那样朦胧。在《黄河与扬子江的对话》《太阳没了》等诗篇中，诗人对社会革命的一些根本问题达到了一定的深度，特别是由于和现实斗争的进一步接触，诗人逐步意识到工农大众是革命的真正动力，《留别日本》《上海的清晨》等诗篇都表达了这种认识。诗人在反动势力非常强大的黑暗时期，已经看到革命的风暴就要来临，并坚信无产阶级革命的胜利，因此称这部诗集为"革命的前茅"。

1928 年 3 月出版的《恢复》是郭沫若继《女神》之后又一部有重要影响的诗集。这个集子里的 24 首诗都写在大革命失败后白色恐怖最严峻的时刻。诗人经受了残酷的斗争考验，经历了新的思想飞跃，因此，《恢复》在思想和艺术上都显示了新的特色。诗人继承发扬了五四时代的反抗和叛逆精神，在革命处于低潮时期，面对反动派的血雨腥风，表现出更加坚定的无产阶级立场和革命信念，以大无畏的气概与敌人进行针锋相对的斗争。《如火如荼的恐怖》《诗的宣言》等诗篇，都体现了诗人所说的那种"狂暴的音乐"，充满了战斗的豪情。诗人的斗争精神并没有停留在表面上，而是对革命道路的艰难曲折有着清醒的理解，《我想起了陈涉吴广》《战取》《黄河与扬子江的对话（第二）》等，充分表明了诗人思想的成熟。在艺术手法上，《恢复》不像《女神》那样偏重浪漫主义的主观抒情，而是增强了现实主义的力度，更趋向革命浪漫主义和现实主义的结合。《恢复》显示了初期革命文学创作的实绩，是郭沫若对中国现代新诗的又一重要贡献。

第三节 《屈原》：对历史的再创造

郭沫若从 20 世纪 20 年代初即开始历史剧创作，在整个现代文学阶段共创作了九部历史剧，新中国成立后又创作了《蔡文姬》和《武则天》两部历史剧。他在现代文学阶段的历史剧创作可分为前后两个时期。

前期三部历史剧主要创作于 20 年代的初中期，是以历史上三位著名女性的命运为题材的，即《卓文君》（1922）、《王昭君》（1923）和《聂嫈》（1925）。1926 年 4 月，作者把这三个剧本合在一起以《三个叛逆的女性》为书名出版。三个剧本分别塑造了三个大胆叛逆的古代女性形象，突出刻画了她们热爱自由、崇尚个性、蔑视权贵、敢于抗争，为追寻理想不惜牺牲一切的性格和精神，爱憎分明地歌颂了妇女的觉醒和反抗，抨击了封建旧制度和旧道德，具有鲜明浓烈的五四时代色彩。三部剧本在艺术风格上已经初步显示了郭沫若历史剧创作的基本特色：古为今用，借古喻今，大胆地改写历史人物的命运，为现实斗争服务，使历史事件和人物的基本内涵与时代现实的精神息息相通，密切相关。这在其后期历史剧之中得到了更加纯熟的展现。

后期六部历史剧是郭沫若在 1941 年年底至 1943 年年初不到一年半的时间里接连完成的，它们是：《棠棣之花》（1941）、《屈原》（1942）、《虎符》（1942）、《高渐离》（1942）、《孔雀胆》（1942）、《南冠草》（1943）。这六部历史剧的创作有着特殊的时代背景。皖南事变爆发后，国民党当局公开制造分裂，祖国的前途和民族的命运再次受到严重威胁，而国民党又在国统区实行政治和文化的高压政策，迫害爱国进步的言论。与这种特定的政治、文化形势相适应，国统区出现了一大批借古喻今的历史剧，进步作家纷纷通过历史事件和历史人物之口，表达人民的现实要求。郭沫若后期历史剧是其中卓越的代表。虽然六部剧本取材历史的角度不同，反映现实的侧重点也各异，但这些剧本共有一个鲜明的基本主题，即反对侵略、反对卖国投降，反对专制暴政，反对屈从变节，颂扬爱国爱民、主张团结御侮，高张坚守气节。在艺术风格上，以《屈原》为代表的后期历史剧更加气势浩瀚，构思新奇，充满了诗情画意，在历史与现实的融合方面达到了炉火纯青的地步。

郭沫若是以一种创造性的历史观来创作历史剧的。他以自己历史剧创作的实践及理论总结，较为系统全面地形成了自己的历史观和历史剧理论。郭沫若历史剧理论的价值，不仅在于他在现代文学史上富于创见地把历史剧和悲剧有机地结合起来，最先提出了"历史悲剧"的概念，并以自己的创作实践不断地印证这一理论，而且还在于他以一种完全开放的和现实的眼光确立了对历史题材的再创性理论观点。任何文学史上凡产生影响的历史题材作品，都有一个基本特点，即借古喻今。郭沫若的历史剧创作同样遵循了取材于历史而着眼于现实、剧中人物源于历史而高于历史的基本法则。但郭沫若不同于一般人之处，是他更注重以自己创造性的人格来认识历史和反映历史，更注重自己的主观情感与历史事件、历史人物命运的强烈共鸣，他从不拘泥成说，绝不单纯"再现"历史，而是极力"再创"历史，借古人的骸骨吹进新的生命，借古人的皮毛说自己的话，力求以自己的感受和认识来重新解释历史，挖掘历史事件和人物身上的现实内涵。

五幕历史剧《屈原》是郭沫若历史剧创作最优秀的代表，也是整个现代文学史上历史剧创作的最高成就。剧本取材于战国时期楚国伟大的爱国诗人屈原的悲苦生涯，集中描写了以屈原为代表的"联齐抗秦"的爱国主义主张和以南后为代表的楚国统治集团"绝齐降秦"的卖国主义主张之间的尖锐冲突。屈原的正确主张不仅不被楚怀王采纳，反而遭受楚国贵族的迫害，但屈原置个人安危于不顾，始终坚持斗争，忠贞不屈，在最黑暗的时刻他高吟《雷电颂》，呼唤风雷闪电，呼唤正义和真理，向黑暗发出愤怒的诅咒，同时表明自己坚定不移的斗争意志。剧本以屈原的学生婵娟的壮烈牺牲和他悲愤出走汉北而告终。屈原是胸襟坦诚、见解深刻的伟大的政治家兼诗人的艺术典型，深切的爱国爱民思想和英勇无畏的斗争精神是这个典型形象的主要性格特征。屈原悲剧的典型性在于它所蕴含的高度鲜明的现实意义，通过屈原的悲剧，作品表现了反对分裂投降、主张团结御侮、诅咒黑暗、歌颂光明这一具有重大现实意义的主题。对屈原性格的赞美，实际上是唱出了整个中华民族不畏强暴、英勇斗争、争取自由解放的心声，同时又是对国民党当局卖国投降罪行的无情揭露和鞭挞。

以《屈原》为代表的郭沫若的历史剧创作，形成了独特鲜明的艺术风格和魅力。第一，在历史剧的选材和剪裁方面，充分显示了郭沫若独到深刻而富有创造性的见解。郭沫若多次表明自己是"喜欢研究历史的人"，也喜欢用历史的题材来创作。他对历史题材的喜好和选用，并不只是因为历史题材可以映现现实，而且他还发现在历史题材中有许多可以由作家自己去挖掘、发挥和创造的东西。他生动而准确地把历史研究和历史剧创作的根本区别概括为"实事求是"和"失事求似"。因此他强调历史剧家应该是一个"凹面镜"，不仅要汇集无数历史的线索，而且要把这些史实扩展开去，创造一个"虚的焦点"①。这个焦点就是史实与创造的结合。郭沫若不仅把握了历史与现实的关联，更把握住了历史与创造的契机。郭沫若从不机械被动地描写历史事件和历史人物，即使为反映现实所作也没有被所反映的现实限制住，他总是完全地自我投入，能动地挖掘和创造历史，并以一种整体的、全局性的眼光来进行创造。他在历史剧中对王昭君、卓文君性格的根本改造，对婵娟形象的大胆虚构，特别是对屈原形象从思想个性到整体命运的重新塑造，虽然与历史原貌有差别，但这些人物形象是郭沫若所理解和独创的，在这些人物形象身上人们更多看到的不是历史，而是现实，尤其是作者独特的艺术个性。因此这些人物更贴近艺术的真实，更富有鲜明的艺术感染力。郭沫若创作历史剧特别注重选取与现实社会密切相关的历史题材，使读者和观众从历史当中很自然地联想到身边发生的重大现实问题。《屈原》所取材的战国时代合纵抗秦的历史故事与 20 世纪 40 年代初期中国当时抗日战争的特定形势极为相似，而主人公屈原的性格和气质也正是当时中华民族迫切需要弘扬光大的。正因为如此，郭沫若的历史剧既有作者独立人格和独特感受的创造力，又有鲜明的现实启发性和强烈的时代战斗性。

第二，在历史人物的重塑方面，郭沫若力行的原则是"并不是想写在某些时代有些什么人，而是想写这样的人在这样的时代应该有怎样合理的发展"②。这就决定了他在历史人物塑造过程中自由发挥的空间。郭沫若突破了现代话剧以剧情发展（特别是历史剧的史实的发展）为主要线索的基本格局，以刻画人物性格为本，以人物命运来构造中心冲突，通过人物强烈的自我表现来揭示主题，带动全剧。郭沫若在《我怎样写五幕历史剧〈屈原〉》一文中表明，他对历史人物刻画的根本依据并不全是史实，甚至没有一定的线索和步骤，最重要的是他自己内心情感的起伏和他所认定的人物性格应该发展的方向。因此，屈原不再是历史上那个郁郁不得志、最后投汨罗江而死的三闾大夫，而是一个具有火一般刚强热烈性格的斗士，为增加子兰内心的丑恶把他写成了跛子，而"让婵娟误服毒酒而死，实在是在第五章第一场写成之后才想到的"，"所以又不得不把郑詹尹写成坏人"。"祭婵娟用了《橘颂》这个想法，还是全剧写成之后"才出现的，原有剧情的发展在创造过程中"完全打破了"，"各幕及各项情节差不多完全是在写作中逐

---

① 郭沫若：《历史·历史剧·现实》，见《郭沫若选集》，4 卷，427 页，北京，人民文学出版社，1997。

② 郭沫若：《献给现实的蟠桃——为虎符演出而写》，见《郭沫若选集》，4 卷，433 页，北京，人民文学出版社，1997。

渐涌出来的。不仅写第一幕时还没有第二幕，就是第一幕如何结束，都没有完整的预念"，任凭"自己的脑识就像水池开了闸一样，只是不断地涌出，涌到了平静为止"。这段自述，不仅透露出郭沫若历史剧创作构思上的特点，更重要的是它表明，在郭沫若的历史剧当中，剧情的发展已经完全退居到很不重要的位置上，而作家自身主观情感的起伏变化和人物性格的"合理"发展才是最重要的。一切情节线索都是为人物性格和命运的塑造而设置的，而且，郭沫若总是把剧中人物放在重大的矛盾冲突中展现其思想性格的基本点，从不纠缠于细枝末节。因此，郭沫若历史剧中的每个人物形象性格都很鲜明，都有很强的独立性和分量很重的思想内涵。正因为在历史人物身上最大限度地投入了作家的主观情感，最大限度地摆脱了史实的约束，所以郭沫若历史剧中的人物不是历史舞台上的角色，而是活的人，是活在作家头脑中的人，是活在现实中的人。从某种意义上说，由于郭沫若创造性的发挥和解释，才使屈原等一系列历史人物形象具有了更加崇高伟大和深沉悲壮的艺术感染力。

第三，郭沫若的历史剧始终洋溢着浓烈的抒情色彩并贯穿着一种沉郁的悲剧气氛。郭沫若善于在历史剧当中自然地穿插大量的民歌和抒情诗，有的根据剧情的发展反复出现，有的则直接由主人公反复吟诵，如《屈原》中的《橘颂》和《雷电颂》，《高渐离》中的《荆轲刺秦》歌，《棠棣之花》中的北行诗，以及《南冠草》中的《大哀赋》，《虎符》中的赞颂歌等。这些抒情的诗和歌不仅渲染了氛围，突出了人物性格，强化了剧本的主题，而且其本身已经融化为整个剧本的一个不可分割的有机组成部分。不夸张地说，如果没有《橘颂》和《雷电颂》，整个《屈原》将大为减色。郭沫若还善于在历史剧中大量运用富有韵味的长篇独白，而且人物的对白以及作者的叙述语言也充满了音乐的节奏和诗的激情，显示了郭沫若所独有的诗剧合一的特色。

郭沫若的历史剧几乎都是悲剧，以壮烈惨痛的历史映现严峻悲愤的现实，是郭沫若历史剧的基本色调。主人公崇高的使命感和大无畏的英雄气概，主人公为之奋斗的广大人民和整个民族的光荣事业和目标，所有这些往往都是在壮烈悲惨的失败之中，得到揭示和升华的。这种悲剧美的气氛是郭沫若历史剧艺术感染力的重要因素。郭沫若的历史剧创作标志着中国现代悲剧艺术走向新的境界。

思考题

1. 郭沫若的《女神》在创作和出版的时间上并不是第一本白话诗集，为什么说《女神》真正开创了中国现代新诗的格局？

2. 郭沫若认为"神话是绝好的艺术品，是绝好的诗"。在他的诗歌创作中，多处可见被赋予了浓烈感情色彩的神话意象。结合《凤凰涅槃》中的神话意象思考诗人为这种古老题材注入了怎样的现代精神？

3. 一般认为郭沫若的《屈原》代表了现代历史剧的最高成就，你怎么看待这样的评价？

4. 郭沫若的作品往往诗中有剧、剧中有诗，表现出"诗剧合一"的艺术特色，这个特色是怎样形成的？这个特色的形成与郭沫若自身的艺术气质有什么关系？

5. 郭沫若在《我的作诗的经过》中说："惠特曼的那种把一切的旧套摆脱干净了的诗风和'五四'时代的狂飙突进的精神十分合拍，我是彻底地为他那雄浑的豪放的宏朗的调子所动荡了。"试述惠特曼的诗风对郭沫若诗歌创作从思想情感到艺术形式产生了怎样的影响？

参考书目

1. 郭沫若. 女神//郭沫若著作出版委员会编. 郭沫若全集：第一卷. 北京：人民文学出版社，1982.

2. 郭沫若. 屈原//郭沫若著作出版委员会编. 郭沫若全集：第六卷. 北京：人民文学出版社，1986.

3. 郭沫若. 虎符//郭沫若著作出版委员会编. 郭沫若全集：第六卷. 北京：人民文学出版社，1986.

4. 龚济民，方仁念. 郭沫若传. 北京：北京十月文艺出版社，1988.

5. 蔡震. 文化越境的行旅：郭沫若在日本二十年. 北京：文化艺术出版社，2005.

6. 魏红珊. 郭沫若美学思想研究. 成都：巴蜀书社，2005.

7. 丁涛. 戏剧三人行：重读曹禺、田汉、郭沫若. 厦门：厦门大学出版社，2009.

8. 黄侯兴. 鲁迅与郭沫若："呐喊"与"涅槃". 石家庄：河北人民出版社，2012.

9. 卓琴. 略论郭沫若与中国现代文化. 郭沫若学刊，1996（1）。

10. 李永东. 文化身份、民族认同的含混与危机——论郭沫若五四时期的创作. 文学评论，2012（3）.

第五章 茅 盾

第一节 生平及创作道路

　　茅盾对中国新文学的贡献体现在小说、散文创作、新文学理论倡导和文学批评以及外国文学的介绍与翻译等诸多方面。他的写作历程有 60 余年，著译一千三四百万言，代表作有小说《子夜》《林家铺子》《春蚕》，剧本《清明前后》以及《鲁迅论》《冰心论》等。

图 5-1　茅盾

　　茅盾原名沈德鸿，字雁冰，1896 年 7 月 4 日出生于浙江省桐乡乌镇的一个四代同堂的大家庭。其父沈永锡 16 岁中秀才，母亲陈爱珠通文理，有远见，性格倔强。茅盾喜欢买书，求新知识，特别喜好数学，崇尚维新。茅盾 5 岁那年由父母启蒙认字，母亲亲自施教《字课图识》《天文歌略》《地理歌略》等。沈永锡在茅盾 10 岁那年因病去世，去世前要求茅盾要以天下为己任。父亲去世后，母亲对他和弟弟管教极严，他也能体会寡母的苦衷，一生极为孝顺母亲。茅盾上小学时即显露出文才，作文常得老师嘉许，尤其擅长史论文，但他却由于幼时父亲的严格督学而对数学心存畏惧，而从小立下了当文学家的宏愿。茅盾在故乡先后入湖州府中学堂、嘉兴府中学堂、杭州私立安定中学读书，1913 年夏考入北京大学预科，1916 年茅盾预科毕业，入上海商务印书馆做编译。

　　茅盾到商务印书馆工作的初衷一为挣钱养家，二为研究学问，但时代的剧变和他"以天下为己任"的志向使他不可能安于书斋。他于 1917 年 12 月发表第一篇论文《学生与社会》，此后即投身社会改造的洪流中，于 1920 年加入共产主义小组，翻译过《共产党是什么意思》《美国共产党党纲》等共产党早期的理论指导文章，是第一批中国共产党党员。茅盾于 1921 年 1 月与郑振铎、王统照、周作人等人在北京联合发起成立文学研究会。

茅盾还是著名的编辑家，他使旧文学重镇的《小说月报》呈现出令人耳目一新的气象。1919年11月，他受《小说月报》主编王莼农邀请新辟栏目"小说新潮"，1920年接手王莼农担任《小说月报》的主编，使之成为新文学的主要阵地。他关注外国文学动态，并做了大量译介工作，还出过《俄国文学研究》和《被损害民族的文学》等专号，他认为：新文学研究者的责任之一是介绍西洋文学，而"介绍西洋文学的目的，一半果是欲介绍他们的文学艺术来，一半也为的是欲介绍世界的现代思想——而且这应是更注意些的目的"①。他的改革遭到顽固派的反对，一年后即辞去主编职位。

茅盾积极投身政治活动，参与了1925年的"五卅"运动罢工游行的组织工作，1926年年初，又参加了国共合作时期的国民党第二次代表大会。此后不久大革命失败，茅盾也成为通缉对象，被迫隐居上海，此间用了四个星期的时间完成了长篇小说《幻灭》，交给当时任《小说月报》代理主编的叶圣陶，署的笔名是"矛盾"。发表时叶圣陶怕引起当局注意，建议改"矛"为"茅"，从此小说家"茅盾"开始引人注目地出现在文坛上。

《幻灭》写的是女主人公章静和她周围的时代女性怀抱理想走出深闺后，在复杂、灰色的社会现实面前终归"幻灭"的故事。小说的背景是革命前夕的上海和革命高潮中的武汉，在当时紧张的革命空气下，很多人口头大喊革命，内心却非常浮躁，"恋爱"成了流行病，这些使心地纯洁、怀抱梦想的章静面对所谓的革命感到失望，"她只感觉得这也是一种敷衍应付装幌子的生活，不是她理想中的热烈的新生活"。伴随着对社会革命失望的是对爱情的失望：章静一直守身如玉，出于同情和冲动委身于同学抱素，却在事后发现他不仅玩弄女性，还是个可鄙的暗探。参加革命后，章静与连长强猛真心相爱，但没有多久对方就被召回部队去了。这些都导致了章静对现实生活的怀疑，"一切好听的话，好看的名词，甚至看来是好的事，全都靠得住么？静早都亲身经验过了，结果只是失望"。章静的双重失望在当时有一定的代表性，小说发表后反响强烈。

此后，茅盾又相继完成长篇小说《动摇》《追求》。1930年5月，这两篇小说和《幻灭》结集成《蚀》，由开明书店出版。《动摇》写的是大革命时期武汉附近一个小县城发生的故事。主人公方罗兰是国民党县党部负责人，是那种既保留着传统伦理道德，又渴望呼吸时代新鲜空气的知识分子。小说写的主要是

---

① 茅盾：《新文学研究者的责任与努力》，载《小说月报》，1921（12/2）。

他在面对政治斗争和爱情困惑时表现出的双重动摇。在政治斗争方面，方罗兰无法果断地做出残酷镇压反动派的决定，延误了斗争的时机；在感情方面，方罗兰一方面仍然爱着自己的太太梅丽，同时又倾慕于充满魅力的时代女性孙舞阳，动摇于爱情与婚姻之间。小说还塑造了"土豪劣绅"胡国光的生动形象。胡国光混进革命阵营，表现得极为"革命"，赢得革命领导的信任后就制造一系列过火行为并从中牟利，最后本相毕露、血腥镇压革命。时代女性孙舞阳也是作者着力刻画的主要人物，她看似轻浮随便，实则思想深刻，并且勇敢果断，与方罗兰性格的犹豫怀疑形成鲜明的对比。小说的深刻性表现在作者不是简单地批判主人公方罗兰性格的犹疑，而是写出了方罗兰内心深处对"暴力革命方式"的否定：旧式土豪被赶走了，新式的打着革命旗帜的地痞取而代之，要自由结果仍得了专制。这反映了茅盾在痛苦之后的深刻思考，这种思想的深刻性和复杂性在此后风行的左翼文学中也是很少见的。

小说中很多人物都刻画得活灵活现，如出身书香门第的陆慕游、特派员史俊、传统女性陆梅丽等。作者还借梅丽之口写出了当时普通人的困惑，"我近来常常想，这个世界变得太快，太出人意料，我已经不能应付，并且也不能了解。可是我也看出一点来，这世界虽然变得太快，太复杂，却也常常变出过去的老把戏，旧历史再上台来演一回。不过重复再演的，只是过去的坏事，不是好事"。

《追求》写的是在大革命失败后的知识青年的悲剧命运。小说以一个乱哄哄的同学聚会作为开场，这群知识青年相继粉墨登场，上演着一幕幕人生追求的悲剧。张曼青饱尝大革命失败后幻灭的痛苦，他继而追求教育救国，但身为教师却无法帮助被无辜开除的纯洁学生，娶回的理想女性也不过是看似沉静的"冒牌货"；王仲昭立志当名记者以赢得美丽的陆俊卿的嘉许和未来岳父的首肯，他热心报纸改革却因总编所说的"经济"问题而步步退让，而就在俊卿答应嫁给他的时候却遇险伤颏，王仲昭理想也破灭了；时代女性章秋柳不甘平庸，在所谓的浪漫恋爱中放纵自己，她在救了企图自杀的史循后与其相恋，结果却被传染上了梅毒；而一度投身政治活动的女青年王诗陶、赵赤珠因生活所迫无奈地走上了卖淫的道路……作者在小说开头曾借曼青之口评论，"……这伙人确是焦灼地要向上，但又觉得他们的浪漫的习性或者终究要拉他们到颓废堕落，如果政治清明些，社会健全些，自然他们会纳入正轨，可是在这混乱黑暗的时代，像他们这样愤激而又脆弱的青年大概只能成为自暴自弃的颓废者了"。

写完《蚀》后，茅盾为躲避通缉到日本养病并继续写作，长篇小说《虹》就是这时创作的。小说的女主人公梅女士是一位近乎完美的女性。作品以梅行素乘轮船驶出"四川的大门"夔门作为开头，象征梅行素从此走入挑战更为激

烈的新天地。第二章至第七章采用倒叙的写法,写梅行素出川前的生活和思想
的变化。梅行素青梅竹马的表哥韦玉性格软弱,并且得了肺病,不能带领她冲
出家庭,她只得按父亲的意思嫁给商人柳遇春。她并不爱柳遇春,但有时候又
为柳对她的殷勤所感动,感受着自己潜意识中灵与肉的冲突。她在朋友徐绮君
的帮助下离家出走,到一所自称是办新式教育的中学担任老师,遇到的却依然
是庸俗不堪的人和事。不断的挫折不但没有使梅行素灰心丧气,反而使得她更
加成熟和自信,她"要单独在人海中闯",于是来到了上海。作品最后三章描
写了梅行素到上海后通过与革命者梁刚夫等人的接触下初步觉醒,投身社会斗
争洪流中的过程,但思想转变的过程稍显生硬,革命者的形象写得也不够丰
满,不如前七章描写的心理冲突来得细腻动人。

塑造"时代女性"是茅盾早期小说创作的突出贡献。她们通常美丽聪慧、
思想独立,但在走上社会后或变得颓废消沉,如《幻灭》中的慧女士、《追求》
中的章秋柳,或果敢坚强,如《动摇》中的孙舞阳、《虹》中的梅女士,具有
鲜明的"时代"印记。

从《蚀》到《虹》,显示出茅盾全方位把握生活和时代的能力。五四以来
的作家,大都用现代青年生活作为描写的主题,但是这些作品所反映的人生还
是狭小的、局部的,通常缺乏鲜明的社会性,而茅盾塑造现代青年旨在展现整
个时代的脉搏,具有波澜壮阔的史诗感。茅盾从日本回国后,还陆续写了中篇
小说《路》《三人行》和一些取材于历史故事的短篇小说,但艺术成就和影响
不如《蚀》三部曲。

第二节 《子夜》:现代长篇小说成熟的标志

长篇小说《子夜》的诞生确立了茅盾在 20 世纪中国文坛的地位。《子夜》描
写了 20 世纪初上海经济、政治、军事光怪陆离的各种现象,讲述了民族资本在
半殖民地半封建的中国兴业无望的悲哀,塑造了民族资本家、官僚买办、洋场知
识分子、交际花、工人等形形色色的人物,具有史诗性的结构和气魄。小说创作
耗时两年,1932 年 12 月 5 日完稿,1933 年 1 月由开明书店出版,不到三个月再
版四次。瞿秋白当时就曾预言:"一九三三年在将来的文学史上,没有疑问的要
记录《子夜》的出版。"[1]

---

[1] 乐雯(瞿秋白):《〈子夜〉和国货年》,载《申报·自由谈》,1933-03-12。

图 5-2　《子夜》封面

《子夜》的创作灵感来自茅盾回到上海以后的所见所闻。1930 年茅盾回上海后，经常去表叔卢学溥的家里做客。卢宅平日中总有很多开银行、开工厂、在交易所做投机的同乡故旧来来往往，茅盾在那里听到了不少政界、军界、金融界、商界的内幕，有的同乡还热情地邀请茅盾去他们那里玩，茅盾得以有机会参观丝厂、火柴厂、纱厂、银行和商店，感到自己进入了一个全新的世界。在这些新鲜的接触中，茅盾渐渐地对离别两年有余的中国现状有了新的认识，于是萌生了全方位反映中国实景，写一部农村、都市交响曲的想法。而当时学术界正在展开关于中国社会性质的论战，茅盾决定通过生动具体的艺术形象回答托派的关于中国已是资本主义社会的谬论。茅盾当时由于正为眼疾所困，同时感觉写农村难度比写城市要大，于是着手从城市写起。经过一年多的搜集资料，于 1931 年开始写城市部分，这就是原名《夕阳》后来定名为《子夜》的长篇小说。

吴荪甫是茅盾塑造的 20 世纪 30 年代民族工业资本家的典型形象。他是一位曾经游历欧美、精明强干并富有现代企业管理经验的工业巨子，梦想建立一个强大的工业王国，"增加烟囱的数目，扩大销售的市场"，把一些"半死不活的所谓企业家"全部打倒，"把企业拿到他的铁腕里来"。为了实现这个梦想，他雄心勃勃地拼搏，甚至一气兼并了八个工厂，成为同业的领袖。他还明智地认识到，如果要发展民族工业，首先需要"国家像个国家，政府像个政府"，因此除了永不倦息地注视着企业上的利害关系而外，还"用一只眼睛望着政治"。但是，在公债交易市场上，他受到买办金融资本家赵伯韬的打压，双桥镇的农民暴动，也摧毁了他在家乡经营的产业。他苦心经营的丝厂工潮迭起，处心积虑组建起来的益中公司又因为产品滞销而成为箍在身上的"湿布衫"。三条战线条条不顺利，"到处全是地雷"。最后终因在公债市场上与赵伯韬的角逐失败而破产。他的悲剧在于生不逢时，在半殖民地半封建的中国，帝国主义侵略的魔手紧紧扼住了中国民族工业的咽喉，他的发展民族工业的雄心只能成为一个无法实现的幻想。《子夜》通过民族工业资本家吴荪甫的故事深刻地揭露出这样一条真理：在帝国主义的侵略统治下，中国民族工业是永远得不到发展的，半殖民地半封建的中国不可能走上资本主义的道路。

　　吴荪甫的悲剧虽然是个虚构的故事，但却被镶嵌在 1930 年的 5 月至 7 月这段真实的时间里。这两个月内中国所发生的重大历史事件，如国民党内反蒋介石势力筹划的"北方扩大会议"，共产党领导的红军在湘赣的军事行动等也都被写进了作品。特别是蒋介石、冯玉祥、阎锡山之间的"中原大战"几乎贯穿了《子夜》始终。茅盾很赞赏法国作家福楼拜的历史小说，认为福楼拜在认真查阅文献、亲临现场考察基础上，客观地再现历史风貌的精神是值得学习的。显然，茅盾对《子夜》也采取了同样的写作态度，小说中的地名都是真实的，他甚至还和瞿秋白讨论过大资本家吴荪甫应该乘雪铁龙而不是当时流行的福特车，这些都给当时的读者一种强烈的真实感。

　　除吴荪甫外，茅盾在《子夜》中还创造了一系列性格鲜明的人物形象，具有鲜明的时代和阶级印记。赵伯韬是投靠美国的大买办金融资本家，性格狡狯、阴险，荒淫无耻，不仅操纵了上海的公债投机市场，还扼杀了民族工业。大地主冯云卿在土地革命风暴下逃到上海，为了挣钱不惜用女儿的色相做诱饵来换取赵伯韬的情报，结果由于女儿用来敷衍他的话而错误投机，以致倾家荡产。虽然对其描写有丑化之嫌，但栩栩如生的描写给人留下难以忘却的印象。

　　《子夜》的结构繁复，人物事件错综复杂。全书共分十九章，一、二两章交代人物，揭示线索，后十七章，一环紧扣一环，头绪繁多而又有条不紊，各有描写重点而又共同服从于全书的中心。贯穿全书的主线是吴荪甫和赵伯韬之间的矛盾和斗争，但时时处处都展现着大时代的风貌。《子夜》的缺点在于第四章写双桥镇农民起义，与全篇结构布局存在一定程度上的游离。

　　小说具有洋场大都会多声部交响乐的美学特色。文中对吴老太爷进上海的绝妙描写，堪与《红楼梦》中刘姥姥进大观园相媲美。吴老太爷 30 年前曾是维新党，一次习武落马，把他的英气都跌掉了。他躲在书斋 20 年，把《太上感应篇》奉为护身法宝，当他乘坐儿子的汽车、为摩登女儿的香气所笼罩、风驰电掣地来到大都市上海时，仿佛一具乡下"古老的僵尸"，感到"一切梦魇似的都市的精怪，毫无怜悯地压到吴老太爷朽弱的心灵上，直到他只有目眩，只有耳鸣，只有头晕"，这实际象征着近代工业文明对封闭性的封建古老文化的摧枯拉朽，演出了一出近代工业文明压碎封建老朽心灵的惨剧。

　　《子夜》是一部在不同时代都引人关注且评价不一的作品。《子夜》问世后，以其社会剖析的深刻和对时代史诗性的展示赢来诸多好评。人们从艺术、政治等多重角度解读这部作品。《子夜》出版一年后，就和其他 140 余种书籍一起，以"共产党及左倾作家之作品"等罪名而遭查禁，后因关涉书目众多，经书店老板请求，列之"应删改"的一类。作品此后仍是好评居于主流，虽有吴组缃先生在 1953 年做出的《子夜》感染力比较薄弱的评价，但这种评价的声音比较微弱。80 年代初情况有了变化，有媒体反映学生在填写喜爱作家的问卷调查中没有茅盾的名字，随后出现了文学界围绕《子夜》展开的激烈的论争，《子夜》的影响力略有下降。但近年来，《子夜》的研究又有回流的趋势，逐渐又成为都市文学和上海地域文学研究的热点。站在 21 世纪回望，已经诞生 70 多年的《子夜》仍然使人不断重读、重新评价，正是其生命力充沛的表现。

第三节　《腐蚀》：茅盾小说风格的深化

在抗日战争期间，茅盾始终站在抗战的最前沿，记录波澜壮阔的时代。这一时期，茅盾生活起伏很大，动荡不安，他先去香港主编《文艺阵地》，稍后举家来到新疆想干番事业，却不得不在盛世才的统治下过着度日如年的生活。当他于 1940 年 5 月脱离"牢狱"率全家来到向往已久的延安后，喜悦心情难以言表，作多篇散文描述延安的喜人景象。随后接受党中央的委托到国统区加强文化战线的力量，把一双儿女留在延安委托弟媳照看，与夫人离开延安奔赴重庆。"皖南事变"使重庆的形势骤变，茅盾又于 1941 年被党转移到香港。颠沛的生活使他的心情也颇为复杂，曾口占一诗"存亡关头逆流多，森严文网意如何？驱车我走天南道，万里江山一放歌"。在香港，茅盾完成了《腐蚀》，于 1941 年 5 月 17 日至 9 月 27 日在邹韬奋创办的《大众生活》上连载，由华夏书店和知识出版社于 10 月出版单行本。

图 5-3　《腐蚀》的不同版本

小说《腐蚀》一问世就引起轰动，一方面是因为茅盾以 1940 年 9 月到 1941 年 2 月的重庆为背景，揭露了国民党消极抗日、积极反共、血腥镇压民主进步力量的反动暴行，在文网森严的险恶局势下大胆地把刚刚发生不久的皖南事变也写了进去，表明了鲜明的政治倾向，使小说的批判力量和社会效果都得到增强；另一方面还因为采用了日记体，通过女青年赵惠明的日记，写活了国民党女特务的复杂生活和心理状态。小说在社会上引起了强烈的反响，许多地方开讨论会讨论赵惠明的出路问题，中国共产党也曾将该书列为干部的必读书。直到 1948 年，该书都以每年重印一版的频率发行，是茅盾国内版本最多的小说。

《腐蚀》保持了茅盾初期在风云复杂的时代背景中刻画时代女性的一贯特色。主人公赵惠明美丽、聪慧、有主见，虽陷身泥淖但仍尽量保持着内心的善良和人性的尊严。她曾是一位要求进步的知识青年，参加过学生运动和救亡工作，但由于贪慕虚荣离开了走向革命道路的恋人小昭，堕入了特务组织的罗网，成为替反动统治卖命效劳的走卒。但在她尚未完全腐蚀的灵魂中，保留着人性的闪光，小昭的被捕和死亡更唤醒了她心灵深处的善良，她拼出性命帮助革命者清理队伍、找出叛徒，并且救出了遭到特务头子迫害的女青年小 N。茅盾通过描写赵惠明的遭遇揭露国民党特务机关的罪恶，使读者能深刻地领悟到，最可怕的不是身体的摧残，而是对青年纯洁灵魂的压榨和腐蚀。

小说带着浓郁的感情色彩描述了重庆在"皖南事变"前后紧张的政治气氛。各处都在大规模"检举"，被"检举"的人，"光是 X 市，一下就是两百多!"某要员对特务训话，"过去所谓'宁可妄杀三千，绝不使一人漏网'的口号，又拿出来了。声色俱厉，俨若不共戴天之仇"，使得赵惠明感觉出了血腥气，"如果要找一个相当的名称，我以为应该说是'尸臭'二字"。小说写汪伪特务在蒋管区自由出入，陈胖、周经理等国民党政客在"义愤填胸地高唱爱国"的背后与松生、舜英等汪伪特务密谋实现"分久必合"的卖国阴谋，从另一侧面描述了汪蒋合流反共卖国和国民党顽固派发动皖南事变两个重大事件。而特务机关内部的斗争也是你死我活的，"在这个地方，人人笑里藏刀，掮人上楼拔了梯子，做就圈套诱你自己往里钻——全套法门，还不是当作功课来讨论"。日记体的文字显示出主人公强烈的厌恶感。

《腐蚀》这部小说是抗战时期文学中以现实题材揭露国统区政治黑暗的最重要的作品，但它的文学价值不仅在于它的暴露性和批判性，更在于它塑造人物内心活动的复杂深刻。如果读者完全认可赵惠明的内心独白，那么就无法充分认识她内心的矛盾，因为日记中充满了她的自我辩解，有的时候是强词夺理、为自己开脱的，如"如果一心盼望半空中会跑出个好人来，而不尽可能利用狐群中的狗党，那我只有束手待毙"。残酷的环境使她的心布满伤痕，有时显得神经质和变态，"女人们常用一种棉花球儿来插大小不等的缝衣针。我的大姊有过一个，那是心形的。我的心，也就是那么一个用旧了的针插罢哩"。考虑到驾驭这种日记体的复杂性，小说在一开头即指出了作者本人的态度，"呜呼! 尘海茫茫，狐鬼满路，青年男女为环境所迫，既未能不淫不屈，遂招致莫大的精神痛苦，然大都默然饮恨，无可伸诉。我现在斗胆披露这一束不知谁氏的日记，无非想借此告诉关心青年幸福的社会人士，今天的青年们在生活压迫与知识饥荒之外，还有如此这般的难言之痛，请大家再多加注意罢了"，是理解和同情中包含着批判的。

按照这部作品原来的"结构计划"，只准备写到小昭被害就结束的。但当作品边写边发表时，在一次编委会上，邹韬奋告诉茅盾：很多读者来信希望作者在小说中给赵惠明一条自新之路，希望茅盾考虑再续几节，给主人公一个光明的前途。读者的这种要求，很大程度上表明了赵惠明这一艺术形象本身所具有的生动力量。由于《大众生活》编辑部也希望能拖至 20 期以便能订成合订本，于是茅盾在原定的结构上"再生枝节"，便有了赵惠明在小昭被害后终于决心弃暗投明，救出即将陷入魔掌的女青年小 N 的情节。

茅盾在写作《腐蚀》的前后，还创作了《第一阶段的故事》和《霜叶红似二月花》两部长篇。《第一阶段的故事》写于 1938 年，小说以上海"八一三"抗战为题材，从各个角度描写了抗战爆发到上海陷落这段时间内人民生活和思想上剧烈、复杂的变化，表现了各阶层人民对这场战事的不同态度；同时也揭露了国民党统治的腐朽以及由此而来的抗战中的种种黑暗现象，正确地揭示了上海失陷的原因。但作品未能对生活做更深入的发掘，结构散漫，人物形象也不够鲜明突出。

《霜叶红似二月花》连载于 1942 年 8 月《文艺阵地》，1943 年在桂林华华书店出版单行本。小说真实地再现了辛亥革命到五四前夕这一历史阶段的社会生活，近年来被评论界认为是茅盾 40 年代超过《腐蚀》的更加成熟的长篇小说。这部小说从 1942 年 6 月初开始酝酿，打算反映"五四到一九二七年这一时期的政治、社会和思想的大变动"。预计分三部，第一部写五四前后，第二部写北伐战争，第三部写大革命失败后。常见的这部小说为原计划的第一部。

《霜叶红似二月花》通过某轮船公司经理王伯申和封建地主阶级的顽固派赵守义之间的矛盾冲突以及具有资产阶级改良思想的年轻地主钱良才在这场冲突中的遭遇，使人们看到在当时中国新旧势力斗争的意义，以期引起人们对中国前途命运的深层思考。小说一经问世便引起文坛注目，巴金、田汉、艾芜等十多位作家为之举办座谈会，座谈会后致电茅盾祝贺他的成功，"公认此作已成为中国文艺之巨大收获"。这种种热烈的反响与茅盾其他抗日题材作品的反响寥寥形成鲜明的对比。

小说与茅盾以往的作品相比，没有十分明确的时代背景，更引人注目的是作者写作风格的变化，表现在小说中体现的"中国作风"和"中国作派"。小说结构繁复，与中国古典小说一脉相承，以旧家子弟张恂如为线索，通过他与周围人物的交往牵扯出七个家庭数十个人物。通过写家庭反映特定时代的社会变动，缜密自然，浑然天成，具有浓重的东方情调和宏伟大气的小说结构，视野广博宏大，男女情爱刻写得精致入微，叙述结构的针脚细密，被公认为是中国化、民族风十分鲜明的力作。

第四节　茅盾短篇小说及散文等创作

茅盾最早的一篇短篇小说是《创造》，写于《蚀》的同时期。此后茅盾又写了四个短篇《诗与散文》《自杀》《一个女性》《昙》，连同《创造》一同收入最早的小说集《野蔷薇》。这些小说描写的多是小资产阶级知识分子的生活和情感困惑，流露出大革命失败后消极低沉的情绪。《创造》中热衷政治的丈夫君实的理想是把旧式妻子娴娴改造成为理想的新女性，引导她读进化论、尼采和唯物主义理论，但妻子娴娴却超过了他的"理想"，比他"先走了一步"，自己所得到的结果正好是对于原先理想的嘲笑："你破坏了你自己，也把我的理想破坏了！"《诗与散文》中的青年丙先生追求体面人家的寡媳桂奶奶，教她打破"娇羞，幽娴，柔媚三座偶像"，追求青春快乐，而在得到桂奶奶后又厌倦了她"散文"式的粗俗转而想得到"诗"似的表妹，但又留恋于桂奶奶的美色而下不了分手的决心，最后把"诗"和"散文"都失去了。其他三篇小说《自杀》《一个女性》《昙》的主人公结局也都是悲剧性的。小说对 20 世纪 20 年代知识青年的生活和思想状态有多种角度的展示，虽然存在对两性关系渲染过多的缺点，但从中也体现出自然主义创作理论对茅盾的影响。

《宿莽》集中的《大泽乡》是作者对历史题材的尝试，描写的是中国历史上第一次农民起义——秦朝"闾左贫民"在遣戍渔阳的征途中杀死富农军官而起义的故事。小说刻画了富农的代表人物——两个军官在戍卒起义前的恐惧、悲哀和挣扎，也描画了贫苦农民的复仇火焰。不过，这篇小说反映出作者对农民运动缺乏了解，此时的他更熟悉的仍然是都市中的青年男女。

茅盾在 20 世纪 30 年代也写了不少优秀的短篇小说，取得了很高的艺术成就，代表作品有《林家铺子》和《春蚕》等。

1932 年 5 月，茅盾陪同母亲回故乡乌镇，一路上目睹了战争对农村经济的严重破坏，也目睹了农民丰收成灾、小镇经济衰败凋零的悲惨现实，便以此为材料，写成了《林家铺子》。小说中的林老板是一个熟谙生意经、本分老实的商人，他精明而本分地经营着自己的店铺，然而农村的破产和农民的穷困使得他的买卖一再减价，不仅无利可图甚至牺牲血本，上海的战争又使得他在年关迫近时债主登门无力应付。专管他们这些小商家的"卜局长"不仅对他一再敲诈勒索，甚至还要强迫他的女儿为妾。同行们也对他排挤倾轧、落井下石。最后林家铺子在无奈中倒闭，林老板带着女儿外出躲债，这又害苦了那些贫穷的小股东。作者用同情和理解的笔调成功地塑造了林老板的形象，他精明而不强悍，能干而又懦弱，目光短浅自私，在民族危亡的时候只关心自己的事。但作者生动真实地写出了他的痛苦和无奈，使得这一形象真实可信，血肉丰满，显示出作者深厚的艺术功力。

《春蚕》讲述的是农民老通宝一家蚕花丰收，而生活却更困苦的故事。老通宝是勤劳忠厚而又保守的老一代农民。他凭着"活了 60 岁，反乱年头也经过好几个"的经验来对待眼前的世界，认为世界之所以"越变越坏"都是因为有了"洋鬼子"的缘故，因此仇视一切带有"洋"字的东西。他本分勤劳，相信只有田地熟和蚕花丰收，才可能使他们的日子变好。他也相信命运和鬼神，虔诚地拜佛并遵守着养蚕时的一切禁忌。然而时代变了，由于外货倾销，民族丝织工业陷于破产，蚕丝也就没有了销路，老通宝一村人虽然取得了多年未有的蚕茧丰收，但却变得更加贫困。作者也塑造了新一代农民——老通宝的儿子阿多的形象。阿多对身边的事情有自己的观点，"他觉得人和人中间有什么地方是永远弄不对的，可是他不能够明白想出来是什么地方，或是为什么"。他同样寄希望于养蚕，陶醉于蚕茧的丰收，"再过一会儿，他就什么都忘记了。'宝宝'是强健的，像有魔法似的吃了又吃，永远不会饱"。小说的结局是悲凉的，"因为春蚕熟，老通宝一村的人都增加了债！"

继《春蚕》之后的《秋收》，农民的生活更加悲惨，不仅举村欠债，而且农民们被饥饿所驱赶，爆发了"抢米囤"的风潮。小说以老通宝生活信念和寄托像"肥皂泡整个儿爆破"最后悲惨死去作为结尾，"春蚕的惨痛经验作成了老通宝的一场大病，现在这秋收的惨痛经验便送了他一条命。当他断气的时候，舌头已经僵硬不能说话，眼睛却还是明朗朗的，他的眼睛看着多多头似乎说：'真想不到你是对的！真奇怪？'"

《残冬》写的是老通宝死后一家人贫苦无着不得不四散谋生，中国人最顾念的"家"面临拆散的命运，"'家'久已成他们的信仰，刚刚变成为无产无家的他们怎样就能忘记了这长久生根了的信仰呵"，大家转而寄希望于"真命天子"降临，把一个拖着鼻涕的孩子当作救星，而觉醒的多多头等人奋起反抗，打死了欺压农民的"三甲联合队"的队长，并以觉醒者的姿态嘲笑所谓的救星，"哈哈！你就是什么真命天子么？滚你的罢！"作者在结尾寓意深刻地指出暴风雪即将来临，"这时庙门外风赶着雪花，磨旋似的来了"。

《春蚕》《秋收》《残冬》这三个连续的短篇被称为"农村三部曲"，作品以老通宝的经历作为主线，而多多头则是贯穿三部曲的副线。但他的成长代表着中国农民的出路所在，也代表着茅盾的政治和人生取向。《春蚕》系列创作的成功吸引了一大批作家关注"谷贱伤农""丰收成灾"的社会问题，如叶紫的《丰收》、叶圣陶的《多收了三五斗》、夏征农的《禾场上》等。据记载，由茅盾的《春蚕》开其首表现"丰收成灾"的作品"至少也有二三十篇"。

茅盾还写过《小巫》《第一个半天的工作》《当铺前》等短篇小说，取材多样，题旨积极，从不同的方面反映社会现实和日趋尖锐的阶级斗争，展示了普通百姓在帝国主义、封建主义、官僚资本主义三重压迫下的悲惨遭遇。

茅盾的散文创作数量惊人，在《茅盾全集》中占有 7 卷，多达 228 万余字，包括报告文学、抒情散文、速写杂文等多样品种，具有丰富的文化内涵。

茅盾的抒情散文创作开始于 20 世纪 20 年代前半期。"五卅"运动中他以笔为枪，用散文为社会做时代的剪影。他于 1925 年 5 月 30 日夜写成的《五月三十日的下午》是早期著名的时政类散文。作品摄取了"五卅"运动当天发生的帝国主义在上海南京路上枪杀示威群众暴行半小时后的情景。"那边路旁不知是什么商铺的门槛旁，斜躺着几块碎玻璃片带着枪伤"。重点是对"先进的文明人""市民们绅士们体面商人们"的揭露和嘲讽，"我看见一个纤腰长裙金黄头发的妇人踏着那碎玻璃，姗姗地走过，嘴角上还浮出一个浅笑。我又看见一个鬓戴粉红绢花的少女倚在大肚子绅士的臂膊上也踏着那些碎玻璃走过，两人交换一个了解的微笑"。作品通过对碎玻璃片的歌颂、致敬、狂吻等行为描写，抒发了青年茅盾对革命群众运动火样的激情，具有郭沫若式诗句的磅礴气势，"这是一阵歌吹声，竹牌声，哗笑声！他们离流血的地点不过百步，距流血的时间不过一小时，竟然歌吹作乐呵！我的心抖了，我开始诅咒这都市！这污秽无耻的都市……"

茅盾东渡日本前后，由于大革命失败的影响，一直处于幻灭消沉的情绪中，同时他又不甘于此，在内心深处仍保有对生活和理想的追求，感情比较复杂。这一时期的散文大多具有浓郁的抒情色彩，用宛转清丽的文字记录了自己不甘于消沉、渴望振作却又感到软弱的微妙的内心波动。《卖豆腐的哨子》写的是虽然过去的一切已经"为现实的严肃和未来的闪光所掩煞所销毁"，但眼前望出去的，仍然"只是满天白茫茫的愁雾"。《叩门》写的是在静夜的酣梦中，忽被什么响声惊醒。这使他热血沸腾，似乎自己已经"跨在北风的颈上，奔然驱驰于长空！"但是，那声音随即消逝，留下的"只是一段寂寞的虚空"。《严霜下的梦》则采用象征手法和意识流手法，运用西欧神话、中国小说寓言的某些材料回忆刚刚逝去的动乱岁月。这些文章，大多写得优美别致，富有诗的情趣。这组散文和他许多行文力求明白晓畅而不追求辞藻雕琢的散文作品比较起来，显出别具一格的特色。

自日本归国后，由于社会斗争日趋激烈，茅盾的政治视野日益开阔，因而散文所展示的生活天地和社会意义也日益广泛和深远。《茅盾散文集》第3辑《故乡杂记》以长篇通讯形式记述作者在1932年回乡旅途中以及回乡后的见闻感想，对"一·二八"战争在乡镇各阶层人民中所引起的不同反应，农村经济破产对市镇的影响，都有清晰的反映。《速写与随笔》集里的各篇，从不同角度描写都市和农村的凋零景象，用笔细腻而跌宕有致。《冬天》写于1933年和1934年之交，此前茅盾完成农村三部曲《春蚕》《秋收》《残冬》。作品充满了对自由的渴望和对扼杀自由的反动社会的诅咒，并呼唤充满自由的春天的到来："北风和霜雪虽然凶猛，终不能永远的不过去。相反的，冬天的寒冷愈甚，就是冬天的运命快要告终，'春'已在叩门。"《雷雨前》一文中，作者采用第二人称"你"来抒发胸臆，"你等着那挑破灰色幔的大刀的一闪电光，那隆隆隆的怒吼声……你汗也流尽了，嘴里干得像烧，你手里也软了，你会觉得世界末日也不会比这再坏！"酣畅淋漓地喊出了读者的心声，唱出了时代的最强音。

进入20世纪40年代，茅盾的抒情散文风格又有了变化，歌颂理想，高扬革命理想主义。这与茅盾生活环境的变化有巨大关联。作家从新疆到延安，又从延安到西安，后又到陪都重庆。对比之下，作者对社会制度和人民生活状态的不同有了重大体会，于是以空前的激情歌颂共产党领导的陕甘宁解放区的新人、新事、新气象。这一时期的代表作《风景谈》《白杨礼赞》均为充满象征性的抒情散文。《风景谈》是追忆自己在延安讲学时见闻感触之作，仿佛一组色彩鲜明的画幅，赞颂了根据地人民紧张愉快的战斗生活；《白杨礼赞》用在西北黄土高原上"参天耸立，不折不挠，对抗着西北风"的白杨树来象征坚韧、勤劳的北方农民，歌颂他们在民族解放斗争中的朴实、坚强和力求上进的精神，并且饶有诗情画意。

思考题

1. 茅盾作品中对于"时代女性"形象的塑造具有怎样的独特之处？在你看来，这类女性形象与其他现代作家的小说中的现代女性形象有什么区别？

2. 人们普遍认为《子夜》标志着现代长篇小说的成熟。你如何看待这一说法？你认为这个"标志"具体体现在哪些方面？

3. 茅盾的小说《腐蚀》是抗战时期文学以现实题材揭露国统区政治黑暗的

重要作品，其文学价值不仅在于它的批判性，而且在于它真实地展现了人物的内心活动。结合作品谈谈茅盾运用怎样的叙述方式实现了对人物心理的深刻揭示？

参考书目

1. 茅盾. 子夜. 北京：人民文学出版社，1952.

2. 茅盾. 林家铺子. 北京：人民文学出版社，1958.

3. 茅盾，等. 作家论. 影印本. 上海：上海书店，1984.

4. 茅盾. 腐蚀. 北京：人民文学出版社，1989.

5. 茅盾. 我走过的道路. 北京：人民文学出版社，1997.

6. 吴福辉，李频编. 茅盾研究与我. 北京：华夏出版社，1997.

7. 李继凯. 全人视境中的观照：鲁迅与茅盾比较论. 北京：中国社会科学出版社，2003.

8. 周景雷. 茅盾与中国现代文学. 北京：中国社会科学出版社，2004.

9. 茅盾.《春蚕》、《林家铺子》及农村题材的作品——回忆录［十四］. 新文学史料，1982（1）.

10. 骆飞. 略论《子夜》的结构艺术. 中国现代文学研究丛刊，1983（2）.

11. 汪晖. 关于《子夜》的几个问题. 中国现代文学研究丛刊，1989（1）.

第六章　文学研究会及创造社

第一节　文学研究会的现实主义文学主张

文学研究会于 1921 年 1 月成立于北京，由周作人、沈雁冰、郑振铎、叶绍钧、王统照、许地山、耿济之、郭绍虞、瞿世英、孙伏园、蒋百里、朱希祖 12 人共同发起，是新文学运动中成立时间最早的一个专门性文学社团。该会以改革之后的《小说月报》作为机关刊物，还编辑了《文学旬刊》《诗》月刊等刊物，并先后出版"文学研究会丛书"250 余种，拥有会员 170 余人，是中国现代文学史上影响最大的文学社团之一。

文学研究会的创立有其明确的宗旨，即"研究世界文学，整理中国旧文学，创造新文学"①。针对当时流行的以"消闲"为宗旨的鸳鸯蝴蝶派文学，文学研究会在《宣言》中旗帜鲜明地提出："将文艺当作高兴时的游戏或失意时的消遣的时候，现在已经过去了。我们相信文学是一种工作，而且又是于人生很切要的一种工作。治文学的人也当以这事为他终生的事业，正同劳农一样。"② 这一宣言大致道出了文学研究会成员对于文学创作的基本立场。正如郑振铎在 20 世纪 30 年代所指出的那样，他们"都是鼓吹着为人生的艺术，标示着写实主义的文学的。……是比《新青年》派更进一步的揭起了写实主义的文学革命的旗帜的……'文学是时代的反映'，这是他们的共同的见解"。对于现实主义文学在中国新文学中的主流地位的确立，文学研究会是有着重要功绩的。

文学研究会的现实主义文学主张，首先体现在他们对于文学与人生关系的认识上。20 世纪 20 年代初期，随着文学革命的继续深化和"人的文学"观念的深入人心，文学与人生的关系问题逐渐成为人们探讨的主要命题。作为文学研究会的核心成员和首席批评家，茅盾所提出的文学要"表现人生，指导人

---

① 《文学研究会简章》，载《小说月报》，1921（12/1）。
② 《文学研究会简章》，载《小说月报》，1921（12/1）。

生"的主张颇能代表文学研究会在这一问题上的理论自觉。早在文学研究会成立的前一年，茅盾即明确提出了建构新文学的三个基本要素："一是普遍的性质，二是有表现人生、指导人生的能力，三是为平民的非为一般特殊阶级的人的。"① 唯其要有普遍的性质，所以要提倡白话文；唯其要有表现人生、指导人生的能力，所以必须注重文学的思想性；唯其要为平民服务，所以要反映民众的生活和愿望。虽然茅盾上述概括的理论核心依旧是新文化运动初期周作人在《人的文学》和《平民文学》中所提出的人道主义精神，但在对于"人生"具体内涵的理解上，茅盾笔下的"人生"则显然不同于周作人建立在个性主义基础之上的"个人的人生"，而是更多立足于社会关怀立场的"社会——民族的人生"。1920 年发表的《现在文学家的责任是什么》一文中，他明确指出"文学家所欲表现的人生，绝不是一人一家的人生，乃是一社会一民族的人生"，作家在作品中"描写的虽然是一二人、一二家，而他们在描写之前所研究的，一定是全社会、全民族的"。文学研究会成立后在《小说月报》发表的第一篇理论文章中，茅盾再次重申"文学的目的是综合地表现人生，无论是用写实的方法，还是用象征比喻的方法，其目的总是表现人生，扩大人类的喜悦和同情，由时代的特色做他的背景。……文学者表示的人生应该是全人类的生活"②。茅盾等人之所以如此重视文学作品对于社会人生的反映，是与文学研究会作家对于文学要指导人生、改造社会的功利主义诉求密切联系在一起的。在这方面耿济之的阐述更为明确："文学作品的制成应当用作者的理想来应用到人生的现实方面。文学一方面描写现实的社会和人生，他方面从所描写的里面表现出作者的理想。其结果：社会和人生因之改善，因之进步，而造成新的社会和新的人生。这才是真正文学的效用。"③ 虽然文学研究会作家在题材取向和艺术风格方面均存在不小的差异，但在主张文学要表现社会人生、作用于世道人心这一点上，他们的倾向是基本一致的。

　　文学研究会"表现人生，指导人生"的艺术主张是与现实主义的创作方法紧密结合在一起的。现实主义的基本特征是要求作家按照生活的本来面目反映生活，将真实性作为文学的最高品格。出于对世界文艺思潮发展概况的把握和对国内文坛概念化、滥情化的空疏文风的不满，文学研究会作家普遍对于文学

---

① 茅盾：《新旧文学平议之评议》，载《小说月报》，1920（11/1）。

② 茅盾：《文学和人的关系及中国古来对于文学者身份的误认》，载《小说月报》，1921（12/1）。

③ 耿济之：《〈前夜〉序》，见《前夜》，上海，商务印书馆，1921。

的客观性要求和真实性品格给予了高度重视。胡愈之在《近代文学上的写实主义》一文中将写实主义的特征归纳为"科学的态度"，"作者的人生观是机械的唯物的，平凡的眼光，丑恶的描写"及"注重人生的描写，是为人生的艺术"等，并认为象征主义、神秘主义均与我国的文艺思想相隔甚远，而唯有写实主义才能够疗救"形式文学""空想文学""非人的文学"的弊病①。在题为"文学与人生"的讲演中，茅盾将文学的真实性提升到近代文学的时代精神的高度进行论述，认为"近代西洋的文学是写实的，就因为近代的时代精神是科学的。科学的精神重在求真，故文艺亦以求真为唯一目的。科学家的态度重客观的观察，故文学也重客观的描写。因为求真，因为重客观的描写，故眼睛里看见的是怎样一个样子，就怎样写……这是近世时代精神表见于文艺上的例子"。在强调了真实性对于文学的重要意义之后，茅盾还对达到文学真实性的途径进行了具体探讨，他说："新文学的写实主义，于材料上最注意精密严肃，描写一定要忠实；譬如讲佘山，必须至少去过一次，必不能放无的之矢。"② 这种对于实地考察、忠实描写的写作态度的提倡，其实已然隐含了自然主义的创作要求。事实上，尽管在茅盾等文学研究会理论代表人物的文章中"写实主义"和"自然主义"两个概念是分别使用的，但当时他们并不能明确划分（或者认为没有必要划分③）写实主义和自然主义的区别，这不仅体现在他们具体的理论阐述中，也反映在他们对于特定作家所进行的类别划分中。例如，在1922 年 5 月出版的《小说月报》第 13 卷第 5 号"自然主义的论战"专栏中，被茅盾、谢六逸作为自然主义作家的代表人物的，除了左拉之外，还有巴尔扎克、司汤达等批判现实主义作家。这表明他们并没有分清现实主义和自然主义两种创作观念的界限，他们只是站在追求创作的真实性这一理论基点上，根据自己的需要去对自然主义进行取舍的。

文学研究会作家强调文学的客观真实性，但并不排斥作家情感、个性、想象力等精神因素在文学作品中的渗透，正是这一点，有效地划开了文学研究会的现实主义文学主张与自然主义的创作追求之间的界限。郑振铎认为"写实主义的文学虽然是忠实的写社会或人生的断片的，而其裁取断片时，

①　胡愈之：《近代文学上的写实主义》，载《东方杂志》，1920（17/1）。

②　茅盾：《什么是文学》，见《茅盾全集》，18 卷，387 页，北京，人民文学出版社，1989。

③　如茅盾在《自然主义的怀疑与解答》[《小说月报》，1922（13/6）]中曾明确提出"文学上的自然主义和写实主义实为一物"；谢六逸在《西洋小说发达史》[《小说月报》，1922（13/5）]中也认为，"其实自然主义与写实主义，在实质上并没有什么区别"。

至少必融化有作者的最高理想在中间"①，不仅十分重视文学创作中作家理想与情感的作用，甚至将其提高到了文学本体的程度。在重视作家思想情感这一点上，文学研究会似乎与创造社颇有相通之处。但在创造社作家眼中，作家的思想感情是创作的原动力，文学创作要以作家的自我表现为根本目的；而在文学研究会作家眼中，作家的思想情感要服从于其"指导人生"的社会功用诉求，反映人生才是创作的根本目的，二者之间存在本质的区别。

总之，在以鸳鸯蝴蝶派为代表的游戏性文学依旧在文坛占据相当势力的20世纪20年代初期，文学研究会作家自觉秉承了五四时期文学革命的基本精神，将文学要"表现人生，指导人生"的社会功用诉求与现实主义的创作方法密切结合，为"人的文学"的进一步发展做出了积极的贡献。在现实主义渐次成长为中国新文学的主流文学观念的发展过程中，文学研究会所起的作用是相当重要的。

第二节　叶圣陶与王统照的创作

叶圣陶（1894—1988），原名绍钧，字秉臣（辛亥革命后改字圣陶），江苏苏州人。其作品以"冷静地谛视人生，客观的、写实的，描写着灰色的卑琐人生"为题材取向和艺术特征，是最具典型意义的文学研究会作家。

叶圣陶早期主要写作文言小说和旧体诗词，1919年经顾颉刚介绍加入新潮社后，逐渐成为新文学阵营的重要代表人物。在从1919年到1929年的10年时间里，他不仅结集出版了《隔膜》（商务印书馆，1922）、《火灾》（商务印书馆，1923）、《线下》（商务印书馆，1925）、《城中》（开明书店，1926）、《未厌集》（商务印书馆，1928）五部短篇小说集，而且还出版了被茅盾称为"扛鼎"② 之作的长篇小说《倪焕之》（开明书

图 6-1　叶圣陶

---

① 郑振铎：《文艺丛谈·三》，载《小说月报》，1921（12/3）。
② 茅盾：《读〈倪焕之〉》，载《文学周报》，370 期，1929-05-13。

店，1929）和被鲁迅称为"给中国的童话开了一条自己创作的路"[1] 的童话集《稻草人》（商务印书馆，1923）。

作为"文学研究会丛书"之一推出的《隔膜》是叶圣陶的第一部短篇小说集，也是中国现代文学史上继《沉沦》之后出版的第二部短篇小说集。该集收录了作者创作于 1919 年至 1921 年期间的作品，具有浓厚的"问题小说"倾向。首篇作品《一生》[2] 写一个连姓名都没有的农妇"伊"像一头牛一样在丈夫和公婆的打骂中辛苦劳作，在丈夫死后又像一头牛一样为换取丈夫的丧葬费而被卖掉，笔调之间充满同情。类似的作品还有《苦菜》《晓行》《小铜匠》等，均以写实的笔调投向下层人民的苦难生活，凸显了现实主义作家正视社会问题的人道主义精神。在另一类作品中，作者则试图为不幸的人们指出一条解除痛苦的"爱"与"美"之路。例如，《阿凤》写逗引小猫的"爱"使一个在被虐生活中失去生趣的小孩子重新获得愉快；《低能儿》写美妙的琴声使一个苦孩子忘掉自己的不幸；《伊和他》写母爱可以医治肉体的痛苦等。这种对于爱与美的力量的幻想性描写，使得小说具有了某种程度的浪漫色彩，这在叶圣陶小说中是比较特殊的例子。

叶圣陶是一位自觉以"只是如实地写"作为创作原则的作家。随着创作思想的成熟，他逐渐放弃了早期小说由于演绎"爱"与"美"的主题而疏于对现实生活的真切描绘的偏颇，通过对教育界知识分子生活的描写成就了自己冷峻客观的现实主义美学风格。教育题材小说在叶圣陶一生的文学创作中占有极其重要的地位，它们不仅是最充分地体现作者创作风格的重要作品，而且也是身兼文学家与教育家双重身份的叶圣陶在中国现代文学题材领域的独特贡献。

在叶圣陶的教育题材作品中，短篇小说《潘先生在难中》（1925 年 1 月发表于《小说月报》第 16 卷第 1 期）是标志作家创作个性趋于成熟的力作，也是中国现代小说史上最优秀的短篇小说之一。作者把主人公江南某镇小学教员潘先生置于军阀混战的动荡背景中，通过对其逃难过程中的种种生活经历的描写，淋漓尽致地刻画了一个卑琐苟且、精明自私的小市民知识分子形象。闻听军阀开战，潘先生携妇将雏仓皇逃难，在颠沛流离、狼狈不堪中又不免为自己发明了"长蛇阵"而使一家五口不致失散而沾沾自喜。到上海安顿好全家后，潘先生转而担心职位不保，忖度再三只好单身返回家乡。回乡后，他以学校名

---

① 鲁迅：《译文序跋集·〈表〉译者的话》，见《鲁迅全集》，10 卷，437 页，北京，人民文学出版社，2005。

② 原题为《这也是一个人？》，首发于《新潮》，1919（1/3）。

义加入红十字会，却将一面会旗悬挂于自家门口；他并不去参加红十字会的救助工作，一听战事危急却又慌忙躲进红十字会的红房子。战事暂时平息了，潘先生被同事推举书写欢迎军阀的条幅，他一面惊魂未定地回忆着"拉夫，开炮，焚烧房屋，奸淫妇女，菜色的男女，腐烂的死尸"之类的残酷场面，一面又毫不犹豫地挥毫写下"功高岳牧""威震东南""德隆恩溥"一类歌功颂德之词。作者在单纯的叙事线索中不动声色地展开曲折的描写，将变幻莫测的时局与主人公复杂难定的内心波动融合起来，无一句议论，而主人公表里不一、苟安自私、随波逐流的卑琐性格全都被暴露于读者面前。

除了《潘先生在难中》之类暴露小市民知识分子的灰色生活的作品之外，叶圣陶教育题材小说中还有一类以反映新式知识分子的奋斗生活为主要内容的作品。刊载于1928年《教育杂志》的长篇小说《倪焕之》是该类作品中最具代表性的一部。该作是叶圣陶唯一的一部长篇小说，也是中国现代文学史早期长篇小说创作中较为成熟的一部。小说主人公倪焕之是一个怀抱高远理想的知识分子，早在小学读书时就立下了"要干于多数人有益的工作"的志愿。辛亥革命之后，已经成为小学教员的倪焕之一面与志同道合的同事蒋冰之联手推行新教育实验，一面与思想新派的女性金佩璋自由恋爱，着手建立理想家庭。不久，严酷的现实很快打破了他的理想，新教育实验由于保守势力的阻挠而举步维艰，勉力建立起来的新式家庭更是差强人意。金佩璋逐渐失去新女性的朝气而变成了沉湎于家庭琐事的传统女性，倪焕之不免感到"有了一个妻子，但失去了一个恋人，一个同志"的幻灭和悲哀。五四运动的爆发重新点燃了倪焕之的热情。他在王乐山的影响下投身革命，希望在工农运动的洪流中实现自己的理想，但是好景不长，大革命的失败以及随之而来的白色恐怖使倪焕之重新陷入痛苦，最终由于沉溺烈酒而不治身亡。小说把主人公倪焕之安放在急剧动荡的时代变迁中，通过他革新教育、改造家庭和社会的努力最终归于失败的生活经历的描写，展现了自辛亥革命、五四运动、"五卅"运动至大革命期间中国进步知识分子追求理想的艰难过程。无论就小说的题材意义还是所达到的艺术水平来看，《倪焕之》都为中国现代长篇小说的发展提供了可资借鉴的宝贵经验。

王统照（1897—1957），字剑三，山东诸城人，五四前后在新思潮影响下走上文学创作道路。主要著作有诗集《童心》（商务印书馆，1925），短篇小说集《春雨之夜》（商务印书馆，1924）、《号声》（上海复旦书店，1928）、《霜痕》（上海新中国书局，1932），中长篇小说《一叶》（商务印书馆，1922）、《黄昏》（商务印书馆，1929）、《山雨》（上海开明书店，1933）、《春花》（上海良友图书公司，1936）等。

"用繁丽的文字，写幻梦的心情，同时却结束在失望里，使人物美丽而故事暗淡，王统照的作品，是同他那诗一样，被人认为神秘而朦胧的"①，主观抒情性较强而现实力度感较弱是王统照初期小说创作的主要特点。此时作者的人生体验还比较单薄，加之又深受爱尔兰象征主义诗人叶芝的影响，所以"重在写意"，喜欢"从空想中设境或安排人物"②，把抽象的"爱"和"美"当作弥合人生缺陷的药方。短篇小说《微笑》是最能体现他的这一倾向的作品。阿根因为盗窃被关进监狱，他认定"人类都该死"，发誓在出狱后要报复"该死"的人类。一次当局训话，一个美丽的女犯人向他投来一个微笑。这"不是留恋的，不是爱慈的，不是使他忐忑不安的，更不是如情人第一次具有深重感动的诱引"的微笑，却复活了阿根对于童年和母亲的美好回忆，使其转变成了一个"乐其生"而"得正当之归宿"的有知识的工人。《沉思》和《雪后》则从反面表现了"爱"与"美"的幻灭所带给人的痛苦：《雪后》写孩子用雪筑起了一座美丽的小楼，但一夜的枪声使小楼化成了被马蹄和军靴践踏过的污泥，这给"娇嫩的童心里添了层重大的打击"；《沉思》写容貌美丽、心地善良的演员琼逸为了艺术而自愿充当裸体模特，引来的却是男友的反目弃爱、官吏的谣言中伤和画家的发狂毁画，琼逸只能独自跑到湖边陷入沉思。虽然两篇作品都触及了污浊现实对于"爱"与"美"的毁灭，但作者的主要目的是借"描写实际生活与理想生活不融洽之点，而极力描写他理想的生活的丰富和美丽"③，理想色彩较浓而写实性偏弱。

1922年8月，王统照在《东方杂志》发表了短篇小说《湖畔儿语》。该篇以儿童自述的视角讲述铁匠失业后一家人的屈辱生活，标志着作者已经逐渐放弃了早期作品中的对于"爱"与"美"的理想的"写意"性抒写而转向对于被侮辱被损害者的生活的写实性描绘。作者在此之后的小说，基本都是沿袭这一倾向而呈现出来的旧中国现实生活图景。比如，《父子》写发生在"古老的与向来安静的乡间"的生活惨剧，儿子为了生活所迫杀死欠赌债的父亲，沉尸水底；《沉船》写日本货轮贪利超载致使四五百名中国灾民丧生水底；《生与死的一行列》写贫民窟的人们为杂役魏老儿送葬的情形，由老弱病残的穷人所结成

---

① 沈从文：《论中国创作小说》，载《文艺月刊》，1935（2/4）。

② 王统照：《〈王统照短篇小说选集〉序》，见《王统照短篇小说选集》，1页，北京，人民文学出版社，1957。

③ 瞿世英：《〈春雨之夜〉序》，见《春雨之夜》，上海，商务印书馆，1924。

的灰色送葬行列与街头的红男绿女、各色闲人形成了鲜明的对比。活跃在作者这一时期作品中的主要人物，已然不再是早期作品中那些因"爱"与"美"的幻灭而痛苦的儿童、少女和青年知识分子，而是连最基本的生存要求都受到威胁的、挣扎于北方大地上的农民。苦难、贫困、死亡成为他这一时期作品的总主题，艺术风格也由前期的诗意朦胧而转向忧愤粗犷。最能体现作者这一创作趋向的作品，是其 1933 年出版的长篇小说《山雨》。

　　《山雨》是中国现代文学中第一部坚实地描绘北方农村生活的长篇小说，它和茅盾的《子夜》由开明书店以相似的装帧版式在 1933 年同时推出，引起了强烈的社会反响。吴伯箫把 1933 年称为"《子夜》《山雨》季"，认为《山雨》《子夜》表现了"一些农村的破产，一些城市民族资产阶级的败落"①，称得上是双峰并峙；茅盾化名东方未明撰写书评，认为"长篇小说《山雨》，在目前文坛上是一部应当引人注意的著作。……到现在为止，我们还没有看见过第二部这样坚实的农村小说，这不是想象的概念的作品，这是血淋淋的生活的记录"②。小说以北方农村为背景，深刻反映了在帝国主义经济侵略和军阀铁血统治下农村经济的凋落以及农民生存的艰难与挣扎。小说主人公奚大有是一个最典型地体现着北方农民传统性格的"最安分，最本等，只知道赤背流汗干庄稼活的农夫"，如果没有什么意外的变故，家境殷实、身体强壮、勤劳节俭、精通全套农事知识和耕作本领的奚大有，完全可以沿着父辈的生活方式实现自己的人生理想。但是，奚大有却不幸生活在一个祸乱频仍的时代，意想不到的灾难接二连三地向他袭来：豪绅的盘剥、兵匪的暴虐、饿兵的洗劫、土地被夺、父亲身亡、自己被拉夫……遭遇重重磨难之后，安土重迁的奚大有终于带着全家离开了"这残破、穷困、疾病、惊吓的乡间"，到城市去寻找新的生路。小说细密而具体地描写了奚大有的变化过程，立体化地展开了一幅阴郁惨烈的乡村生活图景，有力地展示了农村"山雨欲来风满楼"的时代形势。在二三十年代集中反映农村破产生活的一系列小说中，《山雨》是一部浑厚而坚实的作品。这种浑厚和坚实不只体现在作品内容的深刻上，也体现在作品表现手法的朴实、凝重和细腻上。正像作者在《山雨·跋》中所写的那样，"我在文字中没曾用上过过分夸大的刺激力"③，作者既没有用任何夸张和渲染，也没有直接发表自己的议论或见解，他只是用白描的手法描摹生活和刻画人物，在朴实平静的叙述中

----

① 吴伯箫：《剑三，永远活着》，载《前哨》，1958（1）。
② 茅盾：《王统照的〈山雨〉》，载《文学》，1933（1/6）。
③ 王统照：《山雨·跋》，见《山雨》，上海，开明书店，1933。

将特定时代北方农村的风俗画如实地展现在读者面前。不足之处是，书中有很多地方叙述过于拖沓，读起来有冗长和艰涩之感。

第三节　冰心与许地山的创作

图 6-2　冰心

冰心（1900—1999），原名谢婉莹，福建长乐人。阿英在《现代中国女作家》中称其为"新文艺运动中的一位最初的、最有力的、最典型的女性的诗人、作者"。她于五四时期开始文学创作，一生笔耕不辍，在诗歌、散文、小说等领域均有不俗的成就。其中，短篇小说集《超人》（商务印书馆，1923）、《姑姑》（北新书局，1932）、《去国》（北新书局，1933）和《冬儿姑娘》（北新书局，1935），诗集《繁星》（商务印书馆，1923）、《春水》（北新书局，1923）及散文集《寄小读者》（北新书局，1926）、小说散文合集《往事》（北新书局，1930），是冰心在二三十年代的主要作品，也是奠定其在20 世纪文学史上的重要地位的代表性作品。

与五四时期登上文坛的许多青年作者一样，冰心也是从"问题小说"开始她的文学之路的。五四运动爆发时，冰心正就读于北京协和女子大学，她不仅是学校的学生会文书，也是"北京女学界联合会"的活跃人物，常常参加演讲、宣传、演剧筹款等各类活动。通过这些活动，原本沉浸于基督教义和温馨的家庭生活的冰心开始接触到社会的真实状况，从而展开了对社会、教育、家庭等各类问题的思考。连载于 1919 年 9 月 18 日至 22 日的小说《谁之罪》（收入小说集时改题为《两个家庭》）是冰心的小说处女作，也是体现她对于人生问题的思考的第一部作品。作者通过对两个有着不同生活方式和趣味追求的女子所带给自己家庭的不同影响的对比，提出了家庭教育及妇女应该在家庭中承担什么样的角色问题。在此之后，作者又接连发表了《斯人独憔悴》《去国》《秋风秋雨愁煞人》《庄鸿的姐姐》等作品，继续表达着对于父子冲突、留学生报国无门及妇女解放、女子教育等各类社会问题的关注。1921 年 4 月发表在《小说月报》上的短篇小说《超人》，是冰心由对社会现实问题的关注转向对于人生哲学问题的思考的代表作。小说中冰心不只提出了问题，而且开出了解决问题的"药方"——爱。小说主人公何彬是一个心灰意冷、意志消沉的"冷心肠"青年，出于对仆役禄儿的呻吟声的厌烦，他送了一张钞票让其疗伤。禄儿伤好后以"母亲的朋友的儿子"的名义为何彬送来鲜花和一封信。这封信使何彬感悟到"世界上的母亲和母亲都是好朋友，世界上的儿子和儿子也都是好朋友，都是互相牵连，不是互相遗弃的"，从此恢复了对生活的信心。小说明显是作者对于"有了爱，便有了一切"的"爱的哲学"的阐释和演绎，虽然有着概念先行的弊病，但却以其强大的情感力量感染了当时的许多读者。

　　充满温暖的家庭环境、学校教育中基督教教义的熏陶、五四人道主义精神的影响和泰戈尔诗歌的潜移默化，使冰心很早就确立了"爱的哲学"的人生信念。正像一位同时代人所评价的那样，"冰心女士是一位伟大的讴歌'爱'的作家，她的本身好像一只蜘蛛，她的哲理是她吐的丝，以'自然'之爱为经，母亲和婴孩之爱为纬，织成一个团团的光网，将她自己的生命悬在中间，这是她一切作品的基础——描写'爱'的文字，再没有比她写得再圣洁而圆满了"①。"人类啊！／相爱吧，／我们都是长行的旅客，／向着同一的归宿"（《繁星·二》），宣扬人类的博爱精神；"童年啊，是梦中的真，是真中的梦，是回忆时含泪的微笑"（《繁星·一二》），表现对于童年的甜蜜回忆；"我在母亲的怀中，／母亲在小舟里，／小舟在月明的大海里"（《春水·一〇五》），则是母爱、童心和大自然的和谐统一。对于母爱、童真和大自然的赞美，是贯穿于《繁星》《春水》300多首小诗中的总主题。"小诗"是日本俳句、短歌及泰戈尔《飞鸟集》引入我国后所产生的一种新的诗歌样式，其特点是篇幅短小、文字简约，一般以三五行为一首，表现诗人在刹那间的内心感受，寄托某种人生哲理或主观情思。"墙角的花，／当你孤芳自赏时，／天地便小了"（《春水·三三》）。冰心的小诗往往在优美简练的语言背后潜藏着丰富的情思和哲理，别具一种"满蓄着温柔，微带着忧愁，欲语又停留"的含蓄蕴藉的"诗味"。《繁星》和《春水》的出现，标志着新诗在告别初期白话诗的俗白浅露方面已经取得了重要的收获，在现代诗歌发展史上具有重要的过渡意义。

　　除去在小说和诗歌领域的成就以外，冰心还是一位重要的散文作家。她自觉追求"白话文言化、中文西文化"，为现代文坛留下了《笑》《梦》《往事》《山中杂记》《寄小读者》等一系列典雅清丽的"冰心体"散文。这些散文多以细腻温柔的笔调、亲切从容的语气抒发作者对大自然的热爱和对母爱、祖国的眷恋之情，具有柔而不腻、婉而不晦的独特风格，被郁达夫盛赞为"我以为读了冰心女士的作品，就能够了解中国一切历史上的才女的心情；意在言外，文必已出，哀

---

① 　赤子：《读冰心女士作品的感想》，载《小说月报》，1922（13/11）。

而不伤，动中法度，是女士的生平，亦即是女士的文章之极致"①。

许地山（1893—1941），笔名落华生，出生于台湾台南，日本侵占台湾后随父母迁至广东，一生流徙不定。许地山对佛教和基督教均抱有真诚的信仰，从事过专门系统的宗教学和人类学研究，这些都对他的创作生活产生了重要的影响。许地山一生的主要作品，无论是收在《缀网劳蛛》（商务印书馆，1925）、《危巢坠简》（商务印书馆，1947）中的短篇小说，还是编入《空山灵雨》（商务印书馆，1925）中的散文作品，大多数都或隐或显地留下了宗教影响的痕迹。

图 6-3　许地山

小说集《缀网劳蛛》收录的是作者 1921 年至 1924 年期间发表在《小说月报》上的 11 篇短篇小说。这些作品多以我国闽粤一带及缅甸、印度、马来西亚、新加坡等地为背景，以历经苦难却又从容坚韧的小人物（尤其是女性）为主人公寄托作者的平民精神和宗教情怀。刊载于 1921 年 1 月《小说月报》上的短篇小说《命命鸟》，是许地山的小说处女作。作品以缅甸仰光为背景，写世家子弟加陵和俳优之女敏明相恋遭到双方父母反对，他们遂相携赴水，双双殉情。青年男女被逼殉情本是一个具有浓厚悲剧色彩的人生场景，但在许地山笔下却欢欢喜喜"好像新婚的男女携手入洞房那般自在"。这一点正是作者涅槃归真的佛教轮回思想在作品中的折射。稍后发表的《商人妇》记叙的也是一个浸润了宗教气息的人生故事。惜官卖掉首饰资助赌博破产的丈夫往南洋谋生，10 年后赴南洋寻夫，被已另娶的丈夫骗卖给印度商人。印度商人死后，惜官不堪折磨离家出逃寻访前夫，但前夫已经下落不明，她只好带着与印度人生的孩子继续漂泊异乡。惜官历尽了人生的各种惨变和厄运，但却不以为苦。她认为"人间一切的事情本来没有什么苦乐的分别：你造作时是苦，希望时是乐；临事时是苦，回想时是乐"，表现出明显的"生本不乐"人生观念和安于命运的宗教情怀。《缀网劳蛛》是许地山最负盛名的小说，其主人公尚洁也是最能体现作者的宗教观念的艺术形象。由于在深夜救治一个逾墙跌伤的盗贼，尚洁遭到丈夫的误解和世人的讥讽。她对此采取的态度是"不反抗""不辩解"，既不怕流言诽谤，也不求理解怜悯。丈夫遗弃她，

---

① 郁达夫：《中国新文学大系·散文二集·导言》，见郁达夫编：《中国新文学大系·散文二集》，上海，上海良友图书公司，1935。

她平静地搬走；丈夫忏悔，她平静地搬回来，从容坦荡，泰然处之。在她看来，"人生历程就像蜘蛛结网补网，破而复织，或完或缺，只能听其自然"，这其中既有佛家"人生苦多乐少，变幻无常"的宿命意识，也有道家顺其自然的处世态度，调和成一种许地山所极为欣赏的从容应对人生苦难的强韧精神。"借用宗教的哲理，没有导向现实人生的否定，而是通过平衡心灵，净化情感，进一步强化生存的意志和行动的愿望"①，这一点构成了许地山小说特殊的宗教色彩。从艺术上看，上述小说大都有着浓郁的异国情调和地方色彩，情节传奇曲折而又具体逼真，形成了浪漫主义和现实主义相交融的独具魅力的艺术特征。

《空山灵雨》（商务印书馆，1925）是许地山唯一的一部散文集，也是中国现代小品散文中最早结集的一部作品。收录集中的 44 篇小品，据作者自称是"将心中似忆似想的事，随感随记"，"杂沓纷纭，毫无线索"②，但在这一鳞半爪的零星回忆中却寄寓着作家对人生问题的思考和玄想。作者擅长从日常生活、佛教典籍中撷取耐人寻味的片段，通过有趣的故事、巧妙的比喻和人物对话阐明做人的道理。《落花生》就是这样一篇既有意味深长的思想哲理，又有朴实淳厚的生活情致的文章。作者先讲了一个种花生的故事，然后通过吃花生的谈话逐一指出花生的优点，最后再顺理成章地点明主题："人要做有用的人，不要做伟大、体面的人"。《空山灵雨》中大约有一半的作品都属于这种阐述人生哲理的寓言体散文。浓厚的佛教文化色彩是《空山灵雨》的另一个突出特点。《弁言》的第一句"生本不乐"，《心有事（开卷的歌声）》的第一句"做人总有多少哀和怨：积怨成泪，泪又成川！"以及《蝉》中湿翼无法飞动、随时会被吃掉的蝉和《海》中随时可能被吞噬的海中沉船，都是以"人生是苦，苦海无边"的佛家思想为其底色的。当然，《空山灵雨》中亦有不少作品属于纯粹的写景散文或针砭社会时弊的现实之作，前者如《春底原野》，后者如《"小俄罗斯"底兵》《公理战胜》等。

许地山 1928 年之后的小说创作，基本都收录在 1947 年出版的小说集《危巢坠简》中。这一时期，他自觉加强了小说的写实性追求，对于宗教情怀的表达也渐趋隐蔽。1934 年发表的《春桃》是最能反映这一创作趋向的作品。农村少女春桃与丈夫在新婚之日被乱军冲散，丈夫李茂下落不明，春桃在流浪捡破

---

① 陈平原：《论苏曼殊、许地山小说的宗教色彩》，载《中国现代文学研究丛刊》，1984（3）。

② 许地山：《〈空山灵雨〉弁言》，见《空山灵雨》，上海，商务印书馆，1925。

烂的过程中与萍水相逢的刘向高组织了新的家庭。正当二人勤奋劳动过着平静生活的时候，春桃却在一个偶然的机会重逢了伤残的丈夫李茂。春桃收留了李茂，与两个男人过起了同居生活。两个男人因不堪伦理束缚而或想自杀或想离开，春桃却坦然地挽留他们并提出了"三人开公司"分工合作的生活主张。春桃之所以能够超越伦理纲常而坦然选择"一妻二夫"的生活方式，并非基于她对伦理纲常的自觉反叛（否则她就不会如此看重"红帖子"和笃信"一日夫妻百日恩"），而是因为一种由民间的侠义精神和佛家的慈悲情怀糅合而成的宗教观念。正是这种"爱一切人""生本不乐"的宗教观念赋予了春桃沉实坚毅的生活意志和蔑视伦理纲常的道德勇气。如果说《缀网劳蛛》中的小说更多显示的是许地山"世俗宗教化"的创作特征，那么《危巢坠简》中的作品则更多显示的是一种"宗教世俗化"的发展趋向。正像陈平原在评述许地山后期小说时所指出的那样，"主人公不再进教堂，不再布道，可他们一举一动都合乎教义。宗教由外在的宣扬变为内在的情感体验，并通过行动自发地表现出来"①。宗教始终是贯穿于许地山小说创作中的思想主线，只是表达方式有着显隐的不同而已。

第四节　朱自清与文学研究会其他作家的创作

图 6-4　朱自清

朱自清（1898—1948），原名自华，字佩弦，出生于江苏东海，6 岁起随家人定居扬州，亦自称为扬州人。他是文学研究会成员中以小说、散文创作而著称于世的重要作家。

虽然朱自清的文学成就主要体现在散文领域，但他最初是以诗人的身份登上文坛的。他 1919 年开始新诗创作，是中国现代第一个新诗专刊《诗》杂志的发起人，也是文学研究会《雪朝》诗人群的核心作者。从《光明》《新年》到《独自》《怅惘》，再到《自由》《血歌》，朱自清收录在《雪朝》《踪迹》中的诗歌，不只刻下了五四前后一代青年从满怀理想到苦闷彷徨的情感变化轨迹，也显示了现代

---

① 陈平原：《论苏曼殊、许地山小说的宗教色彩》，载《中国现代文学研究丛刊》，1984（3）。

新诗渐趋成熟的过渡性"踪迹"。长诗《毁灭》（1922）是朱自清的诗歌代表作，也是中国现代文学史上第一首成熟的长篇白话抒情诗。在这首长达两百多行的诗歌中，作者借鉴《离骚》等诗歌的抒情方式，通过大量的意象和回旋复沓的节奏，抒发了自己徘徊苦闷的情绪和挣扎向上的精神："摆脱掉纠缠，还原一个平平常常的我！/从此我不再仰眼看青天，/不再低头看白水，/只谨慎着我双双的脚步；/我要一步步踏在土泥上，/打上深深的脚印！"这首诗以其充沛的情感内蕴成为五四落潮后一代知识青年心路历程的写照。

从1923年开始，朱自清将主要精力转入散文创作，先后结集出版了《踪迹》（诗文合集，上海亚东图书馆，1924）、《背影》（开明书店，1928）、《欧游杂记》（开明书店，1934）、《你我》（商务印书馆，1936）、《伦敦杂记》（开明书店，1943）、《标准与尺度》（文光书店，1948）、《论雅俗共赏》（文光书店，1948）等散文作品，成为中国现代文学史上最有影响的散文作家之一。这些散文在具体内容上虽然存在写景抒情、记事怀人、评时论势、谈艺论文的差别，但都一致地呈现出素朴洗练和意味隽永的美学风格，在当时被誉为"白话美术文的模范"。鲁迅在评价五四以来的文学创作时曾经指出"散文小品的成功，几乎在小说戏曲和诗歌之上……写法也有漂亮和缜密的，这是为了对旧文学的示威，在表示旧文学之自以为特长者，白话文学也并非做不到"①。

朱自清散文中写得最为秀丽雅隽的是其收在《踪迹》《背影》中的写景抒情之作，其中的《桨声灯影里的秦淮河》《荷塘月色》《温州的踪迹·绿》《春》等已经成为脍炙人口、争相传诵的名篇。朱自清不仅善于在自然中发现与自己的主体情思相契合的美的事物，而且善于将这种美通过精巧的构思和绮丽的文笔细致入微地表现出来。这就使得他的写景散文具有了"情致美"（情感的含蓄蕴藉）、"绘画美"（景物描写的细致传神和色彩感）、"音乐的美（语言的韵律感）"、"建筑的美（谋篇布局的谨严巧妙）""四美毕至"的特点。《荷塘月色》是其中最具代表性的一篇。作者从自己在现实中不宁静的心情写起，然后进入不同于现实生活的宁静的荷塘月色的描写，通过"出淤泥而不染"的荷花和高寒孤洁的明月曲折地表达了自己欲超脱现实而不得的复杂心情，构思巧妙、意蕴丰富。作者刻意求工而又不露痕迹的语言功力在《荷塘月色》中更是表现得淋漓尽致："曲曲折折的荷塘上面，弥望的是田田的叶子。叶子出水很高，像亭亭的舞女的裙……月光如流水一般，静静地泻在这一片叶子和花上，

---

① 鲁迅：《南腔北调集·小品文的危机》，见《鲁迅全集》，4卷，592页，北京，人民文学出版社，2005。

薄薄的青雾浮起在荷塘里，叶子和花仿佛在牛乳中洗过一样；又像笼着青纱的梦。"这段描写仿佛是以文字绘成的水墨画，诗情画意跃然纸上，叠字的运用更使文章别具一种韵律美。其他如以鲜丽秾艳之文笔铺陈梅雨潭之"绿"的《温州的踪迹·绿》、在波光灯影中营造"春江花月夜"般迷人意境的《桨声灯影里的秦淮河》，都堪称中国现代散文史中最为"漂亮""缜密"的美文。

　　写景散文之外，以《背影》《给亡妇》《儿女》等为代表的记事怀人之作也是朱自清散文中写得十分动人的部分。这类作品不似写景散文那般绮丽，而是表现出平易素朴的特征。作者往往从身边琐事入手，撷取一些为常人所忽略的生活细节，充分袒露自己内心深处的情感悸动。在《背影》中，作者独辟蹊径，仅仅通过对父亲两次"穿过铁道，爬上月台"的艰难神态的工笔描绘，细腻曲折地传达出了父亲的爱子之心和儿子的悔恨之意。《给亡妇》是痛悼亡妻的，作者用夫妻对话的方式娓娓追忆妻子生前的种种往事，没有悲戚的字眼，语气也十分平静，却因其诚挚而自有一股凄婉动人的力量。《儿女》一文则是作者对于自己所倡导的"谈话风"的自觉实践："你要大碗，他要小碗，你说红筷子好，他说黑筷子好……桌上是饭粒呀，汤汁呀，骨头呀，渣滓呀，加上纵横的筷子，倚斜的勺子，就如一块花花绿绿的地图模型。"幽默的情趣和温馨的气氛通过作者自然亲切的生活口语跃然纸上。

　　值得一提的是，朱自清在执着于"美文"创作的同时，也曾写过《生命的价格——七毛钱》《白种人——上帝的骄子》《执政府大屠杀记》等直接针砭社会现实、反映时势的杂文作品。这一点也是朱自清作为正直、敏感、富于社会责任感和爱国情怀的现代知识分子所超越于闲适文人的地方。

　　王鲁彦（1902—1944），浙江镇海人；许杰（1901—1993），浙江天台人；王任叔（1901—1972），浙江奉化人；彭家煌（1898—1933），湖南湘阴人；蹇先艾（1906—1994），贵州遵义人。他们都是文学研究会的晚出作家，他们在文学史上一般是以"乡土文学"写实派作家的整体性存在而引人注目的。这些作家突破了"问题小说"反映青年知识分子身边题材的视野局限，将关注的目光投向广阔的农村，写出了一系列具有坚实的现实主义品格的"乡土小说"。反映农民生活的痛苦和不幸，是"乡土小说"最主要的题材内容。王任叔的《疲惫者》，描写了一个驼背运秧农因被诬陷而坐牢的不幸遭遇；彭家煌的《陈四爹的牛》则写性格懦弱的农民周涵海受尽欺凌，最后竟因丢牛怕主人责怪而投水自杀，命运极其悲惨。"乡土小说"的另一内容是描写地方风物和世俗人情，具有浓郁的地域风情，如王鲁彦的《菊英的出嫁》写浙江农村的"冥婚"风俗，许杰的《出嫁的前夜》写浙江农村的"冲喜"陋习，蹇先艾的《水葬》

写贵州乡下惩罚小偷的野蛮风俗等。

王鲁彦的《黄金》一般被认为是乡土文学中艺术成就最高的作品。小说通过对如史伯伯在家境衰落后一连串遭遇的描写，穷形尽相地写出了乡镇居民人情世态的冷漠和虚伪。陈四桥村如史伯伯原本家境殷实，颇受乡邻敬重。在其年迈力衰不能工作，在外谋生的儿子又因经济不景气不能汇钱给他之后，如史伯伯立即受到了各种各样的歧视：他到邻家串门，邻人连忙叫穷。他去参加婚宴，小辈们不再让他坐上席，不仅孩子在学校受到欺侮，甚至连一只心爱的狗也被人杀死。年关将至，逼债者上门、家被盗窃、乞丐勒索，重重压力之下如史伯伯"急得昏厥过去"。小说深刻之处在于它不仅通过如史伯伯的遭遇批判了趋炎附势的"陈家桥性格"，而且写出了这种"性格"的受害者如史伯伯本人同时也是这种"性格"的体现者：如史伯伯在昏迷中看到儿子升官发财，就要送回黄金，原来欺负他的人一个个都来跪在他面前向他求饶。

文学研究会是一个艺术风格比较驳杂的创作群体。除去前面介绍过的叶圣陶、王统照、许地山、冰心、朱自清等创作倾向与文学研究会的理论主张比较一致的作家之外，文学研究会成员中还有一些文学个性与文学研究会的理论主张差异较大的作家，庐隐就是一个比较明显的例子。

庐隐（1898—1934），原名黄英，福建闽侯人。她是五四时期与冰心齐名的女作家，也是文学研究会成员中紧跟在 12 名发起人之后的第 13 名会员。虽然其入会时间较早，且大部分作品也都发表在《小说月报》《文学旬刊》等文学研究会刊物上，但她的小说却有着不同于大多数文学研究会作家的浓郁的主观抒情色彩。除去早年写过《一封信》《两个小学生》《灵魂可以卖吗》等几篇问题小说而被称为"女作家能够注目革命性的社会题材"的"第一人"①之外，庐隐的绝大部分小说都是对于青年男女爱情生活的大胆袒露。这些作品大都以书信体、日记体的形式描写青年男女追求理想爱情、探索人生意义的苦闷和焦虑，语气凄婉真切，形成了一种别具特色的感伤而又奔放的美学风格。1923 年发表的中篇小说《海滨故人》是庐隐的代表作。作品描写 20 世纪 20 年代北京一所女子大学内露沙等几个女大学生徘徊在爱情、婚姻、人生的十字路口茫然不知所措的复杂心境。它来自作者在北京女子高等师范求学时的真实生活体验，有着浓厚的自叙传色彩。作为走出闺阁的现代女性，露沙和她的女友们享受了为传统女性所没有的自由和权利，但也面临着传统女性所不曾思考过的人生问题。她们觉醒的自我意识和心灵深处残存的道德传统之间本就存在深刻的

---

① 茅盾：《庐隐论》，载《文学》，1934（3/1）。

矛盾。一旦面临理想和现实的冲突，这种原本存在的矛盾就会以一种更为刻骨铭心的方式体现出来。"海滨故人"因各种压力而放弃爱情理想、回归传统的人生选择以及所发出的"人生无常""人生不幸""但觉世界上事情的结局，都极惨淡"的哀叹，其实也是庐隐在现实生活中探索人生意义而不得的苦闷心境的写照。同为文学研究会的女作家，庐隐着力描写两性之爱，风格焦虑奔放；冰心则描写母爱、亲情、童真而回避两性之爱，风格温婉节制——二人形成了对立而又互补的两极，在中国现代女性文学史上占有重要的地位。

第五节　创造社的浪漫主义文学主张

创造社是继文学研究会之后成立的第二个新文学社团。1921年7月，由郭沫若、郁达夫、成仿吾、张资平、田汉、郑伯奇等人发起成立于日本。创造社从初期到中后期，经历着不断的发展、转折和变化，先后有34位作家、艺术家聚集在它的旗下。他们不仅活跃在20世纪20年代，而且驰骋于30年代、40年代甚至是1949年后的中国思想文化战线，为新文学的建设和发展做出了重大贡献。创造社作家中比较著名的有郭沫若、郁达夫、成仿吾、田汉、张资平、郑伯奇、穆木天以及王独清、倪贻德、叶灵凤、朱镜我、冯乃超、李初梨等。创造社的主要刊物有《创造》《创造周报》《创造月刊》《创造日》《洪水》《文化批判》等。

晚于文学研究会半年在文坛上出现的创造社，历来被看作是"异军突起"。这里的所谓"异"，指的就是与文学研究会所代表的现实主义倾向不同甚至相反的另一种文学主张和审美追求，即主情的浪漫主义。但实际上，文学研究会与创造社作家们的理论和实践并不完全是按照现实主义和浪漫主义整齐划一的。关于这个问题，郑伯奇在《中国新文学大系·小说三集·导言》中说得很清楚："文学研究会被认为是写实主义的一派，创造社是被认为有浪漫主义的倾向。这也不过是个大概的区分。文学研究会里面，也有带浪漫主义色彩的作家；创造社的同人中也有不少的人发表有写实倾向的作品。但若就集团的主要倾向来说，这样的区别还相当正确。"就创造社的文学主张来说，最重要的是强调作家内心的要求，强调艺术表现自我和内心的自然流露，强调文学的本质是感情，以感情为生命，尤其注重灵感在创作中的作用，在某些方面体现出一定程度的艺术至上的追求。应该看到，这种追求并不是简单的对纯艺术的标榜，而是发自于对某些粗制滥造的不满。因此，创造社诸作家尤其排斥模仿，反对偶像，注重个性与创造，富于反抗精神，显示了他们对艺术的严肃的态度。作为创造社的主要代表，郭沫若深受德国浪漫主义诗人歌德的影响，并在主情主义、泛神思想、赞美自然、遵从儿童及敬仰原始生命力等方面产生了强烈共鸣。创造社诸作家的浪漫主义倾向还表现在，他们对歌德、雪莱、海涅、济慈、雨果、罗曼·罗兰、惠特曼等的热情译介上。创造社对在中国传播浪漫主义思潮起到过积极而重要的作用。

至于创造社作家倾向于浪漫主义的原因，郑伯奇《中国新文学大系·小说三集·导言》中也有过系统的分析：

> 第一，他们都是在外国住得很久，对于外国的（资本主义的）缺点，和中国的（次殖民地的）病痛都看得比较清楚；他们感受到两重失望，两重痛苦。对于现社会发生厌倦憎恶。而国内国外所加给他们的重重压迫只坚强了他们反抗的心情。第二，因为他们在国外住得很久，对于祖国便常生起一种怀乡病；而回国以后的种种失望，更使他们感到空虚。未回国以前，他们是被爱怀念；既回国以后，他们又变成悲愤激越；便是这个道理。第三，因为他们在外国住得长久，当时外国流行的思想自然会影响到他们。哲学上，理知主义的破产；文学上，自然主义的失败，这也使他们走上了反理知主义的浪漫主义的道路上去。

作为创造社的主要代表之一，郑伯奇的这番表白不仅相当全面，而且是相当真切的。创造社的浪漫主义美学主张及其表现出的浪漫主义文学风格，在中国现代文学史上具有开创性的贡献和意义。

创造社在 1925 年"五卅"运动前后开始转向，他们积极提倡无产阶级革命文学，在创作方法和审美追求上越来越倾向于客观写实的现实主义文学，这就是所谓的"后期创造社"。应该看到，前后两个时期的创造社，在文学主张和创作方法方面都有了根本的变化。

第六节　《沉沦》：郁达夫自叙传的抒情小说

郁达夫（1896—1945），原名郁文，浙江富阳人，早年丧父，家境贫寒，但幼年时的郁达夫就表现出很好的文学修养，读小学时就能写作旧体诗。1913 年，郁达夫随长兄赴日本留学，先学医，后改学法律、经济，但对文学更感兴趣，此间，阅读了大量中外文学名著，并开始小说创作。1921 年 7 月，郁达夫与郭沫若等人发起成立创造社并负责《创造》等刊物的编辑工作。1922 年回国后，郁达夫在继续从事文学创作和创造社的文学活动之外，还积极参与各项进步活动，先后参加"民权保障自由大同盟"和"左联"等组织，抗战爆发后，积极投身于救亡运动，1945 年 9 月 17 日被日本宪兵秘密杀害于南洋，有小说集《沉沦》《茑萝

图 6-5 郁达夫

集》《寒灰集》，散文集《闲书》《屐痕处处》等。

郁达夫在散文、旧诗词、文学理论、翻译等方面都有独到的贡献，而以小说创作影响最大，是创造社小说家的代表。他在现代文坛的崛起，是从 1921 年 10 月出版的《沉沦》开始的。《沉沦》由《银灰色的死》《南迁》和《沉沦》三篇小说组成，是郁达夫自己，也是中国现代文学史上的第一部短篇小说集。《沉沦》中的作品抒写了五四时代青年的苦闷与彷徨以及由此形成的某种病态的人格，三篇小说的主人公都同样地有着很多"忧郁"的气质：他们都是孤身留学的青年男子，神经纤敏，孤傲多疑，经受着孤独、贫困、性苦闷的煎熬，精神极度焦虑，才华出众而愤世嫉俗，却又自卑自怜；他们都渴望女性的爱，而对女性的追求方式则主要是内心的渴慕与幻想，自卑与渴念使其行为往往有些变态；他们企图以醇酒美人排解内心的苦闷，而结果却只有徒增空虚，精神更加颓唐。正因为如此，他们的结局大都是悲惨的：《南迁》的主人公伊人在孤独中病倒；《银灰色的死》的主人公 Y 君在酩酊大醉后梦幻般地死去；《沉沦》的主人公则在精神崩溃中高呼着"祖国"蹈海自尽。

其中，《沉沦》是郁达夫最有影响的代表作。小说描述了一个中国留学生在日本的"沉沦"乃至忏悔，并且由忏悔而投海自沉的悲凉故事。小说刻意表现了主人公"他"作为一个弱国子民在日本那样陌生而异质的文化环境中所产生的"文化震惊"感，和由此导致的心灵失衡、孤独感和屈辱感。"他"本是一个热爱自由、富有反抗精神而又多愁善感的时代青年，出于对社会现实的不满，他来到日本留学，企图将来一展宏愿。但作为一个"弱国子民"，在异国他乡遭遇到的不是温暖和尊敬，而是不堪忍受的歧视和凌辱。严重的忧郁、压抑和伤感使他的心理变态以致绝望。主人公在投海之前，面对着祖国的方向，发出了期待祖国早日强盛的深情呼唤。小说对主人公时代忧郁症和变态性格的大胆描写，有力地揭露了封建伦理道德的虚伪和罪恶，体现出强烈的反帝爱国情思和特定的五四时代精神。同时，小说所表现的五四青年对个性解放的追求和被生活挤出轨道的"零余者"的哀怨，也鲜明地表达了一种人道主义的情怀。

色与欲的描写、烟花柳巷、秦楼楚馆，在《沉沦》中表现得比较大胆。但是，郁达夫的这些描写与所谓的"黄色文艺""色情文学"有着本质的区别：它是作者自觉反叛封建道德、抨击虚伪礼教的叛逆精神的惊世骇俗之举。它以严肃的态度，力图在文学作品中探讨人的自然本性，呈现出它作为生命现象与社会现象的一部分。这些描写不是对性行为的无意义展示，而是伴随着作者痛苦的自我解剖，是对于纯真爱情的向往追求以及求之不得的结果。作者总不忘在描写主人公性饥渴、性变态的行为的同时，施以严厉的自我谴责和良心的审判，让主人公进行激烈的内心搏战，以获得灵魂的最后升华。小说集《沉沦》问世以后，其中违背传统道德观的大胆自我暴露引起了社会的轰动，也引发了各方的指责，很多人直斥其为"淫书"。周作人化名"仲密"发表了《沉沦》一文，对郁达夫的创作进行了客观的分析和评价，指出"《沉沦》是一件艺术的作品，但他是'受戒者的文学'（Literature for the initiated），而非一般人的读物"，肯定了它的艺术价值。

　　1922 年回国以后，郁达夫为生活所迫，辗转各地，广泛接触了国内生活，创作视野渐趋开阔，并把目光投向社会底层的被侮辱被损害者，表现出思想的前进以及从抒写"性的苦闷"向诉说"生的苦闷"的转变。后期发表的《过去》《迷羊》《春风沉醉的晚上》等篇，显示了郁达夫创作方向的转移。

　　《春风沉醉的晚上》是郁达夫在《沉沦》后写的比较有代表性的作品。它显示了郁达夫小说的基本特色及其发展变化，是郁达夫小说由主观浪漫抒情向现实主义转变途中的重要作品。郁达夫的小说具有很浓的"自叙传"色彩，《春风沉醉的晚上》也不例外。它写了"我"——一个穷困潦倒、一文不名的底层知识分子，和一个烟厂女子同住在贫民区，两人发生交往的一段经历。与《沉沦》时期的作品相比，《春风沉醉的晚上》作品中主人公多了一份冷静与清醒。"我"与烟厂女工陈二妹的情感交流，不再是郁达夫许多作品中常见的那种男女之情，而是上升为一种纯真的关爱与体贴，是一种"同是天涯沦落人"的真诚理解。尽管"我"对人生与社会仍然存有无限的哀愁，但毕竟从陈二妹身上得到一丝人间的温暖。作品的可贵之处还在于，它既写了底层知识分子与劳动者之间的心心相印，又写出了他们之间存在的实际差异。

　　郁达夫的小说在体式上是具有独创性的，"自叙传"色彩极为鲜明浓厚。作品主人公的人生经历和情感特征都最大限度地融入了作者自身的影子。作品以其大胆无遗的自我暴露显示了特有的文学价值。这种"自叙性"的体式以其坦诚、真挚、纯洁的风格成为郁达夫特有的叙述方式。这种基本风格表现在以下几个方面。第一，大胆无遗的自我暴露，忠实于"自叙传"的叙述方式。这体现了郁达夫的一个基本信条，即文学作品"都是作家的自叙传"。从初期的《沉沦》到《春风沉醉的晚上》《茫茫夜》《迟桂花》……不论是作品中"他""伊人"还是"我""老郁"或是"李白时"，甚至古代的"黄仲则"，没有一个不显露作家本人的身影或精神气质的。郁达夫以自我的个人经验、情感生活为单纯的线索，宣泄一己的情怀，既有卢梭式的自白，也有维特式的自怜、自惭、自卑与自尊、自傲相纠结，构成时代的"零余者"的心史、情绪史。作者深信透过"自我"心灵的观照，也能折射大千世界，因为通过一个人的最真切、最可靠的感情体验，能够深刻地表现社会。小说中的形象不只是作者本人的写照，也是五四时期一大群染了"时代病"的彷徨、苦闷的青年们的典型。第二，浓郁的浪漫主义抒情色彩，突出表现抒情主人公的情感世界，着力抒发自我的内心感受，把主人公亦是自我的感情脉搏和心灵历程艺术地呈献在读者面前。郁达夫的小说注重抒发主人公抑郁寡欢、孤独凄清的情怀，暴露和宣泄人物感伤的、悲观的甚至厌世颓废的心境，将人物心理的细腻描摹与外在景物恰到好处的衬托相结合。《沉沦》《南迁》中"他""伊人"的纤弱自卑，《春风沉醉的晚上》《茫茫夜》中"我"与于质夫的自伤沦落等"有病的呻吟"，表达了作者的社会态度和对人生的悲观感情。第三，以人物情绪的起伏变化来结构作品的"情绪流"结构方式，不注重故事本身的发展，一切以人物情绪的波动来推进情节的发展，如《沉沦》以主人公"我"的孤独感、苦闷感及感伤情调来贯穿前后，形成作品结构内在的一种凝聚力量。现代小说中的一种崭新的体式——自我写真的抒情小说，正是这样在他的富有创造性的实践中确立的。第四，如泣如诉的语调，浓烈明快的语言，清新秀丽的文风。郁达夫的小说，笔触所及，都显出"清、细、真"的特色。淡远和清愁配以清丽、流畅、自然、真挚的文辞，表现着主人公心灵的某种律动，真有呼之欲出的情韵。有时着墨绮丽，却也不掩一腔真情，更多时是以朴素、质白取胜，随兴而至、平淡无奇的文字间，显出跌宕多姿的笔意。他的《迟桂花》等佳作，语言的色彩与其独特的风格高度一致，进入了老到、圆熟的境界。

在中国新文学史上，郁达夫对自我写真的抒情小说的试验，既体现了日本"私小说"的影响，也呼应了 20 世纪 20 年代时代潮流的一个侧面——浪漫而感伤的时代氛围，吟唱出张扬个性、崇尚感情、表现自我的文学咏叹调，从道德的角度、心理学的范畴对现代小说的表现领域进行了大胆的开拓，引领了一种以浪漫主义为其风格的小说派别，开创了与以鲁迅为代表的写实主义风格不同的小说创作路向。

郁达夫的散文创作造诣不在小说之下，但影响不如小说大。除了小品、杂文、书简、日记之外，郁达夫的游记最可注意，它以其情韵、意境、个性和独特的赏鉴能力，给人以高度的艺术享受。《一个人在途上》《钓台的春昼》等都是他的散文名篇。

第七节　创造社其他作家的创作

　　除了郭沫若和郁达夫之外，创造社中有特色、有代表性的作家还有成仿吾、郑伯奇、张资平、陶晶孙、叶灵凤等人。

　　成仿吾（1897—1984）是创造社著名的文学理论家和批评家。20 世纪 20 年代初发表过《一个流浪人的新年》《深林的月夜》《灰色的鸟》和《牧夫》四篇小说。这些作品运用现代手法，紧密结合着他的"新罗曼主义"主张，充满了象征色彩，独具特色。此后他转向文学批评工作，发表了大量的评论文章，阐发创造社的文学主张和理论，探索建立情绪、理性相协调的文学表现模式，强调情绪节制的必要性。这在创造社强调情绪表现的冲动性、热烈性和彻底性的理论氛围和创作倾向中，无异于空谷足音，体现出他作为一名理论探索者的胆识和潜能。

　　郑伯奇（1895—1979）是创造社的剧作家和文学评论家，先后发表过《危机》《抗争》《合欢树下》《牺牲》《佳期》等一系列剧作，产生了一定的影响。其中，独幕剧《危机》表现了五四青年对旧社会和旧制度的反抗，对婚恋自由的向往。青年画家米冷红深受旧式婚姻之苦，不愿再逆来顺受，终于向美丽、温柔的少女姚浣兰倾诉了自己的爱情。浣兰虽然也爱他，但其兄正逼她嫁给从美国买了一个博士头衔归来的许震东。在浣兰好友林露惜的帮助下，他们终于揭露了许震东的丑恶面目，解除了危机。三幕剧《轨道》描写了工人的反帝革命斗争。该剧不仅正面地歌颂了铁路工人争取民族自由的斗争，而且也从侧面表现了革命与反革命之间的较量。站长胡闹是个十足的反革命，当工人开会欢迎北伐革命军的时候，他去报告奉系军阀张作霖，而当工人开会反对日本出兵时，他又拿出老革命党的资格来欺压工人。工人炸毁兵车之后，日本人来站清查，王文豹领导工人与警察联手惩治了反革命的站长和工头两个汉奸，清除了隐患。剧作气势宏大，具有一定的深度和广度。

　　张资平（1893—1959）是创造社的小说家。他一生写过 20 多部中长篇小说和近 50 部短篇小说。中长篇小说如《冲积期化石》《梅岭之春》《苔莉》《飞絮》《爱之焦点》等，均产生了较大影响。其中，出版于 1922 年的《冲积期化石》是中国现代文学史上的第一部长篇小说。他的作品行销量之大不仅在当时，而且在整个现代文学史上也是少见的，如他出版于 1926 年的《飞絮》到 1930 年已经印刷了 11 版，销量达 23000 余册，创下了当时少有的纪录。

　　张资平并不缺乏才华，在开始创作的时候，他是有自己的追求和个性的。

郑伯奇在《中国新文学大系·小说三集·导言》中就说过，在初期创造社作家中，"张资平最富于写实主义倾向"，他的"写作态度是相当客观"的。但是，由于他为人比较实际，受名利的诱惑他很快走上为大众市场写作的道路，大量写作三角恋爱小说。从 20 世纪 20 年代末到 30 年代，他和其他作家的三角恋爱小说引发了一场"性文学热"。1926 年、1927 年，他分别出版了《飞絮》和《苔莉》两部长篇小说，以其中的性意识吸引了大批读者。持续好几年，张资平的作品"行情一直看涨"。当时，读者对张资平作品性意识描写所表现出的极大兴趣，的确与他们自身对性意识的强烈感受密切相关，其中，也并不排除因张资平的性挑逗而导致一些读者从中寻求一时的感官刺激。其实，这本身就蕴含着特定的时代文化内涵和心理特征。中国历史长期对性文化、性意识的禁锢，不仅加剧了人们对性的好奇心和神秘感，而且形成了人们的潜意识逆反心态，尤其是中国千百年来层出不穷的道德规范和伦理说教的巨大压力，强化了人们普遍的变态心理。五四以来的新思潮，有力地冲击了传统文化的禁锢，使人们得以从反封建的时代要求出发，表现出对人性及人生重新认识的哲学思考。人格独立、个性解放，包括对性意识多方面的着力张扬，不仅是一种历史潮流，而且已成为当时一种新的、广泛的文化心态。因此，与其说人们对张资平的作品有兴趣，不如说他们对自己更有兴趣，对自己需要的性意识更有兴趣；与其说张资平的作品是故意的"性的展览"，不如说它是人们对性意识的自觉追寻和无意识的契合。

张资平的小说虽然在某种意义上有着对传统观念的反叛，但在总体上陷入了一种市场运作的怪圈，最终使他的创作越来越走向粗制滥造，有的作品甚至遭遇了"腰斩"的厄运。当年，《申报·自由谈》连载张资平的长篇小说《时代与爱的歧路》，尽管张氏在当时也算是一个作品热销的作家，拥有众多的读者，但《时代与爱的歧路》连载至第一百零一次时，因"按读者来信，表示倦意"，《自由谈》编辑部"为尊重读者意见起见"，断然"停止刊载"①。这就是文学史上轰动一时的"腰斩张资平"事件。由此可见，读者的阅读心理期待对小说的连载起着至关重要的作用，真可谓成也萧何，败也萧何，这一点在张资平身上得到了无情的印证。

思考题

1. 郑伯奇在《中国新文学大系·小说三集·导言》中说："文学研究会被

---

① 《编辑部启事》，载《申报·自由谈》，1933-04-22。

认为写实主义的一派，创造社是被认为有浪漫主义的倾向。这也不过是个大概的区分。文学研究会里面，也有带浪漫主义色彩的作家；创造社的同人中也有不少的人发表有写实倾向的作品。但若就集团的主要倾向来说，这样的区别还相当正确。"你如何理解这段话的内涵。

2. 文学研究会"表现人生，指导人生"的艺术主张提出的历史背景是什么？这一艺术主张的理论内涵是什么？又体现着怎样的审美诉求？

3. 冰心的小诗一方面受到泰戈尔小诗的影响，同时它还与中国传统文化有着密切的关系，思考冰心的小诗中对中国古典诗歌传统的继承。

4. 郁达夫的小说在体式上体现出鲜明的"自叙传"色彩，结合具体作品阐释这种"自叙传"体式的基本风格和艺术表现。

参考书目

1. 许地山. 空山灵雨. 上海：商务印书馆，1925.

2. 陈敬之. 文学研究会与创造社. 台北：成文出版社，1980.

3. 郁达夫. 沉沦迷羊. 北京：人民文学出版社，1988.

4. 冰心. 三寄小读者//卓如编. 冰心全集：第六卷. 福州：海峡文艺出版社，1994.

5. 朱自清. 白马//朱乔森编. 朱自清全集：第四卷. 南京：江苏教育出版社，1996.

6. 叶圣陶. 倪焕之//叶圣陶. 叶圣陶集：第3卷. 南京：江苏教育出版社，2004.

7. 文学研究会简章. 小说月报，1921，12 (1).

8. 茅盾. 庐隐. 文学，1934，3 (1).

9. 陈平原. 论苏曼殊、许地山小说的宗教色彩. 中国现代文学研究丛刊，1984 (3).

第七章 "新月"与"语丝"等 社团流派的创作

第一节 新诗格律化及闻一多、徐志摩等人的诗作

在新文学第一个 10 年里纷起的众多文学社团和创作流派中，除了影响最大的文学研究会和创造社之外，还有一些社团流派以其特有的风格和贡献，在现代文学史上产生了深远的影响。其中较为突出的有新月社、语丝社、沉钟社、初期象征派诗歌和乡土田园小说等。

活跃在 20 世纪 20 年代中期至 30 年代前期的"新月诗派"，以其系统的理论主张和鲜明的诗歌风格在现代新诗史上另立门户，对新诗的发展进程产生了重要的影响。

"新月诗派"源于胡适、徐志摩、闻一多、陈西滢等人在北京发起成立的"新月社"。1922 年 10 月，徐志摩在留学美国和英国后回到北京，发起组织一种雅兴的联络感情的聚餐会。新月社就是由此产生的。早期的新月社是一个带有文化倾向的社交团体，不是纯文艺性的，出入其中的都是当时北京的上流人士，组织也很松散，社员有作家、大学教授，也有政界、实业界和金融界的人物。由于"新月社"最初的俱乐部性质，它成立后的几年里并没有在诗歌方面多有作为。1926 年 4 月，闻一多、徐志摩在北京《晨报》副刊上创办《诗镌》，才明确提出了现代新格律诗的理论主张，并集结了朱湘、刘梦苇、饶孟侃、林徽因、于赓虞、孙大雨、杨子惠、朱大楠等一批诗人，积极尝试新格律诗的创作。于是，以《诗镌》的创办为标志，新格律诗派即"新月诗派"开始形成。虽然《诗镌》只出了 11 期便于 1926 年 6 月停刊，但它所倡导的新格律诗的理论和实践，已经在新诗坛上形成风气并产生了影响。《诗镌》时期的活动，一般被认作前期"新月诗派"。1928 年 3 月，徐志摩、梁实秋等人在上海创办《新月》月刊。1931 年徐志摩、陈梦家创办《诗刊》季刊。他们在"新月"的旗帜下新集结了陈梦家、方玮德、卞之琳、邵洵美等一批年轻诗人，继续积极从事新诗的探索。1931 年年底，徐志摩去世后，"新月诗派"的活动逐渐走向低落。新月诗派在上海时期的活动，一般被称为后期"新月诗派"。1931 年 8

月，陈梦家将前后两个时期"新月诗派"18 位诗人的一些作品编成《新月诗选》（上海新月书店出版）并附长篇序言，较为完整地展现了"新月"诗人的风采。

从一开始，新月诗人就打出了反对"感伤主义"和"伪浪漫主义"的旗帜，针对自由体新诗出现的散文化倾向，闻一多、徐志摩等人提出新诗格律化的理论主张。他们强调，文学的力量不在放纵，而在集中和节制。他们要求诗歌在形式上有适度的表现，要求澄清文学艺术"型类的混乱"，追求诗歌的格律，希望诗人戴着镣铐跳舞。新月社的理论主张在一定程度上克服并纠正了五四以来白话新诗过于松散、随意等不足，对中国现代新诗的健康发展做出了特有的贡献。如果说五四时期以郭沫若为代表的浪漫主义、思想解放是伴随着诗歌的"放足"和自由诗的盛行而发展起来的，那么这时的新月派对格律的严格讲究则代表了他们对于那个时代应该结束的一种宣告。

在艺术主张方面，"新月诗派"是比较一致的。首先，他们系统地阐述了新诗格律化的理论，强调新诗最主要的审美特征应该是"和谐"与"均齐"，这突出体现在闻一多提出的诗歌"三美"（即"建筑的美""音乐的美""绘画的美"）主张上①。新格律诗派的"新"，破除了文言和旧韵以及旧体格律诗的种种规范，着重强调诗歌内在的音节和韵律。它继承了古典诗词的精髓而又有所创新。其次，强调扩大新诗的抒情领域，丰富新诗的抒情技巧，把"理想的爱情"题材引入现代新诗，运用心理分析的方法开掘新诗情感的内涵，并且崇尚自然，注重"性灵"，为新诗注入了新的情感活力。最后，注重对诗体形式的探索，翻译和移植了英国、意大利等大量的外国诗体形式，尽管不完全成功，但开阔了试验新诗诗体形式的思路。

"新月诗派"无论在理论倡导还是在创作实践方面，其主要代表当首推闻一多和徐志摩。

闻一多（1899—1946），原名家骅，湖北浠水人，出生于"世家望族，书香门第"，幼年即深受古典诗词的熏陶并酷爱美术。在清华读书期间，闻一多受到了五四新思潮的影响。1922 年大学毕业后赴美深造，学习绘画和文学。清华 9 年的美

图 7-1 闻一多

①　闻一多：《诗的格律》，见《闻一多全集》，3 卷，415 页，北京，生活·读书·新知三联书店，1982。

式教育和留美3年的艺术研究，既使他受到了唯美主义艺术思潮的影响，也孕育了他深厚的爱国主义情感。1925年回国后，他积极参与《诗镌》的活动，成为新格律诗的主要倡导者。1928年之后，他潜心研究中国古典文学和古代文化，抗战爆发后，在西南联大任教8年。40年代起，他积极投身爱国民主运动，1946年7月15日，在"李公朴先生死难经过报告会"上，闻一多发表了《最后一次演讲》，当天晚上被国民党特务暗杀。闻一多的一生，走的是诗人、学者、斗士的道路。他的诗作、学识和人格，都在现代文学史上写下了光辉的篇章。

闻一多非常重视新诗的社会价值，尤为推崇郭沫若《女神》所表现出的时代精神。他的新诗创作实践了自己的这一理论主张。1923年9月，他出版了第一部诗集《红烛》。《红烛》里的诗多写于留美期间，其中虽不乏表现唯美倾向的秾丽诗作（如《色彩》是对超然一切之上的"色彩"的崇拜，《剑匣》是一种艺术之梦幻灭的悲哀等），但贯穿整个诗集的主导精神，是一个热血青年对真理的追求、对祖国的挚爱和对黑暗世界的批判，其中"红烛"本身就是象征着对祖国的炽热之情和对祖国新生的祝愿。《孤雁》《太阳吟》《忆菊》等一系列诗篇，都袒露着诗人的一片赤子之情。在《孤雁》中，诗人以"孤雁"作喻，倾吐了离国之后的寂寞与愁苦，表达了对"喝醉了弱者的鲜血，/吐出那罪恶的黑烟"的西方资本主义社会的憎恶；在"重阳前一日作"的《忆菊》中，诗人千呼万唤，唱出了对祖国的颂歌："习习的秋风啊！吹着，吹着！/我要赞美我祖国底花！我要赞美我如花的祖国！谁将我的字吹成一簇鲜花，/金底黄，玉底白，春酿底绿，秋山底紫……"在风格上，《红烛》更接近郭沫若的《女神》那种浪漫主义情调和气质，采用的也是自由体形式。

1928年1月出版的第二部诗集《死水》，多写于诗人回国之后。在国外时对祖国的热切期望与回国之后所看到的景象，形成了强烈的冲突。这种感情的巨大反差，使诗人在《红烛》中所表现的那种淳朴的爱国理想，在这里转化为对现实社会的强烈不满。《发现》这首诗突出地反映了诗人的这种情绪变化：

> 我来了，我喊一声，迸着血泪，/"这不是我的中华，不对，不对！"/我来了，因为我听见你叫我；/鞭着时间的罡风，擎一把火，/我来了，不知道是一场空喜。/我会见的是噩梦，哪里是你？/那是恐怖，是噩梦挂着悬崖，/那不是你，那不是我的心爱！/我追问青天，逼迫八面的风，/我问，拳头擂着大地的赤胸，/总问不出消息；我哭着叫你，/呕出一颗心来，——在我心里！

诗人紧紧抓住梦想与现实的对比，透过情感热与冷的落差，来倾诉对祖国的衷肠。全诗始终突出了抒情主体"我"的位置："我"的发现，"我"的感觉，"我"的痛惜，"我"的赤诚。在"我"的一连串急迫的呼喊和追问之中，诗人的感情一泻千里，显示了闻一多诗作阳刚、雄浑的卓异风格。这种由失望而引起的愤懑之情，在闻一多的另一首代表作《死水》中也有同样深切的表现，而且手法更为新颖。诗人由一沟腐臭的死水引发了诗的灵感，但并没有直接描写死水的丑恶，反而用尽"翡翠""桃花""罗绮""云霞""绿酒""珍珠"等绚丽之词，竭力写出这沟死水的"美"。然而，强烈的审美反差，使人感到越是写死水的"美"，就越能体味到它的丑，也越能领悟到诗人心底的悲愤——原来理想中的种种美好，只不过是一沟发臭的死水！诗人理想的破灭、追求的绝望和由此而转化成的对民族命运的深切忧虑，都变得更加深沉、冷峻了。

作为前期新月派的主将之一，闻一多的诗歌理论对新月派诗人有着很大的影响。其理论的核心内容是讲究诗歌的"三美"：音乐美、绘画美、建筑美。音乐美，即音节和韵脚的和谐，一行诗的音节的排列组合要有规律；绘画美，即诗的辞藻要力求美观，富有色彩，讲究诗的视觉形象和直观性；建筑美，即从诗的整体外形看，节与节之间要匀称，行与行之间要整齐，虽不必呆板地限定每行的字数一律，但各行相差不能太大，以求整齐之美。这一主张奠定了新格律诗派的理论基础，也为现代新诗的发展调整了倾向。《死水》全面实践了闻一多对新格律诗的追求，显示了他创作的风格：诗节匀称，诗句均齐，韵律工整而富于节奏感，时常将绘画美的色彩和诗的感情色彩融为一体，于精密的构思里显示出诗的神韵，在鲜明的对比中形成凝重的感情力度。在这部诗集中，他借鉴西方格律诗的体格，对照中国古典诗词的平仄、用韵，发掘现代语言本身的音乐性，创制出各种情调的新格律诗。其主要特性，就是以多变的节奏（音尺）和用韵，表达多样的生命体验。集中《收回》和《"你指着太阳起誓"》是两首十四行诗。前者是一首完全合格的莎士比亚体，起伏的句中韵，编织成一篇极美的音乐小品；后者算是一篇彼特拉克体与莎士比亚体的融合——或者干脆说是中国化的创格，前八行连句分别为 abba 的韵和 cdcd 的韵，后六行连句则是 effegg，在韵脚的平仄上精心安排，使其起伏错落，吟唱起来极有情致。《心跳》《一个观念》《发现》《祈祷》等数首，二步和三步的节奏交错，平平仄仄的旋律起伏，有一种铿锵有力的进行曲气魄。以《死水》为代表的另一类诗，在用韵上基本遵循古诗的隔句相押、平仄相间的样式，或沉郁顿挫（《死水》），或沉静哀婉（《也许》《泪雨》），以一个韵脚贯穿全诗，每节内以不同的变化显示诗人情绪上的波动，是前人诗里未曾有过的韵调。但是，对格律化的过分追求，也不同程度地影响了闻一多某些诗篇的灵动和激情。从总体上说，闻一多的诗作较为出色地体现了传统文化与现代文化的结合，代表了"新月诗派"典丽、凝重的诗风。

代表"新月诗派"另一种风格，并且自始至终参与了"新月诗派"活动的诗人是徐志摩。

徐志摩（1897—1931），浙江海宁人，1915 年中学毕业后，在上海沪江大学、天津北洋大学及北京大学学习，1918 年赴美留学，1920 年转赴英国剑桥大学留学，专攻政治经济学，但对近代英国唯美等派诗歌更感兴趣，同时开始诗歌创作。1922 年回国后，他历任北京大学、清华大学等校教授，1923 年在北京发起成立新月社，1926 年 4 月曾任北京晨报《诗镌》主编，1927 年南下上海等地，在上海光华大学、南京中央大学任教的同时，继续从事诗歌创作，1928 年与胡适等人筹办新月书店，并主编《新月》月刊，1931 年 11 月，因飞机失事身亡。其作品有诗集《志摩的诗》《翡冷翠的一夜》《猛虎集》等，散文集《落叶》《轮盘》《巴黎的鳞爪》《自剖》等。

徐志摩虽然尝试了多种文体创作，但他的诗名要超过他作为散文家、小说家和文学理论家的影响。从 1921 年写诗到去世，10 年间他留下了四本诗集：《志摩的诗》(1925)、《翡冷翠的一夜》(1927)、《猛虎集》(1931) 和《云游》(1932)。徐志摩诗歌的思想内涵是非常驳杂的。他对西方资产阶级民主政治的幻想以及这种幻想的破灭和他信仰个性绝对自由的理想主义以及这种理想的难以实现，始终矛盾地贯穿在他短暂的一生当中，同时也浸透在他诗歌创作的全过程中。他的第一部诗集《志摩的诗》，较多地反映了中国资产阶级在冲破封建传统禁锢之后所表现出的昂奋和激进，不同程度地反映出了进步的人道主义和积极进取的人生态度。《叫化活该》《先生、先生!》揭露了现实社会贫富之间的鲜明对立，表达了对底层穷苦者的同情；《太平景象》描绘了军阀混战造成的人间惨状；《毒药》是对"恶浊"世间的诅咒；《婴儿》希望灾难深重的祖国经过"忍耐、抵抗、奋斗"，孕育出一个新生的"馨香的婴儿"等，都体现了诗人对现实的关注。从第二部诗集《翡冷翠的一夜》起，尽管仍有为"三一八"而写的《梅雪争春》，有讽刺军阀战争的《大帅》和《人变兽》，还有同情劳苦农工的《"这年头活着不易"》等诗篇，但诗人的视野已经从时代、社会逐渐收缩到个人情爱之中。到了《猛

图 7-2　徐志摩

虎集》和《云游》，则基本上"流入了怀疑的颓废"①，独自低吟着"我不知道风是在哪一个方向吹——/我是在梦中，/在梦的轻波里低徊"（《我不知道风是在哪一个方向吹》）。《春的投生》《别拧我，疼》等诗中的轻薄、晦涩，更是表现了一种没落消沉的意识。显然，徐志摩诗歌的思想情调经历了一个从有较多的现实内容转向更多的个人情怀，从揭露社会黑暗转向陶醉于自我的衰退过程。然而，徐志摩诗歌的艺术技巧却日臻成熟和完善，并且形成了独特的个人风格。

应该说，最能显示徐志摩诗歌艺术特点和风格特色的诗作，既不是那些积极进取的篇章，也不是那些苍白无力的呻吟，而是部分抒发个人情怀、有真切的生活感受、揭示某种人生哲理而又给人以美感的诗篇。写于 1924 年的小诗《沙扬娜拉一首》②，短短五句，却包容了无限的离绪和柔情。其实，这首诗的意思很简单，也就是说一声再见，道一声珍重，但诗中蕴含的那种体味不尽的温情和娇柔，甜蜜而又忧愁的体贴，都融化在结尾飞扬而出的那声"沙扬娜拉"之中。它不仅表明了告别，更倾注着希望、寄托和期待！一声"沙扬娜拉"，轻飘而不失深沉，随意而不失执着，简洁而又充满异国情调。这首小诗被陈梦家收入《新月诗选》，并且成为"新月"诗作中最简短也是最为脍炙人口的名篇佳作。《雪花的快乐》《偶然》《季候》《阔的海》等小诗也都具有同样的魅力。这类诗作显示了徐志摩诗作轻灵飘逸、温柔缠绵的基本特色。

《海韵》是一首融抒情、叙事为一体的优美诗篇。这首诗在悠扬动听的韵律中描写了一个女郎受大海诱惑而终被吞没的故事。诗人通过女郎与大海的对比，并以自身对生活的真切体味，喻示读者：生活不能太现实而毫无浪漫的情致——当面对大海的时候；也不能太浪漫而过于轻信那浪花的温柔——同样是面对大海的时候。面对大海，就是面对生活，面对现实，而绝不只是面对浪漫和理想。由神奇、玄妙的意象升华出富于生活哲理的情思，在悠扬、跌宕的韵律中逐步进入深邃而广阔的意象世界，这是徐志摩的诗的又一特色。

徐志摩最有影响的诗篇是 1928 年 11 月重访英伦归国途中所做的《再别康桥》。这首诗更为突出地显示了徐志摩诗作的意境美、音韵美和结构美。在这首诗中，诗人以康桥的自然景致为直接抒情对象，但在诗人心中，康桥已经化

---

① 徐志摩：《猛虎集·序文》，见《徐志摩文萃》，330 页，北京，文化艺术出版社，2002。

② 此诗是组诗《沙扬娜拉十八首》中的最后一首，当《志摩的诗》再版时，诗人删除了其余 17 首，独留下这一首。

成了旧日情思的象征。诗人的情意完全溶融解在康桥的山光水色之中——"在康河的柔波里，/我甘心做一条水草！"康桥自然景物的人情化，诗人主观感情的自然化，在这里融为一体，情意愈浓，笔下愈来得潇洒，对康桥的惜别之情，被诗人化作一片西天的云彩，轻轻地招一招手，悄悄地挥一挥衣袖，"轻轻的我走了，/正如我轻轻的来"。在这种物我交融的境界中，令人感悟到一种悠远而又执着的意念：人不能伴景长生，但情却能与景永存；人间总有别离，而性灵却天长地久。这首诗不仅美在意境，而且也美在音韵，美在结构。全诗七节，韵律舒徐轻盈，首尾两节意象重叠，在回环往复的旋律中，诗的主题一再重复、深化，一曲奏罢，余音犹存。

徐志摩在《晨报·诗镌》创刊时说，他"要把创格的新诗当作一件认真事情做"。他在新诗艺术方面的孜孜追求，形成了自己的独特诗风。不仅许多"新月"诗人都不同程度地受到他的影响，甚至在整个新诗坛上，他的影响也是深远的。

除了新诗，徐志摩还写了不少散文，并先后结成《巴黎的鳞爪》《落叶》《自剖》《轮盘》等集子。他的散文没有刻意营造和矫饰的痕迹，感情率真而炽烈，想象丰富而飘逸，辞藻华美，色彩明丽，以致有点"浓得化不开"。有些篇章，如《吊刘叔和》，至诚至性，哀婉凄绝，极富感染力。不少评论家对徐志摩的散文创作给予了相当高的评价。散文大家周作人在谈到徐志摩的散文时说："散文方面志摩的成就也并不小，据我个人的愚见，中国散文中现有几派，适之、仲甫一派的文章清新明白，长于说理讲学，好像西瓜之有口皆甜，平伯、废名一派涩如青果，志摩可以与冰心女士归在一派，仿佛是鸭儿梨的样子，流丽清脆，在白话的基本上加入古文、方言、欧化种种成分，使引车卖浆之徒的话进而成一种富有表现力的文章，这就是单从文体变迁上讲也是很大的一个贡献了。"[1] 此外，陈西滢在《新文学运动以来的十部著作（下）》（《现代评论》，1926）中，沈从文在《〈轮盘〉序》（中华书局，1930）中评价徐志摩的创作，也都将他的散文与诗相提并论。

除了闻一多和徐志摩，朱湘（1904—1933）也是"新月诗派"的著名诗人，其诗集有《夏天》《草莽》《石门集》《永言集》等。这些诗大都具有清丽、幽婉的古朴风韵，其中，富有民歌风味的《采莲曲》和以传说故事为题材，反映五四时期青年男女爱情悲剧的长篇叙事诗《王娇》等，是朱湘颇有影响的代表作。编选《新月诗选》的陈梦家（1911—1966），是后期"新月"诗人中较

---

① 周作人：《志摩纪念》，载《新月》，1932（4/1）。

有特色的一位。他深受徐志摩飘逸潇洒诗风的影响，但更写出了自己的纤柔、婉丽以及那淡淡的哀愁。这种超然于现实和时代之外的浅吟低唱，很能代表后期"新月"诗人的共同特色。《梦家诗集》收入了他的主要作品。此外，饶孟侃、刘梦苇、孙大雨、方玮德、杨子惠、朱大楠、林徽因、邵洵美等 20 多位"新月"诗人，也都在自己的诗作中显示了各自不同的特色，在"新月"的轨道上留下了自己的印迹。

第二节 "语丝文体"及周作人等的散文

语丝社是五四以来最大的以散文创作为主的作家群体，得名于 1924 年 11 月在北京创刊的《语丝》周刊。它并没有严格的组织，而是一个由《语丝》周刊主要撰稿人形成的同人团体。《语丝》从 1924 年年底创刊至 1930 年年初停刊，前后历时 5 年，每年 1 卷，每卷 52 期，共出版 260 期，发表文章 2000 余篇，400 余万字。《语丝》的长期撰稿人主要有周作人、鲁迅、钱玄同、孙福熙、江绍原、林语堂、川岛、章衣萍、李小峰、孙伏园、俞平伯、刘半农等。此外，冯文炳（废名）、朱自清、郑振铎、许钦文、郁达夫、梁遇春、冯雪峰、沈从文、胡适、徐志摩等人也经常在《语丝》上发表作品。

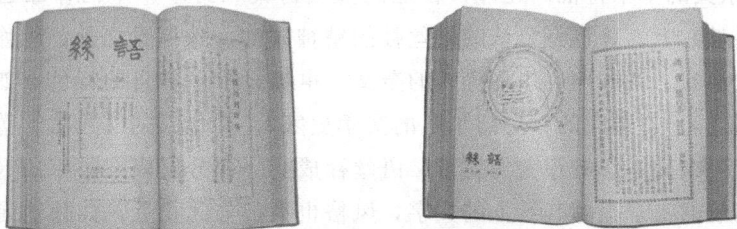

图 7-3 《语丝》书影

尽管语丝社成员在政治态度、思想倾向和文学主张等方面不尽相同，但在办刊宗旨和创作态度上是基本一致或相近的。周作人代写的《语丝·发刊辞》集中体现了语丝社同人的基本主张和态度："我们只觉得现在的中国的生活太是枯燥，思想界太是沉闷，感到一种不愉快，想说几句话，所以创刊这张小报，作自由发表的地方。"语丝社作家继承了"五四"新文学的战斗传统，展开积极的社会批评和文化批评，对迂腐的封建礼教、落后的思想意识、僵化的传统观念、军阀官僚的残暴统治和虚伪的文风等，都进行了猛烈的抨击，同时大力提倡美的、艺术的生活，提倡思想和言论自由。《语丝》作家总体上在

"五卅"运动和"三一八"惨案等重大历史事件中，表现出了正义的斗争精神和进步的爱国思想。当然，一些作家在社会批评和文化批评方面的思想局限也是明显的。《语丝》作家的思想倾向及其特征，诚如后来鲁迅所概括的那样："任意而谈，无所顾忌，要催促新的产生，对于有害于新的旧物，则竭力加以排击——但应该产生怎样的'新'，却并无明白的表示，而一到觉得有些危急之际，也还是故意隐约其词。"①

《语丝》是中国现代文学史上第一个以散文创作为主的文学刊物，除小说、诗歌、学术文章和译介的外国文学作品外，主要刊载各类散文作品，特别是简短、犀利的思想杂感、社会批评和随笔、小品散文等，先后设置过"随感录"和"闲话"等专栏。正是在针砭时弊的杂感和随笔方面，语丝社的作家形成了共有的风采：排旧促新，放纵而谈，说古论今，不拘一格。这种鲜明的文体风格曾赢得"语丝文体"之美称。

语丝社的散文创作主要有两个方面：以鲁迅、周作人为代表的锐利、泼辣的杂文；以周作人、林语堂为代表的幽默、冲淡的小品散文。杂文创作是《语丝》作家对现代文学的重要贡献。《语丝》发表杂文 500 余篇，其中成就最突出的首推鲁迅。鲁迅的《华盖集》《华盖集续编》《而已集》《三闲集》等杂文集中的大部分文章，都是在《语丝》上发表的。这些杂文锐利、深刻，体现了《语丝》杂文的基本特征。此外，鲁迅的散文诗集《野草》中的作品也全部发表在《语丝》上。鲁迅是公认的语丝社的精神领袖。除鲁迅之外，周作人、钱玄同、刘半农、章衣萍、川岛等人的杂文，也都显示了各自的特色，如钱玄同的《告遗老》、刘半农的《骂瞎了眼的文学史家》、周作人的《死法》等文，都是《语丝》杂文中影响很大的篇章。语丝社成员一部分发表在早年的《晨报副刊》和稍后的《京报副刊》上的文字，风格也大都与此相近，如孙伏园的散文《南行杂记》《长安道上》等篇，名为游记，仍以描摹世态人情为主，记叙中夹着议论，多对社会现象进行抨击，极少对山水景物的单纯描写。语丝社这种注重社会批评的文体，为后来"左联"时期战斗性小品文的发展开了风气。

在小品散文方面，"语丝"作家更显出了自己的风采。《语丝》先后发表小品散文 400 余篇。周作人、林语堂、江绍原、孙福熙、俞平伯、川岛等都是各有个性的小品散文作家，其中尤以周作人、林语堂的小品散文风格更加鲜明突出。

---

① 鲁迅：《三闲集·我和〈语丝〉的始终》，见《鲁迅全集》，4 卷，171 页，北京，人民文学出版社，2005。

　　林语堂（1895—1976），福建龙溪人，原名和乐，后改名玉堂、语堂。早年先后去美国和德国留学，1923 年归国后在北京大学教授英文，并开始在《晨报》副刊发表针砭时事的文章。林语堂在《语丝》上发表的大量小品散文，如《劝文豪歌》《咏名流》《论骂人之难》《悼刘和珍杨德群女士》等，提倡自由民主，揭露北洋军阀镇压进步学生的暴行和现代评论派等"正人君子"的虚伪面孔，并对社会解放、改造国民性等问题提出了自己的见解，显示了"真诚勇猛"的战斗精神。林语堂的文章追求幽默效果，庄谐杂陈，深入浅出，语言平实而机智，有一种举重若轻、从容自如的风度，但刻意表现西洋式的幽默和绅士之风，又使"他的幽默，是有牛油气的，并不是中国自来所固有的《笑林广记》"。林语堂在《语丝》上发表的小品文主要辑入散文集《剪拂集》中。20 世纪 20 年代末、30 年代初，林语堂从思想的失望、苦闷到大力提倡幽默闲适的"性灵文学"，逃避现实。尽管此时他的小品文在个人风格上更趋成熟，但其思想锋芒比起《语丝》时期，则明显地减退了。

　　最能显示语丝社小品散文思想风采和艺术风格的作家是周作人。他一人在《语丝》上发表的文章就达 400 篇之多，其中有杂文也有小品文，而且对《语丝》的创办和编辑工作做出了积极的贡献。

　　周作人（1885—1967），浙江绍兴人，原名槐寿，字启明、起孟，号知堂，是鲁迅的二弟，1906 年从江南水师学堂毕业后赴日本留学。留学期间，他开始致力于中西文化研究，并兼习日、英、希腊等多种外国语言。回国后，他自 1917 年起在北京大学等校任教并投身新文化运动。长期的学者生涯对他的散文创作产生了一定的影响。整个五四时期，周作人一方面积极倡导"为人生"的文学主张，在《人的文学》《平民文学》等文章中系统地阐述了以人道主义为核心的"人的文学"的理论，积极推进文学革命的发展；另一方面，他大力提倡发展现代散文。1921 年 6 月，他在《晨报》副刊发表了一篇题为《美文》的短评，提倡"治新文学的人"大胆试作现代小品散文，并以自己的创作实践积极推进它的发展和繁荣。这一时期，周作人创作了大量散文作品，从 1923 年起，先后出版了 24 本专集。他在 1928 年以后的散文虽不乏炉火纯青之作，但艺术性、战斗性俱佳的作品，则主要集中在五四时期。周作人最有影响、最有代表性的散文集有《自己的园地》（1923）、《雨天的书》（1926）、《泽泻集》（1927）、《谈龙集》（1927）、《谈虎集》（1928）、《永日集》（1929）等。五四落潮之后，周作人于 1928 年年底写下《闭户读书论》一文，表明他躲进书斋、谈经论史、远离现实、安心养性的所谓中庸主义的"绅士"态度。1937 年抗战爆发后，周作人在当时的沦陷区北平出任伪职，沦落为汉奸和民族的罪人。对于周作人来说，其思想和创作从激进向保守的转变，从封建传统的"叛徒"向谈鬼说禅的"隐士"的退缩，并不是突发的。早在五四时期，在他的心中就已经隐伏着深深的思想矛盾，"浮躁凌厉"的积极姿态与隐逸洁身的消极意识是交织在一起的。抗战爆发之后，周作人依附日伪，丧失民族气节，也正是其思想发展的必然结果。

周作人是现代散文大家，对中国现代散文的繁荣和发展做出了自己特有的贡献。第一，对散文文体理论的大力提倡。他发表于1921年6月的《美文》将文学性散文放到了与小说、诗歌、戏剧并列的位置上，从理论上为这一文体确立了地位。第二，他大量的散文创作实践，形成了自己平和、冲淡的独特风格。第三，在他的带动和影响下，从20世纪20年代开始，中国文坛就形成了一个学者式散文流派，成为现代文学中崇尚闲适、青涩，知识性与趣味性并重的一个散文流派。周作人的前期散文，可分为注重议论批评的杂感和偏于叙事抒情的小品两类。前者思想意义较强；后者艺术成就较高。而真正代表了他散文艺术风格因而影响更大、艺术成就更高的，还是那些以"平和冲淡"见称于世的小品文。周作人的小品文取材广泛、不拘一格、恬淡从容、真率亲切、简素质朴、庄谐并出，显示了他作为散文大家的深湛的艺术造诣。

在杂文创作方面，周作人《语丝》时期的作品讽喻现实，信笔直书，形成了一种激进昂奋的"浮躁凌厉"的战斗风格。《卧薪尝胆》《偶感》《死法》《门前遇马队》《关于三月十四日的死者》等，对反动军阀屠杀革命者、进步学生和无辜群众的暴行进行了控诉；《新中国的女子》《吃烈士》等则是对英勇反抗者的热情赞颂；《祖先崇拜》《思想革命》等揭露了封建传统礼教，呼唤思想革命；《碰伤》《沉默》等对摧残言论自由、武力镇压群众运动的反动势力采用了反语式的嘲讽；《日本人的好意》《裸体游行考证》等揭露了日本帝国主义的文化侵略和奴化教育的本质等。周作人的这些杂文不仅和鲁迅等人的一些杂文一起在当时的现实斗争中发挥了投枪与匕首的战斗作用，而且也写出了自己的个人风格。周作人的杂文善于正话反说，文辞表面平静，而内里情感热烈，在从容不迫的引证和戏谑洒脱的论析之中，达到讽喻和批判的目的。《死法》一文就是由古今中外的种种死法联系到现实的"三一八"惨案。一副"什么世界，还讲爱国？如此死法，抵得成仙！"的对联，对军阀枪杀无辜青年的暴行予以讥刺，通篇满含激愤之情，却以压抑文字出之，欲擒故纵，更有力量。

在小品散文创作方面，周作人既继承古代公安派、名士派性灵小品"独抒性灵，不拘格套"的观点，又吸取外国散文"漂亮"和"缜密"的写法，形成自己的风格特色。他的小品散文取材极为广泛，从社会批评、文明批评到日常情景、生活琐事，古今中外无所不谈，堪称生活的"万花筒"。从思想性上看，他的小品散文不及他的杂文更具有战斗锋芒，但就艺术性而言，小品散文这一形式在他手中确实发展得更为圆熟、精粹了，这可以说是他对散文艺术的又一贡献。他常常在旁征博引之中自然而然地传授出丰富有趣的知识，或是抓住生活中一鳞半爪的现象，结合自己的所见所闻，旁敲侧击、左右逢源，充分显示了学者式散文的特色。《苍蝇》《菱角》《两株树》《喝茶》等篇，都是围绕一件很小的事物，古今中外、上下左右，写出种种有关知识，使读者开卷时已感受益，掩卷后尚有所思。这种写法是"散谈"式的，就像拉家常一样，看似散漫，却写出了浓郁的生活韵味。《苦雨》一文就是在漫不经心的散谈中写出了一场苦雨的甜味，以一种轻松、风趣而又超然的心绪告慰远方的友人。《死之默想》《论做鸡蛋糕》《鸟声》诸篇也是这方面的佳作。与此相通，周作人的小品散文常在冲淡的情感之中深含着诗意。写于1924年的名篇《故乡的野菜》，通过介绍家乡的几种野菜表达了一种深沉的怀乡之情。文章本身虽然写得平和、质朴，细细咏味，便不难被那恬淡、深长的诗意所吸引。作于1926年的另一名篇《乌篷船》，在描述家乡优美的山光水色的同时，也自然地烘托出作者轻快、愉悦的心情，在乌篷船上玩赏水乡盛景，一种悠远的故乡之恋便会油然而生。这种"涩味和简单味"[1] 融合而成的独特韵味，读来使人眷念不已。这类文章还有《北京的茶食》《爱罗先珂君》《喝茶》等多篇。

短小精悍、简洁老练是周作人小品散文的一般特征。他的小品散文大都几百字到千余字，遣词用字恰到好处，体现了一种朴实、古雅、含蓄、凝重的文风。在周作人的影响下，经过俞平伯、钟敬文、废名等众多作家的努力，此风长盛不衰，对后来的散文创作产生了深远的影响。

此外，还应关注的是，周作人散文创作的根本价值究竟在哪里？显然，周作人的散文不仅仅在于其知识性、趣味性，甚至也不仅仅在于其平和、冲淡的审美追求，更重要的原因还在于，周作人的散文当中有一种"大关怀"和"大突破"。这里说的"大关怀"是指周作人的小品散文在那些看似平凡琐细的人生点滴描述之中蕴含着一种对人性本质的揭示，对整个人类命运的深切关注。他的《故乡的野菜》写的是自己家乡的那几种野菜以及童年的生活，但人们读了之后，从中能品味和领悟到一种与自己相关的东西：故乡是一个人永远也割不断的情思。这种内涵，在作者的行文中刻意加以冲淡（比如作者在文章开篇

---

① 周作人：《永日集·〈燕知草〉跋》，见《永日集》，179页，上海，北新书局，1929。

特意强调自己与故乡并无特别的挂念）之后，来得尤其醇厚、浓郁，令人回味不尽、感念再三。如果周作人在文章中只是对自己家乡的几种野菜津津乐道，沉湎于个人的情怀之中，那是不会产生如此长久的感染力的，那就真的成了"只见苍蝇，不见宇宙"。恰恰相反，周作人笔下的"苍蝇""野菜""苦雨""乌篷船"之类的叙述中，折射着人性、人生、社会乃至宇宙的"大关怀"。至于"大突破"，周作人散文的贡献也显然不仅仅在于某些技法的运用、某些情调的表现上。他的散文在结构上真正追求"散"的艺术，真正打破一般散文的写作格式，在彻底粉碎散文结构的固定模式之后，显出一种洒脱和大气，可以说，周作人散文在结构上最大的特点就是没有结构。这是一个真正的大手笔应有的内涵与气度。

第三节　冯至与浅草-沉钟社

沉钟社是20世纪20年代中期出现在现代文坛的一个以青年作家为主的文学社团。1925年10月，杨晦、陈炜谟、陈翔鹤、冯至这四位文学青年有感于德国戏剧家霍普特曼的童话剧《沉钟》的启示——艺术的成功在于坚忍不拔的精神——在北京出版发行了《沉钟》周刊（1926年8月起改为半月刊），沉钟社即因此而形成。由于四位骨干都曾是浅草社的成员，并且在《浅草》季刊上发表过颇有影响的作品，因此，人们常把浅草社看作是沉钟社的前身。应该说，沉钟社和浅草社是两个有关联而又各自独立的文学社团。沉钟社从1925年10月创办《沉钟》周刊起，经停刊复刊，苦苦挣扎，使《沉钟》一直持续到1934年2月，前后历时将近10年才终刊。因此，鲁迅在《中国新文学大系·小说二集·导言》中曾赞誉它是"中国的最坚韧，最诚实，挣扎得最久的团体。它好像真要如吉辛的话，工作到死掉之一日；如'沉钟'的铸造者，死也得在水底里用自己的脚敲出洪大的钟声"①。

沉钟社诸作家以质朴而悲凉的文学创作和对外国文学的广泛译介显示了自己的实绩和特色。他们的创作多以社会重压下青年知识分子的悲凉生活为题材，着意挖掘他们内心深处的苦闷，进而表达出对现实社会的不满和对理想境界的追求，在极力要"将真和美歌唱给寂寞的人们"的同时，却又表现为一种"饱经忧患的不欲明言的断肠之曲"。对精神压迫的反抗和对细腻朴实风格的追

----

① 鲁迅：《中国新文学大系·小说二集》，见鲁迅编：《中国新文学大系·小说二集·导言》，上海，上海良友图书公司，1935。

求,是沉钟社作家艺术创作的显著特征。除《沉钟》上发表的作品之外,沉钟社编辑出版的《沉钟丛书》七种(其中包括杨晦的戏剧集、冯至的诗集、陈炜谟、陈翔鹤的小说集等)集中体现了沉钟社作家们的创作成就。在译介方面,沉钟社先后翻译了俄国和欧美众多作家和批评家的作品,在当时产生了相当的影响,对扩展新文学的艺术视野做出了贡献。

虽然先后在《沉钟》杂志上发表过作品的作家有数十位,但最能体现"沉钟"风格的是杨晦、陈炜谟、陈翔鹤和冯至四位作家。

杨晦(1899—1983)是从《沉钟》创办开始一直坚持到最后的一位编者,在创作上也颇有建树。除了翻译莱蒙托夫的小说《当代英雄》和古希腊悲剧《被幽囚的普罗米修斯》之外,他还先后在《沉钟》上发表了独幕剧《苦泪树》《笑的泪》《庆满月》《除夕》以及多幕历史剧《楚灵王》等。他的剧作多表现农村和城镇底层穷苦民众的凄惨生活。《笑的泪》以街头艺人强忍丧母的哀泪逗笑于人的辛酸,在泪与笑的强烈对比中,反映了社会底层艺人难言的痛苦。《除夕》描写了一个农村家庭在除夕之夜抑制着丧子的哀伤,强作欢颜的情景,使农村生活的凄凉在这复杂的人物心态里得到了深刻的揭示。《庆满月》则表现了旧家庭在争夺财产过程中的毁灭和贫苦佃户痛不欲生的遭遇。杨晦的剧作善于选取现实生活中动人心魄的一幕,以简洁而富有生活气息的对白,凸显人物性格。此外,强烈对比的气氛更增加了剧本的艺术感染力。

沉钟社作家的小说创作则以陈炜谟和陈翔鹤的作品最显特色。陈炜谟(1903—1955)主要著有短篇小说集《信号》和《炉边》。《信号》中的《狼筅将军》以极为沉重、压抑的笔调,揭示了主人公从世家的举人到最后发疯、自封"狼筅将军"的变故,反映了军阀混战下蜀中民众的苦难和世道的不平,读来令人感到沉闷、窒息。本篇和《炉边》中的《破眼》《夜》《寨堡》均被鲁迅选入《中国新文学大系》。这些作品在控诉社会黑暗的同时,也抒发了作者难以排遣的寂寞情感。陈翔鹤(1901—1969)的小说创作从《浅草》到《沉钟》,由着重表现知识青年的颓废和苦闷转向了对现实生活的剖析和揭露。他在《沉钟》上发表的小说,后来结成了《不安定的灵魂》和《独身者》两个集子。陈翔鹤小说的主人公多是些忧郁悲观而又不甘沉沦的知识青年,在他们身上反映了作者自身的影子。《悼——》和《不安定的灵魂》就是两篇自传色彩很浓的小说。前者带着一种深重的赎罪感表达了对亡者的悼念;后者倾诉了一个在爱和逃避之间恍惚不安、摇摆不定的灵魂的痛苦。这些小说情真词切、凄楚悲凉,是陈翔鹤作品中较为感人的作品。

沉钟社作家中最有影响、文学成就最突出的是诗人冯至。冯至(1905—

1993)，原名冯承植，字君培，河北涿州人，1921年考入北京大学预科并且开始新诗创作，1923年参加浅草社。1925年浅草社停止活动后，他与杨晦、陈翔鹤、陈炜谟等人另组沉钟社。1927年4月，冯至第一部诗集《昨日之歌》问世。1929年8月，其第二部诗集《北游及其他》出版。这是他文学生涯中的第一个高峰期。1930年至1935年，冯至留学德国，受到德国诗人里尔克的极大影响，诗风开始改变。回国后，冯至于1942年、1946年、1947年先后出版诗集《十四行集》、中篇小说《伍子胥》和散文集《山水》。这是他文学生涯中的第二个高峰期。其中，《十四行集》成功地移植了外来的十四行诗体，并且融合了西方现代主义诗歌理念与中国传统文化精神，成为中国诗歌现代性转变的先导，为西南联大年轻一辈诗人引导了方向，影响巨大。新中国成立后，他还陆续出版有散文集《东欧杂记》（1951）、传记《杜甫传》（1952）、诗集《西郊集》（1958）、诗集《十年诗抄》（1959）、论文集《诗与遗产》（1963）等。

在20世纪20年代初的浅草社时期，冯至刚登上诗坛，就以清丽幽婉的抒情笔调，写下了不同凡响的诗篇。《沉钟》创刊后，他继续发表的新诗意蕴更为深沉，技法更为圆熟。他在20年代创作的近百首新诗，分别收入《昨日之歌》和《北游及其他》两个集子里。从数量上看，冯至的新诗并不算高产，但他的诗歌受到中国晚唐诗、宋词和德国浪漫派诗人的影响，具有意象新颖独特、语言舒卷自如的艺术特点，因而被鲁迅在《中国新文学大系·小说二集·导言》中赞誉为"中国最为杰出的抒情诗人"。《昨日之歌》是奠定冯至在现代文学史上地位的第一本诗集，收入的是诗人20年代初期的诗作，真实地表述了五四以后知识青年渴望光明的探求激情与艰难寻找出路的苦闷心态。诗集上卷主要是抒情短诗；下卷是四首叙事长诗。青春、爱情、生命是诗集的主旋律。《我是一条小河》是其中最有影响的代表作之一。新颖含蓄的意象、清新直白的语言、缠绵惆怅的情思，全部交汇在这条"小河"之中。诗的开头是这样的：

> 我是一条小河，
>
> 我无心由你的身边绕过——
>
> 你无心把你彩霞般的影儿，
>
> 投入了我软软的柔波。

这是一种充满哲理的情感波动，无心与有情，真挚与随意，都像小河流水，来得那样自然而又不容置疑。顺着这种情致，小河历经曲折坎坷，终于汇入大海，掀起了波涛：

> 海上的风又厉，浪又狂，

> 吹折了花冠，击碎了裙裳！
>
> 我也随了海湖漂漾，
>
> 漂漾到天边的远方——
>
> 你那彩霞般的影儿，
>
> 竟也同幻散了的彩霞一样！

　　"我"和"你"——"小河"与"彩霞般的影儿"，从小河流绕时起直至漂漾到天边的远方，形影相伴，心神相随，在波涛中和谐，在和谐中冲突。显然，这是一首优美含蓄的爱情诗，但它的内涵又超越了爱情的范围。情感与意象的交替升华，并把真切的感受和难言的情感诉诸具体的形象是冯至诗作的特点。他的另一首很有名的诗作《蛇》借蛇的形象来写一种奇妙的寂寞之情。其中蛇的游动、蛇的形态以及有关蛇的联想，都从不同角度揭示了无言的寂寞的内涵，道出了诗人奇特的感受，无论在意象的新颖，还是在情感内涵的深沉方面，都堪称诗坛奇葩。从日常生活中发现诗，注重从细节着眼捕捉诗意，这是冯至诗作的常用手法。《绿衣人》《一颗明珠》《风夜》诸篇，都是这方面的代表作。《昨日之歌》中以《帷幔》为代表的叙事长诗，以哀婉的传说为素材，控诉了封建婚姻制度的愚昧，歌唱了青年男女的爱情理想，是中国现代文学中叙事诗创作较早的成果，显示了诗人将内容现实性和故事传奇性完美融合的艺术水准。《北游及其他》则是诗人接触社会，情感深化的结果。其中的《迟迟》《围巾》《桥》等，显示了诗人爱情诗的成熟。长诗《北游》对现实社会的记录和诗人自身心痕的刻画，表明诗人对生活的理解更深刻、更清晰了。对黑暗的诅咒和对理想的憧憬，以及对理想与现实冲突的表现，表明诗人向着现实主义的创作道路迈出了更坚实的步伐。

第四节　李金发与初期象征诗派

　　20 世纪 20 年代中期，与郭沫若所代表的自由诗派和闻一多、徐志摩所代表的格律诗派同时并存的，是以李金发为代表的象征诗派。由于这一诗派对后来 30 年代现代派诗歌产生了直接的影响，它又被看作是初期象征诗派，或早期现代诗派。

　　与自由诗派和格律诗派一样，初期象征诗派在中国新诗坛的出现也有其深刻的历史原因，并符合文学自身发展的逻辑。20 世纪 20 年代中期，中国社会正处在一个新的历史过渡阶段，黑暗势力的反扑、反动统治的加强与民众的抗争、革命时机的成熟交织在一起，深刻、严峻的社会矛盾给一些知识青年带来了新的苦闷和感伤。他们追求、幻灭、颓废、徘徊……这种情绪不仅是初期象征派诗歌产生的思想基础，而且也是这一诗派创作的思想基调。就象征诗派产生的内在动因和自身发展的逻辑来看，其产生的原因主要有两点。首先是现代中国新诗的发展。无论是早期白话新诗的过于浅切直露，还是"新月诗派"的过于艳丽，都表明需要新的探索和突破。其次是外国象征主义思潮在中国的兴起。象征主义是 19 世纪末欧洲出现的一种流派和文学思潮，其代表作家有波德莱尔、马拉美和瓦莱里等。它以抒写个人感情为重点，但它不抒写日常生活中表层的喜怒哀乐，而是抒写不可捉摸的内心隐秘。象征主义诗人不满足于描绘事物的明确线条和固定轮廓，他们所追求的艺术效果，并不是要使读者理解他们究竟要说什么，而是要使读者似懂非懂，恍惚若有所悟，使读者体会到此中有深意。象征主义诗作往往具有很浓的"世纪末"情绪，具有很强的感伤色调。当时，波德莱尔、马拉美等人的诗作及其理论被大量译介到中国，促使部分诗人的诗歌观念发生变化。李金发率先把法国象征诗派的手法介绍到中国诗坛。穆木天和王独清则在《创造月刊》创刊号上发表论诗的通信，竭力提倡诗应有"暗示"和"朦胧美"，强调"诗的世界是潜在意识的世界"，"'色''音'感觉的交错"是诗的"最高的艺术"。而这批象征主义理论的倡导者，也就成了中国初期象征诗派的主要代表。

1925 年，李金发的第一部诗集《微雨》的出版，标志着象征诗派由理论倡导走向创作实践。与李金发同时或稍后致力于象征诗派诗歌创作的，还有后期创造社的三位年轻诗人王独清、穆木天和冯乃超。这一时期在不同程度上受到象征主义思潮和李金发等人诗风影响的还有戴望舒、姚蓬子、胡也频、石民、侯汝华、林英强等。此外，田汉、宗白华等也在象征主义的理论和实践方面进行过积极的探索。在象征诗派的诗人中，除李金发之外，穆木天的《旅心》、王独清的《圣母像前》、冯乃超的《红纱灯》等诗集，也都在当时产生了一定的影响。在这些诗人的共同尝试下，一个象征诗派诗歌的浪潮在中国现代诗坛上兴起。

作为一个诗歌流派，初期象征诗派并没有发表过共同的理论主张，但从他们各自发表的艺术见解来看，的确表现了一种不同于初期白话诗的美学原则。首先，他们强调艺术必须表现自我。李金发认为："艺术是不顾道德的，也与社会不是共同的世界。艺术上唯一的目的，就是创造美；艺术家唯一的工作，就是忠实表现自己的世界。所以他的美的世界，是创造在艺术上，不是建设在社会上。"① 他以个人的内心世界为美的最高追求，主张诗是"个人灵感的记

---

① 李金发：《烈火》，载《美育》，1927 年创刊号。

录表，是个人陶醉后引吭的高歌"①。其次，他们强调诗歌的象征和暗示的方法。法国象征派诗歌的一个突出特点是注重主观世界与客观对应物的契合，注重诗的意象暗示功能和神秘性。这也是李金发和其他象征诗派诗人的美学追求。李金发认为，美蕴藏在想象中、象征中。穆木天进一步认为"诗要有强大的暗示能。诗的世界固在平常的生活中，但在平常生活的深处。诗是要暗示出人的内在生命的深秘。诗是要暗示的，诗最忌说明的。……诗的背后要有大的哲学，但诗不能说明哲学"，主张诗歌应该"用有限的律动的字句启示出无限的世界"②。他们强调诗歌语言的音乐美和色彩美。他们针对五四初期新诗过分散文化而缺少艺术锤炼的毛病，提出了诗歌语言"音"与"色"结合的美学主张。他们追求"音"与"色"的交错，认为这是"最高的艺术"。

在象征诗派诗人中，真正系统探索象征主义诗歌理论并全力从事创作的是李金发。李金发（1900—1976），广东梅县人，1919年留学法国学习雕塑，次年受五四文学革命的影响，开始写作新诗。1925年2月起，他开始在《语丝》《小说月报》《文学周刊》《黎明周刊》上陆续发表诗作。李金发的诗名遂为人所知。1925年11月，他出版第一部诗集《微雨》，接着于1926年、1927年相继出版了第二、第三本诗集《为幸福而歌》和《食客与凶年》。

李金发的《微雨》是中国新诗史上第一部象征主义诗集，朱自清在《中国新文学大系·诗集·导言》中说李金发是把法国象征主义手法"第一个介绍到中国诗里"，在当时"是一支异军"。李金发创作的这些诗歌，明显吸取了西方象征主义诗歌的营养。他留法期间，正值法国诗坛象征主义盛行。波德莱尔的《恶之花》及马拉美、魏尔伦等法国象征派诗人及其诗作，对李金发诗歌创作的思想情调和艺术技巧都产生了重要影响，尤其是法国象征派诗歌以梦幻来取代现实和以颓废为美丽的"世纪末"思想，更引起了李金发的强烈共鸣，这一点深深地映现在他的整个诗歌创作中。

李金发先后创作诗歌四百余首，从题材上看，大致有三类。一类是歌唱爱情，表达理想与现实的冲突，如《心愿》《墙角里》《一个简单的故事》等；另一类是描摹异国风情，反映诗人内心的惆怅，如《巴黎之吃语》《卢森堡公园》《柏林初雪》《东方人》等；再一类以描写自然景物为主，如《罗浮山》《临风叩首》等。但从思想内涵上看，其整个诗作的中心意象只有一个，就是生与死的忧伤、现实与梦幻的迷惘。《微雨》的开卷篇《弃妇》就充分显示了这种情

① 李金发：《是个人灵感的记录表》，载《文艺大路》，1935（2/1）。
② 穆木天：《谭诗》，载《创造月刊》，1926（1/1）。

绪的律动。全诗从弃妇披着的两肩长发写到她那发出哀吟的"衰老的裙裾"，把一连串的物象堆积在这个"弃妇"身上，使之表面好像一尊凝然不动的雕塑，然而，剧烈的情感流动在那些好像互不相干的物象之间，流动在弃妇的心底。"鲜血""枯骨""蚁虫""空谷""夕阳""灰烬""丘墓"……诗中的这些物象并不是冷峻的堆砌物，而是由弃妇内心的感觉所派生，它表达着弃妇对生活的"隐忧"和读者对这"隐忧"的共鸣和哀伤。因此，诗中有一种奇特的"观念联络"，读者只要通过联想去填补那些单独观念之间的暗示，一个完整的意象就呈现出来了：一个被社会抛弃的妇人经受着"狂风怒号"，像"一根草儿"般的脆弱、孤独。这个意象不仅完整清晰，而且还能使人产生进一步的联想：抛弃这个妇人的社会，难道就不会被抛弃？其中，既有诗人对弃妇的同情，也有诗人对自己遭受社会冷落的愤然不平。可见，弃妇在诗中既是一个具体形象，同时又是一个包含着更为深广意象的象征性载体。

作为李金发的代表作，《弃妇》一诗体现了李金发诗作（实际上也是整个初期象征诗派）的一些特点。首先是打破常规逻辑，省略一般的联想过程，以跳跃的思绪引发读者去展开想象。《弃妇》从人称关系到各种物象都是不统一、不连贯的。读者必须通过自身的推测和想象来感悟，这就扩展了诗歌原来的内涵。其次是新奇的比喻和充满暗示的意象。诗人不仅对弃妇的愁苦和绝望的具体比喻很特别，而且用弃妇来整体喻示诗人自身的命运也是新颖奇妙的。诗作对社会的冷酷、人世的炎凉、命运的乖舛，没有明确的展现，而是由飘忽朦胧的意象暗示出来。再次是通感手法的运用。"烦闷化为灰烬""衰老的裙裾发出哀吟""战栗了无数游牧""黑夜与蚁虫联步"，这些不协调、不相关的搭配，造成一种感官的交错互通，使读者产生多方位的感受。最后是用象征性的意象来突出表现诗人内心潜在的主观意识。整首《弃妇》不仅用弃妇的形象来象征人生命运，而且在更深的层次上象征着诗人对人世、痛苦和绝望的复杂理解。这种表象与潜在意象的距离，既能加深诗的意境，也会给诗带来晦涩和费解。

象征诗派在 20 世纪 20 年代中期的出现，是对缺少余香与回味的初期白话诗的一种反拨，丰富了新诗的表现手法，为发展中的新诗带来了一些新的东西。但是，在经过短暂的艺术历程后，象征诗派很快地衰落下来。它的衰落有两个方面的原因。一是时代的原因。象征诗派诗人反对诗歌的"时代意识"，认为诗"是个人灵感的记录表"①。诗作一味地表现幻灭、颓废、徘徊，情感上

---

① 李金发：《是个人灵感的记录表》，载《文艺大路》，1935（2/1）。

毕竟太狭窄了,与时代潮流和文化潮流的发展背道而驰。二是民族传统的原因。尽管象征诗派倡导西方艺术与民族传统的沟通,但在实践上表现出来的却是对民族传统的疏离,而且,诗人在借鉴西方艺术时缺乏自己的消化和创造。许多作品由于过分骛新而显得怪诞,由于大量外文词语的运用而破坏了阅读的完整性,结果渐渐为读者厌弃。作为一个诗歌流派,李金发和他所代表的初期象征诗派解体了,但象征主义诗歌潮流并没有在新诗中消失,它们以新的形态出现在以戴望舒为代表的现代派诗人的作品中。

第五节 早期乡土田园小说的兴起

20世纪20年代前期,在新文学社团流派纷起的高潮中,出现了一支引人注目的小说创作流派——乡土写实小说。在总体上,它属于"为人生"的现实主义小说大潮中的一支。"乡土文学"作为一种特定的文学现象,其主要特征是作家以自己所熟悉的故乡村镇为背景,描绘乡土风情,揭示农民命运,映现出鲜明的地方色彩和浓郁的生活气息。最先使用"乡土文学"这一概念的是鲁迅,他在1935年所作的《中国新文学大系·小说二集·导言》中,第一次用"乡土文学"这一概念描述了蹇先艾、王鲁彦、许钦文等人的小说。在现代文坛上,鲁迅首开"乡土小说"之风。写于五四前后的《孔乙己》《风波》《故乡》以及《阿Q正传》等,都可以看作是最早的一批"乡土小说"。在鲁迅的影响下,20世纪20年代前期,一个以文学研究会、语丝社、未名社的青年作家为主干,充溢着清新淳朴的乡土气息的"乡土文学"作家群即已出现,其代表有徐玉诺、潘训、彭家煌、许杰、蹇先艾、许钦文、台静农、黎锦明、王任叔、王鲁彦等,他们的作品显示了"乡土文学"最初的实绩。

"乡土文学"是一个不断发展、变化着的流派,20世纪30年代以至40年代之后,还出现过多次高潮并表现出了不同的风格特色。但是,这一流派在最初阶段,就显示了一些共同的特征。首先,最初实践"乡土文学"的作者,并不是始终扎根在乡土的作家,而是流寓北京、上海等都市,受到现代生活和现代文明洗礼的青年。被生活逼迫、驱逐到他乡异地的苦难经历,往往成为他们回顾家乡生活的内在动力。因此,他们的作品都展示了自己最熟悉的那一部分生活。而远离乡土所产生的牵挂与思念,则使得"乡土文学"作家在所描写的故乡生活风貌和美丽的自然风光中,凝聚着一种悲凉的气氛,这就更增添了作品质朴、真切的乡土之思。其次,"乡土文学"作家在集中表现农村和农民生活题材的过程中,尤为注重展示某一地区的山川风物和民风民俗,而且往往是不同作家写出了不同地区的风土人情，从而呈现出由具有地方色彩的自然环境和社会景观交融而成的特点，这也是"乡土文学"的重要标志。正因为如此，这类小说往往在揭示一定时期乡土生活的同时，还具有社会学、民俗学等独特的价值。最后，"乡土文学"不是一般地叙述人物命运，而是把人物命运深深地镶嵌在特定的地方心理和乡土状貌的背景下，来展现其性格和遭遇，使人和物在独特的乡土氛围中融为一体。总之，20 世纪 20 年代兴起的"乡土文学"，以其鲜明的特征在现代文学史上留下了深深的足迹，并且，随着农村题材在现代文学作品中的不断繁荣和扩大，随着对民族形式、民族风格的不断追求和完善，"乡土文学"也不断走向成熟并愈加显示出艺术活力。

在 20 世纪 20 年代崭露头角的"乡土文学"作家中，除了前面已经论及的王鲁彦之外，较为突出的还有许钦文、台静农、蹇先艾、许杰、彭家煌等。

许钦文（1897—1984）是在鲁迅的关怀和培养下成长起来的作家。他的小说突出地表现了家乡浙东绍兴一带古老乡镇沉闷忧郁的空气。生活的艰辛和五四的影响，使他离开家乡漂流到北京，边工读边开始文学创作，先后创作出版了《故乡》《毛线袜》《回家》《幻象的残象》《蝴蝶》《若有其事》《仿佛如此》等短篇小说集和《鼻涕阿二》《西湖之月》等中篇小说。其短篇代表作《疯妇》描写了勤快的双喜妻子不愿跟婆婆学织布，而去褙锡箔，由此引起婆媳隔膜。在无处不在的传统意识的包围中，双喜妻子由心情压抑，终而发疯、死去。小说不仅写出了家庭和社会的悲剧，表达了对古老乡村陈规陋俗的怨愤以及对劳动妇女命运的深切同情，而且，对双喜妻子褙锡箔的细腻描写，构成了一幅生动的绍兴地方风俗画。中篇小说《鼻涕阿二》以鲁镇松村的风情为背景，表现了主人公菊花不甘处于受人歧视的卑微地位，但她的反抗带来的却是更大的不幸，从"贱小娘"到新少奶奶，她的命运始终处于遭人嘲弄和役使的悲剧境地。小说对松村社会宗法礼教、等级观念所形成的无形的网，予以了深刻的揭露。作者对约定俗成的社会心理和生活逻辑的生动展示，表明了他的乡土写实笔法的深入和成熟。

台静农（1903—1991）是未名社的代表作家，安徽霍邱人，主要作品有短篇小说集《地之子》《建塔者》等。台静农的小说取材于乡野民间，以朴拙、悲愤的笔法描绘了农村的生活惨景，尤其是《地之子》中的作品，格调更为沉郁阴冷。《新坟》描写了一个老妇因全家遭受兵祸而发疯，在错乱的幻觉中寻找安慰。《红灯》中的寡妇，自己苦心养育成人的儿子被逼入匪又被驻兵斩首示众。她最后的希望只能是从破墙上揭下一块红纸，做成一个小红灯，来超度自己苦命的儿子。此外，《天二哥》写了一个乡村酒徒愚昧而悲哀的死；《蚯蚓们》写了李小为饥荒所迫，忍痛典卖妻子的悲剧等。台静农的小说紧紧盯住在中国宗法制乡村中演出的一幕幕人间悲剧，"将乡间的死生，泥土的气息，移在纸上"，写出了凄凉乡村的酸楚人生，并深深地融入了作者胸中的郁闷和怨愤。

与台静农这种沉郁风格相近的是另一位"乡土小说"作家蹇先艾。蹇先艾（1906—1994），贵州遵义人。他的小说在展现贵州乡村一幅幅苦难画面的同时，多写故乡的风土民俗，乃至种种陈规陋习。1926年出版的短篇小说集《朝雾》，其中《水葬》一篇产生了较大影响。小说以哀愁的笔调描写了贵州乡村中依然盛行的一种"古已有之"的习俗——抓住小偷，投入水中，处以"水葬"。小说中将被"水葬"的骆毛显然是为生活所迫才沦为小偷的，他家里还有孤苦伶仃的老母，然而前来围观的人群并不懂得同情，而是看得那样起劲！作者通过这一冷酷的习俗写出了乡间人生的多重悲剧，揭露了世道的黑暗和民众的麻木。小说从人物性格、生活场景到语言，都具有浓郁的贵州乡土气息。沿着这种笔法和风格，蹇先艾在20世纪30年代以后又创作出版了《踌躇集》《酒家》《还乡集》《乡间的悲剧》《盐的故事》等短篇小说集。

还有两位有影响的"乡土文学"作家是寓居上海的许杰和彭家煌。许杰（1901—1993）的小说以描写故乡浙东乡民强悍好斗的习俗和宗族观念而见长，代表作是短篇小说《惨雾》。小说通过两个村落、两大家族之间的械斗，写出了在夺利争权的背后更为深层的封建宗法意识和族权观念，表现了乡民们的愚昧是如何掩护了腐朽的传统思想的。他的另一篇小说《赌徒吉顺》则最早记录了浙东一带的另一种野蛮习俗——典妻。吉顺由泥水匠沦为赌徒，又进而堕落到典妻。其所以如此，社会的黑暗和农村的衰败固然是主要原因，但冷酷的世风和野蛮的习俗也确实起了推波助澜的作用。

来自湖南湘阴的作家彭家煌（1898—1933）创作题材较为广泛，先后出版了《怂恿》《平淡的事》《厄运》《喜讯》《出路》等短篇小说集。代表作《怂恿》描写了溪镇上的两个家族的世仇、历史旧账和现实怨结相互纠缠。小说在繁杂的情节中表现了人性与兽性交织在一起的乡里恶俗，而充满乡土气息的语言、诙谐讽刺的笔调，更加强了小说的地方色彩。短篇小说《喜讯》则在乡情民俗画面的描绘中表现了对社会的批判。主人公拔老爹久盼儿子，盼来的"喜讯"却是儿子被当作政治嫌疑犯而判了刑。拔老爹生活希望的破灭，是对旧时代的血泪控诉。

除上述作家的创作之外，还有一大批乡土作家的小说从不同角度展现了不同地区的风俗民情，如潘训的《乡心》、王任叔的《疲惫者》、徐玉诺的《祖父的故事》、黎锦明的《复仇》、魏金枝的《留下镇上的黄昏》等。这些作家的创作，共同促成了"乡土文学"在新文学第一个10年里的繁荣和兴盛。

思考题

1. 朱自清在1935年的《中国新文学大系·诗集·导言》中称赞五四以来的新诗成就当首推徐志摩。你认为朱自清是从什么角度做出这种评价的？这种评价的意义在哪里？

2. 作为学者式散文的主要代表，周作人小品散文最大的特点就是"知识性"，结合具体作品思考周作人如何将知识性融入文中，并使其成为一种审美特质的？

3. 鲁迅赞誉冯至为"中国最为杰出的抒情诗人"，冯至诗歌的抒情特征体现在哪里？

4. 李金发的《微雨》作为中国新诗史上第一部象征主义诗集，第一次将法国象征主义手法引入到中国新诗中，结合作品思考《微雨》在哪些方面体现了对于西方象征主义诗歌的借鉴，又在哪些方面体现出李金发个人独特的艺术个性？

参考书目

1. 冯至. 蛇//冯至. 冯至诗文选集. 北京：人民文学出版社，1955.

2. 许钦文. 许钦文小说集. 杭州：浙江文艺出版社，1984.

3. 台静农. 地之子　建塔者. 北京：人民文学出版社，1984.

4. 吴泰昌编. 杨晦选集. 上海：上海文艺出版社，1987.

5. 闻一多. 红烛//孙党伯，袁春正主编. 闻一多全集：第1卷. 武汉：湖北人民出版社，1993.

6. 李金发. 微雨. 杭州：浙江文艺出版社，1996.

7. 徐志摩. 徐志摩文萃. 北京：文化艺术出版社，2002.

8. 周作人. 闲话集成//钟叔河编订. 周作人散文全集：第4卷. 桂林：广西师范大学出版社，2009.

9. 鲁迅. 三闲集·我和《语丝》的始终//鲁迅. 鲁迅全集：第四卷. 北京：人民文学出版社，2005.

10. 程国君. 新月诗派研究. 武汉：长江文艺出版社，2003.

11. 丁帆，等. 中国乡土小说史. 北京：北京大学出版社，2007.

第八章　革命文学的倡导与左翼文学的创作

第一节　革命文学的倡导与"左联"的成立

1927年，国民党叛变革命，轰轰烈烈的大革命失败了。新的革命形势和激烈的阶级斗争对文学艺术提出了新的要求。新兴的无产阶级要求建立自己的文艺阵地。同时，20世纪20年代末至30年代初，在经济危机席卷欧美资本主义世界之时，苏联社会经济却得以稳步发展，显示了社会主义制度的优越性，于是其他国家的文化精英纷纷向往苏联，并由此形成世界范围的"左"倾浪潮。这一政治变化反映在文学领域，出现了左翼文学风行30年代的局面。当时的代表作家有苏联的法捷耶夫、爱伦堡，法国的罗曼·罗兰、阿拉贡，德国的布莱希特，英国的奥登、伊舍伍德，拉美的聂鲁达、日本的小林多喜二等。

中国革命文学运动主要兴起于上海，其倡导者是后期创造社和太阳社的成员，主要有郭沫若、成仿吾以及蒋光慈、钱杏邨等。他们在《创造月刊》《文化批判》《太阳月刊》等刊物上发表文章，主张文学是宣传的武器，要为革命斗争服务；革命作家要努力改造世界观，克服小资产阶级思想，获得无产阶级意识，为千千万万劳动群众服务。

但是，由于倡导者们急功近利，没有认真分析中国的社会性质就一厢情愿地照搬照抄外国的理论做法，模糊了社会主义革命和民主革命的界限，把小资产阶级、资产阶级当作革命对象。同时，太阳社、后期创造社内部存在着宗派情绪，把"五四"新文学当作资产阶级文学给予全部否定，把叶圣陶、郁达夫、鲁迅等知名作家当作批判对象。由于鲁迅是新文学作家中最有影响力的，他被倡导者们错误地当作"小资产阶级"倾向的代表。倡导者们甚至认为，批判鲁迅就是在为无产阶级革命文学运动扫清道路。他们认为五四以来的新文学，除了郭沫若是唯一具有"反抗精神的作家"外，其他作家都是具有"非革命的倾向"的，而鲁迅更是时代的"落伍者"，他"常从幽暗的酒家的楼头，醉眼陶然地眺望窗外的人生……追悼没落的封建情绪，结果它反映的只是社会变革期中的落伍者的悲哀，无聊赖地跟他弟弟说几句人道主义的美丽的说话"①。

面对创造社、太阳社作家突然发起的攻击，鲁迅于 1928 年 2 月 23 日撰写了《"醉眼"中的"朦胧"》一文予以反驳。在文中，他尖锐地批判了创造社作家理论上的模糊和错误以及对黑暗现实的不敢抗争等。鲁迅这一文章发表后，创造社、太阳社作家接连不断地发表了大量的文章，从而引发了一场历时一年有余的革命文学论争。面对太阳社、创造社作家的"围攻"，鲁迅既愤激又执着地与之辩论。他通过学习马克思主义理论和凭着自己对一些问题的深刻思考，先后撰写了《我的态度气量和年纪》《革命咖啡店》《文坛的掌故》《文学的阶级性》《文学与革命》等文章，不客气地批评了创造社、太阳社作家暴露出的种种错误，并对有关革命和文艺的不少问题做出了中肯的论断。

鲁迅与创造社、太阳社的这场论争，主要是围绕着这样几个大的问题进行的。一是关于文艺与政治的关系。倡导者强调文艺为宣传的工具，为革命的武器，有组织生活、创造生活的作用。鲁迅认为无产阶级革命文学是无产阶级解放斗争的一翼，既肯定了文艺为革命斗争服务的功能，又特别指出它只是"一翼"，不可能代替实际的武装斗争。倡导者过分夸大文艺的政治价值，忽视艺术技巧，甚至把政治价值与艺术价值对立起来，主张把艺术技巧统统让给"昨日的文学家去努力"。鲁迅则辩证地认识到，文艺在讲求政治内容的同时，也不能忽视表现技巧和艺术效果。二是关于文艺与生活的关系。倡导者认为文学是要"反映阶级的实践的意欲"②。鲁迅批评他们实际上是唯心主义的，因为离开生活，阶级的意欲也就无从体现。三是关于作家世界观改造的问题。倡导者们提出要实现从小资产阶级向无产阶级的转变，但把这种转变看得太容易，认为翻译或阅读一两本马列著作就可以获得革命意识，掌握辩证法。而且他们以革命作家自居，宣称他们早已获得无产阶级意识，会写出表现革命的作品，认为只有旧作家才需要深入实际，了解社会，改造思想。这也是他们具有宗派情绪，抬高自己，排斥异己的思想根源。鲁迅清醒地认识到实现思想转变并不是轻而易举的事，需要认真学习马克思主义著作，不断批判自己，否定旧的意识。这次思想论争也存在积极作用。它客观上扩大了无产阶级革命文学的影响，传播了马克思主义文艺理论，纠正了倡导者们的某些理论错误，为中国左翼作家联盟的成立，做了思想和队伍上的准备。

1929 年秋，中国共产党指示原创造社、太阳社的成员和鲁迅等革命作家联

---

① 冯乃超：《艺术与社会生活》，载《文化批判》，1928（1）。

② 李初梨：《怎样地建设革命文学》，载《创造月刊》，1928（2/1）。

合起来，成立革命作家的统一组织，一致对敌，并指派冯乃超、沈端先、冯雪峰等人筹备这一工作，于1930年结成中国左翼作家联盟。从五四的文学革命到30年代的革命文学，标志着中国现代文学从艺术形式到思想内容的深入发展，新文学正从开创期的探索走向成熟期的收获。

1930年3月2日，中国左翼作家联盟（简称"左联"）在上海成立。"左联"的成立，是革命文学论争之后，革命作家逐渐克服宗派情绪走向团结的结果，是中国共产党从思想上、组织上领导文艺的开始，是左翼文艺运动成为一种有组织的革命运动的标志。参加成立大会的有40余人，会议选举沈端先、冯乃超、钱杏邨、鲁迅、田汉、郑伯奇、洪灵菲7人为"左联"常务委员，并且通过了"左联"的理论纲领和行动纲领，决定成立马克思主义文艺理论研究会、外国文化研究会、文艺大众化研究会等机构，决定同国际左翼文艺运动建立联系，同国内革命团体建立密切关系等。鲁迅在成立会上作了著名的《对于左翼作家联盟的意见》的讲演，总结了无产阶级革命文学倡导时期的经验与教训，为左翼作家的进一步发展指明了方向。

在"左联"纲领的指引下，"左联"同敌人进行了英勇的斗争，在20世纪30年代反文化"围剿"和文学创作等方面，都取得了重大的成绩，做出了突出的贡献。"左联"的不少成员，在斗争中先后献出了自己宝贵的生命，用鲜血写下了中国无产阶级革命文学光辉的一页。在创作上，左翼作家也取得了丰硕的成果，显示了强大的艺术生命力。在众多的创作中，鲁迅的杂文、茅盾的《子夜》、蒋光慈的《咆哮了的土地》，田汉和洪深的剧作以及叶紫和殷夫等青年作家的小说、诗歌，都代表了左翼文坛的重要收获。与此同时，"左联"也注重吸收革命的文学青年加入"左联"，培养了一支年轻的文艺队伍。张天翼、沙汀、艾芜、叶紫、萧军、萧红等一批后来有影响的重要作家，都曾得到过以鲁迅为代表的"左联"作家的帮助，并成为后来文艺运动和创作的中坚力量。

"左联"十分重视理论批评，把"确立马克思主义的艺术理论和批评理论"作为主要方针之一，大力开展马克思主义文艺理论的传播、学习和运用工作。瞿秋白、鲁迅等广泛译介马列主义文艺著作，介绍了文学与革命、文学与群众关系等重要观点，对中国文学理论建设、创作、批评等产生了巨大影响。根据马克思主义文艺理论中文艺应该为劳动群众服务的原则，"左联"开展了文艺大众化运动，曾进行了三次较大规模的关于文艺大众化的讨论。大家就文艺的普及、提高和对旧文艺的批判继承与革新创造，发表了精辟的意见，取得了重大收获。理论批评的另一重要内容是开展文艺思想斗争和论争，如1928年至1930年左翼文坛和新月派的论战，1930 年至 1931 年对国民党"民族主义文学"的斗争，1931 年至 1933 年"左联"和"自由人""第三种人"的论争，"左联"运用马克思主义的基本原理和基本观点对各派别所鼓吹的各种反动和错误的文艺思想进行了批驳，从而为马克思主义文艺理论的建设奠定了坚实的基础。

"华北事变"后，民族危机日益严重。为了适应国内阶级关系和民族矛盾的新形势，1936 年春，"左联"遵从共产国际的指示，自动解散，另外成立更广泛的抗日民族统一战线的文艺组织。"左联"的成立，推动了中国无产阶级革命文学运动的发展，推动了社会的革命和历史的进步，但也存在着严重的错误和不足。在政治上，"左联"受到当时中国共产党内"左"倾教条主义的影响，内部产生了宗派情绪，并发生了两个口号的论争。在理论上，没有从中国社会和文学运动的实际出发，而是生硬地搬用外国做法，产生了教条主义的错误倾向。对马克思主义文艺理论还没有真正消化吸收，就生吞活剥地接受，这必然不能与民族特点相结合，形成具有中国作风和中国气派，具有民族个性的理论。因此，20 世纪 30 年代，中国左翼文坛就呈现出理论与创作不能协调发展的局面。一方面是理论建设十分繁忙，声势浩大；另一方面则是部分创作表现出程式化、概念化、简单化的倾向。在组织上，"左联"把自身看作一个像政党一样有严密纪律的组织，没有尽可能地团结更多的进步作家共同战斗，也存在着"关门主义"的错误，这些都导致了"左联"的历史局限。

第二节　蒋光慈等人的早期革命文学创作

从 20 世纪 20 年代初期共产党人开始对革命文学的倡导，到 20 年代末、30 年代初左翼革命文艺主潮形成，在这一时期中，与日益深入的无产阶级革命运动和不断成熟的革命文学理论相适应，出现了一批最早反映实际革命斗争，积极实践革命文学理论主张的作家作品。这些作家是"在革命的浪潮里涌现出来"的，是"富有革命情绪"① 的。他们的创作在艺术表现方面也显示了一些新的追求和特色。

其中，蒋光慈是写作最早、用力最勤、影响较大，并充分体现了早期革命文学创作基本特征的作家。

蒋光慈（1901—1931），原名蒋如恒，又名蒋光赤，安徽六安人，出身于

---

① 蒋光慈：《现代中国文学与社会生活》，载《太阳月刊》，1928（1）。

小商人家庭。蒋光慈中学时代即投身爱国学生运动，1920 年经陈独秀等人介绍，加入上海社会主义青年团，次年 5 月被组织派往苏俄莫斯科东方共产主义劳动大学留学，1922 年在苏联转为中国共产党党员。留苏期间，蒋光慈同时受到了苏联社会主义革命、俄罗斯进步文学和苏联无产阶级革命文学的熏陶和鼓舞，从而激发了他的革命热情和对文学的兴趣。1924 年回国后，他一面积极从事实际革命工作，一面热情倡导无产阶级革命文学，先后发表了《无产阶级革命与文化》《现代中国的文学界》《现代中国社会与革命文学》等论文，在理论上系统地阐述了文化的阶级性和无产阶级文化产生的必然性。随后，他又发起组织了革命文学社团太阳社，先后主编了《太阳月刊》《新流月刊》《拓荒者》等左翼革命文学的刊物，积极推进无产阶级革命文学运动的发展。他不仅是革命文学理论的倡导者，而且还是革命文学创作的力行者。他以自己的创作实践显示了革命文学最初阶段的实绩，先后创作出版了新诗集《新梦》（1925）、《哀中国》（1927）、《乡情集》（1930）等，自传体长诗《哭诉》（1928），中篇小说《少年漂泊者》（1926）、《野祭》（1927）、《短裤党》（1927）、《菊芬》（1928），短篇小说集《鸭绿江上》（1927），长篇小说《最后的微笑》（1928）、《冲出云围的月亮》（1930）、《田野的风》（1932）等。蒋光慈是中国现代文学史上最早以鲜明的社会主义倾向显示自己艺术个性的革命作家。早期无产阶级革命文学的成绩和缺陷都比较突出地体现在他的创作之中。

图 8-1 《拓荒者》与《文学导报》封面

蒋光慈是在留学苏联期间以新诗创作开始步入文坛的。十月革命的胜利、社会主义制度带来的苏联的崭新天地，使诗人抑制不住昂扬、兴奋的心绪，他要用"全身、全心、全意识——高歌革命！"① 在这种情感状态下，诗人写下了《新梦》中的诗篇。《新梦》是蒋光慈的第一部诗集，也是中国现代文学史上第一部为十月革命和社会主义新生活尽情歌唱的诗集。歌唱世界革命、歌颂列宁和苏联的新天地、表达对理想社会的追求和向往是《新梦》的旨趣所在，但其中最突出的是诗人表达了对十月革命的理解和自己所经历的思想变化。在《十月革命的婴儿》等诗篇中，诗人以澎

---

① 蒋光慈：《〈新梦〉自序》，见《蒋光慈文集》，3 卷，256 页，上海，上海文艺出版社，1985。

湃的政治热情讴歌了十月革命的成功及其对自己的鼓舞；在《莫斯科吟》中，诗人颂扬了十月革命的深远意义："十月革命/又如通天火柱一般，/后面燃烧着过去的残物，/前面照耀着将来的新途径。/哎！十月革命，/我将我的心灵贡献给你罢，/人类因你出世而重生。"在《西来意》中，诗人坦诚地表白了自己的心路历程："回想起，/廿载过去的光阴，/全埋葬在浪漫悲哀的生活里！/哈哈！现在我的心灵活泼了，湿润将来希望的温柔雨；/我的心肠清净了，且谢谢这赤浪，/红潮将我全身的灰尘一洗。"诗集《新梦》中这些歌颂十月革命的诗篇，以悠扬激越的诗句第一次把"染着十月革命的赤色"的雄风吹进中国诗坛，对"五卅"前夜的中国知识青年起到了很大的震动和鼓舞作用。

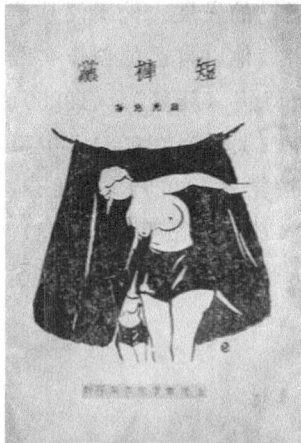

图 8-2 《短裤党》封面

作为蒋光慈文学创作的开端，诗集《新梦》不仅显示了对世界革命、对社会主义、对祖国和人民强烈挚爱的思想基调，而且也初步展露了其诗歌创作的艺术风格：感情奔腾，气势豪放，深沉的节奏感和强烈的思想旋律融为一体，既富时代感，又具感染力。诗人在《〈新梦〉自序》中说："我的作品当然幼稚。但是我生适值革命怒潮浩荡之时，一点心灵早燃烧着无涯际的红火，我愿勉力为东亚革命的歌者！"从郭沫若的《女神》到蒋光慈的《新梦》，显示了现代抒情诗的发展正在孕育着从思想内容到艺术表现的新突破。

《哀中国》是蒋光慈的第二部诗集，其中的诗篇为诗人1924年回国以后至1926年间所作。在帝国主义和封建军阀蹂躏下，祖国和人民蒙受的灾难，把诗人从对光明的向往唤回到严酷的现实中。以沉痛的笔触哀叹祖国"满眼都是悲景"的惨状，是这部诗集的主调。《哀中国》一诗，唱出了诗人愤慨的悲音："满国中外邦的旗帜乱飞扬，满国中外人的气焰好猖狂！""满国中到处起烽烟，满国中景象好凄惨！"诗人慨然高唱："我是中国人，我为中国命运放悲歌，我为中华民族三叹息。"在《血花的爆裂》《北京》《我要回到上海去》《血祭》等一系列诗篇中，也都表达了诗人的这种对帝国主义和封建军阀的强烈憎恨和对祖国的热爱之情。《在黑夜里》一诗围绕"五卅"惨案歌颂了为革命献出生命的工人领袖刘华，首次在中国新诗中塑造了无产者的英雄形象。尽管《哀中国》里的诗篇感情还过于直露，思想还带着矛盾，但比起《新梦》来，却显得深沉和坚实了。它继承了《新梦》的现实反抗精神，同时又以冷峻沉郁的思考代替了《新梦》的那种单纯热情的讴歌。较之《新梦》,《哀中国》的诗风也有变化:在革命浪漫主义气息中明显融进了革命现实主义的因素,悲怆的音调代替了欢快的旋律,愤怒的现实批判取代了美妙的理想追求。这一切,说明诗人与现实生活更贴近了。这种变化在蒋光慈稍后创作的自传体长诗《哭诉》(后改名为《写给母亲》)和《乡情集》中,又显出了新的发展。

在创作《哀中国》的同时,蒋光慈开始了小说创作。1925年完成的《少年漂泊者》是他的第一部中篇小说。作品通过一个农村佃户少年汪中的漂泊史,展现了从五四到"五卅"这一历史时期的社会矛盾与斗争,并且通过对汪中由个人复仇走上与工人运动相结合的道路,最后在斗争中壮烈牺牲的曲折经历的描写,反映了当时进步青年的成长历程,读者从中不难领略到作者自命"天涯的漂泊者"的切身感受。小说采用了第一人称和书信体的写法,对人物的情感变化和内心活动有着较为充分的展示。尽管这部作品在一定程度上流露出某些不够健康的思想情调,在表现主人公走向革命的过程中过于强调个人的复仇意识和爱情悲剧的力量,但它试图站在革命的立场来回答现实中迫切需要解决的问题,对广大青年在如何选择自己的人生道路方面,还是起到了很大的鼓舞作用。小说从1926年问世到1933年,先后印行15版,足见影响之大。作者自称这是一部在"花呀、月呀、爱呀、美呀"声中发出的"粗暴的叫喊"。它显示了作者在无产阶级革命文学创作初期,力求表现新的题材、新的主题和新的人物的自觉探索。

1926年,蒋光慈连续创作了9篇短篇小说。除《疯儿》外,其余8篇都收入在短篇小说集《鸭绿江上》中。这个集子中的作品从不同侧面描写了被压迫民族的不平,具有鲜明的革命倾向。其中描写朝鲜革命青年李孟汉和金云姑恋爱生活的《鸭绿江上》和以自传笔法描写作者婚姻生活及与亲人之间骨肉之爱的《弟兄夜话》更有特色。但这些作品"还不能说是完全把无产阶级的阶级感情和阶级意识,表现得十分真挚"①,其中小资产阶级知识分子的思想情调还较为浓厚。

在蒋光慈的早期革命文学创作中,更具有代表性的作品是完成于1927年4月初的中篇小说《短裤党》,此前不到半个月的时间,刚刚发生了上海工人第三次武装起义。小说借法国大革命时期一群最穷的革命党人即"短裤党"之名

---

① 郁达夫:《〈鸭绿江上〉读后感》,载《洪水》,1927 (3/4)。

来"描写上海穷革命党人的生活"①，集中反映了上海工人阶级在共产党领导下举行武装起义、从失败到胜利的战斗历程。小说以革命英雄主义的笔调展示了无产阶级革命风暴的真实面貌，突出表现了党的领导者杨直夫、史兆炎等人物无私无畏、忘我工作的高贵品质和革命责任感，并且刻画了先进工人李金贵、邢翠英等人物坚定勇敢、不怕牺牲的性格。作品力图留下"中国革命史上的一个证据"②。但是，作品多以对革命理想的渲染和充满热情的叙述来代替精细的艺术描写，致使人物形象缺乏鲜明的个性而流于概念化；作品的情节也带有"革命加恋爱"的公式化倾向，在某些人物身上还表现了个人英雄主义色彩和近于灰色的恋爱情调。因此，作品出版之后不久即引起了文坛上的激烈争论。即使如此，《短裤党》仍然是一部最早正面表现中共所领导的工农革命斗争并以热情笔触塑造共产党人和先进工人崇高形象的作品。作者及时反映革命实际斗争的胆魄和热情是十分可贵的。

"四一二"反革命政变给中国革命带来的严重挫折，使正在继续探索革命文学创作之路的蒋光慈受到很大震动。对革命前景的悲观和对工农力量估计不足的低沉情绪以及思想深处的苦闷和矛盾，都在他 1927 年至 1929 年间所创作的一系列中长篇小说中反映出来。《野祭》既对反动军阀的暴行进行了控诉，祭奠了那些被害的革命者，也反映了主人公以及作者在革命低潮时期的思想苦闷；《菊芬》（原名《汉江潮》）的主人公则在斗争失败后选择暗杀作为抗争的手段，充分表现了狂热的小资产阶级革命者在白色恐怖下寻求解脱的绝望心理；《最后的微笑》（原名《罪人》）所表现的仍然是一种自发的激愤情绪，其主人公虽然向敌人复了仇，但也只能以自杀来结束斗争。这些作品大都反映了一种消极反抗的个人主义情调。主人公意志消沉、悲观绝望，虽有对敌人的憎恨，但却找不到正确的斗争道路，并且在情节结构上加重了作者早期小说中的那种"革命加恋爱"倾向。《丽莎的哀怨》则从另一个方面显示了作者思想的消沉和矛盾。小说以自叙的形式描写了白俄贵妇丽莎在十月革命后逃亡到上海，挥霍尽钱财之后沦为妓女，最后在痛苦中自杀。作品虽然对白俄贵族的腐朽生活和丑恶灵魂有所揭露，但更多的是表露了对丽莎的同情。小说发表后引起了争议，受到了进步文艺界的批评。蒋光慈这一时期创作的另一部长篇小说

---

① 蒋光慈：《短裤党·写在本书的前面》，见《蒋光慈文集》，1 卷，213 页，上海，上海文艺出版社，1982。

② 蒋光慈：《短裤党·写在本书的前面》，见《蒋光慈文集》，1 卷，213 页，上海，上海文艺出版社，1982。

《冲出云围的月亮》，开始有意识地纠正自己创作上的消沉倾向。在这部作品中，尽管在主人公王曼英身上仍一度表现出一种以自我堕落来反抗现实的不健康情调，但她最后在革命者李尚志的帮助下，终于放弃了个人复仇的道路，投身到工人运动中去。作品反映了大革命失败后青年知识分子的分化，写出了进步知识青年是如何坚定地寻求革命道路的。

蒋光慈的最后一部长篇小说是《田野的风》。它最初在《拓荒者》上发表时题为《咆哮了的土地》，后遭禁止，直到1932年作者逝世后才易名出版。它标志着作者小说创作在思想和艺术上已趋于成熟。小说以大革命前后湖南农村尖锐剧烈的阶级斗争为背景，反映了中国共产党领导下的早期农民武装革命运动的面貌。在大革命风潮兴起之际，共产党员、矿工张进德和背叛了地主家庭的革命知识分子李杰相继回到故乡。他们把新思想带给农民，并在农村撒下反抗的火种。饱经苦难的农民纷纷觉醒，轰轰烈烈的农民革命运动蓬勃展开。但"马日事变"后，反动封建势力疯狂反扑，已经组织起来的农民在张进德等人的带领下，英勇反抗，冲出包围，最后奔向革命队伍的聚集地"金刚山"。《田野的风》是首次以长篇小说的形式热情地表现农民的觉醒，再现农民运动风云变幻的作品。张进德是现代小说中最早出现的农民运动中中国共产党的基层领导者的形象。他的斗争经历体现了工农革命的壮大和无产阶级对农民运动的领导作用。李杰作为从旧家庭中叛逆出来的先进知识分子的代表，小说中关于他挣脱旧家庭前后的内心矛盾和思想变化的描写相当感人。《田野的风》以崭新的题材和人物对无产阶级革命文学做出了贡献。它克服了作者以往创作中较为浓厚的小资产阶级思想情调和那种直白式的主观宣泄，显示了思想上的沉稳和艺术上的精细。小说还纠正了作者以往作品中某些人物脸谱化和情节公式化的倾向，注意表现人物的情感层次。作品的生活气息也有所加强。尽管作者还缺乏更为厚实的生活基础，作品还多少带有某些编造的痕迹，但毕竟以其思想和艺术上的长足进步显示了无产阶级革命文学的初期成就。

瞿秋白（1899—1935），江苏常州人。他不仅是中国共产党的早期领导人之一，而且也是五四新文学运动和早期革命文学运动的奠基者之一。瞿秋白的文学创作主要是散文。他先后写下了大量的游记通讯、杂文小品和文艺评论，并且译介了许多马克思主义经典作家的文艺论著。

1920年10月，瞿秋白以北京《晨报》记者的身份赴苏联考察。在苏联期间，他完成了两部著名的散文集《饿乡纪程》（1922）和《赤都心史》（1924）。《饿乡纪程》"着手于1920年，其时著者还在哈尔滨。这篇中所写，原为著者思想之经过；具体而论，是记'自中国至俄国'之路程，抽象而论，是记著者

'自非饿乡至饿乡'之心程"①。全篇包括了作者去国之前的思绪感想、旅途见闻以及到达莫斯科的最初印象。作为《饿乡纪程》的姊妹篇，《赤都心史》以更为深切的体验和更为开阔的心境，记述了作者从1921年至1922年"在赤色的莫斯科里所闻所见，所思所感"②，精心刻画了年轻的苏维埃共和国的侧影。这两部散文产生于十月革命之后不久，中国人民急需了解苏联的真实情况、从而决定自己民族命运的重大历史时刻，因此，作品始终贯穿着一条炽热的红线，这就是作者深沉激越的爱国情思和对民族命运的忧患意识。作者以崇高的爱国主义激情，抱着"宁死亦当一行"的信念，去那"红艳艳，光明鲜丽的所在"——莫斯科，要让新俄那"血也似红的一线"快照遍我们"阴沉沉黑魖魖"的天地，"快照遍我们的同胞，我们的兄弟"。作者去"饿乡"考察的目的既是"了解人生"，更是为着给祖国"辟一条光明的路"③。作品的爱国主义内涵表现在通过对黑暗现实以及官僚政客的揭露，唤起人们对旧制度、旧生活的反抗和对新社会、新生活的向往。作者深情地描述了祖国山河的壮丽，揭露了帝国主义的侵略给中国人民带来的深重灾难，在自然景观和社会现实的强烈对比中，透露出作者对祖国命运的忧虑和关注。

与作者的爱国主义情思紧紧相连，作品还表达了作者博大的国际主义胸怀。举凡十月革命后苏联在政治、经济、文化等各方面的巨大变革，都得到了作者热情的赞颂和肯定。作者以敏锐的政治眼光，深入系统地考察、分析了苏联社会的种种现象，以大量篇幅报道了苏维埃国家机器的变化，党和国家各级领导人与人民一起接受政权初创时期的各种严峻考验以及以列宁为代表的苏维埃领导人受到人民群众的真诚爱戴。作品还从苏联社会纵向发展的角度，完整地呈现了苏维埃政权初创时期尚不完善的地方和苏联人民在建设社会主义新社会、新制度的过程中与旧势力、旧制度、旧意识之间尖锐复杂的斗争。作品以历史的眼光揭示了苏维埃顺应潮流、在斗争中成长的强大生命力和历史发展的趋势，昭示了这正是中国革命希望之所在。与这种史诗性内涵相沟通的是作者自身思想"心路"的发展。两部散文集忠实地刻画了一个知识分子从民主主义者向马克思主义者转变的过程和轨迹，使人们看到作者的思想从辛亥革命到五四运动是如何由"避世观"转向"厌世观"，进而形成"人世观"的。特别是赴苏联之后，马列主义的真理、社会主义革命的实践，更坚定了作者的共产主

---

① 瞿秋白：《瞿秋白诗文选》，100页，北京，人民文学出版社，1982。
② 瞿秋白：《瞿秋白诗文选》，102页，北京，人民文学出版社，1982。
③ 瞿秋白：《瞿秋白诗文选》，19页，北京，人民文学出版社，1982。

义信仰。作者已经"不是旧时之孝子贤孙，而是'新时代'的活泼稚儿"，是一个"编入世界的文化运动先锋队里"，"将开全人类文化的新道路"，"光复四千余年灿烂的中国文化"的"积极的奋斗者"①。作者的这种"心路"发展历程，不仅典型地概括了中国无产阶级革命先驱者的奋斗道路，塑造了共产主义战士的自我形象，而且将爱国主义情感、国际主义胸怀和共产主义信仰交织在一起，共同形成了两部散文集浑厚深沉的思想内涵。

《饿乡纪程》和《赤都心史》还以其鲜明独特的艺术风格在初期散文创作中赢得了重要的位置。新闻性、真实性与理想、激情的交融，是这两部散文集的一个显著特色。两部作品中客观社会内容和主观心理感受的相互渗透、契合，读来令人信服，备受鼓舞。作品以写实的笔调记录了当时苏联社会的真实面貌，具有极强的史料价值。其中所倾吐的作者追求光明和理想的激情，则留下了一代人值得纪念的心路历程。作品的语言既有很强的逻辑性，又有动之以情的形象性。作者采用"突出个性，印取自己的思潮"②的笔法，在主客观高度融合之中，使所描绘的现实图景具有了高度的典型性。它是写实，但"不敢用枯燥的笔记游记体裁"③，而是将写实与写意融为一体。两部散文集在写人记事方面基本上采用了速写式的笔法。作品从对列宁这样的领袖人物到一般群众的描写，往往都是以三言两语或一个简洁的片段，或一个清晰的特写，鲜明地勾勒出人物的主要性格，凸显出人物的本质特征。这种笔法更能显示出报告文学的明快、精确与简洁。此外，两部散文集还在随感式的记述中"略仿散文诗"④，以和谐优美的语境和象征性的表现手法，或托物寄情，或以情写景，在浓郁的抒情气氛中描绘出隽永深沉的诗情画意。不可忽视的是，这两部作品还以新闻真实性和艺术形象性的完美结合，成为中国现代报告文学的最初萌芽，为报告文学在 20 世纪 30 年代的进一步发展奠定了坚实的基础。

除散文创作外，瞿秋白还从 20 世纪 20 年代初开始写杂文，先后在《新社会》旬刊、《人道》月刊、《向导》周报等刊物上发表了一系列杂文。这些杂文围绕妇女解放、文化建设、反帝爱国等问题，针砭时弊、鞭挞黑暗，敏锐、犀利，有很强的战斗性。到 20 世纪 30 年代，瞿秋白的杂文创作达到了新的高峰。

---

① 瞿秋白：《瞿秋白诗文选》，164 页、165 页，北京，人民文学出版社，1982。
② 瞿秋白：《瞿秋白诗文选》，102 页，北京，人民文学出版社，1982。
③ 瞿秋白：《瞿秋白诗文选》，102 页，北京，人民文学出版社，1982。
④ 瞿秋白：《瞿秋白诗文选》，102 页，北京，人民文学出版社，1982。

伴随着无产阶级革命文学的理论倡导，除了蒋光慈、瞿秋白等人的创作之外，在 1928 年前后革命文学创作之初，还出现了一批力求表现无产阶级意识、反映工人斗争生活、展示革命者命运的作品，留下了初期革命文学开拓者们的足迹。

较早积极倡导革命文学的郭沫若，不仅写下了《恢复》这样具有鲜明革命倾向性的激情澎湃的诗作，而且还先后创作了《一只手》《骑士》等宣扬无产阶级革命意识的小说，为初期"普罗小说"的发展做出了积极的贡献。特别是短篇小说《一只手》以童话体的形式，通过对童工小索罗悲惨命运的描写，直接而鲜明地反映了无产阶级与资产阶级的尖锐对立和严酷斗争，揭示了工人阶级在斗争中的觉醒。尽管作品还较为粗糙，但它的政治鼓动性却异常突出，作品因此在当时产生过较大的影响。

革命文学创作初期的作家多为创造社、太阳社、我们社等倡导革命文学的社团的成员。其创作特点与郭沫若、蒋光慈的作品颇为相近，普遍存在革命热情高昂，而艺术描写比较粗浅、主观臆想浓重、生活实感较为薄弱等缺陷。尽管如此，他们的作品在表现劳动人民的痛苦、描写革命者的战斗生涯、揭示革命斗争风云等方面，还是有特色、有贡献的。其中，个人风格较为鲜明并产生一定影响的作家有华汉和洪灵菲等人。

华汉即阳翰笙（1902—1993），曾参加过创造社，是初期革命文学的一位多产作家。他这一时期的主要作品有中篇小说《女囚》《两个女性》，短篇小说集《十姑的悲愁》《活力》以及长篇小说《地泉》三部曲（包括《深入》《转换》和《复兴》三个中篇）等。《女囚》倾诉了"四一二"反革命屠杀之后，革命者在狱中遭受的摧残及其顽强的革命意志和高尚的节操。作品以书信体的形式一气呵成，充满鲜明的爱憎。《两个女性》则以个人与革命、情感与理智的冲突为视点，表现了 20 世纪 20 年代末期革命知识分子的分化以及对人生道路的重新抉择，但其中对革命进程的过于理想化的描写影响了作品的思想深度。《地泉》不仅是作者的代表作，而且是一部对初期革命文学创作产生过重要影响的作品。这部小说着力反映了农民暴动和农村革命的"深入"、小资产阶级知识分子思想和行动的"转换"、工人运动和革命高潮的"复兴"。整部作品气势恢宏，感情激越。作者在较为广阔的社会生活背景下，力图展现 1927 年以后中国革命从低潮重新走向高潮的时代特征以及中国革命的前途和出路，但由于作者缺乏深入的生活感受和受到当时"左"倾路线的影响，加上人物描写的"脸谱主义"和情节结构的"方程式"①，致使作品带有图解革命运动、艺术表现概念化的毛病。作品1930年出版时就引起了进步文艺界的关注和争论，1932年重版时在书前特意附上了瞿秋白、郑伯奇、茅盾、钱杏邨和作者的五篇序言。这些序言从不同角度把《地泉》放到中国革命文学创作的历史发展进程中加以评述，并以此总结了初期革命文学的得失。

　　洪灵菲（1901—1933）是"我们社"的发起人之一，也是革命文学初期创作小说较多的作家。其主要作品有长篇小说《流亡》《前线》《转变》《家信》（未完成），中篇小说《大海》，短篇小说集《归家》《气力出卖者》等。1928年出版的《流亡》是洪灵菲的处女作和成名作。作品通过对一个知识青年在大革命失败后的流亡生活的描写，真切地反映了当时风云变幻的社会现实和部分小资产阶级革命者在历史动荡中复杂的精神状态。小说的自传体色彩较重，不仅充溢着革命的政治热情，而且融进了作者自身的人生体验，读后令人感到自然真切。尽管《流亡》在表现革命者人生历程方面仍然存在概念化和一些说教式的议论等不足，但它仍不失为一部早期革命文学创作中生活实感较强、艺术描写较为细腻的作品。最初在《拓荒者》月刊上连载，1930年正式出版的《大海》是洪灵菲小说创作趋于成熟的代表作。与蒋光慈的《田野的风》一样，《大海》也是最初反映农民革命运动的作品之一。与作者以往的作品相比，《大海》的艺术视角明显地开阔了，也深入了。它标志着作者的创作进入了由描写知识分子转向关注工农大众命运的新阶段。作品上部描写了三个不同性格、不同命运的农民对封建地主统治的怨愤和自发的反抗；下部则反映了农民革命运动给他们的命运带来的深刻变化以及他们在斗争中的不断成熟。整部作品以热情的笔触表现了像大海一样咆哮、震怒的农民革命情绪。作品虽然在某些方面宣传意识超过了审美意识，但人物性格的刻画还是较为细致的，时代气氛的渲染很准确，而且在表现农民的反抗斗争由自发转向自觉的过程中，揭示了农民革命的实质所在，达到了这类题材作品的新的思想深度。在革命文学初期的实践阶段，洪灵菲的作品能够不断开拓新的题材、刻画新的人物，显示了一种可贵的探索精神。

　　与蒋光慈同时发起太阳社的钱杏邨（1900—1977），除了积极从事革命文学的批评工作之外，还创作了《革命的故事》《义冢》《玛露莎》等小说集和《饿人与饥鹰》《荒土》等诗集，尖锐地揭露了革命浪潮中投机者的卑劣嘴脸，

---

　　① 茅盾：《〈地泉〉读后》，见《茅盾全集》，19卷，332页，北京，人民文学出版社，1991。

热情地讲述了革命者的动人故事。

先后参加过太阳社和"我们社"的戴平万（1903—1945）先后出版了《出路》《都市之夜》《陆阿六》等短篇小说集。他的作品既反映了工农生活的惨状，也展现了革命风云的兴起，具有一定的鼓动性。他的作品虽然着力刻画了一些新的农民形象和革命者形象，但过于完美的颂扬，反而使这些人物显得苍白。

太阳社的另一位成员楼建南（即楼适夷，1905—2001），这一时期先后完成了《挣扎》《病与梦》等短篇小说集，主要反映了在封建主义压迫下底层劳动者的不幸和抗争。其中《挣扎》中的《爱兰》一篇，强调了劳动妇女对婚恋自由和人格自主的追求。1930 年发表在《拓荒者》上的小说《盐场》是楼建南的代表作。小说以充满生活气息的艺术描写，深刻地揭示了党内右倾机会主义对革命事业的危害。题材的新颖和艺术表现的细腻，使《盐场》在当时产生了一定的影响。

更早一些表现知识分子投身社会革命的作品还有张闻天作于 1924 年的长篇小说《旅途》（1926）。作品通过主人公在人生旅途上苦闷、振作、奋起革命的三个阶段，描写了知识青年跟随时代进击、为革命英勇奋斗的历程。这也是现代文学史上最早用三部曲形式进行创作的长篇小说，是一次可贵的尝试。此外，冯宪章、李守章、刘一梦等作家，也都创作了一些描写工农苦难、知识分子苦闷的作品，在不同程度上推动了革命文学的发展。

以蒋光慈、瞿秋白等人为代表的初期革命文学作家的理论倡导和创作实践，以其鲜明的立场、充沛的激情反映了工农大众的苦难生活，表现了革命者的英勇斗争，揭露了反动派的黑暗统治，扩大了新文学的表现领域，为无产阶级革命文学的发展做了拓荒工作。但是，由于思想认识和生活体验的局限以及艺术实践的不足，这些作品中也明显地存在着一些缺点。加之有些作家不同程度地保留着小资产阶级的思想情调，并受到了当时"左"倾思潮的某些影响，就更使得作品中的缺点或问题复杂化了。这些经验教训反映着初期革命文学开拓者艰难跋涉的足迹，也为后来的革命作家提供了有益的借鉴。

第三节　萧军、萧红及"东北作家群"

1931 年"九一八"事变以后，东北沦陷，许多满怀民族感情的年轻作者相继流亡到了关内。他们带着故土陷落、河山破碎的悲愤，心间血泪凝成笔端文字，广泛描绘了发生在那片广阔、肥沃的黑土地上面的苦难与挣扎、觉醒与奋起，组成一篇篇苍凉沉郁的关外地域史诗。这些作品一出现，便以其激昂、悲愤的感情色彩和浓烈的乡土气息引起人们的特别关注，而其作者也便成为文坛瞩目的新的创作群体，被称为"东北作家群"。其主要作家有萧军、萧红、端木蕻良、骆宾基、舒群、李辉英、罗烽、白朗、黑丁等。

　　萧军（1907—1988），原名刘鸿霖，常用的笔名还有三郎、田军等，辽宁义县人，1932年以"三郎"为笔名写作诗歌、散文和小说，开始了文学生涯。1933年秋，他与萧红自费出版第一部短篇小说合集《跋涉》，内有他的《孤雏》《这是常有的事》《下等人》等六篇小说。作品以遒劲雄放的笔墨，揭示了沦陷区都市中官吏、老板等"上等人"对于平民百姓的苛酷压榨，表现出激烈的反抗姿态。

　　1935年8月出版的长篇小说《八月的乡村》是他的主要代表作。鲁迅亲自为该书作序，并将它列入"奴隶丛书"之中出版。《八月的乡村》是最早反映东北人民抗日斗争的小说。小说以一支由党领导

图 8-3　萧军与萧红

的抗日游击队的战斗生活为线索，反映了东北广大民众在民族危亡关头的不断觉醒和抗争，展现了革命力量在血与火之中日益成熟和壮大的历程。作品并没有贯穿全书的完整故事情节，"有些近乎短篇的连续"，但有一条贯穿作品始终的红线，这就是深沉的爱国主义精神。"不前进即死亡，不斗争即毁灭"是整个作品鲜明的主题。作者采用了散文式的笔调来描写抗日队伍的成长，同时几乎是摄像式地记录下了中华民族在日寇铁蹄下所遭受的灾难，以这种历史性的形象描绘，有力地控诉了日本帝国主义罄竹难书的罪行。

　　作为一部现实主义长篇小说，《八月的乡村》特别注重真实地再现20世纪30年代初期东北人民抗日斗争的典型环境和典型人物。东北特有的风俗民情和自然风景成为小说的一大特色，而各种富有个性的人物形象也是使这部小说成为优秀作品的不可缺少的因素。陈柱司令员刚毅、沉着、果断、细致、耐心，他是现代文学史上最早出现的抗日游击队的领导者形象；铁鹰队长外貌英武洒脱、性格刚毅顽强，但却刚中有柔，文武兼施；游击分队长萧明作为一个知识分子，既有精明智慧的一面，又有软弱、寡断甚至放弃领导责任的一面；李七嫂则是一个深明大义、具有远见的普通农村妇女形象，家仇从属于国恨，毅然走向抗日的道路。这些抗日战士的群像丰富了现代文学形象的画廊。

　　《八月的乡村》受到了法捷耶夫《毁灭》的某种影响，但更有着作家个人

的独创性和民族特色。小说出版后，即以异军突起之势，引起文坛及广大读者的注意。鲁迅在《田军作〈八月的乡村〉序》中给予了很高的评价："作者的心血和失去的天空，土地，受难的人民，以至失去的茂草，高粱，蝈蝈，蚊子，搅成一团，鲜红的在读者眼前展开，显示着中国的一份和全部，现在和将来，死路与活路。"李健吾也称赞说："萧军先生不苟且。行文犹如做人，他要的只是本色……《八月的乡村》来得正是时候，这里题旨的庄严和作者心情的严肃喝退我们的淫逸。它的野心（一种向上的意志）提高它的身份和地位。"小说出版不久就遭到国民党当局的禁止，这恰从反面说明了其积极意义。小说还先后被译成俄文、英文、日文和德文等多种文字，在许多国家产生了较为广泛的影响。

此后，萧军还分别创作了短篇小说集《羊》《江上》以及长篇小说《第三代》（后改名为《过去的年代》）等作品。《第三代》是萧军继《八月的乡村》之后的又一力作，由 8 部组成，共 84 万言，创作历时 15 年。作品反映了辛亥革命前夕到第一次世界大战爆发之间东北的社会生活。作品充满了东北山野的强悍气息，粗犷而又沉毅，平实的描绘中常有豪雄之气，显示了作家更为纯熟的思想和艺术风格。

萧红（1911—1942），生于黑龙江呼兰的一个旧式家庭，原名张迺莹，笔名萧红、悄吟等。萧红幼年丧母，父亲性格暴戾，寂寞的童年使她养成了孤寂、敏感而又倔强的性格。1927 年，萧红到哈尔滨读中学，接触了五四以来的进步思想和中外文学作品，对绘画和文学产生了浓厚兴趣。1934 年春，她与萧军从东北流亡到青岛，同年 11 月到达上海。在鲁迅的支持和帮助下，萧红1935 年出版了长篇小说《生死场》。这一时期她还创作了大量的短篇小说和散文，1938 年 8 月与萧军离异，与端木蕻良结合。1940 年春，她抵达香港，在香港期间创作了中篇小说《马伯乐》和长篇小说《呼兰河传》，显示了在她艺术上的日趋成熟。但她的身体却日渐衰弱，于 1942 年在香港病殁。在短短 8年的创作生涯中，萧红留下了长篇小说《生死场》《呼兰河传》，中篇小说《马伯乐》，短篇小说《旷野的呼喊》《手》《小城三月》以及散文集《商市街》《桥》等。

1935 年出版的《生死场》是萧红的成名作。这部作品也由鲁迅亲自作序，列为"奴隶丛书"之三出版。《生死场》也是 20 世纪 30 年代最早描写东北人民抗日斗争生活的小说之一，与萧军《八月的乡村》以热切峻急的心潮澎湃着征战与厮杀不同，《生死场》以沉郁的目光注视着东北那片失去的土地上的芸芸众生的生与死，正如鲁迅在为该作所写的序言中所说，那是"力透纸背"的对"北方人民对于生的坚强，对于死的挣扎"的描绘。它描写了东北一个偏僻的村庄从20世纪20年代初到30年代初日本侵略者占领后的生活。小说前半部分着力写出了当地农民在封建地主压迫下的悲惨命运。他们的生活像动物一样只知道"忙着生，忙着死"，完全没有人的意识和觉醒。后半部分则写出了在封建势力和日本侵略者的双重压迫下农民们所遭受的更为惨痛的命运。严酷的现实和民族的生死存亡，终于使农民们醒悟了，他们不甘像蚊子似的被践踏而死，他们要像巨人一样杀出生存的血路来，他们站在了抗战的前线，发出了"生是中国人，死是中国鬼"的豪壮誓言。正如胡风在《生死场·读后记》中所说："《生死场》写出了蓝空下的血迹模糊的大地和流在那模糊的血土上铁一样重的战斗意志。"

《生死场》在艺术上也别具魅力。首先，它充分展现了萧红开阔而独特的景物描写方式。有的地方是展示20世纪20年代初期中国北方农村昏暗浑浊的生活画面，有的则是集中体现"九一八"事变后日本侵略者给中华民族带来的灾难和重压，有的又是通过景物描写来烘托人物的性格和心理状态，不管写景多么开阔而富于变化，越是着重写景的地方往往越是作者感情强烈的地方。客观写景与主观抒情的紧密融合是《生死场》的一个重要特色。其次，《生死场》塑造了王婆、赵三、二里半等各种性格的人物形象，突出描写了他们在抗日民族战争背景下前后发生的命运和思想的变化。他们从愚昧到觉醒，从自然的奴隶到集体自觉的战士，这种深刻的变化，同样体现出了这场伟大的民族解放战争的价值和意义。最后，《生死场》还显示了萧红作为一个女作家特有的细致和敏感。她常在人们不留意处切入，常在人们自以为熟知的事物上往复滑动，努力从中觅得一点光和色，一点真谛，一点只属于她自己的感知。她虽然也写野蛮和愚昧，但她审视的是淳朴的人类天性；虽然也写缺陷和丑陋，但她挚爱着乡村生活内蕴的美质。她甚至以纤细的笔触细腻地描写了农民对家畜的感情。小说对人物心态、风土习俗都写得细腻感人，特别是对妇女悲剧命运的描写方面，更显得敏锐和大胆。《生死场》的出版，确立了萧红在现代文学史上的位置。

萧红另一部影响较大的作品是1941年出版的长篇自传体小说《呼兰河传》。作品用回忆性的散文笔法描写了寂寞的呼兰小城以及生活在那里的人们，但随处可见作者自己的身影。作者在表达对故乡的眷恋的同时，也揭示了我国农村的种种弊病及黑暗，尤其是充分暴露和批判了传统的封建思想和封建礼教习俗对人们的毒害。整个作品表现出强烈的反封建精神。《呼兰河传》在艺术上取得了较高的成就。它以淡笔写浓情的散文笔法，口语化、自然美的小说语言，画家般描绘景物的眼光以及令人久久难以忘怀的人物形象，显示了萧红独有的才情及其艺术风格的成熟。但是，不够开阔的生活视野和过于浓重的个人孤寂的情怀也在一定程度上影响了这部作品思想内涵的深度。

萧红的短篇小说成就也很高，其代表作是《小城三月》。这是萧红伏身病榻完成的最后一部作品。小说以饱蘸同情与痛惜的笔触勾勒出一个清秀明慧却欲爱而不得，最终在封建礼教的无形窒压下抑郁而死的薄命红颜"翠姨"的形象。在作者的笔下，"翠姨生得并不十分漂亮，但是她长得窈窕，走起路来沉静且漂亮，讲起话来清楚得带着一种平静的感情"。她身世寂寞，被许配给一个有钱的乡下人家，丈夫又小又丑，她一想至此就觉得恐怖。翠姨爱上了"我"的在哈尔滨念书的堂哥哥。但这是深藏于内心的无望的爱，她不敢表露出来，也无法反抗既定的命运，终于郁郁而终。《小城三月》有着萧红小说惯有的特点。全文没有紧张的情节冲突，但是由于贯穿了一个总的情感基调和指向，显得颇为紧凑。小说以写春及春天带给人们的感觉而引出翠姨，将翠姨拉到情感的中心，笔致由清新转为优雅、忧愁、焦虑、悲苦、思念，直至书完全文的情感历程，如行云流水，毫不阻滞。

除了萧军和萧红之外，"东北作家群"还有一批各具特色的作家。端木蕻良（1912—1996）的创作，既有北方的浑厚、粗犷，又有细腻的描摹。他的《科尔沁旗草原》就充满一种与大草原相协调的粗犷兼柔媚的抒情调子，予人开阔、苍茫、沉郁间又秀丽的美感，既大量吸收了口语、俗语和东北方言，又将其有机融化在作者那种绵密流利的叙述语言之中。骆宾基（1917—1994）的长篇小说《边陲线上》动笔于抗战前夕。它通过刘强、王四麻子等人与日军的周旋，"胡子"出身的刘司令率领的救国军的内部矛盾与分化，展示了东北人民在日军野蛮管制下揭竿而起的曲折过程，有力地宣示了民族大义。舒群的中篇《没有祖国的孩子》《秘密的故事》，李辉英的长篇《松花江上》《雾都》等，也都是产生过相当影响的作品。东北作家群的崛起与成长，很大程度上标志着左翼文学真正走向成熟。

第四节　各具特色的左翼小说家

从 20 世纪 20 年代中后期到 30 年代初、中期，随着无产阶级革命运动的日益深入，左翼革命文艺运动及文艺理论也不断壮大并走向成熟。在"左联"的旗帜下，一群勤奋创作的青年作家，对各种文学样式都进行了广泛的尝试，形成了自身鲜明的艺术个性。其中影响较大的有柔石、胡也频、洪灵菲、叶紫等人。

柔石（1902—1931），原名赵平复，浙江宁海人，"左联五烈士"之一，1917 年进入杭州第一师范学校，参加新文学运动，创作过一些新诗，毕业后在慈溪等处做小学教员，且从事创作。在从事左翼文学活动之前，他就已经出版了短篇小说集《疯人》、长篇小说《旧时代之死》和中篇小说《三姊妹》等。这些作品主要以婚恋为题材，表达了对压制人性的愤懑，也流露出比较浓厚的低沉悲观情调。1928 年，柔石来到上海，在鲁迅等人的关心和帮助下，思想和创作都开始了新的转变。他积极从事左翼文学活动，努力反映现实生活，探索社会问题，先后创作了《二月》《为奴隶的母亲》等优秀的现实主义作品。在左翼作家中，柔石既注重思想感情的表达，又注重艺术表现的感染力。他的作品是左翼文学创作中个性鲜明独特、风格较为细腻纯熟的代表。

长篇小说《二月》在鲁迅的帮助下于 1929 年由上海春潮书局出版。鲁迅亲自为该书的出版校阅并写下《〈二月〉小引》。小说以 20 世纪 20 年代中期动荡不安的社会生活为背景，集中描写了知识青年萧涧秋苦苦追寻人生理想而最终不得的人生经历。作品通过对萧涧秋等知识分子命运的描写和对表面似"世外桃源"，实则是"死气沉沉"、矛盾重重的芙蓉镇的透视，真实而生动地揭示了封建势力统治下的社会的腐朽本质，反映出那一时代知识分子的矛盾心态和思想动向，提出了知识分子在时代大潮面前应该如何选择人生道路的问题。主人公萧涧秋是一个有着矛盾性格的知识青年，诚如鲁迅指出的"极想有为，怀着热爱，而有所顾惜，过于矜持"（《〈二月〉小引》）。他不满足平庸的人生，为追求理想，浪迹了大半个中国。他本想来到芙蓉镇寻求安静的生活，呼吸"美丽而自然的清新空气"，但却很快被卷入了充满阴险、狡诈、庸俗、嫉妒的重重旋涡之中。面对无法摆脱的现实矛盾和社会的重重浊浪，萧涧秋只有一走了之，落得从茫然中来又回到茫然中去的结局。萧涧秋是蕴含着作者理想、同情和思考的形象，他虽然受到进步思想的熏陶，有着积极进取和变革社会的愿望，但却没有真正投身到时代大潮中去，而是始终与社会洪流保持着一定的距离，没有摆正"一小齿轮，跟着社会大齿轮转动"的位置，因此他始终没能找到正确的人生道路，没能成为时代的进击者。他的奔波、寻求换来的只能是一次次的茫然、落空和悲剧。萧涧秋的性格和命运在当时的小资产阶级知识分子中具有相当典型的代表意义。作品中的其他人物形象如陶岚、文嫂、陶孟侃等也都刻画得内涵丰厚、栩栩如生。小说还以清新恬淡的抒情手法和对自然景物的精细描写，增添了一种诗意的色彩。情感和理智的交织在作品的结构上又表现出了一定的哲理韵味。《二月》是柔石最有影响的作品。

《二月》以后，柔石的创作思想又有了新的变化。他的视线开始从知识分子转到劳苦大众，特别是农民身上。写成于1930年的短篇《为奴隶的母亲》是这类作品中最为出色的一篇。小说描写了一个善良的农村妇女春宝娘为生活所迫，被丈夫"典"给一个秀才地主做生儿育女的"工具"的悲惨故事。春宝娘忍痛丢下自己的儿子春宝，离开丈夫来到秀才地主家，为秀才生下了儿子秋宝之后又被赶回自己从前的家，等待她的不仅是无尽的贫困，更是巨大的精神折磨——春宝已经像陌生人一样对她了，她做母亲的权利被彻底剥夺了。小说成功地刻画了一个名为母亲实为奴隶的悲剧形象，控诉了在"典妻"制度之下封建阶级对于农村妇女的超经济的残酷压榨和欺凌。这是继鲁迅《祝福》之后，反映被侮辱、被损害的劳动妇女的血泪生活的又一力作。作品不仅表达了鲜明深刻的思想主题，而且在艺术审美方面也显示出与当时一般左翼文学不同的追求。作品没有概念化、脸谱化的人物描写，而是尽可能按生活的实际状况真实地刻画人物，并充分运用了白描的艺术手法。作品尤其重视对人物内心世界的揭示，多次采用梦幻式的回忆来突出主人公春宝娘悲凉凄苦的心境。作品并没有丑化秀才地主，而是着力写出整个旧制度给劳动者带来的悲剧。作品也没有刻意制造紧张剧烈的故事情节，而是按照实际生活的原貌，自然地结构故事，增强了作品的真实感和生活气息。作品很少有激烈的和充满激情式的语言，而是朴实清淡，在平静中显出个性。所有这些特点使《为奴隶的母亲》成为当时左翼文学创作中不可多得的现实主义杰作。

此后，柔石还创作了通讯《一个伟大的印象》和长诗《血在沸》等作品，不久便惨遭反动派杀戮。他的创作才华未能得到充分发挥就英年早逝，这是非常令人痛惜的。

胡也频（1903—1931），"左联五烈士"之一。他在20世纪20年代中后期先后创作出版了短篇小说集《圣徒》《三个不统一的人》，中篇小说《一幕悲剧的写实》以及戏剧集《别人的幸福》等。能够体现作者思想转变和艺术成就的作品是1929年和1930年分别创作的两部长篇小说《到莫斯科去》和《光明在我们的前面》。《到莫斯科去》主要描写了一个时代女性素裳为寻求美好爱情和理想生活不断探索、不断奋进的故事。作品通过素裳的思想感情和人生道路的变化，深刻而细致地揭示了中国资产阶级知识分子的分化和瓦解，反映了人们追求真理的信念和渴望。作者以其敏锐深刻的目光表现了当时复杂多变的中国社会状况，具有较高的历史认识价值。小说既充满了革命浪漫主义热情，又显示了现实主义笔法的真切和细腻，是早期革命文学创作的重要收获之一，也是作者的创作进一步向现实主义深化的转折性的作品，如作者在自序中所说：

"这本书，能够作为我将来作品彻底转变的一个预兆。"

《光明在我们的前面》是胡也频最有影响的代表作。小说突出描写了"五卅"运动爆发后，北京广大民众在共产党领导下展开的英勇顽强的反帝爱国斗争，表达了共产主义事业不可战胜、光明就在我们前面的坚定信念。男主人公刘希坚与许多时代青年一样，在追求真理的过程中，有过很多艰难曲折，但在实际革命斗争中，他不仅增强了对中国现实主义社会的清醒认识，而且在思想上坚定了对马克思主义科学理论的信仰。他是一个从实践到理论逐步成熟起来的先进知识分子和党的工作者的艺术形象。他的爱人、女主人公白华开始则是一个既有政治热情而又深受无政府主义思潮影响的小资产阶级知识分子。她曾幼稚地把无政府主义理论信奉为改造社会的理想和指南。在严峻的现实斗争考验中，在刘希坚等共产党人的帮助下，白华终于认清了正确的人生道路，决心投身工农革命。小说交织着男女主人公政治理想的冲突和爱情生活的纠葛，既有鲜明的性格刻画，又有充实的内心情感的揭示。这部作品在当时文坛上产生了较为强烈的反响，曾有人指出"这是近来新兴文艺上少有的别开生面的特殊风格"，"在中国文坛上是一部划时代的作品"①。

叶紫（1910—1939），原名余鹤林，湖南益阳人。叶紫从小受到了革命家庭的影响，并亲身体悟到了实际革命斗争的严峻考验，这种经历为他后来的革命文学创作提供了独特的素养。他在 20 世纪 30 年代初投身左翼文学运动并参加了"左联"，在鲁迅的帮助下于 1935 年出版了第一个短篇小说集《丰收》，1936 年又出版了反映农村劳动妇女命运的中篇小说《星》，1937 年出版了第二个短篇小说集《山地一夜》，1939 年开始创作长篇小说《太阳从西边出来》，终因贫病交加，只写了四万余字即离开人世。叶紫的创作多取材于他家乡湖南农村的现实斗争，充满了鲜明的阶级爱憎，洋溢着强烈的时代气息。他的作品既有深刻严峻的现实感，又有浓厚的革命乐观主义精神，特别是在描写农村题材方面，有着新的探索和突破。他不仅写出了老一辈农民的悲苦遭遇，而且还写出了他们的觉醒和抗争，在塑造新一代农民形象方面更是融进了作者的期待和理想。

叶紫小说取得成功的主要原因，不仅由于所写人物都是他所熟悉或挚爱的，而且更由于其感情的完全投入。在与萧军的《八月的乡村》、萧红《生死场》共同被编入"奴隶丛书"的小说集《丰收》自序中，作者写道："这里面只有火样的热情，血和泪的现实的堆砌。……有时候作者简直像欲亲自跳到作

---

① 　张秀中：《读〈光明在我们的前面〉》，载《新地月刊》，1932（6）。

品里去和人家打架似的。"这种完全的切入，使小说避免了当时一般左翼作家时有出现的公式化、概念化的毛病，并形成了属于他自己的以沉郁悲壮为主要特色的艺术风格。

他的小说集《丰收》包括六个短篇，除《杨七公公过年》写江北农民逃荒到上海的悲惨遭遇和城市工人的生活外，其余都以大革命前后洞庭湖边农村的火热斗争为题材，暴露了反动派、地主的凶残暴虐，反映了农民血泪斑斑的苦难生活及其觉醒与奋起。这些作品不但充满了血痕泪光，充满了火辣辣的激情，而且人物十分真实，眉目宛然，显得坚实而有力。其中，短篇小说《丰收》是叶紫的处女作和代表作。小说以20世纪30年代初湖南农村丰收成灾的严酷现实为背景，集中描写了农民云普叔一家的悲惨遭遇及其觉醒的过程，以此深刻地反映了当时农村空前激化的阶级矛盾，揭示了造成农民贫困的社会根源，指出了农民要改变这种现状，唯有奋起反抗和斗争。主人公云普叔是老一代农民的典型代表，在他身上既有勤俭忠厚、善良朴实的品格，又有传统守旧、信天认命的重负。但全家辛苦劳动换来的丰收成果却被抢劫一空，儿子又因参加抗租斗争被抓走，严酷的现实教育了云普叔，促使他投入到轰轰烈烈的农民革命的洪流中去。云普叔的觉醒过程是真实而深刻的，它表明在广大贫苦农民身上蕴藏着极大的革命热情，只要有正确思想的引导，就会爆发出火山一样的革命烈焰。作者后来在《丰收》的续篇《火》当中进一步刻画了云普叔的思想觉醒和反抗性格。作为老一代农民的形象，云普叔比茅盾笔下的老通宝等人有了明显的发展。

第五节　左翼诗歌的蓬勃兴起

在20世纪30年代众多的左翼诗人中，殷夫是一个佼佼者。他的诗作在广阔的社会背景中热情讴歌中国工人阶级英勇战斗的雄姿，把对罪恶社会的诅咒与对理想未来的赞美完美结合起来，在增强革命诗歌的政治热情和艺术表现方面做出了突出贡献。

殷夫（1909—1931），原名徐柏庭，又名徐白、白莽，浙江象山人，20世纪20年代初期开始创作诗歌，其早期作品主要表达了诗人对爱情的感受，对未来的憧憬以及对家乡的赞美眷念之情。在《放脚时代的足印》《祝——》《给某君》《心地》和《独立窗头》等诗篇中，殷夫以青年诗人特有的敏感捕捉着生活的情影和希望的火花，同时也深深流露出自己的孤寂和忧闷。20世纪20年代中期，殷夫开始走上革命道路并加入中国共产党。此后他积极从事青年工人运动，全身心投入严酷的实际革命斗争，先后四次被国民党反动当局逮捕，最后英勇就义。从1928年开始，殷夫的诗歌创作不仅数量多，而且在思想和艺术上都有了新的根本的飞跃。后一时期的诗作，充分表现了诗人彻底改造旧的自我与旧的时代的决心，表达了诗人与旧家庭、旧的生活道路彻底决裂的意志，同时充满了对无产阶级革命的颂扬，对无产者团结奋斗和集体力量的讴歌，以及对革命斗争道路的深情思索。其代表作有《孩儿塔》《诗集》《血字》《别了，哥哥》等。殷夫的政治抒情诗气势雄浑刚健，节奏铿锵明快，语言质朴平实，善于表现宏大的场面，抒发真诚的激情。这种风格清新独异的诗作引起了当时文坛的广泛注意。鲁迅在《白莽作〈孩儿塔〉序》中高度评价殷夫诗作的地位和价值："这是东方的微光，是林中的响箭，是冬末的萌芽，是进军的第一步，是对于前驱者的爱的大纛，也是对于摧残者的憎的丰碑。一切所谓圆熟简练，静穆幽远之作，都无须来作比方，因为这诗属于别一世界。"

　　殷夫的政治抒情诗往往交融着诗人自身的人生体验和情感历程，不仅爱憎分明，而且底蕴丰厚。他的哥哥当时是国民党航空总署署长，一再期望改变殷夫的人生道路，但殷夫向往革命，决心将整个生命献给无产阶级革命事业，于是写了《别了，哥哥》一诗。在诗中，殷夫爱憎分明地表示不要统治者的"荣赏的爵禄"，不要"安逸，功业和名号"，"只望向真理的王国进礼"，充分表现了一个革命青年坚决要与劳动人民共命运、同战斗的精神。这首诗是决绝的反叛之歌，更是对于真理的激情礼赞。组诗《血字》是殷夫为纪念"五卅"惨案四周年而作的。全诗气势磅礴、壮怀激烈，能使困顿者振作、怯弱者刚强。殷夫的政治抒情诗还着力表现革命者和工人的崇高追求和战斗豪情，如组诗《我们的诗》《一九二九年的五月一日》《我们》《写给一个新时代的姑娘》《五一歌》等。这些诗，呈现出诗人和革命大众感情的浑融一致。作为中国无产阶级的年轻歌手，殷夫的诗继承了郭沫若、蒋光慈开创的早期革命诗歌的传统，拓展了刚健、雄浑、清新的诗风，影响了后来的不少诗人。

　　1932年，在"左联"的领导下，由穆木天、杨骚、任钧、蒲风等在上海发起成立了中国诗歌会。除设立在上海的总会之外，中国诗歌会还先后在北平、广州、青岛、湖州以及日本东京等地建立了分会，1933年3月创办出版了机关刊物《新诗歌》，后来还创办了《诗歌季刊》《中国诗刊》等多种刊物。中国诗歌会不仅有强大广泛的组织，更有明确的理论纲领。创造大众化的诗歌，推进新诗歌运动的发展是其基本目标。由穆木天执笔的《新诗歌发刊词》鲜明集中地体现了中国诗歌会共同的理论主张和创作准则："我们不凭吊历史的残骸，因为那已经成为过去。我们有捉住现实，歌唱新世纪的意识。……我们要用俗言俚语，把这种矛盾写成民谣小调鼓词儿歌。我们要使我们的诗歌成为大众歌调，我们自己也成为大众中的一个。"可以说，中国诗歌会担负起了早期革命诗人尚未完成的历史使命，继续面向现实，描写下层人民生活的苦难，歌唱抗日救亡运动。

中国诗歌会继承和发扬了五四以来现代新诗所具有的战斗传统，发挥了诗歌为现实斗争服务的作用，特别是为当时的反帝抗日和表现"那一切民众的高涨的情绪"服务，反对把诗歌"只是沉醉在风花雪月里"。在艺术追求上，他们坚持诗歌的现实主义的创作方法，竭力创造诗歌的大众化和民族化的形式，力求使诗歌艺术真正贴近广大民众，成为人民群众喜闻乐见的艺术形式。他们不仅在理论上大力提倡诗歌的现实主义传统，鲜明地批判"新月诗派"和现代派诗歌中的唯美主义、形式主义倾向，而且在创作实践上身体力行，广泛自觉地采用各种为广大民众所乐于和易于接受的民族形式，积极尝试了民歌、民谣、鼓词、儿歌、民间小调、方言小曲以及朗诵诗、合唱诗等多姿多彩的诗歌样式。《新诗歌》就曾出版过"歌谣专号"，刊登了大量的民谣、小调、儿歌等形式创作的新诗作品。中国诗歌会诸诗人的这些努力，对现代新诗现实主义风格的弘扬、现实题材的开掘，对左翼诗歌乃至整个无产阶级革命文学运动都是积极的促进。中国诗歌会诸诗人的创作，普遍具有清新明朗、热情奔放、朴素坚实、通俗晓畅的诗歌风格，这是当时诗坛上旋起的一股清风。1935 年以后，为进一步配合当时抗日救亡的严峻形势，中国诗歌会鲜明地提出了"国防诗歌"的口号，并陆续出版了"国防诗歌丛书"，显示了他们更加热切的现实主义激情和更加成熟的诗歌风格。抗日战争全面爆发以后，由于大部分会员都积极投身到抗日救亡的实际工作之中，中国诗歌会也就停止了它的活动。

在中国诗歌会诸诗人中，创作最活跃、最有影响和代表性的诗人是蒲风。蒲风（1911—1942），原名黄日华，广东梅县人。他是中国诗歌会理论主张的积极实践者。紧密结合当时中国社会的实际斗争，特别是关注并表现广大农民的悲苦遭遇及其觉醒和反抗，反映民族的抗日意志和情绪，是蒲风诗歌创作的基本主题；通俗质朴的语言，清新康健的格调，激越饱满的情感，是其诗作的基本风格。蒲风先后创作出版了诗集《茫茫夜》《生活》《钢铁的歌》《摇篮歌》《抗战三部曲》《黑陋的角落里》，以及长篇叙事诗《六月流火》等。

《茫茫夜》是蒲风的第一部诗集，也是他的代表作。农民的苦难与反抗是诗集的主旋律。长诗《茫茫夜》以一位贫苦的老母亲对投奔了"穷人军"的儿子的呼唤与思念以及象征儿子作答的那种山崩虎啸般的风声，表明了受压迫农民的反抗情绪和斗争信念。全诗气势雄浑刚毅，情感深沉激越，具有一种浪漫和乐观的情调。这首诗被诗人自称为"农村前奏曲"。

长诗《六月流火》是蒲风最有影响的诗篇之一。作品以国民党的反革命围剿和共产党领导的农村革命为生活背景，集中表现了一个村庄的农民与强占土地修筑公路去"围剿"革命根据地的反动军队所展开的殊死搏斗。诗人不仅写出了农民们的觉醒和抗争，更写出了他们在共产党和工农红军领导下团结一致、同仇敌忾所显示出的巨大威力，形象地反映了农民革命星火燎原的势头，"像决堤的黄河水"，像"澎湃汹涌着的""海洋的浪"，"谁有力量去拦堵"？农民们"我们不能白白饿死""我们要打破一切身上的铁锁"的怒吼响彻整个诗篇。长诗在具体细致的叙事过程中，大量采用鲜活的口语，增强了作品的生动性。但是，过多渲染农民的落后意识以及某些空泛的抒情方式，给作品带来了某种思想上的不协调和艺术上的粗糙。

此外，杨骚的诗集《记忆之都》《受难者的短曲》和长诗《乡曲》，任钧的诗集《战歌》《冷热集》，穆木天的诗集《流亡者之歌》，王亚平的《灯塔守者》《黄浦江》《大沽口》等诗篇和温流的《我们的堡》《最后的吼声》等诗集，都是中国诗歌会曾产生过较大影响的作品。

总体看来，中国诗歌会的诸诗人继承和发展了后期创造社及太阳社的革命诗歌传统。他们的创作始终紧密地与现实斗争相结合，在推动诗歌的大众化、民族化，增进诗歌的现实主义力度等方面做出了重要的贡献。但由于未能摆脱早期革命诗歌抽象呐喊的缺点，缺乏对现实生活的深刻把握，中国诗歌会诗人们的作品也存在着空洞、呆板的弱点，缺乏强烈的、打动人心的艺术魅力，给诗歌的艺术表现方面带来了某种程度的消极影响。

思考题

1. "文学革命"和"革命文学"是中国现代文学前两个十年重要的标志性话语，从"文学革命"到"革命文学"，显示了现代文学发展怎样的深刻变动？

2. "左联"成立的时代背景、历史贡献及其局限主要是什么？

3. 蒋光慈在其第一部新诗集《新梦》的"自序"中说："我的作品当然幼稚。但是我生适值革命怒潮浩荡之时，一点心灵早燃烧着无涯际的红火，我愿勉力为东亚革命的歌者！"这段话体现了蒋光慈诗歌创作怎样的思想基调？

4. 鲁迅在为萧红的《生死场》所做的序言中说，那是"力透纸背"的对"北方人民对于生的坚强，对于死的挣扎"的描绘。结合作品思考鲁迅为什么这样评价，《生死场》中体现了怎样的思想意蕴和现实关怀？

参考书目

1. 胡也频. 胡也频选集. 北京：开明书店，1951.

2. 萧军. 八月的乡村. 北京：人民文学出版社，1954.

3. 柔石. 柔石小说选集. 北京：人民文学出版社，1954.

4. 殷夫. 殷夫诗文选集. 北京：人民文学出版社，1954.

5. 蒲风. 蒲风诗选. 北京：作家出版社，1957.

6. 瞿秋白. 瞿秋白诗文选. 北京：人民文学出版社，1982.

7. 蒋光慈. 蒋光慈文集：第四卷. 上海：上海文艺出版社，1988.

8. 萧红. 王阿嫂的死//萧红. 萧红全集：中卷. 哈尔滨：哈尔滨出版社，1998.

9. 中国文联，四川省宜宾市人民政府编. 阳翰笙百年纪念文集. 北京：中国戏剧出版社，2002.

10. 郁达夫.《鸭绿江上》读后感. 洪水，1927，3（4）.

11. 冯乃超. 艺术与社会生活. 文化批判，1928（1）.

12. 蒋光慈. 现代中国文学与社会生活. 太阳月刊，1928（1）.

第九章　巴　金

第一节　生平及创作道路

巴金（1904—2005），原名李尧棠，字芾甘，生于四川成都一个没落的封建官僚大家庭。他的祖上曾数代为官，据巴金回忆，他们那个庞大的家庭"有将近二十个长辈，有三十个以上的兄弟姐妹，有四五十个男女仆人"①。但幸福并没有降临到这个富有显赫的封建大家庭。1914年、1917年，巴金的母亲和父亲先后病故。身为长房的巴金一家在同另外几房长辈人的明争暗斗中，始终处于劣势，这使巴金更加认清了封建大家庭的丑恶本质。封建旧式家庭仁爱表面背后的尔虞我诈以及挚爱亲人的相继离去，都给巴金幼小的心灵造成了创伤。长辈们不劳而获的寄生生活及腐朽堕落的行为，激发了他的反抗心理。巴金将自己的人生体验升华为对整个社会制度和封建礼教的反思与批判。他对长辈们"火一般的反抗的思想"，促使他对封建大家庭中那些受压迫的仆人们产生了特殊的同情和关切。少年时的巴金与患病的轿夫、衰老的仆人们成了无所不谈的朋友，他经常倾听他们的种种辛酸和不幸，下定决心不再做高高在上的"少爷"，而要做一个"站在他们一边，帮忙他们的人"②。

1919年五四运动爆发，巴金的家乡成都也成为四川新文化运动的中心。年仅15岁的他强烈地感受着时代的新思潮，阅读了大量《新青年》《每周评论》等新文化刊物，进而接受了"民主""自由""平等"等西方现代文化思潮。他感到自己像是从睡梦中惊醒了一样，睁开眼睛"看到了一个崭新的世界"。五四新文化运动是中国历史上前所未有的思想启蒙运动，五四时期也是空前的文化开放时期，"西风东渐"在这一时期达到了前所未有的高潮。形形色色的西方社会思潮的涌入，强烈地震撼着现代知识分子的心灵，开阔了他们的文化视野，同时也给古老的中国传统文明注入了崭新的血液。1920年，巴金考入成都

---

① 巴金：《我的幼年》，载《中流》，1936（1/1）。
② 巴金：《我的幼年》，载《中流》，1936（1/1）。

外国语专门学校，积极投身于进步的社会活动。在这期间他读到了一系列宣传西方无政府主义思潮的著作，心灵受到强烈的震撼，产生了献身社会革命的愿望。1921年春，巴金参加了一个无政府主义刊物《半月》的编辑发行工作并和一些志同道合的青年朋友组织了无政府主义团体——均社。从这时起，巴金就自称是"安那其主义者"（无政府主义者的音译）。这一时期，巴金除了发表大量介绍与宣传无政府主义的文章之外，还创作了一些新诗和散文，开始了自己的早期文学创作。

图9-1 巴金

1923年，巴金与三哥一起离开成都到上海读中学，从此冲破了封建家庭的牢笼，投入了广阔的社会天地。然而，青少年时代的生活，对于他的人格形成及作品的风格有着至关重要的影响。1927年，巴金赴法留学，广泛接触了各种社会思潮，大量阅读了法国思想家卢梭、伏尔泰等人的著作和俄国民粹派、民意党人的传记，翻译了俄罗斯无政府主义倡导者克鲁泡特金等人的论著。巴金选择法国作为自己留学国家的原因，除了当时法国比较容易接受中国留学生，所需费用也较低之外，更主要的是法国作为欧洲无政府主义思潮的发源地之一，集结了来自世界各地的革命者。在法国期间，精神的孤独和心灵的苦闷，使他开始了自己的小说创作，断断续续地完成了处女作——中篇小说《灭亡》。这部小说塑造了杜大心、李冷等人物形象。它的问世标志着文学家巴金的诞生。

1928年，巴金回到祖国。1928年至1937年是巴金创作的全面成熟期。他先后创作了《死去的太阳》（1930）、《新生》（1931）、长篇力作《家》（1931）、《春天里的秋天》（1932），以及"爱情三部曲"《雾》《雨》《电》等小说。这些小说大都描写了青年们的反抗与苦闷。其中"爱情三部曲"是作者最喜爱的作品。小说表现了一群知识青年在寻求真理和信仰、向往革命的道路上的痛苦、挣扎与彷徨以及个人生活的孤独与不幸，展示了他们不同的性格和人生轨迹。在《雾》中，作者刻意塑造了一个像雾一样优柔寡断、思想意志飘移不定的"多余人"形象——周如水，批判了其懦弱无能的性格。《雨》则更多地带有"革命加恋爱"的印记，情节颇为动人。作品通过主人公吴仁民的爱情悲剧，揭露了专制制度和罪恶势力对纯真爱情的摧残。知识青年决绝的反抗言行和凄凉悲愤的感伤氛围融为一体，大大增加了作品的艺术感染力。三部曲的最后一部——《电》，作者一改前两部小说那阴郁凄冷的笔调，叙述语气变得热烈而富有诗意。作品塑造了一个"近乎健全的女性"李佩珠，她沉着坚定、勇敢无畏，既有东方女性的文静优美，又富有生命的活力和崇高的道德情操，洋溢着青春的朝气。这个人物身上寄托了作家的审美理想。"爱情三部曲"展示了作家"灵魂的一隅"，渗透了创作主体隐秘而真实的主观情志，不论人物形象的塑造还是作品的主题内蕴，都与巴金本人的情感、信仰和理想最为切近。

此外，巴金还写过反映矿工苦难和斗争的中篇小说《砂丁》（1932）、《萌芽》（1933），显示了他在题材开掘方面的可贵努力。但由于作家生活经历的局限，它们在艺术上不是很成功。巴金创作的大量短篇小说，大都收在《复仇集》（1931）、《光明集》（1932）、《电椅》（1933）、《抹布》（1933）、《将军》（1934）、《沉默》（1934）、《沉落》（1936）、《发的故事》（1936）、《长生塔》（童话集，1937）等作品集中。1934 年，巴金赴日本旅行并根据这段经历创作了《神》《鬼》《人》等短篇小说。这些作品题材广阔、内容丰富，其中不少小说描写到了异域生活，充满主观热情和浪漫主义色彩。

1937 年抗战爆发后，巴金在颠沛流离的生活中继续从事写作，除续写了《激流三部曲》的后两部《春》（1938）、《秋》（1939）之外，还创作完成了"抗战三部曲"《火》。一般认为，以 1937 年为界，巴金在 1949 年以前的创作可分为前后两个时期。后期的创作，风格渐趋于沉着写实，多写善良无辜的小人物在时代沧桑和社会动荡中的悲剧命运。作者以冷静深沉的眼光，充满同情地谛视着那些被命运拨弄的小人物们美好而卑弱的灵魂，聆听着他们在黑暗社会的重压下的悲鸣与无可奈何的叹息。其代表性作品主要有中篇小说《憩园》（1944）、《第四病室》（1945）和长篇小说《寒夜》。其中《憩园》是作者根据40 年代初回到故乡成都时的见闻与感受创作而成的。作者曾这样谈及这部作品的创作缘起："最初的杨老三的故事并不像我后来写出的那样，而且我那时还想把它编进一本叫做《冬》的长篇小说里面。……我五叔这个人物不断地在我的脑子里出现，他把那些情节贯串起来，有头有尾的故事形成了。这就是杨老三的故事，不过'杨梦痴'的名字却是以后想出来的。"[①] 小说从侧面表现了封建大家庭中的败家子杨老三将家财挥霍殆尽后流落街头、惨死狱中的人生历

---

① 巴金：《谈〈憩园〉》，见《巴金全集》，20 卷，472 页、476 页，北京，人民文学出版社，1993。

程，揭示了"财富并不长宜子孙"的朴素道理。然而小说的内蕴并不仅仅如此，作品既有对杨老三这类败家子的深刻批判，又有对他不幸遭遇的同情和惋惜。多种思想内蕴的交织，充分体现了作家在历尽人生沧桑之后的成熟圆润。作者对封建大家庭的衰亡，也不仅仅限定在"控诉"一类的情感指向上，而是多了一层痛惜和留恋，多了一种更加理性的历史观照和人性洞察，这在一定程度上弥补了《激流》三部曲中思想主题过于单一化的倾向。这篇小说的构思非常精巧：作品以一座更换了主人的"憩园"作为线索，连接起杨、姚两个家庭的命运，在缓缓的叙述中显示出作家的别具匠心。

纵观巴金的创作历程，他在20多年的时间里一直保持着旺盛的创作生命力，共创作了20多部中、长篇小说，70多篇短篇小说，还有大量的散文随笔和30多种外国文学及文化译作，可以说是一位少见的丰产作家。

图9-2 《随想录》封面

1949年新中国成立后，巴金开始了新的生活。他在抗美援朝战争时期两次赴朝鲜前线，创作了大量表现中国人民志愿军英勇抗敌的通讯报告集，还多次出访国外，以国外见闻为题材写了一些散文。10年动乱中，巴金受到强烈的冲击和残酷的迫害。"文化大革命"结束后，巴金以年迈病弱之躯创作出版了五卷本随笔《随想录》。作者在这部"说真话的大书"中真诚地拷问着自己的灵魂，使其高洁伟岸的人格又一次绽放出灿烂夺目的光芒，不仅对许多同辈和年轻的作家产生了重大影响，也影响了整个文坛的文化氛围和风气。《随想录》无疑是中国当代散文创作的一座高峰。

作为20世纪中国文学史上的大师之一，巴金被称为"20世纪中国的良心"。作为一名百岁老人，巴金见证了20世纪的风云沧桑；而作为一位敏感于时代、富有强烈社会责任感的现代作家，巴金把自己对社会黑暗与不公的满腔怒火、对正义和理想的火热追求，都通过文学创作尽情宣泄了出来。百年巴金以他浸润着崇高人格的文学创作，始终站在时代的前列，给人们尤其是年轻人以丰富的启迪、感悟和鼓舞。巴金是属于年轻人的，在巴金那里，展现的始终是青年人火热的激情，和对人生真理、社会正义的向往。巴金，已成为一代代热血青年高举的永不熄灭的文学火炬的象征。

第二节　无政府主义文化思潮与巴金的创作

　　要全面准确地理解巴金的文学作品，尤其是他的前期创作，就不能不涉及巴金早年的信仰——无政府主义。无政府主义作为一种社会文化思潮，主要盛行于19世纪后半期的欧洲。这一理论的倡导者们大都以批判欧洲现代国家制度作为出发点。他们的思想与学说，曾对第三世界国家的一些激进青年产生了不小的吸引力。他们的基本主张是：反对一切权威，否认一切国家政权与社会组织形式，主张绝对的个人自由，要求建立一个所谓无命令、无服从与无制裁的"无政府"大同社会。对专制权威制度的抨击和对保障人人平等和个性自由发展的乌托邦理想社会的忘我追求，无疑是无政府主义理论学说中最动人的部分，也正是青年巴金被深深吸引的原因所在。无政府主义反映了被压迫、被奴役者愤怒而绝望的不平心态。他们的乌托邦理想和狂热的道德激情在社会实践中是行不通的，甚至是有害的，这在中外的实践中都已被无可辩驳地证明。人类历史上的很多乌托邦式的理想一旦付诸实施，造成的却是社会的混乱。但另一方面，人类又不可能没有一种崇高的社会理想，否则只能在黑暗的历史空洞中蜗行摸索。而当把这种崇高的理想精神贯穿到文学创作中时，就构成了一个作家至关重要又极其珍贵的精神财富。

　　无政府主义思潮给巴金的人格形成及文学创作带来的影响是决定性的，它使少年巴金那颗急于寻求真理的"流浪的心灵"找到了归宿。在此后漫长的人生历程和创作生涯中，倘若没有这种对"主义的信仰"，巴金就不可能那么充满自信、满怀激情地笔耕不辍。巴金近一个世纪以来始终如一地坚持讲真话，忠于自己的信念。他以自己崇高的人格力量影响了几代知识分子，不能不说得益于无政府主义文化思潮对他的浸染。他那永不熄灭的热情之火更离不开无政府主义思潮这一"燃料"的助燃；他那永远直率坦诚的语言和叙事语气，那不可遏止的喷发的叙述方式，都是他的文学创作的独特魅力所在，这同样离不开巴金对"主义"的虔诚信仰。无政府主义思潮还赋予了巴金一种观察与批判社会人生的独特视角。深受无政府文化思潮浸染的巴金，对一切人压迫人、人剥削人的现象与制度，始终保持着特殊的敏感。巴金文学创作的一个主要内容，就是对不合理的等级制度、等级观念进行批判，对压制人性、摧残人性的一切

"人为制度"进行控诉①。

　　无政府主义的发起人和实践家们都非常强调道德的完善与修养，倡导一种崇高的自我献身精神。这对出身于封建大家庭、从小就深受儒家思想的熏陶并树立了改造社会的远大抱负的巴金来说，的确是太有诱惑力了。因此，无政府主义对巴金的影响往往限定在思想文化和个人道德修养领域，而没有成为左右巴金一切言行的行动指南。他与那些激进的无政府主义实践者们之间的分野是非常明显的。巴金的这一思想特质，在他翻译的克鲁泡特金的《我的自传》一书所写的自序中表现得非常充分。克鲁泡特金曾是巴金崇拜的偶像。巴金其《〈克鲁泡特金自传〉译者代序》这样充满深情地赞扬克氏说："我绝不想向你宣传什么主义。不过在你还没有走入社会的圈子去过实在的生活之前，指示一个道德地发展的人格之典型给你看，教给你一个怎样为人怎样处世的态度，这倒是很必要的事情。……你也许像许多人那样反对他的主张，你也许会像另外许多人那样赞成他的主张。然而你一定会像全世界的人一样要赞美他的人格，将承认他是一个最纯洁最伟大的人，你将爱他敬他。"可见，巴金从克鲁泡特金等无政府主义思想家那里所接受的，主要是一种崇高的自我牺牲精神和富有诗意的道德追求。

　　巴金灵魂深处那悲天悯人的情怀，固然使他充满了正义感和对社会的"不平"心理，同时也造就了他耽于幻想、短于行动的艺术家的个性。这样的个性显然更适合于在"纸上"谈论无政府主义。他最终没有成为一名无政府主义的实践者，而变成一位深受无政府主义思潮影响的成果卓著的中国现代作家，用他那颗受过无政府主义文化思潮浸染的真诚的心灵，抒写出一部部富有感染力的艺术作品。巴金虽然翻译、论述了大量无政府主义的理论著作，介绍过无政府主义者的英雄事迹，甚至也结交了一些无政府主义同人，参加过他们的一些团体，但巴金与他们只是言论、思想方面的交流，没有也不可能成为一名无政府主义的"社会革命者"。对巴金来说，写作仅仅是一种无法参与现实抗争的不得已的代偿行为而已。他曾这样诉说自己的心灵苦闷："我写文章不过是消费自己的青年的生命，浪费自己的活力，我的文章吸吮我的血液，我自己也知道，然而我却不能够禁止它。"他非常希望自己"能够不再提笔"，可无论如何

----

　　① 巴金一再重申说："我底敌人是什么？一切旧的传统观念，一切阻碍社会的进化和人性的发展的人为制度，一切摧残爱的努力，他们都是我底最大的敌人。"（巴金：《写作生活的回顾》，原载《巴金短篇小说集》，1集，上海，开明书店，1936）这段话的重点词语显然是"人为制度"四个字，而这明显地打上了无政府主义思潮的烙印。

他又做不到："社会现象像一根鞭子在后面驱使我，要我拿起笔。"① 历史的发展就是这样富有悖论性：正是那些被巴金认为"浪费"了生命的文学创作，却感动和激励了无数读者，而巴金当年译介的大量无政府主义理论书籍，如今已没有多少人知晓并认同了。

巴金"把纸笔当作武器"的文学观，使他更注重于在作品中宣泄真挚的情感，袒露自己的灵魂，当然也表现为对写作技巧的蔑视。他曾说自己的小说"没有含蓄，没有幽默，没有技巧，而且也没有宽容。这也许被文豪之类视作浅薄、鄙俗的东西吧，但在这里面却跳动着一个时代的青年的心"②。巴金一再宣称他不是也不想做一名艺术家，他甚至对艺术本身充满了偏见："艺术算得什么？假若它不能够给多数人带来一点光明，假若它不能够对黑暗给一个打击。"巴金的观点当然不无偏激，但他强调了比艺术的审美更为重要更为长久的东西，"那个东西迷住了我。为了它我甘愿舍弃艺术，没有一点顾惜"。那么，"那个东西"又是什么呢？在巴金看来，就是对社会理想和人类正义的永恒追求，对社会黑暗与罪恶的不懈斗争。

当然，任何事物都有一定的两面性，巴金创作的不足也与他的巨大成就一样，受到了他对"主义"虔诚信仰的影响。作为巴金挚友的沈从文，曾在给巴金的一封公开信中殷殷告诫说："你感情太热，理性与感情对立时，却被感情常常占了胜利。"③ 沈从文的这一批评虽然体现了他与巴金在文学观念上的分野，却也中肯地指出了巴金小说的一个不足。巴金的一些作品的确呈现出沈从文所说的"感情战胜理智"，甚至被情感"伤害"的倾向。

此外，无政府主义文化思潮的浸染，还使巴金具备了一种宏阔的全人类的文化视野和世界性眼光。这是颇为有趣的一种现象：无政府主义者们取消国家政权的极端主张、建立"世界大同"的乌托邦理想，常常导致他们天然地产生一种人类视野，并在某种程度上摆脱了某一国家、某一民族的狭隘与偏见，从而站到整个人类的角度思考问题。巴金早年在看了波兰作家廖·抗夫创作的、以俄国 1905 年前后的一群知识分子反抗沙皇黑暗统治为素材的剧本《夜未央》之后，曾这样激动地写道："我看见了在另一个国度里一代青年为人民争自由、谋幸福的斗争之大悲剧，我第一次找到了我的梦景中的英雄，找到了我终身的

---

① 巴金：《我与文学》，载《文学》一周年纪念特辑，上海，生活书店，1934。

② 巴金：《沉落·题记》，载《水星》，1935（1/6）。

③ 沈从文：《给某作家》，见《沈从文选集》，5 卷，273 页，成都，四川人民出版社，1983。

事业……"① 的确，正是那些"另一个国家"的青年们不屈不挠地为人民争自由、谋幸福的斗争精神，为巴金提供了直接而丰厚的精神资源，使他找到了自己"梦景中的英雄"。而共同的信念、共同的理想，必然使巴金与那些未曾谋面的异国英雄们的心贴在了一起。巴金创作了不少以欧洲无政府主义者的活动为素材的小说作品，塑造了一系列无政府主义英雄形象，就是这一共同信念与理想的主要表征之一。青年巴金也正是抱着"苦人类之所苦""以人类之悲为悲"的宏大气魄和宽广的文化视野走上创作之路的。巴金不止一次地诉说："我的上帝只有一个，就是人类。"② 巴金那颗渴望正义与真理的善良而单纯的心灵，在无政府主义思潮的孕育下，开出来的是"爱人类"的健康而美丽的花朵。

不过，巴金虽然是描写外国生活、塑造外国人物形象最多的现代作家之一，但他的心灵毕竟不属于"别一世界"。他是在中国的土地上、受中国传统文化的孕育而成长起来的，正如他自己所说："我仍然是一个中国人，我的血管里有的也是中国人的血。有时候我不免要站在中国人的立场上看事情，发议论。"③ 因此，当他把目光与笔触转向了让他最为心痛的国内苦难的社会现实，转向了他最为熟悉的封建大家庭里爱恨交织的生活时，他的艺术个性与才华才得到了如鱼得水般的展现。他的那些被人们广为传诵的成功之作大都是以自己的亲身经历或切身感受为素材创作而成的，他把火热的激情与真切细腻的描写，恰到好处地融为了一体。

第三节 《家》：悲愤的控诉与青春的赞歌

《家》是巴金前期创作的代表作品，也是 20 世纪中国文学史上最有影响力的长篇小说之一。《家》创作于 1931 年，同年在《上海时报》上连载，当时题名为《激流》，1933 年由开明书店出版单行本时才改名为《家》。小说的时代背景是 20 世纪 20 年代初期，即五四新文化运动达到高潮的历史时期。作者以他真诚的笔触，控诉了封建制度尤其是传统封建家族制度的罪恶，揭示了它在时代变革面前必然走向分崩离析的历史命运。当时的不少年轻人就是在读过《家》以后，才坚

---

① 巴金：《信仰与活动》，载《水星》，1935（2/2）。
② 巴金：《海行杂记·两封信》，见《巴金全集》，12 卷，52 页，北京，人民文学出版社，1989。
③ 巴金：《〈火〉第二部后记》，见《火》，第二部，上海，开明书店，1942。

决地冲出封建家庭的牢笼，投入到社会变革与进步的洪流中去的。

　　巴金在谈到《家》的创作动机时说，"我要向一个垂死的制度叫出我的 I accuse（我控诉）。我不能忘记甚至在崩溃的途中它还会捕获更多的'食物'：牺牲品。所以我要写一部《家》来作为一代青年的呼吁。我要为过去那无数的无名的牺牲者'喊冤'！我要从恶魔的爪牙下救出那些失掉了青春的青年。"在巴金看来，封建家族制度和封建礼教所摧残与戕害的，"尽是些可爱的、有为的、年轻的生命"。巴金下定决心，为了那些可爱而美丽的年轻生命，"我也应当反抗不公平的命运！"①《家》的这一创作动机直接导致了它的基本思想艺术特色。小说塑造的人物大约有六七十个。这些人物大致可以分为"封建专制制度的代表"与"被侮辱与被损害者"两类。前一类人物包括高老太爷、高克明、高克定、高克安等；后一类则是众多的青年形象。他们中既有觉新、陈剑云一类的男性软弱者，又有瑞珏、梅、鸣凤、婉儿等沦为封建礼教和封建家长专制牺牲品的年轻女子，更有勇于反抗、最终取得了胜利的年轻的觉醒者：觉民、觉慧和琴。在这些形象当中，最主要的是高老太爷、觉新、觉慧三个人物。

图9-3　《家》封面

　　高老太爷可谓是封建家族与传统礼教的代表性人物，是高公馆里的最高统治者。他曾做过多年的大官，置下了一份庞大的家业，并且生养了众多的子女后代，造就了那样一个"四世同堂"的封建大家庭。在老太爷看来，他既是这个家业的缔造人，又是子孙后代的创造者，既然有"恩"于子孙后代，当然对高公馆的一切都应拥有像帝王一样的支配权。高老太爷年轻时也曾"荒唐"过，到了老年还纳了一个比他小很多岁的姨太太；他还常常以"捧花旦"来取乐。然而这丝毫不影响他在子孙后代面前以道德家自居，理直气壮地训斥子孙们的任何他认为"不道德"的言行。仅仅用"虚伪"来概括高老太爷这类封建家长的人格特征，显然是片面的。高老太爷的可悲之处，在于他是如此"自信"而"坚定"地信奉着自己的那一套封建理论。在高老太爷这类封建家长和卫道士们看来，长辈们纳妾嫖妓绝对是正常的"风雅"举动，而年青一代敢于违背他们的意志自由谈恋爱，那就是彻头彻尾的"有辱门风"了。因此，他可

---

① 巴金：《关于〈家〉（十版代序）》，载《文丛》，1937年创刊号。

以"光明正大"地把自己家里的丫鬟、年仅 17 岁的鸣凤许配给自己的六七十岁的老友冯乐山做"小"。鸣凤跳水自杀宁死不从后，他又把另一个名叫婉儿的丫鬟顶替过去。而高家又去买了两个年轻女性来当丫鬟，以填补鸣凤和婉儿的空缺。高老太爷之所以坚决压制年轻人的自由恋爱，阻挠觉民和琴的结合，主要是因为孙儿们竟然敢于违背他的意志，挑战他的权威，使他丧失了"脸面"。可见，所谓"门风"，实在是和封建家长的"面子"连在一起的。至于子孙们的人生幸福，他们从来就没有考虑过。他们眼中的子孙后代，不过是没有任何尊严的像物品一样的附属物而已。当然，小说对高老太爷作为一个颇有深度的人物形象，不仅表现了其专制腐朽的一面，还显示了其善良的一面。去世前，他对子孙表现出一定的忏悔与关爱，弥留之际答应了觉民和琴的婚事，并原谅、默许了觉慧的反抗。

觉慧则是正在觉醒的年青一代的代表。只有他，敢于当面顶撞说一不二的高老太爷；只有他，敢于当众怒斥陈姨太等人上演的"捉鬼"闹剧；也只有他，最先认清了封建大家庭的丑恶本质，对这个日趋衰亡的封建家庭丧失了最后一点信心，并满怀着理想和激情冲出了封建家庭的牢笼，投身到社会运动的时代洪流之中。他深深地同情着大哥觉新的不幸遭遇，却又看不惯大哥隐忍苟且、懦弱自私的"无抵抗主义"；他坚决支持二哥觉民和琴的恋爱，在他们与封建家长进行抗争的关键时刻，无私地帮助和鼓励着他们；他虽然对琴也不无暗恋，但仍以大度、宽厚的心灵祝福着觉民和琴的结合，极力成全他们。觉慧这一人物形象，为整部小说增添了亮色和希望。巴金说觉慧是封建大家庭中一个既"大胆"又"幼稚"的"叛徒"，可谓是"知己"之论。觉慧的"大胆"有目共睹，觉慧的"幼稚"却常常被人所不察。这不仅体现在他性格中某些单纯，甚至鲁莽的一面，也体现在他对待鸣凤的爱情态度上。觉慧虽然与自己的婢女鸣凤相爱，但两人的情感付出却是完全不同的。对于身为"下等人"的鸣凤来说，绝对是一种全身心的情感投入，她把觉慧看成了自己人生的所有寄托，对觉慧产生了一种近乎崇拜的献身情感；而对于觉慧来说，两个人的交往则更像是一种"公子哥儿"的浪漫，他对鸣凤的感情是与他破除等级观念的救世情怀联系在一起的。正因如此，当觉慧被自认为更重大的救世责任所牵引时，他也就"无暇"顾及鸣凤的悲剧了。小说写道，当鸣凤处于危急之中，期待着"三少爷"觉慧的帮助与拯救时，觉慧却"只顾专心写文章"，根本没能了解鸣凤巨大的心灵痛苦。当他从觉民那里知晓了鸣凤面临的巨大人生灾难时，他也未想出有效的办法帮助鸣凤脱离虎口，"事实上经过了一夜的思索之后，他准备把那个少女放弃了。这个决定当然使他非常痛苦，不过他觉得他能够忍受而且也有理由忍受"。可怜而无助、"宁为玉碎、不为瓦全"的刚烈的鸣凤，最终以死表达了她的心志，也显示了卑弱者生命的尊严。作者描写鸣凤投水自杀的一幕，可谓是整部小说中最为感人的一段文字。

觉新是小说中着墨最多的人物，在他身上凝聚着作家最为深厚和痛切的人生体验，因而觉新是《家》中塑造得最为血肉丰满的人物形象。少年觉新也曾有过美好的人生憧憬。他天资聪颖，加上刻苦努力，读书的时候成绩一向名列前茅。他设想过中学毕业后到上海或北京念大学，甚至幻想过到德国留学，然而这些美妙的幻梦都像肥皂泡一样破灭了。中学毕业后仅仅因为父亲的一句话，仅仅因为满足爷爷"早日抱孙"的愿望，他就放弃了自己的人生理想。他也曾有一个了解他、安慰他的恋人，就是他青梅竹马的梅表妹。他们有过青春时期的浪漫情愫，但也仅仅因为家长的反对，他就轻而易举地放弃了自己美好的爱情，放弃了自己的人生幸福。幸运的是，在包办婚姻中娶来的妻子瑞珏也是一个体贴、温柔的贤妻良母，这多少使他痛苦的心灵有些安慰。但失去了爱情的梅表妹却从此郁郁寡欢，再加上婚后不久就过起了守寡的痛苦生活，最终在抑郁、苦闷中早早辞世。觉新贤惠的妻子的命运也很凄凉：为了替死去的高老太爷躲避所谓的"血光之灾"，觉新竟然答应了陈姨太等人的无理要求，把待产的妻子搬出高公馆，到城外荒凉的郊区去生产，结果妻子因得不到医疗照应而死于难产。她死时，觉新竟然不能见到妻子的最后一面。觉新的软弱退让，不仅使他自己丧失了青春，丧失了幸福，也毁掉了深爱他的两个女人。他隐忍苟且的背后，不仅隐藏着他的无能，也渗透着深层次的自私心理。

觉新最大的性格特征是他的二重人格。他所躬行的恰恰是自己所厌恶、所痛恨的一切，而他本人真正的理想、喜好、欢乐乃至悲哀，都被自己刻意制作的虚假面具所遮盖住了。他也曾和二弟、三弟一样喜欢读《新青年》等进步刊物，并且被里面的文字深深地感染，使他的内心深处受到了个性解放新思潮的熏陶，清醒地意识到了封建大家庭的罪恶和必然走向灭亡的历史命运。可悲的是，他并没有把自己真实的思想付诸言行。一次次的人生失意和挫折早已使他丧失了任何抗争的勇气和生活的理想，日复一日、年复一年，他只能在牺牲自己和自己所爱的人中委曲求全。他明明知道封建家长的命令是完全错误的，但他慑于他们的淫威又不折不扣地执行着这些无理的要求和命令，自觉不自觉地充当着他们的帮凶。对于生活他失去了热情和理想，对于周围的亲人，他的妻儿和弟妹，他事实上也没有尽到保护的责任，他在自轻自贱中害人害己。这一形象对于揭示中国现代知识分子的软弱性和依附性，具有重要意义。

觉新是以作家本人的大哥为原型塑造的。作者自述说，他在构思完《家》以后，刚刚写到"做大哥的人"那一章（第六章）的时候，就得到了他大哥自杀身亡的噩耗。"这对我是一个不小的打击。但因此更坚定了我的写作的决心，而且使我感到我应尽的责任"①。巴金的大哥作为长房长孙，在他们那个封建大家族的位置，极像觉新在高公馆内那样尴尬。一方面，按照旧式封建伦理的"规矩"，长房这一支号称"嫡系"，在整个大家庭中占有举足轻重的位置。父亲死后，大哥不仅要挑起长房的生活担子，还要作为父亲（长子）的替身在整个大家庭中行使"嫡系"的角色。另一方面，按照封建宗法制度的"辈分"，长辈对晚辈又具有绝对的支配权，那么身为晚辈的大哥又只能在爷爷和叔叔们的发号施令中，以妥协和忍让疲于应付封建大家庭内的各种人际关系。长期的自我压抑和二重人格的畸形发展，终于使其精神走向崩溃。不过《家》中的觉新并没有像现实生活中巴金自己的大哥那样自杀身亡。作家让这一人物见证了封建大家庭的衰亡。他自己也在后来的《春》和《秋》中逐渐发生了转变，并获得了新生。

《家》是一部饱含激情的作品。它不仅揭露了封建大家庭的罪恶，更表现了年青一代在社会黑暗与封建专制的压迫下逐渐觉醒，进行不屈不挠的斗争，最终取得胜利的过程。而中老年一代则在腐朽的封建家族制度走向衰亡的过程中被历史无情地抛弃。从这个意义上讲，《家》不仅是一部深沉真挚的悲愤之作，也是一曲热情洋溢的青春赞歌。巴金曾这样寄语年青一代并鼓舞自己："不错，我会牢牢记住：青春是美丽的东西。那么就让它作为我的鼓舞的泉源罢。"② 当然，作为现代文学史上的一部经典名著，《家》也不是完美无缺的，这仍然与作家那"青春的激情"不无关系：书中的高老太爷等"反面人物"显得有些漫画化和简单化。作者"控诉"的情感需求压倒了其他，冲淡了对人物形象复杂性格的塑造。整部《家》似乎给人一种这样的感觉：中老年人都是错的、落后的，他们专横、自私而虚伪；年轻人都是正义的、进步的；年轻人就应该反叛家庭，与父辈们彻底决裂。巴金这样的艺术表现虽然符合五四那个时代众多青年们反抗封建家庭的情感需求，却未必能折射出人性的丰富性与事物的复杂性。

在情节结构的安排上，《家》获得了很大成功，具有鲜明的特色：小说没有一个贯穿首尾的故事情节，而是把高氏三兄弟的爱情故事相互穿插，构成了整部小说的主干，同时插入其他的人和事，既不是单线发展，又前后照应、浑然一体，显示出巴金驾驭中长篇小说的卓越的艺术才华。

---

① 巴金：《关于〈家〉（十版代序）》，见《巴金全集》，1卷，442页，北京，人民文学出版社，1986。

② 巴金：《巴金全集》，1卷，452页，北京，人民文学出版社，1986。

《家》在发表数年之后，巴金又先后创作了《春》和《秋》两部长篇小说，完成了规模宏大的《激流》三部曲的写作。后两部小说的风格渐趋平实，有些描写也更为圆熟，但情节进展过于缓慢，对封建专制主义思想的批判未能进一步深入开掘，社会影响远不如《家》。

第四节 《寒夜》：多重内蕴的人生悲剧

《寒夜》开始创作于 1944 年冬天，1946 年年底完成，前后约两年时间。它先是连载于 1946 年《文艺复兴》第 2 卷第 1 期至第 6 期，后又由晨光出版社于 1947 年出版了单行本。这部小说是继《激流》三部曲之后，巴金的又一部现实主义力作。它不仅是巴金创作道路上的一座丰碑，也是 20 世纪中国文学史上不可多得的长篇小说经典。小说以抗战后期的国民党"陪都"重庆为背景，描写了善良软弱的小职员汪文宣和他的家人，在社会的大动荡中穷困潦倒、生离死别的悲剧，展示了他与妻子曾树生及老母亲之间的情感纠葛，揭示了他们在黑暗社会和惨淡生活的重压下的人性扭曲，表现了小人物们无可奈何的人生悲哀。

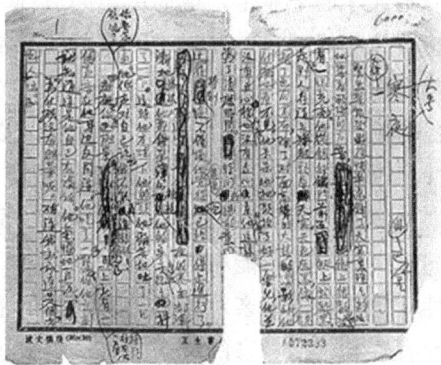

图 9-4 《寒夜》手稿

《寒夜》的悲剧意蕴复杂而多重、深沉而含蓄。小说的题名《寒夜》，既是当时动荡而黑暗的社会的真实写照，也是作家悲凉而绝望的痛苦心境的真切表现。巴金曾说，他是在一个寒冷的冬夜里开始这部小说的创作的。期间他和他的亲友们经历了一次次战争造成的动荡与劫难，也经历了抗战胜利后由希望迅速滑向失望的情感体验，巴金一度陷入悲凉而绝望的心境中。巴金还说他没有在小说结尾处遵照"批评家"的吩咐加一句对"黎明"的呼唤，那是因为在他看来，"那些被不合理的制度摧毁、被生活拖死的人断气时已经没有力气呼叫'黎明'了"①。小说鲜明地表现了作家的这一创作初衷：汪文宣一家和大多数平民百姓一样，在异国侵略者发动的长达 8 年的战争浩劫中被迫流离失所、妻离子散，尝尽了战争动荡和炮火威胁下的苦难与不幸。而局势的转机和战争的

---

① 巴金：《〈寒夜〉后记》，见《寒夜》，上海，晨光出版公司，1947。

胜利却没有给汪文宣一家的生活带来任何实际的改变。正是在庆祝抗战胜利的鞭炮声中，汪文宣悲苦凄凉地死去；他的儿子和老母亲也被迫转到乡下过起了更加艰难的生活。小说结尾处还通过重庆街头几个百姓的议论，表达了作家的愤懑情绪："胜利是他们胜利，不是我们胜利。我们没有发过国难财，却倒了胜利楣。"《寒夜》虽然没有直接描写日本侵略者的惨无人道和国民党吏治的贪污腐败，但通过对一群小人物生活悲剧的真实描写，从侧面更加深刻地批判了那个动荡、黑暗而病态的社会。

当然，汪文宣一家的悲剧更主要的是一种情感与人性的悲剧。这也使得他们的悲剧在某种程度上超越了某一时代、某一社会的局限，从而获得了一种普遍人性和人类情感层面上的永恒意义。小说主人公汪文宣和妻子曾树生原是上海某大学的毕业生，他们由志同道合、两情相悦而结为夫妻。但他们美好的理想与火热的激情，在艰难而痛苦的日常生活中渐渐地被消磨殆尽。战争的苦难与疾病的折磨，使得汪文宣变成了一个丧失了生命活力的懦弱无能的小职员。曾树生因受不了家庭生活的毫无生气以及婆婆对她的憎恶与仇视，逐渐萌生了冲出家庭牢笼的愿望。小说表现了汪文宣挣扎在母亲和妻子之间的痛苦和无奈。汪文宣不能明白的是：为什么这两个他所深爱的女人——母亲和妻子却如同水火一样地不能相容？汪文宣的"不能明白"正说明了他情感的某种盲目性——年迈的母亲对儿子近乎病态的依恋情感，汪文宣显然对此缺乏必要的理性省察。长期守寡的母亲把儿子当成了生命中的唯一寄托。传统社会中封建礼教的束缚，又使得像汪母这样的寡妇所能正常接触的男性，唯有与她相依为命的儿子。长期压抑而孤苦的生活使得她的心灵渐渐失衡，对曾树生的排斥也就是自然而然的了。只不过观念陈腐的汪母对儿媳的排斥与仇视，更多的是以道德优越感的形式表现出来的。汪母念念于心的是：她是被花轿抬着、明媒正娶地踏进汪家大门的，曾树生却至多不过是儿子的一个"姘头"。作品以具体的文字表现，揭示出母亲对于儿子已不单单是一种健康的母爱，而是渗透了一种排他性的变态情感：当儿媳与儿子吵架、离家出走后，汪母的心理反应是"虽说替她儿子难过，可是她暗中高兴"。汪母甚至还现身说教、教导儿子："到现在你该明白了吧。只有你母亲才不会离开你，不管你苦也好，阔也好。"当儿子申辩说自己的妻子绝不是一个"坏女人"时，母亲勃然大怒："她不是坏人，那么我就是坏人。"儿子劳累一天回到家中，因为心情颓丧不愿意和母亲多交流，母亲就产生了一种失落感："她感到失望，等了他这一天，他回来却这样冷淡地对待她！"她甚至以一种嫉妒的心理怀疑："一定是那个女人在他的心上作怪。"即使是在儿子的病已经很重的情况下，母亲仍然要求儿子："只要你肯答应我，只要我不再看见那个女人，我什么苦都可以吃，什么日子我都过得了！"这样一种语言，无论就说话方式还是语义内容来说，都更像是对恋人的一种表白。汪母无微不至地关怀、照顾着病弱的儿子。她对移情别恋的儿媳的指责也并非全无道理。说到底，她也是屡遭伤害的"好人"，只是被一种盲目的情感所驱使，艰难地行走在漫漫黑夜的人生之路上。

　　值得注意的是，像汪文宣这样的软弱者，越是在生活中屡屡遭受挫折，越是强烈地体验到人生的失意，就越渴望从母亲那里获得心灵的安慰，其孩童化的"恋母情结"也就越浓厚。而他从妻子曾树生那里所渴求的，也更多的是一种母亲般的温柔与宽容。这与两性之间平等的、以性爱为生理学基础的现代意义的爱情相距甚远。巴金是现代文坛上塑造男性软弱者形象最成功的作家之一。他笔下的高觉新等男性软弱者形象，不仅极大地丰富了现代文学人物画廊，也给老舍、曹禺等同辈作家以很大的启示。通过对汪文宣的塑造，巴金将中国现代文人的懦弱性格推向极致：他对妻子和寡母的冲突无能为力，得知妻子另有情人后也隐忍含垢。他既害怕失去妻子又无力表白自己的爱情，而这种委曲求全、懦弱的性格反过来又加剧了妻子对他的蔑视。作者详细地刻画了汪文宣这类男性在心爱的女性面前近乎崇拜的暗恋情感和自卑心理，既真实感人又富有启发性。实际上，汪文宣已丧失了一个男子汉起码的决断力，当然也无力承担起对母亲和妻儿应有的责任。他在明知自己得了肺病后仍不敢正视现实，采取一种得过且过的悲观消极态度，甚至因为怕花钱而拒绝有效治疗。汪文宣这样自轻自贱的结果是害人害己。他的死亡对于妻儿和母亲，都是极大的不幸。正如曾树生所说："这个世界并不是为你这种人造的。你害了自己，也害了别人……"的确，人不能爱己，则无以爱人；不能自助，则无以助人。汪文宣的人生悲剧为这个朴素的道理作了最好的注脚。

　　汪文宣的人生悲剧还是一种生命本身的悲剧。不应忽略的是：汪文宣性格的懦弱与心理的自卑，都与他衰弱的身体和身患的疾病紧密连在一起。作者写道，他不止一次地在妻子那富有活力的躯体面前感到心灵的痛楚："他呆呆地望着她的背影。她的丰满的身子显得比在什么时候都更引诱人，这更伤了他的心。"而他患病之后不肯认真到医院接受检查，也是缘于他心理上的脆弱："我去检查，等于犯人听死刑宣告。"但这种脆弱的心理又何尝不是人之常情？而汪文宣之所以不肯好好地治疗，更主要的还是不愿意多花妻子的钱。他的顾虑之中隐含着一种个性的自尊和生命的尊严。作者淋漓尽致地表现了一种生的无奈、死的悲哀，但更多地显示着作家那深厚的同情与关切。作家让他的主人公凄凉地死在抗战胜利的热烈的欢呼声中，以一场载入史册的伟大战争的结束，作为一名小人物之死的参照，不仅渲染了一种震撼人心的悲剧效果，更显示出巴金独特而恒远的人道主义情怀：相对于全民族的抗战胜利来说，一个小人物的死亡实在是太微不足道了。汪文宣短暂的一生甚至可以概括为"生如草芥，死如蝼蚁"；但从另外的意义上讲，每一个人的生命都有其至高无上的、独一无二的价值，每一个人的消亡都会让我们感怀不已。在那些如草芥、蝼蚁般的"沉默的大多数"身上，恰恰蕴含着最伟大的历史力量。

相对而言，曾树生这一人物的塑造更见出作家的艺术功力和人性眼光。从传统的道德角度来看，不论曾树生的移情别恋，还是离开病危的丈夫，都很难称得上是合乎道德规范的，她对自己的儿子小宣也很难说尽到了做母亲的责任。但可贵的是，作者并没有简单化地从道德角度评判她的所作所为，对曾树生始终怀有一种同情、理解和悲悯的人性眼光。因而，在作者笔下，曾树生成为一位在生活的重压下和情感的苦闷中苦苦挣扎、不能主宰自己命运，但又不满足于现实、勇于追求新生活的美丽而单纯的女性。她对丈夫极度失望，更受不了性格偏执、思想守旧的婆婆的侮辱。她那深受新思潮影响的个性越来越感受到家庭牢笼的束缚，她那年轻而骚动的心灵更期待一种火热的激情。但在那个死寂的家庭里，却"永远是灰黄的灯光"，永远是"单调而无生气的闲谈"以及丈夫那"带病的面容"，她痛切地感到"这样的生活她实在受不了。她不能让她的青春最后的时刻这样白白地耗尽"。尤其是她那病弱的、毫无生气的丈夫永远是那么固执、懦弱、瞻前顾后，她越来越感觉到他们之间已有太多的陌生与隔膜，甚至根本无法沟通。"他不听她的话，不肯认真治病。她只有等待奇迹。或者……或者她先救出自己"。几经犹豫之后，曾树生终于答应了追求她的年轻而健壮的上司陈主任的要求，与他一起随公司迁到兰州，离开了家庭，并与丈夫离婚。抗战胜利后，当她重返故地时，与丈夫已是阴阳两隔，婆婆带着儿子不知流落何方。小说中无论汪文宣还是曾树生、汪母，他们都是纯粹意义上的"好人"，都是善良的弱小者，但他们又绝非顶天立地的强者，也不是舍己忘我的英雄，他们都有自己的性格缺陷，都有自己卑弱、渺小的一面。好人的悲剧更有代表性。

相对于巴金的前期创作，甚至反响极大的《家》来说，《寒夜》显得更加令人回味。这固然与作家创作经验的丰厚、艺术技巧的圆熟不无关系，也与他创作心态的从容平静、成熟冷峻有直接关联。巴金恰好是在他40岁的时候开始创作《寒夜》的，那时早已走过了激情如火的青春岁月，步入了相对理性与平和的中年期。经过了岁月的沧桑和人事的历练，巴金观察社会人生的眼光多了些冷静与平和，多了些深邃细致，多了些悲天悯人的人道情怀。他把更多的目光投射到平常人生的凡人琐事上，以深沉含蓄的笔墨抒写着人物的情感痛苦、人生的悲哀与生命的无奈，并冷峻地对他们进行着人性的观照和灵魂的拷问。《寒夜》是一部平民的史诗，是一曲生命的悲歌。爱与恨、生与死，小人物的悲欢离合，都在作品中生动细致地得到了艺术化的展现。作者那浑然天成的艺术表现，那不动声色、近乎单调的叙述方式，都使得整部小说笼罩着一种令人窒息般的悲剧氛围。

思考题

1. 巴金特别追求"艺术的最高境界是无技巧"的审美意境，这既是巴金的一种审美追求，又可以说是巴金自身创作经验的概括。这种"艺术的最高境界是无技巧"在巴金作品中有怎样的体现？

2. 巴金在自传中说：觉慧的原型是他自己，而觉新的原型是他的大哥。虽然作家最了解自己，在以自己为原型的形象身上凝聚了最为深厚和痛切的人生体验，然而人们却普遍认为觉新是《家》中塑造得最为血肉丰满的人物形象。如何理解这种文学现象？

3. 《家》被视为"封建大家庭的挽歌"，《寒夜》被称为"平民诗史"，从《家》到《寒夜》，巴金走过了从青春的抒情咏叹到中年的理性沉稳的创作之路。结合这两部作品思考巴金的创作风格在前后两个时期体现出怎样的变化。

参考书目

1. 巴金. 灭亡//巴金. 巴金全集：第四卷. 北京：人民文学出版社，1987.

2. 巴金. 家//巴金. 巴金全集：第一卷. 北京：人民文学出版社，1986.

3. 巴金. 春//巴金. 巴金全集：第二卷. 北京：人民文学出版社，1986.

4. 巴金. 秋//巴金. 巴金全集：第三卷. 北京：人民文学出版社，1986.

5. 巴金. 憩园//巴金. 巴金全集：第八卷. 北京：人民文学出版社，1989.

6. 徐开垒. 巴金传. 上海：上海文艺出版社，2003.

7. 陈思和，李存光编. 生命的开花：巴金研究集刊卷一. 上海：文汇出版社，2005.

8. 李存光编. 巴金研究资料. 北京：北京知识产权出版社，2010.

9. 李恺玲. 巴金的早期创作与无政府主义思潮. 武汉师范学院学报（哲学社会科学版），1980（3）.

第十章 老 舍

第一节 生平及创作道路

老舍（1899—1966），原名舒庆春，字舍予，出生于北京一个贫苦的满族家庭。1900 年，老舍的父亲舒永寿在抗击八国联军侵略北京的战斗中不幸身亡。老舍兄妹数人全靠母亲替别人缝洗衣服和做零工挣来的微薄收入艰难度日。老舍虚龄 8 岁那年，多亏一位名叫刘德绪的"大善人"的热心帮助，才得以进入一所私立小学读书。1913 年，老舍考入北京师范学校。5 年后他以优异的成绩从这所学校毕业，并被任命为小学校长。

在老舍早期的人生经历中，有两点颇值得注意。

其一，社会底层的出身背景。老舍从呱呱落地睁眼看世界的那一天开始，就耳闻目睹了下层社会的不平和穷苦人的不幸；同时，底层老百姓的坚强、善良和以苦作乐的达观人生态度，也深深地感染着他。老舍的心灵天然地与底层百姓们连在一起，这就决定了他以后文学创作的一个重要特征——始终把关切的目光聚焦在社会底层的贫苦百姓，尤其是那些挣扎在生存线上的城市贫民身上。而且，老舍与这些穷苦百姓之间建立了深厚情感，能够感同身受他们所经历的苦难，这一点，与那些只是居高临下地"怜悯"或同情下层百姓，无法走进穷苦百姓心灵深处的文人作家们有着明显的不同。幼年失怙的惨痛经历，不仅使老舍从小就尝到了人生的悲苦与辛酸，也使得他对"国破家亡"的悲哀有着切身体验。老舍的作品始终激荡着浓烈的关切民族、国家之命运的爱国情怀。

在老舍的成长道路上，他的母亲起到了关键性的作用。母亲性格的坚忍、顽强以及对生命尊严的看重，甚至热情好客、喜爱花草树木的脾性，都在老舍的心灵中刻下了长久的烙印。老舍曾这样谈到母亲："生命是母亲给我的。我之能长大成人，是母亲的血汗灌养的。我之能成为一个不十分坏的人，是母亲感化的。我的性格、习惯，是母亲传给的。"[1]

---

[1] 老舍：《我的母亲》，载《半月文萃》，1943（9、10）。

　　其二，满族出身的文化身份和背景。历史上的满族曾以尚武、彪悍著称，但在入主中原之后，满族统治者积极吸收以儒家文化为主干的汉族文化传统。这固然有利于稳定自己"一统天下"的江山，却也使得本民族迅速走向汉化。到 19 世纪中期，当初锐意进取、势不可当的满族劲旅，早已在日益骄奢安闲的生活中丧失了雄健强悍的民族特性，在西方侵略者的坚船利炮面前一败涂地。出身于贫民家庭的老舍，对于本民族的腐朽政权有着清醒的体察。同时，满族在中国近代历史上的兴衰荣辱，也给老舍造成了巨大的心理隐痛。正是这个原因，老舍不像沈从文等人那样，在作品中张扬自己的少数民族文化特色，但老舍作品中不可避免地积淀着数百年的旗人文化传统。另外，满族在"渐染汉习"的过程中逐渐形成的满汉杂糅、满汉融为一体的文化面貌，也使得老舍能够把对本民族的文化反思与对整个中华民族历史命运的考察以及对文化积习的严峻批判结合起来。从这个意义上说，老舍远远超越了狭隘民族主义的藩篱，形成了一种纵观古今、高瞻远瞩的文化战略眼光。

　　青年时期的老舍还曾与基督教文化发生过联系。1922 年上半年，老舍接受洗礼加入了基督教。他主要是从平等、博爱等道德信念接受和理解基督教的。这种基督教观念甚至影响了他以后对于社会革命的认识，对于革命，尤其是暴力革命始终保持着怀疑和谨慎的态度。

　　老舍在 1923 年曾发表过一篇速写式的小说《小铃儿》。这篇 400 字左右的作品更多地具有"试笔"的性质。老舍真正开始走上创作道路，应该是他到英国教书以后。1924 年，通过一位在燕京大学教书的英籍教授的推荐，老舍前往英国伦敦大学东方学院教习中文。英伦 5 年，是他思想观念与创作个性形成的关键时期。在某种程度上说，没有对英伦文化的体察，没有英国文学的影响，就没有中国现代文坛上的老舍。

图 10-1　老舍

　　老舍在英国期间共创作了《老张的哲学》《赵子曰》《二马》三部长篇小说。其中《老张的哲学》是老舍的起步之作。由于缺乏创作经验，作品中的有些地方显得不够节制，结构也较为凌乱。但是，作家对于语言的驾驭能力和文化启蒙的创作思路已在这部小说中初见端倪。所谓"老张的哲学"，就是没有任何信仰和道德原则的极端实用主义哲学。中国传统社会从来就不乏老张这样

唯利是图的人物。他们每每能在社会中如鱼得水，无往而不胜。而善良无辜的百姓们却成了大大小小的老张们宰割欺凌的对象，这正是作者所痛心和不平的社会现实。从《老张的哲学》开始，老舍就将批判的锋芒指向了传统文化中过于注重物质实利的人生哲学。《赵子曰》则表现了北京钟鼓楼后面一所学生公寓里的大学生们丧失理想、荒废学业、只顾吃喝玩乐的庸俗生活。他们中有的人甚至被少数阴谋家所利用，整日闹学潮、打校长，成为政客们争权夺利的工具。《赵子曰》是《老张的哲学》的姊妹篇，正如作家本人所说："《赵子曰》是'老张'的尾巴。自然，这两本东西在结构上、人物上、事实上，都有显然的不同，可是在精神上实在是一贯的。"① 也就是说，赵子曰的人生哲学与老张是一脉相承的，都体现着缺乏起码精神追求的极端实用主义原则。

相对而言，《二马》是三部小说中写得较为成熟的作品。作者有意识地把小说主人公老马和小马这一对"老中国的儿女"，放置到英国伦敦那样的老牌帝国主义"强国""强种"的异质文化环境里，以此对照出中、英两个民族在文化心理方面的巨大差异，整体性地比较出中、英两国国民性的不同。在结构安排上，《二马》也严谨整齐了许多，并采用了倒叙的方式。小说对人物的心理表现和景物描写，都很逼真细致，显示了老舍在创作道路上的跃进。需要指出的是，新文学第一个 10 年的发展历程中，长篇小说的发展寥若晨星，老舍创作的这三部作品，无论是艺术价值还是思想成就，都在中国现代文学史上占有一席之地。

1929 年 6 月，老舍结束了英国的教书生涯，在欧洲大陆游历三个月后，踏上了回国的路程，10 月抵达新加坡，因旅费不足滞留了下来。在这期间，老舍创作了带有童话性质的中篇小说《小坡的生日》。这部小说以儿童为主要人物，有意识地模仿孩子的心理，同时表达了弱小民族团结起来反抗帝国主义殖民政策的理想，在写法上颇为独特。次年 3 月，老舍回到中国，先后任教于齐鲁大学、山东大学。

从 1930 年回国到 1937 年日本侵华战争全面爆发，这一时期是老舍创作道路上的成熟期。1931 年，老舍创作完成了长篇小说《大明湖》，可惜书稿被毁于日军入侵上海的"一·二八"战火中，成为老舍生前唯一一部全部完成却未能与广大读者见面的长篇小说。次年，老舍又创作了长篇小说《猫城记》。这是一部政治题材的长篇寓言体小说。作品讲述了来自地球的中国人"我"到火星上探险时，因飞机失事而落入"猫人"国，目睹了猫国在异族入侵下亡国灭种的悲剧过程。作者通过这样一种奇特的艺术构思，辛辣地影射了当时中国社

---

① 老舍：《我怎样写〈赵子曰〉》，载《宇宙风》，1935（2）。

会病入膏肓的文化百态，表达了一种极度失望的主观情绪，但其中对革命的某些描写也显示出作者对于社会革命和学生运动认识的隔膜。紧接着，老舍又先后创作了《离婚》(1933)、《牛天赐传》(1934)、《骆驼祥子》(1936)等具有代表性的作品以及大量的中短篇小说、散文和杂文。其中《骆驼祥子》给作者带来了巨大声誉，成为中国现代文学史上最优秀的长篇小说之一。《离婚》对当时北京小公务员庸俗、卑琐的生活，进行了淋漓尽致、入木三分的艺术表现。老舍的幽默天分，也在这部作品中得到了充分展示。《牛天赐传》则通过描述一名普通儿童从懵懂未开到人格初步形成的养育过程，从一个独特的角度揭示了代代相传的国民文化心理劣根性的成因。

老舍的艺术成就主要集中在长篇小说的创作上，但他的中短篇小说也不乏精品。这一时期老舍创作的短篇小说，大多收藏在《赶集》《樱海集》《蛤藻集》等小说集里。其中创作于 1935 年初秋的《断魂枪》，堪称老舍短篇小说的扛鼎之作。小说中的"神枪沙子龙"因练就了一套"五虎断魂枪"的绝技而威震江湖，20 年来无人能与之匹敌。然而随着"火车、快枪、通商与恐怖"时代的来临，沙子龙的绝技也慢慢地变得英雄无用武之地了，"他的世界已被狂风吹了走"。他拒绝将自己的绝技传于他人，要将那套枪法"一齐带入棺材"，以一种决绝的方式有尊严地淡出江湖。作者运用了中国传统艺术中白描的手法，在古典和传奇中显示出苍凉哀伤的艺术情调。中篇小说《月牙儿》是根据作家被毁于战火的长篇小说手稿《大明湖》的一部分情节改写而成的。小说描述了作为城市贫民的底层女性被生活所迫，不得不靠出卖肉体来维持生存的悲剧故事。作品结尾处，"逼良为娼"的社会制度，又开始以"道德"的幌子继续迫害穷苦人。整部作品洋溢着一种深厚的人道主义情怀和悲愤之情。而女主人公第一人称凄婉哀伤的叙述方式和"月牙儿"意境的创造，更给小说笼罩了一层诗一样的艺术氛围。

站在底层百姓的立场上，替那些被侮辱、被损害的"小人物"们鸣不平，向罪恶的社会制度发出抗议，是老舍文学创作的基本主题。而这一主题在他的中短篇小说中表现得尤其明显。无论是《柳家大院》中不堪忍受丈夫和公公虐待而自杀身亡的石匠媳妇，还是因家道衰败而沦为暗娼，只能将纯洁的感情藏在心底的《微神》里的女主人公"她"，都是"苦人们"的典型。创作于 1937 年的中篇小说《我这一辈子》则从更广阔的社会历史背景上塑造了一个尝尽人间辛酸的下层巡警形象。作品以第一人称的口吻讲述了主人公被欺压、被损害的惨淡人生。作者还有意识地以这样一个小人物的人生经历为主线，描述了从清朝末年到国民党统治时期中国社会政治的动荡与变迁，体现出一种苍凉的历史感。整部小说既没有大起大落的故事情节，也没有激烈尖锐的矛盾冲突，只是通过对日常生活的描述，让读者在看似平淡中感受到一种强烈的心灵震撼，作品具有一种浑然天成的艺术美。

1937 年抗战爆发，成为老舍创作生涯和人生之路的转折点。同年 11 月济南沦陷前夕，他只身奔赴武汉，投入到抗日救亡的时代洪流之中。1938 年 3 月，中华全国文艺界抗敌协会成立，老舍被推举为总务组组长，具体负责协会的日常工作。这期间，老舍还配合抗日斗争的需要创作了大量的话剧作品，包括《残雾》《张自忠》《面子问题》《大地龙蛇》《归去来兮》《谁先到了重庆》，以及《国家至上》（与宋之的合写）、《虎啸》（与赵清阁、肖亦武合写）、《桃李春风》（与赵清阁合写）等。这些作品大都属于应时受命之作，具有很强的现实意义，但也都保持着"战时宣传剧"的特征，戏剧冲突的展开和主题的开掘，都没有足够深入。毕竟，话剧创作对老舍来说是崭新的艺术领域，不过，这些作品为老舍进一步的艺术探索提供了宝贵的经验，为他以后创作出《茶馆》那样的传世剧作奠定了基础。抗战时期在思想艺术上取得了较高成就的，仍然是他的小说作品。他的短篇小说大多被收入到《火车集》《贫血集》两部小说集中，长篇小说则有《蜕》（1938 年开始创作，未完成）、《火葬》（1943），以及《四世同堂》三部曲中的前两部《惶惑》《偷生》等。1946 年，老舍应邀到美国讲学，在那里创作完成了《四世同堂》的第三部《饥荒》以及长篇小说《鼓书艺人》等。

在老舍的后期创作中，《四世同堂》显得特别重要。这是一部共有 80 多万字的鸿篇巨制。它以北平城内的小羊圈胡同为背景，以胡同里的祁家为中心，表现了十几户人家、一百多号人在北平沦陷时期的生活遭遇和不同的精神面貌，其中有名有姓的人物就有 60 多人，大多栩栩如生。小说中着墨最多的是祁家的长房长孙祁瑞宣，他有着中国传统知识分子"天下兴亡、匹夫有责"的社会责任感和爱国主义精神，也有着为人处世的良好品性和操守，但是在传统孝道观念的影响下，瑞宣的灵魂始终在"为家尽孝"和"为国尽忠"的两难选择之间。这一人物形象与巴金《家》中的高觉新在精神气质上有某些相似之处。

通过这些人物的塑造，作者的笔触更进一步深入到了沦陷时期北平城的大小胡同、大杂院、妓院、日伪开办的学校等，把一幅北平全景图多角度多线索地呈现出来。整部《四世同堂》，可以说就是一幅北京民风民俗和市井文化的百科全书。更重要的是，老舍在作品中不仅对民族的苦难和侵略者的暴行进行了声讨和控诉，表达了与侵略者不共戴天的决心，而且还深入细致地描述了在民族危亡时期充分暴露出来的国民劣根性。老舍对此是有着清醒的自觉意识的：“在抗战中，我们认识了固有文化的力量，可也看见了我们的缺欠——抗战给文化照了‘X 光’。在生死的关头，我们绝对不能讳疾忌医！”① 同仇敌忾的爱国激情和冷峻的文化反思紧密结为一体使《四世同堂》的主题内蕴显得更加深邃广远。

新中国成立后，1949 年年底，老舍从美国赶回祖国大陆。他的创作也呈现出全新的面貌。比较著名的有话剧《龙须沟》《茶馆》，及自传体小说《正红旗下》（未完成）等，其中《茶馆》成为 20 世纪中国话剧史上的一部经典剧作，在海内外产生了深远影响。1966 年“文化大革命”爆发不久，老舍自沉于北京太平湖。

纵观老舍的一生，他在小说、戏剧和散文的诸多领域，都留下了重要作品。他以自己独特的天赋和不懈的努力，为中国现代文学的发展和成熟做出了突出的贡献，也成为中国现代文学史上的大家之一。

第二节　老舍作品的文化意蕴及“京味”特征

在中国现代文坛上，老舍是继鲁迅之后坚持“改造国民性”主题的文学大家之一。但与鲁迅不同的是，老舍更多是从风俗文化的角度切入“改造国民性”这一启蒙主题的。如果说鲁迅是站在历史理性的高度，从中西民族文化传统的根本差异出发，侧重于对中国封建文化内核的深入开掘，那么老舍则是从大量逼真细腻的风土人情、社会习俗出发，对文化的具体表现形态给予生动细致的剖析；如果说鲁迅以特有的历史深邃感与高度的艺术概括力，关注着中西文化的骨骼与血脉，那么老舍则是凭借自己丰富细腻的感受和语言表现才能，条分缕析着一个个看似微不足道的“毛细血管”；鲁迅以寥寥数笔便传神地画出国民的病态灵魂，老舍则具体地描绘他所熟悉的一个个“老中国的儿女们”的本真生活与心态……在启蒙国民性的主题开掘上，老舍与鲁迅可谓交相辉映、互相补充。

老舍从风俗文化的角度切入“改造国民性”的主题，在现代文坛上具有不可替代的独特意义。因为一个民族的风俗习惯与其民族性格有着直接而密切的关系。那些几千年积淀下来，又时时更新变异的形形色色的民俗民风，构成了

---

① 老舍：《大地龙蛇·序》，载《文艺杂志》，1942 (1/2)。

这个民族最为直观和丰富的精神面貌。而当人们强调"民族文化传统"这一概念时，绝不能仅仅指其流传下来的经典文献所表述的一类东西，还应包括一个更广大、更底层的隐文化或亚文化群，即风俗文化群。两者孰轻孰重，很难说清，但毋庸置疑的是，后者因为和人们的日常生活离得更近，也就更为人们所熟知。如同人的血肉与脸面要远比他的骨骼更丰富多彩、更富于变化一样，一个民族的风俗习惯作为其传统文化的外壳与表现形态，也复杂宽广得多。老舍的人生体验尤其是他的底层经历和独特的创作个性，都决定了他在表现民风民俗方面有着特殊的优势。老舍接受学校教育的时间虽然只有 12 年，但他却有着丰富的社会经验。在社会的大熔炉中，老舍受到了各种文化氛围的熏陶，三教九流无所不知。特殊的人生经历尤其是其旗人族群的"艺术化"倾向，使得老舍对民间文艺形式有着特殊的爱好，吹拉弹唱他无所不能。因此，当老舍从"食""色"这类普通人最基本的生活方式和行为模式的角度，由对北京市民社会民风民俗的表现来揭示中国国民性的病态时，就显得特别得心应手。

需要指出的是，国民性剖析虽然是一个启蒙主义的文学主题，但在作品中成功地表现这一主题的作家，却不一定完全具备所谓"深刻的思想家"的素质。老舍曾自述说："假如我有点长处的话，必定不在思想上。我的感情老走在理智的前面。"老舍对普通百姓生活习性及行为模式的谙熟，加上他独特的文化批判眼光，常常使他能够从最常见的生活现象中发掘出深刻的哲理。例如，他在《二马》中这样振聋发聩地指出："民族要是老了，人人生下来就是'出窝儿老'。出窝儿老是生下来便耳聋痰喘咳嗽的！"这一类形神兼备的概括和议论，显示了"感情走在理智前面"的老舍深邃敏感的社会洞察力。

老舍小说中反思国民性的启蒙主题，是与他对北京市民社会的表现密不可分的。作为现代"京味"小说的主要奠基人，老舍在他的一系列小说中向人们展示了一派独具北京地域特色的人文与自然景观。一提到老舍，人们就能马上想到辉煌而黯淡的故都背景，在烈日下挥汗如雨地奔跑着的人力车夫，高宅门外向显贵们点头哈腰的下等巡警，大杂院里挣扎在贫困线上的穷苦人，小胡同里在异国侵略者铁蹄下隐忍苟活的各色人等，当然更有那些身无一技之长、整日游手好闲的破落旗人对"生活的艺术"的穷讲究……所有这些，组合在一起构成了一幅真实生动的北京市民社会的风俗画卷。老舍对生于斯、长于斯的北京（平）有着特殊的复杂情感。一方面，他常常陶醉在自小就耳濡目染的北京文化特有的雍容华贵、含蓄精致之中，甚至为之流连忘返、赞不绝口。老舍自述说："虽然我在天津、济南、青岛和南洋都住过相当的时期，可是这一百几十万字中十之七八是描写北平。我生在北平，那里的人、事、风景、味道，和卖酸梅汤、杏儿茶的吆喝的声音，我全熟悉。一闭眼我的北平就完整的，像一张彩色鲜明的图画浮在我的心中。我敢放胆的描画它。它是条清溪，我每一探手，就摸上条活泼泼的鱼儿来。"① 老舍以他对北京市民社会的谙熟和非凡的艺术表现能力，构筑了一个完整的北京市民王国。他笔下的北京市民涉及五行八作、三姑六婆、八旗子弟，就描绘北京市民社会的生动与完整来说，在20世纪中国文坛上无人能出其右。而仔细分析起来，老舍作品中提到的北京真实地名虽然数以百计，但除景山、北海、中山公园等旅游胜地之外，其余则以护国寺、德胜门、西直门、阜成门、鼓楼、东安市场、西四牌楼、小羊圈胡同等旧北京城西北部、西北郊外一带的地方为最多。这些地区既是中下层北京市民经常光顾的场所，又是清朝末年满族八旗之中正红旗、正黄旗的驻扎地。由此可以看出，正是祖辈世代生息繁衍的京城厚土，寄托着作家老舍最深沉与最隐秘的内心情感。

　　另一方面，接受过现代文明洗礼的老舍又对自己身边国民的麻木、愚昧有着痛切的感触，对故都北京因文明过于"烂熟"而导致的腐朽没落，有着特殊的敏感。因此，老舍既是北京市民文化的杰出表现者，又是其坚定不移的批判者。北京作为一个千年古都，其文化形态保留着乡土中国的典型特征：大到雄伟厚重的层层相连的城墙，小至普通市民居住的四合院，都体现出一种典型的"围墙"文化特色。而大杂院里、小胡同中的家长里短、街坊四邻，都与广大农村的闭塞狭隘相似。当然，成年累月地居住在天子脚下、"皇城根儿"的人们，天然地传承着的是一种"政治与文化中心"的心理优越感，这进一步强化了他们因循守旧、萎缩麻木的精神面貌。对此老舍用自己的作品给予了生动表现。小说《离婚》中的张大哥就始终相信："除了北平人都是乡下佬。……他没看过海，也不希望看，世界的中心是北平。"《四世同堂》里的祁老人更荒唐地以为"北平是天底下最可靠的大城，不管有什么灾难，到三个月必灾消难满，而后诸事大吉"。另外，缺乏应有的时间观念是乡土社会的典型特征，这就难怪《二马》中的北京人老马到了英国伦敦那样的现代化工业城市之后，几乎成了"伦敦的第一个闲人"，他"下雨不出门，下雾也不出门"，整天只是优哉游哉地"叼着小烟袋，把火添得红而亮，隔着玻璃窗子，细细咂摸雨、雾、风的美"。这一类老派的北京市民形象，是老舍塑造得最成功、思想文化内涵最丰富的人物形象系列。老舍通过这些人物形象的塑造，揭示了"老中国的儿女们"的种种民族劣根性。老舍笔下还有一类热衷于追新逐异、拼命追赶时尚

---

① 老舍：《三年创作自述》，载《抗战文艺》，1941（7/1）。

潮头、以模仿西方文明的末流为时髦的年轻"新派"市民们，如《离婚》中老张的儿子张天真，整天穿着西装，出入于舞场和影戏院，"假装有理想，皱着眉照镜子"，他"每天看三份小报，不知道国事，专记影戏园的广告"。作者对这类不学无术、思想浅薄的时尚青年们充满了讽刺和厌恶，但对他们的描写又有漫画化的倾向。在老舍笔下，他们中的有些人甚至在民族危亡的关头因贪图物质享受不惜卖身求荣、丧失廉耻，如《四世同堂》中的祁瑞丰、冠招娣等，这充分显示出老舍对这类年轻的都市痞子们早已丧失了基本的信心。

老舍以北京市民社会作为整个"老中国"的缩影，显然是有其深意的。北京在漫长的都市化过程中，形成了迥异于上海、广州等东南沿海城市的"官样"文化传统。这种"官样"文化传统首先表现在对"官"的极端崇拜和狂热追求之中，它更多地体现出独具中国特色的封建主义文化特征。老舍向人们生动而真实地描绘了一个个"老中国的儿女们"为了升官发财、追求"仕途"而费尽心机、不择手段地投机钻营，寻找依附对象，甚至不惜出卖人格的人生图景。《二马》中的老马虽然远涉重洋，身在伦敦，但他的心灵却是典型的中国式的，因为他丝毫没有动摇自己的信念："马先生唯一增光耀祖的事，就是作官。虽然一回官儿还没作过，可是作官的那点虔诚劲儿是永远不会歇松的。"《牛天赐传》里的牛老太，虽然没受过什么文化教育，大字不识一个，却也无师自通地成了不可救药的"官迷"，她临死前还给儿子留下遗嘱："要强，读书，作个一官半职的，我在地下喜欢。"而《四世同堂》里的冠晓荷、祁瑞丰、蓝东阳等人，为了混个一官半职更是不惜充当汉奸。尤其可悲的是，在官位面前，几乎所有的是非良善原则全都消失了。瑞丰当了日伪政府的汉奸科长，他的爷爷和母亲不以为耻，反以为荣。祁老太爷首先想到的是自己置买的房子"的确有很好的风水"；而天佑太太更有理由骄傲了，"因为'官儿子'是她生养的"。

这种"官样"文化特征还表现在人们对烦琐的封建礼仪的陶醉，甚至丧失了人之为人的正义观念和民族气节，老舍对此深恶痛绝。他在《四世同堂》中通过叙述者之口这样抨击说："当一个文化熟到了稀烂的时候，人们会麻木不仁地把惊心动魄的事情与刺激放在一旁，而专注意到吃喝拉撒睡的小节目上去。"事实也正是如此，即使是马上就要当亡国奴了，祁老太爷念念不忘的还是自己的生日。他最信奉的人生格言就是"和气生财"，即使是面对闯到家里来肆意滋扰的便衣侦探，他同样满面笑容地请这些"哥儿们"喝茶。同样，传统文化的熏陶已使《离婚》中的张大哥养成了一整套墨守成规、知足认命的处世方式和行为模式。张大哥恪守着儒家所宣扬的"中庸"哲学，无论做什么事情都从不走向极端。作者不无讽刺地写道，连张大哥平时穿戴的衣服、帽子、手套等，都是经过深思熟虑、精心挑选的，"全是摩登人用过半年多，而顽固老还要再思索三两个月才敢用的时候的样式和风格"。他实现人生价值的具体方式，就是郑重其事地敷衍于各种琐碎而无聊的人际关系之中，以自己的"热心肠"赢得了"大哥"的美誉。然而在这种敷衍之中，张大哥却丢失了起码的自我。他的儿子被人陷害抓进了监狱，富有社会经验的他除了"狠命的请客"之外毫无办法……多少生命的活力、理想的热情、正义的追求都在这敷衍、中庸与"和气"之中消磨殆尽。而这些"老中国的儿女们"的懦弱、卑琐与麻木，也使得汉奸恶霸们更加肆无忌惮。《四世同堂》里的蓝东阳，"假若有人肯一个嘴巴把他打出校门，他一定连行李也不敢回去收拾便另找吃饭的地方去。可是，北平人与吸惯了北平空气的人——他的同事们——是对任何人任何事情都不敢伸出手去的。他们敷衍他，他就成了英雄"。这个又丑又脏的"人中的垃圾"，在沦陷后的北平竟然获得了"意外的腾达"，简直开辟了一个"蓝东阳的时代"！

事实的触目惊心就在于，正是在这样一个"礼仪之邦"的"首善之区"，一方面是蓝东阳、冠晓荷之流的文化垃圾如鱼得水，洋洋得意；另一方面却一再上演的是祥子和"月牙儿"们这样的穷苦人在被逼无奈的可悲处境中走向堕落、沦为"男盗女娼"的悲剧故事。"人把自己从野兽中提拔出，可是到现在还把自己的同类驱逐到野兽里去。祥子还在那文化之城，可是变成了走兽"。正是那种冠冕堂皇的文化氛围，驱赶着祥子这样的下层百姓别无选择地沦落为"走兽"——没有比这更让人震撼与惊醒的了：半殖民地文化和封建主义传统的畸形融合，在无形之中把老祖宗留下的最后一块遮羞布也撕了下来。

语言是文学家艺术风格最直观的体现。老舍小说的"京味"当然离不开他对北京方言的娴熟运用和提炼升华。他运用自幼积累起来的北京方言土语，并加以艺术性地筛选与改造，构筑起了极富艺术表现力的语言体系和风格。老舍有着很高的语言天赋，同时还有着自觉的语言意识。老舍开始小说创作的时候，以白话为语言手段的"五四"新文学才有几年的历史，但他从迈向创作道路的第一天开始，就立志要在自己的作品中"贩卖大白话"，尽量不用文言诗句与典故，"文言中的现成字与辞虽一时无法一概弃斥，可是用在白话里究竟是有些像酱油与味之素什么的；放上去能使菜的色味俱佳，但不是真正的原味儿"①。老舍的目标是"把白话的真正香味烧出来"。不仅如此，老舍还要求自己尽量使用口语，他给自己立下的规矩是："从容调动口语，给平易的文字添

---

① 老舍：《我怎样写〈二马〉》，载《宇宙风》，1935（3）。

上些亲切，新鲜，恰当，活泼的味儿。"① 当然，老舍的语言不仅俗白易懂，更有着凝练生动、纯净明快、雍容警慧的特点。他作品中的"大白话"在保留北京官话原色原香的基础上，又经过了他的艺术加工与创造，因此，他的语言既洋溢着鲜活的生活气息，又剔除了生活口语中的啰唆、冗长和相对单调的毛病。他在中国现代文坛上自成一家，堪称名副其实的语言大师。值得一提的是，老舍的创作在提升和丰富北京方言的艺术表现力方面也做出了重要贡献，为以北京话为基础的现代汉语的形成和规范，发挥了不可替代的作用。

老舍作品中的"京味"还与他那独特的幽默连在一起。幽默风格突出地体现了老舍的艺术才华，成为他区别于其他作家的重要标志。老舍从最初创作起，就显示出与众不同的幽默天赋。他的第一部长篇小说《老张的哲学》刚一问世，立刻获得了"幽默作家"的赞誉。以后老舍又经过艰苦的艺术探索，逐步改变了原有的缺点，使幽默风格日趋成熟。广义的幽默是一种智慧，它更多地来源于理性参照下的一种豁达与从容，一种自信、宽容与同情的人生态度。老舍对此有深刻的体悟。他指出，真正具有幽默感的人"是由事事看出可笑之点，而技巧的写出来。他自己看出人间的缺欠，也愿使别人看到。不但仅是看到，他还承认人类的缺欠；于是人人有可笑之处，他自己也非例外"②。老舍的幽默里虽然间或有些讽刺，但他是温厚的，充满了善意的微笑，带着同情与悲悯。早年艰辛的人生经历使他很早就学会了"一半恨一半笑"地看世界，所以他的幽默里又包含着几许辛酸，几许无奈。老舍的幽默，虽然是受到西方文学尤其是狄更斯等英国作家的较大影响，但究其根本，还是他的个性与北京市民文化孕育的结果。

第三节 《骆驼祥子》：庶民文学的典范

《骆驼祥子》是老舍的代表作品，小说先是在 1936 年 9 月至 1937 年 9 月的《宇宙风》杂志上连载发表，1939 年 3 月又出版了单行本。老舍创作这部小说的时候，恰恰是走上创作道路的第 10 个年头，多年的创作积累终于凝聚成他创作道路上的一座高峰。

《骆驼祥子》的最大成就，是塑造了祥子这一真实典型的人力车夫形象。在现代文坛上，胡适、鲁迅等众多作家都曾塑造过城市人力车夫形象，但老舍

---

① 老舍：《我怎样写〈骆驼祥子〉》，载《青年知识》，1945（1/2）。
② 老舍：《谈幽默》，载《宇宙风》，1936（23）。

笔下的人力车夫们显然更加血肉丰满、富有立体感。甚至可以说，到了老舍这里，中国现代作家才真正完成了对人力车夫的形象塑造。

图10-2 《骆驼祥子》
电影海报 1982

作品中的祥子刚刚来到北京这个大都市时，还带着乡下小伙子特有的朴实与健壮。他为了生存，"凡是卖力气能吃饭的事儿全都做过了"，最后认为拉车这一行最适合自己。但他一无所有，只能靠租车拉人。为了摆脱车主们的盘剥，祥子的最大愿望就是攒钱买上自己的车。他用整整3年的时间，终于攒了100元钱，如愿以偿地买了辆新车。但满心的欢喜劲儿还没过去，他的车就被军阀的军队抢走了。他趁军队转移的时候拉回了3匹骆驼，卖了35元钱，又拉了大半年的车，正准备第二次买车的时候，他的血汗钱却又被孙侦探敲诈去。

祥子走投无路，不得已娶了比自己大十几岁的车厂厂主刘四的女儿虎妞。虎妞拿出钱来为他买了一辆车，但虎妞又因难产而死，他不得不卖掉车料理丧事。当祥子一个个微小而合理的生活理想，在无理的社会现实面前一再受挫，特别是他喜欢的姑娘小福子被迫自杀后，祥子生活中的最后一点希望也破灭了。他吃喝嫖赌、出卖朋友，沦落为丧失任何信念和理想的流氓无产者。"坚壮，沉默，而又有生气"的祥子在短短几年的时间里，就变成了一具没有灵魂的行尸走肉。

祥子对生活并没有过多的奢望，他只是期待着凭自己的力气安分守己地挣一口饭吃，他希望在这个社会上平平安安地活着。他身强力壮、勤劳节俭，没有任何不良嗜好，从不招谁惹谁，然而那罪恶的世道却偏偏来招他惹他，把他欺凌到除了出卖良知与灵魂就别无选择的可悲境地。作者通过主人公之口愤怒地发出了自己的抗议："凭什么把人欺侮到这个地步呢？凭什么？"祥子的悲剧雄辩地表明了在那样一个不公正的社会里，底层百姓靠自己的诚实劳动，不仅不能实现自己的人生理想与价值，而且连最起码的温饱问题都不能解决。一个不给普通百姓以任何希望的畸形社会，其自身也必然是没有任何希望的；一个不断把诚实善良的好人逼迫为恶人、坏人的社会，它的整体道德水平也只能不断地沦丧，最终陷入无可救药的可怕境地。

小说的深刻之处，不仅在于写出了祥子外在生存环境的险恶与腐烂，揭示了底层百姓通过正当奋斗获得个人幸福的不可能性，还在于作品真实细腻地表现了祥子心灵畸变和异化的自然过程：无所不在的社会氛围和世俗观念，逼迫和诱使祥子一步步地滑落到黑暗丑恶的道德深渊中。

正如有论者指出的那样，"祥子的悲剧是双重的：第一重悲剧是外在的，即在与贫穷作战中，他败得相当惨；而第二重悲剧则是内在的，即与自己灵魂深处逐渐滋生蔓延的卑微丑陋品质作战，他败得更惨"①。祥子曾坚定地相信"用力拉车去挣口饭吃，是天下最有骨气的事"，他之所以要拼命攒钱买一辆车，最主要的就是追求那一点点真正属于自己的独立与自由。所以，"买车"成了祥子的主要人生目标，成了他价值体现的一种方式，甚至成了他的"宗教"与信仰："那辆车是他的一切挣扎与困苦的总结果与报酬，像身经百战的战士的一颗徽章。"然而，残酷的现实教育了他，自己一次次努力奋斗又一次次一败涂地的人生经历，周围那些老少车夫及穷苦百姓们穷困潦倒的悲苦生活，终于使他看清了自己的前途。他渐渐明白了，即使真的能够买上一辆属于自己的车，他也绝不可能过上基本的温饱而平安的生活，吃人的社会是不给老百姓以任何活路的："不怪那些狐朋友们胡作非为，拉车这条路是条死路！"可是，另外一些无恶不作、欺压百姓的达官贵人、军阀强盗、恶霸地痞们却永远在社会上游刃有余、春风得意，善良的小百姓们只能随时准备成为他们的俎上肉。

生活在这样的社会，祥子无法不走向颓废，他一遍遍地问自己："当初咱倒要强过呢，有一丁点儿好处没有？"而"这句话没人能够驳倒，没人能把它解释开；那么，谁能拦着祥子不往低处走呢？"祥子的心中塞满了义愤，他的心灵遂走向失衡。同时善良老实的天性决定了他不可能铤而走险，决绝地采取一种以暴易暴的反抗方式，于是祥子只有在心灵的自虐中，与黑暗的社会一同沦落。

祥子的堕落当然也与他的个性不无关系。小说刚开始时的祥子是那样纯洁朴实——朴实得让人揪心：这样一个不谙世事的痴傻的年轻人，怎么能抵抗得住黑暗世俗的冲击？果不其然，祥子很快就被社会这个无形的染缸熏染成了黑色：他对自己所赖以生存的社会之险恶与黑暗，缺乏起码的了解和认知。因此，当一连串的打击突然袭来时，祥子先是被打了个措手不及，继而又彻底被义愤的情绪所笼罩，貌似"清醒"地看清了自己的前途，陷入到了万念俱灰的悲观境地中。哀莫大于心死，祥子尽管年纪轻轻、身强力壮，却已经对生活失去了希望和信念。当人丧失了起码的道德良知与上进心的时候，也就是丧失了

---

① 关纪新：《老舍评传》，273 页，重庆，重庆出版社，1998。

"人性"，只剩下了动物性的存在。显然，祥子的心灵世界缺乏一种更高的可以抵御世俗黑暗的超越性的精神资源，但这又绝不是祥子个人的悲哀。事实上，缺少形而上追求的中国传统文化，尤其是普通百姓世代信奉的纯物质化的价值观念和人生追求，绝不可能给祥子以这样的心灵支持。更为可悲的是，小生产者的思想意识必然决定了祥子视野的狭窄和陈旧。他对能够拥有一部属于自己的人力车的近乎虔诚的追求，在某种程度上很像是一个中国传统农民对土地的向往。而像祥子这样一盘散沙式的小生产者们，又很难有效地组织起来，为自己阶层的共同权益而抗争，祥子奋斗的结果不过是成了"个人主义的末路鬼"。可见，在心灵上同样孤苦无依的祥子，除了堕落之外别无选择。

作者曾自述，他写这部小说的重要目的，是要"由车夫的内心状态观察地狱是什么样子"[1]。这里的"地狱"，当然不仅仅指外在生存环境的贫困无奈，更是一种精神上的地狱。作品通过生动的描述向人们启示：吃人的不公正的社会不仅剥夺了底层百姓在经济上任何翻身的机会，掠取了他们正当婚恋生活的合法权利，还彻底毁灭了他们的精神世界。

小说中的虎妞也是一个光彩照人的人物形象。她既有可爱与值得同情的一面，又有令人厌恶的一面。这一形象的出现丰富了中国现代作家笔下的女性人物画廊。虎妞泼辣、豪爽、工于心计，长期以来一直帮着有"土混混"之称的父亲刘四经营车厂子，耽误了自己的青春，以至于到了三十七八岁还没能婚嫁。她看中了年轻、健壮而老实的祥子，先是诱使祥子与自己发生了关系，后又怀揣枕头假装怀孕，迫使祥子和她结婚。虎妞本身也是当时社会的牺牲品，但她在屡遭社会伤害的同时，又以伤害比她更弱小的祥子作为补偿。她与祥子之间不论在年龄、性情还是价值观念、生活习惯等方面，都有着深刻的差异。她对祥子不能说没有真情实爱，但更像"老嫂子疼爱小叔那样"的感情。她强加给祥子身上的畸形婚姻，对祥子的心灵造成了根本性的伤害。作者通过一系列描写，深入细致地表现了这一心灵伤害是何其严重：在祥子眼中，虎妞已变成一个"既旧又新的一个什么奇怪的东西"，她"像人，又像什么凶恶的走兽！"在虎妞面前，祥子觉得"他已不是人，而只是一块一块肉。他没了自己，只在她的牙中挣扎着，像被猫叼住的一个小鼠"。

在两人婚姻悲剧的背后更隐藏着深刻的经济原因。虎妞与祥子的婚姻，是不平等的阶级关系和经济关系在两性关系中的一种体现。古往今来，婚恋生活总是受到经济生活和阶级关系的影响。穷苦人经济上的贫困地位，必然导致他

---

[1] 老舍：《我怎样写〈骆驼祥子〉》，载《青年知识》，1945（1/2）。

们婚恋与感情生活中的各种悲哀与无奈。小说还进一步描写道，祥子与小福子
虽然真心相爱，但迫于经济的压力不能结合。虎妞死后，小福子曾充满期待，
但祥子最终未能娶小福子为妻。因为他虽然喜欢小福子，却"担不起养着她两
个弟弟和一个醉爸爸的责任！"深谙穷人之苦的老舍得出的结论是："爱与不
爱，穷人得在金钱上决定，'情种'只生在大富之家。"

作为一部结构严谨、感人至深的写实主义杰作，《骆驼祥子》在艺术上取
得了巨大成就。作品围绕着祥子这一典型人物，以他从奋斗到堕落的人生经历
和心路历程为主线，描绘了一幅旧中国血泪交织的真实图画。

小说的结构单纯明确、不蔓不枝，同时也能多侧面地展示出与祥子有关的
各种社会现实。其他次要人物如刘四爷、小福子、二强子等，虽然着墨不多，
但都写得栩栩如生。另外，老舍的语言虽然向来以幽默而著称，但前期小说创
作中，有时为了刻意追求幽默而冲淡了作品的严峻深刻。《骆驼祥子》的语言
就改变了这一状况，作者既没有故意去追求幽默，又保持了自己特有的活泼、
平易和极富生活气息的语言风格，在悲哀与辛酸中渗透着充满温情的幽默。

第四节 《四世同堂》：国民性格的深刻剖析

《四世同堂》是老舍于1944年元月动笔，1947年完成的一部近80万字的
长篇巨著。这部小说以"七七"卢沟桥事变爆发、日本全面侵华战争开始到
1941年12月珍珠港事件、太平洋战争爆发这一历史阶段为时代背景，以沦陷
的北平中形形色色的人事荣辱、浮沉变迁为题材，着力展示出北平市民在这场
民族浩劫中所体现出的复杂的国民性和民族情感，并以此为契机重新审视作为
历史古都的北平的市民文化。

小说分《惶惑》《偷生》《饥荒》三部，选取北平西城一条普普通通的小羊
圈胡同作为古城的缩影，以旧式商人祁天佑一家四代的境遇为中心，展开广阔
的历史画面。小说没有正面描写轰轰烈烈的抗日战争，而是较深刻地剖析了民
族灾难的根源，表现了抗日战争期间沦陷区人民在苟安的幻想破灭后逐渐觉
醒，意识到只有坚持抗战才有出路的过程以及他们坚贞不屈、艰苦斗争，最终
迎来胜利的苦难经历。

从《骆驼祥子》到《四世同堂》，老舍的目光始终聚焦在老北京的市民社
会。他在小说中对许多关于北平风土人情和街头巷尾的生活场景描绘得鲜明生
动、富有光彩。《四世同堂》以祁家的生活、命运为线索展开故事，并通过他
们去观照整个北平这一特殊地域文化上的国民性，进而观照所有在日寇铁蹄下

挣扎的民众。小说中的人物涉及十七八个家庭的一百多个人物,有名有姓的就有六十多人,如中学教员、诗人、洋车夫、棚匠、教授、布店掌柜、剃头匠、巡警、寡妇等。他们虽然大多处在都市社会的底层,属于同一文化群落,然而在老舍笔下,却是千姿百态、各具特色,共同构成了一部沦陷区人民的生活史和斗争史。

祁瑞宣是《四世同堂》里的长孙,也是老舍着墨最多、刻意描写的人物。老舍借助刻画这个形象,对生活在现代社会中的传统知识分子的思想意识、性格特征和复杂的心理状态进行了真实而细腻的剖析。老舍将这个人物塑造成一个"对中国与西欧的文艺都有相当的认识",具有"儒雅、雍庸的文人气质",一个极具代表性的现代知识分子形象。然而,这个从小接受传统文化教育,青年时代又接触过新思想的过渡型知识分子在战争面前却表现出抉择的艰难。一方面,当日军的铁蹄践踏北平时,祁瑞宣内心中燃烧着"天下兴亡,匹夫有责"的传统士大夫的道义感和现代知识分子的爱国激情,他深知"在国家有了极大危难的时候",作为一个"有些知识与能力的公民,理当去给国家作点什么",应当毅然奔赴国难;另一方面,作为市民社会中成长起来的长房长孙的家庭角色,封建孝悌的这根无形的绳索又紧紧地束缚着他。他自觉而勤勉地背负着家庭的重担,承受着在日本人的刺刀下忍辱偷生的耻辱,在矛盾、痛苦和自责中苦苦挣扎。

如果说祁瑞宣是老舍在小说中塑造的既批判又寄予期盼的一类形象,那么钱墨吟则是老舍表现自己革新中国文化、重塑民族性格的一个极其理想化的人物。钱默吟是典型的隐士型的传统文人,他像"一本古书似的宽大,雅静,尊严",他"闭门饮酒栽花""以苟安懒散为和平",追慕陶渊明"采菊东篱下,悠然见南山"的人生境界。可当日军入侵北平时,文天祥、岳飞成为他效仿的榜样。他将自己的故乡北平比为一棵树,而将自己比作一朵闲花,然而在国破家亡的重要时刻,他却表现出对民族、国家强烈的热爱和深沉的情感,同时也体现出誓与家国共存亡的战斗意志:"北平若不幸丢失了,我想我就不必再活下去了!"在闲云野鹤的生活表象下,钱墨吟怀揣着对自己的国家、社会、文化真切的关怀和担当,体现出坚强的革命意志和战斗精神。

与祁瑞宣和钱墨吟形象相对应的,老舍也鲜活地刻画出牛教授和陈野求这两个人物,并且通过对这两个形象的批判反驳了当时所谓的"不抵抗"思想,表现出了一种对于战争现实的深刻认识。牛教授也是个地道的学者,是个接受现代文化教育、沉溺于科学世界中的科学家。同样作为知识阶层,牛教授选择了和钱先生、祁瑞宣都不同的人生道路。虽然从表层的生活方式来看,牛教授也和钱先生一样地整日埋头书堆、心无杂念，但他更多地沉浸在精神的世界中，而缺少对于国家命运、民族前途的深切关怀，即小说中强调的"家国观念"。在国难当头、民族危亡的严峻时刻，牛教授却幻想不与日本人产生瓜葛而安心地生活，然而生在乱世却想独善其身只能是天方夜谭。在他答应出任教育局局长并幼稚地幻想依靠日本人的保护，安心地搞科学研究的时刻，他已经出卖了自己的灵魂，走上了做汉奸的不归路。甚至在附逆之后，他还没有意识到自己背叛的是整个国家和民族。陈野求也有着同祁瑞宣相似的矛盾挣扎，他不同于牛教授那种淡漠的家国观念，而是也有着现实的责任和担当，也曾怀有抗日御敌的英雄抱负。然而，现实生活的无奈让他很难真正迈出抗日的脚步。然而他又没有勇气像祁瑞宣一样以放弃职位的方式表明自己的态度。他放不下传统士大夫知识分子的清高，无法彻底地舍弃物质的诱惑，在不断退让的底线中最终走上不归路。老舍对这个形象的刻画是非常成功的，他把人物内心中那种不得已的无奈和清醒的痛苦描写得非常深刻。

《四世同堂》具有深刻的思想内涵和现实意蕴，体现出作家在面对深重的民族灾难时对于传统文化的剖析、对于民族性格潜在力量的挖掘和对民族振兴之路的执着探寻。《四世同堂》的创作背景是抗战相持阶段，正当国家、民族面临生死存亡的严峻关头。而人们也在老舍的解剖镜下剥离种种华丽的外壳，暴露性格中的弱点和不足。老舍把造成国人性格懦弱、敷衍、苟且偷安的思想根源指向以家族文化为基础的传统的北平文化，而北平文化又是作为中国传统文化的缩影。小说在抗战大的时代背景下，对中国传统文化中的国民劣根性进行了批判性的反思。

《四世同堂》中的"家"的意象是作为承载着传统文化中等级观念、宗法思想、伦理道德、风俗习惯等诸多内容的礼教的象征。在这种礼教熏染下的北平老百姓多是安于本分、保守老成、一团和气的，正如祁老人处处向他人夸耀自己"四世同堂"的完满家庭和天伦之乐，即便是民族危亡的严峻时刻，只要家庭的结构还可以维持就要维护着伦理纲常。国难当头，祁老人却只忧愁着"只怕庆不了八十大寿"。这种只知有家而不知有天下的侥幸心理在残酷的现实面前最终必然崩塌，战争无情地粉碎了他"四世同堂"的美梦。当儿子因受日本人的侮辱而含恨自杀，小孙女被饥饿夺去幼小生命之时，祁老人最终也忍无可忍发出了愤怒的呐喊。国破家亡的民族危机终于以最残忍的方式告诫人们：只有英勇抵抗才能"为世界保存一个和平的、古雅的、人道的文化"，抗争是救亡图存的唯一出路。老舍笔下形形色色的小人物们最终艰难而又曲折地实现了人生的蜕变。

　　祁瑞宣的角色是极具代表性的。老舍通过这一形象的成功塑造对整个现代知识阶层在面对国耻家难时的人生抉择进行了深刻的思考。祁瑞宣这一类的知识分子对战争的形势有清醒的认识，他们大多有着高洁的个人气节和强烈的爱国意志，然而，同时也存在着顾虑重重、纤细脆弱、优柔寡断的性格弱点。站在民族存亡的历史节点上，他们不认同"祁老太爷"这类老市民文化浸染出来的因循守旧的惰性和惯性，同时却也不能像祁瑞全那样义无反顾地走向战场、御敌抗辱。老舍深刻地挖掘出这类知识分子心灵深处的矛盾和挣扎。然而老舍并没有停留于此，而是以更加深沉的人文关怀让祁瑞宣以及和祁瑞宣有着同样境遇的知识分子在历史和现实的磨砺中成长。钱先生家的遭遇、小崔的惨死、父亲的被迫自杀等一系列残酷而真实的打击，国仇家恨的现实磨难使祁瑞宣最终摆脱了思想的羁绊，最终走向觉醒：他帮助瑞全逃出北平参加抗日，坚决辞去学校中伪职的工作，最后决然加入抗战的队伍。这个人物形象是丰满而富有层次的。老舍对知识分子在历史抉择中所体现出的文化品质的审视应该说是非常深刻且富有启迪意义的。

　　老舍创作《四世同堂》的主旨正是希望通过在民族生死存亡关头对传统文化进行重新审视，对其影响和制约下形成的国民性格展开深刻的剖析，从而挖掘出"真正中国文化的真实的力量"。而这种力量在钱默吟身上鲜明地凸显出来。老舍并不认为祁瑞宣未能立刻走入抗日的队伍之中仅仅是囿于家庭负担的牵绊，而是源于其性格深处的弱点。这一点正是通过把钱默吟这一人物作为参照来揭示的。钱老人原本有着最难于推卸的家庭责任，那早逝的儿子留下了一个残破的家，但钱老人毅然托孤别家，去向敌人复仇。他"所表现的不只是一点点报私仇的决心，而是替一部文化史作正面的证据。钱先生是地道的中国人，而地道的中国人带着他的诗歌、礼仪、图画、道德是会为一个信念而杀身成仁的"。钱默吟的身上爆发出中国传统文化中的道德力量：杀身成仁的民族骨气与坚忍不屈的民族操守。这正是"真正中国文化的真实的力量"，为神圣的民族解放战争所唤起的这种坚忍不拔、勇于自我牺牲的民族精神是可以成为建设新民族、新国家的精神力量的。

　　《四世同堂》是老舍现实主义艺术进一步成熟的一部史诗般的重要作品。三部曲组成的壮阔史诗有着丰富的内涵。战争时的众生面貌、沦亡中的北平古都，一一得以在这部作品中鲜活地重现。老舍善于运用地道的北京口语叙事抒情，笔调幽默风趣，意蕴含蓄深刻，人物的对话逼真传神，在展现宏大的社会历史内容的同时，显示出极高的艺术造诣。从个人奋斗者的形象到市民群像，老北京底层民众在老舍的笔下，千姿百态、个性鲜明，组成了熠熠生辉的人物画廊，展现出一幅风味浓郁的北平生活画卷。

思考题

1. 老舍认为《骆驼祥子》中主人公祥子的悲剧正在于他总想着"独自混好"，而这在当时的社会中是不可能实现的，结合老舍的这个观点思考小说中所蕴含的深刻的悲剧意味。

2. 祥子的悲剧不仅仅是时代和社会造成的，也是他自身的性格弱点造成的。祥子身上体现出什么性格弱点？为什么说这些弱点也是造成他悲剧命运的原因？

3. 老舍在《四世同堂》中展示了在特定历史时空下复杂的国民性和民族情感，思考老舍如何通过典型人物形象的塑造来实现对国民性格的深刻剖析。

参考书目

1. 老舍. 骆驼祥子//老舍. 老舍全集：第 3 卷. 北京：人民文学出版社，2013.

2. 老舍. 四世同堂//老舍. 老舍全集：第 4 卷；第 5 卷. 北京：人民文学出版社，2013.

3. 老舍. 茶馆//老舍. 老舍全集：第 11 卷. 北京：人民文学出版社，2013.

4. 老舍. 老舍年谱//老舍. 老舍全集：第 19 卷. 北京：人民文学出版社，2013.

5. 关纪新. 老舍评传. 重庆：重庆出版社，1998.

6. 崔恩卿，高玉琨主编. 走近老舍：老舍研究文集. 北京：京华出版社，2002.

7. 曾广灿，吴怀斌编. 老舍研究资料. 北京，北京十月文艺出版社，1985.

8. 樊骏. 认识老舍. 文学评论，1996（5）.

第十一章 沈从文与"京派"

第一节 "乡下"与"湘西"：沈从文的文化选择

沈从文（1902—1988），原名沈岳焕，湘西凤凰县人，读过两年私塾，正规教育仅是小学。沈从文上学并不用功，常常逃学在外，这使他有机会饱览人生这本"大书"。凤凰城墙外绕城而过的河水，给予他无穷的享受。他与小伙伴在这里游水嬉戏，也常常在河滩上看见被处决的犯人的尸体。这美丽与野蛮的奇异组合，对沈从文后来的创作产生了强烈的影响。

湘西地处沅水流域，下接洞庭湖。河水不但长养了两岸的生命，也滋育了沈从文的性情。"我感情流动而不凝固，一派清波给予我的影响实在不小"，"我认识美，学会思索，水对我有极大的关系"[1]。沈从文从15岁开始当兵，一去5年，大部分时间辗转于湘西沅水辰河流域。在他的人生履历中，一直与水相伴：

> 从汤汤流水上，我明白了多少人事，学会了多少知识，见过了多少世界！我的想象是在这条河水上扩大的。[2]

所以，沈从文的小说、散文，大都与水有关。他认为自己的作品中"我所最满意的文章，常用船上水上作为背景，我故事中人物的性格，全是我在水边船上所见到的人物性格。我文字中一点忧郁气氛，便因为被过去15年前南方的阴雨天气影响而来，我文字风格，假若还有些值得注意处，那只因为我记得水上人的言语太多了"[3]。

---

① 沈从文：《从文自传·我读一本小书同时又读一本大书》，见《沈从文文集》，9卷，109页，广州，花城出版社；香港，生活·读书·新知三联书店香港分店，1984。

② 沈从文：《沈从文文集》，11卷，325页，广州，花城出版社；香港，生活·读书·新知三联书店香港分店，1984。

③ 沈从文：《沈从文文集》，11卷，325页，广州，花城出版社；香港，生活·读书·新知三联书店香港分店，1984。

可以说，对水的生命体验，培养了沈从文特殊的审美心理，转化成其小说优美的诗意。

如果说湘西的河流、山川，给予了沈从文美的熏陶，赋予了其作品一种牧歌情调，那么，湘西蛮悍的风习、血腥的历史，同样给沈从文带来了独特的生命体验，使他对人生有了一种独特的理解，并决定了他的文化选择。

图11-1 沈从文与夫人
张兆和于1934年

凤凰县处于湘西边鄙之地，那里苗族、汉族、土家族杂居，历史上常常发生官府对少数民族反抗的血腥镇压。沈从文自小就经常目睹城门外被处决的尸体任野狗撕扯。辛亥革命时，凤凰县又爆发苗民起义，结果是驻守清兵对起义者大肆杀戮——城门外面，"人头如山、血流成河"，成串的耳朵悬挂在城门示众，更可怕的是，在此后一个时期内，天天有几十个乡下苗民被捉来处决。于是，看杀头成了年少的沈从文与小伙伴经常的活动，他们点数人头，比赛眼力。他在怀化镇驻守的一年零四个月，就目睹过七百人被杀①。濡染在以咀嚼杀头为乐事的军营，经历着一般人难以想象的频繁屠杀，这是20世纪中国文学史上沈从文与"五四"新文学绝大多数作家完全两样的人生经验。"这一份经验在我心上有了一个分量，使我活下来永远不能同读'子曰'的城市中人爱憎感觉一致了。"② 这些血腥的经历，使沈从文对人生产生了一种超越一般悲悯的无奈和一种旷达的意识。

湘西民风强悍，也可以说是野蛮。沈从文回忆说，他们那个地方的人，"用单刀、扁担在大街上决斗根本不算回事。事情发生时，那些有小孩子在街上玩的母亲，只不过说：'小杂种，站远一点，不要太近！'嘱咐小孩稍稍站开点儿罢了"③。杀人、流血这一类事，在当地人眼中，一如无可规避的生老病死、人祸天灾，万物皆遵循自然淘汰之法则。这是一种什么样的民风呢？是一

---

① 参见《从文自传》中《我读一本小书同时又读一本大书》《辛亥革命的一课》《怀化镇》等。

② 沈从文：《从文自传·怀化镇》，见《沈从文文集》，9卷，162页，广州，花城出版社；香港，生活·读书·新知三联书店香港分店，1984。

③ 沈从文：《沈从文文集》，9卷，119页，广州，花城出版社；香港，生活·读书·新知三联书店香港分店，1984。

种自然原始的野性、未经开化的淳朴。这就是沈从文生长的环境，也是铸就他文化观念的生命根基。

沈从文的文化观念是什么呢？简单说，就是"返璞归真"。他认为再造中华民族的灵魂，靠的不应当是西方化的现代文明；唯有从民族文化的原始生命中寻找活力，回归人生情态的自在、自然和人性的强悍、自由，才能复活民族的生命力。湘西的自然和经验，使他在营造自己的理想乌托邦时，有了一个具体的想象模式。

1922 年，沈从文离开军队，来到北京，开始了他人生的"自觉"阶段①——读书、写作，成为一个现代文化人。然而，在最初的一个时期，他的生活相当艰难。到北京不久，他参加了燕京大学的入学考试，可面对考题，只受过小学教育的沈从文完全茫然无所知。他只好一边在北京大学旁听，一边勤奋地写作、投稿，处于半流浪状态。在饥寒交迫的绝望中，他曾写信给郁达夫请求帮助，郁达夫登门看望了这位衣衫褴褛的湘西青年，慷慨解囊，激愤地写下《给一位文学青年的公开状》。1924 年，沈从文迎来命运的转机：他的作品开始陆续在《晨报副刊》《语丝》《京报副刊》等报刊发表。4 年以后，他迁居上海与丁玲、胡也频一起创办《红黑》杂志时，已是一位小有名气的青年作家了。从此以后，沈从文结束了文学青年的流浪生涯。随着创作的渐入佳境，他在社会上也渐渐有了令人羡慕的地位。他被延聘为大学教授（1931 年起在青岛大学，抗战时在西南联大），编《大公报·文艺副刊》，沈从文最终步入了他曾经梦寐以求的"著名作家""教授""名流"的圈子。

但是，他发现，自己始终与都市文明有一种难以消除的隔膜。他将这种隔膜称为"乡下人"和"城里人"的隔膜。最初，他的一些小说，如《第二个狒狒》《棉鞋》等在讽刺都市人的势利、虚伪、冷漠时，常常表现出一个备受歧视的外乡青年的敏感和自尊。但愈往后，他愈自觉意识到，他与"城市"的隔膜，不仅仅是经济和社会地位的悬殊以及所谓文明教养的差异，最根本的是他与城市人在生活、经验、知识乃至价值观上有天壤之别。他的生命、情感价值判断，永远不能脱离那个给他生命、知识和智慧的湘西和那些深深镌刻在他记忆和情感中的人与事。

在探讨沈从文的文化观念时，需要注意他所使用的一对特殊范畴——"乡

---

① 凌宇认为沈从文从湘西出走，"意味着他即将摆脱生命的自在状态，从一般的'乡下人'中间脱蜕而出，汇入五四开始的中国新文学、新文学的历史洪流"。见凌宇：《沈从文传》，177 页，北京，北京十月文艺出版社，1988。

下"与"城市"。这对概念是沈从文特殊文化观念的载体。

> 在都市住上10年，我还是乡下人。第一件事，我就永远不习惯城里人所习惯的道德的愉快，伦理的愉快。
>
> 我崇拜朝气，喜欢自由，赞美胆量大的，精力强的。①

"城市"与"乡下"作为一组对立的范畴，存在于沈从文的话语中，代表着沈从文特殊的价值判断。所谓"城市"，就是约定俗成的"文明"；所谓"乡下"，就是沈从文崇拜的"自然"。在沈从文的话语中，与"城市/乡下"这一组对立关系范畴相应的，是"文明/野蛮""异化/自然""虚弱/强悍""虚伪/淳朴"……在"城市/乡下"及与之相对应的诸范畴中，沈从文选择的是后者。

在沈从文看来，"城市"是民族文化的歧路，"现代化"是人类退化的根源。他在确立自己的文化理想和道德尺度时，甚至不惜对现代文明持决然的排斥。但他用以指称并进而否定的"现代文明"，其实仅仅是现代文化中某些物质的和表层的方面，如声色光电、车水马龙、喧嚣纷攘、富丽堂皇等。"城市中人生活太匆忙，太杂乱，耳朵眼睛接触声音光色过分疲劳，加之多睡眠不足，营养不良，虽俨然事事神经异常尖锐敏感，其实除了色欲意识以外，别的感觉官能都有点麻木不仁。这并非你们的过失，只是你们的不幸，造成你们的不幸的是这一个现代社会"②。沈从文满怀偏见的"现代社会"，却正是晚清以来中国人孜孜以求的现代文明。城市化自然是现代文明的一个标志，但不是全部的标志，更不是全部的内涵。当然，现代社会中的集团关系、人际关系，大都建立在以利益、功利为原则的组织结构中，秩序井然，实际而冷漠。现代人对道德、律例的尊崇，不完全出自内心的敬畏，而是维护个人利益所不得不如此的选择。人性的真实在被现实的规范包裹之后，便产生虚伪、自私、矫情。在沈从文看来，"乡下"是原始的、自然的、未经规范的；一切生命，在此都遵循一种法则——自然的律令——生长、繁衍、淘汰。自然的律令，在沈从文的观念中，既是大自然中一切生物存在之"天命"，也包括人群发自本性的争斗，甚至残杀——人类的历史，族群的繁衍、变迁，千百年来不就是在自然淘汰中延续的吗？一旦在理性上将自己的文化选择定位在"反现代"上，沈从文对"城市"、对"文明"的讽刺态度，就不免有些极端了。

---

① 沈从文：《序跋集·〈篱下集〉题记》，见《沈从文文集》，11卷，33页，广州，花城出版社；香港，生活·读书·新知三联书店香港分店，1984。

② 沈从文：《沈从文文集》，11卷，44页，广州，花城出版社；香港，生活·读书·新知三联书店香港分店，1984。

但是，沈从文不是哲学家，他只是一个靠感性生命表达自我的艺术家，而艺术的直觉往往可以超越理性观念的褊狭。在沈从文的创作中，那些最具美感和生命力的作品，尽管仍然出于他以湘西为模式的"乡下"视角，但他对湘西的感情往往超越了他关于"乡下"和"城市"的理性判断。他在为人们呈现那原始、淳朴、自然的湘西所蕴藏着的人类健康、自由、真力弥漫的元气时，也不可避免地向人们展示着愚昧、自在的人生形态，将人的命运全部交托于自然的定数，这样的人生并不完美。

20世纪30年代，沈从文再次踏上湘西的土地，再次在他少年时代经常往返的水路上旅行，重温码头嘈杂的人声、吊脚楼女人的呼唤声、情人的诮骂声，还有他魂牵梦萦的水声、拉船声、牛角声……但是，他悲哀地发现，他再也找不回《边城》中那种优美单纯的情绪了。寄寓着他的理想情怀的湘西，不但在现代文明的冲击下已经变了味道，而且——这也许是更主要的——他理想的湘西，大概从来就只存在于他面对都市时对湘西的记忆和想象中。《湘行散记》记载了他的失落。但是，沈从文不肯轻易放弃自己的乌托邦，他在《长河》中，仍然暗示湘西曾经是理想的桃花源，只是现代化的物质和现实的纷扰（包括政府提倡的"新生活运动"），打破了湘西的宁静自足，将湘西抛入了"现代"的生活轨道而永远失去曾有的安宁。

沈从文崇拜朝气、崇拜力量、崇拜自然的强悍。他的小说经常用"狮子"一类意象比喻男性主人公的强健、勇猛和威信。在《龙朱》中，主人公龙朱作为苗人中的"美男子"，沈从文赞美他"美丽强壮像狮子"，"是人中模型。是权威。是力。是光"。他对男子品德和性格的赞扬，始终是与"勇敢""热情""真诚""强悍"这一类阳刚的词汇联系在一起的（这样的例子极多，如《七个野人和最后一个迎春节》《月下小景》《边城》等）。他对生命力的崇拜，甚至超越了通常道德的限度。他的作品不止一处写到这样的情形：杀人者往往提着滴血的刀，在街市的肉铺割肉佐酒，大快朵颐。他写过很多兵和匪，或者有着兵匪般蛮悍性情的山民、水手。杀人后落草为寇的矿工（《湘行散记·五个军官和一个煤矿工人》）、"著名毒辣"而姿色诱人的女匪首（《从文自传·一个大王》），很难说他们是纯粹的恶。他们杀人的经历令人毛骨悚然，然而他们面对死亡的从容，断然不是阿Q式的精神麻痹，却也不是"大义凛然"，而是具有一种奇特的残酷的生命元气。因此，在充满道德评价的中国现代文学中，沈从文的叙述，很难用道德去衡量了。

苏雪林曾经指出，沈从文的创作，"就是想借文字的力量，把野蛮人的血液注射到老迈龙钟颓废腐败的中华民族身体里去使他兴奋起来，年轻起来，好在 20 世纪舞台上与别个民族争生存权利"①。沈从文曾经感叹，中华"民族衰老了，为本能推动而作成的野蛮事，也不会再发生了"②。

沈从文曾经自诩，他的创作，是建"希腊小庙"，"这神庙里供奉的是'人性'"③。需注意的是，沈从文所醉心的人性与五四启蒙主义崇尚的人性是有区别的。沈从文强调的人性，基本不包含理性，是特指自然状态的人性。而与浪漫主义者不同的是，他崇尚的自然人性，主要又不是心灵自由的激情，而是原始野性的生命力。因此他"崇拜朝气，喜欢自由，赞美胆量大的，精力强的"，而对都市人雄性的"雌性化"、道德的异化、萎缩的生命力无情地嘲弄。他写都市生活的小说《如蕤》，女主人公苦恼于都市里"真没有一个稍稍可爱男子"，"都市中人是全为一个都市教育与都市趣味所同化，一切女子的灵魂，皆从一个模子里印就，一切男子的灵魂，又皆从另一模子中印出，个性与特性是不易存在，领袖标准是在共通所理解的榜样中产生的。一切皆显得又庸俗又平凡"④。他怀着炫耀的心理展示湘西的蛮悍之风，的确如苏雪林所说，是想将野蛮人的气血输入我们这个不尚武的民族。

沈从文曾经写过一篇十分有趣的小说《虎雏》。小说大约在相当程度上取自沈从文实际的经历⑤。他曾经下决心将一个聪明而面相文雅的湘西小兵培养成文明人，小兵也十分乐意，遂留在了上海。他给小兵请了最好的老师，给他做体面的衣服，置齐了他上学所需的一切用具，甚至已经替他选好了学校，只等文化补习告一段落，便送他上学。小兵学习进步飞快，主人公也在踌躇满志地注视着文明工程的前景。但是，好景不长，时机稍稍对头，小兵就野性复发，杀了人，逃回湘西去了。"我"的沮丧，不光是这文明再造工程的失败，而是对自我价值选择的怀疑——"至于一个野蛮的灵魂，装在一个美丽的盒子里，在我故乡是不是一件常有的事情，我还不大知道；我所知道的，是那些山同

① 苏雪林：《沈从文论》，见茅盾等：《作家论》，160 页，北京，人民文学出版社，1984。

② 沈从文：《如蕤》，见《沈从文文集》，5 卷，262 页，广州，花城出版社；香港，生活·读书·新知三联书店香港分店，1982。

③ 沈从文：《序跋集·〈从文小说习作选〉代序》，见《沈从文文集》，11 卷，42 页，广州，花城出版社；香港，生活·读书·新知三联书店香港分店，1982。

④ 沈从文：《如蕤》，见《沈从文文集》，5 卷，260 页、261 页，广州，花城出版社；香港，生活·读书·新知三联书店香港分店，1982。

⑤ 1934 年沈从文回湘西，又见到了虎雏的原型，写下《虎雏再遇记》，证实《虎雏》取材的真实性。

水，使地方草木虫蛇皆非常厉害"。其实，这个结局应该是可预见的。小兵被收留后，偶尔谈到他过去各种野和险的生活，剿匪时的各种事。主人公发现，"凡事由这小兵说来，掺入他自己的观念，仿佛在这些事情的重述上，见到一个小小的灵魂，放着一种奇异的光。我在这类情形中，照例总是沉默到一种幽杳的思考里，什么话也没有可说。……我才觉得我已经像一个老人……"① 实际上，这已经暗示小兵结局的必然性。主人公无言对答，表明他所竭力追求的文明信念，在小兵所展示的原始粗犷的生活面前，是那样苍白无力。

不能忽略的是，沈从文赞美强力，漠视野蛮中的残忍，是有界限的，那就是自然与人为的区别。自然的蛮力和进化的淘汰，在沈从文看来是符合善也符合美的。所以，他在描写乡间的民俗、朋友的决斗时，并不因形式的血腥和结果的悲惨而谴责他们——这大概就是沈从文的"人性"与五四的最大区别。但是，一旦杀人变成强者对弱者生命的肆意剥夺，成为权势者的游戏和取乐，那么，沈从文的叙事立场便会鲜明地"五四"起来。

写于1930年的《菜园》，用平淡的语调叙述了一个悲剧故事。小说的主人公是湘西某个县城一户姓玉的寡母与儿子。他们是清末官宦世家的后人，有一片菜园，以种北京白菜为生。后来，儿子考上北京的大学，几年中，"常常寄报纸回来，寄新书回来"，母亲便在管理菜园、饲养鸡雏之余，读北京寄回的书刊，心中常常涌起年轻人般的梦幻，精神极其充实。一个暑假，儿子回来了，还带回来一个漂亮的儿媳妇。年轻的夫妇常常与母亲一起"在门外溪边小立，听水听蝉，或在瓜棚豆畦间说话，看天上晚霞"。儿媳妇喜欢菊花，母亲便四处寻觅佳种，特辟出一块地种上菊花。母亲的心绪，常常被眼前的和谐引领着，憧憬做祖母的一天。一天，县党部派人将这对青年夫妇"请"了去，次日便陈尸校场，第三天有告示贴出，宣布他们是共产党。母亲默默地活了下来，秋天来时菊花开满一地。后来年年秋天都是如此，于是当地人将玉家菜园改叫"玉家花园"，绅士新贵在此附庸风雅宴饮作乐。而母亲则在第三年儿子生日那天，自缢而死。小说展示的玉家母子平凡而高贵的心灵，恬淡而平静的幸福，是那样的和谐美好；权力者以政治的名义对这至善至美的屠杀，又是那样的丑恶。这篇小说语言朴素、平淡，作者真挚的感情因这"节制"而更显含蓄饱满。沈从文曾说，"神圣伟大的悲哀不一定有一摊血一把眼泪，一个聪明

---

① 沈从文：《虎雏》，见《沈从文文集》，4卷，161页，广州，花城出版社；香港，生活•读书•新知三联书店香港分店，1982。

作家写人类痛苦或许是用微笑表现的"①。

《新与旧》描写清末的一个刽子手杨金标的悲剧命运。杨金标本是一名战兵，但因砍头刀法精湛，也兼做刽子手，而且是一名"优秀的刽子手"。每当衙门问案，杨金标必然被唤去执行命令。他娴熟精湛的技艺，在面对死囚的瞬间，成为县太爷及众看客百看不厌、赏心悦目的节目。然而，辛亥革命后，杀人不再砍头，改用枪毙，杨金标便由刽子手改做城门看守员，他往日的辉煌，也随时光的流逝而渐为人所遗忘。然而忽有一日，城门外又摆开架势要杀人了。军部的指挥官一时心血来潮，叫杨金标重操大刀，并要杨将被处决的两名人犯的头颅，挂在城门上。杨金标在一种梦境般的恍惚中，又演出了一场砍头戏；而被杀的两名共产党，却正是杨金标天天在城门上看见的小学的一对教师夫妇。在这场军部导演的杀人游戏之后不久，老刽子手杨金标死了，据说是"痰迷心窍"吓死的。《新与旧》的语言风格犹如《菜园》，不动声色，而残忍的故事却在平淡的叙述中更显惊心动魄。作者放弃全知叙述，躲进老兵士的内心，使读者始终处于一种莫名的担心和恐惧中，由此逐渐看到故事的全部。小说中那美丽的山水风光，因为一种神秘的阴森而显得狰狞，使小说带上一种令人窒息的氛围。小说更加深刻的意蕴在于它揭示出社会变革所导致的"新"与"旧"，其实仅仅是形式的区别，没有质的差异。晚清的专制与民国的共和，这新与旧的形式区别，在军部所玩的这场杀人游戏中，完全被消解了。

《新与旧》及《菜园》这一类小说，使人们感受到，尽管沈从文在文化选择上与五四以来绝大多数作家不同，然而，作为一名现代作家，沈从文的创作毕竟是在"五四"新文学的感召下开始的。如前所述，早年在湘西当兵时，他曾经目睹过上千人被杀。也许，正是因为这罕见的血腥，终于使沈从文从麻木中清醒，去追求另外一种生活。

第二节　牧歌：沈从文小说的美学至境

如果说沈从文对城市及现代文明的讽刺，常常流于简单和偏执的话，那么，他以湘西的人情、自然、风俗为背景，旨在展示淳朴人性、理想人生情态的小说，则以真挚的感情、优美的语言、诗意的情绪，为人们营造出一派沈从文式的理想世界。这些小说宛如清新悠远的牧歌，倾诉着沈从文对湘西的眷

---

① 沈从文：《废邮存底·给一个写诗的》，见《沈从文全集》，17卷，186页，太原，北岳文艺出版社，2002。

恋、对自然的感怀、对至善至美的人情与和谐宁静理想境界的想象。沈从文特殊的文化选择和文化观念，在这类小说中，得到最完美的表现。这些小说，也是沈从文小说中最隽永的部分。

1934 年出版的《边城》，是这类"牧歌"式小说的代表，也是沈从文小说创作的一个高峰。

小说叙述的是湘西小镇一对相依为命的祖孙平凡宁静的人生以及他们平凡宁静人生中难以抹去的寂寞和"淡淡的凄凉"。

> 由四川过湖南去，靠东有一条官路。这官路将近湘西边境，到了一个地方名叫"茶峒"的小山城时，有一条小溪，溪边有座白色小塔，塔下住了一户单独的人家。这家人只有一个老人，一个女孩子，一只黄狗。

小说在这种极其朴素而又娓娓动人的语调中开始，一开篇就为人们展示了湘西的乡间景致。小说叙述了女主人公翠翠的一段朦胧而了无结局的爱情，但爱情却不是小说所要表现的全部。翠翠是少女母亲与一个兵士的私生女，父母都为这不道德的、无望的爱情自我惩罚而先后离开人世。翠翠自打出生，生活中就只有爷爷、渡船、黄狗。沈从文轻描淡写了翠翠与爷爷孤独清贫的生活，却尽量展现他们与自然和乡人的和谐关系：他们那近乎原始的单纯生活，他们与过河人不言利的淳朴乡情关系，人们安详勤谨的劳作……湘西淳朴自然的民风，人物善良敦厚的本性与那温柔的河流、清凉的山风、满眼的翠竹、白日喧嚣夜里静谧的渡船一起，构成一幅像诗、像画、更像音乐的优美意境。

"翠翠在风日里长养着，把皮肤变得黑黑的，触目为青山绿水，一对眸子清明如水晶，自然既长养她且教育她……"沈从文好用自然界的动物比喻人物，他描绘翠翠天真活泼、温柔驯良，用"俨然如一只小兽物"来形容，笔法充满喜爱，非常传神——她"和山头黄麂一样，从不想到残忍的事，从不发愁，从不动气。平时在渡船上遇陌生人对她有所注意时，便把光光的眼睛瞅着那陌生人，作成随时都可举步逃入深山的神气，但明白了面前的人无心机后，就又从从容容的在水边玩耍了"。翠翠同她周围的山水一样，单纯、明净、健康、善良，她就这样无知无欲、浑然自在地长成了 15 岁的少女。

作者在为人们描绘着人与自然相得相融、优美和谐时，却无法不体味到爷爷和翠翠这一老一小单纯生活中的孤单与悲凉。"黄昏来时，翠翠坐在家中屋后白塔下，看天空被夕阳烧成桃花色的薄云"，"听着渡口飘来那生意人杂乱的声音，心中有些儿薄薄的凄凉"。翠翠心中涌出的"薄薄的凄凉"，是一种少女春情初萌而又茫然无依、说不清道不明的凄楚与忧郁。作者准确地体验到翠翠的情绪，却并不急于用紧张的情节推动人物情感乃至命运达到高潮。他将翠翠这朦胧、混沌的感觉保持在浑朴自然中，以朴素而诗意的笔触轻轻地点染，翠翠对生活朦胧的期待及她孤独的心灵、淳朴的心境，都得到了恰如其分的诗意表现。

翠翠的爱情悲剧并不具有戏剧性，一切尚未发生就已消失，就像生活中许多失之交臂的事情。爷爷的木讷和犹疑，源于没有"碾坊"（陪嫁物）的自卑和善良人的自尊，而船总顺顺对爷爷的误会，无意中揭示了一个深邃的哲学命题——人在根本上是无法沟通的。翠翠与二老的爱情，某种程度上，就阻隔在了人与人之间这无法沟通的"空白"中。翠翠与大老、二老没有展开就仓促结束的爱情。大老的殒命、二老的出走和爷爷的离世，迅速将一个妙龄少女朦胧的幸福梦幻击碎。小说接近尾声时，当读者隔着静静流淌的河水，注视着孤苦无依的翠翠时不禁担忧：翠翠的命运，是否也会像河边的白塔，有一天会坍塌呢？作者大约不忍将这样的疑虑投向孤独的翠翠身上，在《边城》的结尾，他在不确定中，给了一个不能兑现、却也聊以给人一点安慰的幻想——"这个人也许永远不回来了，也许明天回来！"

"美丽总是令人忧愁"①。《边城》原本是沈从文为人们提供的一种理想的"人生形式"，一种"优美，健康，自然，而又不悖乎人性的人生形式"②。但是，《边城》给人们的，绝不仅仅是"优美"。沈从文原本自信的自然与人性的某种永恒（即他常常说的"常"），却既不永恒，也不自由。人在命运的变数面前，是多么无奈。于是，"美丽总是愁人的"③，就成为沈从文在营造他的乌托邦时发自内心的感慨。而这生命的无奈和悲悯之情，却使他的小说获得了一种隽永的审美品格。

与《边城》同属一类而创作时间早于《边城》的《萧萧》和《三三》，同样是以湘西淳朴少女为描写对象，这两篇小说，可以视为《边城》的前奏。萧萧12岁便做了童养媳，丈夫 3 岁，这命运自然是可悲的。她被长工花狗引诱怀孕，按当地习俗，应该受到处罚。好在婆家没受到儒教伦理的太多影响，萧萧侥幸逃脱了沉潭的命运。在等待发卖的日子里，萧萧生下一个团头大耳的儿子，引得家人欢喜，便又留了下来。这篇小说，沈从文对童养媳的命运、乡间

---

① 沈从文：《序跋集·〈看虹摘星录〉后记》，见《沈从文文集》，11 卷，49 页，广州，花城出版社；香港，生活·读书·新知三联书店香港分店，1984。

② 沈从文：《沈从文文集》，11 卷，45 页，广州，花城出版社；香港，生活·读书·新知三联书店香港分店，1984。

③ 沈从文：《从文自传·女难》，见《沈从文文集》，9 卷，175 页，广州，花城出版社；香港，生活·读书·新知三联书店香港分店，1984。

的蛮俗，有一种隐隐的哀怜，但他朴素的语言，却处处显示着对萧萧混沌无知、天真纯净本性的喜爱。"过了门，她喊他做弟弟，她每天应做的事是抱弟弟到村前柳树下去玩"。十三四岁时，对花狗挑逗的情歌还一无所知，对花狗带色情的暗语"只觉得憨而可笑"。当她经历了被引诱怀孕生子、险些遭遇灭顶之灾的人生变故后，依然浑朴如初：她儿子娶 12 岁的童养媳，唢呐吹到屋前时，"萧萧抱了自己新生的毛毛，在屋前榆蜡树篱笆间看热闹，同 10 年前抱丈夫一个样子"。萧萧最具美感的，是她那混沌未开的朴实与自然。《三三》描写了少女三三对爱情的渺茫的期待。她对总爷家回乡养病的"白脸少爷"的好奇和暗自关心，除了少女依稀萌动的初恋幻想外，更显示着乡下姑娘对城市文明的微妙向往。在把握三三这类乡间单纯女孩的心理和向往方面，沈从文可谓得天独厚。但这篇小说，作者多少有些以田园美景和单纯生活向"城里人"炫示的动机，因而作者对三三的寂寞和孤独，缺乏深入的同情。白脸少年肺病不治而死，作者大约满足于这个细节对"城市"的病态和虚弱的暗喻，而对这个事件在单纯无知的三三心里引起的"失落"，仅停留于外在描写，小说的意蕴遂显单薄。

其实，沈从文对湘西之美的展示，只能在"牧歌"的层面上对渴望安宁的人类心灵暂时给予抚慰。人生的乖谬、生命的悲剧本质，在最根本的层面上无时不在困扰着沈从文。所以，他不仅在后来的《湘行散记》中，表达着挥之不去的忧郁，就是他在努力营造"湘西"式"乡下"乌托邦时，也时时受到来自现实的困扰。羡慕乡野生活，却被乡人双双"捉奸"的城市夫妻，侥幸脱身后却完全改变了对乡村的看法，觉得"地方风景虽美，乡下人与城市中人一样无味"（《夫妇》）。《丈夫》撩开乡下人淳朴生活中的无奈和辛酸：迫于艰难生活和苛捐杂税，山区男人顾不得礼义廉耻，送妻子到水码头做"皮肉生意"。小说中的丈夫在年节去看望妻子，妻子却忙于接客，将他冷落在船舱后面。这种境遇，唤起了他的尊严和良知，第二天便带着妻子回乡下去了。

沈从文的小说，尤其是 30 年代已渐趋成熟，形成了自己独特的风格——朴讷、平淡和抒情。他的小说一般不追求情节的曲折完整，常常以闲谈的亲切平和语调，叙述乡间的人情世态，在从容舒展中抒发对乡土的感情、对生命的爱。他的小说给人的美感，主要不是来自故事的离奇和情节的紧张，而是来自一种流动的旋律、优美的意境和弥漫的情愫。他吸取了民间文艺的生气和活泼，而在文字的简省与含蓄上，又分明有中国传统文人文学的雅致朴素、简洁隽永。试看一例：

> 土地已经疲劳了，似乎行将休息，云物因之转增妍媚。天宇澄清，河水澄清。
>
> ——《长河·秋（动中有静）》

又如：

> 两人正谈到本地今年地面收成，以及有关南瓜、冬瓜的种种传说，来了一个背竹笼的中年妇人，竹笼里装了两只小黑猪，尖嘴拱拱的，眼睛露出顽皮神气，好像在表示，"你买我回去，我一定不吃料，乱跑，看你把我怎么办。"
>
> ——《长河·秋（动中有静）》

沈从文的小说，尤其是 30 年代以后，随着笔调的成熟与老练，他固有的幽默便被调动起来。《长河》写无端搅扰乡民生活的"新生活运动"，作者多出之以无奈，幽默便产生。某户农民种出了 32 斤重的萝卜，按上面的要求，他们将萝卜抬到县上去报功请赏。结果，奖赏未得到，反被敲诈一笔。又譬如，某乡发生家族纠纷，请县长亲自断案。而办案的县知事及一干人马，"把村子里的母鸡吃个干净后，觉得事件棘手，就说：'清官难断家务事，你们这件事情还是开祠堂家族会议公断好。'说完后，就带领一干人马回县城去了"。作者特意将县长称为"知县"，一来保持对当地风俗文化的真实展现；二来表达自己的嘲讽之意。激愤化为无奈，无奈造成幽默。

有时，作者使用一种远距离的比喻，造成喻体与本体之间的矛盾或不协调，形成幽默的话语。《长河》中的《橘子园主人和一个老水手》，有这样一段描写：

> 老水手到了吕家坪镇上，向商会会长转达橘子园主人的话语，在会长家听到了下面在调兵遣将的消息。这些消息和他自己先前那些古古怪怪的猜想混成一片时，他于是便好像一个"学者"，在一种纯粹抽象思考上，弄得有点神气不舒，脊梁骨被问题压得弯弯的，预备沿着河边走回坳上去。

"老水手"与"学者""纯粹抽象思考"是极不协调的对象，放在一起，构成现象与本质的矛盾，引人发笑。这是作为旁观者的作者，对乡下人被"新生活运动"搞得莫名其妙的荒唐现象的讽刺。

第三节　散文创作：情绕湘西

沈从文的小说创作，因"湘西"的文化与意象而大大丰富了中国现代文学的审美形象；沈从文的散文创作，也因情绕湘西而充满魅力。

沈从文的散文创作，主要集中在《湘行散记》《湘西》和《湘行书简》中。

《湘行散记》是沈从文离开家乡多年后回乡的产物，商务印书馆 1936 年出版；《湘西》则是抗战爆发后，沈从文第二次回乡时所写，曾经在《大公报·文艺副刊》连载。20 世纪 90 年代初，沈从文 1934 年回乡时写给夫人张兆和的书信，被编为《湘行书简》出版。

《湘行散记》《湘西》和《湘行书简》，诉说的人和事，都是有关"湘西"的，笔触所及，是那些"会寻快乐的乡下人"，是他们"不辜负自然，与自然妥协，对历史毫无负担"① 的人生情状。对这样一些充满原始气息、生命力旺盛甚至有点野蛮的"乡下人"，沈从文表现出无比的赞叹和深深的理解。他在《湘西·题记》中动情地写道："因此这本书的最好读者，也许应当是生于斯，长于斯，将来与这个地方荣枯永远不可分的同乡。"②

在沈从文的散文创作中，"水"是一个十分突出的意象。水，是沈从文自小习见的事物，又是承载着沈从文生命和感情的心灵之舟。所以，他的散文也像湘西土地上那一派丰美的水，灵动而流畅，纯净而自然。

可以说，对水的生命体验，培养了沈从文特殊的审美心理，转化成他散文中的气韵和风骨。他的《湘行书简》《湘行散记》，多写回归湘西必经的水路，这些文章，简直就是在水中滋育出来的，里面的景物离不开水，里面的人物少不了"水手"，整个就是一幅人与自然交融、生命与水共生的水墨图画。

《湘行散记》中有两篇文章写水手，一篇是《一个多情水手与一个多情妇人》，另一篇是《辰河小船上的水手》。《一个多情水手与一个多情妇人》，讲述了水手牛保同妇人夭夭之间的深情以及他们短暂的聚会和长久的离别和牵挂，语言平朴，一丝悲凄的情绪，真实地再现了长期生活在水边的人们离散无定的漂泊心绪。文中这样写道："我呢，在沉默中体会到一点'人生'的苦味。我不能给那个小妇人什么，他再不作给那水手一点点钱的打算了，我觉得他们的欲望同悲哀都十分神圣，我不配用钱或别的方法渗进他们命运里去，扰乱他们生活上那一分应有的哀乐。"③《辰河小船上的水手》以自然从容的语调，向人们娓娓述说水手的生活，展现他们的质朴、耐劳和原始的率真。

---

① 沈从文：《湘行散记·箱子岩》，见《沈从文文集》，9 卷，284 页，广州，花城出版社；香港，生活·读书·新知三联书店香港分店，1984。

② 沈从文：《沈从文文集》，9 卷，333 页，广州，花城出版社；香港，生活·读书·新知三联书店香港分店，1984。

③ 沈从文：《沈从文文集》，9 卷，269 页，广州，花城出版社；香港，生活·读书·新知三联书店香港分店，1984。

《湘行散记》的其他篇章，依然是叙写湘西水域的人和事。"历史是一条河"，流淌着亘古不变的水，流走无数的风流，沉淀在水中的是永远不变的水的透彻与厚重。在这些作品中，沈从文讲述的人物大多是有共通性的，无论是《老伴》中的"老伴"，还是《一个戴水獭皮帽子的朋友》中的"朋友"，他们身上弥漫着的气息是一致的，那是一种在湘西这块古老的土地上，在漫长的历史中积淀下的东西。而其中最值得一提的，就是那个曾经被都市教授（隐含作者的化身）教导，但最终仍然无法做成文明人的"虎雏"。在《虎雏再遇记》中，作者再次把以前小说中的原型虎雏，引领到读者面前，让读者与其进行"亲密接触"。这一次，虎雏一开始在作者和读者面前的表现都很乖顺，没有多少粗野之气。甚至在遭到一个跑差军人辱骂的时候，虎雏仍然和气地向人家说："弟兄，弟兄，对不起。"但是散文最后叙述的结局，再次让人不禁会心地笑起来，原来最终虎雏没有放过那个"丢军人的丑"的跑差军人，在一个客店里狠狠教训了他一通，真是可爱！

沈从文的散文精心营造的"湘西世界"，与其小说中的湘西一样，充满迷人的魅力。在作者"翻阅一本用人事组成的历史"[1] 时，"虎雏"类的人、水边的事，构成了"历史"的主体，在沈从文的笔下获得了鲜活的艺术生命，带给读者以无限的审美愉悦。

在《边城》等小说中，沈从文一边极力营造"世外桃源"般的乡土乌托邦，一边以强烈的现实感抒发田园的挽歌。"边城"带有一定程度的艺术想象，更多是沈从文一种主体愿望的表达。然而在散文创作中，沈从文不得不面对现实，重新思索他的故土乌托邦。《湘行散记》和《湘西》，记载下了沈从文的失落之情，正如他在《湘西·题记》中写的那样，"人人都知道说地方人不长进，老年多顽固堕落，青年多虚浮繁华，地方政治不良，苛捐杂税太多"，尽管沈从文顽固地坚持认为这是"人云亦云，不知所谓"，但这事实却还是令他苦痛。他对这块土地的感情实在太深了，"所以当我拿笔写到这个地方种种时，本人的心情实在是很激动，很痛苦"。他"实寄无限希望于未来"[2]。

《湘西》，一名《沅水流域识小录》，共有包括《题记》《引子》在内的10篇文章，在内容上与《湘行散记》有部分交叉。与《湘行散记》不同的是，

---

① 沈从文：《湘行散记·虎雏再遇记》，见《沈从文文集》，9卷，305页，广州，花城出版社；香港，生活·读书·新知三联书店香港分店，1984。

② 沈从文：《沈从文文集》，9卷，333页，广州，花城出版社；香港，生活·读书·新知三联书店香港分店，1984。

《湘西》在很大程度上是沈从文以一个导游者的身份进行叙述的，他是要想"减少旅行者不必有的忧虑，补充他一些不可免的好奇心，以及给他一点来到湘西为安全和快乐应当需要的常识，并希望这本小书的读者，在掩卷时，能对这边鄙之地给予少许值得给予的同情"①。所以，类似于游记通讯的体裁要求，决定了《湘西》的文体风格有别于《湘行散记》的用人事串联历史的笔法，而是侧重于风俗的介绍与传达。这个特点，从文章的题目就可见一斑，如《沅陵的人》《辰溪的煤》《常德的船》等。在《常德的船》中，沈从文不厌其烦地向读者介绍各种船只，提到"乌江子"，文中认为"它的特长是不怕风浪，运粮食越湖。它是洞庭湖上的竞走选手。形体结构上的特点是桅高、帆大、深仓、锐头。……弄船人同船只本身一样，一看很干净，秀气斯文。……"其实，究其根本，沈从文念念不忘的，还是他的乡土乌托邦的建构。他"觉得故乡山川风物如此美好，一般人民如此勤俭耐劳，并富于热忱与艺术爱美心，地下所蕴聚又如此丰富"，尽管"负气"和"自弃"导致了湘西人的"一种极顽固的拒他性"，但他对湘西充满无限的希望②。

《湘西》中最引人注目的一篇文章是《凤凰》。在这篇介绍自己家乡的散文中，沈从文花费了大量笔墨，对凤凰的历史、文化、习俗，进行了详尽的描述。里面有关于放蛊的传说与迷信习俗，有关于落洞的真实记录，有关于游侠精神的生动阐释，可谓五彩斑斓。尤其是关于游侠精神的部分，作者对由浪漫情绪和宗教情绪混合而成的游侠精神在男子和女子身上各有不同的体现，做了生动的叙述。而文中对犯条规的处分仪式的详细介绍，以及对田三怒传奇的描述和那混合着质朴与野蛮的文化习俗，令读者唏嘘不已。

除了《湘行散记》《湘西》《湘行书简》等代表性作品之外，沈从文的散文创作还有《遥夜集》《从文自传》等集子。在 2002 年出版的《沈从文全集》里面，散文部分占了两卷。综观沈从文的散文创作，"乡下"和"湘西"仍然是其中的关键词，主宰着他散文的乡土格调。他的散文创作，以其独特的品格自成一家，值得我们仔细去品味。

---

① 沈从文：《湘西·题记》，见《沈从文文集》，9 卷，332 页，广州，花城出版社；香港，生活·读书·新知三联书店香港分店，1984。

② 沈从文：《湘西·题记》，见《沈从文文集》，9 卷，333 页，广州，花城出版社；香港，生活·读书·新知三联书店香港分店，1984。

第四节　其他"京派"作家

沈从文被视为"京派"文学的代表作家。文学史上原本不存在一个以"京派"命名的文学团体。"京派"也不是严格意义上的流派。"京派"一词的由来，源于1933年文坛上关于"海派"与"京派"的论争。

1933年10月，沈从文在《大公报·文艺副刊》第9期发表《文学者的态度》，批评文坛存在的以商业竞卖为目标的庸俗化倾向，又于次年1月在《大公报·文艺副刊》第33期发表《论"海派"》，遂引发"京派"与"海派"的论争。由此，一批寓居京津地区的学院派作家，便被称为"京派"作家，除沈从文外，还有周作人、杨振声、俞平伯、废名、叶公超、林徽因、陈西滢、凌叔华、萧乾、李健吾、朱自清、朱光潜等。"京派"的主要刊物有：1930年5月创刊、周作人主编的《骆驼草》周刊；1933年9月创刊于天津，由杨振声、沈从文主编的《大公报·文艺副刊》；1934年1月创刊，由郑振铎、章靳以主编的《文学季刊》；1934年8月创刊，由李长之、杨丙辰编辑的《文学评论》；1934年10月创刊，由卞之琳、巴金、沈从文、李健吾、章靳以、郑振铎等编辑的《水星》文学月刊以及1937年5月创刊、由朱光潜主编的《文学杂志》。从广义上说，何其芳、卞之琳、李广田、芦焚（师陀）、丽尼、凌叔华、汪曾祺、老向、冯至、林庚、曹葆华等，也因其时的创作活动多与《大公报·文艺副刊》《水星》及《文学季刊》有关，也被归入"京派"的范围。

京派作家大都倾向于自由主义，提倡纯文学，既反对文学的政治化，也反对文学的商业化。崇尚自然、表现"乡土"是京派作家的一个共同倾向。而审美情趣上的古典性、抒情化，促使京派文学的语言显出朴素、简雅的特点。林徽因在《大公报文艺丛刊小说选》的《序》中说，京派作家的创作"趋向农村或少受教育分子或劳力者的生活描写"；而"诚实"是其主要的优点——"诚实的重要还在题材的新鲜，结构的完整，文字的流丽之上"[①]。林徽因此言，从一个方面概括出京派小说的创作特征。

京派作家讲求"纯正的文学趣味"以及"和谐""节制"与"恰当"的审美格调，这与他们的生活状态相关——大学的文化氛围造就了他们深厚的文化与文学修养、宽泛的眼界以及思想上的民主、自由意识。"校园文化"优雅而

---

①　林徽因：《大公报文艺丛刊小说选·序》，见林徽因选辑：《大公报文艺丛刊小说选》，2页、3页，上海，上海书店，1990。

浪漫的艺术氛围及北平朴素的文化基调，使他们远离现实功利，不趋奇媚俗，同时也与激烈的社会政治斗争和急遽的社会变革保持距离，强调艺术的独立与个性，表现出平淡、古朴、闲适、中和的风格。

表现"乡村中国"，是京派创作的一个突出特征。相对于城市的喧嚣、虚假与矫情，乡村所呈现的自然、淳朴、诚实和宽厚，就显得弥足珍贵。不管是沈从文的湘西、废名的山水人情、萧乾的京城内外的平民，还是芦焚（师陀）的果园城，表现人性的美好、寄托对纯真的缅怀，始终是京派小说的共同倾向。此外，对乡村中国的描绘，也带来京派作品一种古风和怀旧的气息，使他们的审美情调和传统的文人更加接近。在文体特点上，京派小说更加逼近生活的原生状态，较少雕琢与人造的痕迹。其叙事在写实的基础上，显出散文化的抒情倾向。

废名生于1901年，1967年因病去世，原名冯文炳，湖北黄梅人。20世纪20年代，废名还是北京大学学生时，就开始小说创作，出版了《竹林的故事》（1923）、《桃园》（1925）等，表现乡土题材，其中多是对故乡生活的回忆。后来，他跟随周作人创办《骆驼草》，成为京派的主力作家之一，后又出版了重要长篇《莫须有先生传》，抗战胜利后写出自传性更鲜明的《莫须有先生坐飞机以后》。废名的小说，没有强烈的理性批判色彩，更多地呈现出一种淡远哀愁，其代表作有《竹林的故事》《浣衣母》《桃园》《桥》等。废名的身上，有一种超然和达观的名士风度，并且有陶渊明式的隐逸倾向。他的小说刻意追求一种意境，赋予平凡的人、事、景以"意味"，构成诗的境界，更流露出一种禅宗式的宁静淡远和任机随缘的哲理内蕴。废名自己曾经说过，他"写小说同唐人写绝句一样"，既不讲故事，也不刻画人物，而是表现人的某种永恒的情致。"唐人绝句的特点，说穿了，就是重感觉，重意境"。田园诗般的构图，广大的自然空间，点染上几个写意的人物，赋予了自然山水以"情""趣"，遂成为清隽淡远的风俗。唐人绝句给废名小说带来了意境与情致的美，但刻意求工求简也带来了孤绝与冷僻、晦涩与费解。沈从文就曾批评他对文字的吝惜到了难懂的程度，流于"畸形的姿态"，走到了自己的反面。周作人在编辑《中国新文学大系·散文二集》时，将废名的小说《桥》选入①，他就认为，"废名所作本来是小说，但是我看这可以当作小品散文读，不，不但是可以，或者这样更觉得有意味亦无可知"。

萧乾（1910—1999），出生于北京东直门里城墙根一带贫民区的一户蒙古

---

① 周作人选择《桥》中《洲》《万寿宫》《芭茅》等五章。

族后裔家庭，是京派代表作家中唯一的北京人。萧乾年幼时父母早逝，生活贫困。孤儿的经历为他日后的文学创作提供了丰富而生动的素材。1933 年，萧乾写出第一篇小说《蚕》，成为京派中的后起之秀。他陆续创作了收在短篇小说集《篱下集》（1936）、《栗子》（1936）里的 18 篇小说以及自叙传长篇小说《梦之谷》。《篱下》《矮檐》，仅仅是题名，就让人联想到"寄人篱下""在人屋檐下"这些民间俗语里所包含的世态炎凉和人间不平。萧乾小说所表现的下层平民在面对人生的苦难与坎坷时所表现出来的对生命的执着与无比的坚忍，令人感动。读萧乾的小说，我们很难不注意到他这一"城市中的乡下人"的独特身份。沈从文在为萧乾《篱下集》写的代序中说，他感到作者是个"乡下人"。因为"只有一个'乡下人'，才能那么生气勃勃勇敢结实"；他甚至"希望他永远是乡下人"①。萧乾的小说，是以儿童视角看世界的"忧郁者的自白"。作者说，作品"多少带有自画像的意味"，"我好像是在用手感伤地抚摸着自己的童年"②。他"这支笔最善于写的人物是孩子们，作者熟悉孩子们的生活，性灵，像在镜子里窥探物影一般明朗清楚"③。萧乾后期创作的一批宗教题材小说，如《皈依》《昙》《鹏程》《参商》等，则凸显了对社会的批判力度。此外，表现"一二·九"运动中青年思想变化的《栗子》和以东北救亡运动为背景的《邮票》，则使他离开了浪漫而诗意的美丽，投身于对社会人生的观照。萧乾唯一的长篇小说《梦之谷》，表现了萧乾一段异乡的浪漫而感伤的爱情，真切的体验、真诚的感情，在抒情化的叙述中得到很好的表现。

芦焚（1910—1988），后改名师陀，河南人，1936 年发表了第一个短篇小说集《谷》，后来又有短篇小说集《里门拾记》（1937）、《落日光》（1937）、《野鸟集》（1938）、《果园城记》（1946）等，散文集《黄花苔》（1937）、《江湖集》（1938）、《看人集》（1939）等。此外，芦焚还创作有中篇、长篇（如《结婚》《马兰》）和剧本（如《大马戏团》）。在芦焚这里，城市和乡下的"双城故事"依然重演，他同样以"乡下人"自居，说："我是从乡下来的人，说来可怜，除却一点泥土气息，带到身边的真可谓空空如也。"不仅如此，就连书名也取"不为世人所知的""我们乡下的名目"《黄花苔》，而不是大家都熟知的学名蒲公英或地丁。他的每一篇作品，都是一次精神还乡的旅程。在他的笔下，家乡的风景是宁静的、冲淡的、诗意的，家乡的点点滴滴都是一种美，充

① 沈从文：《萧乾小说集题记》，《大公报·文艺副刊》，1934（128）。
② 萧乾：《中国现代作家选集·萧乾》，自序，北京，人民文学出版社，1987。
③ 黄照：《篱下集》，载《国闻周报》，1936（13/18）。

满了乡情和野趣。散文化依然是芦焚作品的一个突出特征。这种抒情随笔式的小说，常常是零零碎碎的生活片段，显现出一种"静"的形态。事件之间以共时态的关系静静地并存着。在《果园城记》中，除了"果园城"这一个背景与"我"访故问旧的行为是这部作品的共同东西之外，作品各章之间的事件，缺乏有机联系，各章都是可以相互独立的。虽然也有一些跨章节的人物，如孟林太太及其女儿素姑在第一章《果园城》和第三章《桃红》中都是主要的描写对象，但是她们在作品中没有故事，也没有戏剧性的行为，只构成一些带着怀旧情调的场景：素姑窗下刺绣，似乎是永久的行为，没有任何激情与目的，成了消磨时光的方式；孟林太太、素姑与作品叙述者"我"相见时那刻板的言谈、暗淡的情绪，一副落寞与感伤的情调。这样的叙述，表达了"我"对故乡既亲近又陌生、既怀恋又失望的忧郁情绪。由于事件的共时性关系，作品所叙述的事件不组成故事或历史，而成为"风俗"。《果园城记》实际上是一部描述果园城风俗人情的散记，每一章都可以单独作为散文阅读。芦焚在《果园城记》的序中说，其小说的主人公不是书中的任何人，而恰恰"是一个我想象中的小城"——这小城是栽了许多果树的——"我有意把这小城写成中国一切小城的代表，它在我心目中有生命，有性格，有思想，有见解，有情感，有寿命，像一个活人"。果园城，作为有生命的个体和叙述的对象，浓缩了作者全部的生命体验。

李广田（1906—1968），也是京派中一个很有特点的作家，其代表作品有《银狐集》《画廊集》等。短篇小说《小谷子》，叙述了乡下一对卑微愚钝得连姓名都没有的夫妇平凡而又凄凉的一生。这对夫妻似乎没有名字，只有小名，因为没有谁叫过他们的名字。结婚以后，他们开始互相以"唉"相唤。有了儿子小谷子后，别人称他们为"小谷子爹""小谷子妈"。小谷子三岁了，会告诉他们新鲜的事儿，会将自己尿过的泥土捏成妈妈做的豆面饼子的样子。他们夫妇心中从此就有了无穷的甜蜜的幻想。可是，不久小谷子夭折了，他们感到屋子空虚得厉害。以后，他们彼此仍然称呼"小谷子"，可觉得心酸痛，声音也不似从前响亮了。再以后，小谷子的形象变得模糊了，他们还是以"小谷子"相称呼。乡里仍叫他们"小谷子爹""小谷子妈"。再后来，他死了，临死时，想起了母亲临终说过的祖宗香烟。他的姓名，人们说法不一。终于，有识字的人在一个小小的白纸牌上写下"某某某之灵位"，他降生以来才第一次用了他的"名字"。小说叙述的朦胧与含蓄，使得作品在平淡中充满了诗的情调。普通人质朴的人情与凄凉的人生，在这里得到诗意的展现。短篇《两个老人》，写住在狭窄而污秽的小巷子里的一对孤苦老人。儿子做壮丁上前线了，家里一无所有，唯有一口很大的白木棺材颇惹眼——那是这对老人为他们自己预备的。他们善良、真诚、质朴，虽然贫穷却保留着美好的心灵，在"我"和妻子离开之时，竟要把他们唯一换取生活用度的财源——母鸡——送给我们，从而使"我"感动而久久无法忘怀。尽管是寻常的生活琐记，但在平淡的叙事中，表达出一种对生命的感悟。

京派中的另一作家李健吾（1906－1982），不仅在话剧、评论、翻译和法国文学研究方面有许多成就，还创作了不少小说。其中，《终条山的传说》被鲁迅收入《中国新文学大系·小说二集》。此外，《陷阱》《坛子》《心病》《一个兵和他的老婆》等作品也独具特色。《陷阱》是一个普普通通的小本生意人的自白。在他租房的同院儿，住着一对夫妻，邻里间相处近密。因为那个年轻的媳妇很像他爱过的一位小姐，令他产生了一种特别的怜悯和疼惜的感觉，从而对她有较多的关怀，像对待女儿一样照顾她。没想到她的丈夫却利用这样的情感，设下陷阱，逼迫妻子勾引这个生意人，并以二人间的暧昧关系相要挟，敲他的竹杠。这"昧良心，害故人"的事儿不禁令这个老实、本分的生意人深感冤屈和愤怒，更清醒地认识到："这是钱逼他，他逼她，走上这条绝路。"作品揭示了贫穷生活中普通人的凄苦与无奈。小说叙事平凡、质朴，充满了平民色彩与浓郁的生活气息。文中反复出现"您听我细细地说""请听我说""您听我的""您听我一丝不漏地讲"这样的语句，以平实的口语消解了叙述者与读者之间的距离，使叙述更具朴素性，真实地再现了普通民众的生活状态。

除此之外，何其芳、李广田的散文，卞之琳、林庚、曹葆华、梁宗岱的诗，也都十分出色。京派的创作，为 20 世纪 30 年代中国现代文学领域贡献了丰富的作品。

思考题

1. 汪曾祺评价《边城》时认为："边城"不只是一个地理概念。你怎样理解"边城"除了地理概念之外所蕴含的象征意味？结合沈从文的自身经历思考作家为什么会在远离边城之后在京城创作《边城》？

2. 京派的代表作家周作人、沈从文、废名等大多来自异乡，并不是生长于京城的"北京人"，他们的作品也并不关注皇城脚下的都市生活，那么为什么他们被称作"京派"？

3. 周作人在《中国新文学大系·散文二集》中，将废名的小说《桥》当作散文选入，并认为："废名所作本来是小说，但是我看这可以当作小品散文读，不，不但是可以，或者这样更觉得有意味亦无可知。"结合这段话理解废名小说中朴素、简练而又富于情趣的散文化倾向。

参考书目

1. 师陀. 芦焚短篇小说选集. 南昌：江西人民出版社，1983.

2. 萧乾. 萧乾文集. 杭州，浙江文艺出版社，1998.

3. 沈从文. 边城//沈从文. 沈从文全集：第8卷. 2版（修订本）. 太原：北岳文艺出版社，2009.

4. 沈从文. 长河//沈从文. 沈从文全集：第10卷. 2版（修订本）. 太原：北岳文艺出版社，2009.

5. 沈从文. 湘行散记//沈从文. 沈从文全集：第11卷. 2版（修订本）. 太原：北岳文艺出版社，2009.

6. 吴晓东编. 废名作品新编. 北京：人民文学出版社，2009.

7. 沈从文. 从文自传. 长沙：岳麓书社，2010.

8. 李广田. 李广田全集. 昆明：云南人民出版社，2010.

9. 刘洪涛，杨瑞仁编. 沈从文研究资料. 天津：天津人民出版社，2006.

10. 文学武. 京派小说研究. 北京：中国社会科学出版社，2011.

第十二章 新感觉派及其他 小说作家的创作

第一节 刘呐鸥与新感觉派小说的出现

新感觉派是中国第一个现代主义的都市小说流派，20世纪20年代末30年代初产生于上海文坛。其代表作家有刘呐鸥、施蛰存、穆时英、叶灵凤、黑婴等。该派没有明确的理论主张，这些作家之所以被视为同一流派的成员，是因为他们在人生观、审美趣味、选材和创作特色等方面的相近或相似。"新感觉派"是当时的左翼作家给予他们的称号。楼适夷在施蛰存写出了《在巴黎大戏院》《魔道》后批评道："比较涉猎了些日本文学的我，在这儿很清晰地窥见了新感觉主义的面影。"① 这个流派是在日本新感觉派的影响下形成的。日本的新感觉派是20世纪20年代中期的一个现代主义文学流派，主要由横光利一、片冈铁兵、池谷信三郎、川端康成等作家组成。他们强调依靠直观来把握事物，追求新的感觉和对事物的新的感受方法，大胆地进行小说文体和技巧的革新。

图 12-1 刘呐鸥

1928年9月，刘呐鸥创办《无轨列车》半月刊，并在上面发表了自己的几篇带有新感觉派特点的小说。次年，施蛰存、徐霞村、刘呐鸥、戴望舒等人又创办了《新文艺》月刊，施蛰存发表《鸠摩罗什》，刘呐鸥发表《礼仪与卫生》《残留》，进一步发展了新感觉主义的倾向。1929年，刘呐鸥选译的日本新感觉派和无产阶级小说集《色情文化》出版，其中包括横光利一、片冈铁兵、池谷信三郎等的作品。很快刘呐鸥又出版了自己的小说集《都市风景线》，这是中国新感觉派的第一本小说集。1932年5月，施蛰存主编的《现代》杂志创刊，此派力量在

---

① 楼适夷：《施蛰存的新感觉主义——读了〈在巴黎大戏院〉与〈魔道〉之后》，载《文艺新闻》，1931（33）。

这里得到了集结。新感觉派的很多作品都发表在《现代》上，如穆时英的《公墓》《上海的狐步舞》《夜总会里的五个人》《街景》《PIERROT》，刘呐鸥的《赤道下》，施蛰存的《梅雨之夕》《将军底头》，叶灵凤的《紫丁香》《第七号女性》《流行性感冒》《忧郁解剖学》等。这一现代主义的都市文学流派可谓先天不足，后天失调，其颓废、享乐的倾向和先锋的姿态与20世纪30年代的社会现实和主流文学倾向格格不入。大约在1935年前后，几个主要成员都转移了兴趣，新感觉派也就走向了沉寂。

新感觉派作家为了表现变化多端、富于动感的都市生活，调动多种艺术手段，大大加快了小说的叙事节奏，极力地捕捉新奇的感觉、印象，把人物的主观感受投射到对象中去，因此通感的方法得到了普遍的运用，对人物的意识和无意识进行精神分析，着力表现二重人格。新感觉派没有产生堪称经典的杰作，但从它开始，中国第一次有了自己的都市文学。在它之前，中国有都市而无真正的都市文学。或许有人说鸳鸯蝴蝶派和左翼作家都有不少写都市的小说，难道不是都市文学吗？鸳鸯蝴蝶派是伴随着我国近代以来的都市化进程而发生、发展起来的，然而其文化内涵来自传统的农业文明，该派作家遵循"发乎情止乎礼"之类的传统文学观念，又为了迎合市民读者的阅读需要，采取传统的形式和写法，结果难免与现代都市隔膜。左翼作家的小说，如茅盾的《子夜》与楼适夷的《上海狂舞曲》，描写了大上海的繁华景象，在一定程度上触摸到了现代都市生活的脉动，但他们主要是从政治意识形态角度来观察和表现都市题材的，尚没有真正地把握都市文明的本质的方面和现代性意义。新感觉派作家在描写都市方面做了有益的尝试，意义也就非同寻常。

这些特色可以先从刘呐鸥的小说里获得清晰的印象。刘呐鸥（1905—1940）是新感觉派小说最早的尝试者，原名刘灿波，1920年到日本东京的青山学院插班读中学，3年后毕业继续读青山的高等学部文科，专攻英国文学。这时候他对日本的新感觉派小说甚感兴趣并于1926年3月毕业，后到上海震旦大学法文班读书，结识了班上的同学杜衡、施蛰存、戴望舒。1928年，他创办第一线书店，次年又经营水沫书店，出版了许多"左"倾的书刊。水沫书店毁于"一·二八"战火后，他远走日本，1939年返回上海，受日本人之命管理上海的赌场业，因赌场的经济问题起争执而被暗杀。

1930年，刘呐鸥出版了短篇小说集《都市风景线》。该书收入作者写于1928年、1929年的小说8篇。他较多地运用现代派的艺术手法，描写资产阶级纸醉金迷、纵情声色的时尚生活。其表现的对象主要是欲望，——或者更准确地说，是失去了道德感的、渗透着商品关系的情欲。《两个时间的不感症者》

的男主人公 H 在赛马场认识了一个性感的近代型女性，他们一拍即合。可在 H 之前，女人已约了 T，于是三人又同去跳舞场。他们饮、抽、谈、舞地过了一个多钟头后，女人把他们撇下，再赴另外一个男人的约会。《游戏》写一场爱情游戏。女主人公一方面接受男朋友的汽车，准备与他共同生活；一方面又与情人去舞场，逛公园，上床。《风景》写一个报社编辑与一个去探望丈夫的女子在火车上闪电式的性爱。《热情之骨》《礼仪与卫生》可以看到资本主义的商品关系对男女感情生活的渗透。在前一篇里，当满怀着浪漫与热情的法国青年向他爱着的花店女子提出性的要求时，对方向他讨 500 块钱以为代价。在后一篇里，律师姚启明与妻子可琼两次离居，三度结合。法国古董商看上了可琼，就与姚做了一笔交易：用他的古董店作交换，借可琼去安南享几年艳福。可琼怕丈夫在这期间寻花问柳，有碍卫生，于是推荐她的在情场上频繁易人的妹妹来陪他。《残留》呈现出一个刚死去丈夫的青年女子的意识流动，她思念丈夫，但又不断地想着如何投入别的男人的怀抱。这篇小说运用了精神分析和意识流的手法。《流》想表现男主人公的阶级意识，但给人印象最深的还是男男女女间的性爱纠葛。

刘呐鸥给中国现代小说的艺术表现带来了新的经验。他尽量除去板滞的叙述，以快节奏和跳跃的结构来表现都市生活。小说中的场景和情节片段往往频繁地变换，彼此之间的组合有如电影镜头的剪辑呈现出跳跃式的结构。像《两个时间的不感症者》，场景在赛马场、吃茶店、热闹的马路和跳舞场间变化，情节也随之快速推进，而前后的时间只有三个来小时。更重要的是，他极力捕捉新奇的印象和感觉。《两个时间的不感症者》中开头对赛马场的描写，常为研究者所引用：

晴朗的午后。

游倦了的白云两大片，流着光闪闪的汗珠，停留在对面高层建筑物造成的连山的头上。远远地眺望着这些都市的墙围，而在眼下俯瞰着一片旷大的青草原的一座高架台，这会早已被为赌心热狂了的人们滚成为蚁巢一般了。紧张变为失望的纸片，被人撕碎满散在水门汀上。一面欢喜便变了多情的微风，把紧密地依贴着爱人身边的女儿的绿裙翻开了。除了扒手和姨太太，望远镜和春大衣便是今天的两大客人。但是这单说他们的衣袋里还充满着五元钞票的话。尘埃，嘴沫，暗泪和马粪的臭气发散在郁悴的天空里，而跟人们的决意，紧张，失望，落胆，意外，欢喜造成一个饱和状态的氛围气。可是太得意的 Union Jack（英国国旗——引者）却依然在美丽的青空中随风飘漾着朱红的微笑。There, they are off！八匹特选的名

　　马向前一趋，于是一哩一挂得的今天最终赛便开始了。

流汗的白云让人直观地感到那些参与赌博的人们的拥挤、狂热。英国国旗"飘漾着朱红的微笑"传达的是得意、傲慢的感觉，因为不管那些赌客的输赢，开赛马场的老板总是最后的胜利者。"蚁巢"是从高层建筑物上往下俯瞰的印象，极富现代都市特点。"尘埃，嘴沫，暗泪和马粪的臭气"写出了场上的高度紧张。刘呐鸥的小说还常有通感手法的运用。《两个时间的不感症者》形容好听的女主人公的声音为"凉爽的声音"。《风景》中久居都市的男主人公觉得野外的风是"青色的风"。《流》这样写一只邮筒："披着青衣的邮筒在路旁，开着口，现出饥饿的神色。"

　　刘氏的小说缺乏厚度，往往不能揭示人物行动的内在逻辑，也没有显示人物与本土文化传统之间的关系。他的小说在艺术上是不成熟的。其意义是，在中国率先尝试运用现代派的艺术手段来描写当下都市生活。

第二节　施蛰存、穆时英对"新感觉"的深化

　　施蛰存（1905—2003），原籍浙江杭州，8 岁时随任工厂经理的父亲定居松江，1922 年考入杭州之江大学，第二年进上海大学。1926 年秋，施蛰存转入震旦大学法文班，在此期间加入共青团，1927 年"四一二"事变后，回松江任中学教员，1928 年秋天以后，做过第一线书店和水沫书店的编辑，参与编辑《无轨列车》《新文艺》等刊物，1932 年应上海现代书局的聘请，主编大型文学月刊《现代》（从第三卷起与杜衡合编），一直到 1935 年 3 月。抗战爆发以后，他先后在云南大学、厦门大学、上海暨南大学、光华大学任教。1952 年院系调整后，一直在华东师范大学中文系任教授。

　　从 1923 年到 1936 年，施蛰存共出版九个短篇小说集。前三个集子《江干集》《娟子姑娘》《追》可以说都是作者的习作，并不成功。作者自己后来也悔其少作，在 1932 年再版的《上元灯》的《改编再版自序》中宣称《上元灯》是他的第一个短篇集。这个集子于 1929 年初版，大都有着成年人怀旧的心理，截取的是少年时代生活的片段或所见所闻，抒发了感伤之情。其中，《周夫人》《宏智法师的出家》初露作家日后心理分析小说的端倪。

　　20 世纪 20 年代末、30 年代初，施蛰存以极大的热情翻译了奥地利作家施尼茨勒（A. Schnitzler）的心理小说《多情的寡妇》《薄命的戴丽莎》《爱尔赛之死》，合集为《妇心三部曲》并于 1931 年出版。施尼茨勒成功地将弗洛伊德的精神分析方法运用于小说创作，颇受后者的赞赏，被称为弗洛伊德在文学上

图 12-2　《现代》杂志封面

的"双影人"。受他的启示，施蛰存开始集中精力尝试创作心理小说，力图在这方面开辟一条创作的蹊径。

施蛰存主要的创作特色是运用弗洛伊德的精神分析理论，表现人物的意识与无意识，描写二重人格。集中代表这一倾向的是出版于 1932 年、1933 年间的《将军底头》《梅雨之夕》和《善女人行品》三个小说集。

从选材上看，施蛰存的心理小说有两种倾向。一种是历史题材，代表作有《鸠摩罗什》《将军底头》《石秀》。作者选择古代的高僧、名将、英雄作为小说的主人公。他们是某种理性力量的典型代表，然而毕竟又是有血有肉的人，其行为不可能不受到性本能的影响。这样在他们的身上，灵与肉的冲突可能更为惨烈。这是被传统有意无意忽略的地方，作家在这里却找到了用武之地。在《将军底头》中，吐蕃后裔花惊定将军受命征讨边境的吐蕃兵。在边境的一个战略要镇上，他手下的一个骑兵持刀胁迫一个民女，将军下令砍掉了他的首级。但独身的 34 岁的将军本人也为那个漂亮的姑娘所吸引。将军产生了一个经常性的无法摆脱的幻觉：那个骑兵的首级对他发着嘲讽似的狞笑。将军的内心矛盾着：骑兵有意图奸淫的罪，应该处死刑，可是，自己现在不也同样对那个美丽的少女有着某种不敢明说的意图吗？在与吐蕃兵的战斗中，那个少女的武士哥哥战死，将军想正好可以由自己保护那个无依无靠的少女。这时，他完全是自私的，忘记了名誉、纪律甚至战争。他的头被吐蕃人砍下，可奇迹发生了：无头的将军一直来到少女的面前，这才颓然倒地。显然，这个怪异的情节是有寓意的：头代表着将军的理性，而无头的身体代表着脱离了理性控制的情欲本能。英雄石秀帮助结义弟兄杨雄杀害与和尚偷情的妻子是人所共知的《水浒传》故事，而《石秀》借用这个情节，对石秀的心理进行了现代阐释。石秀住在杨雄家中，对杨雄美艳的妻子潘巧云动了心，但他是英武正直的人，所以内心十分矛盾。他与潘巧云一个有情，一个有意，可当他在欲望的支配下要采取行动时，偶尔瞥见了杨雄的敞头巾，朋友的义气毁灭了爱欲的苦闷和烈焰所织成的魔网。当潘巧云与和尚裴如海有染后，戴着正义的面具的性嫉妒驱使石秀设计杀害了这个投入和尚怀抱的女人。在虐杀潘巧云的过程中，他始终怀着变态的鉴赏心理，感到了满足的愉快。小说着力表现的是人物无意识的变态心理，常态的性欲望被压抑而产生了变态。作者不时在用词和语气上有意模仿《水浒传》，给作品增添了一种古色古香的趣味。《鸠摩罗什》把一个古代得道的高僧写成了一个有学问的通晓佛典的凡人。他白天说道，晚上则与宫女、妓女欢娱。几篇小说都表现了理性与性本能的冲突，而后者总是不可理喻而又十分强大。由于性本能受到压抑，不管高僧、将军还是英雄都遭败绩，变成了二重人格者。他们身上，寄寓着作者对人的理解。

另一类作品取材于现实生活。《梅雨之夕》是一篇名作。一个晚下班的职员傍晚打着伞在雨中回家，遇到一个躲雨的美貌少女。在经过一番犹豫后，他提出送她回家。行走中，他忽然觉得她很像自己多年前初恋的女子，心里不平静起来。道旁一家商店的柜上倚着的女子在看着他们。他产生了错觉，以为是他的妻子在用忧郁的、嫉妒的目光看着他们。他又有些得意，因为想到别人会把他当作这个美丽少女的丈夫或情人。终于他发现，身旁的少女嘴唇太厚，不是那个初恋的对象。他一下子感到了轻松，呼吸也更通畅了。回到家中，恍惚间他又产生幻觉，以为妻子就是那个倚在柜上的女子。这可以说是一个都市青年男子的"白日梦"。小说把主人公飘忽的思绪写得很细、很密，表现了性意识的流动。《春阳》中的婵阿姨由昆山到上海从银行里取存款的息金。十几年前，她的未婚夫死去，她抱牌位成亲，获得了这个地主家庭大宗财产的继承权。此时，30多岁的她走在春阳和煦的上海街道上，内心深处压抑已久的情感骚动起来。她到一家饭馆就餐，当看到一个三口之家在一起时，她欢喜的心情又变得烦闷起来，感到有些自卑。她看到一个文雅的中年男子走过，展开了一系列的性幻想：幻想着跟那个男子攀谈，幻想着有一位新交的男朋友与她手挽着手走在充满阳光的大街上。她想到银行里有个行员对她很热情，于是就无事找事地回去，但她发现人家对她的热情只是出于一种职业习惯。小说揭示了封建礼教和主人公的贪财心理对其性本能的压抑。《梅雨之夕》和《春阳》都不重情节，而是着重展示人物复杂多变的性心理。

施蛰存的最后一本小说集是1936年出版的《小珍集》。作者从现代主义基本回到了现实主义的创作道路上来，不过，仍保留了一些心理分析的特点。

穆时英（1912—1940）被称为"中国新感觉派的圣手"，可见他在这一文学流派中的重要位置。他是浙江慈溪人，父亲是一个银行家，在宁波有一定的知名度，10岁左右随父亲到上海，在上海完成了中学和大学学业。他从小就生活在富裕的家境中，过着养尊处优、无忧无虑的日子。大概在1927年，穆时英的父亲做股票生意破产，家道中落，卖掉了旧宅。经历了这一切，穆时英饱尝了人情的冷暖，心灵受到了震荡。他在光华大学读书的时候，向《新文艺》投稿，便与刘呐鸥、施蛰存有了联系并受到赏识。小说《南北极》被施蛰存推荐到《小说月报》上发表，引起了文坛的关注。1935年，他与叶灵凤合编《文艺画报》，不久又筹办《文艺月刊》。这一年他担任了国民党书报审查委员，之后，他离开上海去了香港，抗战初期，担任香港《星岛日报》编辑，不久返回上海。他与刘呐鸥一样，都没有得到善终。关于穆时英的结局，有两种说法：一是他先任汪伪政府宣传部宣传处处长，后任《国民新闻》主编，并当了《文汇报》社长，1940年春被国民党特工人员暗杀身死；另一种说法是穆时英系国民党中统特工组织派遣到汪伪方面做地下工作的，由于国民党军统和中统的矛盾，军统人员朝他开了枪。

穆时英1932年1月出版的第一个短篇小说集《南北极》，收入小说3篇，1933年修订再版时，又增收了3篇。这些小说多以第一人称的口吻，描写上海滩下层人物的苦难和抗争。但这些人物好勇斗狠，身上带着江湖气和流氓气，并没有表现出理性的阶级意识。作者用地道的民间口语来叙事，这即便在当时的左翼文学中也很少见，所以受到了一定的重视。《南北极》并没有表现出新感觉派小说的特点，作者的志趣也并不在这里。

1933年到1935年，穆时英相继出版了短篇小说集《公墓》《白金的女体塑像》《圣处女的感情》，确立了他在新感觉派中的地位。他极力捕捉畸形繁华的十里洋场的声、色、光、影，重点描绘那些把夜总会、舞厅、酒吧、影剧院等作为活动场所的时尚人群的生存状态。这些人物大都有着双重人格，一方面他们疯狂、颓废、追求感官刺激、逢场作戏；一方面又极其空虚、孤独。穆时英不少小说都写了具有这种人格的被他称之为pierrot（法语：戴假面具的丑角）的角色。他在《〈公墓〉自序》中介绍《夜》《莲花落》《夜总会里的五个人》《黑牡丹》《Craven "A"》五篇小说的创作意图时说："当时的目的只是想表现一些从生活上跌下来的，一些没落的pierrot。在我们的社会里，有被生活压扁了的人，也有被生活挤出来的人，可是那些人并不一定，或是说，并不必然的要显出反抗，悲愤，仇恨之类的脸来；他们可以在悲哀的脸上戴了快乐的面具。每一个人，除非他是毫无感觉的人，在心的深底里都蕴藏着一种寂寞感，一种没法排除的寂寞感。每一个人，都是部分地，或是全部地不能被人家了解的，而且是精神地隔绝了的。"在《夜总会里的五个人》中，破了产的金子大王胡均益，失去了青春的交际花黄黛茜，研究《哈姆雷特》的怀疑主义者季洁，失恋了的大学生郑萍，失业了的市府秘书缪宗旦，在周末晚上走进夜总会，戴着快乐的面具，寻求疯狂的刺激。他们谁也不理解谁，也没有人怀有被理解的奢望。第二天黎明出门时，胡均益开枪自杀。几天后，其余的四个人为他送葬。他们之间依旧隔膜着。《白金的女体塑像》中就有一篇以《PIERROT》命名的小说。主人公作家潘鹤龄觉得批评家不了解自己，读者不了解自己，就是朋友们也不了解自己。他感到人在精神上是隔阂的、寂寞的，只有日本女子琉璃子才是灵魂上的知己。然而，琉璃子欺骗了他，为了生活，找了一个菲律宾的音乐师做情人。他这时想只有母亲是不自私的，于是回到乡下老家。无意中听到的父母之间的对话使他认识到原来父母是把子女当摇钱树的。他又回城做起了工会工作，把希望寄托在群众身上。可在被捕关了半年放出来后，潘既得不到昔日同志的信任，又被群众忘得一干二净。小说剥茧抽丝般地揭示了主题：他人即地狱。

穆时英的另一类小说，如《白金的女体塑像》《骆驼·尼采主义者与女人》《红色的女猎神》《圣处女的感情》等，运用了精神分析的方法，着力表现人物被压抑的情欲本能。《白金的女体塑像》是一篇优秀的代表作。主人公谢医师是一个中年的独身汉，在接待一个肌肤具有白金般色泽的女病人的过程中，他内心深处的性欲被唤醒了。小说细致地描写了谢医师把听诊器按在女病人胸脯上时的意识活动。当他给女病人照太阳灯，面对她的裸体时，几乎不能自持，他感到"一股原始的热从下面煎上来"。这次看病的经历改变了他的独身生活，他很快娶了一个青年孀妇。在《圣处女的感情》中，两个年轻纯洁的修女在教堂听讲道时，一个英俊的男子的爱慕的回眸使她们动了芳心。她们内心的欲望在梦中得到实现：她们梦见那个像王子、像骑士的青年骑着马来，带着她们奔向自由的原野。这篇小说在情感的处理上纯净如水，与穆时英的其他小说不同。

穆时英是一个小说天才，他的小说更典型地代表了新感觉派小说的创作风格。他善于捕捉外在世界给人的感觉，不过这种感觉并不是像镜子那样客观地反映对象，而是对象的特征经过主观渗透、改造，出现不同程度的变形。《上海的狐步舞》写舞厅里萨克斯的吹奏："一只 saxophone 正伸长了脖子，张着大嘴，呜呜地冲着他们嚷。"又如写几个城市建筑："跑马厅屋顶上，风针上的金马向着红月亮撒开了四蹄。在那片大草地的四周泛滥着光的海，罪恶的海浪，慕尔堂浸在黑暗里，跪着，在替这些下地狱的男女祈祷，大世界的塔尖拒绝了忏悔，骄傲地瞧着这位迂牧师，放射着一圈圈的灯光。"其中显然渗透着叙述者的主观感觉和对都市生活的评价。小说中的此类描写已不是简单的语言修辞，而是作家的艺术方式。在《夜总会里的五个人》中，作者突出声、色、光、影在人的心理上产生的感觉，描写场景，烘托气氛和人物的情绪。为了写出夜总会充满动感的刺激强烈的狂欢场面，小说不断迅速地在黑白两色之间进行切换：白的台布，白的台布上面的黑的啤酒、黑的咖啡；黑头发，白脸，黑眼珠，白领子，黑领结，白的浆褶衬衫，白背心，黑裤子；一条条白的腿在黑缎子裹着的身子下面弹着……作者写夜总会所在的街道的环境时，借霓虹灯在报童脸上的闪烁、变幻引起的怪异的感觉，写出了畸形的都市繁华。叙述者先突出第一感觉和印象，然后才交代产生这种感觉和印象的原因。《白金的女体塑像》这样写女病人的裸体给谢医师的感觉和印象："她仰天躺着，闭上了眼珠子，在幽微的光线下面，她的皮肤反映着金属的光，一朵萎谢了的花似的在太阳光底下呈着残艳的，肺病质的姿态。……"白金似的女体是病态的，具有一种颓废的冷艳的美。

作者比刘呐鸥更大量地运用了通感的方法，调动各种感官，强化感觉和印象，并显示其多重、复合的性质。这构成了穆时英小说的一个突出的特点，如《上海的狐步舞》中通感的运用："华尔兹的旋律绕着他们的腿，他们的脚站在华尔兹旋律上飘飘地，飘飘地。""古铜色的鸦片香味。"这些句子强化了对象给人的主观感觉。作者力图营造一个可视、可听、可嗅、可触的混合的感觉世界。通感的例子在他的小说里俯拾即是。《墨绿衫的小姐》："绢样的声音溜了出去，溜了出去，溜到园子里，凝冻在银绿色的夜色里边。"在《PIERROT》中，主人公吹的口哨有着"紫色的调子"。《第二恋》这样写女主人公玛莉给男主人公的感觉："她的眸子里还遗留着乳香。"

20世纪20年代末、30年代初，跑跳舞场和影戏院是上海市民最时尚的娱乐方式。作为当时最时髦的艺术形式，新感觉派小说与都市文化有着植物与泥土般的关系。穆时英的小说不仅在题材上，而且在艺术表现上都体现了这种关系。为了适合表现繁华、喧闹、复杂、快节奏的现代都市生活的需要，他在小说中大量地采用了电影蒙太奇的手法来组合画面和情节，从而使不同的画面和情节产生连贯、呼应、烘托、对比、暗示等艺术效果，如《夜总会里的五个人》《上海的狐步舞》《街景》等篇简直可以说是不标镜头的电影分镜头剧本，其中每一段落都可以视为一个镜头或系列画面。《夜总会里的五个人》一开始就并列式地展现在同一时间里的五个人的不幸，继而把"镜头"摇向变幻流动着的街景和各种各样的人群，然后又对准五个主要人物，展现他们的行为和心理。

下面再来重点通过新感觉派小说的代表作《上海的狐步舞》来看看该派小说与电影艺术之间的关系。穆时英在小说集《公墓》的《自序》里曾谈到这篇小说的创作情况："《上海的狐步舞》是作长篇《中国一九三一》时的一个断片，只是一种技巧上的试验和锻炼。"然而，它已自成格局。在 1932 年 11 月《现代》第 2 卷第 1 号上发表时，编者施蛰存就在同期杂志上登载的《社中日记》中予以肯定：这"是他从去年起就计划着的一个长篇中的一个断片，所以是没有故事的。但是，据我个人的私见看来，就是论技巧，论章法，也已经是一篇很可看看的东西了"。这篇小说没有讲述一个有头有尾的故事，只截取了若干生活片段。作者按照表现主题的意图，把它们用电影蒙太奇的手法组接在一起。场所频繁地在街道、洋房、舞厅、工地、饭店等之间变化，时间是从黄昏到第二天黎明，顺序写了八个大的生活片段。这些片段组接在一起，使得生与死、贫与富、哀与乐形成了强烈的对比，从而表现了主题。小说没有主角，也许真正的主角是欲望。面对种种都市人生，让人不禁想到小说中评价林肯路的话："在这儿，道德给践在脚下，罪恶给高高地捧在脑袋上面。""上海，造在地狱上的天堂。"这就是小说所要表现的主题。

这是一篇有着鲜明形式感的小说，对电影艺术的借鉴构成了它最主要的特色。电影手法的运用带来了穆氏对中国现代小说结构的变革。过去的小说都是按照时间顺序展开故事情节，而他的小说受电影蒙太奇手法的启示，采用的是片段连缀式的空间化的结构。小说没有贯穿始终的情节，有的只是一些故事的片段。这些片段大多数之间并无因果关系，它们根据表现主题的需要而被剪辑、组合在一起，彼此之间形成了鲜明、强烈的对比。作品的叙述视点明显地受到电影的影响。作者在设置叙述者的观察点时有意模仿电影镜头，如作品中的一段描写：

> 上了白漆的街树的腿，电杆木的腿，一切静物的腿……revue 似地，把擦满了粉的大腿交叉地伸出来的姑娘们……白漆腿的行列。沿着那条静悄的大路，从住宅区的窗里，都会的眼珠子似地，透过了窗纱，偷溜了出来淡红的，紫的，绿的，处女的灯光。

这是从行进中的汽车里观察的结果，给人们带来了新奇的感受。小说的语言注重色彩，充满了强烈的画面感。作者经常使用词或词组，而不是完整的句子，造成快速的、跳跃的节奏。

第三节　李劼人及其"大河小说"

李劼人（1891—1962），原名家祥，四川华阳县人。他曾积极投身于"四川保路同志会"掀起的保路运动，五四运动后，又赴法国勤工俭学，开始从事法国文学的研究与翻译工作，深得左拉、福楼拜、莫泊桑诸法国作家的滋养。

1924 年回国后，他先后在《川报》《新川报》等报刊担任主编或编辑等职，并在成都的大学任教授。

1925 年，刚从法国回来的李劼人便萌生了用"大河小说"的文学形式来表现中国现代历史的念头。经过 10 年的酝酿，他终于一举创作了 140 万字左右的鸿篇巨制"大河"三部曲，包括长篇小说《死水微澜》（中华书局，1936）、《暴风雨前》（中华书局，1936）和《大波》（中华书局，1937），这是他的代表作。"大河小说"本是近代法国小说的重要体式，其特征是以多卷连续小说的形式表现时代历史的社会生活全貌，如巴尔扎克的《人间喜剧》、左拉的《卢贡-马卡尔家

图 12-3　李劼人

族》等。李劼人这三部长篇小说依时间顺序展开，囊括了以成都为中心的四川社会自甲午战争到辛亥革命这十余年间的人间悲欢、思潮演进和政治风云，是一部 20 世纪初叶四川社会生活的编年史巨著。

《死水微澜》以距成都不远的一个叫天回镇的小镇为背景，以小镇杂货铺老板娘蔡大嫂与当地袍哥头子罗歪嘴的恋爱苟合为情节主线，生动展现了 1900 年前后成都平原的社会状况和社会风俗的变迁。在小说中，李劼人注视的是普通人的命运，着力表现的是天回镇上古老而陈腐的传统习俗和乡民们固有的性格特征。天回镇就如一潭千百年来形成的死水，各种陈腐落后的观念、意识情感和行为方式都在这里深深沉淀着，但各种新的观念、意识、情感和行为方式也正在这里萌生着。作者是把这潭死水作为我们民族历史的缩影和象征来写的。《暴风雨前》以住在成都的半官半绅的维新派郝达三的家庭生活为叙述视点，再由郝达三串起上层社会和下层社会两条线索，展现了重大历史变革之际社会思潮的激荡和人们思想意识的裂变。在小说中，维新运动的勃兴、红灯会的扑灭、革命党的起事和失败、旧式大家庭的纠葛以及底层人们的生活，一一展现于读者眼底。从郝氏家族与社会各阶层的多方面接触中，人们看到了席卷全国的辛亥革命的巨大潮流：由社会各个角落聚积起来的离心力量已经制造出阵阵轰鸣，改天换地的时代暴风雨即将来临。《大波》则采用了多层次复线发展的结构方式，全面展现了四川保路运动的整个过程。1911 年 5 月，摇摇欲坠的清王朝下令把人民争回的川汉、粤汉铁路的筑路权以"收归国有"为幌子，转让给英、法、德、美四国银行团。这使人民大众蓄之已久的反帝爱国热情迅猛高涨。保路运动由此爆发，并很快从四川传遍全国各地，直接导致了同年十

月爆发的辛亥革命。《大波》以同志会、革命党起义为代表的革命力量为一方，以清王朝、赵尔丰、端方为代表的反革命势力为一方，在描写及记叙了不少真人真事的同时，也虚构了不少中下层人物。这些人物都被卷进了时代的"大波"之中。他们的盛衰沉浮都取决于保路运动这个事变，每个人都必须选择自己的阵营。作家注重表现保路运动这场历史变革对社会民众的影响，以揭示志士仁人探索民族命运的艰难步履和民族意识的逐步觉醒。不过从总体上看，《大波》拘于历史事实和正面处理生活题材的约束，限制了作品的发展。因此，尽管《大波》的篇幅数倍于《死水微澜》和《暴风雨前》，然而艺术水准反倒不及后两者，这也许是李劼人本人始料不及的。

"大河"三部曲具有其独到严整的艺术结构：千百年来的一潭"死水"在甲午战争时泛起"微澜"，又经过时代发展的"暴风雨"，直至辛亥革命前夕"大波"骤起，掀起了民主革命的巨大浪潮。"大河"三部曲的这一总体艺术构思本身就形成了一个大连环。尽管这三部曲各有中心、自成连环，但在这一总体构思之下，整个作品的艺术表现形式呈现出一种放射性的结构方式：《死水微澜》处于单线索的缓慢连环；《暴风雨前》已是双线并进的两重连环；《大波》则如万箭齐发，是多线索、多层次的多重连环。这种环环相扣的放射性展开的结构，"使人感到稳重，无懈可击，完全有一种大陆性的感觉，也使人感到犹如长江一样，不是一种心胸狭窄的、戏剧性的结构"①，因而给人一种汹涌澎湃的流动感。这种多重整体的放射性结构，不仅仅是"大河"三部曲所反映的波澜壮阔的生活内容本身的需要，而且恰好与中国近代历史的发展特点相吻合。

这样一部鸿篇巨制，从总体构思到具体结构，一切都安排得严密紧凑，巧妙自然，人物命运层层相连，故事情节环环相套，而人物性格又与事件的发展纵横交错，历史和现实前呼后应、互为因果。这种精巧的结构不仅仅是李劼人从法国"大河小说"中得到的启发，也得力于李劼人对中国古典章回小说结构形式的创造性继承。李劼人充分吸收了从《水浒传》的直线型连环布局到《红楼梦》交互错综的网络状构思的结构方式，并借鉴了古典小说由人物性格和情节线索密不可分的连环而构成的故事的完整性。李劼人扩展了这种传统结构方式的功能，进一步把具体情节的完整性同整个作品总体艺术构思连接起来，把作品的内在逻辑同表现形式有机融合在一起，把多重整体相对稳定的布局不断延伸，使古典章回小说的传统结构方式具有了更加严谨、更加灵活和更加丰富

---

① 李劼人：《李劼人谈创作经验》，载《草地》，1957（4）。

的艺术表现力。

在"大河"三部曲中，李劼人对特定时代环境下人们的社会观、历史观、政治观、道德观和爱情观的变化展开综合而又独立的剖析，塑造了众多五花八门的人物形象：有"游手好闲、掌红吃黑、茶坊出、酒馆进、打条骗人、专捡魅头"的流痞和袍哥舵把子；有奉了洋教便立时"横了起来"的教民暴发户；有科举时代提过考篮的八股老酸；有满嘴洋话的留洋学生；有得了便宜"连屁股上都是笑"的市井之徒；有激进的革命党人，保守的立宪党人和骑墙的"东瓜党"人；有狡黠刁滑的"官油子"；有专靠金钱捐来官衔的显贵；也有专"拿人血来染红自己顶子"的酷吏；还有佃农工匠、洋牧师、少爷小姐、男仆女佣、打手掮客、酒鬼烟鬼、妓女等。整个"大河"三部曲塑造了数百个人物形象，其中有声有色、个性鲜明的就达上百个，足见李劼人在每个人物身上都灌注了相当分量的生活内涵。与其他现代作家不同的是：在李劼人的笔下，没有一个高大完美的人物形象。李劼人熟悉他笔下的人物，了解他笔下的人物，原原本本地把他们一丝不苟、一点也不放过地写了出来。李劼人把这些残缺不全的人物与特定时代的发展和整个民族的命运紧紧拴在一起，因而这些人物的缺陷越明显，他们也就越具有历史的深度和广度，具有真实的现实概括力。

"大河"三部曲反映的是一个"新也新不得，旧也旧不得的时代"。作品中的人物都毫无例外地打上了这种历史特点的烙印。半新半旧是这些人物形象的总风貌，多重矛盾是他们性格的总特征。比如，在李劼人笔下，那些知识分子多是"旧也旧不到家，新也新不到家，胆子又小，顾忌又多"的角色。在改朝换代的时代暴风雨面前，他们最容易接受时代的新因素，但也最容易使自己固有的旧因素同时代发生冲突，因而使自身的弱点也暴露得最充分。在革命紧要关头，"平日额头上挂着志士招牌的那些人当然有的请了病假，有的闷声不响，有的甚至逢人就声明：'本人历来便是两耳不闻窗外事，一心只读圣贤书的好好先生。'"同样，那些专事革命工作的革命党人、保路同志军和运动的领导者们，也都不是什么高大的英雄。在他的小说里，那些革命英雄有时候是很可笑的。例如，《大波》中举足轻重的保路运动领导人蒲殿俊，在人民的支持下终于迫使反革命派的赵尔丰下台，成立了"大汉四川军政府"。但"黄袍尚未加身，他就有点昏了"，整天忙于服装、文稿这些琐屑俗务，以至东校场点兵时枪声一响，他竟翻墙狼狈而逃，刚成立十二天的军政府就此垮台。

在"大河"三部曲中，塑造得最为出色的是那些生命力旺盛的人物。他们是特定历史时代和社会环境混合产下的怪胎，他们性格的各个层次都显示出与众不同的怪象，他们命运的每一阶段都包含着比别人更多的矛盾。比较典型的就是《死水微澜》中的罗歪嘴。罗歪嘴十五岁就开始"打流跑滩"，并"加入了哥老会"，以他的经历和本领，混到了"纵横八九十里，只要罗五爷一张名片，尽可吃通"的地位，并且能"走官府，进衙门"。这种生活经历使他对生活有自己独特的理解。他三十好几了还是光棍一个，但他觉得："家有啥子味道？家就是枷！枷一套上颈项，你就休想摆脱。女人本等就是拿来耍的……老是守着一个老婆已经是寡味了，况且讨老婆，总是讨的好人家女儿，无非是作古正经死板的人，那有什么意思？"他正是按照自己的这种理解过着吃喝嫖赌无所不为的放荡生活。同时他对社会也有深刻的认识，他说："洋教并不凶，就只洋人凶，所以官府害怕他。""因为他们枪炮厉害，连皇帝老官都害怕他们。""百姓本不怕洋人的，都是被官府压着，不能不怕。"而官府"自然也和百姓一样，被朝廷压着，不能不怕"。在他的思想里有一种对洋人、朝廷和官府的自发的反叛意识，只是在当时这种自发意识没有，也不可能转为自觉的行动，所以这并没有改变罗歪嘴游民无产者的本质属性。他心狠手辣、性情放荡，但又爱打抱不平，这些都体现了他那袍哥大爷的特有气质。当他这个"大江大海都搅过来的"的老江湖一旦爱上了蔡大嫂的时候，"酽到彼此都着了迷""发了狂"，几乎一发不可收拾。但是，一旦蔡大嫂在情网中不能自拔，提出要同他私奔，以便"名正言顺"地做长久夫妻时，他却婉言拒绝了。这既是他对女人逢场作戏的放荡性情的一贯表现，同时也更多地体现了他对自身地位与命运的深刻了解。最后他因吃官司而仓皇出逃，这本身就是社会给他和他同蔡大嫂的这场"情爱"所安排的最好结局。如果仅仅把罗歪嘴同蔡大嫂的这场"情爱"看作是罗对"青年妇女""投其所好，攻其弱点，先引诱，后霸占的恶劣行径"[1]，那就不但简化了罗歪嘴这个典型人物的多重性格及其所蕴含的多重意义，而且也大大削弱了作品的主题。

在其小说中，李劼人塑造了许多独具韵味、风姿奇异的女性。由于李劼人本人翻译过相当数量的写妇女生活的法国小说（如福楼拜的《包法利夫人》、莫泊桑的《人心》、龚古尔的《女郎爱里沙》等），所以福楼拜、莫泊桑、左拉等法国作家刻画女性形象的方式给了他很大启发。在整个三部曲中，三个女主人公蔡大嫂、伍大嫂和黄太太占据着重要地位，是矛盾冲突的中心，是沟通思

---

① 艾芦：《略论〈死水微澜〉中罗歪嘴与顾天成形象的塑造》，载《社会科学研究》，1982（6）。

路的关键，是把握全局的"英雄"。其中，以《死水微澜》中的蔡大嫂刻画得最为成功。蔡大嫂本是一个淳朴的乡下姑娘，只是父母的钟爱使她自幼任性、好强、心比天高。她宁肯"半夜里痛得不能睡，抱着一双脚，嘟嘟的呻吟着哭"，也偏要缠好一双像城里太太、小姐们那样的小脚。邻居韩二奶奶对她描述的成都生活，激起了她的无限遐想，成都简直"是她将来最好归宿的地方"。因此，当有人到她家来提亲，尽管她偷听得明明白白是要她给城里一个老爷做小老婆，但她还是心急如焚地盼望父母答应。偏偏命运最后使她嫁到天回镇当了兴顺号的掌柜娘。她不安于这样平平的境遇，更不满于同"道地乡下人，老老实实没有一点毛病，没有一点脾气"的蔡傻子过那种没有爱情的夫妻生活，于是她欣然成为罗歪嘴的姘头。她"受了罗歪嘴的供奉，以及张占魁等一般粗人之慕顺听命，然后才知道自己原本可以高高乎在上，而把一般男子踏到脚底的"。她的虚荣心和好胜心都得到了充分的满足。偏偏命运不济，顾天成与罗歪嘴的私仇引来的官司扑灭了蔡大嫂与罗歪嘴的这场浓情酽火，罗歪嘴逃跑，蔡傻子被抓，蔡大嫂遭毒殴，顾天成获胜。似乎命运已给蔡大嫂安排了最后的悲惨结局。但是在这种局面下真正显出"英雄本色"的还是蔡大嫂，她毅然决然地嫁给了顾天成，义无反顾地变成了顾大嫂！显然，蔡大嫂与福楼拜笔下的包法利夫人是有相似之处的：她们自幼经历相近，同出于清贫之家，早年丧父或丧母，同样略有姿色，又都天真烂漫、任性好强。她们青少年时代又有着非常相似的苦闷和追求。包法利夫人对"巴黎式的爱情"的渴慕和蔡大嫂对成都繁华生活的向往实属异曲同工，命运对她们又是同样的不公，而她们也同样不甘屈服，同样用放纵情欲与世抗争。

对蔡大嫂、伍大嫂及黄太太等一批女性独特性格和命运的描写，使人们一方面看到了李劼人"对于社会的愚昧，固袭，诈伪，马虎，用他那犀利的解剖刀，极尽了分析的能事"，另一方面也看到了这"解剖刀的支点是在作者的淑世的热诚。在社会的正义被丑恶的积习所颠倒了的时候，作者的平直的笔往往会流而为愤慨，流而为讥嘲，然而并不便燥性地流而为幻灭"[①]。在深入探究这些女性的过程中，不能不思考李劼人在评价法国作家普鲁斯特的创作时提出的这样几个问题："这是一个妇人的罪恶，抑是一般妇人的罪恶？是妇人内心发生的罪恶，抑是环境酿成的罪恶？堕在黑暗中的妇人是可恨还是可怜，是一

[①]　郭沫若：《中国左拉之待望》，见《李劼人选集》，1卷，5页，成都，四川人民出版社，1980。

往堕落下去，还是有迁善的机会？她们总有善的一方；在何处?"① 李劼人正是通过这些女性命运与性格的种种疑问对当时的社会提出了强烈的质问。这中间也显然包含着他对美好社会及完满人生的追求。也正因为李劼人始终把女性作为社会的一个特殊方面来描写，通过她们写出男人、写出社会与时代、写出历史与现实，所以女性形象在李劼人笔下具有一种特殊的艺术魅力和认识价值。

在描写方面，"大河"三部曲亦具有独特的民俗史特色，呈现出一股浓郁的四川风味，补充了茅盾式长篇小说所忽略的民俗视角。在这三部曲中，李劼人描绘了一幅幅四川特有的时代风俗画面：青羊宫盛况空前的花会和劝业会；成都东大街热闹非凡的灯会；南校场上震惊全川的运动会和讲演会；新开张的"卫生理发馆"，悬着"发明蒸馏水饱茶"的第一楼茶馆以及那些遍布成都的"耗子洞"小茶摊；川江里劈浪行驶的新型大轮船，来回穿梭供人偷吸鸦片烟的小花船，成都大街小巷里跑着的各色各样的轿子以及川西平原上"咿咿呀呀"的叽咕车；成都皇城坝里数不清的各种担子、摊子、篮子和躲在各个角落装水烟的简州娃，像少城公园里特有的那些"满吧儿"……这一幅幅别有风味的画面生动展现了特定历史条件下四川社会的政治、经济、文化生活的各个侧面，使我们既体察到时代演进的整体性，又体察到历史流动的细微之处。

作为一个极富地方特色的作家，李劼人在运用方言方面也取得了独特的成就。方言与人物个性的完美结合，产生了特殊的艺术效果，使李劼人的语言艺术明显不同于现代文学史上其他作家。在三部曲中，同是达官显贵，郝达三满口之乎者也，表明旧学根底之深、生活之封闭，葛寰中则张嘴天南海北，横贯中西，显示阅历之广、脑筋之活；同是留洋学生，苏兴煌总是慷慨激昂，新名词不断，尤铁民则议论必谈革命，谈革命必论英雄，论英雄必谈美女，相同的经历体现了内心世界的极大差别；曾师母每句话必定伴随着那不容置疑的反问"是不是呢?"显示出她仰仗洋人势力的狂妄和自负；罗歪嘴等一干粗人，"分明是一句好话，而必用骂的声口凶喊出来"。同是骂人，蔡大嫂骂得伶牙俐齿，伍大嫂骂得粗声野气，黄太太骂得温文尔雅而又暗含杀机。这三位同具四川辣味的女人，辣的滋味就很不相同：蔡大嫂的辣味里含有一种淳朴清香和诱人迷醉的甘美；伍大嫂的辣味中则有一股直率坦荡的野性、沉沦与自强相交织的苦涩；黄太太的辣味过后却又给人留下一种矜持孤傲带来的酸味……可以说，李劼人语言艺术的独特之处是其作品魅力不衰、活力长存的一个重要原因。

---

① 李劼人：《〈斯摩伦的日记〉译者附言》，载《小说月报》，1924（15/号外）。

李劼人的创作当然不只是"大河"三部曲，但能代表李劼人创作总体风格的却只有这三部曲。只有在这三部曲里，人们才能全面感受到这样一种特有的风格：宏壮、缜密、老辣、遒劲、机智。这种独创的风格不但使"大河"三部曲具有特殊的艺术价值，而且奠定了他在现代文学史上不可动摇的地位。

第四节　张天翼、沙汀和艾芜的小说

张天翼（1906—1985），祖籍湖南湘乡，生于南京。他被鲁迅归入新文学运动以来"最优秀的作家"行列，是新文学第二个 10 年中最为引人注目的讽刺小说作家，代表作有短篇小说集《从空虚到充实》《小彼得》《脊背与奶子》《蜜蜂》《畸人集》《春风》《追》，中篇《清明时节》，长篇《鬼土日记》《一年》《洋泾浜奇侠》等。抗战爆发后，张天翼由沪返湘，积极参加抗日宣传活动，发表了《谭九先生的工作》《华威先生》《新生》等小说，后结集为《速写三篇》，1943 年由重庆文化生活出版社出版。

张天翼的短篇小说有近百篇，这些作品以幽默快捷的笔触深入中国城乡社会的各个层面，建构了自己暗含悲悯情怀的喜剧世界。他揭露了绅士淑女们用"礼义廉耻"装饰起来的不过是一个污秽的"禽兽世界"，无情地鞭挞了小官僚、小政客、劣绅、太太、公子们的自私、贪欲、虚伪和冷酷，也以相当篇幅鞭挞了小市民包括职员、店伙、士兵、仆役、嫖客、流浪汉等的灰色人生哲学和畸形性格，触及了某些知识阶层中的庸俗、敷衍、无聊、空虚的生活，写出了病态社会中形形色色的人生相。这类暴露性小说充分体现了张天翼写作的民主立场和深刻的道德感情。但是，他没有简单地以革命原理去图解生活和制造反抗，或者硬造自己所不熟悉的突变式"英雄"。他严格地从生活中取材，写人状物，让倾向从这些人事描写中自然地流露出来。

张天翼是讽刺暴露文学思潮中的先锋。他的作品言辞犀利辛辣，经常在喜剧效果中显示出深刻的批判力量。最能体现其小说讽刺特色的代表作是《包氏父子》和《华威先生》。张天翼小说描写最多的是市民的灰色人生和部分知识分子庸俗虚伪及矛盾可笑的心理状态，尤其擅长刻画小市民卑琐又向上爬的心理，《包氏父子》是其突出代表。作品生动地描写了老包望子成名和其子包国维骄纵愚妄的性格，不仅深刻批判了老包的小市民庸俗观念，而且控诉了封建主义、资本主义腐朽思想对年青一代的严重危害。这部作品突出体现了作者犀利的笔锋和尽情揶揄的讽刺力量。张天翼擅长采用漫画式的艺术表现形式，通过寥寥几笔勾勒，使人物形象跃然纸上。《华威先生》是其又一讽刺力作。该小说是作家在抗日战争时期创作的及时揭露国民党消极抗日、积极反共真面目的作品，在当时十分难能可贵。作品活画出一个"消极抗日、积极反共"的国民党党棍、政客、文化官僚华威的形象，通过他的所作所为，令人信服地揭露了国民党破坏抗日、实行法西斯专政的历史罪行。《华威先生》和《包氏父子》一样采用了漫画式的手法，通过各种夸张、变形的手法和细节描写来刻画人物，并透过主人公自身的种种矛盾言行挑开其内心深处卑劣猥琐的本质，三言两语就把他的灵魂抖搂出来。作品没有详尽描写华威先生的人生经历，在结构上也不注重故事情节的完整与连贯，而是以一种轻松的生活片段的灵活穿插来随时达到对人物性格的强化和夸张，进而造成强烈的讽刺效果。

张天翼的中长篇小说也有相当成就。他创作于 1930 年的第一部长篇《鬼土日记》，由主人公韩士谦记叙"鬼土"（即阴间）见闻的日记组成，以鬼土影射现实。此后的《一年》《洋泾浜奇侠》等长篇，思想艺术又有了新的进展。而中篇《清明时节》更是一篇现实主义的力作。它以乡长罗二爷与地主谢老师争夺一块风水宝地为中心线索，刻画了罗二爷的贪婪、粗鄙和谢老师的狡猾、吝啬、阴毒，可谓各有千秋而又入木三分。

沙汀（1904—1992），原名杨朝熙，四川安县人。他的舅父是四川一个袍哥组织的首领，沙汀因之而得以经常出入于县城和乡村之间，对四川农村的基层政权及地主豪绅、帮会组织的情况，有了较为深入的了解。中学时代接受五四新思潮的影响，并开始爱好文艺。20 世纪 30 年代初，他在"左联"的指引下开始文学创作，并在抗日战争和解放战争时期成为具有独特风格与广泛影响的小说作家。

沙汀是一个具有独特风格的作家。他的小说与张天翼同样以暴露和讽刺而著称，却不同于张天翼活泼流动的行文及轻快峭刻的语言风格。他将讽刺手法与悲剧艺术相融合，其小说带有鲜明的四川地方色彩。他善于从自己熟悉的生活经验中寻找创作素材，通过对四川农村世态人情和风俗习惯的描写，反映出时代风云。这使得他的作品生活实感很强，充满了浓郁的乡土气息。

沙汀在抗战以前的作品大都收集在《航线》《土饼》与《苦难》三个短篇小说集中，以四川农村和小城镇为背景，集中暴露了旧社会的黑暗腐败，反映出旧中国农村动荡不安的现实。抗战爆发后，沙汀的创作出现了明显的转折并取得重大成就。写于 1938 年的短篇小说《防空——在"堪察加"的一角》是现代文学中最早暴露国民党假抗战的作品之一。作者通过以防御敌机空袭为己任的防空主任，竟被一枚未爆炸的旧炸弹吓得魂不附体的丑剧，一针见血地揭露了国民党官吏投机钻营、昏聩无能的可耻嘴脸。

1940 年创作的短篇小说《在其香居茶馆里》，标志着沙汀小说在艺术上的成熟。作品以当时四川某乡镇一个茶馆为生活舞台，围绕着国民党当局抓壮丁的一幕幕丑剧，揭示了反动统治给人民造成的深重灾难，同时也暴露了当地袍哥、地痞、土豪劣绅之间的矛盾。小说描写了回龙镇联保主任方治国，因为惧怕新上任的县长实施的"整顿兵役"的"时政"，于是到县兵役科告密，这致使屡次逃避兵役的土豪邢幺吵吵的二儿子被兵役科派来的人抓走了。为此邢幺吵吵大动肝火，要与方治国在茶馆里好好"理"一番。其中，方治国是小镇的当权派，但没有后台支撑，又因告密而心虚，说话极力搪塞和狡辩，而邢幺吵吵是当地财大气粗的豪绅，并且在县里还有大哥给撑腰，所以"讲理"也显得气势汹汹、咄咄逼人，双方在茶馆里上演了一场狗咬狗式的闹剧。正当双方争论不休，进而大打出手、矛盾激化的时候，邢幺吵吵的狗腿子前来报告，说他的二儿子被放回来了。原来扬言要"整顿兵役"的新县长，一上任就接受了邢幺吵吵大哥的贿赂，把邢幺吵吵的二儿子放走了。小说的喜剧性结局使讽刺主题更加深刻和犀利。在这篇小说中，沙汀通过个性化的川味语言、生动的情节和细节以及富于戏剧化的场面描写，完成了对邢幺吵吵这个土豪劣绅丑恶嘴脸的真实写照与对方治国这个国统区基层腐吏的典型概括，强化了作品深刻的主题。作者从矛盾冲突最尖锐处入手，通过茶馆这一特定场合，让镇上各种势力的人物统统登场；又因为茶馆是当街的，也便于将他们的恶行公布于众。这种别具一格的结构安排，不仅使小说具有了浓厚的川西北地方色彩，便于展现世俗人情，同时也收到了以小延大、以窄连宽的艺术效果。

写于 1941 年年初的《淘金记》，曾被卞之琳誉为"抗战以来所出版的最好的一部长篇小说"。作品以四川农村中的一个小镇——北斗镇上的一群封建地主、流氓抢夺开采箕背金矿权益为线索，展开了乡镇上各色封建势力的斗争，暴露了地主劣绅为发国难财而掀起的内讧。作品也反映出国民党反动政府所标榜、推行的所谓"生产""抗战"等名目，都不过是在战争期间压榨人民的幌子，其实质则是加深了农民的痛苦。《困兽记》写于 1943 年与 1944 年间，主要反映四川某小城镇中一群知识分子在抗战初期的热情消退之后陷入苦闷的抑郁生活。《还乡记》则展示了农村阶级斗争的生活画面。作品通过塑造贫农冯大生这一形象，表现了农民身上的智慧和力量，反映了国统区人民的觉醒。《淘金记》《困兽记》和《还乡记》一起被誉为沙汀代表性的长篇"三记"。

除长篇小说外，沙汀抗战爆发后的短篇小说创作也取得了相当的成就。

《范老师》《烦恼》《呼喊》等篇，在精心选取的生活片段中，真实地反映了人民群众反对内战、渴望和平的热切要求。在这些小说中，作者对短篇体裁愈益运用自如、得心应手，技巧也更趋圆熟。

艾芜（1904—1992），四川新繁县人，在成都省立第一师范学习期间，由于不满学校旧教育和反抗包办婚姻，1925 年离家出走，漂泊于中国西南边境和马来西亚、缅甸、新加坡等地。他在昆明红十字会做过杂役，在缅甸克钦山的马店扫过马粪，在仰光给中国和尚打过杂。这种流浪生活，为他从事文学创作提供了丰富的素材。

抗战前，艾芜著有《南行记》《南国之夜》《夜景》等短篇集和中篇小说《芭蕉谷》、散文集《漂泊杂记》等。这些作品大都取材于他本人的流浪经历，描写了西南边境上农夫、士兵、流浪汉、赶马人、滑竿夫等下层人民的生活。值得一提的是，艾芜从不采取静观的态度和第三者的立场来描写这一切，他跟他笔下这些辗转于生活底层的人物一起经受着坎坷生活和残酷命运的磨炼，代他们倾诉内心的激愤，也从他们褴褛和粗野的外表下挖掘精神的美质。艾芜的小说一开始便带有独特的风采。它们以浓郁的异国风光和边远地区的异地风习为陪衬，以人物在不安定的、多灾难的流浪生活和殖民地的屈辱生活中表现出的顽强求生意志为内核，将写景、叙事、抒情和刻画人物交织在一起，表现出一种昂扬与忧郁奇特兼杂的格调与浪漫的色彩，形成一种浪漫抒情小说的新范型，从而为 20 世纪 30 年代前半期的小说创作增添了新的色调。抗日战争时期，艾芜出版短篇小说集《海岛上》《秋收》《荒地》《黄昏》和中篇小说《江上行》等。《秋收》集意欲写出抗战在民众生活和性格上引起的变化，但理想的成分过浓，生活的实景反而显得模糊；《荒地》集则趋于坚实。抗日战争胜利后，艾芜继续在艰苦的环境下从事笔耕，取得了丰硕成果。其中引人注目的是他在 40 年代完成了三部长篇：《丰饶的原野》《故乡》《山野》。此外，他在这一时期还创作了中篇小说《一个女人的悲剧》《乡愁》和《石青嫂子》《都市的忧郁》等短篇小说。

《南行记》是艾芜的第一部小说集，初版于 1935 年，收入 8 篇作品。内容都是作者漂泊于我国西南边陲和缅甸、马来西亚、新加坡等地的见闻，他首次把西南边境绮丽风光和殖民地人民的苦难和斗争带到文学作品中来。《人生哲学的一课》是《南行记》的首篇，不仅是记录叙述主人公"我"南行流浪生活的第一篇，也是"我"在南行流浪途中"接受了许多教育和人生哲学"的第一课。"我"从千里之外的远山跋涉到昆明这个陌生的城市，无依无傍，但"我"依然顽强地挣扎、奋斗，"每一条骨髓中，每一根血管里，每一颗细胞内，都燃烧着一个原始的单纯的念头：我要活下去！""我"在漂泊途中用尽最后一文钱，被鸡毛店老板安排与一个浑身长满恶疮的人同睡一铺；饥肠辘辘，食不果腹，只好装模作样摆出一副老道的生意人架势，拿唯一一双草鞋与车夫小贩讨价还价，换几个钱；想去做黄包车夫、工厂学徒，却因没有殷实的保证金和保人，连这种做牛做马的求生资格也无法获得……生活就是磨难，社会就是课堂，"我"已经在屡次的挤压与挣扎中上了一堂人生哲学课，那就是在这个社会不容"我"立足的时候，也要钢铁一般坚强地生存。在苦难中坚韧地前行，这一乐观而深刻的人生意蕴也是贯穿《南行记》和艾芜一生创作的思想主题。小说最突出的艺术特点是采用第一人称叙事，带有浓郁的自叙传色彩。虽然小说中的"我"不能完全等同于作者，但艾芜富于传奇色彩的南行经历无疑是小说最主要的现实素材和情感基础。小说也善于描摹人物的内心活动，敏锐地捕捉特定情境中人物内心的细微变化，从而深化人物性格，推动情节的发展。对昆明秋景的描写增强了小说浓重的浪漫主义气息，笼罩着抒情主人公的人生经历，使人物的心理描写与自然风情交融为一体。《山峡中》是《南行记》中的第二篇，作品通过一个漂泊的文人"我"的眼睛，透视了社会独特的一角，描绘了一群被抛出正常的人生轨道、用非正常手段谋生的"山贼"的传奇生活。作品充满了原始的神秘色彩，艾芜率先在现代小说中描写了罕为人知的西南边境及异国他乡的社会习俗和人文、自然景观，塑造了之前少有的"山贼"形象，这是对现代小说描写领域的重要开拓。

思考题

1. 中国新感觉派小说不仅受到日本新感觉派小说的影响，而且也受到中国传统文化、西方心理分析学派等多方面的影响，结合这些因素思考中国新感觉派小说体现出什么样的艺术追求？

2. 李劼人在他的"大河"三部曲中借用法国"大河小说"的文学形式来表现现代中国的历史和现实。思考李劼人的创作中体现了"大河小说"什么样的审美特征？

3. 沙汀的小说创作体现了比较鲜明的巴蜀地域特色，充满了浓郁的乡土气息，结合作品思考这种地域文化的因子在沙汀的作品中有哪些具体的体现？

参考书目

1. 张天翼. 包氏父子//张天翼. 张天翼文集：第二卷. 上海：上海文艺出版社，1985.

2. 张天翼. 华威先生//张天翼. 张天翼文集：第四卷. 上海：上海文艺出版社，1985。

3. 沙汀. 在其香居茶馆里//沙汀. 沙汀文集：第二卷. 上海：上海文艺出版社，1986。

4. 刘呐鸥. 都市风景线. 影印本. 上海：上海书店，1988.

5. 穆时英. 上海的狐步舞//严家炎，李今编. 穆时英全集：第一卷. 北京：北京十月文艺出版社，2008.

6. 严家炎编选. 新感觉派小说选. 修订版. 北京：人民文学出版社，2011.

7. 李劼人. 死水微澜//李劼人. 李劼人全集：第1卷. 成都：四川文艺出版社，2011.

8. 施蛰存. 梅雨之夕//施蛰存. 施蛰存全集·十年创作集. 上海：华东师范大学出版社，2011.

9. 艾芜. 南行记//艾芜. 艾芜全集：第1卷. 成都：四川文艺出版社，2014.

10. 秦弓. 李劼人历史小说与川味叙事的独创性. 西南师范大学学报：人文社会科学版，2002（1）.

11. 贺昌盛. 从"新感觉"到心理分析——重审"新感觉派"的都市性爱叙事. 文学评论，2006（5）.

12. 祁春风. "油滑"与写实的张力——论鲁迅的讽刺观及对张天翼的影响. 鲁迅研究月刊，2012（4）.

第十三章　曹禺与现代话剧地位的确立

第一节　曹禺的生平及创作道路

图 13-1　曹禺

曹禺（1910—1997），原名万家宝，祖籍湖北潜江，出生在天津一个没落的封建官僚家庭。父亲曾担任黎元洪大总统的秘书与宣化镇守使等职，后官场失意，退职在家闲居，因而整个家庭气氛都相当郁闷。由于生活在这样的封建家庭，曹禺得以见识许多形形色色的人物和繁杂斑驳的社会现象，这些都为《雷雨》《日出》《北京人》等剧作提供了丰富的生活素材。而上层社会没落腐朽的生活方式也激起了曹禺内心的反感与愤恨，使其产生了强烈的正义感和人道主义的同情心。曹禺从小迷恋戏剧，时常随母亲出入于戏园，观看京戏、昆曲与河北梆子、蹦蹦调、唐山落子等许多地方戏，还有当时流行的文明新戏。少年曹禺完全被舞台上包罗万象、色彩缤纷的艺术世界所吸引，尤其是民族戏剧的传统表现形式，更是令曹禺痴迷不已。这些艺术熏陶为日后曹禺戏剧创作奠定了坚实的基础，增添了丰厚的艺术底蕴。

1922年曹禺进入南开中学，不久就参加了南开新剧团。曹禺先后主演过《压迫》（丁西林）、《玩偶之家》和《人民公敌》（易卜生）、《织工》（霍普特曼）等剧，改编并参加演出了《财狂》（莫里哀《悭吝人》）、《争强》（高尔斯华绥作，与张彭春合作改编）。同时还担任《南开双周刊》的戏剧编辑，为天津《庸报》编过副刊。初期的戏剧实践活动使曹禺真正懂得了舞台，他后来多次强调说："没有敏锐的舞台感觉是很难写出好剧本的。"① 1928年，曹禺升入

---

① 颜振奋：《曹禺创作生活片断》，载《剧本》，1957（7）。

南开大学政治系学习，后又转入清华大学西洋文学系。在清华学习期间，他接触了更多的西欧古典戏剧与现代戏剧，研读了大量的戏剧文学作品，从古希腊三大悲剧作家以及莎士比亚、奥尼尔、霍普特曼、契诃夫等戏剧大师的创作中汲取了丰富的艺术滋养，这些都为其后来的创作奠定了坚实的基础。1933 年，曹禺的处女作《雷雨》诞生，翌年由巴金推荐，在《文学季刊》上发表，立即引起世人瞩目。1936 年，《日出》的问世再次引起强烈反响。这两部剧作的诞生，不仅标志着曹禺个人戏剧创作生涯的正式开始，也标志着中国现代话剧真正意义上的开端，从而一举奠定了曹禺在中国现代文学史上的重要地位。

　　1936 年，曹禺受聘于南京国立剧专，同年创作了他的第三部重要剧作《原野》。抗战爆发后，他随剧校辗转长沙、重庆等地，历时 6 年，其间独立完成了表现抗战题材的剧本《蜕变》，与宋之的合写了《黑字二十八》，改写了《镀金》《戏》《烟雾弹》《正在想》四个独幕剧。1940 年，标志着作家第二个创作高峰的代表作《北京人》问世。1942 年夏，曹禺成功地将巴金的长篇小说《家》改编成多幕剧，并将其搬上话剧舞台。抗战胜利后，他还创作过多幕剧《桥》（1946，未完成）和电影剧本《艳阳天》（1947），翻译了莎士比亚的名剧《罗密欧与朱丽叶》。新中国成立之后，曹禺先后创作了《明朗的天》（1954）、《胆剑篇》（1961，与梅阡、于是之合作）、《王昭君》（1978）等剧本。

　　曹禺是中国现代文学史上最杰出的戏剧家。其剧作有着沉郁幽深的主题意蕴，精巧紧张的戏剧冲突，丰满独特的人物形象，蕴藉深厚的戏剧情境，抒情诗般的戏剧美感。尤其是代表作《雷雨》《日出》《原野》《北京人》，无不显示出曹禺独特的戏剧风格与卓越的悲剧艺术才华，在中国乃至世界戏剧史上都留下了广泛而深远的影响。可以说，曹禺既是中国现代话剧真正意义上的奠基人，又是中国现代话剧艺术的一座高峰。

第二节　惊天动地的《雷雨》

　　四幕话剧《雷雨》是曹禺的处女作，也是他一鸣惊人的代表作。《雷雨》的创作从曹禺高中毕业起即开始构思，经过 5 年的酝酿与修改，终于在 1933 年大学毕业时完成。在巴金的推荐下，《雷雨》在 1934 年的《文学季刊》第 3 期全文刊载。作品发表后，曾一度遭到某些守旧势力的攻击和禁演。1935 年，其经中国留日学生在东京演出成功后，才陆续由国内各剧团搬上舞台，随即轰动全国。1936 年，《雷雨》由上海文化生活出版社正式出版单行本。

这是一部杰出的现实主义悲剧。戏剧在一天时间（上午到午夜两点钟）、两个舞台背景（周家客厅、鲁家住房）内集中展现了周、鲁两家前后 30 年错综复杂的纠葛，既揭示了封建家长专制制度造成的人生悲剧，从封建家庭的毁灭预示了不合理的社会制度必然崩溃的历史趋势，又从关注人类自身命运和复杂人性的角度出发，深入人物心灵深处，以细腻的笔触描摹人物的灵魂，从而使这出经典剧作的意义超越了社会政治，超越了时代历史，上升到对人性与命运的双重思考的高度。

《雷雨》卓越的艺术成就首先表现在它塑造了一系列光彩夺目的艺术形象，其中有不少堪称现代文学史中的经典。

繁漪是《雷雨》中最具艺术光彩和精神震撼力的人物形象，也是中国现代文学史上个性最鲜明、最丰满生动的女性形象之一。曹禺是深爱着这个人物的。在他看来，繁漪是个"有火炽的热情，一颗强悍的心"，并"敢冲破一切的桎梏，做一次困兽之斗"[1] 的女性。她受过新思想的影响，追求过独立的个性，渴望真爱的婚姻生活，但命运却把她抛入周家这口"残酷的井里"。冷酷专制的周朴园把她当作家里的一个摆设，将其禁锢在犹如监狱一般的周公馆，使她活得不成人样，"渐渐地磨成了石头样的死人"。她没有就此妥协，为了追求本该属于自己的幸福，她敢于蔑视传统伦理道德，爱上了周朴园"前妻"的儿子周萍。然而，这个引诱她走上"母亲不像母亲，情妇不像情妇的路上去"的大少爷只是利用她来填补自己感情的空虚，并且在潜意识中反抗其父亲的专制权威。天性懦弱的周萍从内心深处畏惧着逾越礼制所可能遭到的惩罚，最终在道德习俗的压力下选择抛弃繁漪，爱上周公馆的侍女四凤，并竭力想要摆脱前者，丝毫不理会她会不会因此而"枯死，慢慢地渴死"。曾经以为重新获得拯救的繁漪被再次掷入深渊，这一次她已没有自救的能力。对她来说，即将失去的不仅仅是一个爱人，而是支持她生存下去的全部希望，她只能死死抓住这唯一的希望。因此繁漪不惜低下高傲的头颅哀求周萍，"没有你在身边我已经很苦了"，"现在我求你可怜可怜我，这个家我再也忍受不下去了"。暗中设法拆散周萍与四凤失败后，她更加可悲地将自尊践踏在脚下，甚至屈辱地提出了"你要把四凤接来——一块儿住，我都可以，只要（突然地），只要你不离开我"。当所有的努力和挣扎都无法挽回一颗去意已决的心时，她彻底崩溃了。性格中阴鸷乖戾的蛮性取代了理性，几近疯狂地胁迫周萍要将不名誉的恋情公之于众，她像一只受伤了的困兽不顾一切地抗争着、摧毁着。在这里，人们看

---

[1]　曹禺：《雷雨·序》，见《曹禺全集》，1 卷，10 页，石家庄，花山文艺出版社，1996。

到了那种"爱走向极端便是恨"的最残酷的爱和最不忍的恨，爱恨交织的极端性格，这是一个在生活环境和生命激情的长期矛盾中压抑到极点的女性所迸发出来的全部力量，是为了反抗生活、反抗命运的最凄厉的呼号。繁漪的形象之所以具有震撼人心的审美效果，就在于她既让人强烈感受到社会历史施加于个人的沉重，又让人真切地看到富于个性的"这一个"自身的性格弱点，是双重的精神悲剧。在要求个性解放的社会氛围中，繁漪具有较高的文化水平，产生了挣脱封建礼教束缚的要求，希望能作为一个"人"而"真正活着"。然而她是单独站在道德与秩序之外的反叛者，在强大的传统压力下，她无法冲破封建道德法则的大网，只能做"困兽之斗"。此外，她自身的性格缺陷也是悲剧酿成的因素之一。这个敢爱敢恨的女人在追求解放和幸福的时候，将自己和别人都带入了毁灭的境地，不免带有极端个人主义的思想弊病，以玉石俱焚的决绝试图去冲破庞大的封建道德网络，固然洋溢着不可思议的勇气和果敢，但无谓的牺牲多少带有点苍白的病态。剧作在倔强和脆弱、疯狂和清醒、冲动和冷静等矛盾的统一中凸显繁漪内心深处的挣扎，使得这一形象既有光彩照人的性格魅力，又深含着令人同情的因素，从而也使她最后燃烧自己、毁灭他人的悲剧具有了更强烈的审美震撼力。

周朴园是《雷雨》整个悲剧的制造者和承受者。曹禺在塑造这个人物时，着意刻画他外在的冷酷、专制和伪善。他早年曾经留洋，接受过西方自由民主思想和现代社会政治经济学的影响。可是，在半殖民地半封建的中国社会，哪怕受过西方文明熏陶的资产阶级也往往带有浓厚的封建意识。虽然年轻时的周朴园与家里的侍女侍萍相爱并生有孩子，但当家庭的压力需要他和一个门当户对的小姐成婚时，他还是抛弃了侍萍和刚生下来三天的小儿子，并对大儿子周萍隐瞒了其生母的真相。周朴园贯穿全剧的思想就是要维护封建家庭秩序，保持自己在家庭中的统治地位，为维护一个体面、和睦家庭的表象压抑着妻儿的个性需要，将他们视为统治对象加以严格管束。在家里，他对妻儿有绝对的权威，不容许有一丝的反对。他强迫郁郁寡欢的妻子繁漪强作欢颜，"治病"喝药，为孩子们做一个服从的榜样，充分体现了一个封建家长的严苛专制。同时，作为一个资本家，追求利益最大化是他的本质，只要能取得利益，无论用多么残酷的手段。他曾以故意让承包的江堤工程失事，克扣死难工人的抚恤金而发家，又宁愿花钱雇用军警镇压工人罢工也不肯提高工人的待遇。他对工人进行血腥镇压，并要尽手段收买离间工人代表，孤立并开除鲁大海，充分暴露了一个资本家冷酷贪婪的本性。剧作对周朴园色厉内荏的脆弱内心和孤独与幻灭的人生处境也进行了深刻的描摹。虽然周朴园因为门第差异遗弃了侍萍母子，制造了悲剧，但是他的内心深处对年轻时候的那段感情始终难以忘怀，也依然承受着难以言表的精神折磨。剧作着力渲染了周朴园对"前妻"侍萍的"怀念"。多年来，他一直记得侍萍的生日，照侍萍的喜好布置家里的陈设，爱穿侍萍绣过花的衬衣，保持侍萍不爱开窗的习惯，并且他执意要求周萍对早逝的生母怀有敬意。这些都不能简单地用虚伪加以解释。周朴园对侍萍的确存有深深的愧疚和沉痛的回忆。当他误以为侍萍不在人间时，则可以大方地表露内心的隐痛和怀念，以减轻灵魂的负疚感，维持内心的平衡。但是，无论周朴园的内心怎样真诚地抱憾，一旦威胁到他苦心维护的所谓体面、完美的家庭形象，仅有的良知也只能让位于性格中更为强势的自私和冷酷。当侍萍重新出现在他面前时，他惊恐、慌张地斥责侍萍"你来干什么？""谁指使你来的？""你到底想要什么？"企图用五千块钱的钞票重新将侍萍赶出周家。如果说，30年前，周朴园迫于家庭的压力抛弃侍萍，还只是内心懦弱的表现，30年后，他很自然地用钱来解决"麻烦"，则彻底暴露了他虚伪自私的面目。曹禺在塑造周朴园的形象时，并非简单地将他写成纯粹的反面人物，而是有意识地寻找人物性格中"理智和情感"不完全一致的侧面，并着力发掘这些侧面发展的由来，充分展示了这个人物为整个封建传统所塑造、所伤害，又反过来代表封建传统来实现统治的人生悲剧。从这个角度而言，周朴园也是个受害者。这个人物呈现出来的丰富而生动的复杂性，让我们更真切地感受到封建传统道德的摧毁性力量。

另外，《雷雨》还塑造了其他充满个性和神采的人物形象。相对于周朴园的专制和冷酷，周萍尤为显得懦弱和胆怯。周萍生活在这个封建家庭里，同样感受着压抑腐朽的生活氛围，长期的逆来顺受造就了他懦弱、自私、不负责任的性格。他内心不满于父亲的专制，但又无力反抗，只能挣扎在矛盾中消耗自己的生命。他轻率地爱上自己的继母，填补了一时的精神空虚，可是随之而来的是心灵的重负，是对逾越了传统道德规则的恐惧。道德观念与情爱肉欲在他身上交织在一起，他既羡慕无所顾忌、为所欲为的人，又羡慕能依循道德规范生活的人。但这两种人他都不能真正做到，而他"好内省而又冲动"的禀性更加剧了内心矛盾的冲动。周萍最终为了自我"拯救"而不负责任地抛弃了爱人，去追求青春美丽的四凤。当他与四凤的亲缘关系真相大白时，这个从体格到灵魂都很孱弱的男人最终选择了死亡。周萍是封建家庭培养出来的一个性格畸形儿，可以被看作是周朴园形象的一个补充。侍萍母女是这出悲剧中最善良无辜的牺牲者。侍萍一生不幸，受尽屈辱却无处申诉。早年被抛弃的不幸遭遇使她对有钱人保持着本能的警惕和清醒的认识，千方百计地想要保护女儿以免重蹈自己的覆辙。当她与周朴园不期而遇时，对其并不抱有任何幻想，而是坚定地维护自己的尊严，不仅刚强地撕毁了周朴园给她作为补偿的支票，还撕碎了周朴园伪善的外衣。当得知女儿未能逃脱与自己相同的命运时，作为一个母亲，她还是强忍着巨大的悲痛，试图向女儿隐瞒真相，希望能让女儿保有一点生存下去的勇气，让自己来承担所有的不幸。这样一位坚强善良、自尊自强的母亲却无力解释遭遇到的一切，只能把所有的厄运归之于天命。另一个小人物鲁贵的形象也让人印象深刻。鲁贵是一个趋炎附势、不知羞耻的小人。他靠着周家生活，却在阴暗处窥探着东家的隐私；他为了满足吃喝嫖赌的私欲，不惜将女儿推入周家两位少爷的争夺中；他好吃懒做却在家里作威作福；他平日里卑贱恭顺，关键时候却厚颜无耻地敲诈起自己的东家。剧作家细致地刻画了这个人物低贱的灵魂，使他成为现代文学史上成功的恶奴形象。鲁大海的形象在剧作中略显单薄，他既是周朴园当年犯下罪恶的一个铁证，又在后来与周朴园的劳资纠纷中扮演了一个有正义感的劳工代表形象。这一形象集中体现了社会底层人民遭受来自封建势力和资产阶级两方面压迫的悲惨遭遇。四凤和周冲是这出悲剧中最无辜的受害者，他们天真烂漫、与世无争，却依然无法逃脱成为牺牲品的命运；他们身上集中体现着"将有价值的东西撕毁给人看"的悲剧性，不能不使人们更深切地感受到命运的残酷和不公。

　　《雷雨》深刻的思想性和高超的艺术性是通过严谨的戏剧结构和强烈的戏剧冲突来表现的。全剧符合"三一律"的结构方式，将 30 年的时间浓缩到一天，空间集中于两个舞台背景来展现。曹禺描写了一个由封建宗法家庭转化而来的资产阶级家庭，和一个在社会动荡时期重新组成的下层家庭。他们分别代表了不同层面的社会现实以及不同层次的人物关系。两家贯穿 30 年的恩怨纠葛也几乎囊括了当时中国各种尖锐复杂的社会矛盾和思想矛盾，体现了剧作家组织结构的杰出才能。纵观全剧，8 个人物之间无一不有冲突。全剧以周朴园和侍萍的矛盾冲突为主线贯穿始终，有效地"裹挟"进剧中的其他人物关系，其间穿插有繁漪和周萍的不伦感情、周萍和四凤的越轨恋情、鲁大海和周朴园的劳资纠纷等次要冲突，共同构织成错综复杂的"冲突网络"，推动情节发展，使剧情波澜起伏、张弛有致。另外，剧作家采用"回溯法"的方式，从"现在"的矛盾上溯到 30 年前的恩怨。先从繁漪、周萍、四凤的矛盾冲突落笔，接着写侍萍从济南回来，在周家与周朴园不期而遇，从而揭开 30 年前的那段恩怨，最后在繁漪和周萍的矛盾激化的同时，血缘关系大白于天下，悲剧终于爆发。"现在"的恶果是"从前"周朴园种下的祸根引起。流畅的情节线索和交织的矛盾冲突网络，大大加强了剧作的思想艺术容量，加之渗透在作品中的紧张郁闷的内在情感基调，将全剧凝聚成一个牢固的整体，更能产生震撼人心的艺术效果。

《雷雨》为中国现代悲剧艺术提供了典范，是中国现代悲剧观念形成的标志。中国传统的悲剧多以伦理善恶方式构成，双方力量悬殊，彼此不构成激烈对抗，弱者往往表现为被环境或一两个恶人逼入绝境，缺乏主动挑起矛盾而引发内心挣扎的悲剧模式。《雷雨》受古希腊命运悲剧的影响，全剧弥漫着宿命的悲凉气息。命运逃脱不开的那个"劫"发生在侍萍重现周家的时刻，她所担心的女儿出事了，30年前的恩怨还是尾随而至，甚至发生兄妹乱伦的可怕结果，似乎所有人物都无法逃开命运的掌控。曹禺也曾说："《雷雨》对我是个诱惑，与《雷雨》俱来的情绪蕴成我对宇宙间许多神秘的事物一种不可言喻的憧憬。"[1] 这种不可言喻的"神秘"既是作家在构思创作这出悲剧时莫名的冲动，也是对悲剧根源无法回答的困惑。但《雷雨》似乎又像是莎士比亚的性格悲剧。繁漪和周萍都为自己的性格缺陷付出了惨重的代价，并把周围的人都一起推入悲剧的深渊。同时《雷雨》又有着社会悲剧的痕迹。正是周朴园当年抛弃侍萍导致了30年后所有悲剧的爆发，阶级与等级的差异恰恰触动了社会领域最为本质的矛盾冲突。剧中人物的悲剧，并不完全在于其个人，而是他们互相联系，共同演绎着生存的悲剧。剧中人物相互纠结，与他人构成纵横交错的网状矛盾关系，其中任何一对矛盾的出现或激化，都有可能因为和其他矛盾的纠葛而推动整个剧情的发展。

第三节　不同凡响的《日出》《原野》

继《雷雨》之后，四幕剧《日出》于1936年问世。《日出》最初发表在1936年《文学月刊》第1期至第4期，同年11月由上海文化生活出版社出版单行本。《日出》与《雷雨》在题材和形式上都有很大不同，体现着剧作家努力超越已有成就的探索精神和卓越才华。《雷雨》发表之后，曹禺认为它"太像戏"了，在技巧上"用的过分"。因此，他"决心舍弃《雷雨》中所用的结构"，"脱开了巧凑剧一类戏剧笼罩的范围，试探一条新路"[2]。因而在《日出》

---

① 曹禺：《雷雨·序》，见《曹禺全集》，1卷，7页，石家庄，花山文艺出版社，1996。

② 曹禺：《日出·跋》，见《曹禺全集》，1卷，388页，石家庄，花山文艺出版社，1996。

中，采用了"横断面的描写"，一改《雷雨》那种高度压缩紧凑的结构模式，代之以"片断的方法"，"用多少人生的零碎来阐明一个观念"①。正像用许多色点构成"画面"一样，作品通过不同人物各自生活面貌的展现，使观众对当时的社会人生产生整体的印象。

《日出》的象征意义是人们深入理解这部剧作的一个有效途径。人们普遍认为，"日出"象征着一个理想、光明的社会。曹禺在《日出·跋》中也这样写道："《日出》希望献与观众的应是一个鲜血滴滴的印象，深深刻在人心里的也应为这'损不足以奉有余'的社会形态。"步入社会的青年曹禺并未能挣脱"家"的梦魇，虽然出了那个"狭的笼"，但他并未获得一种心灵上的自由，一种解脱束缚之后的舒畅。现实令他失望，他痛苦地意识到，社会现实给人的压抑更甚于那个家的囚笼。整个社会都在以金钱为目标的轨道上疯狂疾驰，其间要碾过多少弱小的生命，要制造多少人间悲剧。剧作家试图以他的笔触揭露并撼动那个冰冷的社会制度。于是，《日出》以旅馆一间华丽的休息室为背景，通过交际花陈白露耳闻目睹的当时大都市的种种丑恶现象，将社会各个阶层的众多人物、事件整合成一个特殊典型，反映出那个光怪陆离的社会现实中，血淋淋的世态惨象，既有官僚买办资本家对劳动群众的压榨欺凌，也有资产阶级内部奢靡腐化和尔虞我诈，同时还有一群小人物为求生存而苦苦挣扎的场面。

处于两种社会边缘的女主人公陈白露虽然看透了整个金钱统治的社会的黑暗堕落，但物质和精神的双重匮乏使之陷入泥沼不能自拔。她早已被她所憎恨的丑恶环境所扭曲，根本无力摆脱这处境，只有孤独空虚地生活在悲观与矛盾中，一点一点地消耗着生命。但陈白露在内心深处，从未放弃过自尊和善良的本性。她挺身搭救"小东西"的行为，是对自己已经无法掌控的命运的微弱反抗，是对苦闷受伤的心灵的一种慰藉。然而，这种内心的抗争最终还是被证明是多么无力。"小东西"落入金八之手，这彻底摧毁了陈白露生存下去的勇气。对社会和人生深深失望的陈白露选择了死在日出之前，让太阳留在幕后。她的死无疑是对那个腐朽黑暗的社会的无声反抗，是对罪恶制度的悲愤控诉。此外，《日出》还塑造了形形色色的人物形象，除了老谋深算的金融家潘月亭、庸俗空虚的顾八奶奶、油头粉面的胡四、一味崇洋媚外的张乔治、始终藏在幕后操纵一切的阴险狠毒的金八，还有被侮辱、被损害的妓女翠喜和被榨干油水迫害致死的黄省三。不同命运、不同社会阶层的人，都被追逐金钱的欲念驱使

---

① 曹禺：《日出·跋》，见《曹禺全集》，1卷，388页，石家庄，花山文艺出版社，1996。

着，或是互相利用，或是共同加害比他们更弱小的人们，但在金钱统治的利益世界，几乎人人都逃脱不了成为牺牲品的命运。全剧所有人物"互为宾主，互相配衬，共同烘托出一个主要角色，这损不足以奉有余的社会"。

"日出"象征着那个"损有余而补不足"的"天之道"——作者理想中的光明社会，但这并不是"日出"全部的象征内涵。在曹禺的潜意识中，"日出"还有另一层含义，恰好和陈白露心目中的"日出"相一致，这就是对一种美满爱情、一个理想的家的企求。在《日出》的表层结构下，还有一条潜在的线索，叙述着一个关于家的故事。

陈白露出身于书香门第，由于家道中落而独自踏上社会，成为交际花。带着一个少女对爱情的浪漫幻想，她和一位诗人恋爱并结合。在婚姻破裂之后，她又回到了旅馆。陈白露一直在寻找能作为她感情依托的一个家，但她始终只能留在旅馆。诗人不曾给她一个真正的家，与诗人相似的方达生更令她失望。她无论如何不能接受方达生，因为后者是将她视为一个堕落的女子而欲予以感化，一旦二人结合，无非还是重复那个与诗人相恋的婚姻悲剧。同样，她与潘月亭、张乔治的周旋也并非只是一种简单的金钱关系，说是希望也罢，幻想也罢，陈白露确实对二人存有过。诗人、方达生那一类"思想起来很聪明，做起事就很糊涂"的人，陈白露已经领教过了，"平淡无聊"是她的评语，但对潘月亭、张乔治这两类人，她却还愿意再试探一番。事实上，这恐怕也是陈白露所能寄予希望的三类男性了。当然，他们最终也令她彻底失望。自杀前她对镜自怜："生得不算太难看吧。……人不算太老吧。可是……这——么——年——轻，这——么——美，这——么——"她那没说出来的话是什么呢？她终于离开了这个世界，带着对家的渴求，带着深深的绝望和看不到日出的无限怅惘。尽管曹禺主观上只想将《日出》写成一部揭露社会罪恶的剧本，展示那个"损不足以奉有余"的社会形态，然而心灵深处的某种力量却促使他设置了这样一条暗线。这条暗线的存在使《日出》没有成为一幅简单的世态漫画，它赋予了《日出》更深的内涵，从而更耐人寻味。

写于抗日战争前夕的《原野》是曹禺的第三部戏剧杰作，1936 年开始创作，1937 年连载于《文丛》第 1 卷 2—5 期，由上海文化生活出版社于同年出版单行本。曹禺的视野首次从都市转向农村，对社会的悲剧性认识又跃入一个更高的层面，但《原野》的意义并不仅仅在于展示旧中国农民遭受恶霸压迫、觉醒并起来反抗的过程，而在于对人的心灵世界进一步揭示。剧作所表现出来的人性挣扎扭曲、无法遏抑的痛苦恰恰是贯穿在曹禺创作中的精神主脉。《雷雨》中那种"蛮性的遗留"，对宇宙的神秘的憧憬，依然在《原野》中留有明显的痕迹。

《原野》中，曹禺将象征的手法运用得愈发得心应手，处处显示出画龙点睛的作用。那些具体的意象，如丑陋的巨树、仇虎身上的"镣铐"、在"林外迅疾地奔驰"通向"天边"的火车、"原野"一般抽象的意象，都给观众以无尽的思考和感受的空间，使读者得以超越故事情节本身的描述，去品味剧作的深意。象征手法的运用对于表达曹禺对于宇宙、人性、道德与传统的思考起到特别重要的作用。

仇虎是回来复仇的。10 年前，焦阎王为了图谋仇家的土地，勾结土匪活埋了仇虎的父亲，将仇虎的妹妹卖进妓院，又诬告仇虎入狱，使仇虎在狱中被打成残废。现在他回来了，带着两代人的深仇回来了。焦家所做的一切，在这里浓缩为仇虎脚上的镣铐，镣铐的解除隐含了复仇的意念。剧中，仇虎选择了焦大妈的斧头作为斩断镣铐的工具，因为对他来说，杀死焦老婆子并不解恨，他采取了最残酷的报复方式，先杀死焦大星，再设法让焦母亲手杀死她的孙子。这样，就不光是让焦老婆子一个人孤寂地活着，而且也让她内心永远遭受痛苦的折磨。这种惩罚才是仇虎用焦母的斧头敲开镣铐的真实意义，即假焦母之手来实现自己的复仇计划，而将敲下的镣铐给焦母戴上，则又意味着焦母将为自己的行为痛苦终生，承受心灵的折磨。

不幸的是，这条铁镣并未能给焦母戴上，它反倒又回到仇虎身上。杀死焦大星的行动给仇虎的心灵以太大的震撼，而小黑子之死更使仇虎陷入追悔与自责中。仇虎的心灵远不如他的外形那样强悍。复仇没带给他预期的快感，却造成了他内心无法调和的深刻矛盾。一方面，他竭力使自己相信复仇行为的正义性。他给自己寻找理由：杀死焦大星是因为他是焦阎王的儿子，小黑子之死过错并不在他，退一步说，就算小黑子也是死于他手，这也不算过分——父亲的死、妹妹的死，还有仇虎本人所受的罪，使他有充分的理由这样做。"我现在杀他焦家一个算什么？杀他两个算什么？就杀了他全家算什么？对！对！大星死了，我为什么要担待？他儿子死了，我为什么要担待？对！我为什么心里犯糊涂，老想着焦家祖孙三代这三个死鬼？……"另一方面，仇虎又受到良心、道德的强烈谴责。他拼命申辩小黑子不是自己杀死的，可是大星、小黑子那屈死的身影总在他眼前出现。听到焦母的叫魂声后，这种幻觉更加明显了。幻觉的出现实际上是仇虎分裂出去的另一个自我——代表着良心、道德的自我。这个自我很清楚：焦大星是个好人，是仇虎从小的好朋友，阎王造的孽不该由他来承担；小黑子是无辜的，他只是个孩子，不该死得这样惨。"惊惧、悔恨与原始的恐惧"导致了仇虎的幻觉，而幻觉更加深了仇虎的惊惧、悔恨与恐怖。整个第三幕所要传达的，便是仇虎心中的惊惧、悔恨与恐怖之感。

"血洗得掉，这'心'跟谁能够洗得明白"。仇虎无法调和内心的这一矛盾。他变了，他不再是出场时那个强悍得无所畏惧的仇虎，而变得脆弱、惊慌、疑虑重重。一副无形的镣铐锁住了他。但仇虎尚未意识到这一点，他还带着金子在黑林子里东奔西突，寻找那通向金子铺地的理想去处的铁轨。然而，就在他们终于找到铁轨的时候，他发现了十天前他敲下来扔在水池边的铁镣。这铁镣的出现，使仇虎真正明白了自己的处境。他明白自己又被锁住了，"这次它要找我陪它一辈子"。这副心灵上的镣铐没有任何斧头可以敲开，于是他放弃了最后的挣扎。仇虎又回到从前那个仇虎，他对花金子说："告诉弟兄们仇虎不肯（举起铁镣）戴这个东西，他情愿这么——（忽用匕首向心口一扎）死的。"临终之前，他将铁镣掷到远远的铁轨上，伴随着铁镣落地的当啷一声，仇虎倒下了。他终于以死换得了彻底的解脱。仇虎掷出的镣铐并不象征着重入牢狱，而是一种心灵上的囚禁。良心、道德的自我谴责才是这镣铐的真正内涵。相应地，那片黑林子所代表的，应该是人的本性的迷失，是欲望无限扩张而导致的心灵的蒙昧。

"原野"和"雷雨"一样，被剧作家赋予了特殊的象征意义。原野的象征意义是双重的。一方面，就本义而言，"原野"是一个自由的、无拘无束的所在，是原始生命的象征。这片原野产生了仇虎，犹如那棵巨树矗立在原野一样。但另一方面，一旦这种原始生命力失控，它便会反转来成为一种异己的力量。作为现实中铁镣的对应物，"原野"成为禁锢巨树的地方，成为因其良心谴责而失去原始活力的仇虎走不出去的黑森林。就这点而言，它是《雷雨》中的"雷雨"的又一种新的象征形式。只是较之《雷雨》，情感与道德的冲突在这里得到更为显露的表现。这种对人的心灵的压抑禁锢远远超出有形的"家"之外而无所不在。

特殊的表现内容，决定了《原野》不同于曹禺之前剧作的非写实的表现形式。作者并不刻意追求细节的真实，而更醉心于主观的外化，通过营造一种氛围、一种情境来使"潜在情绪戏剧化""内在精神舞台化"。《原野》弥漫着诡异、奇谲的气氛。焦家地处一个四下无人的极荒芜的所在。仇虎的形象丑陋恐怖，同时还隐伏着一颗被仇恨和残酷环境挤压变形的心。那"失去眸子"的焦母也不知隐匿着什么深沉神秘的心思，令人不寒而栗。两人的对话，更在表面的平静下包含着两颗仇视心灵的厮杀，寒气逼人。花金子的魅惑，泼辣中又交织着爱、恨、媚、怨。抽象化的环境设置和扭曲变形的人物形象正是来自曹禺对表现主义戏剧的借鉴与化用。借助独白、衬白和梦境来描写人物复杂的心理和情绪，则进一步加重了恐怖紧张的舞台氛围。最后一幕完全采用表现主义的方法，将人物内心的深刻体验、复杂情绪外化为具体可感的舞台形象，使人物置身于一个阴森恐怖的黑森林中。鬼魂的屡屡出现，民谣的反复萦绕，阴暗的光线交汇，在种种幻觉的纠缠下，他的精神、情感、欲望、幻想都在进行痛苦的自我厮杀，形象地展示了仇虎的内心痛苦的挣扎。

第四节　意蕴深藏的《北京人》

1940 年秋冬之际，曹禺的三幕剧《北京人》完成，次年 11 月由上海文化生活出版社出版了单行本。在《北京人》中，曹禺再次回到自己熟悉的领域，将笔触深入到封建大家庭内部腐朽沉滞的生活。与之前不同的是，曹禺放弃了在《雷雨》中戏剧性地表现人物的悲剧命运和封建家庭毁灭的方式，转而以平实内敛的手法关注了一个"极盛一时"的封建士大夫家庭，细腻地刻画了几代人命运的磨难与消耗，在彻底否定封建宗法主义和资本主义的同时，从封建精神破产的角度对封建文化思想做了整体的剖析与批判，使《北京人》呈现出比《雷雨》《日出》更深刻的文化内蕴和更强烈的历史纵深感。另外，曹禺以深邃冷静的思考替代了艺术创作中强烈的情感参与，更加注重剧作的民族性和文化底蕴，表现出更为成熟和完美的艺术手法，使《北京人》成为曹禺戏剧创作的又一座高峰。

"北京人"的象征意义是双重的：一方面，它是以那名机器匠和袁氏父女为代表的理想中的"北京人"；另一方面，它又是以曾皓、文清、江泰为代表的现实中的"北京人"以及以瑞贞、愫方等为代表的处于转变中的一代。这是两种截然不同的"北京人"。如果说前一种"北京人"的性格特征表现为体格上的强健有力和精神上的自由无拘，那么这后一种则表现为体格上的软弱乏力和精神上的禁锢僵死，是前一种的负面。

体格和精神上的双重委顿，是封建大家庭的通病，也是曾家的家风。曾家表面上还维持着封建世家的阔气，可实际上早已破败不堪，积重难返。曾老太爷是家庭的最高统治者，他冷酷自私、顽固守旧，还希望用封建礼教的繁文缛节来维持这个摇摇欲坠的大家庭。在曾老太爷看来，处理尴尬现实"最稳妥的办法是'容忍'，然而'容忍'久了也使他气郁，所以终不免时而唠唠叨叨，牢骚一发便不能自止，但多半时间他愿装痴扮聋，隐忍不讲"。发牢骚的脾性由江泰承继，而"容忍"二字，曾文清可谓最得其父的真传。在所谓的诗书礼仪的熏陶下，曾家的下一代人循规蹈矩，不越雷池半步。17 岁的曾霆，竟然还不如 15 岁的袁圆的手劲大，连表白爱情的诗歌，也都写得那么陈腐古旧，不像活人作的。在曾家沉闷的牢笼般的环境里，一个充满朝气的少年，也会很快变得暮气沉沉。

关于主人公曾文清，作者这样写道，他"给人那么一种沉滞懒散之感，懒于动作，懒于思想，懒于用心，懒于说话，懒于举步，懒于起床，懒于见人，懒于做任何严重费力的事情。种种对生活的厌倦和失望甚至使他懒于宣泄心中的苦痛。懒到他不想感觉自己还有感觉，懒到能使一个有眼的人，看得穿：这只是一个生命的空壳……这是一个士大夫家庭的子弟，染受了过度腐烂的北平士大夫文化的结果"。长期的寄生生活已经使他从精神到身体上都成了废物，他一半成了精神上的瘫痪。想爱而不敢爱、想恨而不敢恨的特点在文清身上表现得尤为明显。20年前他就倾心于愫方，却始终没有勇气去获取这份珍贵的爱情。因为性格上的懦弱胆小，他任由自己钟爱的女人青春逝去而不敢伸手去触及可能的爱情。面对妻子思懿的妒恨、威逼，他也只会一味退让、忍耐，只会哀伤地吟诵陆游的《钗头凤》，只能依仗鸦片的麻醉，逃避这些无法忍受的现实。最后，他被迫外出，试图改变自己的难堪处境，可是笼中鸟般的生活早已使他失去奋飞的能力，只能回到家中寂然自杀。

这是一群"无用的废人"。和19世纪俄罗斯作家笔下"多余人"的形象不尽相同。构成他们性格主导特征的并不是"多余人"形象所特有的长于思虑而短于行动，这群"无用的废人"甚至在精神上也极度虚弱，全无血色。袁圆将曾霆比喻为"耗子"是有象征意味的。说他们是耗子，并不在于耗子的偷食与不劳而获，而在于耗子胆小怯懦，习惯于在黑暗中生活。中国几千年的封建文明礼教，"过度腐烂的北平士大夫文化"造就了这群废人。通过对这类"北京人"的刻画，曹禺使人们看到了传统的道德礼教是怎样成为人的精神上的囚笼的。在这囚笼里，人的思想、情感甚至肉体，受到怎样的残害、扭曲。同时有了这类"北京人"的反衬，人们也就更能看出曹禺对前一种"北京人"精神的称颂、渴求与呼唤。

《北京人》不追求曲折离奇的故事情节，不展现人物之间极端对立的矛盾，外在的戏剧动作比较平缓冲淡。剧作由故事链串联起来：八月十五要账的不断；陈妈妈讲述过去的显赫；曾文清外出谋事；众人谈论愫方的婚事；曾皓受刺激中风；文清无果而归，吞鸦片自杀；杜家强要棺材；愫方和瑞贞离家出走。作品事件之间没有绵密的联系，只是在平凡的日常生活中和家务琐事的闲谈中，融入人物间错综复杂的关系，在貌似平静的生活画面下，涌动着性格与情感较量的潜流，似乎让观众看到，剧中人就这样于无声处负载着封建宗法专制精神统治的重压，身心受着折磨却不自知，随着时间的流逝而走向衰亡。对

"北京人"生活的渲染和刻画都恰到好处地融入全剧深沉幽远的情调之中，具有内敛而扣人心弦的艺术感染力，从而达到了含蓄蕴藉又精巧隽永的审美境界。《北京人》整体氛围的成功营造还有其他的因素参与。简约凝练、世俗人生意味十足的戏剧语言，散发着浓厚老北京地方特色的舞台布景和大小道具，如古老苏钟的"滴答"声、凄凉的更锣、淅沥的雨声、长街上悠远的叫卖声、独轮车"吱扭吱扭"碾过街道的声音，这些独具匠心的安排既增添了剧作的地方色彩和生活气息，也处处点染出一个浸润在烂熟的文化氛围中、正在走向溃散的封建大家庭的沉沉暮气。另外，剧作还不乏富含意味的象征意象，像棺材、耗子等，凸显了曾家弥漫的死亡颓败的气息；而鸽子和"北京人"等意象，则以其复杂的内涵，有机地融入剧作表现的主题意蕴中。可以说，就艺术的精致圆熟而言，《北京人》是曹禺剧作乃至中国现代话剧中不可企及的高峰。

第五节 曹禺剧作的艺术特色及意义

曹禺创造性地吸收融会中外戏剧创作的经验，将话剧这一外来的艺术样式，与中国传统的戏剧艺术理念和表现形式有机地结合起来，加快了话剧艺术民族化、现代化的进程。《雷雨》《日出》等每一部都以其独特的艺术风貌在中国现代戏剧史乃至文学史上占有一席之地。其主要剧作不仅关注具体的时代和民族，而且具有超越性的内涵与丰富的可阐释性，代表着极高的艺术水准。

首先，曹禺将情境作为其戏剧创作的契机，重视氛围情境的营造。曹禺剧作的戏剧情境有着一以贯之的特色，这就是以暴露封建大家庭的罪恶、社会现实的黑暗为母题，以苦难中的女性为中心人物。

纵观曹禺的剧作，作者对现实的强烈不满、否定之情始终贯穿其间。从家庭到社会，从都市到原野，作者都为人们描绘了黑暗的狰狞、凶残以及那些生活在黑暗之中的弱小灵魂悲惨的呼号与徒劳的挣扎。曹禺以其剧作表现了他对黑暗现实的愤懑。写《雷雨》是为了表现天地间的"残忍"，用作者的话说："在《雷雨》里，宇宙正像一口残酷的井，落在里面，怎样呼号也难逃脱这黑暗的坑。"[1] 写《日出》则是抨击那个"损不足以奉有余"的社会。《原野》中的仇虎代表的是"一种被重重压迫的真人，在林中重演他所遭受的不公"[2]，而《北京人》则可以说是一首封建大家庭的挽歌。曹禺是一个忧郁型而不能冷

---

① 曹禺：《雷雨·序》，见《曹禺全集》，1卷，8页，石家庄，花山文艺出版社，1996。
② 曹禺：《曹禺全集》，1卷，533页，石家庄，花山文艺出版社，1996。

静的人，面对这罪恶、昏暗的社会，他既不能如智者参悟人生，付之聪睿而冷静的一晒，也不能如愚者浑然不觉，既无疑虑也无烦恼。他受着情感的煎熬而必须一吐为快。这种不平、愤怒之情熔铸在他的笔下，于是就有《雷雨》的郁闷、《日出》的期望、《原野》的抗争、《北京人》的向往。当然，曹禺剧作的批判性主题绝非如此单纯而明晰，而是大多具有一种抽象或者说模糊的性质，但其中对社会现实的深切观照和对人生的终极关怀始终是不容忽视的特质。

曹禺戏剧发展了我国现代悲剧艺术，进一步开拓了悲剧的表现领域，为现代悲剧观念的形成提供了典范，产生重要影响。虽说在题材上有新的变化，在技巧上有新的追求，在风格上也有新的发展，但那种悲剧氛围始终笼罩在曹禺的成功之作中。除了受生活环境的影响之外，曹禺曾一度倾心于中国的佛、老之说，西方的《圣经》以及近代叔本华、尼采等人的悲剧哲学，另外，古希腊的命运悲剧，莎士比亚的性格悲剧乃至易卜生的社会悲剧，都在曹禺的戏剧美学思想中烙下了很深的印记。他不满足于单纯地叙述悲剧情节和塑造悲剧人物形象，而是借鉴了西方美学思想和现代创作理念，以艺术的手法突破了传统的悲剧观念，完成了现代悲剧意识的建构，丰富了中国现代悲剧的样式。他的悲剧理念对中国现代戏剧的发展、影响是重大而深远的。

曹禺剧作塑造了一批光彩照人的人物形象，特别是苦难中的女性形象，如《雷雨》中的繁漪、《日出》中的陈白露、《北京人》中的愫方等，还可以加上环绕在这些人物周围的侍萍、四凤、翠喜、小东西、瑞贞等次要人物。这些女性大致可以分为两种类型，即以繁漪、花金子为代表的刚烈型和以侍萍、愫方为代表的柔顺型。前者如火，如霆，如雷雨，如决大川；后者如水，如月，如晓露晨霜，如空谷幽兰。前者为悲愤，为抗争；后者为哀怨，为忍让。陈白露可以说是一个介于二者之间的人物，而曾思懿则是刚烈型的一种变态，一种畸形。这些苦难中的人物形象不仅是曹禺剧作家族的主要成员，而且以其活动构成了曹禺剧作的中心冲突。

其次，曹禺剧作洋溢着诗的激情，追求诗的意境，表现出一种诗化的倾向。

曹禺剧作的诗化特征不仅要从作品中浓郁的诗意、充满诗情画意的场面、借鉴诗歌表现等外在的艺术形式来衡量，而更应该看到，曹禺是将戏剧作为诗来写，诗情与诗意是本质性的，内化在作家构思创作的全过程并渗透在剧作中，有些不具备诗的形式的作品恰恰更富于诗的意味。具体从两方面来看。

从创作角度说，曹禺的戏剧创作方式与其他剧作家有较大的差异，而更接近于诗人的创作。面对创作素材，他不是冷静地分析、理智地编排，而是一种全身心的投入，在真切的感受和体验中，在与对象的相互交融中去构思、去创作。那种"情感汹涌的流"推动着他、左右着他，从而使他得以将诗的内涵纳入剧的形式中。除了特有的诗人情怀之外，曹禺创作时往往是先有一种朦胧的、类似于诗歌意境或音乐旋律的感受萦绕脑际，这不仅是曹禺戏剧构思的开端，而且也成为他整部作品的基本氛围。

从作品角度说，将戏剧作为诗来写，并不一定是要求戏剧符合诗的形式规范，而毋宁说是追求诗的意境，使之具有浓郁的情感色彩和主观因素。曹禺的剧作无不洋溢着强烈的抒情性，其人物身上往往集中了极端的爱与恨。"极端"和"矛盾"是"《雷雨》蒸热的氛围里两种自然的基调"，"《原野》是讲人与人的极爱和极恨的感情"。在《北京人》和《家》中，感情表现要深沉含蓄得多，但人与人之间也汹涌着感情的潜流。诗歌中最为常见的象征性意象，在曹禺剧作中同样大量存在，如《原野》中的黑林子和向远方延伸的铁轨、《北京人》中曾皓的棺材，乃至"雷雨""日出"等作品的命名。这些象征性意象从不同层面烘托、渲染了戏剧的诗意氛围，而且成为戏剧有机的组成部分。另外，曹禺的创作虽基本取材于现实生活，但作家并不满足于仅仅按照生活本来的面目去进行描摹，常常是有意超越客观真实，采用表现主义的手法，这一点在其前期创作中表现得尤为明显。曹禺之所以特别宣称《雷雨》和《原野》是作为"诗"来写的，也有这方面的原因。

最后，在戏剧艺术手法方面，曹禺表现出非凡的艺术才华。

曹禺剧作善于构织尖锐紧张的戏剧冲突，在多线索交织的情节推动下，通过集中的矛盾关系、严谨统一的结构来组织戏剧冲突。《雷雨》在锁闭式结构的统领下，通过回溯的方式将时间跨度长达30年的情节线浓缩至最激烈、也是最集中的一段落笔。剧本呈现的正好是各种矛盾冲突的最后结局，精巧而又周密。《日出》采取"横断面"的结构方法，人物互为宾主，交相映衬，通过人物生活各个层面和片断的方式构筑起生活的全貌，共同完成主题意蕴的突出表现。《北京人》则是以内外复线发展的多重网式结构组织情节，全剧以棺材事件开篇，由外在的情节引入曾家内部没落分裂的过程；而在曾家的内部矛盾冲突中，曾文清与愫方各自的内心冲突又形成两条内在的戏剧冲突线索，完整地展现了人物矛盾挣扎的心理变化。剧中各种情节都有清晰的线索，而又环环紧扣。

曹禺在人物语言的个性化方面也显示出了极高的艺术才能。他总能根据人物不同的生活经历、身份、教养以及处在不同境况下的心理状态来选择人物的语汇、语调与节奏，以表现人物不同的个性。周朴园的伪善专横、鲁贵的谄媚卑怯、愫方的忍辱负重、顾八奶奶的庸俗，都通过他们特有的言语方式生动地反映出来。更重要的是，曹禺剧作的台词极富动作性。台词与舞台动作相配合，又使台词延伸出丰富的潜在含义，揭示出人物复杂的感情及个性，如《雷雨》中周朴园与侍萍重逢的那段对话，看似节制平淡，却由于符合了人物的个性和特定环境下的心态，变得极具张力，能使观众强烈地感觉到说话人情绪的波动和心灵的急剧变化。《北京人》的人物语言更加注重在内敛中隐藏深意，处处显露出丰富的潜台词。主人公愫方往往只用两三个词的短句、一两个语气词，有时甚至干脆以缄默回应，却恰恰体现了愫方隐忍恬静的性格特征和复杂的心绪。

第六节　欧阳予倩与洪深的创作

图 13-2　欧阳予倩

　　欧阳予倩（1889—1962），中国现代话剧的创始人之一，中国话剧运动的启蒙者和奠基者，原名欧阳立袁，号南杰，出生于湖南浏阳的封建世家。他早年赴日留学，在观看了春柳社的首场公演之后，对戏剧产生很大兴趣，于1907年加入春柳社，并与李息霜、曾孝谷、陆镜若等人在东京演出话剧《黑奴吁天录》，这被视为是中国话剧运动的开端。欧阳予倩毕生献身于中国的戏剧事业，前后创作了40多部话剧和电影剧本，近50个戏曲剧本，主编过多种戏剧刊物，导演过话剧、电影、歌剧、京剧及其他地方戏曲和芭蕾剧共70余部，为中国戏剧运动的发展做出了杰出的贡献，在京剧表演和戏曲研究方面也颇有建树。

　　早在五四时期，欧阳予倩的剧作就以通俗、富有舞台效果著称。《泼妇》和《回家以后》是他这一时期的代表作。《泼妇》塑造了一位勇于捍卫妇女权利、坚决反对丈夫娶妾的新女性形象，热情讴歌了新型妇女追求人格独立、自尊自强的反抗精神，表明了与不平等的旧婚姻制度斗争的坚定决心。女主人公被封建势力看作是"泼妇"的事实也警醒人们，真正实现"妇女独立"在封建思想依然严重的社会中是多么困难。1924年，欧阳予倩又创作了独幕剧《回家以后》，写留美学生陆治平留学期间抛弃结发妻子与女留学生刘玛丽结婚，回家之后又发现原配妻子吴自芳有许多新式女子所没有的好处，不敢也不愿离婚了。这出剧提出了在当时如何看待不同文化影响差异的社会问题，有一定现实意义。剧作批评有些留学生喜新厌旧的婚恋观，这在当时着实需要一定勇气。无怪乎洪深曾评价说："这出戏，演得轻重稍有不合，就会弄成一个崇扬旧道德讥骂留学生的浅薄东西。"

20世纪30年代是欧阳予倩创作的丰收期。他的创作视野更加广泛，内容从五四时期关注爱情、家庭问题，注重批判封建礼教，转向反映上层社会的黑暗和下层劳动百姓的艰难痛苦，挖掘更加深入，艺术技艺日趋成熟，社会批判力度也逐渐加强。代表作品有《屏风后》《车夫之家》《买卖》《同住的三家人》等。

《屏风后》是一出讽刺喜剧，描写了女伶忆情、明玉母女被道德维持会会长康扶持父子玩弄的不幸遭遇，揭露了"屏风"遮掩下道德家的丑恶面目，尖锐讽刺了封建卫道士的虚伪自私、寡廉鲜耻的嘴脸。剧作巧妙地以"屏风"为道具，在揭穿与掩饰之间显示出全剧的戏剧性：屏风前的康扶持是正人君子，隐藏在屏风背后的真相始终是一个吸引人的悬念；拆掉屏风后他便暴露出丑恶嘴脸，"道德维持会"之类的美好名称也不过是一块遮丑的"屏风"。这不仅达到幽默的喜剧效果，还能使观众获得道德的满足感和情感的释放，使人们对传统虚伪道德被揭穿的结果印象深刻。《车夫之家》描写一个平凡的人力车夫整日辛苦劳作，却落了个儿子病死、女儿沦为娼妓的下场，走投无路时，又因洋人要造楼，被警察赶出家门，沦落到家破人亡的悲惨境地。剧作通过对一户普通百姓人家遭际的描写，从侧面反映出半殖民地半封建社会的大悲剧，控诉了帝国主义、买办阶级和反动军阀的罪行，以微见著，反映了整个中国社会的状况。《买卖》的中心情节是一个诡计被实施的过程。作品描写买办陶近朱和梅希俞为了讨好洋人大老板，做成一笔军火买卖，不惜以自己的亲妹妹梅可卿为代价设下美人计，最终达到目的。正如陶近朱在剧中所说，"这才是买卖里头套买卖"，作家在这里批判的不仅仅是低贱的人肉买卖，还有军事和政治上的买卖、权钱与色相的交易，揭露了国民党政权及买办阶级的荒淫无耻。这场处心积虑设计的军火交易，也显露出当时中国社会迅速买办化、殖民化的时代本质，引发人们深刻的思考。《同住的三家人》通过对同住在一起的小学教师、失业汽车司机、电器修理工三户人家穷困潦倒生活的描述，揭示了当时社会严重的贫富悬殊情况和由此引起的阶级对立，批判了鱼肉百姓的国民党政府和外国侵略者。欧阳予倩曾说："盖戏剧者，社会之雏形，而思想之影像也……剧本之作用，必能代表一种社会或发挥一种思想，以解决人生之难题，转移谬误之思潮。"① 欧阳予倩的剧作体现了他的现实主义戏剧观，展现民不聊生的社会状况，揭示激烈冲

---

① 欧阳予倩：《予之戏剧改良观》，载《新青年》，1918（5/4）。

突的矛盾斗争，指示社会发展方向，显示出强烈的历史使命感。

欧阳予倩善于从生活中提炼出最能揭示社会本质矛盾的典型细节，高度凝练，精心构思，使生活细节高度戏剧化。《同住的三家人》就是选取 20 世纪 30 年代国民党政府通过"钞票贬值、物价上涨"的方式来鱼肉百姓，掠夺财富的典型事件，来制造戏剧冲突。他还通过精巧的情节设计避免平铺直叙，将悬念巧设在一个锁闭式的故事结构中，如《屏风后》中观众期望通过屏风前的演出透视屏风后的秘密，这成为全剧始终萦绕的悬念。剧作以人物性格的内在冲突作为推动戏剧矛盾的关键，嬉笑怒骂中严肃地鞭挞社会现实，达到了极高的艺术水准，产生了广泛的社会效果。

除剧作创作之外，欧阳予倩在戏剧理论建设与戏剧改革方面也颇有建树。1929 年年初，欧阳予倩担任广东戏剧研究所所长时，就写下了大量理论文章，如《戏剧改革之理论与实际》《自我演戏以来》等，后还出版了《予倩论剧》，针对戏剧与生活、戏剧与时代、戏剧与民众、戏剧的社会功能以及创作方法等问题进行了深入的讨论。他树立起自己的现实主义戏剧观，竭力倡导戏剧要把握人生的真实、弘扬广大民众在封建桎梏和帝国主义重压下的奋斗精神，为我国现代戏剧的发展做出了杰出的贡献。

图 13-3　洪深

洪深（1894—1955），原名伯骏，字浅斋，出生于江苏武进一个大官僚世家。他是我国现代戏剧事业的拓荒者之一，与欧阳予倩、田汉并称为"中国话剧的三个奠基人"。作为杰出的戏剧理论家、剧作家和导演，洪深为我国现代戏剧艺术事业的发展做出了不可磨灭的贡献。

在投入左翼戏剧运动之前，洪深曾创作了《卖梨人》（独幕剧，1915）、《贫民惨剧》（五幕剧，1916），对被欺压、被摧残的下层百姓给予了深切的关怀与同情，但作品中把改变被压迫者命运的希望寄托于好心人的救助或者加害者的良心发现上，对社会黑暗和丑恶的揭露有些流于表面。1923 年创作的九幕剧《赵阎王》试图将笔触深入到军阀混战中人们的心理层面，揭示社会施加给个体的严重的心灵扭曲。然而剧作中，暴露社会问题的单纯主题与揭示人物深层心理的深邃内涵产生了不可弥合的龃龉，加之艺术手法不够纯熟，也没能达到很好的艺术效果。加入左翼戏剧运动行列之后，洪深的世界观和戏剧观都发生了深刻的变化。他提出戏剧应"帮助他们解答目前生活中所遇到的困难问题"①，认为"现代话剧的重要价值，就是因为有主义，对于世故人情的了解与批判，对于人生的哲学，对于行为的攻击或赞成"②。从1930年开始，他相继创作了独幕剧《五奎桥》、三幕剧《香稻米》和四幕剧《青龙潭》。三部剧作各自独立又相互联系，共同构成一幅描绘20世纪30年代中国江南农村社会生活情景的全景式画卷。"农村三部曲"是中国现代文学史上较早出现的全面展示农民苦难生活和农村社会斗争的话剧剧作，具有开风气之先的社会意义。

《五奎桥》是"农村三部曲"中最出色的一部。五奎桥为江南某村地主周乡绅家的先人所造的一座私桥。他家曾有"三代五进士"的"盛事"，故桥名"五奎"，筑此桥"一以纪念盛事，二以保全风水"。它是以周家为代表的地主阶级世世代代欺压百姓的威权象征。围绕着拆与不拆五奎桥的问题，农民与地主乡绅展开了激烈的斗争。一方面是李全生为代表的农民，为了众多乡亲的生计，必须为灌溉四百亩即将枯萎的稻田而拆桥；另一方面是以周乡绅为代表的地主、官吏们，为了维持"风水"和所谓"六法"的"权威"，不准农民拆桥。矛盾几经反复，戏剧冲突波澜起伏。最终农民团结起来，拆毁了这座象征封建统治的五奎桥。全剧结构严谨、场景集中，反映了地主和农民之间尖锐的阶级对立，歌颂了农民的正义反抗和不可抗拒的强大力量，作为"社会问题剧"，这部话剧在农村土地革命如火如荼地展开的20世纪30年代具有强烈的现实意义。

在"农村三部曲"中，洪深塑造了60多个人物形象，其中有不少个性鲜明的艺术典型。他认为"戏剧是表现人生的"，善于从"平淡无奇的人生"中提炼反映社会现实的题材，发掘人与人之间具有戏剧性的因素，精心组织戏剧冲突，将人物放在矛盾冲突中来展示性格，使"日常照例的人事"变得富有"戏剧的趣味"③。剧中反面人物周乡绅的形象比较成功，较少概念化、脸谱式的痕迹。他刚出场时似乎是个斯文文雅的官绅，绝没有一般恶霸地主似的张扬跋扈。但随着剧情的展开，这位城府颇深的地主渐渐暴露出他的真面目，用欺骗愚弄、威吓要挟、挑拨离间、以势压人等招数来对付农民，那种骨子里的阴

---

① 洪深：《电影戏剧的编剧方法》，见《洪深文集》，3卷，268页，北京，中国戏剧出版社，1959。

② 洪深：《从中国的新戏说到话剧》，见《洪深研究专集》，178页，杭州，浙江文艺出版社，1986。

③ 洪深：《"戏剧的"是什么》，见《洪深文集》，4卷，439页，北京，中国戏剧出版社，1959。

险毒辣被作家刻画得淋漓尽致，透过地主阶级的虚伪表象，深刻地揭示了阶级对立的本质性。而农民一方，也并非始终坚定地与地主阶级做斗争，其中以老年农民为代表的保守势力常常发生动摇，使得矛盾冲突有了进一步深入发展的现实基础，显得真实可信。加上作者善于构建戏剧冲突，剧作结构紧凑，剧作情节张弛有度，波澜起伏，扣人心弦。

《香稻米》（三幕剧）写拆了五奎桥之后，农民虽然取得了大丰收，却是"丰收成灾"，周乡绅趁机报复，走投无路的农民放火烧了周家祠堂。《青龙潭》（四幕剧）表现官吏、乡董等"口惠而实不至"，在新的大旱之年，农民依然无以为生。洪深的剧作严谨、朴实，重视戏剧的时代内涵和社会意义，根据"先进的社会科学"，表现地主乡绅、资本主义和代表帝国主义深入农村的买办们，对农民的掠夺剥削、对农村经济的破坏，给百姓造成深重的灾难，但由于作家对农村生活体验不够，概念化的倾向比较严重，艺术成就略逊一筹。

第七节　田汉与夏衍的创作

田汉（1898—1968），字寿昌，湖南长沙人，1916 年赴日本留学，五四后加入了少年中国学会，并成为早期创造社的发起人和重要成员之一。1919 年田汉写出了处女作《梵峨嶙与蔷薇》。1920 年的独幕剧《咖啡店之一夜》是他戏剧创作发轫的标志。1922 年回国后，他创办了很有影响力的《南国》半月刊，开始了"南国社"的早期活动，此间又发表了他的第二部重要剧作《获虎之夜》，以现实主义的笔调讲述了青年男女为了争取恋爱自由和个性解放而进行的不屈不挠的斗争，另外，还创作了《午饭前后》《顾正红之死》

图 13-4　田汉

《黄花岗》等一系列反帝反封建、配合现实斗争的作品。田汉早期的剧作表达了反对封建专制、争取婚姻自由、追求个性解放的时代主题，在创作方法上注重对外来艺术手法的吸收，显示出注重抒情和诗意表现的浪漫主义基本风格，但也流露出较为浓厚的唯美主义倾向和感伤忧郁的情调。

1928 年前后，田汉的剧作扬弃了唯美主义的倾向，对黑暗现实的不满和批判有了明显加强，洋溢着强烈的反抗精神。比较突出的有《名优之死》《江村小景》《南归》《湖上的悲剧》《苏州夜话》等剧作。1929 年完成的三幕剧《名优之死》是田汉前期最重要的作品。名伶刘振声德艺双馨，刚强正直，忠于艺术，倾尽心血想多培养几个有天分的弟子成材。然而，在那个物欲横流的上海滩，刘振声个人的艺术追求和美好愿望难为社会所容。他的女弟子刘凤仙在流氓绅士杨大爷的引诱腐蚀下日渐堕落，刘振声悲愤之下与杨斗争，却在杨所操纵的喝倒彩声中气绝于舞台。剧作通过描述"一个忠于艺术的演员怎样不能不与恶势力作斗争"，控诉了残害艺术、腐蚀人们良知的社会恶势力，表达了剧作家严峻的现实主义精神。剧中人物性格的塑造、戏剧冲突的编排、戏剧语言的组织都显得比前一时期更加成熟，尤其是作品巧妙地将艺术舞台与社会舞台相结合，形成了戏中有戏的独特效果，产生了很强的艺术感染力。

1930 年，田汉率"南国社"加入"左联"，并写了长达 7 万字的《我们的自己批判》，对以往的创作实践进行了坦诚深刻的反思与回顾，决心抛弃自己从前小资产阶级的感伤情调，投入到新时代为民众、为社会而创作的洪流中去，从而由一名积极的革命民主主义者转变为无产阶级的革命战士，彻底完成了向革命戏剧活动的"转向"。他的剧作摆脱了个人消沉感伤的情调，转而以反映时代精神为主旨，强调思想性和斗争性，以配合文艺斗争和政治斗争的需要，将戏剧创作真正纳入到社会主义文学的轨道之中。

这一时期的创作内容主要集中在两个方面。一方面反映被压迫民众的苦难生活，赞扬他们反抗暴政的斗争精神，如《年夜饭》《梅雨》《夜光曲》《初雪之夜》等。《月光曲》以电车工人罢工斗争为题材，真实塑造了王茂林、林德润等工人形象，尤其是林德润思想上从糊涂到觉醒、提高认识后积极参加罢工的转变过程。《梅雨》描写产业工人受工厂主、高利贷以及二房东的多重盘剥压迫下的悲惨命运。另一方面反映人民群众抗日救亡运动，抨击国民党政府不抵抗政策，如《乱钟》《扫射》《暴风雨中的七个女性》《战友》《回春之曲》等。《乱钟》写"九一八"事变之夜，东北大学的学生们听到日本军进犯皇姑屯和北大营时所表现出的爱国激情。《暴风雨中的七个女性》和《黎明之前》反映了社会不同阶级、不同阶层的人们对抗日救亡运动的不同态度。《战友》写抗日志士保家卫国的英勇壮举。这些作品从不同侧面反映了广阔的社会现实，揭示了尖锐的社会矛盾和阶级矛盾，洋溢着浓厚的爱国主义情绪和斗争精神，在当时产生强烈反响，其中以《回春之曲》最为著名。

《回春之曲》描写了青年华侨高维汉出于对祖国的热爱，毅然离别恋人，从南亚回国参加抗日义勇军的故事。在战斗中负伤而卧床 3 年，他遗忘了过去的一切却始终没有忘记抗日战争，病愈之后，依然保持着为国拼杀的战斗热情。作品比较成功地塑造了高维汉、梅娘、黄碧如、洪思训等人物形象。他们不再是某种观念的化身，而是真实可感的人物形象。其中梅娘的形象最为鲜活动人。她是一个美丽热情的南洋姑娘，深爱着高维汉。在祖国蒙难时，她深明大义，将对恋人的爱和对祖国的爱统一起来，义无反顾地照顾恋人、支持恋人。她的爱不仅唤醒了高维汉的"记忆"，也鼓舞了同志们的战斗意志，表现出坚贞不渝的奉献精神和一往无前的战斗决心。田汉在剧中发挥了抒情性强的优势，追求一种诗意化的境界，用诗一般的语言表现人物的情感，时而缠绵悱恻，时而雄浑激烈，并配以几首情真意切的歌曲，增添了全剧的艺术感染力，徐悲鸿曾就此称赞"《回春之曲》是'情文并茂的好诗'"①。《回春之曲》是融会了现实主义与浪漫主义的杰出代表，使田汉早期的诗意性的浪漫风格与政治内容的需要完美地统一，标志着田汉艺术创作的新发展。

田汉在这一时期的创作灵敏地反映时代风气，密切配合政治运动，题材广泛，形式多样，既有浪漫诗意的抒情戏剧，又有严峻理性的社会问题剧，还有讽刺幽默的喜剧等。其艺术手法也日臻完善，善于塑造在激烈矛盾冲突中的人物性格，张扬粗犷壮阔的气势，诗一般的抒情性语言与抒情歌曲的适时穿插，更增添了剧作的抒情气氛。

夏衍（1900—1995），本名沈乃熙，字端先，出生于浙江杭县一个没落的书香门第，早年留学日本，1927 年回国致力于左翼文学运动，1934 年开始话剧创作。其处女作独幕剧《都会的一角》发表于《文学》1935 年 12 月 5 卷 6 号。剧作通过一个 19 岁的舞女潦倒的生活写出下层百姓生活的辛酸和内忧外患的时代气氛，虽然与其成熟期的现实主义话剧还有相当差距，但剧作家关注社会现实的使命感和卓越的艺术概括力已经初露端倪。

在短短的两年中，夏衍又写出了两部大型历史剧——被誉为"国防戏剧之力作"的《赛金花》和"忧时愤世"之作的《自由魂》（即《秋瑾传》）。《赛金花》以庚子事变为背景，描述清末妓女赛金花与八国联军头目周旋、挽救国事的经历。清政府在大敌当前之时，堕落到只能依靠一个女人来挽救局面，更可悲的是，当危机过去，那些曾经逃之夭夭的政客们仿佛个个成了"剿匪"英雄，反而开始指责赛金花"卖身求荣"，把她赶出了北京城。该剧深刻揭露了旧式官僚们丧权辱国、腐朽昏庸的种种丑行，抨击了当时崇洋媚外的社会风气。但是由于对赛金花的行为缺乏十分鲜明的臧否，模糊了对许多历史事件（如太平天国运动）的评价，使该剧在当时的文艺界引起了一些争议。继《赛

---

① 徐悲鸿：《中国舞台协会之成功》，载《中央日报》，1935-11-08。

金花》之后，夏衍又写就了以清末女革命家秋瑾为革命事业英勇奋斗、壮烈牺牲的事迹为题材的《自由魂》，从正面讴歌革命者的勇敢正义、追求理想的精神，同样是借历史鞭挞统治者的卑劣与怯懦。

　　1937 年，经过写作上"痛切的反省"，夏衍创作出标志着个人艺术风格臻于成熟的现实主义力作《上海屋檐下》，从此奠定了他在中国现代话剧史上的地位。这部戏，是要通过"上海这个畸形社会中的小人物""反映出一个即将来临的伟大的时代，让当时的观众听到些将要到来的时代的脚步声音"①。剧作主要围绕着林志成、杨彩玉、匡复三人之间复杂的感情纠葛展开。多年前，林志成在好友匡复入狱后，担负起照看其妻女彩玉、葆珍的重任。由于匡复长期杳无音讯，在生活与感情的双重压力下，林志成与彩玉同居了。一天，匡复出狱寻找妻女，一时间三人都陷入情感的痛苦中，面对如此令人不堪的尴尬境地，几位主人公将何去何从？作品便从这情感纠结点拉开了帷幕。匡复出狱寻妻，却发现妻子已与好友同居，如果从表面着眼势必有一场激烈的冲突，但作家避开正面的矛盾冲突，转而以细腻的笔触探索三个人物复杂的内心世界，惟妙惟肖地刻画出内心情感冲突的潜流，表现他们在处理情感纠葛时的克制隐忍和自我牺牲的品质。匡复经过艰难的思想斗争，终于认清了罪责其实不在二人身上，而应归罪于那个黑暗的社会现实，他理解了妻子和林志成在非常处境中的不幸结合，也能体会他们因为这种非正常的结合而承担的良心煎熬，最终明智地选择离开。三人的感情纠葛都反映在人物的心理波动，而不是外化于行动。可以说，直到创作《上海屋檐下》开始，夏衍才真正实现了创作的根本转变，即把剧本创作的焦点逐渐集中于人物性格的刻画、内心活动的描绘，将当时的时代特征反映到剧中人物身上，"开始了现实主义创作方法的摸索"②。作家以细腻的笔触透视了每个人物无法言表的内心痛苦和感情冲击。匡复获得自由寻找妻女的急切，和亲人重逢时的喜悦，得知林、杨同居后的矛盾和隐忍的颓废，最终决心成全二人、远走他乡的复杂心情；林志成乍见匡复的慌乱、震惊和愧疚，决然出走又难舍难分的犹豫不舍，杨彩玉与匡复重逢后的羞愧、对往昔幸福的追忆、匡复走后的辛酸，都写得层次清晰，丝丝入扣，表现了国民党反动统治施加给人民的伤害和无法医治的心灵创伤。

　　夏衍是一位有着强烈的社会使命感的作家，时局与政治因素总是恰到好处

---

　　① 夏衍：《谈〈上海屋檐下〉的创作》，见会林、陈坚、绍武编：《夏衍研究资料》，184 页，北京，中国戏剧出版社，1983。

　　② 会林、陈坚、绍武编：《夏衍研究资料》，178 页，北京，中国戏剧出版社，1983。

地融入他的艺术构思中。该剧除了细致描摹三人的情感纠葛，还将笔触伸及更广泛的社会层面，真实地描绘了上海一栋普通的弄堂房子里居住的五户人家：患着严重肺病的黄永楣、被人玩弄的"廉价少妇"施小宝、日夜思念儿子的李陵碑、权且乐观的穷教师赵振声，以及为了生计日夜操劳的林志成。他们虽然身份各不相同，却都有着各自艰难的人生处境和辛酸命运。剧作通过描绘这些平凡人家烦琐的日常生活，诸如邻里间的人事摩擦与感情纠葛、老人恨铁不成钢、弱女子生活无依等，表现出了城市经济破产、物价飞涨、农村荒歉和工人反抗的社会面貌，揭示出那个时代风雨飘摇、分崩离析的社会现实，犹如贯穿全剧的那个令人郁闷、烦躁的黄梅季节，"始终不曾停过"。但剧作家也不忘提醒"总有一天会晴"的希望，鼓舞人们坚强地面对生活，肩负起抗日救亡的历史使命。

《上海屋檐下》三幕戏都发生在同一场所（五户人家同时表演），剧情前后不到一天时间，作家并未固守"三一律"，而是灵活调度，做到了主次分明、井井有条。以林志成、杨彩玉、匡复三人的感情纠葛和命运抉择为主线，其他四家的生活为副线，主副线交错发展，有条不紊。全剧始终处于梅雨天气，地点都在一个屋檐下，氛围都是压抑而沉闷的，形成一幅浑然一体的艺术图景。另外，夏衍注重戏剧氛围的营造。帷幕开启时，展现出的是上海特有的石库门、鸽笼般的小屋、破朽的楼梯、潮湿压抑的黄梅天气、小贩悠长的叫卖声、人力车时断时续的声音……一片愁云惨雾的景象。这既是自然环境的描绘，又是沉闷的时代与政治气候的反映，并构成剧中人物的焦躁郁闷心理气候，是人物性格发展与情节构成不可或缺的因素之一。凄风苦雨与彷徨无助的人们融成一个整体，共同表现着那个时代的历史真实。

《上海屋檐下》是一部坚实的现实主义作品，在夏衍的剧作创作中具有里程碑的意义。该剧以生动贴切的戏剧语言、新颖完善的戏剧结构、细腻真实的心理刻画、鲜明的人物形象在20世纪30年代的戏剧创作中独树一帜。以该剧为代表，夏衍形成了自己鲜明的艺术风格，在中国现代话剧史上占有重要的地位。

第八节　丁西林与李健吾的创作

丁西林（1893—1974），原名丁燮林，字巽甫，江苏泰兴人，曾留学英国伯明翰大学专攻物理，后担任北大物理系教授，业余进行话剧创作。他的剧作以反映知识分子生活中的矛盾为主要内容，前期主要作品有《一只马蜂》《北京的空气》《亲爱的丈夫》《酒后》《瞎了一只眼》及《压迫》等独幕剧。在搁笔 10 年之后，丁西林于抗日战争时期写下后三篇剧作《三块钱国币》《等太太回来的时候》和《妙峰山》。丁西林是中国现代喜剧的创始人之一，在戏剧人物、结构、语言、风格等方面均显示出成熟的技艺，为现代话剧特别是喜剧提供了堪称典范的作品，其中以《一只马蜂》和《压迫》最具代表性。

《一只马蜂》（1923）讲述了青年人追求恋爱婚姻自由而与"不正常"的社会风气做斗争的故事。表面上宣称不干涉青年人婚姻的吉老太太，暗中却热衷此道。她积极为护士余小姐做媒，却不知余小姐和其儿子吉先生已经默默相爱。在那个"可以讲的话"而"不能讲"的"不自然的社会里面"，他们只能一面用机智的谎言瞒过企图包办婚姻、拆散他们的吉老太太，一面还巧妙地互诉衷肠，最终取得了自由恋爱的胜利。剧作中总能看到那些代表着真诚和善良的人物机智俏皮地与反面力量周旋，使矛盾和困难迎刃而解。全剧充满诙谐轻松的幽默感，即便对待那些反面人物，作家也不是冰冷严酷地旁观和嘲弄，而是以热心而又温情的态度给予观照，如剧中吉老太太思想迂腐，给大家制造了许多麻烦，但并不可憎，观众在作家对她的揶揄中总会发出会心的微笑，感受到作家对人性的深刻理解和对生活的热爱。

《压迫》（1925）描写了一位有"坚壁清野"的封建思想的房东太太，因家中有女儿不愿将房子租给单身男房客，但女儿擅作主张收下定钱，从而引起纠纷，就在房东太太叫来警察之际，又来了一位单身女房客。男女房客消除误会和矛盾，达成了谅解，假扮夫妻，骗过房东太太，租下了房子。丁西林选材独特，往往选取生活中微小的矛盾冲突，通过人物性格的差异，编织戏剧冲突，以小见大地加以表现。同时，剧作喜剧语言引入各种论辩性因素，不仅构成了喜剧的内涵，展示了人物机智可爱的品格，还通过他们的言行表达对于诸多社会问题独立思考的结果。另外，他的独幕剧非常注重戏剧结构，常常是跌宕起伏、峰回路转，尤其是结尾处的精巧设计，往往出人意料，给人不期然的惊讶与欣喜。《压迫》中，男女房客假扮夫妻，总算租下房子，剧终前，男房客突然问起女房客的姓名，着实让人忍俊不禁，既是夫妻，何以连对方的姓名都一无所知。这样的结尾给人一种意蕴深长、回味无穷的感觉。

李健吾（1906—1982），山西安邑人，我国著名翻译家、文学评论家和外国文学研究专家，又是一位优秀的剧作家。早在 20 世纪 20 年代初，他就和话剧结下了不解之缘，其处女作独幕剧《工人》发表于 1924 年，其一生创作多幕剧 12 种，独幕剧 11 种，改编多幕剧 13 种、独幕剧 1 种，加上大量翻译剧本，总计八九十种。20 世纪三四十年代是李健吾戏剧创作的鼎盛期，主要有代表作《这不过是春天》《梁允达》《以身作则》《十三年》《贩马记》《青春》《王德明》等。其鲜明的艺术特色和稳定的创作风格，奠定了他在中国话剧史上的重要地位。

三幕剧《这不过是春天》是一部精巧紧凑的作品。作品以北伐战争为背景展开情节，警察厅长夫人从前的男友冯允平，作为革命党潜入军阀统治下的北京，而警察厅长正接到上级命令追捕他。剧作一开场就把人物推到了紧张的矛盾冲突的旋涡中。密探白振山探明了冯的身份，因厅长不肯给赏，便把消息透露给厅长夫人，夫人立即给了他一笔钱，巧妙地将冯放走。担心冯会抢走自己饭碗的厅长秘书，听说他要走，便兴高采烈地欢送他离开。全剧将人物个性特征和事件的因果关系相融合，使剧情在男女主角的爱情纠葛中自然发展：警察厅长在钱财方面的吝啬，给其太太以机会买通密探；厅长太太对生活深感不满，对感情仍有追求才会使她在冯允平身份暴露之后，勇于解救他；而厅长秘书对自己地位的忧患又推动了剧情的发展；甚至送冯允平离开的汽车，也是厅长太太早就说去请医生安排好的。情节人物均有铺垫，显得合情合理、滴水不漏，场次之间关系清晰、衔接紧密。另外，人物形象也很鲜明，在剧情发展中、在语言的交锋较量中得以自然显现：厅长的庸碌、冯允平的冷静、密探的贪婪、秘书的狡诈，给人留下深刻印象，显示出很高的艺术技巧。其中，厅长夫人可以说是作家塑造的最为成功的人物形象之一。作家逼真地刻画出这位贵妇人内心复杂的矛盾纠葛。她身上汇集着"理想与现实的矛盾，纯情挚爱和世俗利益的矛盾，青春不再和似水流年的矛盾，强烈的虚荣心和隐蔽的自卑感的矛盾"①。她无法克服这一切，只能黯然收起心中希望，苟活于现状中。这既是对当时统治阶级家庭妇女生活状况和性格面貌的曲折反映，也指向了人类带有普遍性的性格弱点。

李健吾十分注重从传统艺术中汲取养料来丰富现代话剧创作。《梁允达》一剧就融会了传统戏曲的表演方法和现代话剧的结构艺术，使之呈现出独特的艺术效果。该剧描写梁允达年轻时受刘狗怂恿，打死父亲取得家产。早年的弑父犹如一道难以愈合的伤疤，使梁的内心无法平静。20年后，刘狗为躲避北伐军的清算逃匿在梁家。戏剧从这里拉开帷幕，悲剧几乎再度重演。刘狗再度教唆梁的儿子打死父亲夺取家产。而这终于激起梁允达的愤怒和仇恨，在祠堂里用阴谋家的鲜血抚慰了无法安宁的心灵。该剧有意识借鉴了中国传统戏曲的分场方式来连缀情节，人物上下场频繁，动作性很强，使话剧有限的表演空间也得以拓展。悬念强烈，并随着剧情的发展不断延宕、加强，人物关系错综复

① 柯灵：《李健吾剧作选·序言》，4页，北京，中国戏剧出版社，1982。

杂、缺一不可，矛盾冲突尖锐激烈，但又井井有条、一丝不苟，这一切都显示出了其卓越的编剧才能。

李健吾吸纳了中国传统艺术和西方戏剧两方面的资源，融会贯通，创作出有民族特色的现代戏剧精品。其剧作艺术技巧圆熟，布局严谨，在心理刻画、场面渲染和语言运用上，都显示出高超的艺术水准，在中国话剧艺术史上有着不可替代的独特地位。

思考题

1. 1935 年 4 月《雷雨》首次公演后，曹禺曾流露出对导演删去"序幕"和"尾声"的惋惜和遗憾。他明确否认《雷雨》是一部社会问题剧，而认为是一首诗。你如何理解曹禺的这个观点？这个观点与"序幕"和"尾声"之间有何种关系？

2. 在《日出·跋》中曹禺说："写完《雷雨》，渐渐生出一种对于《雷雨》的厌倦。我很讨厌它的结构，我觉出有些'太象戏'了。"的确，《日出》在戏剧结构上与《雷雨》有很大的不同，然而从《雷雨》到《日出》是否有一种一以贯之的因素存在呢？

3. 夏衍善于写普通知识分子与小市民平凡的人生，从"几乎无事"的日常生活中挖掘内在的悲剧性和喜剧性。夏衍的这种创作特色在《上海屋檐下》中是怎样体现的？

参考书目

1. 洪深. 五奎桥//洪深. 洪深文集：第一卷. 北京：中国戏剧出版社，1957.

2. 丁西林. 一只马蜂//丁西林. 丁西林剧作全集（上）. 北京：中国戏剧出版社，1985.

3. 曹禺. 雷雨//田本相编. 曹禺文集：第一卷. 北京：中国戏剧出版社，1988.

4. 曹禺. 日出//田本相编. 曹禺文集：第一卷. 北京：中国戏剧出版社，1988.

5. 曹禺. 原野//田本相编. 曹禺文集：第一卷. 北京：中国戏剧出版社，1988.

6. 曹禺. 北京人//田本相编. 曹禺文集：第二卷. 北京：中国戏剧出版社，1989.

7. 曹禺. 家//田本相编. 曹禺文集：第三卷. 北京：中国戏剧出版社，1990.

8. 田汉. 获虎之夜//田汉. 田汉全集：第一卷. 石家庄：花山文艺出版社，2000.

9. 夏衍. 上海屋檐下//刘厚生，陈坚编. 夏衍全集：戏剧剧本（上）. 杭州：浙江文艺出版社，2005.

10. 李健吾. 这不过是春天//中国现代文学馆编. 李健吾代表作. 北京：华夏出版社，2009.

11. 李扬. 诗性之思——曹禺对人的生存境况的追问与沉思. 文学评论. 2004（2）.

第十四章　诗歌与散文的新发展

第一节　戴望舒与现代诗派

现代诗派的出现有其历史渊源，它既是对初期象征派的继承，又是"新月"诗派演变发展的结果。曾在 20 世纪 20 年代追随初期象征诗派和新月诗派的一批青年诗人，随着自身诗艺的成熟，开始探索新的诗歌道路。1932 年，戴望舒与施蛰存、杜衡等人共同创办了《现代》杂志（1935 年终刊，共出 34 期），这是现代诗派产生的标志。《现代》创办之后，其发表的诗歌吸引了大量文学青年，带动了诗歌创作的风气。对《现代》倡导的诗歌观念认同的新诗刊物也纷纷涌现，如上海的《新诗》和《诗屋》、广东的《诗页》和《诗之页》、苏州的《诗志》、北平的《小雅》等。1936 年、1937 年期间，现代诗派进入鼎盛期。戴望舒主编的《现代诗风》（1935 年 10 月，仅 1 期）和戴望舒、卞之琳、冯至等人共同编辑的《新诗》月刊（1936 年 10 月—1937 年 7 月）先后出版，发表了大量现代诗派的代表作品和有分量的理论文章。至此，现代诗派进入成熟期。

现代派诗歌普遍受到法国象征主义诗歌的启发和影响，同时又承接了以李金发为代表的 20 世纪 20 年代初期象征诗派的某些艺术追求，对诗歌有着自己独特的理解。施蛰存在《又关于本刊中的诗》中声称："《现代》中的诗是诗。而且是纯然的现代的诗。它们是现代人在现代生活中所感受的现代的情绪，用现代的辞藻排列成的现代的诗形。"这实际上是现代诗派的宣言，申明了他们诗歌创作的主张。施蛰存所说的"现代人"，实际上是一群远离现代斗争而又对生活怀有迷茫幻灭感的知识分子；所说的"现代情绪"，实际上是这群人特有的精神状态，由此也就不难理解现代诗派会有如下特征：追求"纯诗"的艺术观、病态的心灵和浊世的哀音。现代诗派诗人特别追求诗歌创作在总体上产生朦胧的美，追求以奇特的观念和繁复的意象来结构诗的内涵；他们往往以其特有的青春病态的心灵，咏叹着浊世的哀音，表达着对社会的不满和抗争，也流露出对人生深深的寂寞和惆怅。除了戴望舒之外，卞之琳、何其芳、废名等人都是现代诗派的重要成员。

戴望舒（1905—1950），浙江杭州人。在上海震旦大学学习法文时，戴望舒开始受法国象征诗派的影响。1926 年，他与施蛰存创办《璎珞》旬刊，开始正式发表诗作，1928 年成为水沫社成员和其后的《现代》杂志的作者之一，1932 年

图 14-1　戴望舒

年底赴法求学，因爱好西班牙文学特别是洛尔迦的现代派诗，其间曾到西班牙做文学旅行。1938 年 5 月戴望舒赴香港，主编《星岛日报》副刊《星座》，任中华全国文艺界抗敌协会香港分会理事，1941 年年底，香港沦陷，被日本侵略者以抗日罪名下狱，数月后经营救出狱。抗战胜利后，他回上海教书，1949 年春北上至解放区，1950 年 2 月因病逝世，有诗集《我底记忆》（1929）、《望舒草》（1933）、《灾难的岁月》（1948）。《我底记忆》与《望舒草》后由作者合编为《望舒诗稿》于抗战前夕出版，另有一些集外诗作和诗论《诗论零札》。戴望舒又是著名翻译家，在译介法国和西班牙文学方面做出了重大贡献。

戴望舒一向被公认为 20 世纪 30 年代中国现代派诗歌的举旗人，用现代辞藻排列成的现代诗行来反映现代人的现代情绪，注重表现诗歌总体上朦胧的美，以奇特观念的联络和繁复的意象来结构诗的内涵，用独特的青春病态的心灵咏叹浊世的哀音，表达对社会的不满和人生的寂寞惆怅等。加上戴望舒早年留学法国，深受法国象征派诗歌的影响，在追求诗歌的朦胧意象方面，在大量运用象征主义手法方面以及在表达人生深深的寂寞与惆怅方面，戴望舒的诗歌都充分代表了现代派诗歌的基本特点和倾向。他借鉴法国象征诗派的创作方法，但把象征派的诗艺融化到本民族的语言习惯和欣赏习惯中，致力于寻找中西诗歌审美追求的契合点，对初期象征诗派神秘的内容和晦涩的诗风有较大的突破。在诗歌形式上，他强调"诗的韵律不在字的抑扬顿挫上，而在诗的情绪的抑扬顿挫上，即在诗情的程度上"[①]。

在中国现代派诗潮之中，戴望舒的诗又是最为清澈透明的。戴望舒的诗确实也有刻意追求意象构造的虚幻朦胧、情感思绪的含蓄深沉以及词汇组合的新奇别致的一面，但他始终是反对艰涩混沌的艺术形式的，他甚至反对对诗歌艺

---

① 戴望舒：《望舒诗论》，载《现代》，1932（2/1）。

术技法包括格律音韵等方面的过度追求。戴望舒的诗歌创作有一种中国古典诗歌的通脱清闲的意境。显然，法国象征主义的朦胧美与中国传统诗歌的古朴美，构成了戴望舒诗歌的双重底蕴。

1928 年发表在《小说月报》上的《雨巷》是戴望舒最有影响的代表性诗作。这首诗是戴望舒融合法国象征主义诗歌和中国古典诗歌传统的成功之作。诗中"我""撑着油纸伞"，"独自彷徨在悠长、悠长又寂寥的雨巷"，对黑暗现实感到迷茫、失望、忧郁，看不到出路，于是我希望逢着"一个丁香一样地结着愁怨的姑娘"。她终于"静默地走近"了，"我"却又陷入了更加孤独、寂寞而无奈的愁思之中。这位"丁香一样地结着愁怨的姑娘"实际上就是诗人的理想与希望的象征。在中国的动乱年代中，特别是在大革命失败后的恐怖笼罩下，青年知识分子普遍存在的失望和彷徨的心态及若有所思的感觉被戴望舒用一条阴暗狭窄而悠长的"雨巷"表现得极为逼真传神。"我"心目中的"希望"——那位"丁香姑娘"是渴望得到而无法得到的、想象出来的幻影，很快就消失得无影无踪了，最后，只有一个孤零零的"我"在那条寂寥又悠长的"雨巷"中彷徨……这首诗表现的不仅是失落和幻灭，更是渴望和追求，是失落中的渴望，幻灭中的追求，是诗人在特定的时代、特定的情绪下弹奏出的一支"梦幻曲"。诗是优美典雅的，特别是雨巷中穿行而过的"我"和"她"。而诗中重复表述的"我希望"三个字，更把全诗升腾到一种虚实相间的境界。姑娘在诗中已完全是一种化身，是抒情主人公亦即诗人理想的化身。姑娘的出现，表明了诗人人生路上的孤独、寂寞和悲哀；姑娘从"我"期待的眼光里虚化而出，则在更深的层次上艺术地暗示，诗人渴求在人生孤途上遇到知己！因此，"我"不但渴望姑娘的出现，而且渴望的是一个与"我"有着同样的愁怨、与"我"同样孤单的姑娘出现。全诗沉重的时代主题就像风一样、雨一样，就像那位姑娘一样轻轻地飘过。一切都未明说，但一切都已说清，而且说得很透、很深、很诗意。在艺术上，这首诗以象征的手法把重大悲壮的时代主题写入诗中，以浮动朦胧的音乐暗示诗人迷惘的心情。诗中的中心意象一再出现，在期待的梦幻中出现、走近，又在"雨的哀曲"中梦幻地消失，空留难以名状的雨中情。诗中"ang"韵反复出现，句中有韵，连绵不断，织成一张音韵的网，把人罩在特设的情绪氛围中。虽借鉴了象征主义的表现手法，却又不失中国古典诗歌的情韵。

戴望舒始终苦苦地在自己的诗中倾诉着对人生、社会及时代严肃沉重的思考。个人小我与大时代的冲突，个人理想与社会现实的撞击，一直是戴望舒诗歌所要抒发的中心情感。《雨巷》在构造了一个特定的、悠长而寂寥的抒情空间之后，抒情主体反复强调地呻吟着"我希望逢着/一个丁香一样地/结着愁怨的姑娘"，以此表达诗人心中复杂的、难以诉说的人生情怀与生活理想：诗人渴求着在人生孤旅中遇到知己与同志，渴求得到世人的理解和慰藉。诗中绵绵不断的诗句重叠和反反复复的音律循环，不仅加深了"雨巷"的悠长寂寥，更加重了"我"的幽怨和希望。毫无疑问，《雨巷》绝不是一首悲观绝望的诗，也不是一首寻求超脱出世的诗，而是执着地表现了失落中的渴望与幻灭中的追求，甚至可以说它是一曲理想的哀歌。对现实人生价值的追求从来没有离开过戴望舒诗作的主旋律。

戴望舒在严肃思考人生与社会的同时，还一丝不苟地探索诗歌的艺术表现形式。他的诗歌创作前后历时 20 多年，但总共只创作了 90 余首诗。当人们还沉浸在对《雨巷》的一片赞叹声中的时候，戴望舒本人似乎已经忘却了自己的这首名作，他毫不留情否定了自己在《雨巷》中对诗歌"音乐成分"的追求，并已另辟蹊径，开始了对诗歌形式的新的探索。所以当 1932 年诗人亲自编订的重要诗集《望舒草》出版面世时，人们在其中根本看不到《雨巷》这首曾经给诗人乃至整个新诗坛带来盛誉和重要影响的诗篇的影子。

戴望舒是由"雨巷"走上诗坛，并从此获得了"雨巷诗人"的美名的。这首诗曾被叶圣陶赞誉为是一首"替新诗底音节开了一个新的纪元"的重要诗篇。其实这个"新纪元"的意义远不限于音节方面，它同样体现在诗的时代内涵方面。戴望舒在《雨巷》中也写进了五四以来整整一代知识青年共有的理想与幻灭，表达了一种普遍的忧郁性的时代情绪。这是 1928 年前后最突出的时代主题之一。

卞之琳（1910—2000），也是现代诗派的重要成员之一。他这一时期的诗集有《数行集》《音尘集》《鱼目集》等。他这样评价自己："小处敏感，大处茫然。"① 他诗歌的细微处确乎曲尽人意，极富姜夔词的雅致隽秀的妩媚。《距离的组织》穿插在大与小、古与今、远与近之间，现代的形式，现代的辞藻，埋藏着一个士大夫的慵倦迷茫意绪。《白螺壳》则表现出文人雅士的闲情逸致，连废名读了都不由悠然向往之："诗人，我也禁不住要惊呼：你这洁癖啊，唉！"② 读卞之琳的诗，往往可以联想起许多古人的名句，尤其是送别的名句，如《雨同我》：

我的忧愁随草绿天涯：/鸟安于巢吗？人安于客枕吗？/想在天井里盛

---

① 卞之琳：《人与诗：忆旧说新》，8 页，北京，生活·读书·新知三联书店，1984。
② 废名：《谈新诗·十年诗草》，见《谈新诗》，185 页，北京，人民文学出版社，1984。

一只玻璃杯，/明天看天下雨今夜落几寸。

对外界景物的敏感之微，对内部心灵的感受之细，在唐可以忆起细腻具体的晚唐诗，在宋可以比拟清婉秀丽的南宋词。可以说，卞之琳在技巧上是现代的，在心灵深处依旧是古典的。他恰恰是借用于现代辞藻（尤其是某些非诗意或具体的辞藻）的巧妙组合来达到古典意境的效果。他是一个现代派的古典派：花瓣是现代的，骨子却是古典的。

卞之琳是中国新诗史上少有的具有自觉的哲学意识的诗人。他的诗不以社会现实的具体关注为旨归，而是从某种具象性事物生发开来，提升到哲学高度，表现出一种理性之美，如《圆宝盒》所象征的无限可能和无穷变化；《道旁》中"行人"与"树下人"生命之"倦"与"闲"的对照与互讽等。

《断章》是卞之琳的代表作，也是一篇脍炙人口的精品。"你站在桥上看风景，/看风景的人在楼上看你。//明月装饰了你的窗子，/你装饰了别人的梦。"全诗短短的四句，明白如画，似乎一看就懂，仔细推敲，又觉意犹未尽。李健吾认为这首诗重在"装饰"二字，暗示人生不过互相装饰，很有些悲哀的味道。诗人却不同意，认为该诗意在"相对"的关联。桥上的人把眼前的作为风景来观赏，而楼上的人又把桥上的人当作风景的一部分来观赏，这是一种相对关系；月光装饰了你的窗子，你进入他人的梦中又装饰了他人的梦，这又是一种相对关系。人生处处有相对，又何必怨尤呢？两种解释似乎冲突，但实际上都有相成之美。因为一首好诗唤起的经验就应该是繁复的，而不是单纯的。同时，这首诗又包含了一种主客体互相转化的哲理。"你站在桥上看风景"，"你"是主体，"风景"是客体；"看风景的人在楼上看你"时，"你"又由主体的身份变为了客体，或者说"你"本身既是主体又是客体，只是在不同的情境着重点不同而已。与内容上的相对平衡相一致的是本诗在结构上也是统一和谐，简洁而繁复的。诗中的"你"和"他"，"风景"和"明月"既平行又交叉地重叠对分开来，由"相对"相分到"相对"难分。成熟的艺术技巧、丰蕴的意境成就了一首好诗。

现代派诗歌以其特有的思想情绪和艺术手法，丰富了现代新诗的格局，提高了新诗的表现艺术，扩大了新诗创作的视野，特别是在探索中西诗歌审美追求的契合点上，开辟了一条现代新诗的发展道路。现代派诗歌不仅在20世纪30年代的文坛上产生了很大的影响，而且对40年代"九叶派"，甚至对当代诗歌创作也产生了深远的影响。

第二节　杂文的再度兴盛

　　若从1918年4月陈独秀在《新青年》杂志开辟"随感录"专栏算起，中国现代杂文几乎是与整个新文学的创作同步产生、同步发展的。伴随着中国现代文学的发展进程，杂文的发展从最初的文体的独立，到思想内涵与艺术风格的确立，再到形成千股壮阔的创作潮流和一种深厚坚实的文学传统，走过了并且继续走着一条辉煌的道路。值得注意的是，杂文创作及其发展的独特意义不仅在于它是从一般散文的母体中生成为一种新型的独立的文体，也不仅在于它的思想性和艺术性都较其他文体更切近中国的社会现实因而具有鲜明的"中国特色"，更重要的在于，它的发展和成熟在中国现代文学史上形成了一个自觉的"运动"。这个"运动"是其他文体难以相比的。而这个"运动"的高潮是在20世纪30年代：鲁迅的杂文创作在这一时期最终确立了自己的历史地位；作为对鲁迅风骨的继承，"鲁迅风"杂文的兴起把杂文创作推向新的境地。鲁迅之外，瞿秋白、茅盾、郁达夫、老舍、叶圣陶、王任叔、曹聚仁、廖沫沙、陈子展、聂绀弩、唐弢、徐懋庸、柯灵、阿英等新、老作家的杂文创作均各具特色，自成一家，显示了风格多样化的成熟格局。更有一大批报纸杂志，如《申报·自由谈》《立报·言林》《中华日报·动向》《社会日报》《时事新报·青光》《大晚报·火炬》《东方杂志》《萌芽月刊》《巴尔底山》《前哨（文学导报）》《北斗》《十字街头》《新语林》《太白》《芒种》《文学界》《海燕》《鲁迅风》《中流》《中学生》《申报月刊》《大众生活》《大众画报》，以及《现代》《论语》《人间世》《宇宙风》等，尽管它们的理论观点、文学主张和审美倾向各不相同，但都程度不同地为杂文创作热情呼唤，推波助澜，提供一角天地，共同促成了当时杂文创作的鼎盛局面，而杂文理论研究的不断加强也从新的高度为杂文创作探索着发展道路……不夸张地说，20世纪30年代现代杂文的蓬勃发展，放在整个中国文学的历史长河中来看，都可以算得上一个特别引人注目的文学现象。

　　20世纪30年代杂文的兴盛与辉煌自有其深刻独特的社会背景和文学背景。在世纪初新文化和新文学运动推动下刚刚迈出现代化的步伐不久，中国社会、中华民族又处在一个关乎国家和民族命运的生死存亡的关头：帝国主义军事、经济、文化的全面入侵和渗透，国内反动统治的日益残酷和腐败，各种社会矛盾的纵横交叉，各种政治、经济危机的巨大压力，使得中国社会的局势空前动荡，已经到了崩溃的边缘。所有这些复杂严峻的社会现象，最终都指向一个根本的问题,即中国社会的发展方向何在?中华民族的前途和命运如何?这些高度政治化、社会化的问题醒目地、不可回避地摆在每个中国人面前。始终与新民主主义革命相辅相成的中国现代文学,不可能对这样严峻的社会局势、这些必须回答的社会问题漠然处之。任何一个有民族自尊和道德良知的作家,都会思考这些问题,并以不同的方式表达出自己的思考。20 世纪 30 年代的杂文正是在这样的时代背景下得到了一次空前的认同和高度的张扬。

20 世纪 30 年代杂文的兴盛还有着宽厚坚实的文学背景。首先是经过新文学第一个 10 年的发展,特别是整个散文创作在第一个 10 年的异常活跃和全面收获,为杂文的独立发展和走向兴盛奠定了基础。现代散文的发展在扬弃传统散文"文以载道"旧式格局的同时,又承接了传统文学社会批判意识的精髓,而西方启蒙主义文化思潮也在某种程度上加强了现代散文创作的使命感和责任感。五四新文化运动显示出的中国社会向现代化根本转型的时代特征,表明了它所需要的正是一种直接参与现实、促进社会变革的文学形式。五四时期文学的参与意识、批判意识、启蒙意识,及其与时代精神的本质契合,都达到了前所未有的程度,而杂文则将这一切发扬到了极致。五四时期不仅文学家,几乎所有的政治家、思想家、哲学家、社会学家都以杂感形式发表见解,指点江山。陈独秀在新文化运动之初即在《新青年》杂志特辟"随感录"专栏,于是涌现出陈独秀、李大钊、鲁迅、刘半农、钱玄同、周作人、陈望道、周佛海等一批中国现代最初的杂文作者。尽管 20 世纪 20 年代中期随着新文化阵营的分化,这个杂文群体只剩下鲁迅、周作人等少数几个致力于用文学改造国民精神的人,但它在重大时代变革之际所体现出的积极的社会批判精神以及它对杂文创作艺术得失宝贵经验的积累,对杂文在后来进一步发展产生了深远的影响。其次,杂文自身文体的独立与十多年来的不断完善,也必然导致了杂文在 20 世纪 30 年代的再度兴盛。从文学形式的发展来看,从某一种文学体裁中卓然独立出来并形成自己鲜明的文体风格,杂文是较为独特的一例。而这当中,鲁迅杂文创作的连续性发展和其后期杂文质的飞跃,对整个 30 年代杂文创作的思想深度、艺术感染力以及杂文文体的日臻圆熟,都具有举足轻重的影响和作用。综观 30 年代杂文创作的根本价值,一是思想内涵方面真正走向深刻,而不只是单纯的锐利;二是艺术表现方面真正趋于文体的成熟和风格的成熟,而不只是某些技法上的成功。这个价值首先就充分体现在鲁迅的杂文创作中。

鲁迅的文学创作无论是在哪种具体的艺术样式上所显示出的才华和独创,最终都归向一个根本的内在特质,这就是高度的社会责任感和历史使命感。这个特质使他的创作从最初就自觉地运用了短小精悍、善于切中时弊的"短论""杂感"（即后来统称为杂文的艺术样式）。在鲁迅前期创作中，对民族命运的思考有时凝结成精美蕴藉的小说，有时化作意境幽深的散文诗或通脱清新的叙事散文，但他始终没有离开过由其参与开创的杂文。这种文体太切合他的创作特质了，再也没有一种文体能像杂文这样更充分、更完满地表达出一个时代的战士、民族的思想家和文学家的多重情怀了。如果说鲁迅前期创作大体上还是在比较从容的心态下进行的话，那么从 20 世纪 20 年代后期起，他的创作心态明显变得"切迫"了。这一时期中国社会矛盾和民族危机的空前剧烈，更深地刺激着鲁迅的创作特质。从文学革命到革命文学的 10 年风雨，又不断强化着他对中国传统文化的深刻理解和对社会现实的清醒认识。这沉积下来的双重思考，使鲁迅不能不对眼前的社会现实做出强烈的反应。他的创作特质被空前激活了："现在是多么切迫的时候，作者的任务，是在对于有害的事物，立刻给予反响或抗争，是感应的神经，是攻守的手足。"① 因此，鲁迅后期的创作，很自然地把全部身心投入到政治化、社会化的现实大搏斗之中，他义无反顾地站在时代斗争的前列，而杂文则理所当然地成为其战斗的主要武器。也正是在现实斗争中，杂文在鲁迅笔下显示出了前所未有的作用和价值。

图 14-2　《鲁迅风》创刊号

鲁迅杂文的魅力和影响唤起和带动了一代作家，现代文坛上引人注目地出现了一个文学流派，这就是"鲁迅风"杂文。这里说的"鲁迅风"杂文有两个含义：其一是特指以《鲁迅风》周刊为主阵地的一批年轻作家的杂文创作，主要代表有巴人（王任叔）、唐弢、柯灵、巴金、锡金、萧红、景宋（许广平）等人；其二是在较广的意义上泛指追随鲁迅杂文风骨、坚持鲁迅杂文精神本质的作家们的杂文创作，主要有瞿秋白、茅盾、郁达夫、徐懋庸、曹聚仁、胡风、夏丏尊、夏衍、何家槐、陈子展、徐诗荃、孔另境、邹韬奋、林林、聂绀弩、夏征农、周木斋、廖沫沙、胡愈之、陶行知、靳以等。实际上，上述作家阵营已经相

---

① 鲁迅：《且介亭杂文·序言》，见《鲁迅全集》，6卷，3页，北京，人民文学出版社，2005。

当全面地代表了整个 20 世纪 30 年代杂文创作的基本面貌和本质特征。

《鲁迅风》周刊于 1939 年 1 月在上海 "孤岛" 由巴人和郑振铎等人创办。此前，1938 年 11 月前后，上海文艺界发生过一场关于 "鲁迅风" 杂文的论争，虽然论争的焦点具体集中在 "鲁迅风" 杂文的 "迂回" "悲凉" 是否适应新的斗争形势上，但它毕竟从不同角度阐发了 "鲁迅风" 杂文的本质特点及其价值，为推进新形势下杂文创作的蓬勃发展打下了基础。《鲁迅风》周刊的出现，不仅标志着杂文运动在上海 "孤岛" 得到了坚持与发展，而且使一些年轻杂文作家的才华得到了充分施展，其中较为突出的有唐弢、柯灵、巴人等。

唐弢（1913—1992），浙江省镇海县人。他是在鲁迅杂文的直接熏陶和影响下开始创作的，他的杂文不仅吸取了鲁迅的批判精神，而且自觉地模仿鲁迅的文风。他作于 1933 年的《新脸谱》一文竟被反动文人误当作鲁迅的杂文而大加讨伐。然而，唐弢很快就从对鲁迅的模仿里走了出来，并逐渐形成了鲜明的个人风格。他的杂文明快泼辣，笔力遒劲，往往在文章里汇入丰富的知识，写出融融的情趣和诗意。他在 20 世纪 30 年代的杂文创作主要收录在《推背集》（1936）和《海天集》（1936）里。同样深受鲁迅影响的另一位杂文作家是柯灵（1909—2000），浙江绍兴人。他的杂文最大特点是在抨击黑暗现实时投入浓郁的激情，因此，他的杂文总是既给人以启发，又给人以鼓舞。柯灵 20 世纪 30 年代的杂文创作主要收录在《市楼独唱》（1940）集里。巴人（1901—1972），原名王任叔，浙江奉化人。他是《鲁迅风》周刊的主要发起人之一，也是在该刊写作最勤的杂文作家。他在为《鲁迅风》创刊号撰写的《发刊词》里指出："生在斗争的时代，是无法逃避斗争的。" 但 "探取鲁迅先生使用武器的秘奥"，"应该学习鲁迅先生的斗争精神"，"更应该学习鲁迅先生的斗争精神所附丽的学术业绩"，巴人的这一观点不仅阐明了自己杂文创作的审美追求，而且也影响了《鲁迅风》的基本格局。巴人的杂文犀利而有宽阔的社会视野，重事实，善推理，令人信服。他此时重要的杂文创作主要收录在《边鼓集》（五人杂文合集，1939）之中。此外，巴人 1940 年 10 月出版的《论鲁迅的杂文》一书，是迄今所见最早研究鲁迅杂文的学术专著，是自瞿秋白之后对鲁迅杂文的又一次较系统的理论总结。

在广义的 "鲁迅风" 杂文作家群里，瞿秋白、茅盾、郁达夫、徐懋庸等人更具有代表性和鲜明的个人风格。瞿秋白（1899—1935）从 20 世纪 20 年代初即开始杂文创作。30 年代初，他的杂文创作特别是他与鲁迅合作写下的一些杂文，达到了一个辉煌的阶段。1931 年秋至 1932 年春，他以《乱弹》为总标题创作了一组杂文并陆续发表在《北斗》杂志上；1932 年 6 月至 1933 年 7 月，

图 14-3 瞿秋白

他先后与鲁迅合写了 14 篇杂文，都用鲁迅的笔名发表在《申报·自由谈》上（瞿秋白的所有杂文都收在 1938 年出版的《乱弹及其他》的上篇《乱弹》中）。瞿秋白的这些杂文均以深刻独到的见解和精湛的艺术手法在当时产生了较大的影响。瞿秋白杂文创作的锋芒所指主要是帝国主义的侵略罪行和国民党反动统治的腐败，同时满怀热情地呼唤民众的觉醒，扶持新兴无产阶级革命文艺，鞭挞反动文艺。尽管他对某些问题的见解有些偏颇，如他曾强调文艺是政治的"留声机"等，但总体来说，他对中国社会现状的论析和对历史特点的把握是准确的，其思想深度可与鲁迅媲美。在艺术方面，他特别张扬了鲁迅笔法中对象征性与形象性的运用以及政论性与抒情性的融合，同时又以灵活多变的姿态丰富了杂文创作的手法，如对古典诗词、散曲、杂剧等形式的灵活采纳，对寓言、通信、书评等体式在杂文创作里的创造性发挥。《猫样的诗人》《狗样的英雄》《一种云》《暴风雨之前》《红萝卜》《鹦哥儿》等篇，都是体现着瞿秋白杂文独特风格的代表之作。还应特别提到的是瞿秋白在杂文理论方面的贡献，尤其是他的《鲁迅杂感选集·序言》一文，对鲁迅杂文思想内涵和艺术特征的深入探讨以及对当时整个杂文创作的理论总结，都具有重要的指导意义。

茅盾的杂文与他的整个创作一致，是以广泛的社会问题和重大的时代题材为基本内容的。他 20 世纪 30 年代的作品尤其具有这个特点。他这一时期写的杂文大都发表在《申报·自由谈》上，和鲁迅一起被视作"自由谈"的"两大台柱"。茅盾的杂文除了社会内容深广之外，还具有高度的自觉意识和尖锐直露的批判精神，自觉地用杂文这种"特殊时代"所产生的"特殊文体"，集中揭露国民党当局的反动统治，特别是"九一八"事变之后当权者卖国投降的卑劣行径。《汉奸》《阿 Q 相》《血战一周年》《欢迎古物》等篇，都无情地撕破了反动当局所谓"长期抵抗"事实上"长期不抵抗"的卖国本质，笔锋之辛辣、论析之老到，实为文坛罕见。他另有一些剖析世人复杂社会心态的杂论，如《看模型》《旧账簿》等篇，同样写得明快锐利，有声有色。除了许多未收入集子的作品，茅盾这一时期的杂文创作主要收录在《茅盾散文集》（1933）、《话匣子》（1935）、《速写与随笔》（1935）等集子中。

20 世纪 30 年代初期的郁达夫虽屡遭反动当局通缉，一度隐居赋闲，但一以贯之的爱国热忱和浪漫主义激情，使他毅然用杂文的形式痛斥国民党统治者鱼肉人民、卖国求荣的丑恶嘴脸，《山海关》《政权和民权》《自力与他力》《"天凉好个秋"》《声东击西》《一文一武的教训》《东南狱》等，都是当时很有影响的激越的篇章。郁达夫30年代的杂文一改以往散文创作繁复缠绵的文风，而多为短小精悍、掷地有声之作；而且善于引经据典，文笔挥洒自如，显示了深厚的艺术功力。郁达夫此时的杂文也多发表于《申报·自由谈》，后分别收入《达夫全集》第七卷《断残集》（1933）和《闲书》（1936）之中。

徐懋庸（1910—1977），浙江上虞人，是与唐弢、柯灵等一起受到鲁迅影响、脱颖而出的杂文新秀。他的杂文社会批判面不很宽，但鲜明缜密，富于思辨性，切入社会痼弊颇深。他的杂文不以议论见长，却善于选材，诸如报刊资料、街头新闻以及中外掌故、古今典籍等，均随手拈来，既得鲁迅杂文之辛辣恣肆，又隽永含蓄，自成一家。《苟全性命法》《艺术论质疑》等均为其杂文中的上乘之作。徐懋庸30年代的杂文集有《打杂集》（1935）、《不惊人集》（1937）等。

在20世纪30年代杂文创作的主潮之外，还有一股不太引人注目却非常奇特的支流：即反杂文作家群，其主要代表是梁实秋、施蛰存、林希隽、苏汶、韩侍桁、胡秋原，以及邵洵美、章克标、林徽因等人。他们先后在《新月》《现代》以及《申报·自由谈》等刊物上发表文章，公然断定杂文缺少"文艺价值"，难以流传后世，认为杂文是些"不三不四"的东西，充其量不过是"雕虫小技"。他们还攻击以鲁迅为代表的"无穷尽的杂感"，把具有"幽默而讽刺"特色的杂文说成是些"粗糙叫嚣的文字"。他们甚至荒谬地把当时杂文的兴盛繁荣归结为中国不能产生"伟大作品"的根由①。然而，他们更大的荒谬在于，事实上无论他们各自的主观意向如何，他们自己却都在自觉或不自觉地创作着杂文，甚至他们大骂杂文的文章本身就是杂文！而且《现代》杂志还每期都推出特定的杂文栏目，刊发了大量的杂文作品。这是一个独特的、矛盾的文学现象。其实，梁实秋等并不反对杂文的艺术形式，而是假借反对杂文进而攻击许多杂文作家的进步思想和政治态度，因此他们在大骂杂文的同时也毫不含糊地写下了大量的杂文。以施蛰存等《现代》作家为代表的另一类人则主要对杂文文体本身怀有明显的偏见和反感，执意追求所谓"高雅纯正"的艺术

① 这些论点主要见于梁实秋《批判家的态度》（《新月》2卷5号）、《"不满于现状"便怎样呢》（《新月》2卷8号），以及施蛰存《伏尔泰》、林希隽《杂文与杂文家》和《杂文问题》等文。

形式，然而在他们别无选择地“仍旧用杂文形式”（聂绀弩语）来诋毁诽谤杂文之时，实际上已经陷入了自相矛盾的尴尬境地。而且他们自身的一些杂文创作如韩侍桁的《小文章》（1934）、施蛰存的《灯下集》（1937）等，均颇有个性，甚至在社会上产生过不小的影响。显而易见，这些作家的“反杂文”倾向并没有也不可能影响当时杂文创作勃然前行的主流，倒是从一个独特的侧面，为空前繁荣的杂文增添了些许新的色彩。

第三节　小品散文的新发展

20世纪30年代小品散文的创作呈现出多姿多彩、全面发展的格局。30年代中前期，周作人、林语堂等人曾提倡“幽默小品”。在林语堂创办的几个半月刊上（即1932年创刊的《论语》、1934年创刊的《人间世》及1935年创刊的《宇宙风》）热情倡导所谓“以自我为中心，以闲适为格调”的小品散文，竭力张扬小品散文的“幽默”和“性灵”，并推出周作人的《苦茶庵小品》《文饭小品》《说闲情》《入厕读书》等作为这类小品散文的标本。一时间，“幽默”小品大有潮动畅行之势，1934年竟被称作“小品年”。但就在同时，著名的关于小品文的论争发生了。周作人、林语堂等人提倡的“幽默”小品遭到了鲁迅、瞿秋白及许多左翼和进步作家的批驳。应该说，“小品文本身本无功过”①，关键在于“幽默”“性灵”的本质内涵是什么以及它是在什么时代条件下被提倡的。在20世纪30年代散文创作多层次发展之际，周作人、林语堂等“论语派”作家强调小品散文的“清淡”“甘美”，特别是他们竭力促成了“谈话风”小品散文的形成，力求散文达到心到笔到、更为自由灵活的境界，这一点在客观上是有益于现代散文向多种风格、多重格局的方面发展的。事实上，周作人、林语堂以及俞平伯、刘半农等人的小品文创作，在某种意义上对现代小品散文艺术情调

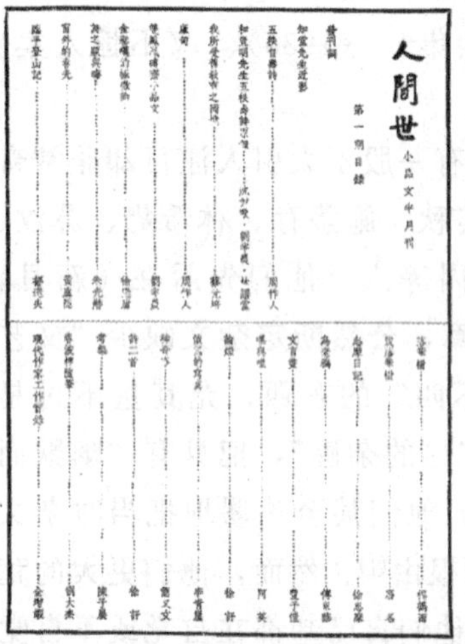
人間世
小品文半月刊
第一期目錄
發刊詞
知堂先生近影
五秩自壽詩……周作人
……沈尹默·劉半農·林語堂
廠甸……周作人

图14-4 《人间世》创刊号目录

① 鲁迅：《1934年6月2日致郑振铎》，见《鲁迅全集》，13卷，134页，北京，人民文学出版社，2005。

的丰富，尤其是对散文"谈话风"风格的形成是有贡献的。但是，在民族危机与阶级矛盾日益尖锐的特定时代条件下，大力鼓吹"无所谓的幽默小品文"，以某些廉价的笑料来躲避严峻的社会现实，这在客观上起到了涣散民族意志的消极作用。而且将现代散文一味引向闲适幽默的境地，这本身也是对散文艺术健康发展的某种偏废。因此，"论语派"作家提倡的"幽默"小品运动理所当然地遭到了鲁迅和广大进步作家的抵制和批判。

最后应该提到的是，在 20 世纪 30 年代散文发展中，游记体散文和知识小品也有引人注目的收获。在游记体散文方面影响较大的作品，有朱自清的《欧游杂记》（1934）以及他后来出版的《伦敦杂记》（1943）、王统照的《欧游散记》（1935）、芦焚（师陀）的《江湖集》（1938）、郑振铎的《欧行日记》（1934）和《西行书简》（1937）、王鲁彦的《旅人的心》（1937）、李健吾的《意大利游简》（1936）等，其中更有艺术个性、更有代表性的游记散文还是郁达夫的《屐痕处处》（1934）和《达夫游记》（1936）。郁达夫的游记散文不仅描写了大自然山光水色的无限秀美，写出了与自然景致相辉映的人文风俗情趣，同时更写出了作者游历过程中浓郁的主观情感，显示了郁达夫一以贯之的浪漫主义抒情特色和关注现实社会的人生态度。《钓台的春昼》《故都的秋》《半日的游程》，以及《方岩纪静》《仙霞纪险》《天目山游记》等篇是郁达夫、也是当时游记散文的出色代表。

"知识小品"是 20 世纪 30 年代兴起的一种散文新品种，按其具体内容可分为"科学小品"和"历史小品"两种。周建人、贾祖璋、顾均正、刘薰宇等人是"科学小品"的热情倡导者和创作者。他们以《太白》等杂志为阵地，积极提倡"科学小品"的创作，使这种新型文体在较短时间内得到了较快的发展。尤其是周建人的"科学小品"，承接了鲁迅、周作人散文创作的某些神髓，融科学与哲理于一体，别开生面。他的《桂花树和树上的生物》《白果树》《蜘蛛》等篇，都是既有丰富的科学知识，又有优美的文学情调的佳作。此外，贾祖璋的《萤火虫》《螽斯》等生物素描系列，高士其的《我们的抗敌英雄》《太阳的可爱在哪里》以及顾均正的《马浪荡炒栗子》等，都是传诵一时的名篇。这些作者多是著名的科学家，在传播科技知识的同时，又化用了文艺小品的形式，其作品往往发表在当时的《中学生》《生活学校》等刊物上，使现代中国的科学普及和科普文艺作品同时获得了发展。曹聚仁、阿英、陈子展等人更热心"历史小品"的创作，他们通过文艺小品来挖掘、介绍历史知识，既有思想倾向上的有的放矢、古为今用，又有知识传播上的辨正与廓清。其中曹聚仁不仅率先提倡历史小品的创作，而且亲躬试笔，先后创作了《谈魏晋间文人生活》《焚草之变》《孔林鸣鼓记》等作品，文字精悍，史料翔实，借古论今，生机盎然，是"历史小品"的上乘之作。

在散文艺术方面苦心经营，并在把散文向纯文学境地竭力推进的路途上迈出坚实步伐的，是以何其芳、李广田、丽尼、陆蠡、缪崇群等人为代表的"新诗人散文群"。由于他们的散文作品主要发表在《大公报·文艺副刊》《文学季刊》和《水星》等报刊上，故他们又被称为"水星派"作家。

说他们是"新诗人散文群"，不仅因为何其芳、李广田等人早先曾致力于诗歌艺术的探索，更因为他们的散文创作分明透露出对诗的意蕴及诗的形态的自觉追求。

何其芳（1912—1977）是这一散文群体的一个重要代表。他原名何永芳，四川万县人，是20世纪30年代脱颖而出的年轻诗人和散文作家，20年代末开始接触新诗，30年代初、中期正式创作并发表诗歌和散文。1936年，他与李广田、卞之琳合作出版诗集《汉园集》，其中何其芳的诗以清新、轻淡的情致和沉郁、柔婉的格调引起了人们的关注。1937年，他出版了自己的第一部散文集《画梦录》，该书作为散文创作方面的代表与曹禺的剧作《日出》、芦焚的小说集《谷》同时获得当年《大公报》的文艺奖，此后又多次重印，在读者中产生了广泛的影响。1938年，他的第二部散文集《刻意集》问世，再次显示了其散文创作的独特个性。抗战以后何其芳的散文创作主要收在《还乡杂记》（1943）和《星火集》（1945）等集子里。

何其芳20世纪30年代的散文创作以《画梦录》和《刻意集》为主要代表，尤其是《画梦录》这本仅4万余字的小册子，以"独语体"的散文格式倾诉心声，在"五四"新文学以来的散文创作中独树一帜。就思想倾向而言，《画梦录》里的篇章集中表达了大革命失败后部分小资产阶级知识分子不满黑暗现实而又无力反抗、追求人生理想而又找不到正确出路的矛盾和苦闷，表现了他们多在梦境和幻象之中寻求心灵自慰的情态。正如何其芳在《画梦录》的代序《扇上的烟云》里所说："我倒是喜欢想象着一些辽远的东西。一些不存在的人物，和许多在人类的地图上找不出名字的国土。"他觉得"不知何时起世上的事都使我厌倦"，因此把"于我如浮云"看作"是我一句文章的好注脚"。然而何其芳的与众不同之处在于，他没有随意传达出这些思绪，而是着意苦寻一种方式，力求恰切地表现出自己这些独特的思考，他要"以微薄的努力来证明每篇散文应该是一种独立的创作"①。终于，他找到了一种"自言自语"的"独语"方式："只为了抒写自己，抒写自己的幻想、感觉、情感。"②于是《画梦录》里每一篇短小然而十分精美的文字都成了作者心灵深处的独语，成了"一种独立的创作"。在《墓》里，在一个年轻农家女孩的墓前，那个善于梦幻的"他""独语着，微笑着"，并遮掩不住一种难以诉说的"憔悴"，"他的影子就踟蹰在这儿的每一个黄昏里"，"但他做梦似的眼睛却发出异样的光，幸福的光，满足的光"，从未被人爱过的"他"把自己的爱全倾注在了这个睡着美丽的灵魂的墓里。《秋海棠》把苦念远方亲人的沉重泪滴神奇地化作楚楚动人的花姿，自然景致与情感体验的完美融合在这里升腾为一种独特的"对话"。《弦》中"我们一面思索人的命运，一面和这算命老人走着"，终于在"一个分歧的路口"，在曾经多少遍说过的"再见"声中悟出了"什么是生命"，那就是："在老人或者盲人的手指间颤动着的弦。"——从那弦中发出的声音是来自每个人灵魂深处的，是只能感悟，只能会意，只能自己明白的。或许，在《画梦录》里，《梦后》是更有独特意味的一篇。作者在《给艾青先生的一封信》里特意申明它"也是一篇独语"。《梦后》是一个画梦人梦醒之后对梦境的回味与描绘，它带着一份朦胧中的清醒，又带着初醒之后对梦的沉醉。因此，梦幻与现实的情感交织，明晰与模糊的语境交汇，若断若续的构思布局，首先构成了《梦后》（其实也是整个《画梦录》）的特有情调。作者在梦幻与现实的交接处选定了情感抒发的位置：梦中的哀愁，现实的迷惘，梦里的超然，醒来的流连。梦中似醒，醒时又似梦……这些繁复交织着的矛盾的意象，传达出一种剪不断理还乱的情感纠葛。但作者并没有完全沉醉于梦中的幻景，也没有丢弃对梦境的追求，而是把内心的孤寂悲苦和倔强抗争的矛盾情态，借梦与醒的冲突展现出来，把梦幻与现实糅为一体，以自己的心灵撞击来震荡读者的心弦。与这种抒情方式相关，作者在行文上刻意追求一种独具感染力的语境——心灵的独语。文章通篇都是作者的喃喃自语，时而自问自答，时而又穿插一些戏剧式的独白，把读者拉向"我"的心灵深处。在绵绵不断的独语声中，作者内心潜藏的隐秘向读者彻底敞开了，一种亲切、真挚、坦诚的氛围融融而生。这种心灵的独语往往处于明晰与模糊之间，它蕴藉含蓄，极富联想的余地，使人若有所悟。《梦后》虽然在"移情""通感"和诗的结构等方面也显示了其独

---

① 何其芳：《〈还乡杂记〉代序》，见《何其芳文集》，2 卷，125 页，北京，人民文学出版社，1982。

② 何其芳：《何其芳文集》，2 卷，253 页，北京，人民文学出版社，1982。

到之处，但它最具代表性和独创性的特点依然是那种独语体的表述方式。《画梦录》里的十余篇散文，有童年的怀想，爱情的梦呓，人生琐屑的印记，还有生命意蕴的思考；有淡淡的素描，轻轻的对话，也有生动的讲述。但无论思绪多么纷繁，视角怎样变换，整个作品始终深深浸透在作者"自言自语"的氛围之中，整个作品实际上都是由作者一个人在对着自己诉说着自己无法也无须向别人诉说的情怀。其他的一切都是场景和陪衬。这里应该强调指出，何其芳散文的这种心灵独语，特别体现了当时部分青年知识分子远离时代而又被时代疏远、厌倦生活而又遭生活冷淡的悲哀和孤独。是特定的时代造成了他们这种向"心灵"独语的悲哀。他们将自己隐藏得多么深，关闭得多么紧，也就反映出时代社会是多么的压抑和污浊。何其芳敏锐地感应到了这一点，并以此作为自己艺术创作的突破口。因此，这种独语体散文的价值就显现出来：从形式上讲它是个性化的，是指向个人情感和个人生活的，但从本质上讲它是社会的，它在更深层次上揭示了自我与社会的关系。朱光潜曾对这种散文体式有过很高的评价，他说："我常觉得文章只有三种：最上乘的是自言自语，其次是向一个人说话，再其次是向许多人说话。"并认为这最上乘的自言自语主要包含了诗和纯文学的特质，"它自然也有听众，但是作者的用意第一是要发泄自己心中所不能发泄的"某种情感和心绪，而且这发泄本身就是目的。因此，"这一类文章永远是真诚朴素的"①。的确，这类散文不仅在情感内涵上而且在艺术体式上都可以看作是五四以来整个美文创作中一个独特的品类。它不同于清谈、散谈、絮语等，而是一种伴随着深刻自剖与痛苦反省并又满怀憧憬的心灵独白。何其芳及其《画梦录》所代表的"独语体"散文，给 20 世纪 30 年代文坛吹进了一丝清新的风，它不仅呈现了一种未曾有过的散文体式，而且也提供给人们一种思考人生的新角度。当然，何其芳这一时期散文创作的某些不足也是明显存在的，如他的散文的情调较多地带有低沉凄苦的意味，这不能不使它们的审美力度显得有些单薄。

另一位"新诗人散文群"的代表是李广田（1906—1968），山东邹平人。1930 年，李广田开始发表作品，30 年代创作出版的散文集主要有《画廊集》(1936)、《银狐集》(1936)、《雀蓑记》(1939) 等。其中《雀蓑记》的出版时间虽稍后一些，但集子里的散文都写于 1937 年 6 月以前。可见上述三本散文集的创作时间是相当接近的，它们较为集中地展现了李广田这一时期散文创

---

① 朱光潜：《一封公开信——给〈天地人〉编辑者徐先生》，载《天地人》，1936 年创刊号。

作的成就和风貌。虽说抗战爆发以后至 40 年代李广田的散文创作又有了新的追求和开拓，但上述三个集子却不仅奠定了他的散文创作的基本格调，也确立了他作为散文家的地位。作为"新诗人散文群"之一员，他的散文确实透出一种不可忽略的诗意，但就其散文的总体风格而论，他更有自己的特色：质朴、清淡、婉约。淡淡的抒情融化在对人物的精心刻画或生活场景的亲切描述之中，于质朴中透露着刚健，在朴拙的语言外衣下流动的永远是一个诗人的赤子之情。这一点，可以使我们从众多的"新诗人散文群"中很容易分辨出他来。

有人认为李广田 20 世纪 30 年代散文创作的重要特点，是"回归了中国风土"，"像百年陈酿一样，清醇动人"[1]。李广田的确是从乡村山野里走出来的，他不仅熟悉那大自然的质朴，更熟悉那些挣扎其间的人们朴素的灵魂和不幸的命运。他出生在北方农村，以"地之子"的眼睛观察那些普通的淳朴人们的命运，写出他们的遭际和憧憬，织出一幅充满崇高和悲壮的乡俗画，这大概就是李广田"中国风土"的精华所在。李广田这一时期的散文作品，有一组性格软弱沮丧、命运坎坷悲哀的"人生画廊"，如《老渡船》《拓荒者》《记问渠君》和《柳叶桃》等作品中的人物。收入《银狐集》里的《柳叶桃》可谓这组画廊中凄绝艳美的一幅。那个被旧社会剥夺了尊严与人格的女戏子，偏偏心里装满了"好梦"，装满了对美的追寻和爱慕。但她终于疯了，疯的时候不断自言自语地问："柳叶桃，开得一身好花儿，为什么却结不出一个果子呢?"她终于死了，死的时候"还是满面脂粉，一头柳叶桃的红花"。"柳叶桃"是一个象征，它象征着李广田早期散文中那些忠厚善良、逆来顺受而又无力奋争、只能随命运摆布的人生状态。而作于 1936 年年底的《山之子》则含有另一种象征。"山之子"和李广田以往散文中那些卑微低下的人物一样忠厚老实，只是他的命运更加悲惨。他自己是个哑巴，他的父兄为采摘长在山涧峭壁上的百合花先后坠崖而亡，"两条人命取得一种特权，如今又轮到了哑巴来占领这百合涧"，"拾起这以生命为孤注的生涯"，以此养活老母寡嫂，延续着那顽强的生命力。与以往不同的是，这个"山之子"不再屈从于命运，他虽然像泰山一样地沉默，但他却用自己的万般艰辛、超人的吃苦耐劳，甚至用一种别人难以理解的乐观情绪与不公的世道和不幸的命运勇敢抗争，以致人们把他的生命力同永恒的泰山联系起来。在这个"山之子"身上不仅体现着痛苦和凄惨，更蕴含着悲壮和崇高。在这篇《山之子》里，人们不仅仍然感受到了李广田散文特有的质朴清

---

[1] 司马长风：《中国新文学史》，下卷，144 页，香港，昭明出版社，1978。

纯，而且还感悟到另一种坚毅执着的生命激情。因此，很自然地，在《山之子》之后，李广田散文的人物性格、命运以及整个艺术风格都有了明显的变化，开始了他创作中新的起点，新的生命体验。

在"新诗人散文群"里，还有两位独具风采的青年散文作家，他们是丽尼和陆蠡。他们的创作在韵味和构思方式上都更接近于诗，是新一代散文诗的突出成果。他们的出现，强化了"新诗人散文群"的群体特色和创作特征。

丽尼（1909—1968），原名郭安仁，湖北孝感人。20 世纪 20 年代末，丽尼开始创作，30 年代初已成为崭露头角的青年散文家。他在 30 年代创作出版了三本散文集：《黄昏之献》（1935）、《鹰之歌》（1936）、《白夜》（1937）。前两本集子的风格很接近何其芳的《画梦录》，但又具有个人特色：以清秀淡雅的文字诉说自己内心深处的悲哀和凄苦，虽然逐渐向现实人生贴近，但总是难以摆脱那种"梦一般的生活"的诱惑。作于 1930 年 4 月的《黄昏之献》一文，以浓重压抑的情绪反复哀悼着一位早逝的亡友："说是你应该在梦中归来就我，然而，这崎岖的山路，就是你底梦魂也将不堪其艰难的跋涉呀！""我看着你向人间走来，又看着你离开人间而去，我看着你在梦里欢跃，又看着你受到了梦底欺凌哟！"作者以一颗年轻跃动的心化作了一种老成深思的忧虑。作于 1934 年 12 月的另一篇散文《鹰之歌》，虽然讲述的还是一个"忧愁的故事"，是一个"飞得那么天真，飞得那么热情"的鹰——一位献身革命的年轻女性的悲壮故事。但面对这个令"我""凄然地流下眼泪"的故事，"我"却不再像从前那样沉浸在无尽的忧虑之中，而是从鹰的壮举里，在鹰"那嘹唳而清脆的歌声里"，得到了一种"会使我忘却忧愁而感觉兴奋"的力量。作者的抒情基调明显地从低沉哀婉转向了昂奋激越。丽尼此后的散文创作，特别是到了《白夜》里的作品，那些个人情怀的倾吐上升为对集体、祖国和整个民族命运的关注。丽尼的散文虽然总体上看较为沉郁，但依然显示出从个人情绪到民族情怀、从悲凉压抑到昂扬激奋的不断升华。他的散文篇幅短小，意象丰富，又喜用大量的排比句式，更加突出了诗的意味。

陆蠡（1908—1942），浙江天台县人，也从 20 世纪 30 年代初开始散文创作，后因从事抗日爱国的进步文化活动被捕入狱，并惨遭不幸，牺牲时年仅 35 岁。陆蠡的散文集主要有《海星》（1936）、《竹刀》（1937）、《囚绿记》（1940）。陆蠡的散文在抒情方式上较为接近何其芳的那种"独语"体式，注重且善于表达自我内在的心灵话语；而在文章意蕴上的崇高壮美、山野气息以及叙述上的清新自然则又更接近李广田的散文风格。正如有人评论的那样，"陆蠡具备着很多作家所有的长处"①。当然，对多方面特色的有机融合也就形成了他自己特有的风格。作于1936年的《竹刀》，以一个深深投入作者身影的山乡之人的叙述，表现了山民们富有传奇色彩的艰苦卓绝的斗争生活。"竹刀"是山民不可缺少的生活用具，又是他们奋起抗争的武器，那个用竹刀勇敢杀死大肚皮木行老板的青年，最后又用竹刀割断自己臂膀上的动脉悲壮地死去。山民们的生存和命运都深深地系于这小小的竹刀，"竹刀"在这里包容了相当丰富的生活内涵。作于抗战之后的《囚绿记》是陆蠡更有影响的散文名篇，它既保持了作者特有的含蓄隽永，又显示出一股鲜活的热忱和开朗；既写出了常春藤被"幽囚"之后的枯萎，又写出了它向往阳光、向往生命的奋争。文章不仅表达出明显的象征意蕴，而且更加直抒胸臆，"绿色是多宝贵的啊！""它是生命，它是希望，它是慰安，它是快乐"。这种抒情的确过于直白了，甚至过于浅显了，但在民族危机的特定时空里，这样的抒情自有其独特的感染力，并不显得空洞无力。《囚绿记》的魅力正在于含蓄与明朗、曲折与率真、质朴与华美的融合，而这也同样是陆蠡整个散文创作的魅力所在。

再一位"新诗人散文群"的代表是以平朴和精工同时见长的散文作家缪崇群（1907—1945）。他的散文创作主要集中在20世纪20年代末到抗战爆发前，其较有影响的两本散文集《晞露集》和《寄健康人》，都是1933年出版的。在《晞露集》里，作者较多地叙写了自己少年时代的一些非常特殊的人生情感和体验：或是自己屡屡爱上别人的妻子，如《芸姊》《秦妈》《苦别》等，或是自己与父亲都在爱恋着同一位姑娘，如《曼青姑娘》等，这些情感和体验明显较为褊狭和伤感，并带有一些变态的心理郁结，但它毕竟以一种个体化的视角抒写出作者人生历程中深深的孤独和寂寞的感受，并以此传达出社会的病态和畸形。而在《寄健康人》里，随着作者社会生活面的不断开阔，文章的思绪也明显开朗强健起来，他那清新精细的文笔也更加完美成熟。他在抗战爆发以后写成的小品集《废墟集》（1939）、《夏虫集》（1940），则更加鲜明地表达了高昂的民族情绪，已经显出了一个战斗者的姿态，尽管依然保持着平朴亲切的文风。

从何其芳到缪崇群，"新诗人散文群"的基本倾向和共同特征是十分明显的：他们的初期创作往往视野不够开阔，题材的社会意义也不大，思想情调普遍低沉哀婉；但他们随着时代步伐的不断行进，随着对社会潮流的逐渐投入，其创作的情调与格调也明显发生变化，逐步走向康健和阔朗。不过，虽然"新

---

① 林非：《现代六十家散文札记》，185页，天津，百花文艺出版社，1980。

诗人散文群"经历了这种情感基调的发展变化，但他们在自己的创作中始终保持了异常独特的个性体悟，顽强地显示了他们对散文艺术的执着追求。他们精心营造着散文在情绪结构、叙述方式、话语氛围等多方面的最佳境地，这些是"新诗人散文群"特有的审美情致，也是他们对现代散文的独特贡献。

20 世纪 30 年代是抒情叙事小品全面收获的季节，除"新诗人散文群"的异军突起之外，还有一大批新老作家在各自的园地里迎来了散文创作的丰收。叶圣陶、茅盾、俞平伯、冰心、丰子恺、夏丏尊、朱自清、郁达夫、王统照、徐志摩、庐隐、鲁彦、老舍、许钦文，以及周作人、林语堂等，在前一时期即已成就赫然，在这一时期又为散文小品的创作锦上添花。其中庐隐的《东京小品》（1937），王统照的《北国之春》（1933）、《青纱帐》（1936），鲁彦的《驴子和骡子》（1935），蹇先艾的《城下集》（1936），茅盾的《故乡杂记》（1936）、《话匣子》（1934）、《速写与随笔》（1935），丰子恺的《车厢社会》（1935）、《缘缘堂再笔》（1937），夏丏尊的《平屋杂文》（1935），叶圣陶的《未厌居习作》（1935），俞平伯的《燕郊集》（1936）等，都是当时影响较大、至今仍然闪烁着艺术光彩的散文精品，它们以各自不同的风格丰富了 30 年代散文创作的格局。如茅盾这一时期的散文创作与他正在"大规模展现中国社会面貌"的小说一样，描绘了广阔而生动的社会生活图画，他的"乡村杂景"系列散文（如《故乡杂记》《乡村杂景》《陌生人》《田家乐》等）和"都市现代化"系列散文（如《"现代化"的话》《大减价》《上海的大年夜》《证券交易所》等），以散文的形式谱写了"都市与乡村交响曲"的新篇章，以更为灵活的笔触和丰富的素材揭示了当时中国社会的深刻矛盾，反映出时代风云变幻的蛛丝马迹，从而把这类"社会"散文推向新的高度。

庐隐的《东京小品》虽是旅居异国他乡之作，但并没有通常这类作品的伤感与哀怜，而是英气勃发、深沉激越，从《异国秋思》到《夏的颂歌》，作者热烈倾吐了对祖国的深情眷念和美好祝福，特别是作者以一种高昂的情绪表达了对雄伟壮烈的人生形态的颂扬和追求。《东京小品》可谓同类"旅居小品"中的佳作。

在散文创作方面更具特色和影响的是丰子恺。丰子恺（1898—1975）本名丰润，浙江桐乡人。他多才多艺，既是散文家，又是漫画家和翻译家。他20 世纪 20 年代开始散文创作，先后结集出版的散文

图 14-5　丰子恺

集主要有《缘缘堂随笔》(1931)、《随笔二十篇》(1934) 以及《车厢社会》和
《缘缘堂再笔》等，抗战爆发后又创作出版了《子恺近作散文集》(1941)、《教
师日记》(1944)、《率真集》(1946) 等。丰子恺影响最大的散文创作主要是在
30 年代完成的。他的散文在思想倾向上，一方面，表现出鲜明的民主意识，具
有对广大民众和底层弱者的深厚同情；另一方面，又明显受到佛家思想影响，
对社会的黑暗和不平表露出无奈，因此常常采取超然物外、静观人生的态度。
这两种思想往往交织在他的散文里。丰子恺散文里有大量对儿童生活和情态的
描写，他借儿童的纯真眼光来剖析人生和社会，故而不灭的童心也是丰子恺散
文的魅力所在。丰子恺善于采用设喻式的结构来阐释文章的题旨和内涵，往往
透过一个故事显示人生的哲理。此外，他还善于把诗、画、文三者的意境巧妙
地糅合起来，形成散文创作的多重韵味。

　　其他作家，如巴金、靳以、阿英、萧军、萧红、吴组缃、叶紫、艾芜、沈
从文等，也都以自己独特的才华与风格为 20 世纪 30 年代的散文创作增加了新
的风采。艾芜的《漂泊杂记》(1934) 以清新自然的笔触叙述了自己那段奇异
的漂泊生涯。与小说集《南行记》不同的是，《漂泊杂记》更加轻灵，或纪实，
或抒情，或阐发哲思，或考据历史……篇篇都能给人留下深刻的印象。同样是
以小说创作见长的沈从文，也在这一时期创作了散文集《湘行散记》(1936)，
他用充溢着湘西边地乡土气息的笔调，构筑自己理想化的人生形式。对原始生
存状态的点染，对自然野性的张扬，对污浊现实社会的不满以及对湘西风俗民
情和自然风光的留恋，都使他的创作为现代散文增添了某些神奇的色彩。值得
指出的是，不论是艾芜还是沈从文，他们的小说和散文在文体上常常互相融
通，人物刻画、情节结构和叙述方式等并不成为两种文体的严格界限。巴金在
20 世纪 30 年代的散文创作也是值得注意的，这不仅因为他的文学创作是以散
文开端的，而且对于一个主观激情异常饱满的作家来说，巴金的散文也是对其
小说创作的一种独特的补充。他先后创作了《旅途随笔》(1934)、《点滴》和
《海行杂记》 (1935)、《生之忏悔》和《忆》 (1936)、《短简》和《控诉》
(1937)、《梦与醉》(1938)、《黑土》(1939) 等多部散文集，这些情感真挚激
越的散文，为读者理解作者的情感世界打开了新的空间。自然景致与人文景观
的融合，也是巴金散文的重要特色。《鸟的天堂》《一个女佣》《一个车夫》等
都是这方面的名篇。此外，像靳以的《渡家》(1937)、师陀的《黄花苔》
(1937)、萧军的《十月十五日》(1936)、萧红的《桥》(1936，小说散文合集)
和《商市街》(1936) 等散文作品，都在当时产生了一定的影响。

第四节　报告文学的兴起与成熟

20 世纪 20 年代初期，文坛出现了瞿秋白所写的《饿乡纪程》《赤都心史》以及周恩来旅居欧洲从事革命活动期间所写的《留法勤工俭学生之大波澜》《勤工俭学生在法最后之运命》和《英国矿工罢工风潮之始末》等一些著名的长篇通讯，它们实际上是中国报告文学的萌芽之作。但是，在中国出现真正成熟的报告文学作品，毕竟是 30 年代的事情。

从整个文学艺术发展的历史来看，报告文学（Reportage）明显不同于小说、诗歌、散文、戏剧，甚至与传记文学也有严格的区别，它是一种年轻的、新型的文学样式，是近现代社会政治、经济、文化生活的一个特产。它不仅与时代社会风云变幻的速度有关，而且也与近现代社会新闻事业发达的程度有关。就中国文学而言，报告文学这一文体名称本身就是舶来品。报告文学创作有过两次比较突出的世界性的热潮：第一次是在第一次世界大战爆发到俄国十月革命胜利前后；第二次是在整个第二次世界大战期间。显然，从这两次高潮的历史背景来看，重大而深刻的时代变迁和人类命运的沉浮，是报告文学得以勃发的根本动因。而中国报告文学的兴起正处于两次世界性报告文学创作热潮的中间，这个特定时期为中国报告文学的兴起和成熟提供了独特的历史条件：一方面是报告文学的有关理论和创作实绩开始大量地被译介到中国，这为中国报告文学的正式出现打下了坚实的文学基础；另一方面则是 20 世纪 30 年代中国社会空前激荡的多重矛盾和深刻复杂的各种危机，成为直接引发报告文学全面兴起的基础。可以说，中国报告文学的兴起相当典型地反映了这一新型文学样式自身蕴含的本质特点。由于这些历史契机，中国报告文学从它正式兴起之时起，就明显地表现出文学因素高度自觉地投入和社会新闻因素充分全面发挥的特征。而且，中国报告文学从正式兴起到走向成熟，其间的距离是很短的，即 20 世纪 30 年代初期至中期不过五六年的时间。这也从一个侧面反映出，报告文学作为一种新型文体，它在中国的横空出世和迅速发展自有其独特的文学背景和社会背景。

现有材料表明，中国第一个正式提出"报告文学"中文译名的人是陶晶孙。在他所翻译的日本作家中野重治的《德国新兴文学》[①] 中明确提到，基希

[①]　载《大众文艺·新兴文学专号》，1930-03-01。

"是新的形式的无产阶级操觚者，所谓
'报告文学'的元祖，写有许多长篇，
而他的面目尤其在这种报告文学随笔纪
行之中"。这是"报告文学"这个名称
在中国最早见诸文字的一段话，但是，
在中国最早真正研究、倡导并实际推进
报告文学兴起和发展的人当属夏衍。这
不仅因为他创作的《包身工》是中国报
告文学走向成熟的标志，而且，他也是
20 世纪 30 年代初期报告文学的研究者
和提倡者。

图 14-6　1957 年夏衍在北京家中留影

　　夏衍早在 20 世纪 20 年代初留学日本期间，就积极参加进步工人运动和左
翼文化活动。被日本当局驱逐回国后，他继续从事革命活动，1927 年加入中国
共产党。30 年代初，他又积极参与筹备"左联"，后成为"左联"的主要领导
人之一。在长期的革命斗争中他总是处于前沿，可以说，对于一个作家来讲，
夏衍始终自觉地保持着与革命政治斗争和进步文化活动的密切联系，在理论研
究和创作实践中自觉地追求政治色彩、时代氛围与生活气息的高度统一，这一
点既奠定了他文学创作的总体风格，也是他在报告文学方面取得独特成就的重
要因素。

　　对文学社会功能的高度自觉，使夏衍在从事文化活动之后不久，就以一种
特殊的敏感关注着报告文学这种新的文学样式。1932 年 1 月 20 日，夏衍在
"左联"机关刊物《北斗》第 2 卷第 1 期上发表了自己翻译的日本报告文学研
究者川口浩所著《报告文学论》一文，这是我国最早出现的一篇系统地译介报
告文学的重要论文。这篇文章不仅首次向中国广大读者介绍了有关报告文学的
知识和理论，更重要的是，它准确地阐明报告文学的根本特点"是在事实的报
告"，但是"这绝不是和照相机摄取物象一样地，机械地将现实用文字来表
现"，它"必然的具有一定的目的，和一定的倾向"。也就是说，报告文学是
"事实"与"心灵"的真实统一，是客观现实生活与作家主观精神的有机融合。
这个观点的介绍和强调，对中国报告文学的兴起和发展无疑起到了导向作用。
而且应该看到，在这篇译介文章的观点里也蕴含着夏衍对报告文学本质特点的
理解与赞同。包括夏衍等多人讨论、由袁殊执笔而成的中国最早的研究报告文
学的专论《报告文学论》，1932 年在《文艺新闻》第 18 期上刊发。这篇论文基
本吸取了夏衍所译川口浩文章的核心观点，但它进一步突出了报告文学的"强

烈的社会批判色彩"，同时还强调了报告文学应该"把心灵安置在事实的报告上"。这篇论文的形成和出现是与夏衍所译川口浩论文的影响和作用分不开的。在此前后，许多进步作家通过《文艺新闻》等刊物，积极地提倡研究和创作报告文学，使中国的报告文学在理论上得到指引。其中，夏衍对报告文学的理论探讨和创作实践都具有特别重要的意义和作用。

夏衍在报告文学理论研究方面的主要贡献是准确阐述了报告文学的真实性与艺术性的和谐一致，作家主观的时代责任感与客观展现实际社会生活的完满统一。夏衍反复强调：报告文学既不能虚构，也不允许夸张，写报告文学应该把真实性、准确性放在首要地位。不真实就是假报告，就是客里空。他始终认为"报告文学的真实性原则是不能动摇的。如果说真实是艺术的生命，那么在报告文学领域中尤其如此"，"报告文学失去了真实，就不成其报告文学"①。他还以自己创作的《包身工》为例，指出它"一点也没有虚构和夸张……是铁一般的事实"②。他甚至强调报告文学的作者"必须亲自去采访、调查、研究"③，"单凭搜集材料是不行的，非得实地视察不可"④。他认为报告文学不仅要有真实性，同时也需要作者正确的主观倾向和情感以及相应的胆识和勇气："报告文学一是要真实，二是要有正确的立场"，"要有点胆量和拼劲儿，坚持原则，敢于斗争，即使'打官司'也不怕。"⑤ 然而报告文学毕竟是文学，不是单纯的报告，艺术性也是它内在的生命因子，在真实准确的前提下，"报告文学对大量素材有所取舍，进行一番剪裁和说明、解释，是必要的"，"为了细致地刻画人物，对某些细节进行艺术加工，也是必要的"⑥。但夏衍认为报告文学的艺术技法和艺术感染力应该是自然地融化在真实准确的素材之中，而"绝不能违反真实，张冠李戴"，"绝不应成为夸大、矫饰、回避，乃至无中生有"⑦。夏衍的上述观点虽是后来发表的，但也不妨认作他早期创作的经验之谈。

夏衍的报告文学创作始于20世纪30年代初期。1931年10月他在《文学导报》第6、7期合刊上用"突如"的笔名发表了自己的第一篇报告文学作品

---

① 夏衍：《关于报告文学的一封信》，载《时代的报告》，1983（1）。
② 夏衍：《从〈包身工〉引起的回忆》，载《人民日报》，1959-04-03。
③ 夏衍：《关于报告文学的一封信》，载《时代的报告》，1983（1）。
④ 夏衍：《关于报告文学的一封信》，载《时代的报告》，1983（1）。
⑤ 夏衍：《关于报告文学的一封信》，载《时代的报告》，1983（1）。
⑥ 夏衍：《关于报告文学的一封信》，载《时代的报告》，1983（1）。
⑦ 夏衍：《关于报告文学的一封信》，载《时代的报告》，1983（1）。

《劳勃生路》，以"九一八"事变后全国上下群情激昂的民族义愤为背景，及时报道了在上海劳勃生路发生的民众反日集会惨遭镇压，广大工人更加团结奋起、进行反抗的真实情景。这篇作品虽然比较单薄，但作为夏衍报告文学的开篇之作，已经突出体现了作者强烈的历史使命感和敏锐的政治嗅觉。作品不仅写出了"群情"，写出了广大民众的觉醒，还生动地刻画了"个体"（如被日本兵打成重伤的工友杨阿四）的不幸遭遇。把群体与个体的命运结合起来，把人的命运与社会的命运联系起来，它显示了夏衍在报告文学创作之初即抓住了这一文体的内在特质。1932年上海"一·二八"抗战爆发，许多作家奔赴前线，及时写出了一批反映民族斗志的报告文学作品。夏衍的《两个不能遗忘的印象》以其新颖独到的视角和翔实准确的素材成为当时影响较大的一篇。

经过充分的理论探讨和实践准备，夏衍终于迎来了自己报告文学创作的成熟。1936年2月发表于《文学》第6卷第2期上的《泡》和同年4月发表于《光明》创刊号上的《包身工》这两部报告文学的姊妹篇，是夏衍报告文学乃至整个现代报告文学创作走向成熟的一个标志。刊登《包身工》的《光明》杂志创刊号当时就发表社论认为它在中国的报告文学历史上开创了新的纪元。《包身工》的重要意义体现在两个方面：一是它本身所显示出的报告文学的本质内涵；二是它所展现的报告文学创作过程的典型特征。它通过一群彻底失去人身自由的奴隶的生活遭遇，暴露出"在20世纪的帝国主义经营的工厂里，原来还公然保存着奴隶制度"①。夏衍以无可辩驳的事实，揭示了在帝国主义侵略之下，包身工制度的残酷和野蛮，同时剖析了包身工制度在中国得以出现的深刻的社会根源和阶级根源，揭露了国民党反动统治的腐败无能以及与帝国主义沆瀣一气的罪恶本质。因此，作品反映的虽是黑暗现实的一个角落，但它描绘出的却是当时整个中国半殖民地半封建社会的缩影。当然，作者在结尾发出了"黎明的到来还是没法可抗拒的"呐喊，也对罪恶的制造者发出了"当心呻吟着的那些锭子上的冤魂"的警告，这使人们看到了压迫愈深反抗愈烈的正义之声和希望之光。夏衍在《从〈包身工〉引起的回忆》里反复强调："这是一篇'报告文学'，不是一篇小说，所以我写的时候力求真实，一点儿也没有虚构和夸张。"应该说强大的新闻效应是《包身工》得以成功的重要因素，但还应看到，《包身工》的成功并不仅仅在于单纯的真实性，浓厚生动的文学色彩同样是它的魅力所在。《包身工》运用的艺术技法是丰富多样的，作品以高度集中的电影特写手段，突出典型细节，烘托典型环境，把包身工这群居住在

---

① 夏衍：《从〈包身工〉引起的回忆》，载《人民日报》，1959-04-03。

"蜂房般的格子铺里"，吃着"到锅里去刮下一些锅焦残粥，再到自来水龙头边去冲上一些清水"的"食物"，每天却"做十二小时的工"的"猪猡"的生活淋漓尽致地表现出来。在此基础上，作品精心刻画了这群"生物"的代表——"芦柴棒"的典型形象：她的身体瘦得"骷髅一样，摸着她的骨头会做怕梦"，连工头打她时都不愿多踢一脚，"因为'芦柴棒''露骨'地突出的腿骨，碰痛了他的足趾！"寒冬腊月她在病中仍被逼着做工，得到的"医疗"是迎头泼在身上的一盆冷水……对"芦柴棒"这一典型形象的刻画极大地强化了这部作品的艺术感染力。此外，整个作品在冷峻客观的叙述过程中，还自然而然地融入作者的一些精辟论析和充满激情的思考：

> 人类的身体构造，有时候觉得确实有一点神奇。长得结实肥胖的往往会像折断一根麻梗一般的很快的死亡，而像芦柴棒一般的偏能一天天的磨难下去！每一分钟都有死的可能，可是她还有韧性地在那儿支撑。两粥一饭、十二小时骚音、尘埃和湿气中的工作，默默地，可是规则地反复着，直到榨完了残留在她皮骨里的最后的一滴血汗为止。

由"这种饲养小姑娘营利的制度"，作者"禁不住想起孩子时候看到过的船户养墨鸭捕鱼的事了"。那些墨鸭"整排的停在舷上，它们的脚，是用绳子吊住了的，下水捕鱼，起水的时候船户就在它的颈子上轻轻的一挤！吐了再捕，捕了再吐，墨鸭整天的捕鱼，卖鱼得钱的却是养墨鸭的船户。但是，从我们孩子的眼里看来，船户对墨鸭并没有怎样的虐待，而现在，将这种关系转移到人和人中间，便连这一点施与的温情也已经不存在了！"这段极富感情色彩的联想和比喻，深化了全文的意旨。的确，夏衍在报告文学与小说之间划清了严格的界限：没有一点虚构的真实，但更重要的是他给通讯报告打开了通向文学之门——艺术的加工和情感的升华。《包身工》的创作过程，从实地考察取证、收集研究资料，到酝酿主题、塑造人物及谋篇布局，都充分体现了夏衍对报告文学创作的深思熟虑：以新闻真实性为生命内核，以人的命运为报告主体，以多种艺术手法来增强作品的感染力。夏衍在去世前曾对友人说过，自己一生中的创作，最经得住时间考验的就是《包身工》。

与夏衍的《包身工》同被称为"像戈矛一样刺穿了旧社会的黑暗"（刘白羽语），并同样被认为是中国报告文学成熟标志的另一部作品是宋之的的《一九三六年春在太原》。宋之的（1914—1956）原名宋汝昭，河北丰润人，20世纪30年代初期分别在北平和上海参加左翼文艺活动，在小说、戏剧、散文等方面创作均有收获。《一九三六年春在太原》作于1936年5月，同年9月经茅盾推荐发表于黎烈文主编的《中流》创刊号上，随即产生了广泛的社会影响。

与《包身工》相同，这篇作品的成功之处主要在于新闻真实报道与艺术加工的完美融合。作品报道的是在特定时代氛围下"春被关在城外了"的太原的严酷现实。作者以巧妙的构思把国民党反动统治下太原城内与日俱增的令人"气闷而且窒息"的恐怖气氛与城外不断传来的"春"的气息形成强烈对比，作者在城内亲眼看到的"灰色的墙，灰色的土，和穿着灰色衣裳在街头守望的兵"，与他心中想象的城外那种"很细微，很新鲜，很温暖，并且很有生气"的生命活力构成了具体鲜明的反差。而文章中"新闻剪集""本报特讯"等手法的灵活穿插，不仅渲染了作品的新闻效果，而且还从一个特殊的角度揭示出反动当局自身"草木皆兵"的可笑面目，在这背后透露出的则是特定的时代政治内涵：春毕竟是关不住的。整个作品交织着辛辣的讽刺笔触和浓郁的抒情色调，处处使人感受到作者的主观情绪，却又处处潜隐在真实具体的新闻报道中。作者几度畅言："我特别怀念着春。""我是多么的怀念春啊！"这情怀来自作者真实的经历和体验，显得格外自然朴实。还值得一提的是，《一九三六年春在太原》发表的时候，并未被编者列入"报告文学栏"，而是被归到"随笔"栏中，虽然这并没有影响这篇报告文学的性质和价值，却反映出它明显带有"随笔"的一些特点，材料的运用十分灵活，布局也足见匠心。

　　20世纪30年代的报告文学，从最初出现的一批直接展示时代风云的作品，如柔石的《一个伟大的印象》，楼适夷的《战地的一日》《向着暴风雨前进》，洪深的《时代下几个必然的人物》，以及集中反映淞沪战争并最早结集出版的通讯报告集《上海事变与报告文学》（1932）和《上海的烽火》（1932）等，经过夏衍、宋之的、阿英等人的努力，到30年代中期，无论其反映生活的深度和广度，还是艺术感染力的强度，都已经明显走向成熟。庐隐的大型报告文学《火焰》（1936），曹白的《这里，生命也在呼吸》和《受难的人们》（1937），茅盾主编的大型报告文学集《中国的一日》（1936），邹韬奋的《萍踪寄语初集》和《萍踪寄语二集》（1934）、《萍踪寄语三集》（1935）、《萍踪忆语》（1937），范长江的《中国的西北角》和《塞上行》（1937），萧乾作于1935年秋至1936年春的《鲁西流民图》和作于1939年春的《血肉筑成的滇缅路》（后均收入1947年出版的《人生采访》集）等，都是很有影响的作品。抗战全面爆发后，报告文学中出现了一批集中反映侵略者罪恶和民族奋起抗战的作品，如汝尚的《当南京被虐杀的时候》（1938）、草明的《遭难者的葬礼》（1938）、宋之的的《仇恨生长出来的》（1939），以及在上海"孤岛"出版的百万字的大型报告文学集《上海一日》等。这些作品与初期报告文学相比，虽然选材的视角较为相近，但报告文学的文体意识明显增强，作品的艺术感染力也大为提高了。

在上述报告文学创作中，邹韬奋、范长江、萧乾等人的作品是最具艺术个性的。

邹韬奋（1895—1944）不仅在自己主编的《生活》《大众生活》等刊物上登载了大量有影响的通讯报道，为报告文学的壮大摇旗助阵，而且也以自己的创作实践为报告文学的发展增添了新的篇章。他的"萍踪"系列性报告文学作品，详细生动地叙述了自己流亡海外的见闻，对当时资本主义世界的社会制度、政体结构、经济状况以及丰富多彩的人文景观和自然风貌，都给予了真实充分的介绍。注重选择民众普遍关心的社会政治问题，用严谨准确的材料加以论证，伴之以亲切明快的笔调，这些形成了韬奋游记体报告文学的主要特色。

范长江（1909—1970）的报告文学创作，有着长期从事新闻工作的得天独厚的优势。1935年7月，他以天津《大公报》记者身份考察中国的西北地区，第一个向全国乃至全世界报道了工农红军及二万五千里长征的真实情况；"西安事变"发生后他又是第一个向全国公开报道了"西安事变"的真相和共产党抗日民族统一战线的政策；他还是第一个以新闻记者的身份从白区进入延安的中国记者，因此他最早向全国人民正面报道了中国共产党、工农红军及陕北革命根据地的大量消息。收入他主要报告文学作品的《中国的西北角》和《塞上行》两个集子在当时乃至在整个中国现代报告文学的发展史上都产生过重要而深远的影响，其中有些作品（如《陕北之行》）可谓是中国报告文学的经典之作。范长江的几个"第一"充分体现了他作为新闻记者所特有的敏锐和胆识，而且更可贵的是他的报告文学并没有局限于这一点。他的作品的确是首先通过强烈的新闻真实性以及鲜明的政治倾向和时代色彩给人以强劲震撼的，但同时他还善于采用灵活多变的手法来刻画人物，或精细的素描，或粗线条的速写，笔墨不多却栩栩如生。他把自己亲身经历的体验汇入客观的报道之中，闪烁着作者正直人格的火花。至于气氛的渲染、材料的剪辑和语词的修炼，那更是范长江报告文学固有的特长。

另一位也是记者出身的报告文学作家是萧乾（1910—1999），他长期兼任《大公报》驻英国的记者。20世纪30年代中后期，萧乾对国内的黑暗现实特别是底层广大劳苦民众的悲剧命运进行了比较集中的"人生采访"。他的《血肉筑成的滇缅路》《鲁西流民图》《那只纤细而刚硬的大手》《宿羊山麓之哀鸿》等作品，都是令人耳目一新、感人肺腑、促人深省的名篇。第二次世界大战期间，他作为唯一在欧洲战场奔波采访的中国记者，写下了许多为人瞩目的通讯报道和报告文学作品。萧乾的报告文学尤善选取新颖独特的题材，且特别注重对材料的剪裁加工。对人物群体命运的准确把握，并深入挖掘其悲剧命运的社会根源往往是萧乾作品的深刻性所在。作者浓烈鲜明的主观情绪的抒发和对自然景致的极富象征意义的描写，则大大增强了作品的感召力。既有亲身经历的客观真实性，又有炽热的主观情感和深沉的理性思考，再加上娴熟的剪裁技巧，成为萧乾等"记者作家"所创作的报告文学的共同特点。

此外，在20世纪30年代中国报告文学的发展过程中，对一些著名的、影响重大的外国报告文学作家、作品及有关报告文学理论的翻译介绍，也具有不可忽视的意义和作用。其中，具有世界声望的捷克著名报告文学作家基希（1885—1948）取材于中国社会实际生活的长篇报告文学《秘密的中国》，于1936年被周立波翻译并刊登在《文学界》创刊号上。这部译作的发表立即引起了广大中国读者的强烈反响，并对中国报告文学的创作起到了明显的推进作用。《文学界》还刊登了《报告文学论》和《报告文学的必要》等译文，进一步沟通了中外报告文学创作及理论的交流。墨西哥驻华外交官爱狄密勒所著《上海——冒险家的乐园》（阿雪译，1937）、匹特卡伦的《在西班牙前线》（林淡秋译，1937）等作品，无论在思想内涵还是艺术技巧上，都对中国报告文学的发展、成熟产生过积极的影响。

还应一提的是，20世纪30年代纪实性文学创作的潮流，还出现了一批引人注目的传记文学作品，如郁达夫的《追怀洪雪帆先生》《王二南先生传》《志摩在回忆里》，茅盾的《女作家丁玲》，郭沫若的《北伐途次》《创造十年》等，这些作品在展示人生历程的广度和纪实手法的准确生动诸方面，都显示了新的追求，并对此后的传记文学创作产生了深远的影响。

思考题

1. 施蛰存在谈到《现代》中的诗时说："《现代》中的诗是诗。"如何理解施蛰存的这句话？这句话体现了施蛰存怎样的审美诉求？

2. 《雨巷》被认为是戴望舒最重要的代表作，诗人甚至因为这首诗被誉为"雨巷诗人"，然而在1932年诗人亲自编订的诗集《望舒草》中，却没有收录这首给他带来盛誉的诗篇，试思考其中的原因。

3. 游记体散文是20世纪30年代文学创作的重要收获，结合时代背景，试思考30年代现代游记体散文大量兴起的时代动因及其艺术风格。

4. 夏衍作为20世纪30年代初期报告文学的研究者和倡导者，其创作的《包身工》是中国现代报告文学走向成熟的标志，试思考在《包身工》中这种成熟的标志具体体现在哪些地方？

参考书目

1. 李广田. 画廊集//李广田. 李广田文集：第一卷. 济南：山东文艺出版社，1983.

2. 丰子恺. 缘缘堂随笔//丰陈宝，丰一吟编. 丰子恺文集5：文学卷一. 杭州：浙江文艺出版社，1992.

3. 王国绶选编. 啸傲霜天：《鲁迅风》《杂文》散文随笔选萃. 天津：天津人民出版社，1998.

4. 何其芳. 画梦录//何其芳. 何其芳全集：第1集. 石家庄：河北人民出版社，2000.

5. 卞之琳. 十年诗草//卞之琳. 卞之琳文集：上卷. 合肥：安徽教育出版社，2002.

6. 戴望舒. 雨巷//戴望舒. 雨巷中的伊人：戴望舒诗歌全集. 北京：西苑出版社，2005.

7. 夏衍. 包身工//刘厚生，陈坚编. 夏衍全集：文学（上）. 杭州：浙江文艺出版社，2005.

8. 范培松. 论京派散文. 文学评论，1995（3）.

9. 罗振亚. 寻找隐显适度的朦胧美——三十年代现代诗派的一种诗学思想. 文艺理论研究，1999（5）.

10. 姜振昌. 一脉天风百年旺泉——中国新文学中的"鲁迅风"杂文. 文艺研究，2006（6）.

第十五章　全面抗战以后的文艺运动

第一节　抗战文艺运动的特点及意义

抗战文艺运动与抗日战争几乎是同时起步的。作家们凭借敏感的历史眼光与强烈的民族责任感积极投身于抗战文艺运动。时代对文学提出了新的要求，不能不促使文学本身也发生很大变化。在抗日战争初期，篇幅较长的各种体裁作品明显减少，代之而起的是能够迅速反映抗日斗争现实、容易发挥宣传鼓动效果、为人民大众乐于接受的大量小型抗日作品，如战地通讯、报告文学、街头剧、街头诗、朗诵诗、通俗文学等。作家亲身经历了战火的洗礼，感受到颠沛流离的现实生活，耳闻目睹抗日战争的艰辛，与人民大众有了较多的接触，既扩大了生活视野，丰富了写作素材，同时也受到深刻的教育，促进了思想感情上的变化。

图 15-1　《中国抗战文艺史》封面

他们积极探索新的生活和创作道路，宣传抗日主张，亲身深入生活，到群众中去，拿起笔来投入战斗。可以说，抗战的爆发给中国现代文学的发展带来了根本性的变化，充分表明了中国现代文学始终是与时代社会相辅相成、同步共进的。

抗战文艺运动主要具有以下三个方面的鲜明特点。

第一，形成了全国规模的文艺界抗日民族统一战线——中华全国文艺界抗敌协会。

中华全国文艺界抗敌协会是继戏剧界抗敌协会之后最早出现的全国规模的文艺界抗日民族统一战线组织，1938 年 3 月 27 日成立于汉口。周恩来同志在"文协"成立会上发表了重要讲话。大会选出郭沫若、茅盾、老舍、巴金、夏

衍、胡风、田汉、丁玲、许地山、郑振铎、朱自清、郁达夫、朱光潜、陈西滢等 45 人为理事，周恩来、孙科、陈立夫等为名誉理事。理事会推选老舍为总务部主任，主持"文协"日常工作。成立大会上提出的"文章下乡，文章入伍"的口号，对推动作家参加现实斗争、密切与工农兵群众的关系，起到了积极的作用。

"文协"在全国组织了数十个分会及通讯处，并于 1938 年 5 月创办了会刊《抗战文艺》。它自 1938 年 5 月 4 日创办，至 1946 年 5 月终刊，先后出版 71 期，是唯一贯通抗日战争时期的文艺刊物，对于推动抗日文艺活动发挥了重要的作用。"文协"的成立标志着文艺界在民族解放的旗帜下，结成了最广泛的统一战线。"文协"之后，音乐界、电影界、美术界等全国性抗敌协会也先后成立。

在成立"文协"的同时，郭沫若主持的军委会政治部第三厅于 1938 年 4 月在武汉创建。在周恩来同志和"第三厅"中共特别支部的直接领导下，"第三厅"将各地流亡到武汉的文艺工作者和文艺团体组织起来，开展广泛的抗日文艺活动，进行各种街头宣传和文艺演出，组织战地巡回演出，举办各种讲演会等，形成了战争初期生气蓬勃的文艺活动高潮。其中影响最大的是演剧队的组织和活动。1938 年 8 月，"第三厅"将各地来武汉的救亡戏剧团体和文艺工作者，以上海的救亡演剧队为骨干，组成多个抗敌演剧队、抗敌宣传队、孩子剧团、电影放映队等，出发去全国各地巡回演出，进行抗日的文艺宣传。通过这些形式，聚集在武汉的大批文艺工作者团结了起来，纷纷被吸收到抗日民族统一战线中，组成了一支浩浩荡荡的抗日文艺大军。

第二，抗日救亡成为压倒一切的文学主题。

抗日战争爆发以后，现实主义文学思潮成为抗战文学的主潮，不少浪漫主义或者现代主义的作家纷纷转向现实主义。例如，戴望舒、卞之琳、何其芳等现代派诗人，都趋向倡导现实主义。胡风为了克服抗战文学中的客观主义与主观公式主义，十分强调作家的"主观战斗精神"，有其重要的理论和实践意义。创作方面产生了一大批具有深度的现实主义杰作，如巴金的《秋》和《寒夜》、老舍的《四世同堂》、路翎的《财主底儿女们》、曹禺的《北京人》等。

浪漫主义文学和现代主义文学在此时期仍有存在，但处于较弱地位。以徐訏、无名氏为代表的后期浪漫派小说，更多地包含了神秘荒诞的色彩。而郭沫若的历史剧就其倾向而言，仍是浪漫主义的。现代主义多作为创作因素存在于现实主义小说与戏剧中。国统区在 20 世纪 40 年代出现的"九叶诗派"则是一个具有鲜明特色的现代主义诗歌流派，他们忠于时代和斗争现实，又较多吸收了西方象征主义、现代主义的表现艺术和表现手法，体现了反映论和表现论、现实主义和现代主义的较好结合。

文艺要不要为抗战服务以及怎样为抗战服务，这是当时文艺界思想争论的一个焦点问题。在卢沟桥事变前后，有些评论家把当时大量出现的通俗的小型抗日作品，称为"抗战八股"，把作家积极从事抗日文艺活动、深入前线，叫作"前线主义"。武汉失陷后，梁实秋提出了文艺"与抗战无关"论。他在重庆《中央日报》的副刊上发表《编者的话》，对文艺界抗日统一战线组织"文协"提出异议，并公开征求描写"与抗战无关的材料"，声言"有人一下笔就忘不了抗战"，写出来的却是"空洞的抗战八股"。梁实秋的主张在当时遭到许多批评并引起了一些论争。重庆的《抗战文艺》《文学月报》《大公报》《新蜀报》等，连续发表了罗荪、陈白尘、宋之的、张天翼等人的论辩文章，认为在抗日战争中，"作为时代号角，反映现实的文学艺术，更其不能例外的要为祖国的抗战服务"，不可能与抗战无关。至于公式化倾向的产生，并不是因为写了与抗战有关的题材，而是由于作家"与抗战有关的程度还不够深"，恰好说明作家必须更好地深入抗日的现实斗争。

梁实秋的文艺"与抗战无关"论，经过批判后很快走向低潮。但这种观点在此后仍有出现。1939年后，沈从文连续发表了《一般与特殊》《新的文学运动与新的文学观》《文学运动的重造》等文章，把他心目中"一般"的抗日作品，称为"抗战八股""宣传文字"和"一团糟"，认为只有"远离了'宣传'空气""远离了那些战争的浪漫情绪"的"特殊性的专门家"的工作，才是"社会真正的进步"。因此，他不希望作家与政治有直接的联系，要发动"文学运动的重造""使文学作品价值，从普通宣传品而变为民族百年立国经典"。应该说，文艺与抗战的政治斗争联系紧密，作家描写抗日的现实生活，是文艺创作责无旁贷的任务。在这样的时代背景下，抗日救亡成为当时压倒一切的文学主题，具有积极的时代意义。但是，文艺必须运用其自身的特征为抗战服务，避免公式化、概念化；作家必须深入生活，必须不违背艺术规律和艺术特点。因此，梁实秋和沈从文的论点虽然存在着片面的地方，但也是具有一定道理的，不能简单地把它们看作是反对抗战文艺。

第三，抗战文艺运动出现了大量充满热情、易于宣传和富有鼓动性的艺术表现形式，如街头诗、街头剧、多人合作的大型戏剧和报告文学等。

抗战初期，国民党的文禁有所放松，作家抗日情绪高涨。各种朗诵诗、街头剧、报告文学、短篇小说等小型作品大量涌现，是这一时期文学活动的主要特点。小型通俗作品适应了迅速反映抗日斗争现实的需要，较快发挥出宣传鼓动的作用，为人民大众乐于接受。其中比较突出的是小型戏剧十分繁荣。广大戏剧工作者针对部队和农村的实际情况，在流动演出的过程中创作了大量的街头剧、活报剧和独幕剧，以简便灵活的形式发挥了文艺的宣传功能。

《放下你的鞭子》是抗战初期影响最为广泛、演出极为普遍的一个剧目。它由集体创作，并在演出中不断得到补充和丰富。剧本描写了父女两人，由于日本侵略者占领东北家乡，"中国兵说是受了什么不准抵抗的命令，都撤退了"，他们被迫过着颠沛流离的生活，靠卖艺为生。剧作对日本帝国主义者的侵略造成人民家破人亡、流离失所的悲惨境况，对国民党政府的不抵抗政策，发出了强烈的控诉。剧中父女两人的遭遇，在战争初期具有广泛的概括意义，容易激起观众的感情共鸣和民族义愤，曾经产生了很大的宣传教育作用。在表演艺术上它采取了灵活的形式，如让演员混杂在观众中间等，使戏剧效果更为逼真。

当时被戏剧界合称为"好一计鞭子"的三个剧作中的另外两个——《三江好》与《最后一计》，也颇为流行。此外，夏衍的《咱们要反攻》、沈西苓的《在烽火中》、凌鹤的《火海中的孤军》、荒煤的《打鬼子去》、于伶的《省一粒子弹》等，也是这一时期出现的较为优秀的短剧。

值得注意的是，初期还出现了集体创作戏剧形式，其中最著名的是《保卫卢沟桥》。这个剧本在卢沟桥事变后数日内，即由夏衍、于伶等 20 余人集体创作并演出，由洪深、唐槐秋等 10 余人组成导演团，动员了近百名戏剧电影界的主要演员参加演出，盛况空前，影响很大。它揭开了抗战戏剧的序幕。全剧气势宏伟，充分表现出中华民族同仇敌忾的抗日精神。这种戏剧的集体创作形式，适合于及时反映抗日现实的需要，在延安有周扬、沙可夫等的《血祭上海》，在广州有夏衍等的《黄花岗》，在西安有萧红、端木蕻良等的《突击》，在武汉有罗荪、锡金等的《台儿庄》和崔嵬、王震之等的《八百壮士》，一时成为风尚。

武汉失陷前后，由于抗日形势的变化，戏剧创作在题材上有所开拓，不再局限于直接描写战争的壮烈场面，出现了像陈白尘的《魔窟》、宋之的的《微尘》、洪深的《米》、吴天的《孤岛三重奏》等，从不同的角度反映抗日现实的戏剧作品。它们或暴露敌伪魔爪统治下的黑暗，或表现国统区的丑恶的现实生活，同样都饱含着作者深切的民族义愤。抗战进入相持阶段后，国统区戏剧活动中心又逐渐地移向大后方的剧场，于是多幕剧的创作大大增加，战争初期一度大量涌现的小型化、通俗化戏剧作品则相对地减少。但是，在国统区的演剧队等流动演出团体，特别是各个抗日民主根据地里，小型化的抗日戏剧仍然广泛流行。

在小型戏剧繁盛的同时，诗歌创作也相当活跃。不但像郭沫若这样五四前后登上诗坛的著名诗人写出了抗战的作品，而且原来的一些小说家，如王统照、艾芜、老舍等，也写出了一些反映全民抗战的诗篇。一些青年诗人，如艾青、田间、臧克家、何其芳等，纷纷成长起来，成为抗战诗歌阵地上的先锋和主将。短诗占据了抗战初期诗歌的主要地位。王统照在战争爆发的数月内，连续在《烽火》等刊物上，发表了《上海战歌》《徐家汇所见》等短诗，真实地描绘出战争初期的景象，在血与火的交织中蕴蓄着深切的民族义愤。艾芜写了《我怀念宝山的原野》，靳以写了《火中的孤军》等。为了适应诗歌宣传抗日的大众化需要，一些诗在形式和语言上也作了新的尝试。各种报刊上发表的诗歌作品，也以短诗为主。例如，在武汉创办的《时调》《诗时代》《五月》等诗刊上，登载的大多是青年作者的短诗，其中尤以朗诵诗和街头诗最为风行。它反映了抗战诗歌运动的特色和新动向。

诗歌朗诵运动战前由中国诗歌会首先提倡，但由于主客观条件的限制，当时主要还限于理论上的探讨，未能付诸实践。抗战爆发后，在诗歌面向大众的潮流影响下，诗歌朗诵运动重新受到重视。吕骥、锡金、高兰、朱自清等人撰文探讨了诗歌朗诵问题，同时，在创作上也开始了实践。1938 年 10 月，在武汉召开的鲁迅先生逝世两周年纪念会上朗诵的柯仲平和高兰的诗，在文艺界得到了很好的反响。接着，诗歌朗诵活动从武汉开始蓬勃地展开。冯乃超在《时调》创刊号上发表《宣言》，提出要"让诗歌的触手伸到街头，伸到穷乡"，"用活的语言作民族解放的歌唱"，它可以说是诗歌朗诵运动倡导者的"宣言"。在武汉的街头、集会上和电台上，出现了诗朗诵节目。冯乃超、锡金、高兰等人，既是这个运动的推行者，也是朗诵诗的作者。高兰的作品如《我们的祭礼》《我的家在黑龙江》《哭亡女苏菲》等，感情激昂，语言流畅，即使是对于因穷困而病故的子女的哭诉，也饱含着作者对战争、对敌人、对人间种种不平的愤怒。武汉失陷后，诗歌朗诵运动一度在重庆出现，由"文协"发起组织了一部分诗人、音乐家和戏剧工作者，举办诗歌朗诵会，组成诗歌朗诵队等，这个运动一开始就影响到延安、昆明等地。抗战后期，在昆明等地，也曾有过热烈的诗朗诵活动，闻一多和朱自清都积极参加这个运动。抗战时期的朗诵诗运动，对于扩大诗的影响、推动诗歌大众化，发挥了积极的作用，但是由于内容和形式上的局限，它始终未能真正为广大劳苦大众所理解和接受，主要在知识分子中间流行。

街头诗运动与朗诵诗运动有所不同。街头诗也称传单诗、墙头诗、岩头诗等，顾名思义，这些诗歌写出来后，或在街头、岩石上张贴，或印成传单散发，是一种紧密配合当前斗争、比较直接地发挥宣传教育作用的诗的战斗形式。因此作为一个运动，它在国民党统治区的政治环境里，必然会受到各种阻力，无法广泛地开展。街头诗运动主要是在各个抗日民主根据地里流行。1938年 8 月 7 日被当时在延安的诗人称为"街头诗运动日"，延安的大街小巷、墙头和城墙上张贴起街头诗。《街头诗歌运动宣言》号召人们"不要让乡村的一堵墙，路旁的一片岩石，白白的空着"，认为街头诗运动"是使诗歌服务抗战，创造大众诗歌的一条大道"。稍后，在一些抗日民主根据地，街头诗运动也逐渐展开。

报告文学在这时也发挥了文艺"轻骑兵"的积极作用。作为一种新兴的文学体裁，它在"左联"时期曾被大力提倡，在抗日救亡运动中逐步兴起，到了抗战爆发后，进一步形成蓬勃发展的高潮。由于这种文学形式具有活泼敏捷和富有战斗性的特点，能够将当前生活中发生的事件，通过形象的手段迅速地反映出来，适合于人民大众的需要，因此，抗战初期各种报纸杂志广泛地登载报告文学作品，成为一时的风尚。先后出版的报告通讯集有张叶舟编选的《文艺通讯》、田丁编选的《在火线上》、以群编选的《战斗的素绘》，从多方面编辑了战争初期比较优秀的报告文学作品。报告文学的写作者，很多是第一次从事创作的青年作者，他们有饱满的热情，有一定的生活实践，但对生活的观察不深刻，不善于运用艺术手段，往往只凭着个人的直观印象和片断经验进行创作。因此，不少报告文学作品近乎新闻纪事，或流于空洞的叫喊，缺乏艺术感染力。这种缺点在一部分老作家的作品里也同样存在，原因则是缺乏深入的生活实践和对作品的精细的艺术加工。但它们广泛地反映了战争初期的真实景象，却是不可抹杀的事实。

在通俗文学和戏曲的创作方面，京剧、地方戏、鼓词、快板、相声、数来宝、山歌等，几乎所有的旧形式都被采用，范围十分广泛。一批专门登载通俗文学的报刊出现了，如武汉的《七日报》《大众报》和成都的《星芒报》《通俗文艺五日刊》等，并且出现了一些提倡通俗文学的社团。通俗的大众读物广为流行。"文协"曾经发出征求通俗文学一百种的号召，大力推动通俗文学的创作。通俗文艺的作者除了专业作家，还包括大批的戏曲工作者和民间艺人。很多作家在抗战初期都致力于通俗文艺的创作。老舍在这方面的努力尤为突出，收在《三四一》一书里的是他这时期主要的通俗文艺作品。他运用民间文艺活泼诙谐的特点，与抗日的内容相结合，做了比较成功的尝试。他还利用数来宝、河南坠子等形式创作通俗文艺。20 世纪 30 年代就开始创作大众小说的欧阳山，这时期又结合抗日的内容，以新的大众小说的形式写了《战果》。张天翼、艾芜、沙汀集体创作的《卢沟桥演义》，是运用章回体写的通俗小说。同样用章回体写成的，还有谷斯范的《新水浒》。田汉运用地方戏剧形式，写了皮黄戏《新雁门关》，用历史题材借古喻今。夏蔡的《改良拾黄金》，用京剧"化子拾金"形式，宣传抗日内容。该剧舞台上始终只有一个演员，但由于角色本身幽默机智的形象、丰富生动的语言，在当时受到热烈的欢迎。赵景深、包天笑也努力于进步的通俗文艺的创作。赵景深的《平型关》歌颂了八路军在平型关的胜利。抗战初期的各个民主根据地也比较重视通俗文艺创作。从延安奔赴前线的西北战地服务团，广泛地利用旧形式，进行抗日的文艺宣传，受到群众的热烈欢迎。他们关于旧形式要批判地继承的经验总结，与他们的创作实践大致上是相合的。在晋察冀根据地，河南坠子、大鼓书、小故事、双簧一类的作品也风行一时。抗战初期大量出现的通俗文艺，对于宣传抗日、教育民众，曾经发挥了一定的作用，但当它们进一步与群众接触时，自身的缺点和不足，也更为明显地暴露出来。由于对旧形式的利用缺乏明确的认识，往往无批判地接受，或仅仅当作一种宣传抗日的应急手段，并非从文艺大众化的根本方向上来进行创作实践；加上对旧形式本身的生疏，因此，不少通俗文艺作品中出现了生搬硬套、概念化和公式化甚至无聊庸俗的现象。但是，它作为新的历史条件下文艺大众化的又一次范围空前广泛的创作实践，对于推动现代文学史上长期面临的文艺大众化问题的解决，无疑提供了有益的经验教训。

总之，抗战文学运动继承了五四新文学运动的战斗传统，积极宣传抗战，揭露国民党统治的黑暗与罪恶，表现人民的反抗与斗争，在反压迫、争民主的斗争中发挥了积极的战斗作用，这正是抗战文艺运动的最基本的特点。

第二节　延安文艺座谈会及解放区文艺运动

抗日战争爆发后，随着战争形势的发展变化，以延安为中心，在西北、华北地区，陆续建立了抗日根据地和解放区。许多左翼作家及大批文艺青年，来到延安和各抗日根据地，使解放区文学运动蓬勃兴起。解放区文学运动继承和发展了苏区文学运动与现实斗争密切结合及群众性的特点，采取多种形式到抗战现实中去、到群众中去。

从抗战爆发前后到延安文艺座谈会召开这一阶段，以延安为中心的陕甘宁边区及各抗日根据地先后建立起文艺界统一战线组织和各种文艺团体，如边区文协、鲁迅艺术文学院、文抗等，编辑、出版了《文艺突击》《谷雨》《大众文艺》等大量刊物，宣传抗日。作家创作也采取了多种形式到抗战现实中去，到群众中去，如由丁玲、周立波等组成的西北战地服务团，刘白羽、吴伯箫等的抗战文艺工作队，分别到敌后各抗日根据地，一面进行宣传慰问，帮助部队和地方建立文艺团体、开展文艺活动，一面了解体验敌后军民生活和斗争，进行文学创作。这一时期出现了不少优秀的报告文学、文艺通讯、短篇小说。以柯仲平、田间为主干的群众性的街头诗、朗诵诗活动，也十分活跃，对民族革命战争帮助很大。

1942年5月2日，中共中央以毛泽东和中共中央宣传部部长凯丰的名义，在延安召集了一次文艺工作者座谈会，大约有80多位延安的文艺界人士参加了这次会议。毛泽东、朱德、任弼时等中共中央的领导人出席了这次会议。毛泽东发表讲话，阐述了文艺工作者的立场、态度和工作对象问题。毛泽东在座谈会上先后两次的发言，就是著名的《在延安文艺座谈会上的讲话》。

《在延安文艺座谈会上的讲话》紧紧围绕着"我们的文艺是为什么人"和"如何去服务"两个问题展开，主要阐述了文艺为工农兵服务、文艺从属于政治、小资产阶级知识分子的思想改造等重要观点，指出人民生活"是一切文学艺术的取之不尽、用之不竭的唯一的源泉"，要求文艺工作者"到唯一的最广大最丰富的源泉中去"，才能获取无限丰富的艺术源泉，创造真正为人民大众的文学。《讲话》鲜明地提出了文艺是为人民大众，首先是为工农兵服务的方向，强调要真正为人民大众服务，作家必须把立足点转移到无产阶级人民大众方面来。此外，《讲话》还系统阐述了继承与借鉴中外优秀文学遗产、文学的普及与提高、文学的思想政治标准与艺术标准等一系列文学的辩证关系。《讲话》是马克思主义文艺思想与中国实际相结合的产物，它通过总结五四以来新文学运动的经验教训，最终确立了中国新文艺的马克思主义发展方向。《讲话》促成了五四以后新文学史上又一次深刻的文学革命。

《讲话》使解放区的文艺面貌发生了巨大的变化，从文艺发展的情况来看，解放区文学创作基本上可以以《在延安文艺座谈会上的讲话》的发表作为标志，划分为两个阶段。

1942年以前，比较易于抒发感情、激励士气、传递战争信息、反映新的历史时期人们生活和斗争的诗歌、报告文学、速写和小说等都取得了可喜的收获。就诗歌来说，抗日初期最值得注意的是开始出现了塑造工农兵形象的作品。柯仲平长篇叙事诗《边区自卫军》和《平汉路工人破坏大队》即属于这一类的作品。至于报告文学、速写，熔政治性、新闻性、真实性于一炉，比战前的报告文学、速写跃进了一步。雷加的《炮位周围》《一支三八式》，严文井的

《儿子与父亲》等都描写前线战斗及军民关系，是适应战争形势需要的。不久，丁玲、刘白羽、周而复等便从不同角度反映了抗战初期根据地和解放区人民的生活和斗争。此外，柳青、杨朔等人也写出了具有边区特色的小说。丁玲的《我在霞村的时候》和《在医院中》就是两篇最有代表性的小说。她以一向对妇女问题特有的敏锐的眼光审视解放区的妇女在现实生活中碰到的不幸和挫折，触及了革命内部一些相当敏感的问题，这是 1942 年以前十分值得注意的文学现象。

1942 年以后，解放区文艺在《讲话》的指引下，发生了重大变化。作家更加深入了解解放区人民的生活和斗争实际，体验工农兵群众的思想感情，学习他们生动丰富的语言，促使自己思想感情和创作发生变化，从而创作出一批具有中国作风、中国气派、为群众喜闻乐见的优秀中长篇小说、短篇小说、报告文学、抒情诗和长篇叙事诗。

在"深入工农兵群众、深入实际斗争"的号召下，革命的现实主义创作方法几乎成为所有小说家的创作选择。解放区小说大多以解放了的农村中的新生活为题材，以新一代觉醒的农民为主要人物，出现了一批格调高昂、清新朴素的优秀作品。成就较大、具有广泛影响的小说有赵树理的《小二黑结婚》《李有才板话》和《李家庄的变迁》，孙犁的《荷花淀》《芦花荡》和《嘱咐》，丁玲的《太阳照在桑干河上》，周立波的《暴风骤雨》，马烽、西戎的《吕梁英雄传》，孔厥、袁静的《新儿女英雄传》，欧阳山的《高干大》，柳青的《种谷记》等。

《种谷记》是较早反映农村初期互助合作组的长篇小说，也是柳青的第一部长篇小说。作品描写清涧王家沟组织农民集体种谷所引起的农村生产制度的某些变革，塑造了以农会主任王加扶、劳动模范王存起为代表的农村先进人物的形象。缺点是故事情节发展过于缓慢，枝蔓较多。

《吕梁英雄传》是马烽、西戎根据晋绥边区群英大会一些民兵英雄事迹写成的章回体小说，它以吕梁山下一个叫康家寨的村庄为背景，描写了晋绥边区人民抗日武装斗争的壮丽图景，人物活动的环境、风俗习惯都具有浓厚的地方色彩。

《新儿女英雄传》也是一部章回体长篇小说。小说以河北中部白洋淀地区为背景，以申家庄的牛大水和保定逃难来的杨小梅的悲欢离合为线索，着力塑造了一个以黑老蔡、牛大水、杨小梅为代表的英雄集体，表现了抗战八年共产党领导的人民力量与日寇、汉奸、地主的斗争和敌我双方力量对比的变化，揭示了抗战取胜的根本原因。小说的人物刻画、事件叙述朴实自然，平凡中含奇特，浑朴中显峻拔，群众语言运用纯熟，但内容较单薄，有些素材提炼不够。作品于1948年在报上发表后即受到读者热烈欢迎，是解放区新英雄传奇中最有影响的作品。

在《讲话》精神的指引下，工农兵群众的诗歌创作成为解放区群众性文艺活动的一个活跃部分。文艺工作者从群众质朴有力的民间语言和生动活泼的艺术形式中吸取养分，创作了一批歌唱农民在党的引导下走向新生活的叙事长诗，体现了鲜明的时代特色，丰富了革命文艺的创作实践。代表作品有李季的《王贵与李香香》、阮章竞的《漳河水》等。

解放区的戏剧运动也呈现出空前活跃的状况，出现了以新式歌剧《白毛女》为代表的经典性作品，创造了中国现代戏剧史上的一次高峰。《白毛女》是由延安鲁迅艺术文学院集体创作、贺敬之和丁毅共同执笔完成的。它融会了西洋歌剧的形式，特别是充分发挥了其善于抒情的特长，同时成功地借鉴、利用和改造了传统民间艺术，是中国现代民族歌剧的奠基之作，影响至今不衰。

总之，解放区作为相对独立的文学创作基地，贯彻着自主的文艺政策，呈现出独具特色的创作风貌。"文艺为工农兵服务"的艺术宗旨要求作家努力运用人民群众喜闻乐见的大众化形式和民间语言，促进了民族化艺术形式的蓬勃发展。无论是吸取了民间说书艺术特点的短篇小说《李有才板话》，还是直接借用陕北民歌"信天游"形式的叙事长诗《王贵与李香香》，或者是在群众秧歌运动基础上发展起来的新歌剧《白毛女》，都具有浓厚的民族风格和鲜明的地方色彩。

但是，解放区文艺在实践工农兵方向的过程中，也存在忽视文艺自身的审美独立性、机械理解艺术的政治功能等偏差。就文学思潮而言，解放区文艺运动主要强调现实主义和浪漫主义，没有能够更多地汲取象征主义、现代主义等其他文学思潮的有益营养，因而在一定程度上缺乏丰富多样的色彩和更加广泛的开放性。

第三节　孤岛文学、沦陷区文学及国统区文艺运动

随着战争时局的发展，中国原有的文学空间也出现了与政治格局相应的分裂变化，抗战文艺运动出现了解放区、国统区、上海"孤岛"、沦陷区等文学中心。

解放区指的是由中国共产党领导的抗日民主根据地。一大批感受着时代脉搏与社会神经的作家突破重重封锁奔赴革命根据地，在解放区新的天地中放声

歌唱，创作出一大批独具特色的文学作品。在解放区文艺中，民族的斗争、阶级的斗争与解放区的生产劳动成为作品压倒一切的主题，工农群众在作品中取得了真正的主人公地位。为了宣传抗日、动员群众，街头诗、传单诗、报告文学、速写、小说、戏剧等，均被纳入文艺的范畴，构成了一个层次不同的文学艺术的天地。

　　国统区指的是国民党政府统治的区域。1938 年 10 月武汉失守之后，抗日战争进入相持阶段。从相持到抗战胜利前夕这一阶段，国统区文学创作因特殊的政治环境、知识结构和地域特色而形成自己独特的风貌：一是从思想内容和创作主题上看，出现了许多暴露黑暗、批判国民党的反动统治、颂扬反抗的作品，特别是讽刺作品更为盛行；二是艺术形式也呈现出一种新倾向，打破了五四传统形式的限制而力求向民族形式与大众化的方向发展；三是许多作品尤其是一些老作家的后期创作，艺术风格成熟稳健、深沉激愤。

　　"孤岛"和沦陷区的文学也是抗战时期文学创作的一个组成部分。1937 年 11 月上海沦陷后，一部分文艺工作者利用上海租界（即"孤岛"）的特殊环境，坚持抗日文学运动。沦陷区文学的情况则比较复杂，它是在日本侵略者的殖民统治下逐渐发展起来的，从一开始就遭到侵略者的残酷镇压，但是进步文学和抗战文学仍是沦陷区文学的主流。从地域来说，沦陷区文学可以分为东北沦陷区文学、华北沦陷区文学和华南沦陷区文学，其中，作家作品数量最多、成就最大的沦陷区则是上海。"孤岛"文学和上海的沦陷区文学是互相交织、难以截然分开的。"孤岛"和沦陷区的进步作家以报刊、戏剧舞台为阵地，并争取和利用出版机构，出版、发表了大量进步文艺刊物、作品。孤岛戏剧运动特别活跃，业余剧团遍布各学校、各行业，并成立戏剧交谊社公开演出，专业剧团则有上海剧艺社，演出现代剧和历史剧。

　　抗战期间，1940 年前后，进步文学界进行了民族形式的大讨论。在延安，从 1939 年起开展了民族形式问题的学习和讨论。在国统区，抗战初期就已发生过"旧瓶装新酒"是否适应的讨论。1940 年的讨论产生了两种对立的观点。向林冰发表《论"民族形式"的中心源泉》等文，强调民间形式是大众自己的作风和气派，是民族形式的中心源泉，否定五四以来新文艺的形式；另一种观点以葛一虹为代表，他发表了一系列文章批判向林冰的错误观点，肯定新文艺在民族形式上所做的努力和成就，但否定一切旧形式，否认新文艺形式上存在的缺点。许多作家则在批评向林冰时，进一步探讨了如何建立新文艺的民族形式：如郭沫若在《"民族形式"商兑》中指出民族形式的中心源泉是现实生活；茅盾在《旧形式、民间形式与民族形式》中指出新文艺民族形式的建立，要学习吸收中外文艺的优秀之处，要继续五四以来的优秀作风，更要深入民族现实，提炼熔铸新鲜活泼的质素。这次讨论，是"左联"时期的文艺大众化讨论在新现实之下的继续和发展，对新文艺向民族化、大众化方向发展起了重要影响。

国共合作共同抗日，使国统区与沦陷区的文艺运动一度出现了火热的局面。大批文艺工作者在民族危难的关键时刻，紧握手中的笔杆，自觉承担时代的使命，冲破层层压力和阻碍走出个人的狭小天地，投身于战争的洪流中。民族意识和群体意识的张扬，激发了文学观念、审美心理、创作内容和艺术形式方面的鲜明变化。这一时期国统区、上海"孤岛"以及沦陷区文学创作的成就体现在多种文学体裁中。

小说领域涌现出一批传世之作。在国统区，作家们在艰难的文化和政治环境中坚持抗争。茅盾的长篇小说《腐蚀》完成于 1941 年。作者以无畏的抗争精神和严峻的现实主义精神暴露了国民党统治最残酷卑劣的特务组织的血腥罪行；而作为一部心理小说，《腐蚀》摆脱了作者惯用的冷静客观的叙述模式，以主人公赵惠明的日记为心态写实的"内视点"，从而在历时的心理描写和开阔的心理空间上取得了艺术上的巨大突破。《霜叶红似二月花》也是茅盾这一时期的一部长篇小说，作品以宏阔的社会历史风范描绘了在一个江南城镇中上演的新旧势力的涨落起伏，表现了深厚的历史意蕴。老舍怀着高昂的政治热情创作了多卷本长篇巨著《四世同堂》，以宏阔的历史眼光和杰出的现实主义笔法描绘了从"七七事变"到日本投降的 8 年间北平市民屈辱和苦难的生活与不屈不挠的抗争，真实地反映了民族的深沉危机和坚强自信，是一部蕴含丰富文化内涵的反思巨著。巴金在这一时期也积极投入抗日救亡的民族运动中。《寒夜》是国统区文学中的一部代表性作品，它塑造了三个具有典型意义的悲剧形象，并且将鲜明的政治倾向与真实的悲剧艺术紧密结合，体现了巨大的艺术感染力。"七月派"代表作家路翎创作了长篇小说《财主底儿女们》。张恨水在抗战以后写出了 20 余部长篇小说，其中有《巷战之夜》《大江东去》这样的抗战题材小说，也有以《八十一梦》《魍魉世界》为代表的讽刺小说，还有《秦淮世家》《水浒新传》等历史言情小说。他的小说在继续"以社会为经，以言情为纬"的行文构造的基础上，增加了心理描写等西洋小说技法，在争取大多数阅读群的基础上，表现了鲜明的时代色彩和浓厚的民族情结。

在上海"孤岛"和沦陷区，钱锺书的短篇小说集《人·兽·鬼》、长篇小说《围城》，张爱玲的小说集《传奇》（其中包括代表作《金锁记》《倾城之恋》《沉香屑——第一炉香》等），代表了这一时期小说创作的最高成就。

国统区和沦陷区的文学成就还突出表现在戏剧创作方面。在国统区由于国民党发动第二次反共高潮，实施政治和文化的高压政策，出现了大量通过相对隐蔽的方式来呼应现实的历史剧作，郭沫若是其中的杰出代表。他在 1941 年至 1943 年连续创作了《棠棣之花》《屈原》《虎符》《高渐离》《孔雀胆》和《南冠草》六部历史剧，贯穿着与黑暗势力的顽强斗争和坚决反对侵略、反对专制、争取民主的主题，从而标志着中国现代历史剧创作的高峰。尤其是《屈原》以其浩瀚的气势和宏大的构思，代表了郭沫若后期历史剧创作的顶峰，具有不朽的艺术生命力。阳翰笙也是抗战时期国统区历史剧创作方面取得突出成就的作家，他的历史剧作积极呼应时代风云。《李秀成之死》描写了太平天国忠王李秀成率领军民保卫天京，并最终以身殉国的英勇事迹，鼓舞国人的抗日斗志。《天国春秋》借太平天国内部分裂的失败过程，将矛头直指"皖南事变"。而《草莽英雄》则通过对四川保路运动的生动演绎，讽刺政府的卖国行径。阳翰笙在现实主义的创作宗旨下，积极挖掘反映民族精神、寻找民族出路的历史题材，具有很强的艺术感染力。同时，直接暴露反动统治和要求人民民主的作品也大量涌现。许多作家创作了揭露国民党黑暗统治、鼓舞民众抗争热情的讽刺戏剧，如茅盾的《清明前后》、陈白尘的《升官图》等代表性作品，这些剧作或揭示国民党官场的腐败丑恶，或暴露官僚资本对中小企业的压榨勒索，或描写人民的痛苦生活及反抗斗争，具有明快犀利的战斗特色，曲折地反映了人民力量的增强和反动势力的衰败。吴祖光的讽刺喜剧以取材神话的《捉鬼传》和《嫦娥奔月》最负盛名。《捉鬼传》以民间传说"钟馗捉鬼"故事为蓝本，将古今时空串联，揭露在国民党的腐败统治下"遍地是鬼"的社会现实；《嫦娥奔月》创作于 1947 年，作家借助嫦娥对君王的反抗并最终飞入月宫追求自由的神话故事，表现人民对于和平生活的热切向往。"皖南事变"之前，上海"孤岛"的戏剧活动作为进步文艺运动的一个重要组成部分，取得了显著的成效。剧作家充分利用戏剧舞台，通过话剧、历史剧、外国进步戏剧以及各种改编旧剧和民间戏曲等，宣传抗击外敌的民族意识和爱国主义精神，积极呼应时代风云。阿英在抗战时期相继创作了《碧血花》《海国英雄》等多部宣传民族精神的历史剧作，被称作"南明史剧"，对于唤起沦陷区民众的爱国热情和抗敌意识产生了很大的作用。于伶的《夜上海》、历史剧《大明英烈传》，李健吾翻译的《爱与死之搏斗》（罗曼·罗兰）等相继上演，在当时吸引了大批观众，产生了广泛的政治影响和社会效应。

"七月派"是抗战中期在国统区出现的影响较大的诗歌流派，他们坚持新诗的现实主义传统，以积极的反抗姿态投入到战斗之中。他们的诗歌作品大多收录在胡风主编的《七月诗丛》《七月新丛》《七月文丛》等丛书之中。生活态度与诗人的主体性是"七月派"的两个诗学命题。他们反对现代派的艺术趣味，主张力与美的结合，并且将主张"诗是炸弹和旗帜"的马雅可夫斯基视作精神上的知音。"七月派"诗人的作品如《为祖国而歌》（胡风）、《颤抖的钢铁》（绿原）、《鄂尔多斯草原》（牛汉）、《泥土》（鲁藜）等，都取得了很高的艺术成就。西南联大是当时中国两大诗歌中心之一。许多已经享有极高声誉的诗人，如闻一多、朱自清、冯至、李广田、卞之琳等，都继续在诗歌的理论和创作方面多有建树，并且为新一代的年轻诗人的迅速成长起到了示范和引导的作用。朱自清发表了《诗与哲理》《诗与感觉》等一批有影响的诗论文章，在对之前新诗创作进行回顾与总结的基础上，对当前诗歌的发展方向作了展望。闻一多则积极倡导"诗应当作小说、戏剧来写"，在诗学上颇有建设性意义。新文学初期被鲁迅誉为"中国最优秀的抒情诗人"的冯至，在经过 10 年的艺术酝酿和沉思之后，在这一时期创作出《十四行集》，标志着中国十四行诗走向成熟。以北方流亡学生为主体的西南联大的学子们在残酷的现实和民族的危机面前，真切地体会到了人生的抉择与生命的价值，并且在诗歌领域寻找到了对这种人生命题的探索出口。因诗风比较接近而被后人称为"九叶诗人"的穆旦、袁可嘉、郑敏、唐湜、辛笛、陈敬容、唐祈、杭约赫、杜运燮等人在理论探索和创作实践方面为现代新诗的进一步发展做出了重要贡献。袁可嘉创作了大量探讨诗歌现代化进程的诗论文章，如《新诗戏剧化》《诗的现代化》等，积极主张诗歌要"追求一个现实、象征、玄学的传统"，在诗与现实的关系上，诗人要表现自我心灵与时代风云的感应，同时这种表现又不可缺少必要的对象，即所谓的"客观对应物"。穆旦的《探险队》《穆旦诗集》和《旗》等诗集产生了广泛的影响，他对灵魂的拷问和对人生的深入思索体现了一个诗人高度的社会责任感和对艺术的不懈追求。郑敏的诗歌则体现了她对老师冯至诗歌气质的承袭，《雕像》等名篇充分体现了她的诗歌新颖的意象和沉静的气息，蕴含着诗人的哲理性思索，具有一种深邃的力度。

这一时期散文方面也取得了丰硕的收获，从战争进入相持阶段开始改变抗战初期的"大合唱"状态，呈现出丰富多样的发展趋势。由于作家们在战乱期间的流离，旅行记、世态画等记叙类散文成为常见的体式。茅盾的《见闻杂记》揭示了大后方的社会现实，巴金的《旅行杂记》、丰子恺的《辞缘缘堂》、叶圣陶的《西川集》等都以纪实性的叙事表现战争时代的社会现状，体现了老作家们强烈的社会责任感。巴金的抒情散文集《龙·虎·狗》《静夜的悲剧》等是 20 世纪 40 年代抒情散文的重要收获。他散文中"在暗夜里呼号"的抒情主人公形象具有很强的艺术感染力。诗人冯至创作了一部精美的散文游记集

《山水》。作者以诗人的审美姿态来创作散文，于平凡天然的山水中发掘生命的哲理，反思生活的真谛。钱锺书的《写在人生边上》、张爱玲的《流言》、梁实秋的《雅舍小品》等散文集都是不朽之作。《雅舍小品》收录了梁实秋 1940 年至 1947 年间创作的 34 篇散文，表现出一种随遇而安、随缘淡性的名士之风。杂文在抗战时期作为一种直接、尖锐的斗争武器产生了巨大的反响，并且拥有为数众多的创作群体。郭沫若的杂文集《今昔集》《蒲剑集》《天地玄黄》等与冯雪峰的《乡风与市风》《有进无退》等都表现出作家对于时代现实的呼应与反响。杂文创作也在"孤岛"风行一时。在这个特殊环境里，杂文是进行对敌斗争、揭露与讽刺黑暗现实的有力武器。以发表杂文为主的刊物有《杂文丛刊》《鲁迅风》以及报纸副刊，如《译报》的《爝火》《大家谈》，《文汇报》的《世纪风》，《导报》的《晨钟》等。"鲁迅风"杂文流派主要包括王任叔、周木斋、唐弢、柯灵、许广平等。他们于 1939 年 1 月创办了《鲁迅风》，并且主张"探取鲁迅先生使用武器的秘密，使用我们所能使用的武器，袭击当前的大敌"。

随着战争炮火的轰鸣，报告文学作为迅速反映现实斗争的文学体式，成为战时文艺的主流之一。"七月派"诗人阿垅在这一时期发表了报告文学集《第一击》，真实地反映了上海军民英勇战斗的壮烈场面。曹白创作的大量反映上海失陷后游击区斗争生活和难民困苦抗争的报告文学作品刊载在胡风主编的《七月》杂志，并且得到了胡风的高度赞誉："在他笔下出现的那些人物，是受难的人物，战斗的人物，或者在受难里战斗，在战斗里受难的人物，却都那么生动，那么亲切，——被作者的情绪活了起来，好像在我们的眼前出现。"（《呼吸》序文小引）台儿庄战役前后，一些深入抗日前线的作家，写出了有关这次战役的报告文学，如长江的《台儿庄血战经过》、王西彦的《被毁灭了的台儿庄》、舒强的《战后的台儿庄》等，怀着对敌人暴行的憎恨，用粗犷的笔调描绘出被战火燃烧的台儿庄战场。在这些作品中，士兵的英勇无畏、敌人的残暴行为和人民对战争必胜的信心，给人留下难忘的印象。骆宾基以淞沪战役为背景，先后写了有关伤兵救护的《救护车里的血》《我有右胳膊就行》《在夜的交通线上》等一批报告文学。由于作者有生活实感，擅长形象描绘，他笔下的伤兵的悲惨景象更激起人们对敌人的仇恨，伤兵们奋不顾身的战斗精神也更使人崇敬。丘东平的《第七连》《我们在那里打了败仗》，描写抗日官兵的抗敌情绪和英勇献身的精神，真实地报道了战斗的失利，揭示了国民党当局长期对日妥协退让政策的恶果。骆宾基的《东战场别动队》记叙了作者亲自参加过的上海郊区一支由工人与学生自愿组成的别动队的事迹，反映了在战争面前人们的不同表现与复杂心态。徐迟的《大场之夜》、慧珠的《在伤兵医院中》、曹白的《受难的人》和《杨可中》、亦门的《闸北打了起来》和《从攻击到防御》等，都从不同的角度勾勒出这次战役的风貌。抗战进入相持阶段前后，国统区的报告文学，题材上较初期更多样化，作品的风格也开始发生变化，千篇一律的现象有所克服，盲目乐观情绪逐渐消失，特别是揭露抗战的阴暗面开始受到重视。黄钢的《开麦拉之前的汪精卫》，刻画了投敌附逆的汉奸头子的丑态。刘白羽的《逃出北平》、塞先艾的《塘沽的三天》等，真实地写出了流亡生活中颠沛流离的境况，暴露出国民党政权的腐败无能和贪婪蛮横。老舍的《五四之夜》、宋之的的《从仇恨生长出来的》，强烈地控诉了敌人的暴行，表现出中国人民不可征服的坚强意志。抗战中期出现了一批描写日本战俘的报告文学作品，其中规模和影响较大的是沈起予的长篇报告文学《人性的恢复》。沈起予曾在重庆日本战俘收容所做过宣传工作，随后据此写了《人性的恢复》，于1941年2月开始在《文艺阵地》上连载。这部作品比较详细地描写了改造日本战俘的历程，充分体现了中国人民对待战俘的博大胸怀和人道主义精神。由于作者曾亲历其境、躬行其事，所以写得真实亲切。但是，抗战中期以后，由于国统区政治逆流的出现，作家深入生活、报道真相的权利被限制甚至剥夺，报告文学这种需要深度接近生活本相的文学体式在国统区的发展空间遭到了很大的限制。

总体来说，国统区、上海"孤岛"以及沦陷区的文学创作取得了比较辉煌的成果，在小说、戏剧、诗歌、散文各个领域都产生了一些经典的传世之作，许多进步文艺工作者创作出具有强烈政治意义的作品，在对时代风云的积极呼应、对民族危机的奋力抗争的大主题下，艺术成就斐然。正如茅盾在第一次文代会报告中所总结的那样："从斗争的总目标上看，国统区与解放区的文艺运动是一致的；从文艺思想发展的道路上看，双方在基本上也是一致的；而就国统区的革命文艺运动的主流来说，最近8年来也是遵循着毛主席的方向而前进，企图同人民靠拢的。国统区的文艺工作者在政治的、经济的、文化的三重压迫之下，和日本帝国主义、美国帝国主义、国民党反动派斗争，固守着自己的岗位，对于抗日民族解放战争，对于在反动统治下的民主运动，对于人民解放战争，都起了积极的推动或配合的作用。"

思考题

1. 结合时代背景思考1940年前后展开的民族形式的大讨论，较之"左联"时期的文艺大众化讨论有怎样的继续和发展？

2. 抗战初期现代话剧形式发生了巨大的变化，一般概括为由"剧场戏剧"走向"广场戏剧"，思考这种变化在戏剧观念、艺术表现、演出方式等方面的具体体现。

3. 国统区与解放区两大不同区域的文学存在着哪些共同的审美追求？

参考书目

1. 中国剧作者协会. 保卫卢沟桥. 上海：戏剧时代出版社，1937.

2. 冯至. 十四行集. 上海：文化生活出版社，1949.

3. 阳翰笙. 阳翰笙剧作选. 北京：人民文学出版社，1957.

4. 冯雪峰. 雪峰文集：第一卷. 北京：人民文学出版社，1981.

5. 梁实秋. 雅舍小品. 广州：花城出版社，1986.

6.《延安文艺丛书》编委会编. 延安文艺丛书：文艺理论卷. 新1版. 长沙：湖南文艺出版社，1987.

7.《延安文艺丛书》编委会编. 延安文艺丛书：报告文学卷. 新1版. 长沙：湖南文艺出版社，1987.

8. 郭沫若. "民族形式"商兑. 大公报：重庆，1940-06-09；1940-06-10.

9. 茅盾. 旧形式、民间形式与民族形式. 中国文化：延安，1940，2（1）.

10. 解志熙. 历史的悲剧与人性的悲剧——抗战时期的历史剧叙论. 中国现代文学研究丛刊，2007（2）.

第十六章　艾青及现代新诗的又一次高潮

第一节　艾青：眼中常含泪水的诗人

图 16-1　艾青

艾青（1910—1996），原名蒋正涵，号海澄，出生于浙江金华畈田蒋村的一个地主家庭。因算命先生说他"命硬"，会"克父母"，艾青被送到本村一位贫苦农妇大叶荷家里寄养了4年。据说乳母大叶荷的乳汁不足喂养两个婴儿，不得不忍痛溺死自己的女婴而专门来哺育艾青。这一段生活经历对诗人性格的形成有着重大影响。他因此变得忧郁、敏感、深情、人道，也因此与中国的贫苦大众发生了深厚的情感联系。

艾青少年时就喜爱美术，初中毕业后曾考入国立西湖艺术专科学校攻读过几个月，接着于1929年春赴法国留学。在巴黎，他一边做工一边学画，当时他迷上了印象派的绘画，尤其喜欢画家凡·高。凡·高的绘画注重色彩的强烈表现和主观感受的创造性抒发，这些不仅影响了艾青的绘画，而且影响了他日后的诗作。在这期间，艾青还阅读了大量的哲学和文学书籍，对诗歌产生了极大的兴趣。他最喜欢的是比利时诗人维尔哈伦、俄罗斯诗人叶赛宁和法国诗人波德莱尔。对于这些诗人那种具体地把握感觉、创造内涵丰富的意象并通过这些意象的有机组合而产生多层次联想效果的艺术手法，艾青十分赞赏。在学习绘画过程中，他获得了一种善于摄取形体、光线和色彩的能力，尤其是受印象派影响而形成的对外界事物异常敏锐的感觉力，使他脑海中常常浮动着一些意象画面。他一边用画笔将它们表现在画布上，一边也常常用诗句将它们记录在本子上。艾青在巴黎度过了精神上自由、物质上贫困的3年。他从"彩色的欧罗巴"带回了一支诅咒黑暗、歌颂光明的"芦笛"。

　　1932 年 1 月 28 日，艾青从马赛乘船回国，在上海参加了左翼美术家联盟，并与一些美术青年组织了一个"春地画会"。同年 7 月 12 日晚，他突遭法租界巡捕逮捕，以"颠覆政府"罪被判刑，1935 年 10 月出狱。

　　艾青在狱中无法使用画笔，而他本来就喜欢写诗，于是便走上了以诗歌表达思想感情的艺术道路。他当时写了很多诗，其中最优秀的是《大堰河——我的保姆》。这是诗人第一次以"艾青"为笔名发表诗作。《大堰河——我的保姆》是发自诗人内心深处的一支深挚而沉郁的歌，一发表立即引起热烈反响，当时就有人将这首诗译成日文。在此后的几十年间，这首诗一直在世界范围内广泛流传，至今已传遍英、法、德、俄等十几个国家。

　　《大堰河——我的保姆》歌颂了诗人的乳母大堰河（即大叶荷）勤劳善良的优秀品格，描述了她贫穷屈辱的生活境况，抒发了诗人对于这位胜似生母的乳母的挚爱之情。大堰河因贫穷而用自己的乳汁换钱养家糊口，她与乳儿之间本无母子亲情可言，但她却是那么无私地深爱着她的乳儿：她用厚大的手掌把他抱在怀里，抚摸他；在年节里，为了他，忙着切那冬米的糖。她给了乳儿在生身父母那里没有得到的天伦之爱。然而这样一位心地善良、品格高尚的劳动妇女，却饱尝了人间的艰辛和悲苦："大堰河，含泪的去了！／同着四十几年的人世生活的凌侮，／同着数不尽的奴隶的凄苦，／同着四块钱的棺材和几束稻草，／同着几尺长方的埋棺材的土地，／同着一手把的纸钱的灰，／大堰河，她含泪的去了。"诗人怀着深情回忆自己的乳母，他既是在写着给自己敬爱的乳母的赞美诗，也是在写着"给予这不公道的世界的咒语"。

　　这首诗在形式上采用的是无韵分行的自由诗体，语言朴实自然，接近口语。诗的谋篇布局、遣词造句，完全从诗情表现的需要出发，根本不顾及诗行的整齐一致或韵脚的刻意安排。这就使得这首诗虽然缺乏和谐的音韵美，但却极为真切地传达出了诗人内心那种炽热至诚、汹涌奔腾的诗情，具有动人心弦、感人肺腑的力量。而这正是诗人的一种美学追求。

　　1936 年，艾青出版了他的第一本诗集《大堰河》，其中收集了诗人的部分狱中诗。这些诗，有的揭露西方资本主义世界腐朽糜烂、侵吞掠夺的社会现实，把西方的繁华世界看作"妖冶而又淫荡"的妓女（《巴黎》）和"盗匪的故乡"（《马赛》）；有的描绘深夜活动在田野和村庄的流氓无产者，赞扬他们放浪的反抗（《透明的夜》）；有的抒写诗人在监牢里夜不成眠的凝思与遐想（《聆听》）；有的记叙诗人在欧洲的多彩经历（《芦笛》《画者的行吟》）；还有的取材于《圣经》故事，歌颂拯救人类的殉道者（《一个拿撒勒人之死》）。

　　艾青在抗战前夜所写的诗歌收入《旷野》集中的《马槽集》，这是所谓

"密云期"的作品。这些诗的时代感很强。其中一部分作品反映了城市的破旧肮脏、有闲阶级的庸俗无聊和农民的日益贫困，而更多的作品表现的却是诗人对于光明的向往与追求，如《太阳》《春》《煤的对话》等。

《太阳》写于 1937 年春。艾青的诗作中以太阳为讴歌对象的很多，《太阳》是写得最早的一首。这首诗以极大的热情、坚定的信心、豪迈的气概赋予太阳以排山倒海、雷霆万钧、轰然而至的气势："从远古的墓茔/从黑暗的年代/从人类死亡之流的那边/震惊沉睡的山脉/若火轮飞旋于沙丘之上/太阳向我滚来……"太阳是光明的使者，是生命的源泉，它使万物复苏，万物向荣。"于是我的心胸/被火焰之手撕开/陈腐的灵魂/搁弃在河畔/我乃有对于人类再生之确信"。诗作通过对奇异不凡的太阳意象的创造，表现了诗人对于民族生机即将复苏、人类幸福理想必将实现的确信。

《春》写于 1937 年 4 月，短诗揭露了国民党反动派屠杀革命者的罪行，歌颂了那些为社会解放而捐躯的"顽强的人之子"。结尾处用两行精辟而隽永的诗句向人们揭示，人类社会的大好春光是无数仁人志士用生命换来的：

> 人问：春从何处来？

> 我说：来自郊外的墓窟。

《煤的对话》写于 1937 年春。诗作以深埋在地底多年的煤来象征沉睡了几千年的中华民族，以对话的形式抒发诗人对于民族觉醒的坚定信念。前三节语气平静，最后一节猛烈爆发，具有强烈的艺术震撼力：

> 你已死在过深的怨愤里了么？

> 死？不，不，我还活着——

> 请给我以火，给我以火！

有着现实主义里程碑意义的《北方》《向太阳》是艾青诗歌创作进入成熟期的标志。抗日战争爆发后，艾青积极投身于民族救亡的文化工作后辗转于武汉、临汾、西安等地。他深入到人民中间，思索着民族的命运，探索新诗通向"民族心灵深处"的道路。在北方，他接触了残酷的战争现实，目睹了炮火下中国劳动人民家破人亡、流离失所的惨景，感受到民族存亡的危机，使得这位刚刚表示要"拂去往日的忧郁"的诗人，重又陷入深深的忧郁之中。这一时期写的《补衣妇》《乞丐》《手推车》等作品大都笼罩着较浓重的忧郁色彩。对于这种忧郁，艾青是这样看的："叫一个生活在这年代的忠实的灵魂不忧郁，这有如叫一个辗转在泥色的梦里的农夫不忧郁，是一样的属于天真的一种奢望。"他主张"把忧郁与悲哀，看成一种力"，将其化为"扫荡这整个古老的世界"的"暴风雨"（艾青《诗论·服役》）。的确，在艾青的诗中，忧郁和悲哀总是作为一种激励人们觉醒奋起的"力"而存在的。这一时期的代表作《北方》就凝聚了这种"力"。作者的诗风似乎也为北国风光的粗犷和苍茫所感染，增加了若干苍凉悲壮的气氛。

《北方》写于 1938 年 2 月。诗作首先为人们描绘了一幅苍凉的北国风光图：天空是"一片暗淡的灰黄"；大地是"荒漠的原野"；孤单的行人，在风沙中艰难地跋涉；有着悲哀的眼"和疲乏的耳朵"的驴子，徐缓地踏过"修长而又寂寞的道路"；塞外吹来的沙漠风在呼啸；惶乱的雁群，正从这荒凉的地域向南方逃亡。这幅苍凉的图画是对当时广大的北方沦陷区的艺术概括，其中凝结着诗人沉重悲凉的感情。诗人充分感受到北方的悲哀，但他更深深地爱着这片悲哀的国土，因为这"古老的松软的黄土层里/埋有我们祖先的骸骨啊/——这土地是他们所开垦"。诗人看到"我们的祖先/带领着羊群/吹着笳笛/沉浸在这大漠的黄昏里"，"几千年了/他们曾在这里/和带给他们以打击的自然相搏斗，/他们为保卫土地/从不曾屈辱过一次"。诗人从中华民族几千年的斗争历史中汲取力量，坚信这个"古老种族"一定会坚强地生活在大地上，"永远不会灭亡"。这是一首沉重而坚毅的爱国悲歌。

《北方》一诗可以体现艾青诗境的阔大和诗情的雄浑。北方纵横万里的疆土，中华民族上下几千年的历史，都在诗人的情怀当中。读这首诗，人们可以感受到一个悲苦而坚毅的古老民族的伟大形象，从而产生一种誓死保卫她的决心。从这首诗中，读者也可以看到艾青在早年的绘画实践中所获得的艺术素养。诗中有许多动人的画面，而这些画面又都显示着诗人对色调的敏锐把握："枯死的林木/与低矮的住房/稀疏地，阴郁地/散布在灰暗的天幕下，/天上，看不见太阳，/只有那结成大队的雁群/惶乱的雁群/击着黑色的翅膀/叫出它们的不安与悲苦，/从这荒凉的地域逃亡/逃亡到/绿荫蔽天的南方了……"这种灰暗色调既符合北方冬季的自然实际，也是诗人面对灾难深重的祖国时内心悲哀忧郁情怀的体现。情与景在这里已经融为一体，这是《北方》一诗动人的一个重要原因。

1938 年年底，艾青将他抗战初期的重要诗作结集为《北方》出版，除《北方》一诗外，还有《复活的土地》《雪落在中国的土地上》《手推车》《我爱这土地》《乞丐》等 8 首优秀诗篇。《复活的土地》写于抗战前夜的 1937 年 7 月 6 日。当时，国内群情激愤，同仇敌忾，诗人在民心沸腾中受到了精神鼓舞。这首诗体现了一种新的活力正在这块土地上复苏，一种新的精神正在古老的民族中滋长和振奋起来。诗人这样预言中华民族精神的复活："在它温热的胸膛里/重新漩流着的/将是战斗者的血液。"诗人也表示自己要合着大地复苏的节拍，让"希望苏醒"在"自己的久久负伤的心里"。

《雪落在中国的土地上》写于 1937 年 12 月 28 日。"七七事变"以后，全国人民的抗日热情空前高涨，而国民党军队却节节败退，国土大片丢失。诗人面对严峻的现实陷入了深沉的思考。这首诗是在民族危机空前严重的时刻，一个忧国忧民的诗人唱出的一支悲愤而忧伤的歌。诗作将"雪落在中国土地上，寒冷在封锁着中国呀"两句反复咏叹，传达出当时阴森肃杀的社会气氛和诗人内心的悲凉。"赶着马车"的"农夫"，"蓬头垢面的少妇"，"年老的母亲"，失去了家畜和土地的"垦殖者"的不幸命运，则是"寒冷在封锁着中国"这一象征性意象的具体内容。诗作通过象征与写实结合的手法，抒写了诗人对处在困难中的人民的深切同情和对祖国命运的深深忧虑。诗的最后，作者忧伤地写道："中国，/我的在没有灯光的晚上/所写的无力的诗句/能给你些许的温暖么？"

《手推车》写于 1938 年年初，是一首优秀的短诗。手推车是中国农民使用的古老而沉重的运输工具。诗作以它为中心意象，成功地创造出一种动人的意境。诗中没有出现推车的农夫，只写手推车以唯一的轮子，"从这一个山脚/到那一个山脚"，"从这一条路/到那一条路"，迟缓而笨重地、孤独而无休止地移动着，发着使阴暗的天穹痉挛的尖音，在黄土层上刻画着深深的辙迹。通过这一看似简单的意境描写，中国历史的停滞，北方农民生活方式的单调、沉重和悲哀都跃然纸上，震撼读者的心灵。

《我爱这土地》写于 1938 年 11 月 17 日。这是一首立意显豁的短诗，饱含着诗人对祖国大地深厚而热烈的情感。诗人说"假如我是一只鸟"，也要"用嘶哑的喉咙歌唱"，歌唱"这被暴风雨所打击着的土地"，歌唱"永远汹涌着我们的悲愤的河流"，也歌唱"那来自林间的无比温柔的黎明……"假如"我死了"，那就"连羽毛也腐烂在土地里面"。结尾处两行直抒胸臆的诗句，实际上也是善感诗人的一个特写镜头：

　　为什么我的眼里常含泪水？

　　　　因为我对这土地爱得深沉……

《乞丐》写于 1939 年春。与艾青许多以抒情象征见长的诗作不同的是，这首诗采用了一种写实的表现手法，只描写了"徘徊在黄河两岸""铁路两旁"的乞丐的几个典型神情，但战争给人民带来的无穷灾难却已充分地被反映出来。"在北方/乞丐用固执的眼/凝视着你/看你在吃任何食物/和你用指甲剔牙齿的样子"。从这首诗里，人们可以看到日本侵略者对中国人民犯下的滔天罪行，也可以看到艾青选用多种表现手法写诗的努力。

艾青看到侵略战争给人民带来的灾难，不少作品流露了忧伤与悲哀，但他并未一味伤感。作为一个民族诗人，艾青的伟大之处就在于他清楚地看到了人民的力量。这种对人民力量的深切感悟，又使艾青的不少诗作富有极强的乐观情绪。中国现代诗歌史上的杰作《向太阳》就是他这方面的代表作品。《向太阳》写于 1938 年 4 月。这是一首热情奔放的长诗，写的是"我"在太阳的感召下，摆脱昨天的苦闷和颓唐，加入抗战人民的行列，奔向太阳——光明的未来。全诗共九节，由四部分组成。一至三节，述说的是"我"从"昨天"的忧郁中醒来。"我"从"昨天"来，"我"驱使着在"风雨的昨夜的长途奔走的疲劳"的身子，和"不论白日和黑夜永远唱着一曲人类命运的悲歌"的灵魂，从"昨天"来。"昨天"，我生活在"精神的牢房里"，"被不停的风雨所追踪""被无止的恶梦所纠缠"。四、五两节正面唱出了"太阳之歌"，这是抒发作者追求社会现代化的理想的歌。在诗中，太阳是作者理想的象征，是民主、自由、平等、博爱和能够带来这一切的革命。六、七两节歌颂了在"太阳照耀下"的抗战新时代里，祖国大地的苏醒与人民的新生。诗人赞美"比拿破仑的铜像更漂亮"的伤兵，赞美阳光下唱着清新的歌为抗战募捐的少女，赞美"为国家生产，为抗战流汗"的工人，赞美"要用闪光的刺刀抢回我们的田地"的正在操练的士兵。八、九两节转向写诗人的内心感受。在"今天"，"我"告别"昨天"的寂寞、彷徨、惨愁，从"今天"起，"乘着热情的轮子"，勇敢地奔向太阳、奔向新生活、奔向新时代。这首诗与抗战前夕所写的《太阳》，表现的都是诗人对于光明未来的希望和坚信。不过由于现实生活的变化和作者思想的发展，这两首诗又有明显的差异。在《太阳》中，群众和诗人都还是太阳的光和热的欢迎者和感受者，而在《向太阳》中，群众已经成为创造新生活的主人，而诗人自己，也不再只是等待着太阳向自己滚来，而是要"乘着热情的轮子"向着太阳奔去。

《向太阳》是一首象征和写实相结合的作品。从总体构思上看，这首诗运用的是象征手法。作为抒情主人公的"我"在"比一切都美丽"的太阳感召下，摆脱"陈腐的灵魂"，向着太阳奔去。但在抒情过程中，诗人又具体地描写了阳光下的现实生活。这种虚实结合的手法，既可以使读者从诗作中看到诗人激昂情绪的生活依据，又可以使读者的思绪与诗人的一起向着具象化的光明未来飞翔。同时，全诗诗情饱满，情感真挚，这也是诗作成功的一个关键。

诗集《北方》和长诗《向太阳》主要抒发的是诗人在抗战现实面前的忧郁与悲哀、快乐与振奋。而在这同时，他又写了两首讴歌牺牲的长诗：《吹号者》和《他死在第二次》。

《吹号者》写于 1939 年 3 月。这是一首抒情意味很浓的叙事诗。艾青笔下的"吹号者"是一个外表普通平凡而胸怀宽广的战士。他将自己的事业视为伟大的民族解放战争中必不可少的一个组成部分。每天夜里，当人们还在沉睡时，责任心和使命感每每催他"最早醒来"，而且，"每天都好像被惊醒似的"。"惊醒他的/是黎明所乘的车辆的轮子/滚在天边的声音"。尔后，他就在一片漆黑中走上山坡去迎接黎明。等到"东方张挂起万丈曙光"，黎明乘着"有金色轮子的车辆"从天边到来，天地间举行隆重的典礼时，他开始吹响"起身号"，号召人们醒来。接着，他又吹响了吃饭号、集合号、出发号、行进号。战友们在他的号声中奔赴战场。当战斗打响后，他又吹起了"短促的，急迫的，激昂的，/在死亡之前绝不中止的冲锋号"。但正当他"任情地吐出胜利的祝祷"的时候，他被"一颗旋转过他心胸的子弹打中了"，寂然地倒下，"然而，他的手/却依然紧紧地握着那号角"。多么平凡而又伟大的吹号者！他对黎明、对太阳是如此迫切而又强烈的向往，对事业、对工作是如此尽职尽责而又虽死也无怨无悔。诗人用这样的诗句抒发了对这位战士的深情："在那号角滑溜的铜皮上，/映出了死者的血/和他的惨白的面容；/也映出了永远奔跑不完的/带着射击前进的人群，/和嘶鸣的马匹，/和隆隆的车辆……/而太阳，太阳/使那号角射出闪闪光芒……""听啊/那号角好像依然在响……"

《吹号者》是一首写实的作品，但实际上它却含有极明显的象征意义。诗人笔下的"吹号者"，是一个为国捐躯的普通战士形象，但同时他又是为民族解放战争"吹号"的诗人的自喻形象。艾青曾这样说："《吹号者》是比较完整的，但是这好像只是对于'诗人'的一个暗喻，一个对于'诗人'太理想化了的注解。"[①] 在这首诗里，诗人歌颂了那些平凡而具有崇高品德的普通战士，同时也是在勉励自己，要用带着血丝的呼吸，去吹响那迎接黎明和向侵略者进军的号角。他愿为光明和祖国啼血而死！这虽是一首写人的诗，但其中充满着新颖的意象、昂扬的诗情、深刻的寓意，能给人以极大的鼓舞。

如果说《吹号者》是一首具有明显象征意义的诗，那么几乎同时写成并被认为是《吹号者》的姊妹篇的叙事长诗《他死在第二次》，则是一首真正的写实诗。这首诗的主人公是一位农民出身的士兵，他在战争中负了伤，伤愈后又重返前线，最后在抗日战场上为国牺牲了。长诗着重表现的是他养伤期间和临终之前的心理活动。他是一位憨厚淳朴的青年，但他并不像有些人想象的那样没有思想。为了民族的利益，他用自己那"为劳作磨成笨拙而又粗糙的手"拿起武器与侵略者作战，也是为了民族的利益，他受伤后得到护士小姐那"闪着

---

① 艾青：《为了胜利——三年来创作的一个报告》，载《抗战文艺》，1941（4/1）。

金光"的"纤细洁白"的手的护理。但他清楚地意识到这一个民族里阶级差别的存在："在那些新式汽车的行列的旁边/在那些穿着艳服的女人面前/他显得多么褴褛啊!"他深明大义,懂得为国牺牲是一种光荣,是为了"那无数的未来者能比自己生活得幸福",而且这又是"不可违反的民族的伟大意志",但他也知道,当时那些掩埋像他这样普通战士的土堆上,"人们是从来不标出死者的名字的/——即使标出了/又有什么用呢?"长诗反映了抗战时期国统区民族矛盾和阶级矛盾交织的社会现实,既歌颂了这位深明大义的农民青年以生命报效祖国的崇高精神,也对他的悲苦命运表露了同情和忧伤。这首诗在当时的历史环境下可能稍显情调低沉了些,但却无疑体现了艾青对于中国农民的深切同情。长诗对人物心理的揭示深入细腻,显示了艾青诗才的又一方面。

　　抗战前夕和抗战初期,艾青的诗作中常常同时纠结着忧虑与激奋、痛苦与欢乐、消沉与希望,但随着思想的变迁,他的诗风逐渐趋于稳定。明朗与欢快成为他诗作的基调。长诗《火把》便可以视为这一演变的一个标志。作品写于1940年5月艾青从湘西到重庆的路上,继《大堰河——我的保姆》《向太阳》之后,又一次轰动了诗坛。在长诗中,诗人选取了某城市群众为民族抗战热情所鼓舞,在黑夜里高举火把游行这一富有诗意的事件,将主人公唐尼的思想斗争交织其中,形象地显现了民族抗战的"火把"是如何照亮了知识青年的人生道路的。诗的前三章写的是女青年李茵邀请唐尼参加火把游行大会。唐尼有爱国热情,但又有些脆弱。此时的她还沉湎于个人感情的小天地里。她精心地打扮自己,参加游行时心不在焉像是一个旁观者。她最关心的是意中人克明对自己的态度,但此时的克明已投身于时代洪流之中,全身心都放在这一夜的火把游行上了,对于陷入个人感情小圈子的唐尼表示出冷淡和回避。第四章到第九章写的是火把游行大会的情况。这是全诗的高潮。诗作以飞动的语言、高昂的旋律,向读者展示了这一群众性的壮举。诗人先描绘了大会演说的火热场面,赞扬演说是"钢的语言""矿石的语言","是一种要把世界劈成两半的宣言","是一种使旧世界忏悔的力量",接着又描绘了火把的集中,火把的出发,宣传车上活报剧的演出,以及像火的洪流一样的火把游行等一连串的恢宏壮阔的场面。在这里,诗人赞美光明、向往光明的感情得到了淋漓尽致的抒发:火把,就是时代的光明,不可抗拒地照亮天地、照亮黑暗、照亮前途的光明;游行队伍,就是人民抗战到底的团结力量,势不可当地涤荡世界上一切污泥浊水的力量。第十章到第十三章写了唐尼在时代洪流和个人感情小天地之间的摇摆不定。一方面,通过这场气壮山河的火把大游行,她受到了极大的震动,从中看见了一种东西,一种全新的东西,她所陌生的东西:民族的凝聚力、人民决心抗战到底的斗志。火把游行的恢宏气势，使这个不太关心"窗外事"的少女懂得了，在自己的小天地之外还有一个值得献身的广阔世界。她也愿意并且已经投身于这一摧枯拉朽的时代洪流中。但另一方面，当游行队伍散去后，她的全部注意力又完全落在了克明身上。她要立刻找到他，她要他明确地答复一句话："爱与不爱"。当她看见克明正和一个少女边走边热烈地交谈时，她感到了自己的被冷落。于是她陷入了痛苦之中。第十四章到第十七章是写李茵对唐尼的"劝"。李茵分析了个人和时代的关系，述说了自己在个人生活中的惨痛教训，更重要的是群众斗争场面的强有力的感召，终于使唐尼觉悟过来，做了忏悔。她发誓说："经了这一夜，我会坚强起来的。"最后一章"尾声"写唐尼拿了重新点亮的火把回家，暗示她已接受了斗争的考验和光明的鼓舞，她内心深处的阴影已被"火把"照亮。作者最后借唐尼母亲之口意味深长地说："天快要亮了。"

这首诗在写作上的主要特点是叙事和抒情的完美结合。这是一首叙事诗，有完整的情节和鲜明的人物形象，具体地反映着现实生活。但它又不是一首纯粹的叙事诗，火把同时又是一个象征，它象征着革命和光明。诗人在叙述情节的同时，紧紧抓住火把这一象征体，浓墨重彩，充分渲染，使诗作具有了浓郁的抒情氛围。与这种抒情氛围相适应，诗的语言也大都激昂有力，回环往复，富有强烈的节奏感。如第八章中有一节是这样写的：

> 软弱的滚开　卑怯的滚开
>
> 让出路　让我们中国人走来
>
> 昏睡的滚开　打呵欠的滚开
>
> 当心我们的脚踏上你们的背
>
> 滚开去——垂死者　苍白者
>
> 当心你们的耳膜　不要让它们震破
>
> 我们来了　举着火把　高呼着
>
> 用霹雳的巨响　惊醒沉睡的世界

"皖南事变"后，重庆的左翼文化人都上了特务的黑名单，处境十分险恶。在这种情况下，艾青和另外几位同志化装去了延安。到了抗日民主根据地之后，艾青努力使自己适应革命事业的要求，充分发挥自己的才能，又写出了一些重要诗篇。

《黎明的通知》是诗人在延安时期的优秀诗作之一，写于1942年春。诗作的抒情主人公是被人格化了的黎明。全诗就是以黎明向诗人并借助诗人向所有期待黎明的人们下达通知的口吻写成的。诗作开头，写黎明催促诗人起床，并请诗人告诉人民，他们所期待的黎明——白日的先驱，光明的使者已经来了。

接着黎明深情地表达了自己的愿望。她希望"眼睛被渴望所灼痛的人类"都来欢迎自己："打开所有的窗子来欢迎/打开所有的门来欢迎//请鸣响汽笛来欢迎/请吹起号角来欢迎。"她希望诗人去唤醒一切幸福和不幸的人们："请叫醒殷勤的女人/和那打着鼾声的男子//请年轻的情人也起来/和那些贪睡的少女//请叫醒困倦的母亲/和她身边的婴孩//请叫醒每个人/连那些病者与产妇//连那些衰老的人们/呻吟在床上的人们//连那些因正义而战争的负伤者/和那些因家乡沦亡而流离的难民。"她要"一并给他们以慰安"。最后,黎明确切地告诉诗人:"当雄鸡最后的一次鸣叫的时候我就到来//请他们用虔诚的眼睛凝视天边/我将给所有期待我的以最慈惠的光辉//趁这夜已快完了,请告诉他们/说他们等待的就要来了。"

作品体现了诗人对中国社会光明前景的确信,抒发了他向往光明、向往未来的殷切而又欢愉的心情。诗的主题是单纯的,但诗人却能以他充沛的诗情和高度的艺术技巧将其写得瑰丽恢宏、真切感人。作品运用类似排比的句式,连续不断而又富有变化地抒发黎明对不幸的人民的深切关怀和殷切慰问。读来既使人感到诗情盎然、一气呵成,又使人感到变化丰富、毫不板滞。

这一时期,艾青还写出了其他一些优秀诗篇,如《太阳的话》《野火》《给太阳》等。《太阳的话》在构思上与《黎明的通知》很接近,不过这首诗是让太阳与人民直接讲话。太阳告诉人们,"打开你们的窗子","让我进去,让我进去"。她不仅答应给人们的外在生活空间送来光明和温暖,还准备给人们的心灵以慰藉:"让你们的心像小小的木板房/打开它们关闭了很久的窗子/让我把花束,把香气,把亮光,/温暖和露水撒满你们心的空间。"这时的艾青,心中一片光明,他靠想象和激情写了这一曲光明颂。《野火》用人格化了的野火形象,暗示出延安正是黑暗中国广大土地上的一团最诱人的光亮,一颗要烧红中国的火种。这团野火飞扬出的火星,一直飘落到"那些莫测的黑暗而又冰冷的深谷","去照见那些沉睡的灵魂",使"我们这困倦的世界"因了它那直冲高空的火光的鼓舞而"苏醒起来!喧腾起来!"这首诗在意象的创造上,从头至尾都给人一种高昂情绪的流动感,艺术境界很高。从野火出现于黑夜里高高的山巅上并伸出光焰的手,到抚扪夜的"深蓝的冰凉的胸脯",再到火星飞扬起来,飘落到深谷,照见沉睡的灵魂,最后野火被一切的眼和心所关注,终于听到了"瀑布似的"赞美声。这是一个不断扩展着的意象世界。随着这些意象的扩展,诗人的情绪不断高涨,诗的主题也得以展现。《给太阳》一改艾青以往关于太阳的诗的抒情角度,"我"直接向太阳抒发挚爱之情。这时,太阳已不再是遥远的憧憬,而是现实的存在:"你站立在对面的山巅,/而且笑得那么明朗——"在诗的最后，诗人深情地抒发了他想沐浴在阳光中的愿望："经历了寂寞漫长的冬季，/今天，我想到山巅上去，/解散我的衣服，赤裸着，/在你的光辉里沐浴我的灵魂……"

从艾青在 20 世纪 30 年代和 40 年代走过的整个创作历程来看，可以看出他的诗歌有这样几个基本特征。第一，深深植根于人民和时代的土壤。他的诗很少咀嚼个人的小悲欢，而总是关注着广大人民的命运，与人民同悲哀，与人民同忧郁，与人民同渴望，与人民同欢乐。因而他的诗作诗境阔大，诗情浑厚。第二，用富有色调的形象说话。艾青懂得"形象是文学艺术的开始"（艾青《诗论·形象》），因而他的诗作大都具有新颖动人的形象。这些形象有的是对生动典型的现实生活画面的截取，有的则是具有象征意义的意象的创造。而不管哪一种形象，艾青都给它们注入浓厚的情感色彩，如《手推车》中那"刻画在黄土层上的深深的辙迹"和《太阳》中那"向我滚来"的太阳。这就使他的诗作具有较强的色调感。一些反映人民和祖国灾难的诗作，色调是土色的忧郁，而一些歌颂光明的诗作，其色调则是炫目的金黄。在艾青的诗作中，人们可以明显地看出法国象征主义诗歌和印象派绘画在其艺术技巧上的影响。第三，诗体自由，追求语言的散文美。这一时期艾青的诗作几乎都不顾及诗的韵律，他喜欢用朴素的散文语体去创造诗美，而他也的确达到了目的。他的诗歌语言是那样生动凝练，同时又是那样自然朴素，这不能不说与他对于诗歌语言散文美的追求有关。而这同时也是中国新诗发展走向新的高峰的标志。艾青在《北方·序》里这样评论说："中国新诗，已经走上可以稳定地发展的道路：现实的内容和艺术的技巧已慢慢地结合在一起。新诗已在进行着向幼稚的叫喊与庸俗的艺术至上主义可以雄辩地取得胜利的斗争。"艾青这里说的"幼稚的叫喊"是指 20 世纪 20 年代到 30 年代左翼作家那些虽有现实内容却不重艺术技巧的诗作；"庸俗的艺术至上主义"则是指同一时期新月派、象征派和现代派诗人只重艺术而不重现实内容的诗歌追求。可以认为，汲取以上两股诗歌思潮之所长，摒弃其所短而取得最大成就的诗人是艾青。如果说五四时期的郭沫若使中国现代新诗形成了第一个高峰，那么，抗战前期的艾青则使中国现代新诗创作涌起了第二个高峰。因此，艾青被人们誉为"中国诗坛泰斗"。

第二节　田间、臧克家等人的探索

田间（1916—1985），原名童天鉴，安徽无为市人。在抗战前期的诗人中，除艾青外，田间是最有影响的。他幼年在农村读书，1933 年进上海光华大学，

1934 年加入"左联"，1935 年至 1936 年参加过《文学丛报》和《新诗歌》的编辑工作，抗战前先后出版有诗集《未明集》(1935)、《中国牧歌》(1935) 和长诗《中国农村的故事》(1936)。《未明集》以真挚感人的诗句描写工人、农民和兵士等受苦受难者的命运，同时也表现了诗人反抗的愿望。《中国牧歌》进一步反映农民的悲苦和抗争，较之《长明集》，感情趋于激烈，时代感增强。长诗《中国农村的故事》分《饥饿》《扬子江上》和《去》三部。诗作以激昂的诗句抨击农村的不平、诉说农民的苦痛，又以扬子江象征祖国和人民，呼唤它起来战斗。诗人坚信，"人民的春天"必将"踏着战斗的路回来"。田间的这些诗作富有战斗激情，同时注重对诗歌形式的探索，诗句渐趋短促，初步显示出他的创作个性。

　　1937 年春，田间为躲避国民党反动派的搜捕而东渡日本。在东京接触到马雅可夫斯基等外国革命者的诗歌，这对他后来的创作产生了较大影响。同年 7 月，田间回国，在上海、武汉等地从事抗日救亡运动。1937 年 12 月创作的长篇抒情诗《给战斗者》，标志着田间诗歌独特风格的形成。长诗首先愤怒地控诉了日本侵略者对中国人民犯下的滔天罪行。他们把我们的同胞"关进强暴的栅栏"，又残忍地用他们的刀"嬉戏着——荒芜的生命，饥饿的血"。接着诗人欣慰地写道，人民已"被日本帝国主义者的枪杀斥醒了"，他们正在行动起来，为了"爱与幸福""自由和解放"，进行伟大的战斗。诗人顾盼着祖国和人民，深情地唱道：

　　　　在中国，
　　　　我们怀爱着——
　　　　五月的
　　　　麦酒，
　　　　九月的
　　　　米粉，
　　　　十月的
　　　　燃料，
　　　　十二月的
　　　　烟草，
　　　　从村落的家里
　　　　从四万万五千万灵魂的幻想的领域里，
　　　　漂散着
　　　　祖国的

> 热情，
>
> 祖国的
>
> 芬芳。

然而中国人民的和平生活却遭到了侵略者的破坏。敌人正"恶笑着，走向我们"，"恶笑着，扫射，绞杀"。因此诗人号召人民与敌人进行"胜利或者死"的决斗。他在长诗的结尾处激动地写道：

> 在诗篇上，
>
> 战士的坟场
>
> 会比奴隶的国家
>
> 要温暖，
>
> 要明亮。

全诗始终充溢着诗人对祖国和人民深厚的爱和对侵略者的切齿的恨。那短促有力的诗句和激昂的战斗情绪相融合，犹如进军的战鼓，富有强烈的艺术感染力。这首长诗在当时引起了较大反响。

1938年春，田间离开武汉到晋东南参加八路军西北战地服务团，任战地记者，不久去延安。在延安，他加入了中国共产党。8月，他与几个同志一起发起街头诗运动。年底，他随西北战地服务团到晋察冀边区工作，此后较长一个时期一直生活、战斗在那里。到达晋察冀边区后，田间继续坚持街头诗的创作。他的著名的街头诗有《假使我们不去打仗》《毛泽东同志》《义勇军》《啊，游击司令》《给饲养员》《坚壁》等。《假使我们不去打仗》这样写道：

> 假使我们不去打仗，
>
> 敌人用刺刀，
>
> 杀死了我们，
>
> 还要用手指着我们骨头说：
>
> "看，
>
> 这是奴隶！"

短短几行诗句就形象动人地揭示出一个真理：绝不可当亡国奴，必须为自由而战。诗作虽然短小，但写得凝练坚实，富有哲理和诗情。另一首《义勇军》也写得十分出色：

> 在长白山一带的地方，
>
> 中国的高粱
>
> 正在血里生长。
>
> 大风沙里

　　　　一个义勇军

　　　　骑马走过他的家乡，

　　　　他回来：

　　　　敌人的头，

　　　　挂在铁枪上！

　　前三行通过背景的描写，表现了战争的惨烈。接着通过一个义勇军获胜回乡的英武形象，抒发了战士的喜悦和豪迈之情。仅仅九行诗，却勾勒出一幅色彩浓烈、意境深远的画面，给人以雄壮的感受。这类街头诗短小精悍，通俗易懂，朴素明快而又富有诗意，深受群众喜爱。在民族危亡之际，激发了人民的战斗热情。

　　抗战前期，田间创作的诗集有《呈在大风沙里奔走的岗卫们》《给战斗者》和长诗《她也要杀人》。《呈在大风沙里奔走的岗卫们》写于 1938 年 3 月到 5 月，共 25 首，大多描写诗人参加西北战地服务团时的生活和见闻，抒发其对工作的热爱和与战友的深厚情谊。《播音》形象地描写了歌咏队广播工作的政治意义；《你们到国境上去》则为远行的战友祝福。诗集《给战斗者》（1943）收集了诗人抗战前期所写诗作的大部分。除了长诗《给战斗者》和一些街头诗外，还收有不少脍炙人口的小叙事诗。这些小叙事诗描绘了抗日民主根据地人民的战斗、生活和精神风貌，能给人留下深刻的印象。《一杆枪和一个张义》写张义在掩护部队撤退后用雪埋藏了自己，敌人过去以后又从敌人背后进行射击，表现了革命战士的勇敢和机智。《"烧掉旧的，盖新的……"》一诗，叙写一位农民为争取一场战斗的最后胜利而毅然烧掉自家的房子，显示了敌后人民顾全大局和对未来生活充满信心的精神面貌。《她也要杀人》（后改名《她的歌》）完成于 1938 年。主人公白娘本是一位善良的农村妇女，连一只蚂蚁也没有故意踩死过。然而，日本强盗却烧死了她的儿子，也蹂躏了她。白娘疯狂了，她克制了自杀的欲念，拿起刀，呼号着"我要杀人"，奔跑在旷野上。她要杀死敌人，她要复仇！通过白娘这一形象，作者不仅忠实地记录了一笔日本侵略者在中国犯罪的血泪账，而且写出了中国人民日益觉醒的历史真实。诗句短促跳跃，可以看出诗人抑制不住的爱和憎。

　　这一时期田间的诗作，表现了中国人民激昂的抗战情绪、坚定的抗战意志。与此相适应，他的诗句大多短促、急骤、坚实、有力，犹如催征的鼓点，极富鼓动性。在那个需要鼓手的时代，田间为当之无愧的"时代的鼓手"。他的诗正如闻一多所赞扬的那样，"是一片沉着的鼓声，鼓舞你爱，鼓动你恨，鼓励你活着，用最高限度的热与力活着，在这大地上"①。

抗战后期和解放战争时期，田间继续有短诗发表，这些作品收在1950年出版的诗集《短歌》和《抗战诗抄》中。1946年，他有两部长篇叙事诗《戎冠秀》和《赶车传》（第一部）问世。《戎冠秀》写的是"子弟兵的母亲"戎冠秀的经历和事迹。戎冠秀原是一个受压迫的贫苦农村妇女，在共产党的帮助下获得了翻身解放。此后，她带头支援前线，护理伤员，坚持生产，从而获得了人民政府授予的"子弟兵的母亲"的光荣称号。这首长诗歌颂先进人物，发挥了宣传作用，但由于拘泥于真人真事，缺乏完整的情节，结构显得有些松散。《赶车传》（第一部）写的是贫苦农民求解放的故事。贫农石不烂，受尽地主朱桂棠的剥削和压迫，他唯一的爱女蓝妮也被朱桂棠霸占了。石不烂愤怒之下要烧朱桂棠的房子，失败后被迫远走他乡。在河北，他遇到共产党员金不换，两人回到家乡，发动群众，开展减租运动。穷人翻了身，蓝妮也获得了解放。《赶车传》（第一部）与《戎冠秀》相比，不仅故事性强，结构紧凑，而且诗句也比较流畅。田间这一时期的诗作多反映解放区人民争取翻身解放的事迹，诗歌形式上也在有意识地向民歌和传统诗歌学习，诗作风格有了新的发展。

臧克家（1905—2004），山东诸城人，出生于一个地主家庭，18岁前生活在农村。1923年入山东省立第一师范学校学习，1926年秋入"武汉中央军事政治学校"学习。大革命失败后，他逃回家乡，还曾一度流亡东北。1930年到1934年在国立青岛大学学习，曾向闻一多学习过写诗。1932年开始发表新诗，1933年出版了他的第一部诗集《烙印》，引起文坛的注意。

《难民》创作于1932年2月，这首诗描写的是一群难民在黄昏时候流浪到了一座古镇，被古镇的守护者赶走的情景。该诗表现了诗人对现实的关注和对难民的同情，同时也显示了诗人较高的艺术才能。

> 日头坠在鸟巢里，
> 黄昏还没溶尽归鸦的翅膀，
> 陌生的道路，无归宿的薄暮，
> 把这群人度到这座古镇上。
> 沉重的影子，扎根在大街两旁，
> 一簇一簇，像秋郊的禾堆一样，
> 静静的，孤寂的，支撑着一个大的凄凉。

---

① 闻一多：《时代的鼓手——读田间的诗》，见《闻一多全集》，3卷，399页，北京，生活·读书·新知三联书店，1982。

满染征尘的破烂的服装，

告诉了他们的来历，

一张一张兜着阴影的脸皮，

说尽了他们的情况。

螺丝的炊烟牵动着一串亲热的眼光，

在这群人心上抽出了一个不忍的想象：

"这时，黄昏正徘徊在古树梢头，

从无烟火的屋顶慢慢地涨大到无边，

接着，阴森的凄凉吞了可怜的故乡。"

强力的疲倦，连人和想象一齐推入了朦胧，

但是，更猛烈的饥饿立刻又把他们牵回了异乡。

像一个魔鬼从梦里落到这群人身旁，

一只灰色的影子，手里亮着一支长枪。

一个小声，在他们耳中开出天大的响：

"年头不对，不敢留生人在镇上。"

"唉！人到那里，灾荒到那里！"

一阵叹息，黄昏更加了苍茫。

一步一步，这群人走过了大街，

走开了这异乡，

小孩子的哭声乱了大人的心肠，

铁门的响声截断了最后一人的脚步，

这时，黑夜爬过了古镇的围墙。

　　诗作虽然用的是写实的表现方法，但却很注意意象的营造和诗句的锤炼。"日头坠在鸟巢里"，是一幅画，一个特写镜头。"黄昏还没溶尽归鸦的翅膀"，不仅与前面的"鸟巢"呼应，而且又为后面写无家可归的难民做了铺垫。"陌生的道路，无归宿的薄暮"，用了移就修辞法，将难民的主观感受转移到客观事物上。"把这群人度到这座古镇上"，一个"度"字，把难民流浪的被动性和盲目性表现无遗。"支撑着一个大的凄凉"，"凄凉"是形容词，这里应当是修饰天空的。诗人将其放在名词的位置上，省略了名词"天空"，这种词性活用产生了突出凄凉感觉的效果。"一个小声，在他们耳中开出天大的响"，写难民的主观感觉，十分贴切。"铁门的响声截断了最后一人的脚步，这时，黑夜爬过了古镇的围墙"。截断了脚步、爬过了围墙，都是很形象的描写。

　　在《烙印》中，《老马》一诗得到更多人的关注，可以视为臧克家的代表作。

总得叫大车装个够，

它横竖不说一句话，

背上的压力往肉里扣，

它把头沉重的垂下！

这刻不知道下刻的命，

它有泪只往心里咽，

眼里飘来一道鞭影，

它抬起头望望前面。

这首诗写一匹受人驱使、负重涉远的老马。诗作通过这个形象来象征身受奴役之苦又看不到前途的旧时代的广大农民，表现了诗人对于广大农民的深切同情和对于现实社会的谴责。其艺术上有两个突出的特点：一是语言口语化而又非常凝练，如"总得""装个够""横竖""往肉里扣""飘"等词语是口语化的，但同时又十分凝练；二是重视韵律的使用，两节诗每行字数基本相近，而且均押交韵。这种重视韵律的特点，可以看到新月派诗风的某些影响。

此后，臧克家又出版了诗集《罪恶的黑手》（1934）、长诗《自己的写照》（1936）、诗集《运河》（1936）。这些诗作在30年代的诗坛上有相当的影响。长诗《罪恶的黑手》一方面揭露帝国主义借宗教毒害、麻醉中国人民的罪恶本质；另一方面反映了建筑工人的悲苦生活。长诗诗风雄健，一气呵成，具有强烈的感染力，也显示了臧克家对诗歌艺术风格多样化的追求。

抗战爆发后，臧克家积极从事抗日宣传，同时写下了大量颂扬爱国主义的诗篇，先后出版了诗集《从军行》（1938）、《泥淖集》（1939）、《淮上吟》（1940）、《呜咽的云烟》（1940）、《古树的花朵》（1942）、《泥土的歌》（1943）等。1942年，他还出版了长诗《向祖国》。收入《泥土的歌》中的《三代》一诗，用三句诗，简练而又生动地概括农民的生存方式，常被人们所传诵：

孩子

在土里洗澡；

爸爸

在土里流汗；

爷爷

在土里葬埋。

抗战胜利后，臧克家来到国统区，又写下了大量暴露国统区的腐败和黑暗的诗篇。这些诗作是当时暴露讽刺文学的一个重要组成部分，先后结集为《宝贝儿》(1946)、《生命的零度》（1947）、《冬天》（1948）出版。《生命的零度》一诗，记录了上海一夜冻死八百儿童的事件，表达了诗人对当时不平社会的无比愤怒。诗的最后，诗人激愤地写道：

> 我恨那些"慈善家"
>
> 在死后，到处捡收你们的尸体。
>
> 让你们的身子
>
> 在那三尺土地上
>
> 永远地停留着吧！
>
> 叫那发明暖气的科学家们
>
> 走过的时候
>
> 看一下，
>
> 拦住大亨们的小包车，
>
> 让他们吐两口唾沫；
>
> 让摩登小姐们踏上去
>
> 大叫一声；
>
> 让这些尸首流血，溃烂，
>
> 把臭气掺和到
>
> 大上海的呼吸中去。

臧克家的诗作有很强的现实感，关心人民疾苦，抨击黑暗社会，同时又讲求意象的营造、韵律的使用和诗句的锤炼，既受左翼文坛的影响，又学习了格律诗和象征诗的艺术手法，形成了自己独特的创作风格。

第三节　胡风及"七月诗派"的追求

抗战爆发后，诗人们响应祖国的呼唤，纷纷以诗歌为武器，投入民族自卫战争中。有的人甚至直接参加血与火的战斗。当 20 世纪 30 年代国内政治斗争激烈时，一些文艺工作者曾反对文艺为政治服务的主张。而这时由于中华民族到了最危急的时候，他们也一改自己的文艺主张，积极投身于抗日文艺工作中。

为了实现诗歌的宣传功能，诗歌的通俗化也形成了潮流。抗战初期，朗读诗、街头诗的兴盛，就是诗歌政治化和通俗化的集中体现。朗读诗运动首先从武汉兴起，高兰、锡金、冯乃超等人是倡导和写作朗读诗的先锋。武汉沦陷后，这一运动又在重庆和其他抗战前线开展起来。后来蔓延到抗日民主根据地，延安就曾常常举办诗歌朗读会。街头诗则主要盛行于延安和抗日民主根据地。田间、邵子南、史轮等，是街头诗的积极倡导者和作者。田间的《坚壁》《假使我们不去打仗》等，就曾以街头诗的形式存在过。

在诗歌创作的大潮中，新的流派也产生了。在 20 世纪 40 年代的诗坛上，影响最大、影响时间最长的诗歌流派是"七月诗派"。这个诗派因胡风主编的文艺期刊《七月》而得名。1937 年 9 月 11 日，胡风在上海编辑出版了《七月》周刊，周刊仅出了 3 期。9 月底，胡风到了当时抗日文艺运动的中心武汉，10 月 16 日《七月》重新出版，基本上以半月刊的形式出至 1938 年 7 月，共 3 集 18 期。1939 年 7 月，《七月》又移至重庆以不定期的形式出版，1941 年 9 月停刊。不包括周刊，4 年内《七月》共出 32 期。《七月》停刊后，胡风在桂林主编了《七月诗丛》和《七月文丛》，在桂林、重庆、香港等地出版。同一时期，聂绀弩、彭燕郊在桂林编辑出版《半月文艺》，邹荻帆、曾卓等在重庆编辑出版《诗垦地》。1945 年 1 月，胡风又编辑了《希望》，共出 2 集，计 8 期。在他的带动下，阿垅、方然等在成都编辑出版《呼吸》，朱谷怀等在北平编辑出版《泥土》，欧阳庄等先后在成都、天津、上海等地编辑出版《蚂蚁小集》《荒鸡小集》等。这些刊物都为"七月诗派"诗人发表诗作提供了阵地。

"七月诗派"的成员多是年轻人，主要有胡风、鲁藜、绿原、冀汸、邹荻帆、牛汉、阿垅、曾卓、孙钿、方然等。艾青和田间的诗歌成就虽然不局限于"七月诗派"，但他们又确实是"七月诗派"的重要组成部分。

"七月诗派"的形成与发展与胡风有着重要的关系。胡风（1902—1985），原名张光人，1902 年出生于湖北蕲春县一个贫困的农民家庭，11 岁才开始发蒙读书，1923 年在南京东南大学附中读书时加入中国共产主义青年团，1925 年入北京大学预科学习，一年后转入清华大学英文系学习，开始新诗创作，1929 年秋赴日本，入庆应大学英文科学习，曾参加日本反战同盟、日本共产党和普罗科学研究新艺术学研究会。1933 年回国，胡风在上海参加"左联"，并先后任"左联"宣传部长、行政书记。胡风 1934 年后致力于文学评论和理论著述，1936 年，参加过"国防文学"与"民族革命战争的大众文学""两个口号"的论争，40 年代后期，参与了关于现实主义问题的论争。胡风的文艺评论文章，结集出版的有《剑·文艺·人民》《论民族形式问题》《在混乱里面》《逆流的日子》。出版的诗集有《野花与剑》《为祖国而歌》，长诗有《时间开始了》。

胡风是中国现代一位重要的编辑家、文艺评论家和诗人。编辑《七月》之前的 10 年内，胡风曾编辑或者参与编辑过湖北省党部的《武汉评论》、南昌《国民日报》副刊《野火》和《长天》、新兴文化研究会的《新兴文化》、同人刊物《木屑文丛》、左翼刊物《工作与学习丛刊》和《海燕》等。他不仅有丰富的编辑经验，对于诗歌创作也有着独到的观点，如强调诗歌的现实性、情感性和战斗性，都是合乎时代要求的。这一诗歌主张，对于形成"七月诗派"的流派风格产生了很大的影响。同时，他自己的一些诗作如《为祖国而歌》《给怯懦者们》对当时的年轻诗人们也产生了一定的示范作用。

"七月诗派"的作品继承了五四以来新文学的战斗传统，深深植根于现实的生活与斗争。这和他们所处的时代有着密切的关系。抗战爆发后，民族精神奋发昂扬。"七月诗派"的作家们迅速投入到了关系民族存亡的伟大斗争。面对抗战的现实，胡风曾提出"现实主义者的第一义的任务是参加战斗，用他的文艺活动，也用他的行动全部"①。辛人提出"作者能获得最高的世界观，借以加强艺术对于现实的真实之表现"②。这些提法都表明了"七月诗派"作家们比较一致的创作态度以及他们对文学与现实关系的美学解释。而"七月诗派"的作家们是认真实践了自己的理论的。阿垅亲身经历了上海的激战，才写出《闸北打了起来》；田间、鲁藜都去过抗日民主根据地，参加过游击队的生活和战斗。他们带着高昂的爱国热情，为人民大众的英勇抗战事迹所鼓舞，不是为写作而写作，而是用自己的笔参加实际的战斗，他们的创作和伟大的现实斗争紧密地结合在一起。

"七月诗派"的诗歌多歌颂抗日战争，赞扬人民的英勇顽强，抒发对祖国母亲的爱和对失去的故土的眷恋以及收复河山的战斗激情等，而较少抒写个人的情怀。主题的严肃并不排斥艺术性的追求。《七月》创刊号的《代致辞》就提出"不应只是空洞的狂叫，也不应作淡漠的细描"。在艾青提出"一首诗的胜利，不仅是那诗所表现的思想的胜利，同样也是那诗的美学的胜利"（艾青《诗论·美学》）之后，吕荧、阿垅等也发表了许多诗歌理论。他们对诗歌的艺术技巧都提出了更高的要求。"七月诗派"的诗人们一致追求着诗歌的现实性、战斗性与艺术性的紧密结合。

1937 年 8 月，当我军与敌军在狮子村一带发生激战之际，胡风写下了《血誓——献给祖国的年轻歌手们》。诗作写道："卢沟桥底火花/燃起了中华儿女们的仇火/在枪声炮声炸弹声中间/扑向仇敌的怒吼/冲荡着震撼着祖国中华的大地/……中华大地熊熊地着火了！"当诗人遥见敌机轰炸的时候，他写下了《为祖国而歌》："我要尽情地歌唱：用我底感激/我底悲愤/我底热泪/我底也许

---

① 胡风：《论战争期的一个战斗的文艺形式》，载《七月》，第 1 集第 6 期。
② 辛人：《关于公式化的二三问题》，载《七月》，第 3 集第 1 期。

迸溅在你的土壤上的活血！……歌唱出郁积在心头上的仇火/歌唱出郁积在心头上的真爱/也歌唱掉盘结在你古老的灵魂里的一切死渣和污秽/为了抖掉苦痛和污辱的重载/为了胜利/为了自由而幸福的明天。"这些充满强烈爱憎的诗篇激励着浴血奋战的人民去争取胜利的明天。

阿垅（1902—1967），原名陈守梅，笔名亦门，浙江杭州人。他是"七月诗派"重要的诗论家。其1941年创作的长诗《纤夫》用大木船象征处于艰难前进中的中国，而纤夫则是努力要推动中国前进的革命者的象征。诗作体现了一种坚忍不拔、愚公移山的革命战斗精神，同时也显示了诗人很强的描写能力。下面是其中的一节：

> 佝偻着腰
>
> 匍匐着屁股
>
> 坚持而又强进！
>
> 四十五度倾斜的
>
> 铜赤的身体和鹅卵石滩所成的角度
>
> 动力和阻力之间的角度，
>
> 互相平行地向前的
>
> 天空和地面，和天空和地面之间的人底昂奋的
>
> 脊椎骨
>
> 昂奋的方向
>
> 向历史走的深远的方向，动力一定要胜利
>
> 而阻力一定要消灭！这动力是
>
> 创造的劳动力
>
> 和那一团风暴的大意志力。

邹荻帆（1917—1995），湖北天门人。他创作的《江》描写奔腾咆哮、泻流万里的长江，令人神往。诗的最后一节表述了自己所受到的启发："江，——/感谢你给与了我的启示，/我也将贡献祖国以些许的力量，/些许的温暖，/而跨上征马，/蹄声掀起灰尘/随着你滔滔的洪波不息而永驰。"以《花与果实》为题的一组咏物诗，通过描写植物而抒发自己的思想感情。《喇叭花》一首就取喻贴切而很有内涵：

> 蓝色的红色的喇叭花，
>
> 你攀着树
>
> 像抱着牢不可拔的信念一样
>
> 向前进罢，

像一个黎明的吹号者

爬上最高的山峰

吹起黎明的号角呵。

　　曾卓（1922—2002），原名曾庆冠，湖北黄陂人，其诗风格沉郁。其1946年创作的《铁栏与火》以笼中的猛虎象征被囚禁的英雄，用语精练传神。即使将该诗与英国诗人布莱克的《老虎》和奥地利诗人里尔克的《豹》放在一起，也并不逊色：

虎在笼中旋转。

虎在狭的笼中

沉默地

旋转，

低声地

咆哮，

不理睬笼外的嘲弄和施舍。

它累了，俯卧着

铁栏内

一团灿烂的斑纹，

一团火！

站起来，

两眼炯炯地发光，

锋锐的长牙露出，

扑出去的姿势

使笼外发出一片惊呼！

它深深地俯嗅着

自己身上残留的

草莽的气息，

它怀念：

大山，森林，深谷……

无羁的岁月，

庄严的生活。

深夜
它扑在栏前，
它的凝注着悲愤的长啸
震撼着黑夜
在暗空中流过，
像光芒
流过！

铁栏锁着
火！

绿原（1922—2009），原名刘仁甫，湖北黄陂人。他的诗则表现了中国人民同仇敌忾的民族精神。诗人为"悼念一群死在敌后的民族战士"，写下了《颤抖的钢铁》："仇恨凝固，/钢铁颤抖，/冰山粉碎，/血液蒸发而成/固体的火焰……/我知道你是/站着死了，睁着眼睛死了的呵，英雄！/你底头我看见/被光圈像钻木取火般环绕着。……/你底死/像正午十二点的影子一样正直，/你底死像塔高到最高，/监督着一片磷火乱滚的国土，英雄呵！"这诗是对民族英雄的赞歌，是鼓舞人民斗争的号角。

牛汉（1923—2013），原名史成汉，山西定襄人。他的诗倾诉着民族的苦难、深沉、执着，寄寓着希望。《鄂尔多斯草原》是对英雄的草原的颂歌："歌颂/北中国底/绿色的生命底乳汁/绿色底生活底海/绿色的战斗底旗子/向远方/我底歌/滚滚的泛滥……"《山野的气息》则抒发了诗人对山野的热情："我将山野底气息当成溶剂/灰暗底天色呀/棕黄底土色呀/枯黄底风色呀/紫红底太阳色呀/都溶进去……/而我底歌/便是一支画笔。"

鲁藜（1914—1999），福建同安人。他的《泥土》已成为人们传诵的名篇："老是把自己当作珍珠/就时时有怕被埋没的痛苦/把自己当作泥土吧/让众人把你踩成一条道路。"这类诗没有直接描写战争和革命，但渗透其中的人生哲学的思考，同样是极为可贵的。

胡征（1917—2007），原名胡秋平，河南罗山人。他的短诗《挂路灯的》歌颂的是"挂路灯的同志"。在这首诗中，挂路灯的同志既是写实的形象，又是象征的形象，是很耐人寻味的：

你放心的上吧

挂路灯的同志

你脚下的梯子

是很结实的

人们的眼睛

都担心地望着你

因为你给行路人

点起了明亮的灯

好，再上一步

挂路灯的同志

为照得更远

你要挂得更高更高些

孙钿（1917—2011），上海人。他的《旗》充满了号召力："让狂风吹！/让子弹射过！/让露水浸湿！/让暴雨打！让太阳晒！/旧了/破了/我们仍是疼爱的/这大幅/自由解放底抗日的旗儿。"

此外，庄涌、杜谷、冀汸、彭燕郊、郑思、天蓝、化铁、朱健等人的诗也都各具特色。"七月诗派"的诗人们为中国新诗的发展做出了重要的贡献。他们的诗既表现了共同的现实主义风格，又具有每个诗人独自的个性和表现形式。

第四节 穆旦及"中国新诗派"的崛起

"中国新诗派"指的是 20 世纪 40 年代后期出现的一个诗人群，其成员主要有南方诗人辛笛、杭约赫（曹辛之）、陈敬容、唐祈、唐湜和北方诗人群穆旦（查良铮）、杜运燮、郑敏、袁可嘉。1947 年，杭约赫等人在上海创办了"诗创造社"，并于当年 7 月编辑出版《诗创造》杂志。《诗创造》杂志的作者主要由两部分人构成：一部分是臧克家及其影响下的诗人，如康定、林宏、沈明、田地、劳辛等；另一部分则是杭约赫、陈敬容、辛笛、唐祈、唐湜、方宇晨、马逢华、李瑛等。后来，两部分人由于创作倾向和编辑倾向的不同而分道扬镳。杭约赫、辛笛、陈敬容、唐祈、唐湜等人离开了《诗创造》，在辛笛的经济资助下，于 1948 年 6 月另行创办《中国新诗》丛刊。他们与北方的穆旦、杜运燮、郑敏、袁可嘉等联合，形成了"中国新诗派"。在当时，这个诗人群并无现在这一名称。1981 年江苏人民文学出版社出版了上述九位诗人的诗合集《九叶集》，于是他们有了"九叶诗派"之称。"中国新诗派"则是近年来研究

者根据这些诗人发表诗作的主要刊物《中国新诗》
而使用的一个称谓。

抗战爆发后，由于民族抗战的需要，诗歌的政
治化、通俗化一时成为潮流，以往有较强的唯美倾
向并偏重向西方象征主义诗歌学习的诗人们也纷纷
改变诗风，投入了抗战宣传的文艺洪流。但诗人们
并没有因为政治斗争的需要就否认了文艺功能的多
元性，对于西方象征主义诗歌资源也没有忘记借鉴。
艾青的诗歌有着明显的比利时诗人凡尔哈伦的影响，
冯至的《十四行集》也有借鉴奥地利诗人里尔克诗
作的痕迹。而当时学习西方象征主义诗歌的群体，
则是"中国新诗派"。他们当中有的人在 20 世纪 30
年代就有诗作发表，有的则于 40 年代初登上诗坛，
但他们汇聚为一个流派则是 40 年代后期的事情。

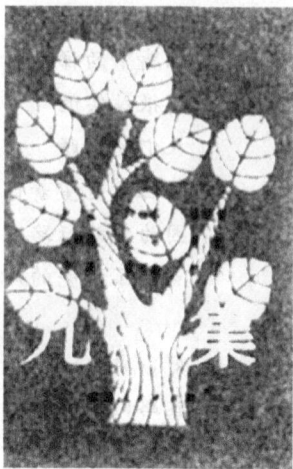

图 16-2 《九叶集》封面

"中国新诗派"是一个综合性很强的诗派。
这个诗派的诗人们既密切关注现实的政治生活，
也对生命、爱情、艺术等问题进行深思；既对中
外诗歌艺术兼收并蓄，又以借鉴西方象征派诗艺
为主。但他们向西方象征主义诗人借鉴更多的是
象征主义的"远譬喻"等艺术手法，而主要不是
悲观颓废的思想情绪。

穆旦（1918—1977），原名查良铮，原籍浙
江海宁。在天津南开中学读书时，他便开始写
诗，1935 年入清华大学外文系，1940 年于西南
联大毕业。他的诗作长于表现对生活、对世界的
深思，最能体现"中国新诗派"的现代派特征。
创作于 1942 年的《诗八首》是他的代表作。这

图 16-3 穆旦

是一组写爱情的诗。诗中已经没有了浪漫诗人的缠绵、迷醉或者伤感，代之而
起的是一种近乎冷酷的透析。第一首：

> 你的眼睛看见这一场火灾，
> 你看不见我，虽然我为你点燃，
> 唉，那烧着的不过是成熟的年代，
> 你的，我的。我们相隔如重山！

> 从这自然的蜕变程序里，
>
> 我却爱了一个暂时的你。
>
> 即使我哭泣，变灰，变灰又新生，
>
> 姑娘，那只是上帝玩弄他自己。

性爱的不自主性、短暂性以及人与人的隔膜，在这里被揭示得相当充分。类似的重要作品还有《春》：

> 绿色的火焰在草上摇曳，
>
> 他渴求着拥抱你，花朵。
>
> 反抗着土地，花朵伸出来，
>
> 当暖风吹来烦恼，或者欢乐。
>
> 如果你是醒了，推开窗子，
>
> 看这满园的欲望多么美丽。
>
>
> 蓝天下，为永远的谜蛊惑着的
>
> 是我们二十岁的紧闭的肉体，
>
> 一如那泥土做成的鸟的歌，
>
> 你们被点燃，卷曲又卷曲，却无处归依。
>
> 啊，光，影，声，色，都已经赤裸，
>
> 痛苦着，等待伸入新的组合。

穆旦虽然是这个流派中最富现代主义特色的一位诗人，但由于环境的原因，他与西方象征主义的诗人还是有本质的区别。他对现实认识得透彻，看到了生活中种种痛苦和缺陷，但却并未丧失理想，没有过分渲染悲观的情绪。他同时也写了一些歌颂民族和人民的诗篇，如《赞美》《旗》《森林之魅》等。

辛笛（1912—2004），原名王馨迪，江苏淮安人，20世纪30年代初毕业于清华大学外文系，曾任《中国新诗》编委。他在30年代中期发表的一些诗作，带有较浓的伤感和悲观的情绪。如《航》写人生航程的迷茫："从日到夜/从夜到日/我们航不出这圆圈/后一个圆圈/前一个圆圈/一个永恒/而无涯涘的圆圈/将生命的茫茫/脱卸与茫茫的烟水。"到了40年代，他的诗风发生了明显的变化。写于1946年的《布谷》表露了他对于诗歌内容的观点："二十年前我当你/是在歌唱永恒的爱情/于今二十年后/我知道个人的爱情太渺小/你声音的内涵变了/你一声声是在诉说/人民的苦难无边。"《手掌》《一念》《风景》等，都是这一时期所作的名篇。

杭约赫（1917—1995），原名曹辛之，江苏宜兴人。抗日战争爆发后，他曾先后在山西民族革命大学、陕北公学和鲁迅艺术学院学习，1940年在重庆生活书店任编辑，40年代后期曾在上海参与创办《诗创造》《中国新诗》。杭约赫是一位左翼倾向很明显的诗人。这一倾向在他的许多诗作中有所体现。《规律》揭示的是时代不断变革的规律；《严肃的游戏》以调侃的口吻描写了革命武装的越战越勇；《启示》则表示自己要"抛弃了心爱的镜子，/开始向自己的世界外去找寻世界"。不过在这些诗中，革命的倾向不是依靠描写现实生活或者直抒胸臆来表现的，而是通过看似平静的诗句、具体可感的意象暗示出来的，依然可以看出西方象征诗派的某些影响。

杜运燮（1918—2002），福建古田人，1945年毕业于西南联大外文系。抗战时期，他对国统区的社会现实有着强烈的不满，写于1940年的《粗糙的夜》和写于抗战结束后的《追物价的人》显示了这一点。但他并不悲观失望，因为他对人民和革命是有着信心的。《滇缅公路》歌颂的是为了抗战而"冒着饥寒与疟蚊的袭击""为民族争取平坦"的修路的农民；《孕》和《闪电》，显示的则是他对于革命的信心。《孕》的意蕴似乎有些宽泛，但其中无疑有着对于革命的企盼："有时像满天阴霾的夏日，/来的将是一场暴风雨；/有时像黎明前的黑暗，来的将是粉碎一切的太阳。"他的有些诗写得通俗幽默，如《追物价的人》《民众夜校》等，但也有不少诗作多用新奇艰涩的意象。

陈敬容（1917—1989），四川乐山人，20世纪30年代开始发表诗作，1948年曾任《中国新诗》编委。陈敬容对周围世界有着敏锐的感受和热情。她能体察到宇宙的律动（《律动》），喜欢啜饮大海"满满的绿意"（《海》），看到飞鸟也会让她的心灵轻松（《飞鸟》）。"我常常停步于/偶然行过的一阵风/我往往迷失于/偶然飘来的一声钟/无云的蓝空/也引起我的怅望/我啜饮同样的碧意/从一株草或是一棵松"（《划分》）。然而生活是严峻的，"阳光里有轰炸机盘旋"，"自然是一座大病院"，"我们是现代大都市里，/渺小的沙丁鱼，/无论衣食住行，/全是个挤，不挤容不下你"（《逻辑病者的春天》）。诗人从切身的感受中产生了对社会的不满，她在等待一个"全新的世界"（《珠和觅珠人》）。

郑敏（1920— ），福建闽侯人，1939年入西南联大，相继在外文系、哲学系学习。她对哲学有较大的兴趣，在诗作中喜欢进行哲学的思考。《时代与死》写人类生命的急流中生与死的关系："倘若恨正是为了爱，/侮辱是光荣的原因，/'死'也就是最高潮的'生'。"诗作用进化论思想看待生与死的问题，也与常见的生命意识有所不同。她又很喜爱绘画、雕塑和音乐，加之受奥地利诗人里尔克的影响，她写了一些咏画诗。这些诗能够将所咏画作的意蕴充分开掘。《雷诺阿的〈少女画像〉》《荷花》《濯足》，是这个方面的优秀之作。她的一些诗篇，善于从静的形态中表达事物动的内涵，也有绘画或者雕塑的特点。在《金色的稻束》中，诗人从秋天的田里竖着的稻束，联想到无数"肩荷着那伟大的疲倦"的母亲，从而使一幅秋郊的景色蕴含了深刻的诗意。她的《马》对里尔克的《豹》有一定的借鉴。

唐祈（1920—1990），原名唐克蕃，江苏苏州人，1942 年毕业于西南联大文学院历史系，1947 年在上海任《中国新诗》编委。唐祈曾在甘肃、青海一带工作过，写过不少游牧民族生活的诗歌。《游牧人》《故事》是这方面的优秀之作。这些诗篇既写游牧人的风俗，也写他们的苦难，基本上采用民歌的形式，也糅合一些现代诗歌的手法。他对现实社会的揭露也是十分有力的。《老妓女》一诗写得很有震撼力："最后，抛你在市场以外，唉，那个/衰斜的塔顶，一个老女人象征/深凹的窗：你绝望了的眼睛。"《圣者——追悼闻一多先生》，对追求民主而死的"圣者"，给予了崇高的敬意。

唐湜（1920—2005），浙江温州市人，1948 年毕业于浙江大学外文系，曾参与《诗创造》的编辑工作，并任《中国新诗》编委。他是一位时代感和社会责任感都比较强的诗人。《沉睡者》一诗对那种思想的巨人、行动的矮子的知识分子进行了嘲讽。《骚动的城》则对国统区社会动荡、民心思变的现实给予了形象的展现。

袁可嘉（1921—2008），浙江慈溪人，1946 年毕业于西南联大外文系。袁可嘉对现实十分关注。发表于 1947 年的《冬夜》，通过对一座城市的描写，对国统区混乱不安的社会状况作了生动的反映。翌年所写的《旅店》，以旅店为中心意象，同样反映了"不安像警铃响彻四方的天空"的时代气氛。他还写过一些咏物诗、亲情诗，诗歌的取材比较广泛，形式上有格律诗的某些特点。《沉钟》一诗比较充分地体现了这一点：

> 让我沉默于时空，
> 如古寺锈绿的洪钟，
> 负驮三千载沉重，
> 听窗外风雨匆匆；
>
> 把波澜掷给大海，
> 把无垠还诸苍穹，
> 我是沉寂的洪钟，
> 沉寂如蓝色冰冻；

> 生命脱蒂于苦痛，
>
> 苦痛任死寂煎烘。
>
> 我是锈绿的洪钟，
>
> 收容八方的野风！

思考题

1. 艾青在其诗作《芦笛——纪念故诗人阿波里内尔》中说"我从你彩色的欧罗巴/带回了一支芦笛"，同时他的诗又是深深地植根在祖国的土地上，体现了民族性与世界性的双重审美特质。结合作品思考艾青诗歌中的中西方文化传统的融合。

2. 臧克家诗歌创作在技巧形式方面受到多方面的影响，其中也包括我国古典诗词和闻一多新格律主张的影响，结合具体作品思考这两种影响体现在哪些方面？

3. 胡风及"七月诗派"对中国新诗的理论与实践有哪些新的贡献？

4. 以穆旦为代表的"中国新诗派"的诗作体现了对中外诗歌艺术兼收并蓄的审美特征，思考其对西方象征主义诗歌艺术传统的借鉴和传承。

参考书目

1. 胡风. 吹芦笛的诗人. 文学，1937，8（12）.

2. 闻一多. 时代的鼓手——读田间的诗//闻一多. 闻一多全集：第三卷. 北京：生活·读书·新知三联书店，1982.

3. 绿原，牛汉编. 白色花. 北京：人民文学出版社，1981.

4. 骆寒超. 艾青论. 杭州：浙江人民出版社，1982.

5. 杜运燮，袁可嘉，周与良编. 一个民族已经起来：怀念诗人、翻译家穆旦. 南京：江苏人民出版社，1987.

6. 田间. 田间诗文集：第五卷. 石家庄：花山文艺出版社，1996.

7. 艾青. 艾青诗选. 北京：中国文学出版社，1999.

8. 胡风. 胡风全集. 武汉：湖北人民出版社，1999.

9. 中国现代文学馆编，郑雪芹编选. 臧克家文集. 北京：华夏出版社，2000.

10. 辛迪，陈敬荣，杜运燮，等. 九叶集. 北京：作家出版社，2000.

11. 郑敏. 回顾中国现代主义新诗的发展并谈当代先锋派新诗创作. 国际诗坛，1989（8）.

12. 柯文溥. 论"七月诗派". 厦门大学学报：哲学社会科学版，1989（2）.

第十七章　解放区的创作

第一节　赵树理：真诚的农民作家

　　1942 年延安文艺座谈会以后，赵树理被视为文艺大众化的楷模，被作为解放区文学的方向受到隆重推崇。赵树理的被"发现"，是在毛泽东《在延安文艺座谈会上的讲话》发表之后，但赵树理的小说创作风格，或者说他的审美追求，却是在《讲话》之前就已形成。赵树理是一个天才的农民文艺家，即便没有解放区，他也是这种风格，但解放区的文艺大众化运动，为他的成名提供了机遇。

　　赵树理 1906 年出生于山西沁水县农村一个开明的小康之家，祖上曾有两代中过科名，祖父学过手艺，开过私塾，家里有十几亩田产。赵的父亲也是一个能人，不仅农活、铁木工活样样能干，而且是个"杂家"——懂一些医卜星相，是农村里的"智多星"。赵树理后来小说中的人物，常常有他父亲的影子，如《小二黑结婚》里的二诸葛、《李有才板话》中的李有才等。除此之外，他父亲还是一个民间艺人，是农民自乐班（相当于俱乐部）"八音会"里拉弦的好手。赵树理从小随父亲到八音会参加娱乐活动，耳濡目染，学会了不少技艺，也被熏陶出土色土香的民间艺术的审美趣味。他八岁就

图 17-1　赵树理

学会了上党梆子（当地地方戏），15 岁会大鼓板，"他能一个人打动鼓、钹、锣、铉四样乐器，而且舌头打梆子，口带胡琴还不误唱"[1]。在战争年代，没有乐器，"一双筷子、一本书是他的鼓板，胡琴、锣、鼓全由他一张嘴来担任。有时唱得高兴起来，便手舞足蹈，在屋子里走起'过场'来，老羊皮大衣，被当作蟒袍一

---

　　① 王春：《赵树理怎样成为作家的》，见黄修己：《赵树理评传》，15 页，南京，江苏人民出版社，1981。

样舞摆着……"① 至于说书、弹词等，更是赵树理最熟悉的文学。赵树理是一个天才的民间艺术家，而他后来接触的五四新文化，则为他超越民间、建立批判性立场，提供了一个优越的视点。

1925年，赵树理到长治入山西省立第四师范学校，在这里，他受到新文化的影响。1927年至1928年，由于参加学潮，赵树理被迫离开学校，到处漂泊。1930年至1937年，赵树理一直处于漂泊、流浪的状态。这期间，他没有固定工作，做过文书、代过课、当过伙计，假扮过郎中、说书人、占卜者，在流浪中还被土匪捉去入过伙。绝望中，他甚至自杀过。丰富的生活经验，对一个小说家的成长来说，是很有好处的。1931年，赵树理开始发表作品，并有意识地尝试以通俗文学的形式写长篇小说。1935年的长篇小说《盘龙峪》，采取的是说书人的叙述语言，与他后来的小说很相似，但因为没有资金出版，这部小说只写了十万字左右就搁笔了。1940年至1941年，他在华北解放区编辑《黄河日报》等数家报纸副刊，写了大量小说、戏剧、笑话、快板、歌谣等。抗战"文章下乡"的形势，为赵树理实践他的文艺兴趣提供了很好的平台。

早在师范读书时，赵树理就体会到，"五四"新文学及其推崇的西方文学，对中国广大读者受众，尤其是保守封闭的农村受众来说，是非常隔膜、难以接受的。赵树理曾经将外国文学推荐给他父亲，父亲并不买账。那时，赵树理就有一个愿望："文坛太高了，群众攀不上去，最好拆下来铺成小摊子。"② 他从现实中感受到，以通俗文学的形式表现现代思想，大抵是适应读者实际情况的切实可行之路。"我不想上文坛，不想做文坛文学家。我只想上'文摊'，写些小本子夹在卖小唱本的摊子里去赶庙会，三两个铜板可以买一本，这样一步一步地去夺取那些封建小唱本的阵地。做这样一个文摊文学家，是我的志愿"③。

1942年延安文艺座谈会上毛泽东的讲话，使文艺大众化运动在解放区开展起来。这种形势，为赵树理的通俗化追求营造了非常有利的环境。1943年，赵树理发表著名的《小二黑结婚》，半年间销行三四万册。自此，《李有才板话》《李家庄的变迁》等中长篇小说及《福贵》《传家宝》《孟祥英翻身》等一批短篇小说问世。赵树理的小说，以风趣幽默的民间语言，赢得了广泛的赞誉，成

---

① 王春：《赵树理怎样成为作家的》，见黄修己：《赵树理评传》，15页，南京，江苏人民出版社，1981。

② 陈荒煤：《向赵树理方向前进》，见黄修己：《赵树理评传》，43页，南京，江苏人民出版社，1981。

③ 黄修己：《赵树理评传》，43页，南京，江苏人民出版社，1981。

为解放区最风行的作品。

赵树理的小说使用的是一种典型的民间叙事形式，即一种糅合了话本小说、民间故事、评书及民间戏曲的通俗叙事形式。这是他的小说为人们所喜闻乐见的最大原因。

故事性强，是一般通俗文艺的特征，这与大众的欣赏习惯与欣赏能力相关，赵树理深谙此道。他的小说几乎没有对风景的描绘以及对环境的细致介绍，基本上是叙述一开始，就直接将人物引出，并进入具体的情节场景中。《小二黑结婚》的开头：

> 刘家峧有两个神仙，邻近各村无人不晓。一个是前庄上的二诸葛，一个是后庄上的三仙姑……

与他从前小说的风格完全一样——1935年他未完成的长篇小说《盘龙峪》的开头，也是这样一种亲切的说话口吻："没有进过山的人，不知道山里的风俗。""盘龙峪这个地方，真算是个山地方了……"俗白而亲切的说话方式，宛如村头槐树底下人们熟悉而喜爱的说书人，在村人空闲的时光，打开了话匣子。

赵树理小说的故事总是饶有趣味，小说的人物总是一些很有意思的角色。《小二黑结婚》中两个首先登场的人物，即二诸葛和三仙姑，都是农村中极少数的、却很有特点的趣人。二诸葛不妨看作赵树理父亲被贬低后的形象：学过生意，会看风水，会占卜，自认为是农村的聪明人。但是，二诸葛没有赵树理父亲的开朗和艺术趣味，相反，多了一些自以为是的愚蠢。他"抬腿动手都要论一论阴阳八卦，看一看黄道黑道"，曾经闹过"不宜栽种"的笑话。三仙姑是农村中常见的"鲜花插在牛粪中"的媒妁之言的牺牲品。她15岁就出嫁，"是前后庄上第一个俊俏媳妇"，丈夫是个木头疙瘩，"不多说一句话，只会在地里死受"，"村里的年轻人觉得新媳妇太孤单，就慢慢自动的来跟新媳妇做伴，不几天就集合了一大群，每天嘻嘻哈哈，十分红火"。这"精神的会餐"，使公公愤怒，骂走了那些"意淫"的家伙，却使新媳妇从此选择了另一条解脱寂寞的道路——装神弄鬼，成了"神仙附体"的女巫。那些爱美的青年，也就可以堂而皇之地去"求仙问卦"了，而三仙姑呢，"衣服穿得更新鲜，头发梳得更光滑，首饰擦得更明，宫粉搽得更匀，不由青年们跟着她转来转去"。这畸形的情欲发泄，使三仙姑心理变态，到她老年时，仍然对年轻小伙子情有独钟，嫉恨女儿与小二黑的恋爱，对女儿的婚事百般阻挠。

《小二黑结婚》在情节、人物和叙述语言上，都体现出原汁原味的"民间"性和"乡土"性，保留了传统民间文艺的朴实鲜活的生命力，语言的幽默自如，使他的创作远比那些"下乡改造""积累生活"的知识分子作家更自然和自由。在这一点上，赵树理确实得益于一种学不来的得天独厚的秉性。

其小说故事的趣味性，往往得益于他说书人式的、充满情节魅力的、娓娓道来的叙述语言：

> 老相好都不来了，几个老光棍不能叫三仙姑满意，三仙姑又团结了一
> 伙孩子们，比当年的老相好更多，更俏皮。

> 三仙姑有什么本领团结这伙青年呢？这秘密在她女儿小芹身上。

环环相扣的情节，饶有趣味的故事，吸引着读者往下读。在调动读者阅读渴望、营造说书式审美语境方面，赵树理做得非常成功。

他的小说富于情趣，还有一个原因，就是他特别善于刻画农村中那些具有浓厚小生产者狭隘意识的个性人物。《小二黑结婚》中的二诸葛、三仙姑，比所有角色都刻画得真实生动。他善于抓住人物的特征，爱给人物取外号，而人物某些个性化的习惯用语或行动，就往往成为这个人物的外号或别称——这个特点一直保持到后来，如《锻炼锻炼》中的"小腿疼""吃不饱"，《三里湾》中的"糊涂涂""铁算盘""常有理""惹不起"等。《传家宝》中的李成娘，作者对她的介绍和刻画，是通过对她视若至宝的针线筐的描述开始的——李成娘那只又破又脏的针线筐，是她几十年保存下来的"传家宝"，那里面不过是些针线、布头之类，但归类清晰、放置郑重，"跟机关里的卷宗上编的有号码一样"。人物守旧而又精明的性格，通过这个细节精当地揭示了出来。

赵树理小说的"戏"的特征非常明显，这一方面是作品因求故事性而对戏剧冲突的追求所致；另一方面也因作品语言的动作性使叙述充满了戏的具体与热闹。这可视为赵树理小说通俗化追求的具体体现，但这种追求，也带来一些通俗文艺通常有的弊端：人物类型化，故事结局大团圆。由于要求故事的完满，作者常常将人物处理得比较单纯，把冲突的解决简单化。如《小二黑结婚》中，小二黑与小芹的恋爱以坏人金旺、兴旺的被抓而告胜利，而在这种善恶分明的斗争中，二诸葛、三仙姑都经历了质变——二诸葛再也不好意思算卦问命，三仙姑也悄悄拆去了30多年的香案。这种对人物简单化和类型化的处理，对于艺术来说是不可取的，但赵树理小说的这种特征，也正适应了他的读者对象。只有将赵树理放在"农民作家"或通俗艺术作家的角度，才能对他的艺术做出客观估价。他远远不是一个先锋艺术家，而是一个朴素风趣的农民艺术家。也许，赵树理为自己下的定义最为恰当——"文摊艺术家"。这道出了赵树理的全部审美追求。

赵树理之所以成为通俗文学作家，不是政治规范的结果，而是秉性使然。

他的《小二黑结婚》，是在延安文艺座谈会前就开始写的。1942年1月，在延安文艺座谈会召开之前，八路军一二九师政治部与共产党太北区党委，在晋冀地区联合召开了一次座谈会。参加座谈会的，有太行区文化界400余人，讨论边区文化建设问题①。赵树理参加了这次座谈会，并在会上展示了一大堆从老百姓家里拿来的书，不外是"吊孝唱本""推背图""麻衣神相"之类陈腐读物。赵树理此举，目的很明显，就是要文化工作者充分意识到现实社会急需健康文明的大众文化消费品。他在会上大声疾呼文艺应该通俗化。然而，赵树理的意见并未被更多的人认同，与会者有一派观点认为，通俗化就是庸俗化，有人甚至称赵树理是"海派"。

《小二黑结婚》创作时，赵树理还没有读到毛泽东在延安文艺座谈会上的讲话。但这篇小说的发表，倒确实借了延安文艺座谈会上的讲话的东风。赵树理将这篇标着"通俗小说"的作品交给彭德怀的夫人浦安修看，浦安修看了觉得好，推荐给彭德怀后，彭德怀的意见决定了这篇小说的命运："像这种从群众调查研究中写出来的通俗故事还不多见。"因为这个评价，《小二黑结婚》才突破偏见得以出版。小说一经问世，延安文艺整风的精神已经传遍解放区，《小二黑结婚》从形式到内容体现的主流文化精神，使它一时"洛阳纸贵"。1946年8月，赵树理的《李有才板话》在延安《解放日报》转载，再一次在延安和重庆掀起浪潮。周扬称赵树理是"一位具有新颖

图17-2 《李有才板话》封面

独创的大众风格的人民艺术家"②；中共中央西北局宣传部在所召集的文艺界座谈会上，号召"今后要向一些模范作品如《李有才板话》学习"③。重庆左翼文坛热烈关注赵树理，郭沫若读完《李有才板话》，"完全被陶醉了"，称它为"抗战以来文艺作品的杰出者"④。茅盾为上海新知书店出版的《李家庄的变迁》作序，认为赵树理的小说是"'整风'以后文艺作品所达到的高度水准

① 黄修己：《赵树理评传》，55页，南京，江苏人民出版社，1981。
② 周扬：《论赵树理的创作》，载《解放日报》，1946-08-26。
③ 黄修己：《赵树理评传》，145页，南京，江苏人民出版社，1981。
④ 黄修己：《赵树理评传》，143页，南京，江苏人民出版社，1981。

之一例证"，"是走向民族形式的一个里程碑"①。1947 年，晋冀鲁豫文艺界"参考郭沫若、茅盾、周扬等对赵树理创作的评论及赵树理创作过程、创作方法的自述"，"反复热烈讨论，最后获得一致意见，认为赵树理的创作精神及其成果，实应为边区文艺工作者实践毛泽东文艺思想的具体方向"②。

赵树理的小说被作为解放区文学的旗帜，是必然的。解放区文学提倡和追求文学的大众化、文学为工农兵服务的方向，都在赵树理的作品中得到体现。而毛泽东延安讲话之后，一大批从国统区来的作家，都是需要转变世界观和需要熟悉工农兵的城市知识分子，自身的"改造"尚需时日，更不可能在一个短时期内就创作出"人民群众喜闻乐见"的、与党的方针政策完全合拍的大众文学。赵树理对农村的熟悉，对共产党农村工作作风的了解，对农民革命的热衷以及他得天独厚的民间艺术积累，都注定他将成为这个历史时期解放区文学的楷模。

赵树理作为叙述者，既像传统的说书人，从容不迫，娓娓道来，同时又更集农村基层干部与"智多星"于一身，对当时农村的人情风俗、社会心态摸得一清二楚，以超然的口吻，专拣农村家庭矛盾、人物利害冲突讲。他说书，一方面是满足农民听故事的需求；另一方面（也是更重要的方面）是通过讲故事，对农民进行弃恶扬善的教育以及宣传共产党民族与民主革命的方针政策。赵树理对农民既熟悉又有感情，而他对党的政策的理解也极为朴实，往往能够联系农村的封建意识、愚昧习俗，进行生动形象的道德劝诫。

赵树理小说的真诚和质朴，与他的艺术风格一样，具有浓厚的"本色"意味。赵树理并不善于想象你死我活的阶级斗争，也不善于塑造无产阶级"高大全"的英雄。相反，他最擅长塑造的，是那些既不是阶级敌人又不是英雄模范的"中间人物"或"落后人物"，如二诸葛、三仙姑、李成娘、"吃不饱""小腿疼"等。即使是小说中代表公众居于正义立场的"舆论监督者"、说快板的李有才，也明显有若干农民的狡黠（如好汉不吃眼前亏等）。赵树理的农村小说，形式和语言通俗，但立意绝不庸俗——他不投其所好、迎合读者，相反，他的叙事立场与"五四"新文学作家是相似的，是怀着启蒙、教育的心态，批判现实中的落后、消极因素。一般来说，农村中的"中间人物"，最能体现中国农民保守、愚昧、狭隘、自私等弱点。这些人物，不是阶级敌人，不是

---

① 黄修己：《赵树理评传》，144 页，南京，江苏人民出版社，1981。

② 《人民日报》（晋冀鲁豫），1947 年 8 月 10 日报道，见黄修己：《赵树理评传》，146 页，南京，江苏人民出版社，1981。

"恶"的代表，只是人性上、道德上有若干瑕疵的人。赵树理熟悉农村，熟悉农民，他写的大量有缺陷的"中间人物"，就是真正地道的和具有最广泛代表性的中国农村和农民的现状。

第二节　孙犁：开掘生活的诗意

孙犁（1913—2002）原名孙树勋。他在保定育德中学读书期间就开始在校刊上发表习作，受父亲的影响，期望毕业后能够到城里当一个可以悠闲读书、可以经常看戏的邮政职员一类的差事。1933年，孙犁高中毕业后，到北平市政机关和小学校做过一段时间职员，1936年到新安县同口镇小学教书。1938年，孙犁参加了吕正操的抗日部队，做一些宣传文字工作。1944年，孙犁到延安学习，1945年在《解放日报》发表了给他带来重大荣誉的短篇小说《荷花淀》，一时声名鹊起，由战士"改吃小灶"（干部待遇），并成为"鲁艺"教员。1949年后，孙犁一直在《天津日报》任编辑，五六十年代继续创作小说，写出长篇小说《风云初记》。"文化大革命"结束以后，孙犁的创作风格大变，再也不写优美的抒情小说，而写了大量的

图 17-3　孙犁

随笔散文和杂文，笔调沧桑。孙犁的小说善于表现人情美，艺术上追求诗化抒情和清新淡雅风格，带有浪漫主义的艺术气质。这种创作风格及一些学习、模仿他的作家群，在文学史上被称为"荷花淀派"。

如果将"五四"新文学以来中国的文学传统分为古典文人文学、民间文学、西化的现代文学，那么，赵树理选择的是民间文学，而孙犁的选择，是五四以来的西化文学与古典文人文学。革命文学中，很少有作家像孙犁那样去表现女性美。从20世纪20年代末左翼文学开始，艺术家对于女性的审美态度相对于传统的文学艺术，开始发生变化。女性往往不是因为其特殊的（亦即与男性不同的）审美特征而被作为艺术的审美对象，相反，因为她们具备了与男性一致的社会政治方面的意义，如革命性、进步性等，才成为艺术表现的对象。革命文学由于对革命与力量的崇尚以及政治第一的宗旨，并不看重女性的形式美。孙犁对女性的关注与描绘，看重的恰恰不是她们与男性一致的"阳刚之美"，而是女性特有的"阴柔之美"，这些有别于男性的只属于女性的美，往往

体现着人生的诗意与温情。

在解放区乃至新中国成立以后17年，几乎找不到第二个作家将劳动妇女的劳作场面描绘得像《荷花淀》那样充满诗意与柔情。月下织席的水生嫂，既是质朴可感的普通农家妇女，却又有几分缥缈若仙的轻灵美感。那一派由月光之皎洁、秋水之静穆、苇眉子之柔顺、荷叶荷花之清芬所构成的超绝意境，使女性的纯洁、宁静、深沉、温柔、优美尽在不言中。这个意境，明显地有着《诗经》《离骚》以来文人文学香草美人审美情致的痕迹。

> 月亮升起来，院子里凉爽得很，干净得很，白天破好的苇眉子潮润润的，正好编席。女人坐在小院当中，手指上缠绞着柔滑修长的苇眉子。苇眉子又薄又细，在她怀里跳跃着。

> 要问白洋淀有多少苇地？不知道。每年出多少苇子？不知道。只晓得，每年芦花飘飞苇叶黄的时候，全淀的芦苇收割，垛起垛来，在白洋淀周围的广场上，就成了一条苇子的长城。女人们，在场院里编着席。编成了多少席？六月里，淀水涨满，有无数的船只，运输银白雪亮的席子出口，不久，各地的城市村庄，就全有了花纹又密、又精致的席子用了。大家争着买：

> "好席子，白洋淀席！"

> 这女人编着席。不久，她的身子下面，就编成了一大片。她像坐在一片洁白的雪地上，也像坐在一片洁白的云彩上。她有时望望淀里，淀里也是一片银白世界。水面笼起一层薄薄透明的雾，风吹过来，带着新鲜的荷叶荷花香。

《荷花淀》的价值，几乎可以说主要不是叙事的，而是诗的——那清新优美、圆润隽淡的意境所表现的至洁至纯的美。自然景物、人物行动、人文风俗，实的、虚的、近的、远的，都变得没有界限，都交融为一片高洁美妙的境界，令人痴迷陶醉。有了这样雅洁单纯的意境，小说情节如何，故事是否完整，人物性格是否丰富等，都从人们的审美期待中消退了，人们完全被作品超绝的意境所震慑、所消融，陶醉在自然赋予人生的美、语言赋予艺术的美之中。这一派诗意诗境，绝对不是"大众化"的。

孙犁小说写的是"工农兵"，但情绪却并非工农兵的；他像一个耽美的诗人，随处发现和捕捉着生活的美和诗意；他不是真实摹写工农兵的现实生活状态，而是挖掘工农兵身上超越现实的人性与人情之美。他对工农兵对象的描写，不像赵树理似的熟悉、理解，他与对象保持着一种距离（审美欣赏的距离），因而他笔下工农兵的生活，常常以片段的、写意的方式被表现。孙犁最擅长描写的是女性。而他描写女性的手法，却不是写实的，不具备通常小说追求的"典型性格"，他笔下的形象，是诗意的。

孙犁的短篇小说，是典型的抒情小说，他不注重故事和情节，大都给人"琐记""速写"的感觉。他以一颗纯真的爱心，敏锐地捕捉着平凡生活中的善与美。这一类随笔式小说，往往就是某一场景、人物的某个行动，但使这些零碎的印象成为作品的，就是一种美好单纯的情愫。《女人们》中的《红棉袄》，记述一个普普通通的事件。"我"与害疟疾的小战士顾林借宿在一个农户家里。顾林衣裳单薄，疟疾发作寒冷得厉害，没有什么可以御寒，姑娘便将她身上的红棉袄脱下给顾林盖上。姑娘这一个举动，引起了作者的感动与联想：

> ……我来不及惊异，我只是把那满留着姑娘的体温的棉袄替顾林盖上，我只觉得身边这女人的动作，是幼年自己病倒了时，服侍自己的妈妈和姐姐有过的。

叙述者（作者）对姑娘这一小小举动的诗意的感觉与联想，正是将平淡的叙述升华为艺术的点睛之笔。《女人们》中的三个"故事"，实际上都是速写。《吴召儿》中，女孩吴召儿带领一队战士前往神仙山。她是向导，在前面带路，战士们在后跟随。山路嶙峋，不断攀登，不曾发生一点可引人关注的事。促使作者记叙这个不成故事的事件的，也是使记叙流动诗意的，是作者纯真的眼睛中"发现"的美：

> ……她爬得很快，走一截就坐在石头上望着我们笑，像是在这乱石山中，突然开出一朵红花，浮起一片彩云来。

孙犁的短篇小说流于"琐记"，但几乎都是因为这种诗的意象而"点铁成金"，并因此形成自己的风格。他仿佛总是在用探寻的眼睛四处打量，生活现象中那些与"真诚""善良"等美好品性相关的稍纵即逝的事物，都会被他敏锐地捕捉到。《邢兰》记叙的是一个身材矮小、营养不良、并不具备特殊才能的农民。他的生活相当艰辛，家徒四壁，孩子 3 岁还未穿过裤子，但是他却经常将仅有的一点粮食、柴火拿去接济别人，凡是别人不愿干的工作他都默默地承担。这种忠诚善良的品性使作者感动。更让作者由衷赞赏并使这个人物具有诗意之美的，是邢兰珍藏着花一块七角钱买来的一只口琴——"只有从小在冷淡里长成的人，他才爬上树梢吹起口琴"。

《荷花淀》中的女人们，她们的美，并不来自水生或一般农民的审美感知与判断，事实上，水生们已习惯于故意忽略妻子们作为女人的美——尽管这种忽略包含着某种似乎更深沉、更含蓄、更具潜力的爱。水生嫂们的灵秀之美，是作为叙述者的作者，一个多情而温柔的诗人在旁观位置上产生的诗意感觉。作者以一系列具有阴柔之美的象征物——月光、秋水、苇眉子、荷叶、荷花等，来表现女性的品格——优美、纯洁、忠贞、温柔、坚韧等，这里体现出的，绝不是"大众"的情绪，而是自《诗经》《离骚》以来中国文人的审美情致。孙犁对女性美的感知，来自他对女性纯洁、多情、美丽禀赋的真挚崇拜，这种女性崇拜是纯粹心灵的，是贾宝玉式的，是中国历来正统文化所并不推崇的、人性味极浓的、非功利的审美情感。解放区文学中，几乎找不出第二个人像孙犁这样沉醉于对女性"形式美"的执着爱恋中。

孙犁小说的语言，尽管是清浅的白话，但绝不是赵树理式的民间口语化的白话，而是趋于简洁雅致的文人白话，继承的是五四文学开创的书面口语。孙犁小说不注重故事与情节，却十分注重情调与意境，这是对五四文学尤其是鲁迅所开创的现代小说抒情化审美倾向的继承。

孙犁的小说，无论在人物的描写上，还是语言的使用上，都体现出一种单纯明丽的作风。孙犁小说的单纯，根源于他富于浪漫精神的理想主义追求。

> 孩子睡着了，睡的是那么安静，那呼吸就像泉水在春天的阳光里冒起小水泡，愉快地升起，又幸福地降落。
>
> ——《嘱咐》

孙犁的小说，处处可见这种优美的文字，使读者时时感受着作家那纯洁的、充满爱的心灵。孙犁的小说，情节和人物都可能不出色，然而作家单纯的情志所化育出的优美情调与意境，则常常是超绝的。

孙犁的小说几乎都是有关战争的，但他的笔触却往往远离战争的风云，而悉心捕捉战地一角悄然开放的野花、硝烟散尽后美丽的蓝天与白云。他关注的不是战争本身，不是"事件"，而是战争中更显美丽的人性。

在日寇残酷的扫荡刚刚过去的冀中平原上，孙犁看到的不是血与眼泪，而是这样一种情景：

> ……通过那弯弯长长的洞，还是那样娇嫩的声音："来了。"接着从洞口露出一顶白毡帽，但下面是一张俊秀的少女的脸，花格条布的上衣，跳出来时，脚下却是一双男人的破棉鞋。她坐下，把破棉鞋拉下来，扔在一边，就露出浅蓝色的时样的鞋来，随手又把破毡帽也摘下来，抖一抖墨黑柔软的长头发，站起来，和嫂子争辩着出去了。
>
> ——《游击区生活一星期》

他特别注意到"破棉鞋""毡帽"遮蔽下的"浅蓝色的时样的鞋"和"墨黑柔软的长头发"等女性特有的柔媚，这种对美的敏感，表现出的是一种只属于审美的"闲情逸致"。

> 秋分在小屋的周围，都种上菜，小屋有个向南开的小窗，晚上把灯放

在窗台上，就是船家的指引。她在小窗前栽了一架丝瓜，长大的丝瓜从浓密的叶子里面垂下来，打到地面。又在小屋西南角栽上一排望日葵，叫它们站在河流的旁边，辗转思念着远方的行人……

———《风云初记》

孙犁始终以现实主义者自居，但他的创作与美学观都更带一种理想主义色彩。他爱写"美"，摈弃写"丑"；他爱写欢乐，拒绝写悲剧。他对丑恶并非感觉迟钝，而是一样的敏感。譬如《风云初记》中芒种在参军之初对革命的抱怨，充满小生产者的狭隘和自私，区里开群众动员会时群众只感兴趣于吃饭等，都被孙犁敏锐觉察。但是，他对于痛苦或丑，不事深究，而对于理想（美），却如痴如醉。

孙犁并不是不知现实中的丑和悲剧，而是他的理想主义气质和对现实的政治规避决定了他只钟情于"美""乐观"与"诗意"。这种现实主义，实际是一种道德观上的现实主义，而不是美学意义上的现实主义。20 世纪 40 年代后期，孙犁曾经写过几篇有些悲剧情调的作品，但因为怕人说它们"调子太消沉"，他将这些小说长期封存起来，直至 80 年代，才拿出来与读者见面，它们中有短篇小说《碑》《琴和箫》等。

以《碑》为例，这篇小说的人物是滹沱河边的一家三口：赵老金、他的老伴、他的十六七岁的女儿小菊。小菊像含苞待放的花朵，恬静清纯，热情伶俐。她成熟的青春正随时间在流动，心中隐藏着一个朦胧的秘密：她暗恋着八路军连长老李。一天深夜，老李带着一群战士匆匆来临，又匆匆离去。就在这个晚上的残酷战斗中，老李和十几个战士牺牲在河中。这一个冬天，赵老金天天到河中撒网，试图打捞英雄的尸体。小菊"一刻不停地织着自己的布"，拼命想排解内心的悲痛。

> 有时她到岸上去叫爹吃饭，在傍晚的阳光里，她望着水发一会儿呆，她觉得她的心里也有一股东西流走了。

现实的悲剧，在小说中化成了一缕淡淡的忧伤，痛苦升华成了艺术美。

孙犁小说对诗意的追求和其小说所呈现的单纯之美，都与他的理想主义情怀及由此决定的"唯善""唯美"的审美观念密切相关。在《琴和箫》中，当叙述到故事的结局，叙述者得知年轻的夫妇在抗日前线双双阵亡，他们遗下的一对女儿大菱、二菱也接着罹难时，叙述者并不直接抒写悲痛，却用一段抒情的文字将现实所带来的残酷与悲剧感升华为"乐观"的美：

> 我遥望着那漫天的芦苇，我知道那是一个大帐幕，力量将从其中升起。忽然，我也想起在一个黄昏，不知道是在山里或是平原，远远看见一

片深红的舞台幕布，飘卷在晚风里，人们集齐的时候，那上面第一回出现两个穿绿军装的女孩子，一个人拉南胡，一个人吹箫……

第三节 《太阳照在桑干河上》和《暴风骤雨》

在 20 世纪 40 年代解放区的文学创作中，丁玲的《太阳照在桑干河上》与周立波的《暴风骤雨》，是不可忽视的两部长篇巨著。

与赵树理、孙犁不同的是，丁玲、周立波并不是在根据地成长起来的作家。在到达解放区之前，两人都曾经发表过一些作品，形成了自己的创作风格。因此，无论是在对解放区生活的体验上，还是在语言风格上，两人都显示出与赵树理、孙犁迥然不同的特色。

1936 年，在共产党组织的营救下，丁玲逃离国民党软禁她的南京，辗转到达陕北。在当时中共中央临时所在地延安，中共上层领导人毛泽东、周恩来、张闻天、博古等，亲自为丁玲接风，礼为上宾，毛泽东并填一首《临江仙》词，赞美丁玲"纤笔一支谁与似？三千毛瑟精兵。阵图开向陇山东。昨天文小姐，今日武将军"。因为在国统区的名气，丁玲到延安后备受器重。她曾经率领西北战地服务团活跃在陕西和山西抗日前线，写作大量通讯及其他文学作品。1941 年《解放日报》创刊，丁玲任文艺副刊主编。文学创作方面，丁玲先后发表了小说《我在霞村的时候》《在医院中》，杂文《三八节有感》，表达了一个从国统区进入解放区的作家的感受。

图 17-4　丁玲

《我在霞村的时候》发表在 1941 年 6 月的《中国文化》上。在这篇短篇小说中，丁玲塑造了一个名叫贞贞的女孩，性格倔强。她与村里一个叫夏大宝的青年自由恋爱，绝不服从家庭的包办婚姻，在家庭与她自己双方的不妥协斗争中，她进了修道院——宁肯不结婚，也不愿服从家长的逼迫。后来，日本人扫荡村庄，贞贞不幸被掳为随军妓女，也因此成了我方的情报员。她受尽折磨，得了严重的妇科病。当她回村探亲时，却受到乡亲的蔑视和冷眼，她在他们眼中是一个不知廉耻的"破鞋"。贞贞的巨大痛苦，不仅是来自敌人的肉体折磨，更有来自亲人邻里的蔑视和奚落。小说的叙述者是一个到边区开展工作的知识女性（丁玲的代言人）。她对贞贞的处境表现出极大的同情和哀怜，对贞贞周围那冷漠的群众、愚昧的精神表现出强烈的不满和批判。在这里，人们能够清楚地感受到五四文学批判国民性的主题的意味。

同年，丁玲在《谷雨》上发表了《在医院中》，写一个由国统区投奔革命的知识青年陆萍在延安的一段经历。陆萍毕业于上海产科医院，像一切热血青年一样，不顾一切来到革命圣地延安，被分配到延安的一所医院。医院管理混乱，医疗、护理、病房等很多环节都存在严重问题，医护人员中有一些是因为"照顾关系"来的，没有受过任何专业培训，不懂护理知识，不按要求消毒、护理，更可怕的是，对病人敷衍塞责，轻率地就给病人双腿截肢。手术室缺乏起码的供暖和通风设备，病房的卫生没人打扫，病人的苦痛没人过问，人们感兴趣的倒是捕风捉影、制造谣言……陆萍以一个医生的职业道德和责任心，向领导呼吁，却被领导认为她是骄傲自大的知识分子，看不起工农出身的领导和同事；她向上级反映，只是招来了对她本人更多的误解和批评，不断被扣上"小资产阶级""自由主义"等帽子，最后身心俱疲。

在贞贞与陆萍的身上，人们都能看到与莎菲女士一脉相承的东西——独立、坚强的个性。贞贞在愚昧文化的包围中，在生命和精神饱受蹂躏的境况中，却能将痛苦深深地埋藏，在外人面前不卑不亢，谈笑自若，显示出她自尊自强的个性；陆萍面对医院的混乱与环境的压力，不论遭到多少挫折，不论面前的改革阻力有多大，她都保持一种初生牛犊的劲头，执着地向上级打报告、提意见，这也是一种强烈的个性。丁玲这一时期的创作，所持的依然是社会批判者、民众启蒙者的姿态。《我在霞村的时候》，丁玲批判了农村世俗的偏见、愚昧以及人们在"道德"面具下的极端冷漠，对贞贞的遭遇给予了无限的同情。《在医院中》，丁玲不仅批判了浓厚的"机关味"——职员的无知、无聊和宗派情绪，更批评了医院管理的混乱落后和部分人缺乏责任心、专业水平低以及心胸狭窄。

在 1942 年的整风运动中，丁玲受到严厉批评。整风运动之后，丁玲为改造自己，一头扎到基层，深入到农民之中，虔诚地进行自我改造。抗战胜利后，她又响应党的号召，随晋察冀中央局组织的土改工作队，在河北怀来、涿鹿一带农村参加了近两个月的土改工作。土改的经历给了丁玲很深的感触，激发了她强烈的创作热情与冲动。1948 年 6 月，《太阳照在桑干河上》诞生了。其后不久，《太阳照在桑干河上》与周立波的反映土改的长篇小说《暴风骤雨》一起，分别获得了 1951 年度斯大林文学奖二等奖与三等奖。

《太阳照在桑干河上》描写了河北北部一个叫暖水屯的村子在中共中央发

布"五四指示"之后的土地改革运动情况。小说不仅真实地展现了农村土改运动的全过程，而且深刻反映了农村错综复杂的阶级关系和矛盾斗争。暖水屯不像附近的孟家沟有恶霸，也不像白槐庄那样有大地主，暖水屯有的只是小奸小恶之徒。但这并不意味着暖水屯的土地改革工作就能比那些村子更顺利，相反正是这些算不上典型的人，让暖水屯的土改变得更加复杂，更加艰难。虽然暖水屯没有大恶霸大地主，但依然明显存在着对立的两个阶级：一是以钱文贵、李子俊为代表的地主阶级；一是以张裕民和程仁为代表的贫苦农民。在这两大阶级的对立中，又存在着枝缠蔓绕、难解难分的异常错综复杂的关系。钱文贵是暖水屯有名的"八大类"中的第一类，应该是暖水屯土改斗争的对象，但他让自己的二儿子参加了八路军，捞到"抗属"的护身符；他又把女儿嫁给村里的治安委员张正典，以收买腐蚀人心；他甚至利用侄女黑妮与村农会主任程仁的恋爱关系，千方百计地企图软化、控制程仁，以达到逃避批斗的目的。地主的狡猾与阴险让暖水屯的社会阶级关系变得非常复杂，使得土改斗争对象的确定异常艰难，有时觉得可以斗争的对象太多，有时又觉得没有一个够条件的，大家心里都有顾忌。例如，曾经做过钱文贵的长工，深受钱文贵压迫的程仁，在当上农会主任之后，仅仅因为自己的恋人黑妮是钱文贵的侄女，就在斗争中对钱文贵采取了逃避的态度。可见，农村复杂的阶级关系与交叉的血缘关系给土改工作带来了怎样的艰难。

农村存在严重的"变天思想"是导致土改工作进展困难的另一大原因。农民一方面积极拥护共产党的方针政策，对土改充满着期望；另一方面又始终担心"中央军"会打回来，村里的地主会重新上台，害怕日后遭到地主的报复，所以不能坚定彻底地进行土改。"谁能保证八路军能在长？'中央军'的武器好，又有美国的人的帮助。"国民党的政治优势、军事优势以及美国对"中央军"的支持，是让农民害怕的根源。李之祥一听到堂兄弟李之寿说大地主许有武要回来，心里立刻就不安起来，回家立即劝已是村妇委会主任的妻子董桂花，"少出点头总是好的，咱们百事要留个后路，穷就穷一点，都是前生注定的"，"咱看你能靠共产党一辈子，他们走了看你还靠谁"。董桂花听了心里也担心起来，想着自己过去的痛苦，她看不到一点出路，只能掉眼泪。李之祥更是精神不振，本来答应替大伯收麻的事也懒得去了。不仅普通的农民存在"变天思想"，村干部也存在着"变天思想"，所以他们的心态与工作组不完全一样。就像张正典在村干部会上所说："咱们都有个家，叶落归根，到底离不开暖水屯。要是把有钱的人全都得罪了，万一有那一天——嗯，谁保得住八路军站得长，别人一撅屁股就走了，那才该咱们受呢。""变天"的思想让农民对土改有很大的顾虑，不愿出头，严重挫伤了群众斗争的积极性，也使干部们不能带头领导土改，使暖水屯的土改斗争之火老是"沤着"起不来。

由此可见，土地改革，绝不是分土地、斗地主这么简单，要真正做好这项工作，必须从根本上消除农民心中的"变天思想"，不仅翻身，还要"翻心"。"翻心"这个词是丁玲独特的艺术创造。几千年来的封建制度和封建思想在农民文化心理结构中留下了深刻的历史沉淀，这一精神负担又严重地束缚了他们反封建的积极性，阻碍了他们自身的历史进程。迷信麻木的老农民侯忠全在第一次清算不久，竟然把农会分给他的一亩半土地悄悄退给了地主侯殿魁。在他的思想意识里，穷人翻身做主在历史上是没有先例的，所以这次共产党领导的土改也不可能实现。他认定自己一辈子是穷苦的命。在这个人物身上，人们真实地看到，中国的农民要真正摆脱地主阶级的统治，从奴隶主义的精神桎梏中解放出来，真正掌握自己的命运，其间有多长的路要走！

在《太阳照在桑干河上》中，丁玲以虔诚的态度，努力表现出她眼见和领会的土地改革运动，她努力将暖水屯作为中国农村的一个缩影来写。丁玲这部小说的最大贡献，在于她以现实主义的艺术力量真实地反映了这场斗争中农村与农民心理的复杂性。这种复杂性是中国农村变革不得不面对的严峻的客观事实。从这个意义上说，丁玲对农民心理状态的刻画与错综复杂的阶级关系的描写，既具有高度的社会真实与现实针对性，又表现出了历史的和心理的深刻积淀。因此，仅仅把这部小说看成土改运动的"教科书"是无法完全领略这部小说在艺术上的魅力的。在这部小说中，人们依稀可以看到五四批判国民性的精神的某种延续，这也是丁玲思想改造之后的创作与此前的《我在霞村的时候》《在医院中》一以贯之的东西。

周立波的《暴风骤雨》上、下两卷，分别于 1947 年 10 月及其后一年完成。1946 年 10 月，时任冀热辽区党委机关报《民生报》副社长的周立波，参加了松江省珠河县元宝区的土地改革。与丁玲一样，火热的斗争场面和土改过程中农民思想感情的变化，也让这位作家产生了难以抑制的创作冲动，随后便开始了《暴风骤雨》的创作。

《暴风骤雨》上部描写了松江元茂屯土改初期的斗争生活，下部描写了《中国土地法大纲》颁布后该村农民深入开展土改并积极参军的情况。《暴风骤雨》也表现了土改斗争的复杂性与艰巨性。与丁玲不同的是，周立波更突出地表现阶级斗争，把土改艰巨复杂的原因归结为地主阶级的嚣张气焰和阴谋诡计。小说塑造了韩老六与杜善人这两个元茂屯恶霸、地主阶级代表人物的形象。他们横行乡里，相互勾结。当萧祥率领工作队进驻元茂屯时，他们感到恐慌，立即秘密串联，转移浮财，安插耳目，造谣惑众，甚至向萧祥打冷枪。这就为小说情节的进行布置了一个绝妙的场景。地主阶级是如此阴险狠毒，土改的工作进展便非常艰难。工作队先后组织了三次斗争韩老六的大会，都未能收到预期的效果。最后，以牺牲赵玉林的生命为代价，村里组织了武装自卫队，才终于斗倒了韩老六，处决了这一恶霸。与《太阳照在桑干河上》相比，《暴风骤雨》描写的农村阶级对立更尖锐，阶级矛盾更鲜明，土改斗争也更轰轰烈烈，真的是一场"暴风骤雨"般的农民运动。作者对农村阶级关系的处理显得简单化、规范化，基本按照"讲话"的精神来图解，斗争的双方壁垒分明，阶级对立几乎吻合政策条文，难以见到丁玲笔下那样"你中有我，我中有你"的错综复杂的精神关系，这在一定程度上削弱了作品的思想力度和深度。

《暴风骤雨》按照西方典型理论，塑造了一系列具有理想色彩的"新人"形象。主要人物赵玉林是小说中首先觉醒并坚定地走向革命道路的农民英雄形象，是小说着意描绘和歌颂的人物之一。他深受日本帝国主义和恶霸地主韩老六的双重压榨，贫困使得他得了一个"赵光腚"的绰号。他蹲过监狱，受过苦刑，同地主阶级的仇恨最大，所以一旦反抗意识被工作组激发，便迅速站在了斗争的前列。在艰苦的斗争中，他毅然加入了共产党，勇往直前、无私无畏，直到献出自己宝贵的生命。赵玉林牺牲后，郭全海成为土改斗争中的第二个中心人物，也是作者重点表现的人物。郭全海一出场就驯服了一匹烈性的马儿。这种勇敢大胆的性格，使他从土改骨干到农会主席，始终能经受斗争中各种严峻的考验。无论是捉拿韩老六的斗争，还是以后的砍挖运动以及重分土地和胜利果实、参军参战等各项运动，他都表现出了一个共产党干部身先士卒、克己奉公的优秀品质。作者努力表现了这些人物的光辉形象。这些人物身上，没有像《太阳照在桑干河上》中的张裕民、程仁那样的犹豫和思想上的斗争，他们的成长是顺理成章的，是没有丝毫迟疑的。即使是老农民，作者也侧重表现他们在时代潮流的推动下是如何与土改工作保持一致性的。丁玲笔下艰难的"翻心"历程在周立波这里被简化了，当农民在经济上翻了身时，"精神翻身"的过程似乎也随之完成。与《太阳照在桑干河上》相比，《暴风骤雨》显然具有鲜明的理想主义色彩。

周立波曾任延安"鲁艺"教员，熟悉西方文学，他对西方文学名著的阐释，在当时的"鲁艺"有很好的口碑。西方文学的熏陶，使他在把握长篇小说叙事结构、塑造典型形象方面，显得游刃有余，比丁玲更加从容。《暴风骤雨》中有很多精彩的场面描写，将土改与参军两部分内容联系起来的"分马"，是其中尤为精彩的一段。作者描写 130 多户农民分配胜利果实，叙述有条不紊，极有层次，人物性格在叙述中得以充分展开。作者先通过分马的办法及动员前的情况，勾勒了一个场面的轮廓。在郭全海动员之后，分马正式开始。这时候，作者有重点地描写了赵大嫂、老初、老孙头各种不同类型的人物，而以赵大嫂为核心，通过对这些人物的对比描写，展现了在"分马"问题上的三种不同态度。在"选马"问题上，作家紧紧抓住老孙头作为重点描写对象，表现他的内心矛盾，刻画他的性格。老孙头的"摔跤"，成为分马中的一个小插曲，为小说增添了不少生活情趣。"分马"本来是很难写的场面，可是被作者写得有声有色。周立波不仅擅长以饱满的热情描写这样宏大的群众场面，也善于用细致入微的笔触描绘家庭日常生活场景。小说描写赵玉林的家庭生活，丈夫正直，妻子识大体，家庭生活温馨和谐；而白玉山的家庭，则是丈夫"迷糊"，妻子泼辣，这样的家庭，也自有它的乐趣。这些描写都非常传神，让读者不觉会心微笑。因此，在周立波的笔下，生活之树始终枝繁叶茂。虽然《暴风骤雨》带有很强的回应政策的痕迹，但却不像有些作品，将生活之树上"多余"的树枝全部砍掉，只剩几根光秃秃的树干孤零零地留在旷野中，《暴风骤雨》全篇都洋溢着生活的气息。相比之下，尽管丁玲擅长心理描绘，但在构筑情节、处理纷繁场景以及表现生活场景的丰富性与生动性上，《暴风骤雨》更见其长。

由于时代的局限和作家本身对土改生活感受、理解和艺术描绘的偏差，这两部作品也存在明显的缺陷与不足。《太阳照在桑干河上》对人物内心活动的描写比较突出，但过多平淡的叙述和心理分析，使人读起来感到沉闷和松散。在语言风格上，作者常常把大众化的口语同知识分子气十足的语言相互杂糅在一起，也显得不协调。《暴风骤雨》精于选取突出的典型事件和富有特征的细节，用简单朴素的笔墨加以描绘，因而很少冗长沉闷的叙述，风格单纯明快。但由于作者对土改运动中复杂的阶级关系和阶级斗争理解比较简单，制约了作品在艺术表现上的深刻性，下卷的结构也明显松散单薄。

丁玲与周立波的这两部长篇小说创作，体现了延安文艺座谈会后知识分子作家努力改造世界观、适应政治意识形态的创作状态。

第四节　长篇叙事诗和民族新歌剧

在解放区的文学创作中，诗歌和戏剧创作都有着不同程度的向民族化和民间化的开拓。叙事诗和新歌剧成为这种开拓的代表。

解放区诗歌对平民化、大众化的追求，体现为歌谣化的趋势，大量叙事诗涌现了出来。其中，李季的长篇叙事诗《王贵与李香香》是一部引起很大反响的作品。

《王贵与李香香》创作于 1945 年。作者李季采用陕北信天游的形式进行诗歌创作，因此成为当时解放区诗坛的一位新秀。《王贵与李香香》最初在《三边日报》上连载发表，后来又在《解放日报》上发表，影响很大。《王贵与李香香》被称誉为"长篇乐府"，全诗有 740 来行，共分为三个部分。诗作以王贵与李香香的爱情故事为线索，紧紧围绕着当时如火如荼的土地革命，生动地展现了广大农民群众在党的领导下反抗封建压迫的广阔画面。

第一部分，写革命前王贵和李香香的艰苦生活与坚贞的爱情。在描写两人爱情的时候，作者这样写道：

> 山丹丹开花红姣姣，
> 香香人材长得好。
> 一对大眼水汪汪，
> 就像露水珠在草上淌。
> 二道糜子碾三遍，
> 香香自小就爱庄稼汉。
> 地头上沙柳绿萋萋，
> 王贵是个好后生。
> 身高五尺浑身都是劲，
> 庄稼地里顶俩人。
> 玉米开花半中腰，
> 王贵早把香香看中了。
> ……

欢快的笔调里透露着人物真挚的感情，信天游的形式更是让这种感情得到了自由活泼、淋漓尽致的表现。与一切民间的美丽爱情往往很难获得圆满一样，王贵与李香香也备受磨难。以崔二爷为代表的封建势力，是压迫广大农民群众的恶魔，王贵的父亲因为交不起租子，被崔二爷活活打死。

第二部分，写王贵投身革命，参加了赤卫队，准备跟着游击队一起闹革命，但是当崔二爷知道以后，王贵遭受残酷的吊打惩罚。幸亏，李香香及时给游击队送信，救出了王贵，崔二爷狼狈逃跑。这一节里，王贵面对崔二爷的威逼利诱，发出了这样的豪迈之语，"老狗你不要耍威风，大风要吹灭你这盏破油灯！""我一个死了不要紧，千万个穷汉后面跟！""我王贵虽穷心眼亮，自己的事情有主张"，"闹革命成功我翻了身，不闹革命我也活不长"，"趁早收起你那鬼算盘，想叫我当狗难上难"。鲜明地体现了王贵的坚强品质和坚决革命的气概。

第三部分，写崔二爷反攻倒算，跟着白军又打了回来。王贵跟着游击队转移，李香香落入虎口，被软禁起来。在这一过程中，李香香逐渐成长起来，愤怒呵斥崔二爷："有朝一日遂了我心愿，小刀子扎你没深浅！"最后故事以大团圆结束：游击队活捉了崔二爷，广大人民群众获得了解放，王贵与李香香也终成眷属。

整首诗歌气韵流畅，语言既素朴逼真，又激情奔放，向广大读者展示了诗歌在走向大众化的进程中所散发的无限魅力，不愧为当时解放区叙事诗创作中的杰作。

除此之外，阮章竞的《漳河水》也流传甚广。与《王贵与李香香》一样，《漳河水》也是采用民歌体进行创作的一部"长篇乐府"。在这首长达 800 多行的长诗中，作者讲述了荷荷、苓苓、紫金英三个性格迥异的劳动妇女的经历和遭遇，表达了妇女解放的主题。可以说，《漳河水》和《王贵与李香香》，构成了解放区长篇叙事诗的"双璧"，代表了当时叙事诗的最高水平。

当解放区的叙事诗创作蓬勃展开的时候，戏剧创作也获得丰收，最引人注目的是新歌剧，代表性的作品是大型歌剧《白毛女》。《白毛女》是在毛泽东《在延安文艺座谈会上的讲话》之后创作的作品，创作于 1945 年，由延安鲁迅艺术学院集体创作，贺敬之、丁毅执笔。

《白毛女》共有五幕，题材取自晋察冀边区流传的关于"白毛仙姑"的传说，经过"鲁艺"的集体加工，最终创作出了这部优秀的新歌剧。关于这个剧的主题意义，可以用剧中第五幕第二场的台词做一个生动的表达，即"旧社会把人逼成鬼，新社会把鬼变成人"。剧中戏剧冲突激烈，情节紧凑，生动地表现了农村尖锐的阶级斗争和劳动人民遭受的苦难。剧中大雪天杨白劳从外面躲债回来给喜儿带回来一根红头绳的那段著名的唱段，家喻户晓："人家的闺女有花戴／我爹钱少不能买／扯回来二尺红头绳／给我扎起来／哎！扎呀扎起来。"

《白毛女》成功地把民间流传的故事改造成了脍炙人口的新歌剧，是民间音乐与西洋歌剧的有机融合，展示了戏剧走向民间化和大众化的乐观前景。

此外，《兄妹开荒》《夫妻识字》等秧歌剧，也轰动一时。

总之，20 世纪 40 年代解放区的文学探索，给中国文艺的大众化，提供了一些成功范例，值得重视。

思考题

1. 赵树理的小说创作注重对民间文化资源的汲取，这极大地丰富了他小说的大众化、通俗化色彩。结合具体作品思考赵树理小说在哪些方面体现了对民间资源的借鉴？

2. 孙犁小说中着意刻画、赞美的人物几乎都是女性，作家在这些纯真健美的青年女性身上挖掘出时代精神的美。思考孙犁笔下的女性形象具有什么样的共同特质？

3. 《白毛女》的故事在改编之前已经在晋察冀边区广为流传，经过艺术加工后更成为脍炙人口的现代新歌剧。结合《白毛女》的改编来思考解放区的新歌剧创作是如何借鉴民间资源的？

参考书目

1. 周立波. 暴风骤雨. 北京：人民文学出版社，1956.

2. 孙犁. 荷花淀//孙犁. 孙犁全集：第1卷. 北京：人民文学出版社，2004.

3. 赵树理. 小二黑结婚//赵树理. 赵树理文集：第2卷. 北京：人民文学出版社，2005.

4. 丁玲. 太阳照在桑干河上. 2版重印. 北京：人民文学出版社，2005.

5. 李季. 王贵与李香香. 北京：人民文学出版社，2001.

6. 周扬. 论赵树理的创作. 解放日报：延安，1946-08-26.

7. 马荣连. 深刻的主题 感人的艺术——《荷花淀》赏析. 河南师范大学学报：哲学社会科学版，1982（1）.

8. 严家炎.《太阳照在桑干河上》与丁玲的创作个性. 北京大学学报：哲学社会科学版，2008（2）.

9. 张均. 召唤"隐藏的历史"——《暴风骤雨》动员叙述研究. 中国现代文学研究丛刊，2012（6）.

10. 李莉，王金胜. 民间形式向民族形式转型的标志——从"新秧歌剧"到"新歌剧". 中国现代文学研究丛刊，2012（8）.

第十八章　沦陷区与国统区的创作

第一节　张爱玲、钱锺书的小说创作

图 18-1　张爱玲

张爱玲（1920—1995）是抗战后期出现于沦陷区上海的一位有较高文学成就的女作家。她出身望族，祖父是清朝名臣张佩纶。张爱玲生于上海，不久全家迁移天津，8 岁时又回到上海。她的父亲是一个纨绔子弟，吸毒、纳妾，致使父母不和。在她 4 岁时，母亲就离家赴欧洲留学，4 年后回家，不久与父亲离婚，又外出留学，直到张爱玲中学毕业时才回国。这种支离破碎的家庭生活使张爱玲较早地感受到人类情感的残缺和人生的孤独苍凉，奠定了她后来小说创作的基调。1938 年，她考取伦敦大学，由于战争关系改入香港大学。太平洋战争爆发后，未读完大学便返回上海从事文学创作。从 1943 年开始，她陆续在当时上海的《紫罗兰》《新中国》《杂志》《万象》《天地》等刊物上发表中短篇小说和散文作品，1944 年 8 月出版小说集《传奇》，同年 12 月出版散文集《流言》，1946 年 11 月又出版《传奇》增订本。1943 年到 1945 年，张爱玲是上海的当红作家。

《传奇》是最能代表张爱玲创作成就的一部小说集。初版本收其中篇、短篇小说 10 篇，增订本又增加 5 篇。张爱玲生活在一个社会大变革的年代，但她对这种变革感到惶惑、怀疑、不能理解，采取了一种漠然置之的态度。她认为那是暂时的现象，她要描写那些常态社会中比较稳定

图 18-2　《传奇》增订本封面

的东西。她在《流言·自己的文章》中曾说："我发现弄文学的人向来注重人生飞扬的一面，而忽视人生安稳的一面。其实后者正是前者的底子。"所以她的作品虽然带有一定的传奇色彩，但实际上描写的却是普通人的普通生活。《传奇》的扉页上写着这样一句题词："书名叫传奇，目的是在传奇里面寻找普通人，在普通人里寻找传奇。"《传奇》所写的"普通人"，主要指沪、港两地逐渐没落的封建世家和半新半旧的资产阶级家庭中的人物，也包括中上层小市民。作者以伤感的笔触记叙了他们一个个可笑而又可悲的传奇故事。

《金锁记》的主人公曹七巧，本是一个开麻油店人家的女儿。她虽然举止轻佻一些，说话琐碎一些，但却不失为身心健康的女子。她哥哥贪图钱财，将她嫁给世族姜家瘫痪在床的二少爷。七巧试图反抗自己的命运，偷偷爱上了三少爷姜季泽。季泽虽是浮浪子弟，却"抱定了宗旨不惹自己家里人"，对七巧敬而远之。七巧在性爱方面得不到满足，再加上由于出身寒微而受到姜家上上下下的歧视，心理逐渐变态。十几年后，丈夫和婆婆先后过世，她分得了一笔财产。分家之后，七巧带着两个孩子另外租了一幢房子居住。不久，已经将自己的那份家产挥霍殆尽的姜季泽来找七巧，向她表示爱意。喜出望外的七巧"低着头，沐浴在光辉里，细细的音乐，细细的喜悦……这些年了，她跟他捉迷藏似的，只是近不得身，原来还有今天！"但她很快就意识到季泽可能是来哄骗她的财产的。稍加试探，果然不错。一气之下，她赶走了自己心爱的人。姜季泽刚走，七巧马上就后悔起来："无论如何，她从前爱过他。她的爱给了她无穷的痛苦。单只这一点，就使他值得留恋。多少回了，为了要按捺她自己，她绷得全身的筋骨与牙根都酸楚了。今天完全是她的错。他不是个好人，她又不是不知道。她要他，就得装糊涂，就得容忍他的坏。她为什么要戳穿他？人生在世，还不就是那么一回事？归根究底，什么是真的，什么是假的？"从此，在情爱方面绝望了的七巧更加看重自己的钱财，因为那是她忍受了许多痛苦换来的。她时时处处疑心别人要来算计她的钱财。同时，性爱方面的缺憾又使她的性格变得异常乖戾，不近人情。她下意识里把儿子长白当作半个情人，对儿媳抱着极端的敌意，屡加折磨。女儿长安近三十未嫁，她虽然也曾着急过，但当她看到长安找到男朋友后那种掩饰不住的满足时，又不自觉地忌恨起来，终于以拆散女儿的婚事为快。黄金的枷锁禁锢了曹七巧一生，耗费了她的生命，扭曲了她的性格。她又"用那沉重的枷角劈杀了几个人，没死也送了半条命"。在生命即将结束的时候，面对着自己萎缩了的躯体，曹七巧想象她可能走的另一条人生道路，不觉黯然神伤，潸然泪下。作品触目惊心地写出了买卖婚姻摧残人类健康心灵的罪恶，读来令人毛骨悚然。同时它也能给在金钱和爱情面前进行选择的人们以深刻的启示。

《倾城之恋》讲述的是一个不寻常的恋爱故事。女主人公白流苏出身于已近破落的望族，与不务正业的丈夫离婚后回到娘家居住。但当她的积蓄被娘家的两个哥哥花完时，一家人便开始冷言冷语地排挤她。这时她偶然认识了华侨富商范柳原。她不讨厌范柳原，更重要的是，深感娘家已无法再住下去，她要通过与范柳原结婚寻求终身的经济保障。范柳原喜欢白流苏的东方女性美，但疑心她仅仅是为了衣食才要与自己结婚，同时他也不愿意被婚姻束缚了自己的自由，他只想让白流苏做自己的情妇。于是，两人由上海到香港，各怀鬼胎，不即不离地用心周旋，都等待着对方首先放弃堡垒。在这场旷日持久的精神较量的最后，还是"禁不起老"的白流苏作了让步。因为她想：虽然没有婚姻的保障而要长期抓住一个男人几乎是不可能的，"但是她跟他的目的究竟是经济上的安全。这一点，她知道她可以放心"。然而随之而来的太平洋战争却偶然地成全了他们的婚姻。两个精明透顶的人，生死关头竟忘记了算计，流露出真情。不过在作者看来，这只是非常状态造成的一个偶然的收场。作品通过这一场比两军对峙还要费力耗神、艰难困苦的"恋爱"，揭示出金钱社会对于人类圣洁的爱情的蛀蚀。这一场倾城之恋虽然有一个圆满的结局，却仍是一个苍凉的故事。

《沉香屑——第一炉香》描写了两个女性追求幸福的两种不同的道路。葛薇龙本是在香港读书的纯洁的中学生。父母因维持不了在香港日益增长的生活消费而迁回上海。她不愿中断学业，于是来到有钱的姑母梁太太家求助。梁太太是个自以为精明的人，做小姐时，力排众议，毅然嫁给了一个年逾耳顺的富人，专候他死。他死了，可惜死得略微晚了一些，她已经老了。她永远填不满心里的饥荒。她需要爱，需要许多人的爱，因而千方百计地去寻求爱。她常常用丫鬟去引诱男人，然后再半路杀出来抢了去。现在她见上门求助的葛薇龙俊俏伶俐可以利用，便答应让她住在自己家里，并资助她上学。葛薇龙逐渐习惯了梁家那种淫逸的寄生生活方式，不想再出去靠劳动谋生。她想嫁给一个有钱同时又合意的男人，但这是不可能的。而单嫁一个有钱的，姑母就是榜样。姑母那种急切地填补性爱饥荒的求爱方式，在她看来是可笑而又可悲的，她不愿意自己有一天变成那样。于是她选择了另一条追求幸福的道路。她嫁给了一个合意但无钱的男人——浮浪却又倜傥的乔琪乔，并用自己在交际场上赚来的钱供他挥霍。而这个浪子对葛薇龙虽然喜爱却不专一，他准备将来葛薇龙年老色衰不能赚钱时就与她离婚。葛薇龙瞻念前途，不寒而栗。她的生活方式虽然可笑，却同样可悲。小说描写了上流社会淫逸的生活方式对纯情少女的腐蚀以及寄生妇女寻求幸福过程中的左支右绌。在描写过程中，作者一方面对拜金主义者梁太太的所作所为进行戏谑和嘲讽；另一方面对痴情的葛薇龙得不到真正的爱情的不幸命运流露出深切的同情。

《金锁记》《倾城之恋》和《沉香屑——第一炉香》是《传奇》的压卷之作，也是张爱玲的代表作。这几篇小说反映了其他现代作家较少关注的生活题材，开掘得也相当有深度。特别是人物形象塑造得非常成功，无论是曹七巧、葛薇龙、梁太太、白流苏，还是姜季泽、范柳原，个个都栩栩如生，神态毕肖。就连曹七巧的娘家嫂子那种不重要的人物，也被作者寥寥几笔，写得活灵活现。除这几篇之外，《传奇》中还有几篇很见功力的作品，如《封锁》《红玫瑰与白玫瑰》《鸿鸾禧》《留情》《花凋》《琉璃瓦》等。

《封锁》中的有妇之夫吕宗桢，在封锁期间的电车上逢场作戏地与一个萍水相逢的女子调情，却无意中真正唤起了对妻子的不满。但封锁过后，他又像什么事都未发生一样回到了自己的座位上。作者嘲讽了他那贪鄙而又畏缩的性格。小说最后写一只乌壳虫要从房间这头爬到房间那头，但电灯一亮，它就伏在地板上，一动也不动，待了一会儿，又爬回窠里去了。这是吕宗桢行为的一个绝妙的象征。《红玫瑰与白玫瑰》中的主人公佟振保，也是一个贪鄙而又畏缩的人。他与有夫之妇王娇蕊偷情，但当王娇蕊真的爱上他并要嫁给他时，他又怕影响自己的名誉和前程而不敢负责。他后来与孟烟鹂结婚，感到没有趣味，不合理想，但也不敢离婚，只是在外面寻花问柳。《鸿鸾禧》则写了一个敷衍人生的所谓"好丈夫"。娄先生通过媒人娶了一个不如意的拙笨女人，但他不仅能够与她维持婚姻，生儿育女，而且还成了一个谦让妻子的"好丈夫"。他这样做，无非是为了博得好名声，因为他"是个极能干的人，最会敷衍应酬"。对此，他的有些愚蠢的妻子也十分明白。他妻子嫌恶周围那些关心他们夫妻生活而为娄先生不平的人，但她又知道："若是旁边关心的人都死绝了，左邻右舍空空的单剩下她和她丈夫，她丈夫也不会再理她了。"这三篇小说所写的三个人物虽然性格互有差异，但本质上都是缺乏爱情的婚姻迁就者。作者对此是持否定态度的。

《留情》写了一对双方都是再婚者的夫妻生活。米先生年轻时婚姻不幸福，年近耳顺时认真挑选了一个 36 岁的寡妇敦凤再次结婚，希望"晚年可以享一点清福艳福，抵补以往的不顺心"。但敦凤与他结婚主要是为了寻找生活上的靠山。她常常暗自拿 25 岁时死去的眉清目秀的前夫与现在这个"连头带脸"像个"高桩馒头"的丈夫比较，觉得与他一块坐三轮车都有点难为情。米先生也朦胧地感到与她在感情上的隔膜。他们能够在一起生活，但那维系婚姻的爱情却是残留的、支离破碎的。作者对此深感悲哀，她在小说结尾处写道："生在这世上，没有一样感情不是千疮百孔的，然而敦凤与米先生在回家的路上还是相爱着。"《花凋》的主人公是少女川嫦。她在有了男朋友后，不幸得了肺病，两年后转为骨痨。父母觉得她没有希望了，便不舍得再为她花钱治疗，男朋友也另寻佳偶。这篇小说写的也是人与人感情的淡漠。《琉璃瓦》写姚太太生了许多美丽的女儿。到了出嫁的年龄，姚先生总是想方设法要把她们嫁给有钱有势的人，但女儿们却不断反抗，使姚先生屡遭挫折。二女儿曲曲的一句话说出了作者的见解："钱到底是假的，只有感情是真的——我也看穿了，天下没有十全十美的事。"

张爱玲是个主情主义者。她崇尚纯洁真挚的两性之爱，不满于金钱社会对于人类感情生活的侵蚀。《传奇》中绝大多数作品是以婚恋为题材的，表现的就是这种思想。《金锁记》《琉璃瓦》直接抨击了买卖婚姻或变相买卖婚姻；《倾城之恋》《留情》也写了实利计算给本应是甜蜜的婚恋所带来的酸涩；《沉香屑——第一炉香》中对于纯粹以谋财为目的而嫁人的梁太太更是嗤之以鼻。因为尊重感情生活，张爱玲对于那些不敢追求爱情或怯懦地迁就无爱婚姻的猥琐平庸的男人也多有微词。《封锁》《红玫瑰与白玫瑰》《鸿鸾禧》就是这类作品。然而在金钱社会中，要想使感情生活完全不受金钱的干扰毕竟是一种幻想。总有人为了金钱和地位而牺牲爱情，也总有人希望用金钱和地位来收买爱情——张爱玲对此有清醒的认识。面对人世间千疮百孔的两性之爱和寡情淡味的夫妻生活，她发出了深深的感伤。《传奇》的基调是苍茫和凄凉的。"苍凉"是张爱玲特别爱用的字眼。当然，作者的苍凉感也不仅仅由于两性之爱的被侵蚀，亲子之爱、同胞之爱的残缺不全也是引起她感伤的重要原因。后二者在《传奇》的有些作品中也有相当程度的反映：《金锁记》中曹七巧对待儿女的变态行为；《倾城之恋》中白流苏的母亲对待女儿的疏离态度等，都让人体味到人与人之间的无尽冷漠。

《传奇》运用的是写实手法，对于人们在婚恋方面的心理活动刻画得相当精细深透，显示了作者非凡的艺术才能。张爱玲注意吸收中国传统小说的艺术营养。在叙述方式上，她喜欢以讲故事的形式组织情节，刻画人物，按自然次序叙述，很少使用倒叙方法。在描写方面，她也有意向古典现实主义小说学习。如《金锁记》中描写曹七巧早上与妯娌、小姑给老太太请安的一段：

> 众人低声说笑着，榴喜打起帘子报道："二奶奶来了。"兰仙云则起身让坐，那曹七巧且不坐下，一只手撑着门，一只手撑了腰，窄窄的袖口里垂下一条雪青洋绉手帕，身上穿着银红衫子，葱白线香滚，雪青闪蓝如意小脚裤子，瘦骨脸儿，朱口细牙，三角眼，小山眉，四下里一看，笑道：

　　"人都齐了。今儿想必我又晚了！怎怪我不迟到——摸着黑梳的头！谁教
我的窗户冲着后院子呢？单单就派了那么间房给我，横竖我们那位眼看是
活不长的，我们净等着做孤儿寡妇了——不欺负我们，欺负谁？"

不仅在人物的神态、言行和服饰的色彩、质料的精细描绘上，而且在遣词造句
上，都不难看出作者师法《红楼梦》等作品的痕迹。

　　张爱玲也注重借鉴西方现代文学的思想内容和艺术技巧。在思想内容方
面，《金锁记》《心经》明显地受到了弗洛伊德心理分析学说的影响。在艺术技
巧方面，张爱玲则将日本新感觉派小说的某些手法融合吸收到《传奇》的以写
实为主的描写中，使之具有了独特的风采。《传奇》在描写上的最突出的特点
是善于通过意象来表现人物和作者的心理感受。《沉香屑——第一炉香》写葛
薇龙结婚后与乔琪乔到湾仔逛市场，忽然有一种奇异的感觉："然而在这灯与
人与货之外，有那凄清的天与海——无边的荒凉，无边的恐怖。她的未来，也
是如此——不能想，想起来只有无边的恐怖。"这里通过天与海的意象来描写
葛薇龙的心理活动，给人的印象更加具体。《金锁记》中写七巧向季泽示爱，
遭到拒绝后准备走开，又不甘心，背倚在门上。作者接着写道："她睁着眼睛
直勾勾朝前望着，耳朵上的实心小金坠子像两只铜钉把她钉在门上——玻璃匣
子里蝴蝶的标本，鲜艳而凄怆。"一个蝴蝶标本的意象使读者对曹七巧的悲剧
命运有了直观的感受。在精细的描写基础上的意象的运用，渲染出动人的艺术
氛围，增强了作品的感染力。

　　如果说，张爱玲的小说描绘的是一个疯狂扭曲的世界，生活着的是一群变
态的男女，然而她的散文则相对来说是一方宁静恬淡的天地。她的散文相对显
得清纯、质朴和平直。1944年11月，张爱玲的散文集《流言》由上海五洲书
报社出版。她的《流言》显示出对人生困境认可后的某种超然，在其中人们看
到的不再是传奇，而是作者对身世和乱世体验的娓娓陈述，是她对中外文化和
沪港城市差异的品评，也包括对自身人生观、文艺观的表达，这是完全贴近生
活本色的张爱玲。在《流言》中她常写的是一些似乎与自己毫无关涉的人和
事，抒发的是一些好像与沉重的人生关系不大的碎语闲言，但在这些散漫流畅
的自在之谈中可见张爱玲对人生独到的思考见解，而且，人们依然强烈地感受
到张爱玲鲜明的主体意识。她不仅用散文谈自己的童年、自己的梦想、自己的
家人与朋友、自己的生活情趣和艺术见解，而且也透过自己的眼光和感受谈人
世沧桑、民族根性、文化品格、宗教信仰等。尽管她更多地采用了一种幽默、
优雅、轻松，有时甚至是戏谑的笔法，但在这种笔法背后，隐藏的那种世界的
本质的苍凉，乃是永恒的，是张爱玲一以贯之的。

以张爱玲写小说的清秀才气，她的散文也是完全可以写得更精巧些的，然而，她的散文却更像一匹脱缰的奔马，洒脱无束，很少讲究精巧的谋篇布局，更贴近生活的原生状态，这倒更显出一种大手笔的气度。在拉家常似的散谈之中，写出特有的情致，在随意的点染中，直抒自己的情怀，在没有什么章法的构架里，叙述着一个又一个故事。这种不事渲染的本色本调，也算是张爱玲的另一种追求和潇洒吧！

张爱玲的散文创作大体显示了以下几个方面的特点。首先，它表现了女作家真切的乱世情结。《流言》中充满对人生的玄思妙悟和对世态的个性评说，隐隐透现出乱世才女孤独凄凉的心境："时代的车轰轰地往前开。我们坐在车上，经过的也许不过是几条熟悉的街衢，可是在漫天的火光中也自惊心动魄。就可惜我们只顾忙着在一瞥即逝的店铺的橱窗里找寻我们自己的影子——我们只看见自己的脸，苍白，渺小；我们的自私与空虚，我们恬不知耻的愚蠢——谁都像我们一样，然而我们每一个人都是孤独的。"（《烬余录》）其次，她成功地运用"私语"诉说模式讲述自己的心声，造成情真意切、个性丰满的散文境界。张爱玲写作散文正如在《私语》中所说的那样："'夜深闻私语，月落如金盆。'那时候所说的，不是心腹话也是心腹话了罢？我不预备装模作样把我这里所要说的当做郑重的秘密……所写的都是不必去想它，永远在那里的，可以说是下意识的一部分背景。就当它是在一个'月落如金盆'的夜晚，有人喊喊切切絮絮叨叨告诉你听的罢！"在充满个性的絮叨中时时进出惊人妙语，娓娓的轻柔诉说中不失对人事的深刻见识。但是她的《流言》又不同于何其芳的私语散文，不是注重向内心探求的内敛式抒情，而是在对外部世界看似漫不经心的谈吐中表现自己独特的体会和思考，有一种言近旨远的审美境界，同时这种散文叙事方式也预言了当代女性散文发展的一大趋势。另外，收在《流言》中的散文，语言率真生动而又典雅蕴藉，情感真挚自然而又深沉饱满，内容丰富多样而又精彩美妙，充满浓厚的人生趣味又不乏智性的思考深度。

钱锺书（1910—1998），字默存，号槐聚，曾用笔名中书君，1910年出生于江苏无锡一个书香门第，5岁时进私塾读书，10岁时入无锡县立第二高等小学即东林小学学习。钱锺书的父亲钱基博是一位著名学者，有《现代中国文学史》

图18-3 创作《围城》时期的钱锺书

（1932）等著作。由于父亲的严厉督促，钱锺书在少年时期就打下了扎实的国学基础，1923 年考入苏州美国圣公会办的桃坞中学，1926 年桃坞中学停办，他又转学进入无锡辅仁中学。辅仁中学不是正式的教会学校，但也是无锡圣公会的中国会友集资创办的。由于这两个学校都十分重视外语教学，因此钱锺书在外语方面得到了很好的培养。1929 年钱锺书入清华大学外文系，1933 年清华大学毕业后在上海光华大学教书近两年，1935 年考取公费留学生资格，入英国牛津大学英文系攻读两年，后又入法国巴黎大学进修法国文学一年。自 1938年回国至 1949 年，他先后担任过西南联大外文系教授、湖南蓝田国立师范学院英文系主任、上海暨南大学外文系教授等职。

钱锺书并非专业作家，他同时还致力于学术研究，后来成为学贯中西的著名学者。重要著作有《管锥编》《宋诗选注》等。他的文学创作只有三种，即散文集《写在人生边上》、短篇小说集《人·兽·鬼》和长篇小说《围城》。但这不多的创作却奠定了他在中国现代文学史上不容忽视的地位。

《写在人生边上》出版于 1941 年，收随笔类散文 10 篇。这些作品有不少是嘲笑某类社会现象的，如《说笑》一篇就一针见血地指出了林语堂"提倡幽默"的滑稽可笑。作者认为，"一个真有幽默的人别有会心，欣然独笑，冷然微笑，替沉默的人生透一口气"。所以"幽默不能提倡"，"一经提倡，自然流露的弄成模仿的，变化不拘的弄成刻板的。这种幽默本身就是幽默的资料，这种笑本身就可笑"。《谈教训》则是讽刺那些本身无道德却以教训人为糊口手段的假道学的。文中写道："头脑简单的人也许要说，自己没有道德而教训他人，那是假道学。我们的回答是：假道学有什么不好呢？假道学比真道学更为难能可贵。自己有了道德而教训他人，那有什么稀奇；没有道德而也能以道德教人，这才见得本领。有学问能教书，不过见得有学问；没有学问而偏能教书，好比无本钱的生意，那就是艺术了。"一些作品记录的是作者对于人生哲学的感悟，如《论快乐》一篇讲人在快乐时感到时间短，在痛苦时却觉得时间长，文章旁征博引地阐明了这一道理。他说："譬如快活或快乐的快字，就把人生一切乐事的飘瞥难留，极清楚地指示出来。"又引《西游记》里所讲的"天上一日，下界一年"，《酉阳杂俎》里所讲的"鬼言三年，人间三日"，来说明快乐的生活使人觉得人生短促，痛苦的生活才给人以"永生"之感。这些散文作品有自己鲜明的特色。作者对社会人生有许多独到见解，加之他天性狂傲，口无遮拦，因而其文章机智幽默，妙语连珠，时时闪烁出智慧的光芒。

《人·兽·鬼》出版于 1946 年，收入 1944 年以前所作短篇小说 4 篇：《上帝的梦》《猫》《灵感》和《纪念》。其中《灵感》一篇是讽刺那些欺世盗名的所谓多产作家的。一个多产而有名的作家，因为没能获得诺贝尔奖奖金而忧愤成疾，死后灵魂进入地府。没想到一大群男女老少跑来与他吵闹。原来他们都是他书中的人物，因为被他写得半死不活、有气无力而来向他索命。他们向地府中的"中国地产公司"司长告他"谋财害命"罪。接着又有一位他生前的老朋友来找他算账。这位朋友刚死几天，说是由于作家在他过 50 岁生日时在报纸上发表文章吹捧他，颂词像"追悼会上讲死人的好话"，所以折了他的寿。作家这时才猛然醒悟，原来自己的死并非因为没有得到诺贝尔奖奖金，而是因为写了自传。最后，这个作家被罚到一个后起的作家书中充当一个人物。这个作家深知其苦，于是趁押送小鬼不备，一下子钻进那位后起作家正在恋爱着的房东女儿的耳朵里，投胎成为他们的孩子。这篇小说以荒诞的形式嘲讽那些只顾赚钱而粗制滥造的所谓"作家"，独出心裁，颇有新意，但在结尾处情节流于滑稽，减损了讽刺的力量。

《上帝的梦》写上帝在梦中为了排遣寂寞而造了一个男人和一个女人。结果发现他们只是在需要帮助时才来赞美上帝，平时则"把他撇在一边"；而且贪心不足，两人都曾瞒着对方要求上帝为自己另造一个更美的异性。上帝愠怒，便给他们制造了种种灾难，好让他们"穷则呼天"。没想到他们还没来得及呼求上帝，就已死于上帝所制造的瘟疫。上帝在后悔中从梦里醒来，醒后犯了犹豫：造人与自己作伴并非理想的办法，但如果不造人，自己是永生的，如何打发这无穷无尽的岁月？这篇小说通过上帝所造的一男一女写了人性的自私和贪心，又通过上帝在是否造人问题上的两难处境，表现了人生难以达到理想境界的见解。小说的形式虽类似神话，但却蕴含了很深的人生哲理。缺点是开头部分写得过于冗长。

《猫》写的是一个上流家庭的生活和纷争。已届中年的李太太爱默以驾驭丈夫和吸引丈夫的朋友为能事。当那些社会名流向她争相献媚并为她争风吃醋时，她才感到生活的意义。丈夫李建侯请了一个大学生齐颐谷来家做秘书，也被她弄得神魂颠倒。然而当她得知丈夫一气之下临时找了一个年轻女子做情人外出度蜜月时，却突然失去了精神支柱，又气又恼禁不住哭了。"这时候，她的时髦、能干一下子都褪掉了，露出一个软弱可怜的女人本相"。"猫"在西方文化中常常被用来比喻阴险刻薄的女人，作品以"猫"为标题暗含着对李太太爱默的讽刺。这篇小说对上流社会浮华生活方式的描写十分成功，特别是对爱默性格的虚荣和脆弱揭示得十分深刻。作品也有不足之处，如到爱默家闲聊的客人的对话虽然妙趣横生，但就整体构思来说，笔墨未免用得多。

《纪念》写的也是婚外情恋，但情境与《猫》却有很大不同。知识女性曼倩结婚后，因抗战而随丈夫才叔迁移到内地一座小山城居住。才叔每天上班，曼倩由于没有工作，没有社交，也没有孩子，常常感到孤独寂寞和青春的逝去。这时才叔的表弟天健也来到这个城市的一个航空学校。天健已有女友，但对表嫂颇有好感。而他的殷勤来访正好满足了曼倩情感上的需要。但曼倩并非真的厌弃了自己的丈夫而愿与天健结婚，她只是想借此寻求一种精神上的刺激和证明自己尚有魅力。因此她只想与天健保持一种不即不离的精神联系。然而天健却以为必须发生肉体上的关系才算是恋爱的完成，所以有一次终于勉强曼倩与自己超越了感情的界限。事后曼倩因感到对丈夫的负罪而"厌恨天健混账"。不久，天健死于战事，曼倩觉得他可怜，同时"也领略到一种被释放的舒适"，而对两人间的秘密，"忽然减少了可恨，变成一个值得保存的私人纪念，像一片枫叶、一瓣荷花，夹在书里，让时间慢慢地减退它的颜色，但是每打开书，总看得见"。小说描写的是曼倩既想寻求精神刺激，又希望不违背为妻之道的复杂心理。作品所要揭示的便是人性这方面的弱点。与前几篇小说相比，《纪念》在艺术上有了很大进步。这篇小说叙述不枝不蔓，语言生动活泼。人物性格的塑造也十分成功：曼倩的幽娴、天健的圆滑、才叔的厚道，都让人觉得真实而自然。更重要的是作者在心理描写方面显示了非凡的才能，将曼倩那种微妙的心理变化表现得十分细腻而又深透。

《人·兽·鬼》体现了作者描写人性弱点的创作倾向。除《灵感》一篇是对具体社会现象而发外，其余三篇均可视为这类作品。《猫》里的爱默、《纪念》里的曼倩与《上帝的梦》里那一对要求上帝为自己另造一异性的男女，显然有着内在的相通之处。这一创作倾向在作者此后所写的《围城》中得到了发展。

图18-4 《围城》封面

长篇小说《围城》是钱锺书的代表作，写于1945年和1946年。作者在《序》中说："这本书整整写了两年。两年里忧世伤生，屡想中止。由于杨绛女士不断的督促，替我挡了许多事，省出时间来，得以锱铢积累地写完。"《围城》最初曾在郑振铎和李健吾主编的《文艺复兴》上连载，1947年出版单行本，1948年再版，1949年三版，受到了许多读者的欢迎。《围城》描写的是抗战初期国统区一部分高级知识分子的灰色人生。爱情婚姻是它探讨的重要问题之一。但它并非《儒林外史》那种讽刺小说，也非一般的言情小说，它实质上是一部人情小说，其主旨是描写人性的弱点和表现人生的荒凉。

《围城》的主人公是从欧洲留学归国的方鸿渐。作品以他的经历为线索，对当时的人情世态作了反映。情敌之间的争雄夺雌、同路人之间的钩心斗角、同事之间的排挤倾轧、夫妻之间的互相折磨、婆媳妯娌之间的勃谿斗法、亲家之间的鄙夷挑剔，在《围城》中都有生动而冷峻的描绘。而在这种描绘中，人性的种种弱点和丑陋就得到了充分的揭示。

《围城》中多处写到多角情爱。在归国的轮船上，"觉得崇高的孤独，没人敢攀上来"的女博士苏文纨正准备向方鸿渐示爱，但在矜持间，不能自约的方鸿渐竟被已有未婚夫的放荡的鲍小姐捷足先登引诱了去。苏小姐妒火中烧，骂他们无耻。然而鲍小姐刚刚下船，她又马上打扮得袅袅婷婷来找方鸿渐。到上海后，苏小姐虽然看中的只是方鸿渐一人，却同时将方鸿渐、赵辛楣、曹元朗几个男人笼络在自己身边，希望他们争风吃醋以提高自己的身价。而赵辛楣也真的醋意大发，从不放过一次扫方鸿渐面子的机会，甚至还特意设宴请客，企图通过灌醉情敌使其丢人现眼以达到自己的目的。然而方鸿渐却无意与赵辛楣为敌，因为他并不喜欢苏小姐。他经常到苏小姐家走动，是由于他已爱上了苏小姐年轻漂亮、聪明活泼的表妹唐晓芙。而当苏小姐明白了方鸿渐来找自己只是幌子，"醉翁之意不在酒"时，便由妒生恨，将方鸿渐以往买假文凭、与鲍小姐鬼混等丑事添油加醋地告诉了唐小姐，致使方、唐的恋爱功亏一篑。后来，方鸿渐、赵辛楣到了三闾大学，又卷入了新的情战旋涡。陆子潇向孙柔嘉求爱；孙柔嘉已经有意于方鸿渐，便故意就此事向方鸿渐请教处理办法。方鸿渐虽然对孙柔嘉还只是朦朦胧胧有些好感，却下意识里起了妒意，建议孙柔嘉将陆子潇的情书不加任何答复地全部送还。赵辛楣则与中文系主任汪处厚的年轻太太有了越轨交往，从而引起了一场轩然大波。而揭发他们私情的不是别人，恰恰是同样对汪太太怀有非分之想的老校长高松年。通过这些变化多端的多角情爱的描写，《围城》叹为观止地展示了人们在情场角逐中表现出来的种种可笑情状，嘲讽了放荡卑污、自私狭隘等人性弱点。

同路人之间的关系也是《围城》所描写的一个重要方面。方鸿渐、赵辛楣、孙柔嘉、李梅亭、顾尔谦五人搭伙，从上海出发，翻山涉水，赴湖南中部的三闾大学应聘。作品一方面写了他们的舟车劳顿；另一方面展示了他们表演的一幕幕滑稽剧。这一行人走到金华时，赵辛楣预测旅费不够，建议将大家的钱集中起来使用。李梅亭并不悉数交出，当大家都挨饿时，他却偷偷到街上买烤山薯吃。走到宁都，方鸿渐和赵辛楣准备先到吉安领学校汇来的路费，让其他三人等李梅亭的行李到了再追上。这时作品里有这样一段描写：

孙小姐温柔而坚决道："我也跟赵先生走，我行李也来了。"

李梅亭尖利地给辛楣一个 X 光的透视道："好，只剩我跟顾先生。可是我们的钱都充了公了。你们分多少钱给我们？"顾尔谦向李梅亭抱歉地笑道："我行李全到了，我想跟他们同去，在这儿住下去没有意义。"

李梅亭脸上升火道："你们全去了，撇下我一个人，好！我无所谓。什么'同舟共济'！事到临头，还不是各人替自己打算？说老实话，你们到吉安领钱，干脆一个子也不给我得了，难不倒我李梅亭。我箱子里的药要在内地卖千把块钱，很容易的事。你们瞧我讨饭也讨到了上海。"

辛楣诧异说："咦！李先生，你怎么误会到这个地步！"

这的确是一场误会，但误会里却透露出许多人情世故。孙小姐病了，方鸿渐和赵辛楣向李梅亭讨人丹给她吃。可李梅亭的药是准备到内地卖好价钱的。他想："一包仁丹打开了不过吃几粒，可是封皮一拆，余下的便卖不了钱，又不好意思向孙小姐算账。虽然仁丹值钱无几，他以为孙小姐一路上对自己的态度，也不够一包仁丹的交情，而不给她药呢，又显出自己小气。"看看孙小姐不过是胃里受了冷，便取一粒已经开瓶的鱼肝油充数。李梅亭这种锱铢必较的处世心理在现实生活中，也是有相当的典型意义的。

《围城》还用了不少笔墨写方鸿渐和孙柔嘉的小家庭生活。方鸿渐、孙柔嘉结婚后都想按着自己的意志行事，结果经常发生龃龉和冲突。他们为了择职吵，为了亲戚吵，为了朋友吵，甚至无缘无故，为了随便一句话也要吵。夫妻结合犹如冤家相逢，互相把对方当作出气筒，最后终于无法相容，各奔东西。尤其是孙柔嘉，恋爱时装得天真幼稚，温柔和婉，婚后却像刺猬一样难缠，难怪方鸿渐要发感慨："老实说，不管你跟谁结婚，结婚以后，你总发现你娶的不是原来的人，换了另外一个。"作品通过方鸿渐、孙柔嘉婚后生活的描写，撕去了浪漫诗人罩在小家庭窗前玫瑰色的纱幕，披露了世上许多夫妻生活的真实状况。

婆媳、妯娌、亲家之间的勃谿斗法、鄙夷挑剔在《围城》中也有出色的反映。婆婆嫌孙柔嘉架子大、不柔顺，对她初次见面没有给公婆叩头耿耿于怀。因而常常旁敲侧击、指桑骂槐地撩拨她。孙柔嘉有两个妯娌，本来矛盾重重，但有一次听见公公夸孙柔嘉是新式女性能自立的话，便马上把她认作共同敌人，妯娌两个尽释前嫌，一致对外。作者幽默地写道："孙柔嘉做梦也没想到她做了妯娌间的和平使者。"妯娌俩不仅背后对孙柔嘉挑剔诽谤，当面说话也常常"隐藏机锋"，要听得懂真意犹如参禅一样困难。作者从主人公的角度对此作了透视。他写道：方鸿渐"一向和家庭习而相忘，不觉得它藏有多少仇嫉卑鄙，现在为了柔嘉，稍能从局外人的立场来观察，才恍然明白这几年来兄弟姐姐甚至父子间的真情实相，自己有如蒙在鼓里"。

钱锺书在《围城·序》中曾说："在这本书里，我想写现代中国某一部分社会、某一类人物。写这类人，我没忘记他们是人类，只是人类，具有无毛两足动物的基本根性。"实际上，《围城》就是通过像男女、同路、同事、婆媳、姐姐、亲家等这类比较一般的人际关系的描写，来揭示人类的"基本根性"尤其是劣根性。通过这类关系的描写以及形形色色的人物形象的塑造，人性的自私忌刻、贪鄙卑污、虚荣骄傲、偏执狭隘、奸诈狡猾等，就被淋漓尽致地展示了出来。

以上述这种对于人性弱点的描写为基础，《围城》又艺术地表现了作者对于人生问题的某些感悟。在作者看来，人性既然是那样卑污褊狭，那么，人与人也就很难和谐相处，人生也就永远追求不到理想境界，然而人又是耽于幻想的，总希望新的处境胜于旧的处境，于是便永远摆脱不了"围城"心态，即在城外的想冲进去，而在城内的却想冲出来。在作者笔下，方鸿渐、孙柔嘉的婚姻是一座"围城"。他们恋爱时向往着结婚，结婚后却感到失望、别扭甚至厌烦，最后终于分手。作者在第三章里借人物对话对这一见解作了阐释。褚慎明引用英国古语说，结婚仿佛金漆的鸟笼，笼子外面的鸟想住进去，笼内的鸟则想飞出来，所以结而离，离而结，没有了局；苏小姐则引用法国古语，说婚姻如被围困的城堡，城外的人想冲进去，城里的人想逃出来。不仅婚姻家庭是"围城"，在作品中，三闾大学也是被作为"围城"描写的。当方鸿渐接到三闾大学的聘书时，心中兴奋非常，以为从此"绝了旧葛藤，添了新机会"，但当他走到半路时，便有了一种"围城"的预感。他对赵辛楣说："我还记得那一次褚慎明还是苏小姐讲的什么'围城'。我近来对人生万事，都有这个感想。譬如我当初很希望到三闾大学去，所以接了聘书，近来愈想愈乏味，这时候自恨没有勇气原船退回上海。"后来果不出所料，三闾大学的确是一个乌烟瘴气、令人失望的龌龊之地。婚姻也好，三闾大学也好，一切人们所追求的境界都不过是一座"围城"，这就是《围城》所表现的最主要的人生哲理。

描写人性的弱点和表现人生的荒凉是《围城》的基本内容。这两方面都体现了作者的悲观主义态度。这种悲观主义的形成，固然有深刻的现实生活依据，但同时也可以说是西方现代悲观主义思潮影响的结果。悲观主义使作者较多地看到社会人生灰暗卑污的一面，而较少注意其光明美好的一面。

《围城》的思想内容规定了它的审美特征。描写人性弱点时多体现为揶揄嘲讽的喜剧态度，表现人生荒凉时则多透露出沉重伤感的悲剧情调。在作品中，作者的喜剧态度表现得比较明显，而悲剧情调流露得较为含蓄。二者交融，便构成了作品的基本审美特征。《围城》在艺术上取得了较高成就。这首先表现为人物塑造的成功。主人公方鸿渐是写得最为丰满的一个。他正直善良、聪明幽默，但意志薄弱、优柔寡断，既缺乏明确坚定的人生信念，也不懂得处世谋生的艰难。因而他极易为环境所左右，为他人所牵制，常常坠入尴尬难堪的境地。他瞧不起学位，却为了满足岳父和父亲的虚荣心而买了一张子虚乌有的美国克莱登大学的假文凭；他又并非真想当骗子，所以在寄给三闾大学的履历上并不填得过博士学位。于是，当他在三闾大学得知韩学愈借助同样一张假文凭而当了历史系教授兼系主任时，便承受了"老实人吃亏"和"骗子被揭穿"的双重痛苦。由于意志薄弱和优柔寡断，他被鲍小姐引诱然后抛弃，被苏小姐纠缠然后报复，被孙小姐诓骗然后制驭，饱尝了各种感情的折磨。作品中另外一些人物也写得性格十分鲜明。如孙柔嘉表面稚弱而胸有城府，苏文纨表面文雅却自私刻薄；赵辛楣执着而稍嫌傻气，唐晓芙聪明却过于骄傲；李梅亭蝇营狗苟，顾尔谦阿谀逢迎，高松年老奸巨猾，韩学愈猥琐阴毒；鲍小姐淫荡，范小姐做作；方遯翁陈腐，陆太太势利。这些人物都能给人留下深刻印象。《围城》中人物塑造的成功，很大程度上得力于作者高超的心理描写才能。

《围城》在语言方面也有很高的造诣。首先是善用比喻。钱锺书博闻强识，性喜联想，因而旁征博引，比喻联翩。这些比喻不仅有助于描绘难以直写的情状，有时还能通过本体与喻体间的联系形成强烈的讽刺效果。如赵辛楣说高松年因地位升高而变糊涂了时，作者这样议论说："事实上，一个人的缺点正像猴子的尾巴，猴子蹲在地面的时候，尾巴是看不见的，直到它向树上爬，就把后部供大众瞻仰，可是这红臀长尾巴本来就有，并非地位爬高了的新标识。"《围城》语言的另一特点是机智俏皮。钱锺书能通过巧妙的修辞方法，出其不意地造成幽默的效果。如赵辛楣与方鸿渐在苏小姐家相遇，赵辛楣出于妒忌，故意表示傲慢。这时作品中是这样写的："赵辛楣躺在沙发里，含着烟斗，仰面问天花板上挂的电灯道：'方先生在什么地方做事呀？'"又如写方鸿渐、孙柔嘉婚后的一次吵架时有这样几句：

鸿渐道："早晨出去还是个人，这时候怎么变成刺猬了！"

柔嘉道："我就是刺猬，你不要跟刺猬说话。"

沉默了一会儿，刺猬自己说话了："辛楣信上劝你到重庆去，你怎样回复他？"

前一例"问天花板上挂的电灯"运用的是"就感"修辞法；后一例"刺猬自己说话了"运用了"就错"修辞法，这都使语言增加了诱人的趣味。

第二节 徐訏、路翎等人的小说创作

20 世纪 40 年代产生比较广泛影响的有以徐訏和无名氏为代表作家的 "后期浪漫派"。徐訏在抗战前期以《阿拉伯海的女神》和《鬼恋》轰动文坛，被誉为 "文坛鬼才"。《阿拉伯海的女神》写 "我" 在阿拉伯海的船上与一位阿拉伯女巫谈论人生经历和阿拉伯海女神的奇遇，而后与女巫的女儿发生了一场虚妄的恋爱，小说弥漫着奇幻的色彩。《鬼恋》写 "我" 在上海街头偶遇一位自称为 "鬼" 的冷艳而经历丰富的美女，并且无法自拔地爱上了她。这场爱情最后以 "幻想过去，幻想将来，真不知道做了多少梦" 而告终。抗战时期，徐訏又创作了《荒谬的英法海峡》《吉普赛的诱惑》《风萧萧》等，其中长篇小说《风萧萧》为徐訏赢得了巨大声誉。小说的主人公 "我" 是上海一位哲学研究者，结识了豪爽而高雅的舞女白苹、机敏而热情的交际花梅瀛

图 18-5 徐訏

子以及天真少女海伦三位各具风采的女性。小说围绕着复杂的情感纠葛和人物关系展开，并最终以与民族解放时代大背景的汇流而告终。小说继承了徐訏一贯的传奇性人物、神秘浪漫的氛围、惊心动魄的爱情、曲折生动的故事情节和诗化的语言，共同营造了一种具有诱惑性的文本风格，一经面世就产生了极大的轰动。

无名氏在 20 世纪 40 年代创作了一系列反映韩国抗日斗争内容的小说，如《骑士的哀怨》《荒漠里的人》《北极风情画》等，其中创作于 1943 年的《北极风情画》最能显示出作者的浪漫主义艺术风格。小说以 "我" 在华山绝顶遇到的一位怪客为主人公，他是一位韩国的抗日将领，在西伯利亚结识了美丽的少女奥蕾利亚，彼此产生了热烈的爱情，然而战争无情地阻断了这段凄美的爱情。少女无法忍受分别的苦痛最终自杀，而这位军人也怀着深深的思念来到山巅眺望北方。小说在爱情主线中融入了强烈的民族意识。无名氏的小说突破了传统小说的模式，其中的诗歌、散文、小说没有明显的分别，常常几种文体混合运用。他的小说常以主人公的经历和命运为线索，背景广阔、内容繁复，通过审美形式，把社会历史、时代精神、文化哲学、伦理道德、人生信仰等丰富的内涵熔于一炉。徐訏和无名氏的创作体现了通俗文学的一种高雅走向，在传

奇、艳遇、历险中挖掘人性的真谛、追寻生命的价值，是中国现代都市通俗小说的成熟之作。

路翎（1923—1994），"七月派"重要的小说作家，也是国统区 20 世纪 40 年代最活跃的小说家之一，原名徐嗣兴，另有笔名冰菱、余林、烽嵩、流峰、嘉木、未明等。路翎 1923 年出生于南京一个小商人家庭，1927 年入小学，1935 年入中学。1937 年，他随家迁到湖北汉川，并开始在赵清阁主编的《弹花》杂志上发表文章，后又随家入川，就读于合川的四川国立中学。1939 年，他到重庆，在三民主义青年团总部做宣传工作，后又在陶行知所办的育才学校任教半年。在此期间，他第一次用路翎作笔名的短篇小说《"要塞"退出以后》在《七月》第 5 集第 3 期上发表。1942 年路翎出版了中篇《饥饿的郭素娥》，1944 年出版中篇《蜗牛在荆棘上爬行》，1945 年出版短篇集《青春的祝福》、长篇《财主底儿女们》第一部、中篇《嘉陵江畔传奇》，1946 年出版短篇集《求爱》，1947 年出版短篇集《在铁链中》，1948 年出版《财主底儿女们》第二部、长篇《燃烧的荒地》，可谓多产。其中最重要的是长篇小说《财主底儿女们》。

《财主底儿女们》共分两部，以"一·二八"事变至"苏德战争"爆发之间的中国社会为背景，描写了苏州首富、大财主蒋捷三一家的分崩离析，着重描写了财主的儿女们不同的生活道路和命运归宿，力图挖掘并表现出身财主家庭的青年知识分子在民族战争年代里的精神面貌和内心世界。全书共有 70 多个人物，包括工、农、商、学、兵、官、绅、艺人、教员等，陈独秀、汪精卫也曾出场。故事由苏州、上海、南京、九江、武汉写到重庆，从城市到乡村，囊括了中国这个时期几乎所有的重大历史事件，如"一·二八"事变、伪满洲国成立、北平学生运动、西安事变、南京失守、汪精卫投敌、建立陪都重庆等，无论从时间的跨度、人物的数量、内容的含量，都是相当宏大的。作者在"题记"中说："我所检讨，并且批判、肯定的，是我们中国底知识分子们底某几种物质的、精神的世界，这是要牵涉到中国的复杂的生活的；在这种生活里面，又正激荡着民族解放战争底伟大的风暴。"作品的这一积极意义得到了胡风的高度评价。胡风为小说写的序言指出，这部"可以堂皇地冠以史诗的名称的长篇小说里面，作者路翎所追求的是以青年知识分子为辐射中心的现代中国历史动态"，揭示了"历史事变下面的精神世界底下的波澜和它们的来龙去脉"。

蒋捷三的长子蒋蔚祖是个典型的纨绔子弟，聪明漂亮却懦弱无能。他既想慰藉"父亲的孤独和痛苦"，充当蒋家的希望和继承人，又迷恋荡妇金素痕。

而蒋捷三与长媳金素痕之间为争财产而展开的惊心动魄的斗争，生动地表现了财主家族的奢侈淫靡、亲情关系的扭曲。蒋蔚祖终于被家庭内部的倾轧和妻子的放荡逼疯，焚屋出走后投江自尽。次子蒋少祖是个叛逆的新派，厌恶自己出身的家庭，从日本留学归国参加民主运动，热烈地追求"自由""英雄主义""现代文明"。他和陈景惠恋爱结婚，一度参加抗日运动，但很快便动摇和消沉，对婚姻也厌倦了，最后成为隐居乡下的新式地主、绅缙和复古主义者。作品通过他的从趋时到复古的历程，概括了一部分知识分子倒退的道路。三子蒋纯祖是作者着力塑造并歌颂的人物，他忠厚、善良、高傲、富有正义感和爱国心，始终在探索自己的生活道路，但始终处于苦闷彷徨之中。他脱离家庭，参加抗战，又从前线逃到后方，在贫病交加和失恋的痛苦中死去。作者在"题记"中说："我不想隐瞒，我所设想为对象的，是那些蒋纯祖们。对于他们，这个蒋纯祖是举起了他的整个的生命在呼唤着。"蒋纯祖的形象反映了抗战时期爱国青年的历史要求。

路翎的小说具有广阔的社会背景、浓厚的时代氛围，通过一个财主家庭的崩溃及财主儿女们命运的描绘，揭示了中国反帝反封建民主革命的必要性，在现代文学史上，应给予重要的地位。路翎的小说特点在于挖掘人物精神世界的复杂性格，表现"人民的原始的强力，个性的积极解放"和"精神奴役的创伤"（《饥饿的郭素娥·序》）。无论是《财主底儿女们》中那些儿女们的性格，还是《饥饿的郭素娥》中郭素娥的饥饿、《蜗牛在荆棘上爬行》中士兵的复仇心理、《爱民大会》中近乎发疯的王老太等都着意刻画了人物内心的矛盾冲突，表现了作者严肃冷峻的现实主义风格。

第三节　张恨水等人的通俗小说创作

通俗小说是一个与高雅小说或者严肃小说相对的概念，在中国现代文学史上，它主要指晚清以来思想和形式的革新比较缓慢的、重视迎合普通读者阅读兴趣因而商业性较强的小说。在中国古代，诗和文的接受者以读书人为主，基本上属于雅文学。小说和戏曲的接受者以普通百姓为主，基本上属于俗文学。古代小说虽然也有雅俗的差异，但由于自白话小说产生之后，通俗小说就在小说中占着主导地位，因而小说内部的雅俗之分没有引起人们的特别关注。晚清文学改良运动以来，情况开始发生变化。首先，小说在文学中的地位大大提高，已经不再被整体地视为不登大雅之堂的俗文学。其次，由于政治革命、思想启蒙和文学革命的推动，出现了大量革命性、启蒙性和文体的探索性很强的新小说（或称严肃小说），而这些新小说与另一类思想和形式上都基本上延续旧传统的小说形成了明显的区别。于是，中国小说到了现代就有了雅俗的区分，也就有了通俗小说这一类别。通俗小说作家的根本特点是迎合大众而并不执着于旧，随着时代的变化和大众文化的发展，他们无论是在内容方面还是在形式方面，对新东西也会有所吸收。

清末至中华人民共和国建立期间中国的通俗小说有长篇 2000 部，出版的杂志有 113 种，虽不能说占了这一时期文学的半壁江山，却也是绝不可忽视的文学现象。根据通俗小说的发展情况，可以将其大致划分为社会人情小说、武侠小说、侦探小说、历史演义四大类型。

社会人情小说，是通俗小说的最主要的类型，它指以描写世态人情为主的小说。由于男女两性关系是人类的基本关系之一，所以言情小说、狎邪小说等小说的类别也归入此类。

两次新文学运动（晚清文学改良运动和五四文学革命）之间的间歇期，通俗小说有了较大的发展。这时兴起了言情小说的潮流。由于其表现的多是"卅六鸳鸯同命鸟，一双蝴蝶可怜虫"的情怀，所以有"鸳鸯蝴蝶派"之称。这些小说又主要是供读者消磨时间的，所以人们又根据当时刊载这类小说的一个刊物《礼拜六》，称这一类小说为"礼拜六派"小说。在这类小说中，最早产生较大影响的是徐枕亚的《玉梨魂》。徐枕亚（1889—1937），江苏常熟人。这部长篇小说最初于 1912 年连载于《民权报》副刊上，1913 年出版单行本。小说写才子何梦霞在无锡崔家做私塾先生，与崔家的一位寡妇白梨影相互爱慕，两人常以诗词酬答。二人虽然情投意合，"无如梨娘固非荡子妇，梦霞亦非轻薄儿，不能不止乎礼仪"。为了还何梦霞的情债，白梨影用了移花接木的方法，将小姑崔倩筠嫁给了何梦霞。但进过女校的"新潮人物"崔倩筠不满这种包办婚姻，何梦霞也仍然痴情于白梨影，结果是三个人都陷入感情的泥淖。白梨影和崔倩筠都抑郁而死，何梦霞则在参加武昌起义时以身殉国。小说既写了封建礼教对爱情的束缚和扼杀，又穿插了大量诗词，具有强烈的抒情性。这部小说在当时影响很大，数年间销量达数十万册。徐枕亚接着又写了《雪鸿泪史》（1916），以何梦霞日记的形式对《玉梨魂》的故事做了一些补充。

当时与徐枕亚齐名的言情小说作者还有吴双热和李定夷。吴双热（1884—1934），江苏常熟人。其代表作《孽冤镜》（1912）共 24 章，通过世家子弟王可青与美貌少女薛环娘的爱情悲剧，猛烈地抨击了封建包办婚姻，在当时引起了很大的反响。与前二人不同，李定夷则是一个传统婚姻制度的维护者。李定夷（1889—1964），江苏常州人。其小说创作有《霣玉怨》《伉俪福》《廿年苦守记》《自由毒》等。《贾玉怨》（1912）写的是已经家道中落的官家子弟刘绮斋与少女史霞卿的爱情悲剧。但这悲剧只是由偶然原因造成的，并非家庭干预所致。《伉俪福》（1915）形式上有所创新，但内容则是歌颂传统婚姻下的夫妻生活。《廿年苦守记》（1916）赤裸裸地宣扬封建主义的节烈观，《自由毒》则是对新式婚姻的歪曲和丑化。

无论是狎邪小说，还是言情小说，如果不加变革地写下去，难免让人生厌。这就必然使这些小说向着内容更为丰富的社会人情小说转变。李涵秋在这方面首先做出了自己的努力。李涵秋（1874—1923），江苏扬州人。《广陵潮》是其代表作。这部白话章回体小说通过云、伍、田、柳四户人家的婚姻纠葛和兴衰悲欢，描写了自中法战争直到五四运动 30 余年扬州城的时潮和风习。扬州古称"广陵国"或"广陵郡"，因而小说题名《广陵潮》。小说从 1909 年动笔，到 1919 年完成，随写随在报纸上发表，共 100 回。作品虽然结构上比较松散，但内容比单纯的狎邪小说、言情小说和谴责小说要丰厚得多。《广陵潮》引起了较大的社会反响，带动许多人写这类小说。海上说梦人（朱瘦菊）的《歇浦潮》、网蛛生（平襟亚）的《人海潮》是其中较有影响的作品。

五四时期，新文学阵营对旧派通俗小说进行了批判，于是形成了严肃小说与通俗小说的对峙局面。在知识界，通俗小说明显处于劣势，但在一般大众那里，仍有它们的广阔市场。

五四之后写社会言情小说的又有张恨水、毕倚虹、张秋虫等人。取得最大成就的则应属张恨水。张恨水（1895—1967），原名张心远，笔名"恨水"，取自李煜《乌夜啼》中"自是人生长恨水长东"。张恨水祖籍安徽潜山，生于江西广信（今上饶地区）的一个小官僚家庭。张恨水少年时期受到新学影响，并以维新少年自居，但同时又醉心于风花雪月式的辞章、才子佳人式的小说。1918 年，张恨水任安徽芜湖《皖江日报》编辑，并在该报上发表了文言中篇小说《紫玉成烟》和白话章回小说《南国相思泪》，1919 年秋到北京后历任《益世报》《世界晚报》《世界日报》编辑、记者，同时进行着通俗小说的创作。他的小说一般是先在报刊上连载，然后出单行本。

张恨水早期的力作是长篇小说《春明外史》，1924 年 4 月至 1929 年 1 月在北京《世界晚报》副刊《夜光》上连载，1925 年、1927 年、1929 年先后出版单行本三集。《春明外史》以世家子弟杨杏园与雏

图 18-6　张恨水

妓梨云、零落才女李冬青的感情纠葛为线索，广泛地暴露了军阀时代北京的社会腐败和黑暗。作者自觉将言情与谴责相结合，又由于作者是记者、编辑，社会见闻较广，因而《春明外史》在暴露社会方面是很有力的。如果说《春明外史》还是用《红楼梦》笔法写《儒林外史》，那么随后完成的《金粉世家》则是真正的《红楼梦》式的大家庭小说。作品连载于 1927 年 2 月至 1932 年 5 月的《世界日报》的《明珠》副刊上，1933 年出版单行本，共 120 回。小说写国务总理金铨及其四子四女这一大家庭的兴衰。这个大家庭已经不同于曹雪芹笔下的贾府，比巴金笔下的高家似乎也更新潮一些。但封建大家庭的宗法模式并没有改变，因而家庭成员之间钩心斗角的关系依旧，子弟们养尊处优而导致的腐朽堕落依旧，最终"树倒猢狲散"的结局依旧。作者的审美态度是比较冷静的，没有曹雪芹的追忆和感伤，也没有巴金的激情控诉，但作者的平民主义思想倾向还是比较明显的，这一点充分体现在对男女主人公金燕西、冷清秋的塑造上。

几乎同时，张恨水又创作了给他带来更大声誉的《啼笑因缘》。小说最初连载于 1930 年 3 月至 11 月上海的《新闻报》副刊《快活林》上，1931 年 12 月出版了单行本，共 22 回。小说的情节比较曲折：平民书生樊家树来京后先与武艺高强的关寿峰、关秀姑父女结识，后又与鼓书歌女沈凤喜相爱。回杭州探望病中的母亲几个月，沈凤喜就被凶暴的军官刘德柱采取利诱加威胁的手段娶回了家。在关秀姑的帮助下，樊家树与沈凤喜得以相见，但沈凤喜已决心与樊家树断绝关系。刘当晚得知沈凤喜与樊家树约会过，便不问青红皂白，将沈凤喜毒打而导致其精神错乱。刘又对关秀姑心怀不轨，关秀姑将其骗至西山杀死。富室摩登女郎何丽娜相貌酷似沈凤喜，早就有意于樊家树，但樊家树不喜欢她奢靡招摇的作风，何小姐努力改变自己，最后二人终于在关氏父女的帮助下将结百年之好，而关秀姑则给樊家树留下一缕秀发和一张玉照而悄然隐去。小说将言情、社会、武侠等各种因素结合，体现了反抗强暴、追求真爱、不满奢靡作风的平民主义思想，加之情节波澜起伏，人物刻画也较为丰满，所以深受市民读者欢迎。

1932 年，张恨水在读者的强烈要求下，改变原来"不能续，不必续，也不敢续"的初衷，为《啼笑因缘》添写了 10 回续集。交代沈凤喜最后得败血病而死，关氏父女在关外参加了抗日的义勇军，樊家树、何丽娜筹建抗战医院和化学军用品制造厂。后来关氏父女以身殉国，樊家树和何丽娜遥祭英魂。

1935 年，张恨水离开北京到上海，主编《立报·花果山》副刊，次年在南京创办《南京人报》，写《鼓角声中》《中原豪侠传》等多部宣传抗战或表现民族意识的小说。抗战爆发后到重庆，1938 年，张恨水任《新民报》编辑。这一时期写作了《秦淮世家》《水浒新传》《八十一梦》《大江东去》《巷战之夜》《丹凤街》等作品。《大江东去》是抗战加爱情的小说，是作者用通俗小说的形式宣传抗战的一种尝试。《八十一梦》最初连载于 1939 年 12 月至 1941 年 4 月的《新民报》副刊上，1942 年 3 月新民出版社出版单行本。作品以寓言的形式讽刺国民党的腐败和国统区的污浊，表面上写的是超现实的神魔世界，实际上锋芒直指现实。如《天堂之游》写天国里走私成风，"钱上十万能通神"；猪八戒因妻妾成群，不得不偷税漏税以补贴家用；西门庆开了 120 个大公司，是十家大银行的董事和行长等。作者原来准备写 81 个梦，但由于国民党政府的干预，实际只写了 14 个梦。

抗战胜利后，张恨水曾任北平《新民报》经理，在此期间，写出了《纸醉金迷》《五子登科》等作品。《五子登科》1947 年连载于北平《新民报》，当时未完成。小说写日本投降后，国民党接收大员金子原在北平接收日伪财产的过程中，大肆收取金子、房子、车子、女子、票子的恶迹，揭露了国民党官场贪污腐败的现象。

张恨水一生创造小说 100 多部。他的小说深得"鸳鸯蝴蝶派"言情的真传，但同时大量吸收社会谴责小说、家庭小说、武侠小说的营养，根据时代的需要，反映大众的心声，多采用章回体，情节曲折，描写生动，符合一般读者的审美习惯，因而拥有众多读者，在通俗小说创作方面取得了重大的成就。

20 世纪 40 年代产生较大影响的社会人情小说家还有秦瘦鸥和刘云若。秦瘦鸥（1908—1993），上海嘉定人，上海商科大学毕业，曾任《大美晚报》《大英夜报》《译报》《时事新报》编辑，兼任上海持志学院中文系、大夏大学文学院讲师，讲授中国古典小说。1928 年，秦瘦鸥在《时事新报·青光》副刊上发表长篇小说《孽海涛》。30 年代至 40 年代，他翻译了美籍满族女作家德龄的英文纪实文学《御香缥缈录》和《瀛台泣血记》。其主要作品是长篇小说《秋海棠》。

《秋海棠》1941 年 2 月至 1942 年 2 月连载于《申报·春秋》副刊上，1942 年 7 月做了一定的修改后由上海金城图书公司出版单行本。小说选取的是"军阀、伶人、姨太太"这类通俗小说中常见的故事模式。但由于作者长期酝酿，认真构思，小说情节并不落俗套。秋海棠本名吴钧，一位男扮女装演旦角的京剧艺人。原来艺名是吴玉琴，后来他的朋友袁绍文告诉他：当时中国的地图就像秋天的海棠叶子一样，而"日本等侵略国家，便像专吃海棠叶的毛虫，有的已在叶的边上咬去了一块，有的还在叶的中央吞啮着，假如再不能将这些毛虫驱开，这片海棠叶就给他们啃尽了……"他因而改艺名"秋海棠"。军阀师长袁宝藩不尊重他的人格，曾试图把他作为旦角玩弄，幸而有袁宝藩的儿子袁绍文的庇护才免受侮辱。后来袁宝藩升为热河镇守使，不择手段地将家境困顿的女子师范毕业生罗湘绮收为外室，住在天津。秋海棠到天津后，因偶然的机会与罗湘绮相遇，二人同声相应，同气相求，不觉一见钟情，便书信往来，并生下一个女儿梅宝。袁宝藩得知后，用刺刀在秋海棠的脸上画十字将其毁容。他带着女儿梅宝隐居乡间，并将女儿培养成人。等确知梅宝与母亲已经相见时，他就坠楼自杀。他的死，是不愿以丑的面目与自己的爱人相见，也是为了自己的爱人免因自己而遭人嘲笑。当然，关于秋海棠的结局在《秋海棠》的不同版本里是有不同的处理的，这里需要略加说明。在《申报·春秋》副刊上连载的可以视为第一个版本，1942年7月出版的单行本是第二个版本，1944年桂林版和1980年的江西版是第三个版本，1957年上海文化出版社的重印本是第四个版本。在第一版中秋海棠最后是病故，第二版、第三版都是自杀，第四版是累死。自杀的结局应当说是作者最后确定的主人公的结局，也是最符合作者美学思想的一个结局。

小说的主要内容有对权势者的揭露，也有对世态炎凉的刻画，但最核心的还是对有情人的赞颂。秋海棠性格的魅力是用情的真挚和对情的坚守，为了情，他可以含垢忍辱地活，为了情，他又可以义无反顾地死。如果用世俗的眼光看，秋海棠与罗湘绮的爱是不合法的，而在作者看来，两人的结合是美的结合，是合情的，而袁宝藩对罗湘绮的占有则是对美的破坏，是不合情的。小说之所以能够被广大读者接受，正是因为现实的合法婚姻中存在着严重的不合情的问题。情节简练、意象突出，也是其成功的一个重要原因。小说发表后，立刻引起了极大的轰动，1942年12月被搬上话剧舞台，连续上演150多场而不衰，1943年12月又被拍成电影，更形成了一股"秋海棠"热。

刘云若（1903—1950），天津人，北派通俗小说的重要作家，有"天津张恨水"之称。他长期生活在天津，曾担任过《天风报》副刊的主编，1929年出版了《歌舞江山》之后，1930年又发表了《春风回梦记》。《春风回梦记》受到热烈欢迎，从此一发不可收，一生共创作了50余部小说。其中《春风回梦记》《红杏出墙记》《小扬州志》《旧巷斜阳》等有较大的影响。

武侠小说是通俗小说的另一个重要种类。无论是现实中的侠，还是文学中的武侠小说，都是重要的社会文化现象。现实生活中的侠，《史记》《汉书》便有记载。文学中的武侠小说，唐传奇中也早已出现，如《聂隐娘》《虬髯客传》等。元末明初的《水浒传》，用鲁迅的话说，写的也是"侠之流"，因而也有一定的武侠因素。晚清以来，随着《儿女英雄传》和《三侠五义》等小说的出现，侠义小说的创作逐步形成潮流。

清末民初，武侠小说受到明显的反清政治思潮的影响。这方面有影响的作者是陆士谔。陆士谔（1879—1944），名守先，号士谔，江苏青浦（现属上海市）人。他是上海的一位名医，也是一位高产的通俗小说作家。他的武侠小说可以分为两个系列。第一系列是《三剑客》《白侠》《黑侠》《红侠》等；第二系列是《八大剑侠》《血滴子》《七剑八侠》《七剑三奇》《小剑侠》等。他的作品多以明末清初的社会动荡为背景，以反清复明为主题，同时受早些时期出现的《七剑十三侠》等作品的影响，走的是武侠与神魔相结合的道路。

到了 20 世纪 20 年代，清朝政府被推翻的大局已定。武侠小说的政治色彩开始淡化，江湖色彩开始加重，并沿着这一方向得到了充分的发展。从 1921 年到 1937 年，全国著名的通俗文学期刊达 60 种，而这些期刊几乎都要连载武侠小说。平江不肖生是这一时期重要的武侠小说作家。平江不肖生（1889—1957），原名向恺，字恺然。1906 年至 1916 年期间，他曾两次到日本留学，1916 年至 1926 年陆续出版了暴露中国留日学生生活的《留东外史》正、续两部，共 160 回。1923 年，他的《江湖奇侠传》开始在《红杂志》（后改为《红玫瑰》）上连载，并于 1928 年由世界书局出版单行本。该作以湖南平江、浏阳两县农民争夺交界地赵家坪为线索，重点描写昆仑与崆峒两派剑侠的争斗。书中的剑仙善于呼风唤雨、腾云驾雾、吞吐飞剑、奇门遁甲，是一些神魔化的侠士。《江湖奇侠传》共 160 回，向恺然写到 106 回就因故回湘，107 回之后是由《红玫瑰》的编者赵苕狂以"走肖生"的笔名续完的。上海明星电影公司 1928 年到 1931 年将这部小说的一部分拍成电影《火烧红莲寺》，共 18 集，引起了极大的轰动，并因此推动了武侠小说和武侠电影的制作与发行。几乎与此同时，不肖生写了《近代侠义英雄传》。这部作品用纪实的手法讲述了清末民初两位有影响的武林侠士大刀王五与霍元甲可歌可泣的故事。贯穿这部小说的思想红线是爱国主义精神。而这里的爱国主义已经有了较强的现代意识，与以往武侠小说中的反清复明等情绪不可同日而语。

与不肖生同时或者稍后出现于文坛的武侠小说家还有姚民哀、顾明道、赵焕亭、文公直等。

姚民哀（1893—1938），江苏常熟人。其主要作品有《山东响马传》（1924）、《荆棘江湖》（1926）、《四海群龙记》（1929）、《箬帽山王》（1930）等。其小说的最大特点是"以党会为经，以武侠为纬"。他笔下的人物，往往与秘密党团和秘密帮会有着密切的关系，而且小说中充满着对于党会珍闻秘史的介绍。从叙事的角度看，他的小说受评书影响较大，一般是叙述多于描写，但重要处又能浓墨重彩，引人入胜。

顾明道（1887—1944），原名景程，江苏苏州人。他写过不少武侠小说，但影响最大的则是《荒江女侠》。这部小说1929年至1940年在严独鹤主编的《新闻报·快活林》副刊上连载，写的是女侠方玉琴与师兄岳剑秋"琴剑联手"闯荡江湖的故事。小说前半部分重点写方玉琴访寻杀父仇人飞蜈蚣邓百霸；后半部分则主要写方、岳二人助爱国志士抗清。顾明道是写言情小说走上文坛的，其武侠小说的最大特点是将言情与武侠相结合。因此，这部《荒江女侠》和后来的《胭脂盗》，都是"铁马金戈之中，时有脂香粉腻之致"。

赵焕亭（1877—1951），原名绂章，河北玉田人。他一生写了近10部武侠小说，其中最有影响的是《奇侠精忠传》。《奇侠精忠传》的发表时间（1923—1926）与不肖生发表《江湖奇侠传》的时间差不多，所以当时有"南向北赵"之说。《奇侠精忠传》写清政府平靖骚乱的过程中，侠士们有的助官、有的助匪，最后助官者封妻荫子、助匪者身败名裂。赵焕亭基本上延续了晚清侠义小说褒官贬匪的态度。

文公直（1889—?），江西萍乡人。从1930年到1933年，他创作了《碧血丹心大侠传》《碧血丹心于公传》和《碧血丹心平藩传》三部系列武侠小说。三部小说皆以明代名臣于谦为主人公，表现的是侠士们协助于谦平叛乱、铲邪恶的精神，其思想态度与赵焕亭的《奇侠精忠传》比较相似。

20世纪30年代以后，武侠小说继续发展，逐步登上文坛的是被人们称为"北派五大家"的还珠楼主、王度庐、白羽、郑证因、朱贞木。

还珠楼主（1902—1961），原名李善基，又名李红、李寿民，四川长寿人。他的代表作是《蜀山剑侠传》。小说自1932年起在天津《天风报》上连载，到1949年，出到55集。作品以峨眉山剑仙为首的正派与邪派的争斗为线索，充分表现了正义与邪恶的斗争。作者文化思想丰厚又驳杂，艺术想象力极为高强，文笔出神入化，因而成就了这部神魔武侠的巨著。它上承不肖生的《江湖奇侠传》，下启后来的新武侠小说。还珠楼主写有武侠小说40余部，既有神仙魔怪武侠，也有现实技击武侠。《蜀山剑侠传》之外，《青城十九侠》《大侠狄龙子》也有一定影响。

王度庐（1909—1977），原名王葆祥，字霄羽，北京人。自20世纪30年代登上文坛，王度庐同时创作社会人情小说和悲情武侠小说，而以写悲情武侠著称。1938年后，他连续写了《鹤惊昆仑》《宝剑金钗》《剑气珠光》《卧虎藏龙》《铁骑银瓶》五部既互有联系，又各自独立的武侠小说，被称为"鹤铁系列"，成为他的代表作。与顾明道相似，王度庐也善于将言情与武侠结合，但他的小说有一个特点，这就是常常写情与理的矛盾给人物带来的内心冲突。如《鹤惊昆仑》中写爱情与报父仇的矛盾在江小鹤内心引起的冲突；《宝剑金钗》写爱情与友情的矛盾在李慕白内心引起的冲突；《卧虎藏龙》写爱情与身份的矛盾在玉娇龙内心引起的冲突等。

白羽（1899—1966），原名宫竹心，祖籍山东东阿，生于天津。1937年，白羽在天津《庸报》上发表了《十二金钱镖》，引起了广泛关注。白羽一生共创作武侠小说20余部。其武侠小说最大特点是写实。在他的笔下，武侠世界不再是腾云驾雾的神奇，也没有令人荡气回肠的浪漫侠情，而是学艺的艰难，人间的险恶，世态的炎凉。他虽然自己对武术并不精通，但通过请教行家，也努力将武术动作写得真实可信。

郑证因（1900—1960），原名郑汝霈，天津人。他自己精通武术，在没有进行小说创作之前，曾在武术方面指导过白羽，后来才自己进行武侠小说的创作，一发而不可收，一生共创作了80余部武侠小说。其中最有影响的是《鹰爪王》及其续集。郑证因对人性的挖掘和对人情的体察方面力度不够，因此其武侠小说的文学性要比白羽的作品要弱一些，但他的小说也有自己的特长，即对武术真切的描写和善于在武林与帮会的比较中写它们的不同。《鹰爪王》及其续集在这方面就显得十分突出。

朱贞木（生卒年不详），原名桢元，字式颛，浙江绍兴人。他共创作了10余部武侠小说。代表作有《七杀碑》《罗刹夫人》《虎啸龙吟》《边塞风云》。其小说带有综合性的特点。首先，他吸收了还珠楼主小说的述异特点，既善于奇特的想象，写出种种奇禽异兽，也喜欢写边地的奇景异俗。其次，是他的小说又善于将言情与武侠融为一体，因而他笔下的侠士常常是英雄肝胆和儿女心肠的结合物。从这方面看，其作品可能又有对顾明道和王度庐小说的某些借鉴。当然他的儿女心肠又有着比较宽泛的含义，不仅指儿女情，还包含了忧天下的仁义之心。

在武侠小说盛行的同时，另一种通俗小说的体裁也产生了较大的影响，这就是侦探小说。中国古代有公案小说，但却缺少真正的侦探小说。这一方面由于中国古代刑侦与判案两种职责往往集于一身，使侦探没有成为一种专门的职业；另一方面也因为中国古代的小说家重视的是以神道设教，小说创作往往带有较浓厚的神秘色彩，缺乏侦探小说必要的科学性。因此，侦探小说可以说是一种舶来品，它是在大量翻译外国侦探小说基础上产生的一种新的通俗小说体裁。

清末民初，中国通俗小说界写作侦探小说的约有 50 人。张无诤的《徐常云新探案》、姚庚夔的《鲍尔文新探案》、王天恨的《康卜生新探案》、吴克州的《东方亚森·罗平新探案》，是其中较早出现的且有一定影响的侦探小说系列。陆澹安的《李飞探案》，张碧梧的《双雄斗智记》和《宋悟奇家庭侦探案》，俞天愤的《中国侦探谈》《中国新侦探谈》和《蝶飞探案》等是其中影响较大的作品。而程小青和孙了红则是其时影响最大的侦探小说作家。

程小青（1893—1976），原名青心，祖籍安徽安庆，生于上海。他曾多次参与"福尔摩斯侦探案"的翻译工作。自 1914 年后的数十年中，他创作了《霍桑探案》系列小说。1946 年，世界书局陆续出版了《霍桑探案全集袖珍丛刊》，包括《江南燕》《珠项圈》《黄浦江中》《八十四》《轮下血》《裹棉刀》《神农》《活尸》《新婚劫》《案中案》等，共计 30 余种，300 多万字。《霍桑探案》的主人公是私人侦探霍桑。他正直善良，主持正义，不为金钱所诱惑，也不为权势所屈服，而且具有过人的智慧和坚强的意志。这种侦探正是人民所需要的，因而小说受到了广大读者的喜爱。《霍桑探案》在叙事方法上受到柯南·道尔《福尔摩斯探案集》的影响是明显的。例如，《福尔摩斯探案集》是以福尔摩斯的助手为叙述者，《霍桑探案》也是以霍桑的助手包朗为叙述者。但这只是形式上的一种借鉴，小说的主要内容仍然是作者自己的心血创造。《霍桑探案》以上海为背景，偶尔也有以北京和苏州为背景的。通过对破案过程的描写，小说对中国的社会现实作了深入的反映。但作品并不是社会批判小说，它的着力点仍然在塑造一个德才兼备的侦探形象。

孙了红（1897—1958），原名咏雪，祖籍浙江鄞县（今浙江宁波鄞州区），生于上海。他最初登上文坛是在 1925 年。这一年，他参与了大东书局出版的《亚森·罗频案全集》的翻译工作，同时在《侦探世界》杂志上发表了他的侦探小说《傀儡剧》。这是他的系列侦探小说《侠盗鲁平奇案》的第一部。属于这一系列的小说后来又有《眼镜会》《血纸人》《一〇二》《三十三号屋》《鬼手》《蓝色响尾蛇》《紫色游泳衣》等。作者塑造的不是一个职业的私人侦探，而是一个侠盗，侦探只是这位侠盗行侠行盗的一种手段。如果身处公平和谐的社会，人民需要的是公正而有能力的侦探。但如果身处不公平、不和谐的社会，人们当然还是希望有公正的侦探，但同时他们也会幻想超法律公正的实行者——侠盗的出现。这是武侠小说流行的读者心理基础，也是侠盗加侦探小说盛行的读者心理基础。侠盗鲁平行盗行诈的对象都是为富不仁的人，而他行盗行诈的目的又是帮助穷人。因此《侠盗鲁平奇案》也受到了读者的欢迎。《侠盗鲁平奇案》情节曲折多变，结构方法比较灵活，注重气氛的渲染，有时还将心理分析的因素糅进作品，这是小说受到欢迎的艺术上的原因。如果说程小青更多地受了柯南·道尔的影响，那么孙了红则更多受到法国作家勒白朗的影响。这不仅表现在鲁平的形象塑造受到《亚森·罗频案全集》的影响，即使是"鲁平"这个人物的命名，似乎也与"罗频"有着密切的联系。

侦探小说创作需要作者有丰富的生活积累，有相当的侦探知识，有严密的逻辑推理的能力，而不能像某类武侠小说作者那样天马行空，随意地驰骋想象。所以总的来说，侦探小说的成就不如武侠小说的成就大。

历史演义是中国传统小说的一个重要的门类，也是现代通俗小说的一个重要组成部分。清末以来，随着社会文化的转型，也随着文学观念的大变革，通俗小说发生了重要的变化。许多历史演义的作者以进行思想启蒙或者知识启蒙为己任。他们的作品中虽然还留有不少传统的思想，但与古代的同类作品相比，变化还是很明显的。

历史演义的创作成就是相当可观的，不仅中国古代历史被重新演绎了一遍甚至数遍，而且中国近现代历史的进程也在历史演义中得到了及时的反映，同时，以往在国人视野之外的西方国家的历史也进入了中国现代的历史演义。其中成就最大的应数蔡东藩。他从 1916 年至 1926 年，以一人之力，撰写了通称为"历朝通俗演义"的系列历史小说。这一系列小说包括《前汉通俗演义》《后汉通俗演义》《两晋通俗演义》《南北朝通俗演义》《唐史通俗演义》《五代史通俗演义》《宋史通俗演义》《元史通俗演义》《明史通俗演义》《清史通俗演义》《民国通俗演义》，共计 11 种。通过这一系列，作者将自秦汉到民国的历史全部演绎了一遍。在长期的创作实践中，历史小说形成了《三国演义》《水浒传》和《东周列国志》三种类型。《三国演义》虚实参半；《水浒传》虽有一定的历史依据，但大部分内容出自后来人的虚构；《东周列国志》则在细节上进行艺术的润色和虚构，但较大的事件却都本自史实。三种类型的历史小说满足了读者不同的阅读需要，各有其自身的价值。蔡东藩的"历朝通俗演义"延续的是《东周列国志》的传统，而他之所以延续这一历史小说传统，目的是通过这类历史小说来对读者进行历史知识和历史观念的启蒙，其用心是良苦的。

第四节　讽刺喜剧与政治讽刺诗

陈白尘（1908—1994），江苏淮阴人。作家自述："1925 年我开始涂鸦"（《文艺创作的领导，不同于物质生产的领导》），最初写诗和小说，1930 年"第一次试作的剧本，就是取材于京戏的《汾河湾》"（《关于太平天国的写作》）。

这是他戏剧创作的开端。"1936 至 1949 年的 15 年间我共写了近 20 个多幕剧和四个电影剧本以及独幕剧等等"（《文艺创作的领导，不同于物质生产的领导》）。1936 年，历史剧《金田村》上演成功，"这才奠定我以后戏剧创作的道路"（《自传》），"鼓励了我以后献身剧本创作的决心"（《〈岁寒集〉后记》）。在国统区的戏剧创作中，陈白尘以他的历史剧和讽刺喜剧而独树一帜。

《结婚进行曲》是写于 1942 年的五幕悲喜剧，被誉为"一个可爱的喜剧"。该剧的题材十分切近生活，从妇女的角度，探讨当时的社会问题，既普遍真实又具有高度的典型性。作家说："因为它是个剧本而不是论文，它得抓住妇女问题中较普遍、较典型、较为戏剧的一面来形容它。而在今日，除了小资产阶级的职业妇女，还有什么是更为普遍、更为戏剧性的呢?"（《〈结婚进行曲〉外序》）剧中女主人公黄瑛就是一个小资产阶级的职业妇女，一个辍学的女大学生，"天真未凿，罔识世故"，"戆直、任性、口快、幻想"，对社会缺乏认识，她以为逃脱了家庭的樊笼和父母为自己布置好的买卖婚姻，和自己相爱的青年刘天野结合，还能找到一份很理想的职业，便实现了自己的奋斗目标。然而现实又是怎样的呢? 她虽从贪婪的父亲的魔掌中逃出，希冀过"不依靠任何人的生活"，却找不到房子，因为社会习惯是"无眷不租"。刘天野只好和她在未婚前假称夫妻，好不容易找到一份工作，却必须当上司的玩物或"花瓶"，已婚的秘密暴露，便失业在家。3 年后，她仍不屈服于现实，做梦都嚷着"我有行动的自由，我有独立的人格!"但她已是三个孩子的母亲了。黄瑛和刘天野都属于抗战时期生活在大后方不甘沉沦、追求平等自由和独立人格地位的知识青年，他们始终苦恼于自己的追求不能实现。这类青年在当时的国统区，是颇具代表性的。因此，写出他们的悲苦遭遇也就写出了国统区的黑暗腐朽。

《结婚进行曲》之所以称为悲喜剧，是因为在喜剧的形式下蕴含着悲剧的因素。一对青年男女，从恋爱到结婚，本是一件喜事，作家从这样一件普普通通的喜事里挖掘出那个时代具有社会意义的尖锐的矛盾冲突，把这些矛盾冲突编织起来构成戏剧情节，用喜剧性格、喜剧情境、喜剧手法加以表现，构思巧妙，情节生动。本来，女主人公假称已婚才租到房子，已经闹出许多笑话，引起房东的猜疑，而王科长的突然出现，使矛盾进一步复杂。刘母要儿子走，黄父又找上门来，两个老人不期而遇，所有的人都卷入了矛盾的旋涡。刘天野藏在躺椅里，王科长帮助黄瑛变成"衣架"。人们以为女主人公会嫁给胡经理，胡经理便也自我陶醉认为自己快当新郎……这些被夸张了的笑料妙趣横生，变幻多端，错综复杂，引人入胜。人物性格及其发展便在其中得到了展现。剧作通过普通的生活事件，揭示了那个时代的诸多矛盾：父与女、母与子的冲突，职业与婚姻的矛盾，抗战与衣食住行的关系，妇女的经济地位问题等。主人公的结局是悲剧性的。全剧起到了揭露那个黑暗时代和丑恶现象的作用。

三幕剧《岁寒图》写于1944年春，"那时国民党的统治正走到了腐败的极点，四大家族对人民进行的掠夺与压榨也达到了顶点，而国民党军队对于日寇在这年春天所进行的新的进攻，毫无抵抗地望风溃逃，反动政权对于国民党统治区日益高涨的人民民主斗争则不惜严厉镇压，正是一个特务横行，民怨沸腾的年代。这个剧本正是企图通过一个医生的防痨计划的失败来表现这样的一个黑暗时代"①。时代是黑暗的，但大多数知识分子能忠贞自守，为国家、为民族在各自的岗位上贡献着自己的力量。剧中黎竹荪、沈庸、江淑娴等人的形象便逐渐在作家头脑中活跃起来。

《岁寒图》是对于艰苦奋斗、矢志不移的科学工作者和文化工作者的赞颂，也是对豺狼当道的黑暗世界的控诉。主人公黎竹荪是医学院教授兼附设医院肺病科主任，他是一个"热心、负责、吃苦、耐劳，他的性命都可以拿来为病人牺牲"的好医生，他"把结核菌当作他的敌人，和它作战20年了"，他起草了一个防痨计划，"打算3年之内使肺结核菌在这个城市里绝迹，10年之内，消灭掉全国的肺结核菌"，但这个计划经过送呈、审核、研究、会商、清款、批驳，最终也没得到反动政府的批准。黎竹荪的朋友、一个用笔"不断地打击过我们的民族敌人"的文化工作者沈庸及其女儿沈若兰由于生活的贫困也染上了肺病，黎竹荪舍身救朋友，通过输血救活了沈庸，但沈若兰为生活所迫不忍连累父亲而含恨自杀了。黎竹荪"最好的也是最后一个学生"江淑娴，为了赡养老母与寡嫂不得不动了离职的念头，黎竹荪爱女娟娟也染上了肺病。正如沈庸所说"这不是个医药问题，而是个社会问题"。作为黎竹荪的对立面的是他的学生胡志豪。他是一个没有骨气的市侩，为了赚钱，宁肯去挂牌开业当江湖医生，干些"用假名字登鸣谢广告，用苏打水配上颜色欺骗病人"的勾当，以达到发国难财的目的，为黎竹荪所不齿。这一切使正直的医生黎竹荪猛醒，不仅要救治病人，更重要的是改造社会。

"岁寒，然后知松柏之后凋也"，剧名即来自这句古语。黎竹荪就是生活在"岁寒"般黑暗社会中的松柏。何其芳在《评〈岁寒图〉》一文中说："这个被长长的冬天所统治着的旧中国是一个巨大的冤狱，其中充满了冤鬼，充满了怨气，怒气，而又被铜墙铁壁所封锁着，号哭的声音，挣扎的声音，反抗的声音，太不容易透露出来了。""凡是旧社会里的被压迫者，被虐待者，他都可以

---

① 陈白尘：《岁寒集》，266页，北京，人民文学出版社，1956。

从这个黎竹荪身上感到他的命运，感到他的悲苦，挣扎和愤怒。这个矛盾越扩大、越加深，旧社会的可憎的面目就越清楚，打到观众心上的艺术力量就越沉重。"①

　　写于1945年的三幕讽刺喜剧《升官图》，可以说是陈白尘的代表作。该剧借一个强盗（闯入者乙）的一场"升官梦"来展开剧情，对国统区的社会现实特别是官场进行了辛辣的讽刺。为了避免反动政府的审查，作者有意将剧中主要行政长官的官职称为"知县"，似乎写的是古代社会，但从其他官员的官职名称和所表现的生活来看，全剧意在暴露国民党官僚统治的腐朽黑暗，针对现实的社会制度而发。幕启，一座老宅，一灯如豆，风声凄厉，天昏地暗，兵匪灾荒的乱世年头，两个强盗抢劫后逃进一座"像个衙门"的古宅。其中之一，官瘾发作，做了一个黄粱美梦。在梦中他们分别当了知县和秘书长，干尽了苛征暴敛、滥收捐款、敲诈勒索、克扣津贴、中饱私囊、浮报冒领、营私舞弊、假公济私、经商图利、贩卖壮丁、得钱买放等一系列罪恶勾当。这一切是当时腐朽黑暗的政治制度造成的，是独裁政治的产物。作家基于对时代基本矛盾的深刻认识，在暴露国民党官僚统治的同时，也预示了它必然灭亡的命运。梦的最后，觉醒了的民众奋起驱逐贪官污吏，要把他们当罪犯来审判，暗示了国民党一枕黄粱的结束。剧的结尾，看宅的老头儿，发出了"鸡叫了，天快亮了"的呼喊，则暗示了一个新的社会的到来。

　　《升官图》是揭露国民党政府的一部"官场现形记"，一幅群丑图。闯入者甲是个狡猾的市侩，善用金钱、女色调和官僚之间的矛盾，巩固自己的既得利益。闯入者乙愚蠢、粗俗、鄙陋、利欲熏心、丑态百出，当了知县后，还不明白闯入者甲为他安排的一切，做官后又恶习不改，开会时"习惯地拣起烟蒂儿""习惯地将花瓶偷起"，与人握手时花瓶落地，出尽洋相，他的流氓行为也毫无收敛，开会时竟"胆战心惊地摸触知县太太的手"。这样的家伙，竟然也会从知县而青云直上，成了道尹。剧中的知县太太终日沉湎于赌场，为了金钱和地位，她虽然心里厌恶那个假知县，却又用撒谎、拥抱表示承认他是自己"亲爱的丈夫"，她出卖了自己的真丈夫，丢弃了"老相好"艾局长，最后爬上了省长姨太太的地位。剧中的马局长是个拍马谄媚者的典型，他把自己的妹妹马小姐送给假知县，称假秘书长是"重生父母"，为省长大人拭去鞋上的灰尘并高呼"万岁"。省长更是无耻，一面摆出清官的面孔，虚伪地叫嚷"应该以俭养廉"；另一方面却大肆贪污，金条成了医治其头痛病的良药。说实话的钟

---

① 何其芳：《评〈岁寒图〉》，载《新华日报》，1946-01-30。

局长被判死刑，说谎行贿的艾局长得以高升，这便是省长的"德政"。警察局长买卖壮丁、教育局长开枪打死学生、财政局长私卖烟酒，官匪一家，贪污腐败，作家勾勒了一个贪官污吏的黑暗王国，它就是国民党政治官僚机构丑恶群像的缩影。

《升官图》用漫画、夸张的手法和强烈的讽刺语言，达到了很好的艺术效果。全剧把故事放在一个强盗的一场梦中来完成，这样作者"一方面把自己思想的进攻阵地找到了一个很巧妙的掩蔽体；另一方面他可以无顾忌地采用夸张的手法，把全部的主旨、故事自由地表现出来"[①]。省长的头疼病必须用金条熏烟的治疗法；警察局长"身材奇短，但总爱耀武扬威地全副武装"；道德败坏的工务局长总是"一身笔挺的西装，油头粉面，顾影自怜，夹着一个大公事包"；假知县在庄重的县政会议上"提起脚来蹲在沙发上"；假秘书长欢迎省长时，指令用 30 辆卡车装上建设工厂的假进口机器、用 50 辆卡车装老厂的假出口产品，"再动员 50 辆客车在车站开出开进、川流不息，让省长看出我们的交通建设。但是还要找几百个假装的乘客，都要穿西装，手提外国的旅行皮箱那才好看"。这些夸张和讽刺的技巧运用，让人感到真实，在读者和观众的笑声中，讽刺喜剧起到了它应有的作用。

陈白尘是善写喜剧的老手，从抗战初期写的三幕讽刺喜剧《乱世男女》，到独幕喜剧《未婚夫妻》《禁止小便》，以及悲喜剧《结婚进行曲》，人们大致可以从中看出作家创作的轨迹。《升官图》标志着他喜剧创作的新阶段，无论是反映现实的深度与广度，还是喜剧艺术技巧的运用，都显示了五四以来现实主义喜剧创作的新成就。

抗战胜利前后，政治讽刺诗形成创作热潮，成为这一时期国统区诗歌创作的显著特点。政治讽刺诗的兴起，不外乎两方面的原因：一是诗歌反映现实的迅速。在 8 年抗战即将结束的时候，诗歌对于揭露打击敌人、鼓舞教育人民，能很快发挥它在现实生活中的战斗作用和教育作用，能很好地配合反压迫、反饥饿、争民主的斗争。二是国民党反动派违背广大人民的意愿，不仅窃取中国人民 8 年浴血奋战的胜利果实，而且为维持其黑暗腐朽的统治而掀起内战的烟云。其倒行逆施的本身形成了现实生活中的许多讽刺内容。

诗人袁水拍用笔名马凡陀发表的 100 多首山歌，后收入《马凡陀的山歌》和《马凡陀的山歌续集》两部诗集，是这一时期政治讽刺诗的重要收获。这些以山歌形式写的讽刺诗写于 1944 年至 1946 年，1944 年写的较少，只有 9 首，

---

① 冯牧：《关于〈升官图〉》，载《解放日报》，1946-09-08。

其余集中在 1945 年至 1946 年。写作地点一为战时陪都重庆；一为收复后的上海，这两个地方都凝聚了中国现代史的诸多内容。从马凡陀的山歌的写作时间和地点，读者不难感到这些政治讽刺诗的时代气息。

马凡陀的山歌内容丰富，从抗战到内战，从经济到政治，从物价、房租到减薪裁员，题材多取自市民的日常生活，有所为而发，针对性、现实性、社会性是很强的。

国民党政府打出"民主宪法"的旗号，实质推行的是法西斯独裁政治。马凡陀的山歌揭露了这种独裁政治并与之进行针锋相对的斗争。如《这个世界颠了倒》：

> 这个世界颠了倒，
> 万元大钞不值钱，
> 呼吁和平要流血，
> 保障人权坐牢监。
>
> 这个世界颠了倒，
> "自由分子"抹下脸，
> 言论自由封报馆，
> 民主宪法变戒严。

推行独裁政治的同时，蒋介石政府在美帝国主义支持下发动内战。国统区人民为争取民主与和平而斗争。马凡陀的山歌反映了人民反内战、争民主的呼声。《丈夫当兵去》借一个妻子的口有力地控诉了战争的罪恶和残酷，反映了人民普遍的反战思想。

国统区物价飞涨，人民生活朝不保夕，挣扎在饥饿线上，反压迫、反饥饿的斗争此起彼伏。马凡陀的山歌中有一首《春天之歌》，控诉了官僚发财、百姓挨饿的现实：

> 桃李花开杨柳青，
> 正是江南好风景，
> 仓库满满没人管，
> 麦子生芽面成饼！
>
> 桃李花开杨柳青，
> 正是江南好风景，
> 湘南灾民吞树皮，

湖北灾民吃草根。

桃李花开杨柳青，

正是江南好风景，

未死百姓争民主，

发财官儿买美金。

马凡陀的山歌没有停留在对这些现象的勾勒和描绘上，而是透过现象看到了社会黑暗的本质，指出这一切是由国民党统治的反动性、腐朽性所决定的。《主人要辞职》一诗讽刺道："我想辞职，你看怎样？/主人翁的台衔原封奉上。/我情愿名副其实的做驴子，/动物学上的驴子，倒也堂皇！/我亲爱的骑师大人！/请骑吧！请不必作势装腔，/贱驴的脑筋简单异常，/你的缰绳，我的方向！"反动政府的背后有帝国主义的支持，尽管对人民穷凶极恶，对帝国主义洋主子却是一副媚态："军阀时代水龙刀，/还政于民枪连炮。/镇压学生毒辣狠，/看见洋人一只猫：妙乌妙乌，要要要！"

马凡陀的山歌产生了广泛而深远的影响。山歌易于朗读、背诵、传播，因此更易为广大群众所接受，这些诗歌密切配合了人民群众反压迫、反内战的民主运动。在上海的民主集会中，人们唱着这些山歌，在反饥饿反内战的游行队伍里，人们高举的旗子上写着马凡陀的山歌；在香港，建国剧社把若干首马凡陀的山歌串联成新型的诗剧，融歌、剧、舞于一体，起到了很好的宣传、鼓舞和战斗作用。

思考题

1. 在《传奇》卷首题词中，张爱玲说："书名叫传奇，目的是在传奇里面寻找普通人，在普通人里寻找传奇。"结合作品分析张爱玲笔下的"普通人"形象，这些"普通人"具有怎样不普通的艺术感染力？

2. 钱锺书的《围城》是一部具有丰富意蕴的长篇小说，主人公方鸿渐不断地渴求冲出"围城"，而又一次次地落入另一座"围城"，这里所谓的"围城"体现了怎样丰富的哲学意蕴？

3. 七月派小说的代表作家路翎的长篇小说《财主底儿女们》被誉为展示中国知识分子悲剧性历史命运的史诗性作品，结合阅读感受体会这部小说体现了怎样的艺术风格？

4. 张恨水的社会言情小说能够在通俗故事中积极调动新文学的手段来描绘人间世相，体现出雅俗融合的审美风貌。结合具体作品思考张恨水的现代通俗小说对旧体通俗小说的突破和发展。

5. 陈白尘的讽刺喜剧体现出鲜明的创作个性，作家并没有采取过度漫画化、类型化的手法来丑化反面人物，却依然能够达到强烈的讽刺性效果。分析陈白尘笔下的喜剧人物形象，思考这种强烈的喜剧效果是如何实现的？

参考书目

1. 路翎. 财主底儿女们. 北京：人民文学出版社，1985.

2. 张爱玲. 张爱玲文萃. 北京：文化艺术出版社，2001.

3. 钱锺书. 围城. 北京：生活·读书·新知三联书店，2002.

4. 钱锺书. 写在人生边上；人生边上的边上；石语. 北京：生活·读书·新知三联书店，2002.

5. 钱锺书. 人·兽·鬼. 北京：生活·读书·新知三联书店，2002.

6. 赵园. 开向沪、港"洋场社会"的窗口——读张爱玲小说集《传奇》. 中国现代文学研究丛刊，1983（3）.

7. 温儒敏.《围城》的三层意蕴. 中国现代文学研究丛刊，1989（1）.

8. 秦弓.《财主底儿女们》：苦吟知识分子的心灵史诗. 中国现代文学研究丛刊，2001（2）.

9. 张霞. 论张恨水的现代通俗小说创作. 求索，2010（11）.

10. 谢昭新，黄静. 论张恨水对现代通俗小说艺术理论的贡献. 文学评论，2006（3）.

结　语　从现代到当代：30 年文学的承载与余响

现代文学 30 年只是中国文学历史长河中短暂的一瞬，但又是极其难得、极其宝贵的一瞬。它有上千年中国古代文学铺就的丰厚底蕴，同时又有近代及晚清文学的直接推进。正是有了这些独有的历史动因，中国现代文学才有了诞生的可能和根本不同于前者的转变。而且现代文学一经形成，其前进的步伐就是不可抑制的。现代文学发生、发展的历史时期恰逢中国社会历史变革最为密集的一百年，也是传统与现代、东方与西方文化对撞冲突最剧烈的时期，频繁更迭的社会思潮和不断变化的社会制度虽然会对文学的外部发展环境产生一定的影响，但并不能根本改变现代文学自身的流向，现代文学仍旧以其特有的内在品格从容地衍生和发展着。

从五四开始的中国新文学已经走过了近一个世纪的漫长历程。我们可以清晰地看到，近一百年来，现代文学绝不仅仅是短短 30 年的意义，它融古化今，贯通中西，个性解放与自我反省并存，启蒙和救亡并重，逐渐形成了自己的价值体系，从而具有了经典性的意义。它对整个百年中国文学都有着巨大的辐射意义。站在现代文学的基点上，我们可以重新审视近代文学的思想价值，吸纳其合理的精神资源；同时又可以借助现代文学 30 年这一平台，为中国当代文学寻找其发生、发展的更为合理也是更为丰厚的思想文化资源。

事实上，自从 20 世纪 80 年代中期有学者提出"20 世纪中国文学"的概念和"新文学整体观"的研究思路以来，从理论上打通近、现、当代文学并进行一体化的研究已经成为学术界的共识。这不仅是因为近、现、当代文学有着时间上的先后延续性，更重要的是当代文学在相当程度上承续了现代文学的独特品格。如在对"五四"新文学传统的继承上，这其中包括"人"的发现和启蒙主题在新时期文学中的重现和回归，文学干预现实功能的不断加强，作为创作主流的现实主义文学在当代的再度深化和发展等诸多方面。而且当代文学同样具备了和现代文学一样的开放性品质。虽然当代文学经历了"十七年"和"文化大革命"那样相对闭塞隔绝的历史时期，但一俟思想解放的闸门打开，新时期文学的发展初期就再现了五四时期的那种包罗万象、气吞广宇的气魄和襟怀，而且这种开放性也一直贯穿于当代文学此后的发展过程中。

　　需要指出的是，如果将现代文学放置到整个中国文学史的"大历史"叙述语境中，现代文学作为上承近代文学、下启当代文学中的一环，其意义和价值同样是极其重要的。这不仅在于它有着一般历史意义上的承上启下的衔接作用，更在于现代文学作为文学史的一种叙述，在它建构的过程中所不断涉及和确立起的关于文学史的范式和秩序，同样也在当代文学中产生了相当程度的影响，如对"主流"作家和"非主流"作家的区分，对于左翼文学和解放区文学的刻意拔高，对像张爱玲、钱锺书、梁实秋这些作家的"选择性"遗忘等，在新中国成立后的"十七年"文学甚至是"文化大革命"文学中都有着最集中的体现。

　　从学科建设的意义上来看，中国现代文学和当代文学研究的一体化趋势，也在被逐步地落实到具体的学科分类和规范之中。中国现、当代文学作为中文学科的一个分支学科，正在逐步得到完善和发展，其研究范围涵盖了五四新文化运动以来近百年的文学。现代文学作为一个完整的学科，在 1951 年出版的王瑶先生的《中国新文学史稿》上册中就被界定和倡导。现代文学作为一段已经逝去了的、凝固的历史，人们对它价值的估量和评判因为距离较远而相对客观，因而它作为一门学科发展得也相对成熟；而当代文学是一个正在延续和书写的文学史段落，有些作家的创作风格甚至还在不断变化中，所以当代文学史视野内作家、作品和文学现象还有待于拉开历史的距离，在过滤和沉淀中实现经典化的历史描述，因此当代文学的学科建设还需要在现代文学学科发展的参照和指导中继续探索前行。

　　现代文学史"历史化"的建构过程，就是当代文学史的建构过程。作为一个成熟的学科，中国现代文学史的研究对百年中国文学史模式的构建具有重要的作用。现代文学作为一个经典化的叙述，蕴含了厚重的历史感受。现代文学跨越的历史阶段正是近、现代中国社会变动风起云涌的 30 年，丰富的历史文化信息以多种方式投射到现代文学作品和文艺思潮中，解读现代文学史是解读中国近、现代历史变迁的一把钥匙。同时，作为一个独立成熟的学科，现代文学具有独立的品格和研究范式。因此，正确认识和把握现代文学的学科价值对中国当代文学学科建设具有重要作用。从 20 世纪 50 年代学科成立以来，现代文学的研究历史正是不断修正、走向成熟直至经典化的历史，在古、今、中、外交错的历史坐标系中审视、剥离现代文学及其深厚内涵对于当代文学研究有着指导和借鉴意义。

　　总的说来，无论是从文学史的叙述还是从学科建设的角度，现代文学和当代文学作为两个历史阶段或者是文学史的段落，都应是紧密相关甚至浑然一体的。中国当代文学的发生不是突如其来的，它的发生发展以中国现代文学和文化作为必要和必需的资源准备。现代文学的方向、语言、指导思想的确立，在当代文学中的延续甚至放大，使我们更加明确地体悟到这两个文学时段的相互关系。所以，当今天的我们回首 20 世纪百年中国文学的沧桑历程时，除了瞩目于当下文学的新质，我们更不能忘却的是承载了厚重的历史文化含量的中国现代文学传统以及它和中国当代文学、当下文学发生、发展的密切关联，这才是我们在新世纪推进中国现、当代文学研究及学科建设不断向前发展的基本前提和要旨所在。

附　录

中国现代文学大事年表（1915—1949）

——1915 年——

〔9 月 15 日〕陈独秀主编的《青年杂志》在上海创刊，创刊号所发《敬告青年》一文亮出了"民主"与"科学"的思想旗帜。

〔11 月、12 月〕《青年杂志》1 卷 3 号、4 号上连载陈独秀《现代欧洲文艺史谭》一文，热情介绍西方现代文艺思潮，指斥国内文坛陈腐之象，表露出文艺改革的心迹。

本年度先后出版发行了《青年杂志》《小说海》《小说新报》《戏剧丛报》《妇女杂志》《中华学生界》《中国白话报》《国学杂志》等众多的文化、文学报刊，观点旨趣虽各有不同，文化与文学气氛却日趋活跃。

——1916 年——

〔8 月〕梁启超等主办的《晨钟报》（后更名《晨报》）在北京创刊。李大钊在《晨钟报》发表《〈晨钟〉之使命》（副标题为《青春中华之创造》），发出了文艺改革的呼唤。

〔9 月〕《青年杂志》从 2 卷 1 号起改名为《新青年》，成为宣传新文化新思想的重要阵地。陈独秀在《新青年》2 卷 2、3、4 号上分别发表《驳康有为致总理书》《宪法与孔教》《孔子之道与现代生活》等一系列文章。反对孔教与帝制，主张西方的平等人权说，以《新青年》为阵地掀起了"打倒孔家店"的浪潮。

〔10 月〕上海《时事新报》从 10 月 10 日起开辟"上海黑幕"专栏，黑幕小说开始风行。

〔12 月〕蔡元培任北京大学校长。他随即聘请陈独秀担任北京大学文科学长。《新青年》编辑部随之由上海迁至北京。

——1917 年——

〔1 月〕胡适在《新青年》2 卷 5 号发表《文学改良刍议》，明确提出文学改良的"八事"。

〔2 月〕陈独秀在《新青年》2 卷 6 号发表《文学革命论》，倡明文学革命的"三大主义"。以胡、陈二人的文章为标志，一场反对文言、提倡白话，反对旧文学、提倡新文学的文学革命运动正式兴起。

胡适在《新青年》2卷6号发表《朋友》《江上》《孔丘》等8首白话诗，这是现代白话新诗的最初尝试。

林纾在上海《民国日报》发表《论古文之不宜废》，表明了封建复古派反对白话文和新文学的态度。

〔5月〕《新青年》3卷3号发表刘半农的《我之文学改良观》等文，进一步阐述文学改革的具体主张。

〔6月〕胡适在《新青年》3卷4号发表《采桑子·江上雪》《生查子》《沁园春·生日自寿》《沁园春·新俄万岁自寿》4首白话词。

本年，周瘦鹃译《欧美名家短篇小说丛刊》上、中、下3卷，由上海中华书局出版。

————1918 年————

〔1月〕《新青年》杂志出版4卷1号，从该号起尝试使用白话文和新式标点。其间，《新青年》编辑部扩大，陈独秀、李大钊、胡适、刘半农、沈尹默、钱玄同，以及鲁迅、周作人等共同参与编辑工作，实际形成了以《新青年》为核心的新文化阵营。

〔3月〕上海《时事新报》副刊《学灯》创刊。该刊日渐成为五四时期几个影响较大的报纸副刊之一。

《新青年》4卷3号同时刊登钱玄同（化名王敬轩）的《文学革命之反响》（给《新青年》编者的信）和刘半农的《复王敬轩书》，以"双簧"的形式为文学革命渲染气氛。

〔4月〕胡适在《新青年》4卷4号发表长文《建设的文学革命论》，提出了文学革命10字"宗旨"——"国语的文学，文学的国语"。

《新青年》从4卷4号起开辟《随感录》专栏。

〔5月〕中国现代第一篇白话短篇小说——鲁迅的《狂人日记》在《新青年》4卷5号发表。这是"鲁迅"笔名的首次使用。

《新青年》杂志从4卷5号起全部改用白话文，这是中国现代第一个完全用白话文传播新思想、新文化的刊物。

〔6月〕《新青年》4卷6号出版"易卜生专号"，发表易卜生的剧本《娜拉》《人民公敌》以及胡适的《易卜生主义》等论文，这是《新青年》首次以专号的形式系统译介西方文学作品和文学思潮。

〔10月〕《新青年》5卷4号被称作"戏剧改良专号"，重点刊出了胡适、傅斯年、欧阳予倩、宋春舫等人的论文，由此引起戏剧改革的论争。

北京大学新潮社成立。该社以北京大学学生为主体，得到了校方的支持和进步教授的指导。

由邵飘萍主办、着力宣传新文化的《京报》在北京创刊。

〔11月〕《新青年》5卷5号同时发表李大钊的《庶民的胜利》与《布尔什维克的胜利》两篇文章，这是中国最早发表的马克思列宁主义重要文献。

〔12月〕李大钊、陈独秀、胡适等主编的《每周评论》在北京创刊（该刊至1919年8月被北洋军阀查封）。

周作人的《人的文学》在《新青年》5 卷 6 号发表，《平民文学》在《每周评论》第 5 号发表。

以发表新剧评论及剧本为主的《春柳》月刊创刊于天津。

———1919 年———

〔1 月〕《新青年》6 卷 1 号发表陈独秀所撰《本志罪案之答辩书》，该文全面系统地总结了五四之前《新青年》的基本主张。

由李大钊、陈独秀、蔡元培等支持的《新潮》月刊和《国民》月刊先后在北京创办。《新潮》由北京大学新潮社主办，罗家伦、傅斯年等主编，这是在《新青年》影响下又一个大力宣传新文学、新文化的刊物。

钱玄同在《新青年》6 卷 1 号发表《"黑幕"书》、周作人在《每周评论》第 4 号发表《论黑幕》，发起对黑幕小说的谴责和批判。

〔2 月、3 月〕林纾（琴南）先后在上海《新申报》发表文言小说《荆生》和《妖梦》，向新文学反击。

〔3 月〕刘师培、黄侃等人创办《国故》月刊，林纾又在北京《公言报》发表《致蔡鹤卿书》，倡明反对新文化的态度。

《新青年》6 卷 3 号发表胡适的独幕剧《终身大事》，这是中国现代第一个正式发表的话剧剧本。

〔5 月〕《新青年》6 卷 5 号出版"马克思研究"专号，李大钊在本期发表《我的马克思主义观》上半部分（该文的下半部分发表在《新青年》6 卷 6 号）。

〔7 月〕胡适在《每周评论》第 31 号发表《多研究些问题，少谈些主义》，引起"问题与主义"的论战。

———1920 年———

〔1 月 4 日〕李大钊的《什么是新文学》一文发表于成都《星期日》周刊"社会问题"号。

同月，北洋政府教育部承认白话文为"国语"，通令国民学校采用。

〔3 月〕胡适的白话诗集《尝试集》由上海亚东图书馆出版发行。这是中国现代第一部白话新诗集。

由许德邻编辑、刘半农作序的《分类白话诗选》由上海崇文书局出版。该书按写景、写实、写情、写意分类收入 230 多首新诗，是初期新诗最完备的一本选集。

〔5 月〕郭沫若、宗白华、田寿昌（田汉）所著《三叶集》由上海亚东图书馆出版。

〔10 月〕英国哲学家罗素来华讲学，引起梁启超等人对基尔特社会主义的讨论；年底，《新青年》8 卷 4 号特辟"社会主义讨论"专栏，对基尔特社会主义展开批判。

———1921 年———

〔1 月 4 日〕文学研究会在北京中山公园正式成立，发起人有郑振铎、王统照、沈雁冰、叶绍钧、郭绍虞、周作人、孙伏园、朱希祖、瞿世英、蒋百里、耿济之、许地山 12 人。这是中国第一个新文学社团。

〔1月10日〕由商务印书馆印行的《小说月报》出版12卷1号。从本期开始，该刊在沈雁冰主持下进行全面革新，使之成为五四以后从事新文学建设的第一个大型专门文学刊物。从此，该刊实际成为文学研究会的代表刊物。

〔3月〕由沈雁冰、郑振铎、陈大悲、汪仲贤、欧阳予倩、熊佛西、柯一岑等13人发起组织的民众戏剧社在上海成立，这是文学革命以来成立的第一个戏剧社团；5月，由该社创办的《戏剧》月刊则是新文学史上最早出现的专门性戏剧刊物。该社在提倡"爱美剧"方面起到了积极作用。

〔7月〕由郭沫若、郁达夫、成仿吾、张资平、田汉、郑伯奇等人发起组织的创造社在日本东京成立。

〔8月5日〕郭沫若的《女神》由上海泰东图书局出版发行，这是五四以后第一部影响重大的新诗集。

〔10月12日〕《晨报》的第七版副刊改为《晨报副镌》单独出刊，逐渐成为影响较大的新文学刊物之一。

〔10月〕郁达夫的小说集《沉沦》由上海泰东图书局出版，这是中国现代文学史上第一部短篇小说集。

〔12月4日〕鲁迅的《阿Q正传》开始在《晨报副镌》上连载（至1922年2月12日刊完）。

——1922年——

〔1月15日〕中国新诗社主办的《诗》月刊在上海创刊，由刘延陵、叶绍钧等人主持，该刊一度成为文学研究会的定期出版物，是中国第一个新诗诗刊。

同月，东南大学胡先骕、梅光迪、吴宓等人主办的《学衡》杂志在南京创刊。该刊始终使用文言文，反对新文化运动。

〔4月〕青年诗人潘漠华、冯雪峰、应修人、汪静之在杭州成立"湖畔诗社"，并出版诗歌合集《湖畔》（次年12月又出版第二部诗歌合集《春的歌集》）。

〔5月1日〕由郁达夫、郭沫若、成仿吾轮流编辑的《创造》季刊在上海出版。这是创造社主办的第一个文学刊物，也表明创造社作为一个团体从事文学活动的开始。同月，张资平的《冲积期化石》由上海泰东图书局出版发行，这是中国现代文学史上最早出版发行的长篇小说。

〔9月〕瞿秋白的《新俄国游记》（即《饿乡纪程》）由上海商务印书馆出版，这部中国现代最早记叙十月革命后苏联社会生活的作品，连同1924年6月出版的《赤都心史》，是中国现代报告文学的发轫之作。

已退出《新青年》编辑部的胡适在北京创办《读书杂志》（一度附于此前出版的《努力周报》发行），该刊与胡适后来创办的《国学季刊》一道提倡"埋头读书"，发起"整理国故"运动。

以周瘦鹃、王纯根为代表的"礼拜六派"（亦即"鸳鸯蝴蝶派"）将1914年创办、1916年停刊的《礼拜六》杂志复刊。

〔12 月〕蒲伯英、陈大悲等人在北京创办"人艺戏剧专门学校"。这是中国现代最早用西方戏剧理论培养戏剧人才的学校。

——1923 年——

〔1 月〕冰心的第一部诗集《繁星》由上海商务印书馆出版。本年 5 月冰心的第二部诗集《春水》由北京新潮社出版。

〔2 月 10 日〕朱自清的长诗《毁灭》在《小说月报》14 卷 3 号上发表，该诗被认为是用传统技法创作的第一首现代长诗。

〔3 月〕由"浅草社"（1922 年成立）主办的《浅草》文学季刊在上海创刊。"浅草社"的主要成员有林如稷、陈炜谟、陈翔鹤、冯至等。

由胡山源、钱江春等人组成的"弥洒社"在上海创办《弥洒》文学月刊。

〔8 月〕鲁迅的第一部短篇小说集《呐喊》由北京新潮社出版。

〔9 月〕闻一多的第一部诗集《红烛》由上海泰东图书局出版。

周作人的第一部散文集《自己的园地》由晨报社出版。

〔12 月〕徐志摩、胡适、梁实秋、陈西滢等在北京发起组织新月社。

——1924 年——

〔1 月〕脱离了创造社的田汉在上海创办《南国》半月刊，开始了初期南国社的活动。

〔4 月〕印度现代著名诗人、哲学家泰戈尔来到上海讲学，此前郑振铎曾编写《太戈尔传》，在 1923 年 9 月、10 月出版的《小说月报》上连载。

〔11 月 17 日〕《语丝》周刊在北京创刊，先后由孙伏园、鲁迅、柔石等人编辑，该刊主要撰稿人鲁迅、周作人、林语堂、顾颉刚、川岛、章衣萍等构成同人团体"语丝社"，其独特文风形成所谓"语丝文体"。

〔12 月 5 日〕由孙伏园主编的《京报副刊》创刊，这是当时影响较大的文艺副刊之一。

〔12 月 13 日〕《现代评论》周刊创刊于北京，主要编撰者有陈西滢、徐志摩、胡适、王士杰、高一涵等，被称作"现代评论派"。

——1925 年——

〔1 月〕蒋光慈的第一部诗集《新梦》由上海书店出版，这是中国第一部歌颂十月革命的诗集。

〔4 月〕鲁迅扶持下的文学青年团体莽原社在北京成立，同月 24 日，鲁迅亲任编辑（后由韦素园接编）的《莽原》周刊（后为半月刊）亦于北京创刊。鲁迅之外，该刊主要撰稿人有高长虹、韦素园、向培良、韦丛芜、李霁野、许钦文、冯文炳等。后高长虹、向培良等退出，另组狂飙社。

〔5 月〕许地山的《空山灵雨》由商务印书馆出版，这是我国最早出版的散文诗集之一。

〔7 月 18 日〕北洋军阀政府司法总长兼教育总长章士钊在北京将《甲寅杂志》复刊为《甲寅周刊》出版，重弹复古论调，被称为"甲寅派"。

〔9 月〕鲁迅与韦素园、曹靖华、李霁野等发起组织"未名社"，着重译介外国文学。该社先后出版《未名丛刊》《未名半月刊》等。

〔10月〕陈翔鹤、陈炜谟、冯至、杨晦、蔡仪等人在北京组成"沉钟社",先后出版《沉钟》周刊和半月刊。

————1926 年————

〔4月1日〕徐志摩在北平《晨报》特辟《诗刊》副刊,展开对诗歌"新格式与新章节"即新诗格律化的探讨,主要参与者有闻一多、饶孟侃、朱湘等。

〔4月13日〕郭沫若在广州写成《革命与文学》(该文发表于同年5月出版的《创造月刊》1卷3期),较早地明确提出了"革命文学"的主张。

同月,郭沫若早期戏剧集《三个叛逆的女性》由上海光华书局出版。

〔8月〕鲁迅的第二本短篇小说集《彷徨》由北平北新书局出版。

————1927 年————

〔1月、2月〕创造社主办的文艺刊物《洪水》先后发表《完成我们的文学革命》《无产阶级专政和无产阶级的文学》等文章,比较系统地、明确地讨论"革命文学"的问题。

〔3月31日〕郭沫若写下著名的讨蒋檄文《请看今日之蒋介石》。

〔4月10日〕"四一二"大屠杀前两天,鲁迅写下重要文章《庆祝沪宁克复的那一边》。

〔7月〕鲁迅的散文诗集《野草》由北平北新书局出版。

〔9月〕茅盾的小说处女作《幻灭》连载于《小说月报》18卷9号、10号。

〔10月〕鲁迅自北京南下,后经厦门、广州赴上海定居。

〔10月21日〕鲁迅在上海《民众月刊》第5期发表《革命文学》一文,表明对文学与革命关系的看法。

年底,后期创造社成员冯乃超、李初梨等人先后从日本回国,积极倡导革命文学运动。

————1928 年————

〔1月〕蒋光慈、钱杏邨(阿英)、孟超等人在上海发起成立"太阳社",创办《太阳月刊》。闻一多的诗集《死水》由新月书店出版。后期创造社和新成立的太阳社分别在《文化批判》《创造月刊》和《太阳月刊》等刊物上发表《艺术与社会生活》(冯乃超)、《从文学革命到革命文学》(成仿吾)、《怎样地建设革命文学》(李初梨)、《英雄树》与《桌子的跳舞》(郭沫若)、《关于革命文学》(蒋光慈)等一系列文章,革命文学运动随之兴起。叶圣陶长篇小说《倪焕之》开始在《教育杂志》上连载,该书1929年8月由上海开明书店出版单行本。

〔2月〕丁玲的早期代表作《莎菲女士的日记》发表于《小说月报》19卷2号。

〔3月10日〕新月社在上海创办《新月》月刊,主编徐志摩在创刊号发表《新月的态度》。钱杏邨在《太阳月刊》第3期发表《死去了的阿Q时代》;鲁迅则发表《"醉眼"中的朦胧》(刊《语丝》4卷11期)等文章,回击创造社、太阳社的攻击,从此引发关于无产阶级革命文学的论争。

〔5月〕洪灵菲、林伯修、戴平万等发起组织"我们社",创办《我们》月刊。

〔6月20日〕鲁迅、郁达夫合编的《奔流》月刊在上海创刊。该刊主要刊登外国文学及其理论的翻译作品。

〔7 月 16 日〕茅盾在日本东京写成长篇论文《从牯岭到东京》，对自己前期的理论主张进行了系统总结。

〔8 月〕戴望舒的《雨巷》发表于《小说月报》19 卷 8 号。

〔9 月 10 日〕刘呐鸥编辑的文学半月刊《无轨列车》在上海创刊，尝试发表中国的"新感觉派"作品。

鲁迅的散文集《朝花夕拾》由北平未名社出版。

〔10 月〕朱自清的散文集《背影》由上海开明书店出版。

〔11 月〕鲁迅与柔石等组织的朝花社在上海成立，这是中国最早介绍版画艺术的社团。

——**1929 年**——

〔1 月〕巴金的小说处女作《灭亡》连载于《小说月报》20 卷 1—3 号，同年 10 月由开明书店出版单行本。

〔3 月 23 日〕林伯修（杜国庠）在《海风周报》第 12 号发表《一九二九年亟待解决的几个关于文艺的问题》，这是第一篇具体论述文艺大众化的论文，文章发表后引起了关于文艺大众化问题的讨论。

〔5 月〕田汉的剧作《名优之死》发表于《南国月刊》第 1 期。

〔10 月〕高尔基的《母亲》的第一个中译本由夏衍根据日文本译出并由上海大江书铺出版。

〔11 月〕夏衍、郑伯奇等创办上海艺术剧社，这是中国第一个无产阶级戏剧团体，首次提出"无产阶级戏剧"的口号。其主要成员有冯乃超、钱杏邨、孟超、杨邨人、许幸之、沈西苓等。

柔石的代表作长篇小说《二月》由上海春潮书局出版。

——**1930 年**——

〔1 月 1 日〕《萌芽》（第 6 期改名《新地》）月刊在上海创刊。鲁迅主编，冯雪峰、柔石、魏金枝助编。该刊从 1 卷 3 期起成为"左联"的机关刊物之一，主要任务是译介马克思主义文艺理论以及苏联等外国进步文艺。

〔1 月 10 日〕由太阳社主办、蒋光慈主编的《拓荒者》月刊在上海创刊，从第 3 期起成为"左联"的机关刊物之一。该刊发表了大量有关马克思主义文艺理论的文章及左翼作家的作品。

〔2 月 15 日〕鲁迅、柔石、郁达夫、田汉、郑伯奇、夏衍、冯雪峰等 51 位文化界进步人士在上海发起组织中国自由运动大同盟。成立大会通过宣言，争取言论、出版、集会、结社的自由。

〔3 月 2 日〕中国左翼作家联盟（简称"左联"）在上海成立。成立大会上选出鲁迅、沈端先、冯乃超、钱杏邨、田汉、郑伯奇、洪灵菲 7 人为"左联"的常务委员。周扬、茅盾从日本回国后也相继参加了"左联"的领导工作。鲁迅在"左联"的成立大会上发表了题为《对于左翼作家联盟的意见》的重要讲演。

〔3 月〕由"左联"倡导，进步文艺界展开了规模空前的文艺大众化的讨论。

〔5月20日〕田汉发表《我们的自己批判》，对从1921年以来的南国戏剧运动做出了总结。

〔5月〕茅盾的第一部长篇小说《蚀》三部曲（《幻灭》《动摇》《追求》）由上海开明书店出版。

〔6月〕王平陵、朱应鹏、潘公展、黄震遐等人发起"民族主义文学运动"，先后创办《前锋月刊》《文艺月刊》《文艺月报》等刊物，宣扬文艺的最高意义是"民族主义"，以此反对无产阶级革命文学。

〔7月〕中国左翼文化总同盟在上海成立，它由左翼作家联盟、社会科学家同盟、社会科学研究会、新闻记者联盟、世界语联盟、电影演员联盟、话剧演员及美术工作人员联盟等组成，以加强对当时中国文化运动的全面领导。

〔8月4日〕"左联"执委会通过《无产阶级文学运动新的形势及我们的任务》的重要决议。

——1931年——

〔2月7日〕左翼作家柔石、胡也频、殷夫、李伟森、冯铿被国民党当局杀害。鲁迅、冯雪峰编辑的《前哨》半月刊（4月25日创刊，从第2期起改名《文学导报》，共出8期）创刊号即为"纪念战死者专号"，声讨反动当局暴行，哀悼遇难烈士。鲁迅先后发表了《中国无产阶级革命文学和前驱的血》和《为了忘却的记念》（1933年）等文章，悼念"左联"烈士。

〔4月〕巴金的长篇小说《家》开始在上海《时报》连载，当时题名为《激流》，该作1933年5月以《家》为名由开明书店出版。

〔9月〕丁玲在《北斗》创刊号上发表中篇小说《水》，该作表明了对作者本人及当时左翼文坛一度流行的"革命加恋爱"创作模式的"清算"。

陈梦家编《新月诗选》由上海新月书店出版。

〔12月〕以"自由人"自诩的胡秋原等创办《文化评论》，发表《阿狗文艺论》，在批判"民族文艺理论之谬误"时，也向左翼作家要"文艺自由"；苏汶又以"第三种人"的名义表示声援，反对左翼文学和文艺大众化，引起鲁迅等左翼作家与"自由人"和"第三种人"的论战。

——1932年——

〔2月3日〕鲁迅、茅盾、郁达夫、周扬、胡愈之、叶圣陶、丁玲、冯雪峰、田汉、沈端先、华汉等43人共同签名发表《上海文化界告世界书》，抗议日本帝国主义"一·二八"侵华暴行。7日，鲁迅、茅盾、周扬等再次联合129名爱国人士签名发表《为抗议日军进攻上海屠杀民众宣言》。

〔5月1日〕由施蛰存、杜衡等先后主编的《现代》文学月刊在上海创刊。该刊对推动现代主义文学在中国的发展起到了一定作用。

〔9月〕中国诗歌会在上海成立，主要发起人有穆木天、任钧、杨骚、蒲风。该会在"左联"领导下积极倡导诗歌大众化。翌年2月出版会刊《新诗歌》。该会分别在北京、广

州、厦门等地设立过分会。

林语堂、周作人、邵洵美、章克标等人在上海创办《论语》半月刊，随后他们又先后在 1934 年和 1935 年创办《人间世》和《宇宙风》半月刊，提倡"闲适"和"幽默"的小品文。这一倾向引起鲁迅等人的批评，并引起有关小品文的论争。

———1933 年———

〔1 月〕茅盾的长篇小说《子夜》由上海开明书店出版。

〔2 月 17 日〕英国著名作家萧伯纳抵上海访问，会见宋庆龄、蔡元培、鲁迅、杨杏佛、林语堂等各界人士与知名作家。鲁迅与瞿秋白辑成《萧伯纳在上海》出版，鲁迅为该书写序。

〔4 月〕鲁迅与景宋（许广平）的通信集《两地书》由上海青光书局出版。瞿秋白在编选鲁迅杂文的过程中，写下具有重要影响的论文《〈鲁迅杂感选集〉序言》。

〔7 月 1 日〕大型文学月刊《文学》在上海创刊。鲁迅、茅盾、郑振铎、叶圣陶、郁达夫、陈望道、胡愈之、洪深、王统照、傅东华、徐调孚、黄源等人先后参加了编务工作。该刊先后出过"翻译专号""创作专号""弱小民族文学专号""中国文学研究专号"等。它是《小说月报》停刊后最具影响的文学刊物。

〔9 月〕王统照的长篇小说《山雨》由上海开明书店出版。文坛上有 1933 年为"《子夜》《山雨》年"的说法。

〔12 月〕洪深的话剧剧本《五奎桥》由上海现代书局出版。它是洪深剧作《农村三部曲》的第一部，后两部分别为 1936 年出版的《香稻米》和《青龙潭》。这是五四以来第一次用话剧形式反映农村生活和农民的斗争。

———1934 年———

〔1 月 1 日〕由郑振铎、靳以主编的大型文学专刊《文学季刊》在北平创刊。冰心、朱自清、沈樱、吴晗、李长之、林庚等为"编辑人"，特邀卞之琳等 108 人为"撰稿人"，这是 30 年代中期中国北方影响最大的文学刊物。

〔3 月〕鲁迅和茅盾应美国记者伊罗生之托，选编五四以来中国现代作家短篇小说集《草鞋脚》，鲁迅并为之作序。但由于种种原因，该书当时未能出版。

〔7 月〕郑振铎、傅东华所编《我与文学》（《文学》月刊一周年纪念特辑）由上海生活书店出版，内收茅盾、巴金、沈从文、艾芜、欧阳山等 59 位作家的创作经验谈，如《编者引言》所说，这些将"成为文学史的珍贵资料"。

〔9 月 16 日〕由鲁迅、黄源先后主编，茅盾、黎烈文等共同参与的《译文月刊》在上海创刊，该刊在译介外国文学作品及理论方面做出了积极的贡献。

〔10 月〕沈从文的长篇小说《边城》由上海生活书店出版。

———1935 年———

〔3 月〕鲁迅选编的《奴隶丛书》由上海容光书局出版，先后共出叶紫的短篇小说集《丰收》、萧军的长篇小说《八月的乡村》和萧红的长篇小说《生死场》三种，鲁迅分别为之作序。

〔5 月〕郑振铎主编的《世界文库》（共 12 册）开始由上海生活书店出版发行。该文库有计划地介绍了古今中外的世界名著，包括中国、埃及、希伯来、印度、希腊、罗马的古典作品以及欧美、日本的现代作品。

〔10 月 15 日〕赵家璧主编的《中国新文学大系》（1917—1927）开始由上海良友图书公司出版发行，全书 10 册，至 1936 年 2 月 15 日出齐。蔡元培为该书撰写《总序》，第一集《建设理论集》（胡适编选）、第二集《文学论争集》（郑振铎编选）、第三集《小说一集》（茅盾编选）、第四集《小说二集》（鲁迅编选）、第五集《小说三集》（郑伯奇编选）、第六集《散文一集》（周作人编选）、第七集《散文二集》（郁达夫编选）、第八集《诗集》（朱自清编选）、第九集《戏剧集》（洪深编选）、第十集《史料索引》（阿英编选）。这是五四以来第一个 10 年新文学创作和理论的总集。

〔12 月〕巴金主编的《文学丛刊》开始由上海文化生活出版社出版。丛刊先后选编出版了鲁迅、茅盾、巴金、沈从文、张天翼、王鲁彦、艾芜、萧军、吴组缃、郑振铎、靳以、丽尼、曹禺、李健吾、卞之琳、沙汀、何其芳、叶紫、臧克家、刘白羽等多位作家的创作及理论批评。这是 30 年代中期具有广泛影响的作家作品集，其中许多是青年作家的处女作。

——1936 年——

〔1 月〕鲁迅的历史题材小说集《故事新编》由上海文化生活出版社出版。

曹禺的第一部话剧作品《雷雨》由上海文化生活出版社出版，此前该剧曾发表于 1934 年 7 月 1 日北平《文学季刊》1 卷 3 期。1934 年 6 月，曹禺的第二部著名话剧《日出》连载于《文季月刊》1 卷 1—4 期，11 月由文化生活出版社出版。

〔3 月〕卞之琳、何其芳、李广田 3 人合集《汉园集》由商务印书馆出版，内收何其芳的《燕泥集》、李广田的《行云集》和卞之琳的《数行集》。文坛自此有"汉园三诗人"之称。

〔5 月〕左翼文艺界内部发生关于"两个口号"（即"国防文学"和"民族革命战争的大众文学"）的论争。8 月，鲁迅发表《答徐懋庸并关于抗日统一战线问题》一文，对"两个口号"给予了辩证的论析，论争遂趋平息。10 月，代表各派主张的巴金、王统照、包天笑、林语堂、洪深、周瘦鹃、郭沫若、夏丏尊、张天翼、叶绍钧、郑振铎、鲁迅、丰子恺、谢冰心等 21 人，发表《文艺界同人为团结御侮与言论自由宣言》，标志着文艺界在抗日旗帜下形成了广泛的统一战线。

〔6 月 10 日〕夏衍的报告文学作品《包身工》在上海《光明》半月刊创刊号上发表。

〔7 月〕李劼人的长篇小说《死水微澜》由昆明中华书局出版。12 月由上海中华书局出版《暴风雨前》，翌年 1 月至 7 月由昆明中华书局出版《大波》。这是三个相互关联的长篇，人称"大河三部曲"。

〔9 月〕文学社发起、茅盾主编的大型报告文学集《中国的一日》由上海生活书店出版。

〔10 月 19 日〕鲁迅在上海逝世，终年 56 岁。10 月 22 日安葬于上海万国公墓。各界民众代表献旗，上书"民族魂"三个大字。

〔11 月〕艾青的第一部诗集《大堰河》自印出版。

本年，美国记者埃德加·斯诺编译的《活的中国——现代中国短篇小说选》在英国伦敦出版。该书收录了鲁迅、茅盾、丁玲、柔石、巴金、沈从文、萧军、林语堂、郁达夫、张天翼、郭沫若、沙汀等人的作品。书前有斯诺撰写的《序言》，书后有斯诺夫人所写的长篇附录，介绍了中国近 20 年来新文学的发展概况。

——1937 年——

〔5 月〕《大公报·文艺副刊》文艺奖金评选揭晓：芦焚（师陀）的短篇小说集《谷》、曹禺的话剧《日出》、何其芳的散文集《画梦录》获奖。

〔7 月 15 日〕中国剧作者协会在上海成立。成立大会上决定由到会会员集体创作大型话剧《保卫卢沟桥》。8 月 7 日，这部由百余人参与编演的话剧在上海公演，影响空前，拉开了抗战戏剧的序幕。

25 日，郭沫若由神户秘密登船回国，投身抗战。

〔8 月〕上海戏剧界救亡协会组成 13 个救亡演剧队，在上海和各地展开抗日救亡的宣传活动。

〔9 月 3 日〕宣传抗日救亡的孩子剧团在上海成立，先后在上海、武汉、重庆等地广为开展抗日救亡的戏剧演出活动。

11 日，胡风编辑的《七月》杂志（先为周刊、后为半月刊、月刊）在上海创刊。主要撰稿者有胡风、艾青、田间、曹白、萧军、萧红、丘东平、聂绀弩等。《七月》是抗战初期重要的文学刊物，它开启了"七月诗派"的源头。

〔10 月〕以丁玲为团长，舒群、周立波为副团长的西北战地服务团在延安成立。该团用多种艺术形式开展抗日救亡的宣传活动。

〔11 月〕夏衍剧作《上海屋檐下》由戏剧时代出版社出版。

〔12 月〕陕甘宁边区文化界救亡协会在延安成立。年底，中华全国戏剧界抗敌协会在武汉成立。

——1938 年——

〔3 月 27 日〕中华全国文艺界抗敌协会（简称"文协"）成立，选举郭沫若、茅盾、冯玉祥、丁玲、许地山、巴金、老舍、郁达夫、田汉、朱自清、朱光潜、张道藩、姚蓬子、陈西滢、王平陵等 45 人为理事，周恩来、孙科、陈立夫等为名誉理事。老舍被选为总务部主任，负责"文协"的日常工作。"文协"成立大会上提出了"文章下乡、文章入伍"的口号。同年 5 月 4 日，"文协"的会刊《抗战文艺》在武汉创刊，直至 1946 年 5 月终刊，它是唯一贯通抗战时期的文艺刊物。

〔4 月 10 日〕鲁迅艺术学院（1940 年改为鲁迅艺术文学院）在延安成立。毛泽东在"鲁艺"周年纪念时为之题词："抗日的现实主义，革命的浪漫主义。"

16 日，茅盾主编的大型文艺综合性刊物《文艺阵地》在广州创刊。这是抗战期间又一个具有全国影响的重要文艺刊物。

〔4 月〕张天翼在《文艺阵地》创刊号发表短篇小说《华威先生》，揭露国民党假抗日、真反共的本质。该小说的发表引起了一场关于"暴露黑暗"问题的论争。

〔6 月 15 日〕由蔡元培任主席、宋庆龄任副主席的"鲁迅先生纪念委员会"编纂的《鲁迅全集》（共 20 卷），在上海出版。这是最早出版的一套《鲁迅全集》。

〔8 月〕西北战地服务团、延安的战歌社，及田间、柯仲平等诗人在延安发起街头诗歌运动。

〔10 月 16 日〕《文艺突击》半月刊（后改为月刊）在延安创刊，这是陕甘宁边区创办较早、影响较大的文艺刊物。

——1939 年——

〔1 月 11 日〕《鲁迅风》杂志创刊于上海"孤岛"，该刊主要发表杂文，以阐扬鲁迅精神为宗旨，主要撰稿人有许广平、唐弢、巴人、陈望道、郑振铎、王统照、锡金、柯灵等。

〔2 月〕中华全国文艺界抗敌协会延安分会的机关刊物之一的《文艺战线》月刊在延安创刊，周扬主编。编委有丁玲、沙汀、何其芳、刘白羽、夏衍、柯仲平、陈荒煤、成仿吾等人。

〔3 月〕老舍的长篇小说《骆驼祥子》由上海人间书屋出版。该作出版前曾于 1936 年 9 月在《宇宙风》杂志第 25—48 期连载。

〔3 月 31 日〕由冼星海作曲、光未然作词的《黄河大合唱》在延安完成。

〔5 月 14 日〕陕甘宁边区文艺界抗战联合会改为中华全国文艺界抗敌协会延安分会，周扬、成仿吾、丁玲、艾思奇、柯仲平等人为理事，翌年出版机关刊物《大众文艺》。

——1940 年——

〔1 月 4 日〕陕甘宁边区文化协会召开第一次代表大会。毛泽东在会上作了《新民主主义的政治与新民主主义的文化》的报告。

〔3 月〕国统区文艺工作者向林冰和葛一虹各为一方，围绕文艺的"民族形式"问题展开了讨论。这场讨论波及很广，一直延续到 1941 年年初，并从国统区扩展到延安和各抗日民主根据地。

〔4 月 1 日〕由陈铨、林同济、雷海宗等组成的"战国策社"在昆明创办《战国策》杂志，他们把"恐怖、狂欢、虔诚"定为文学创作的"三母题"，崇尚法西斯主义，诋毁"五四"新文学和进步文学。

〔8 月〕夏衍、孟超、秦似、聂绀弩、宋云彬等编辑的文艺月刊《野草》在桂林创刊。该刊是抗战时期又一个专门发表杂文的重要刊物。

〔10 月 19 日〕延安举行"鲁迅先生逝世四周年纪念大会"。会议决定组织"鲁迅研究委员会"，出版《鲁迅研究丛刊》（该刊于 1941 年 1 月正式出版）。

——1941 年——

〔5 月〕萧红的散文体长篇小说《呼兰河传》由上海杂志公司（重庆）出版。

〔9 月 16 日〕由丁玲主编的《解放日报·文艺》副刊第 1 期出版，该刊除大量刊登解放区的文学作品外，还介绍了许多外国文艺理论和文艺动态。

〔10 月〕茅盾的长篇小说《腐蚀》由华夏书店出版。

〔12 月 11 日〕艾青、萧三等人发起延安诗歌会，该会主要负责人还有艾思奇、高长虹、

何其芳、柯仲平等。

同月，曹禺的剧作《北京人》由重庆文化生活出版社出版。

————1942 年————

〔1 月〕郭沫若的五幕史剧《屈原》在《中央日报·中央副刊》连载发表，同年 3 月由重庆文林出版社出版，4 月在重庆上演。

同月 22 日，萧红在香港病逝，年仅 32 岁。

〔3 月〕由《解放日报·文艺》副刊先后发表的《三八节有感》（丁玲）、《了解作家，尊重作家》（艾青）、《野百合花》（王实味）等文章，在延安文艺界引起了关于"歌颂"与"暴露"等问题的讨论。

〔5 月〕在中共中央关怀下，延安文艺界于 5 月 2 日至 23 日召开文艺座谈会，中央领导和延安的一百多位文艺工作者出席了座谈会。毛泽东先后两次在会上发表讲话（即《在延安文艺座谈会上的讲话》）。延安文艺座谈会及毛泽东的《讲话》总结了五四以来中国新文学的基本经验，从根本上提出了我们的文艺为"什么人"和"如何为"的方向性问题，对中国新文学的发展进程产生了重大而深刻的影响。

〔10 月 10 日〕延安平剧研究院在延安举行开学典礼，毛泽东题字："推陈出新"。

————1943 年————

〔2 月〕延安的"鲁迅艺术文学院"和西北文工团、民众剧团等众多的专业文艺团体和群众业余剧社举行规模空前的秧歌演出活动。在此过程中涌现出一大批优秀的秧歌剧，其中由"鲁艺"演出的《兄妹开荒》是延安文艺座谈会之后产生的第一个新型秧歌剧，在当时产生了很大影响。

〔3 月 13 日〕毛泽东 1942 年 5 月在延安文艺座谈会上讲话的部分内容在《解放日报》上公开发表。10 月 19 日《解放日报》全文发表毛泽东《在延安文艺座谈会上的讲话》。

〔4 月〕延安文艺界开始讨论平剧（京剧）改革问题，随后创作了新编平剧《逼上梁山》和《三打祝家庄》等一批优秀剧目。

〔5 月〕赵树理完成著名短篇小说《小二黑结婚》，同年 9 月由华北新华书店出版发行。10 月间赵树理又完成了被誉为"解放区文艺的代表之作"的中篇小说《李有才板话》，同年 12 月出版。赵树理还于 1945 年完成长篇小说《李家庄的变迁》。1947 年 7 月，晋冀鲁豫边区文联召开会议，号召文艺创作向赵树理方向迈进。8 月，赵树理的小说获边区政府唯一的文教作品特等奖。

————1944 年————

〔1 月 2 日〕延安各界举行迎新年文艺演出，中央党校首次演出杨绍萱、齐燕铭等创作的历史剧《逼上梁山》。9 日，毛泽东给杨、齐写信，鼓励文艺工作者进行"旧剧革命"。

〔2 月 22 日〕戏剧界广大进步作家在广西桂林举办"西南第一届戏剧展览会"，共有 33 个戏剧团体参加该项活动，先后历时 90 天。这是抗战期间戏剧成果的一次盛大汇展。

〔3 月〕郭沫若的历史论文《甲申三百年祭》发表于重庆《新华日报》。4 月延安《解放日报》全文转载。11 月毛泽东在给郭沫若的信中高度评价该文，并将该文看作是党的整风文件。

〔8月〕张爱玲的短篇小说集《传奇》由上海杂志社出版，收入包括《金锁记》在内的 10 篇小说。翌年 11 月由上海山河图书公司出版《传奇》增订本，共收 16 篇小说。

〔12月〕曹禺根据巴金原著改编的四幕话剧《家》由重庆文化生活出版社出版。

——1945 年——

〔1月〕胡风主编的《希望》文学月刊创刊于重庆。它是"七月派"的重要刊物之一。该刊第 1 期发表了胡风的《置身在为民主的斗争里面》和舒芜的《论主观》等文章，随后在文艺界引起了一场关于"主观"问题的论争。

〔2月22日〕全国文化界进步人士郭沫若、茅盾、夏衍、巴金、老舍、陶行知、沈钧儒、侯外庐、柳亚子、徐悲鸿、马寅初、傅抱石、冯雪峰、郑君里、戴爱莲、谢冰心等三百余人在重庆《新华日报》联合发表由郭沫若起草的《文化界对时局进言》，主张团结抗日，反对独裁，要求民主。

〔4月〕第一部大型民族新歌剧《白毛女》在延安上演，该剧由"鲁艺"集体创作，贺敬之、丁毅执笔，马可等作曲。

〔5月15日〕孙犁短篇小说《荷花淀》发表于延安《解放日报》。

〔9月〕郁达夫被日本宪兵秘密杀害于苏门答腊。

〔10月10日〕中华全国文艺界抗敌协会改名为中华全国文艺界协会（简称"文协"）。21日，"文协"在重庆举行会员联欢会，老舍主持，郭沫若、巴金、叶圣陶、冯雪峰等 50 余人到会。周恩来应邀出席并发表讲话。该讲话第二天以《延安的文艺活动》为题在《新华日报》摘要刊登。

〔11月〕重庆《新华日报》组织座谈会讨论同月上演的茅盾的《清明前后》和夏衍的《芳草天涯》两部剧作，引起文艺界关于政治与艺术及现实主义问题的讨论。

——1946 年——

〔1月1日〕全国文协延安分会、边区文协和"鲁艺"主办的木刻展览会在延安举行，共展出解放区和国统区艺术家的木刻作品二百余件，这是 1935 年在北平、上海举行的第一次全国木刻展览会之后又一次更大规模的木刻艺术展。

同月，郑振铎、李健吾主编的《文艺复兴》月刊在上海创刊。这是 40 年代国统区影响较大的文学刊物。

〔4月〕陈白尘的三幕讽刺喜剧《升官图》由群益出版社出版。

〔7月15日〕闻一多在昆明遭国民党特务暗杀。

〔9月〕诗人李季以陕北"信天游"的民间形式创作的长篇叙事诗《王贵与李香香》发表于《解放日报》副刊，1946 年 11 月由太岳新华书店出版。

〔12月〕诗人袁水拍创作的政治讽刺诗集《马凡陀的山歌》由上海生活书店出版。1948 年 6 月又出版了《马凡陀的山歌续集》。这两部政治讽刺诗集在当时的国统区产生了广泛的影响。

——1947 年——

〔3月〕巴金的长篇小说《寒夜》由上海晨光出版公司出版。

〔5月〕钱锺书的长篇小说《围城》由上海晨光出版公司出版。柳青的长篇小说《种谷记》由大连光华书店出版。

〔10月〕黄谷柳的长篇小说《虾球传》在《华商报》发表。

中华全国文艺协会的机关刊物《中国作家》在上海创刊。

——1948 年——

年初，阮章竞编剧、梁寒光作曲的大型歌剧《赤叶河》由太行新华书店出版，这是继《白毛女》之后出现的又一部民族新歌剧。

〔4月5日〕周立波描写东北土改斗争的长篇小说《暴风骤雨》（上、下卷）分别由佳木斯东北书店和北平新华书店出版。

〔9月〕丁玲描写华北土改斗争的长篇小说《太阳照在桑干河上》由东北光华书店出版。《太阳照在桑干河上》和《暴风骤雨》分别获得1951年度斯大林文学奖金二等奖和三等奖。

——1949 年——

〔3月〕华北解放区和国统区的作家、艺术家在北平解放后第一次聚会，共同商讨召开全国文艺工作者大会的筹备工作。

〔7月2日〕中华全国文学艺术工作者代表大会（即第一次文代会）在北平隆重开幕。郭沫若任大会总主席，茅盾、周扬为副总主席。毛泽东、朱德、周恩来等中共中央领导人亲临大会并发表重要讲话。郭沫若做了题为《为建设新中国的人民文艺而奋斗》的总报告，茅盾做了题为《在反动派压迫下斗争和发展的革命文艺》的报告，周扬做了题为《新的人民的文艺》的报告，分别总结了国统区和解放区的文艺运动。

〔7月19日〕中华全国文学艺术界联合会正式成立，郭沫若任主席，茅盾、周扬任副主席。

第 3 版修订后记

《中国现代文学史》（修订版）出版至今已经五年了。五年中，该教材在大学本科教学方面产生了良好的效果，也得到了广大师生的好评。但中国现代文学的研究始终在推出新的成果，无论是对文学史基本线索的探讨，还是对作家作品的评价，都处在不断更新之中。为了更好地将最前沿的学术发展融入教学活动中，为了配合教学课时的调整，第三次修订进行了部分内容的压缩与调整，使得全书内容更加精练，便于学生把握精髓，体现了重点内容与广博背景知识的深度契合。此外，本次修订在体例编排上也进行了一定的调整，全书结构更加合理，线索更加明晰。特别是此次修订在每一章的结尾处增添了和本章内容相关的参考书目，以方便学生在学习基础内容的同时，开阔眼界，增强自主学习的能力。本次的修订还对上一版本中存在的部分错字、不恰当的语句表达等进行了细致的校对和修改。

第 3 版修订在主编刘勇、邹红的主持下进行，姚舒扬、张悦、任敏、郝思聪、白华召、康巧琳、高雪晴、陶梦真、王龙洋、郭霞等承担了具体的工作，在此一并说明，并向他们致谢！

最后，特别感谢北京师范大学出版社各级领导对本教材修订的支持，他们的支持也是对广大学生的真情相助，其中马佩林、周劲含二位老师为该书的修订提出了很多宝贵意见，付出了辛勤的劳动，同样向他们深深致谢！

刘 勇 邹 红
2015 年 4 月于北京师范大学